카프카 전집 1

Die Verwandlung

변신

변신

단편전집

프란츠 카프카 지음 | 이주동 옮김

솔

결정본 '카프카 전집'을 간행하며

불안과 고독, 소외와 부조리, 실존의 비의와 역설…… 카프카 문학의 테마는 현대인의 삶 속에 깊이 움직이고 있는 난해하면서도 심오한 여러 특성들과 연관되어 있다. 그러나 지금 카프카 문학이 지닌 깊이와 넓이는 이러한 실존적 차원에 국한되지 않는다. 카프카의 문학적 모태인 체코의 역사와 문화가 그러했듯이, 그의 문학은 동양과 서양 사이를 넘나드는 매우 중요하면서도 인상 깊은 정신적 가교架橋로서 새로운 해석을 요청하고 있으며, 전혀 새로운 문학적 상상력과 깊은 정신적 비전으로 현대와 근대 그리고 미래 사이에 가로놓인 장벽들을 뛰어넘는, 또한 근대 이후 세계 문학에 대한 인식틀들을 지배해온 유럽 문학 중심/주변이라는 그릇된 고정관념들을 그 내부에서 극복하는, 현대 예술성의 의미심장한 이정표이자 마르지 않는 역동성의 원천으로서 오늘의 우리들 앞에 다시 떠오른다.

일러두기

1. 한자 및 외국어는 필요한 경우에 병기하였다.
2. 외국어 우리말 표기는 국립국어원 지침에 따랐으나 특별한 경우 예외를 두었다.
3. 부호와 기호는 아래와 같다.
　　─책명(단행본)·장편소설·정기간행물·총서: 겹낫표(『　』)
　　─논문·시·단편 작품·연극·희곡: 낫표(「　」)
　　─오페라·오페레타·노래·그림·영화·특정 강조: 홑화살괄호(〈　〉)
　　─대화·인용: 큰따옴표(" ")
　　─강조: 작은따옴표(' ')

차례

결정본 '카프카 전집'을 간행하며 · 5

일러두기 · 6

———

I 카프카에 의해 출판된 작품들

『관찰』(1913)

국도의 아이들 · 15

사기꾼의 탈을 벗기다 · 20

갑작스러운 산책 · 23

결심 · 25

산으로의 소풍 · 26

독신자의 불행 · 27

상인 · 28

멍하니 밖을 내다보다 · 31

집으로 가는 길 · 32

스쳐 지나가는 사람들 · 33

승객 · 34

옷 · 36

거부 · 37

남자 기수들을 위한 숙고 · 38

골목길로 난 창 · 40

인디언이 되고 싶은 마음 · 41

나무들 · 42

불행 · 43

『선고』(1913)
선고 · 51

『화부』(1913)
화부 · 69

『변신』(1915)
변신 · 109

『유형지에서』(1919)
유형지에서 · 171

『시골 의사』(1919)
신임 변호사 · 209
시골 의사 · 211
싸구려 관람석에서 · 220
낡은 쪽지 · 222
법 앞에서 · 225
재칼과 아랍인 · 228
광산의 방문객 · 234
이웃 마을 · 238
황제의 칙명 · 239
가장의 근심 · 241
열한 명의 아들 · 243
형제 살해 · 250
어떤 꿈 · 253
학술원에 드리는 보고 · 256

『어느 단식 광대』(1924)
첫 번째 시련 · 271

작은 여인 · 275

어느 단식 광대 · 286

요제피네, 여가수 또는 쥐의 종족 · 300

———

II 잡지와 신문에만 발표된 작품들

여성의 애독서 · 327

기도자와의 대화 · 329

술 취한 자와의 대화 · 338

브레스치아의 비행기 · 343

어느 청춘 소설 · 353

영면하게 된 어느 잡지 · 356

막스 브로트와 프란츠 카프카의 『리하르트와 자무엘』의 제1장 · 359

큰 소음 · 379

마틀라르하차로부터 · 380

양동이를 탄 사나이 · 381

———

III 유고집에 수록된 단편들

어느 투쟁의 기록 · 387

시골의 결혼 준비 · 447

마을 선생 · 478

나이 든 독신주의자, 블룸펠트 · 497

다리 · 528

사냥꾼 그라쿠스 · 530

만리장성의 축조 · 537

마당 문 두드리는 소리 · 553

이웃 · 556

튀기 · 559

일상의 혼란 · 562

산초 판자에 관한 진실 · 564

세이렌의 침묵 · 565

프로메테우스 · 567

도시의 문장 · 568

포세이돈 · 570

공동체 · 572

밤에 · 574

거절 · 575

법에 대한 의문 · 582

징병 · 585

시험 · 589

독수리 · 591

조타수 · 593

팽이 · 594

작은 우화 · 595

귀향 · 596

돌연한 출발 · 598

변호사 · 599

어느 개의 연구 · 603

부부 · 654

포기하라! · 661

비유에 대하여 · 662

굴 · 664

———

한국어판 '카프카' 결정본을 얻기 위하여 · 707

개정판 발간의 의의 · 722

수록 작품 색인 · 725

I 카프카에 의해 출판된 작품들

『관찰』(1913)

국도의 아이들

나는 마차들이 정원 울타리 옆을 지나가는 소리를 들었다. 조금씩 흔들리는 나뭇잎들 사이로 가끔 그것들이 보이기도 했다. 그 무더운 여름날, 수레바퀴와 끌채의 나무가 얼마나 삐걱거리는 소리를 내었던지! 일꾼들이 들에서 돌아오며 무색할 정도로 웃어댔다.

나는 우리들의 작은 그네에 앉아 있었다. 마침 부모님의 집 정원 나무들 사이에서 쉬고 있었던 것이다.

울타리 밖에서는 소리가 멈추지 않았다. 그 순간 뛰어가는 아이들의 발자국 소리가 스쳐 지나갔다. 볏단 위에 남자들과 여자들을 태운 곡식 마차들이 지나가자, 주위에 빙 둘러 있던 화단이 어둑어둑해졌다. 저녁때쯤 나는 지팡이를 든 한 신사가 천천히 산책하는 것을 보았는데, 팔짱을 낀 한 쌍의 소녀가 그를 향해 오다가 인사하며 옆쪽 풀밭으로 길을 비켜주었다.

그러고는 새들이 마치 튕기듯이 날아올랐다. 나는 눈으로 새들을 좇아, 그들이 단숨에 올라가는 것을 보았다. 그러자 나에게는 그들이 날아오른 것이 아니라, 내가 떨어지고 있다는 생각이 들었다. 그래서 나는 기운이 빠져 그넷줄에 꼭 매달리며 그네를 조금씩 흔들기 시작했다. 곧 더욱 세차게 그네를 굴렀다. 그때 벌써 서늘한 바람이 불어왔고, 날아가는 새들 대신 떨고 있는 별들이 나타났다.

촛불 아래서 나는 저녁을 먹었다. 이따금 나는 양팔을 나무 식탁 위에 올려놓았고, 벌써 피로해진 채 버터 빵을 씹었다. 올이 굵게 짜여진 커튼이 따스한 바람에 부풀어 올랐고, 이따금 밖을 지나가던 사람이 나를 좀 더 잘 보고 싶고 말을 걸고 싶을 때는 양손으로 그것을 꼭 잡고 있었다. 촛불은 대부분 곧 꺼졌고, 얼마간 모여들었던 모기들은 촛불 연기 속에 아직도 맴돌고 있었다. 누군가 창가에서 나를 찾으면, 나는 마치 산속이나 텅 빈 허공을 바라보듯이 그를 바라보았고, 그 역시 대답을 그다지 기대하지 않는 듯했다.

누군가 창문턱을 넘어와서, 다른 아이들이 벌써 집 앞에 와 있다고 전하면 나는 물론 한숨을 쉬며 몸을 일으킨다.

"그래서는 안 돼, 너는 왜 그렇게 한숨을 쉬니? 도대체 무슨 일이 일어난 거니? 다신 회복할 수 없는, 어떤 특별한 불행이니? 우리는 정말 그것에서 회복될 수 없겠니? 정말 모든 것이 다 망쳐진 거니?"

망쳐진 것은 아무것도 없었다. 우리는 집 앞으로 달려갔다. "천만다행이군, 드디어 너희들이 오다니!"—"넌 언제나 너무 늦는구나!"—"어째서 나야?"—"바로 너 말야, 함께 가기 싫으면 집에 있어."—"양해를 구하지는 않겠어!"—"뭐라고? 양해를 구하지 않겠다고? 어떻게 그런 말을 하지?"

우리는 고개를 쳐들고 저녁을 헤쳐나갔다. 낮 시간도 밤 시간도 아니었다. 어떤 때는 우리들의 조끼 단추가 마치 이빨처럼 서로 비비적거렸고, 또 어떤 때는 우리들은 마치 열대지방의 동물들처럼 입안의 열기를 뿜으며 일정한 간격으로 달려가기도 했다. 옛날 전쟁의 갑옷을 입은 기병들처럼 땅을 박차고 공중으로 높이 뛰어오르면서 우리들은 서로를 몰아대며 짧은 골목길을 달려 내려갔고, 계속해서 이런 달리기로 쏜살같이 국도로 올라갔다. 몇몇은 길섶의 도랑 속으로 뛰어들었는데, 어두운 둑 앞에서 사라졌는가 했더니, 벌써 들길로 올라서서 마치 낯선 사람들처럼 내려다보고 있었다.

"이리로 내려와!"—"우선 올라와 봐!"—"너희들이 우리들을 아래로 내던지도록 말이지. 그럴 생각은 없는걸. 아직 그 정도 분별은 있지.”―“너희들은 자신들이 그렇게 비겁하다고 말하고 싶은 거겠지. 오기만 해, 오란 말이야!”―“정말? 너희들이? 바로 너희들이 우리들을 아래로 내던지겠다고? 너희들 무슨 생각을 하고 있는 거지?”

　우리들은 공격했고, 가슴을 얻어맞고, 떨어지면서 자진해서 길섶 도랑의 잔디 속에 몸을 뉘었다. 모든 게 한결같이 따뜻해졌다. 우리들은 따스함을 느끼지는 못했지만, 잔디의 냉기를 느끼지는 않았다. 다만 피로해졌을 뿐이었다.

　오른쪽으로 몸을 돌리면 손이 귀밑에 있었는데, 우리들은 그런 자세로 잠들고 싶어 했다. 턱을 쳐들고 다시 한 번 벌떡 일어서려고 했지만, 그러면 더욱 깊은 도랑 속으로 떨어졌다. 그래서 팔짱을 끼고 다리를 옆으로 비스듬히 흔들며 공중으로 몸을 날려보려고 했지만, 분명히 또다시 더욱 깊은 도랑 속으로 떨어질 것이었다. 그런데 우리는 그 정도로는 결코 그만두려 하지 않았다.

　우리들은 마지막 도랑에서는 제대로 잠을 자기 위해서 최대한 몸을, 특히 무릎을 펴게 되리라는 것에 대해서는 아직 전혀 생각지도 못했고, 울고 싶은 심정으로 아픈 듯이 등을 대고 누워 있었다. 한 소년이 엉덩이에 팔꿈치를 대고, 시꺼먼 발바닥으로 우리들 위를 넘어 둑에서 길 위로 뛰어 올라갔을 때도, 우리들은 그저 눈만 끔벅거릴 뿐이었다.

　우리는 벌써 꽤 높은 곳에 떠 있는 달을 보았고, 우편 마차 한 대가 그 달빛을 받으며 달려 지나갔다. 대개는 약한 바람이 일었는데, 도랑 속에서도 그것이 느껴졌다. 그리고 가까이에서 숲이 쏴쏴 소리를 내기 시작했다. 그때 우리들 하나하나에겐 우리들뿐이라는 생각이 더 이상 그리 중요하지 않았다.

　“너희들 어디 있니?”―“이리들 와봐!”―“모두 말야!”―“너는 왜 숨어 있니, 어리석은 짓은 그만둬!"—"너희들은 우편 마차가 벌써 지나간 것도 모르니?"—"아니! 벌써 지나갔다고?"—"물론이야, 네가 잠자는 동안에, 지나갔지."—"내가 잤다고? 아니야, 그럴 리 없어!"—"입이나 다물어, 네 얼굴에 그렇게 씌어 있단 말이야."—"제발 그만둬."—"자, 가자!"

우리들은 서로 아주 가까이서 달렸다. 많은 아이들은 서로 손이 마주 닿았다. 고개를 아무리 높이 쳐들어도 별 소용이 없었다. 왜냐하면 내리막길이었으니까. 어떤 한 아이가 전쟁을 알리는 인디언의 고함 소리를 내질렀다. 지금까지와는 전혀 다르게 우리들의 발은 구보하듯 움직였고, 뛰어오를 때는 엉덩이 밑에서 바람이 일었다. 아무것도 우리를 멈추게 하지는 못했을 것이다. 우리는 그런 모양으로 달리고 있었으므로 추월을 당해도 팔짱을 끼고 여유 있게 주위를 둘러볼 수 있을 정도였다.

급류가 흐르는 다리 앞에서 우리들은 멈춰 섰다. 계속해서 달려갔던 아이들은 되돌아왔다. 저 아래 물은 아직 그다지 늦은 저녁은 아니라는 듯이, 바위와 나무뿌리에 부딪히고 있었다. 누군가 다리의 난간 아래로 뛰어내리지 않는 것이 이상할 정도였다.

멀리 보이는 덤불 뒤에서 기차가 달려 나오고 있었다. 모든 찻간에 불이 켜져 있었는데, 분명 유리 창문을 내리고 있을 것이다. 우리 중 하나가 유치한 유행가를 부르기 시작했다. 그러나 우리들 모두가 노래를 부르고 싶었다. 우리는 기차가 달리는 것보다 훨씬 빠르게 노래를 불렀고, 목소리로는 충분치가 않아서 팔을 흔들어댔다. 우리들은 군중 속에 끼어든 것처럼 우리의 목소리로 서로 밀쳐대고 있었다. 자신의 목소리가 다른 사람들의 목소리 속에 섞이게 되면, 마치 낚싯바늘에 걸린 것만 같았다.

이렇게 우리들은 숲을 등지고, 멀리 여행객들의 귀에까지 들리도록 노래를 불렀다. 마을에서는 어른들이 아직 잠들지 않았고, 어머니들은 밤을 위해 잠자리를 마련하고 있었다.

벌써 시간이 되었다. 나는 옆에 서 있는 아이에게 입을 맞추고, 그 옆의 다른 세 명에게는 그저 손을 내밀었다. 그리고 오던 길을 되돌아 달려갔다. 아무도 나를 부르지 않았다. 그들이 나를 더 이상 볼 수 없게 된 첫 번째 네거리에서 나는 구부러져서 들길을 달려 다시 숲속으로 들어갔다. 나는 남쪽 도시를 향해 힘껏 달렸다. 우리 마을에서는 이 도시에 대해 이렇게 말하고 있다.

"생각 좀 해봐! 그곳에서는 사람들이 잠을 자지 않는대!"

"그건 또 왜?"

"그들은 피곤해지지 않으니까."

"그건 또 왜 그렇지?"

"그들은 바보니까."

"바보들은 피곤해지지도 않는다고?"

"바보들이 어떻게 피곤해질 수 있겠니?"

사기꾼의 탈을 벗기다

드디어 밤 열 시쯤 나는 내가 초대받은 어떤 모임이 열리고 있는 고급 주택 앞에 도착했다. 나는 예전부터 그저 겉으로만 알고 지냈던 한 남자와 함께 왔는데, 뜻밖에 그는 이번에 다시 나에게 접근하여 두 시간 동안이나 나를 끌고 거리를 돌아다녔던 것이다.

"자!" 하고 나는 말하고는 꼭 헤어질 수밖에 없다는 표시로 손뼉을 쳤다. 이미 앞서 몇 번이나 나는 그것보다는 덜 확실한 표시를 해 보였었다. 나는 이미 매우 피로했다.

"곧장 올라가실 건가요?" 하고 그가 물었다. 그의 입에서는 이가 서로 부딪치는 것 같은 소리가 났다.

"네."

나는 초대를 받았지 않은가, 나는 곧바로 그 점을 그에게 말했다. 그러나 나는 이미 몹시 가 있고 싶은 곳으로 올라오도록 초대를 받은 것이지, 여기 아래 집 문 앞에 서서 상대방의 양쪽 귓가 저편을 바라보고 있으라고 초대받은 것은 아니었다. 그리고 이제는 그와 더불어 침묵하고 있으라는 것은 더더구나 아니었다. 우리는 마치 이 장소에 오랫동안 머물기로 결심이나 한 듯했다. 그러자 그 주변의 집들, 또한 그 위로 별들에 이르는 어둠도 역시 곧장 이 침묵에 동참했다. 어디로 가고 있는 길인지 알고 싶지 않은 길을 걷고 있는, 보이지 않는 산책인들의 발자국 소리, 언제나 건너편 길 쪽으로 휘몰아쳐 가는 바람 소리, 어느 방인가 닫혀진 창문에서 흘러나오는 축음기의 노랫소리—그런 소리들이 이 침묵 속에서 들려왔다. 마치 침묵이 옛날부터 그리고 앞으로도 영원히 이 모든 것들의 소유물인 것처럼.

그리고 내 동반자는—한 번 미소를 짓고 나서는—자신과 나의 뜻에 따랐다. 그는 벽을 따라 오른쪽 팔을 앞으로 내뻗어 눈을 감으면서 자신의 얼굴을 그 팔에 기댔다.

물론 이 미소를 나는 끝까지 지켜보지 않았다. 왜냐하면 갑자기 어떤 수치심이 내 몸을 돌려놓았기 때문이다. 그러니까 나는 이 미소에서 처음으로 그가 시골 사람들을 속여먹는 사기꾼이라는 것, 그 이상은 아무것도 아니라는 것을 깨달았다. 그런데 나는 이미 수개월 동안 이 도시에 머물러 있었고, 이러한 사기꾼들을 철저하게 알고 있다고 믿었다. 그들은 밤이면 옆 골목에서 마치 여관 주인처럼 두 손을 앞으로 내밀고 우리를 향해 걸어왔고, 우리가 서 있는 광고 기둥 주위를 슬금슬금 돌아다니며, 마치 술래잡기를 하려는 것처럼 기둥의 둥근 면 뒤에서 한쪽 눈으로 훔쳐보았으며, 네거리에서 우리가 불안해하고 있을 때 갑자기 우리가 서 있는 보도 끝에 나타나 우리 앞에서 어른거리기도 했지! 나는 물론 그들을 아주 잘 알고 있었다. 그들은 내가 여러 작은 여관에서 알게 된 최초의 도시 사람들이었으니까 말이다. 그리고 나는 그들 덕택에 처음으로 어떤 불굴의 모습을 보게 되었으며, 이제는 그것을 내 자신 속에서 느끼기 시작할 정도로 이 지구상에 그것이 없다고 생각할 수 없게 되었다. 그들은 어떻게 아직도 다른 사람과 마주 서 있을 수 있는가! 사람들이 이미 그들로부터 떠나버렸음에도 불구하고, 그러니까 이미 오래전부터 더 이상 아무것도 잡을 것이 없는데도 말이다. 그들은 어떻게 주저앉지 않는가, 어떻게 넘어지지 않고, 오히려 여전히, 멀리서이긴 하지만, 설득하는 눈빛으로 사람을 바라보는가! 게다가 그들의 수단이란 언제나 똑같은 것이었다. 그들은 우리들 앞에 그들이 할 수 있는 한 널찍하게 자리를 잡고, 우리들이 가려고 애쓰는 곳으로부터 우리들을 돌려놓으려고 노력했으며, 그 대신 우리들에게 그들 자신이 염두에 두고 있던 방 하나를 마련해주었다. 또한 쌓인 감정이 우리들 마음속에 마침내 우뚝 일어나게 되면, 그들은 그것을 포옹으로 받아들여 그 안에 먼저 얼굴을 파묻으며 몸을 던져오는 것이었다.

그러나 이러한 오래된 우스꽝스런 짓들을 나는 이번에는 그렇게 오랫동안 함께 있고 나서야 깨달았다. 나는 수치심을 없애기 위해 내 손가락 끝을 부서질 정도로 비벼댔다.

그러나 나의 상대편 남자는 여전히 조금 전과 마찬가지로 기대어, 아직도 자신을 사기꾼으로 생각하고 있었으며, 자신의 운명에 대한 만족감이 그의 드러난 볼을 발갛게 물들였다.

"다 알았어요!"라고 나는 말하고 가볍게 그의 어깨를 두드려주었다. 그리고 나서 나는 서둘러 층계를 올라갔고, 위층 대기실에 있는 하인들의 이유 없이 충직한 얼굴들은 마치 하나의 멋지고 놀라운 일처럼 나를 기쁘게 했다. 그들이 나의 외투를 벗기고 부츠의 먼지를 터는 동안, 나는 그들 모두를 차례대로 쳐다보았다. 숨을 내쉬면서 그리고 몸을 쭉 편 채 나는 홀 안으로 들어갔다.

갑작스러운 산책

저녁때 집에 머물러 있기로 최종적으로 결심한 것처럼 느껴져, 집에서 입는 옷을 입고, 저녁 식사 후에는 책상에 불을 켜고 앉아서 이런 일이나 저런 놀이를—이것이 끝난 후에는 습관적으로 자러 간다—시작한다면, 밖은 음울한 날씨여서 집에 머물러 있는 것이 당연하다고 생각된다면, 이제는 꽤 오랫동안 책상에 머물러 있어서 외출한다는 것이 당연히 놀라움을 불러일으킬 것이 분명하다면, 층계도 이미 어두워졌고 대문도 잠겨 있다면, 그리고 이런 모든 것에도 불구하고 갑작스러운 불쾌감 속에서 벌떡 일어나 상의를 갈아입고 곧장 외출복 차림으로 외출해야만 한다는 것을 설명하고는 짧은 작별 후에 외출하면서 거실 문을 닫는 속도에 따라 다소간의 불쾌감을 뒤에 남겨놓게 된다고 생각한다면, 골목길에서 다시 정신을 차리고 이 전혀 예기치 않았던 자유에 특별히 민첩하게 답하고 있는 온몸으로—그는 온몸에 이 자유를 마련해준 것이다—깨어난다면, 이 한 가지 결심을 통해서 모든 결심의 능력이 내부에 집중되었다고 느낀다면, 가장 급격한 변화를 쉽게 일으키고 그것을 견디어내고 싶어 하는 욕구보다는 오히려 그럴 수 있는 힘을 자신이 가지고 있다는 것을 평상시보다 큰 의미를 가지고 인식하게 된다면, 그리고 그 긴 골목길을 걸어 나간다면—그렇다면 그는 이날 저녁 가족으로부터 완전히 벗어나게 되고, 가족은 흔들거리며 비실체 속으로 떨어지게 되며, 반면에 그는 스스로, 아주 확고하게, 자신의 진정한 모습을 향해 허벅지 뒤를 치면서 아찔할 정도로 일어서게 된다.

만약 이 늦은 밤 시간에 어떤 사람이 자기 친구가 어떻게 지내는지 보기 위해서 그를 방문한다면, 이 모든 것은 더욱 강렬해질 것이다.

결심

비참한 상태로부터 몸을 일으키기 위해서는, 원하는 에너지를 가지고 있으면 수월할 것이다. 나는 안락의자에서 몸을 일으켜, 테이블 주위를 돌아다니고, 머리와 목을 움직이고, 눈을 빛내며, 눈언저리 근육을 긴장시킨다. 나는 모든 감정을 억제할 것이다. A가 지금 온다면 그에게 열렬하게 인사하고, 내 방에서는 B에게 인내심을 가지고 친절하게 대할 것이며, C의 집에서는 고통스럽고 수고스럽더라도 숨을 길게 내쉬면서 거기서 이야기되는 모든 것을 마음속으로 삼킬 것이다.

그러나 그렇게 된다 하더라도, 꼭 생기게 마련인 실수로 인하여 이 모두가, 쉬운 것도 어려운 것도 중단될 것이고, 결국 나는 다시 원상태로 되돌아가지 않으면 안 될 것이다.

그러므로 결국 모든 것을 참고 견딜 수 있는 최상의 방책이란 스스로 둔중한 덩어리처럼 행동하고, 그래도 날아갈 것 같은 느낌이 들 때에는 불필요한 걸음은 한 발자국도 떼지 말며, 다른 사람을 짐승의 눈길로 바라보고, 결코 후회를 느끼지 말며, 요컨대 인생에서 아직 유령과 같은 존재로 남아 있는 것은 자신의 손으로 억눌러버릴 것이며, 다시 말해서 무덤 속의 최후의 안식을 더욱 늘리고, 그 이외에는 어느 것도 더 이상 존속시키지 않는 것뿐이다.

그러한 상태의 특징적인 행동은, 새끼손가락으로 눈썹 위를 쓰다듬는 것이다.

산으로의 소풍

"모르겠다." 하고 나는 소리 없이 부르짖었다. "정말 모르겠다. 만약 아무도 오지 않는다면, 그러면 물론 아무도 안 오는 것이지. 나는 어느 누구에게도 나쁜 짓을 하지 않았고, 아무도 나에게 나쁜 짓을 하지 않았다. 그러나 아무도 나를 도와주려 하지 않는다. 이 세상의 어느 누구도. 그러나 꼭 그런 것은 아니다. 아무도 나를 돕지 않는다는 것만을 제외하면─그렇지 않다면 착한 사람이 정말 아무도 없을 테니까. 나는 전혀 아무도 아닌 무리와 함께 정말 기꺼이─왜 안 그렇겠는가?─소풍을 갈 것이다. 물론 산으로, 그러지 않고 어디로 가겠는가? 이 아무도 아닌 자들이 서로 밀어대며 북적거리는 모습이라니, 엇갈려 내뻗고 팔짱을 낀 이 많은 팔들, 겨우 몇 발자국씩밖에는 떨어져 있지 않은 수많은 발들! 물론 모두가 연미복 차림이다. 그렇게 우리들은 그럭저럭 걸어가고 있고, 바람은 우리들과 우리들의 사지가 비워둔 틈새를 지나간다. 산에서는 목이 확 트인다! 우리들이 노래를 부르지 않다니 놀라운 일이다."

독신자의 불행

독신자로 남는다는 것은 정말 괴로운 일로 생각된다. 저녁때 사람들과 시간을 보내고 싶을 때에는 나이 든 사람으로서 위신을 지켜가며 한데 끼워줄 것을 어렵게 청해야 하고, 몸이 아프게 되면 자신의 침대 한구석에서 몇 주일씩이라도 텅 빈 방을 바라보아야 하고, 언제나 대문 앞에서 작별을 해야 할 뿐 한 번도 자신의 부인과 나란히 층계를 올라올 수 없고, 자신의 방 안에 있는 옆문들은 단지 낯선 집 안으로 통해 있을 뿐이며, 늘 한 손에는 자신의 저녁거리를 들고 집으로 와야 하고, 낯선 아이들을 놀라워하며 바라보아야 하지만, "나에겐 아이들이 하나도 없구나." 하고 줄곧 되풀이해서도 안 되며, 젊은 시절의 기억에 남아 있는 한두 독신자들을 따라 외모와 태도를 꾸며나가야 한다는 것은 정말 괴로운 일이다.

결국은 그렇게 될 것이다. 다만 오늘날이나 후에는 실제로 하나의 육신과 하나의 진짜 머리, 그러니까 손으로 치기 위한 이마를 가지고 있는 존재로 서 있다는 것을 제외하고는 말이다.

상인

몇몇 사람들이 나를 동정하고 있을 수도 있다. 그러나 나는 조금도 그것을 느끼고 있지 않다. 나의 작은 상점 때문에 나는 걱정으로 가득 차 있다. 그 걱정으로 인해 속으로는 나의 이마와 관자놀이가 아프다. 그럼에도 나를 만족시킬 만한 전망은 보이지 않는다. 왜냐하면 나의 장사는 소규모이기 때문이다.

나는 몇 시간 전에 미리 결정을 내려야 하고, 심부름꾼의 기억력을 일깨워주어야 하고, 염려되는 실수를 미리 경고해야 되며, 그리고 한 계절에 벌써 다음 계절의 유행을 생각해내야만 하는데, 그것도 내 주변 사람들 사이에서 유행될 것이 아니고, 가까이하기 힘든 시골 주민들의 유행에 대해서 생각해야 한다.

나의 돈은 낯선 사람들이 가지고 있는 것이다. 나는 그들의 형편을 분명히 알 수가 없다. 그들이 당할지도 모르는 불행 또한 알 수 없다. 그러니 내가 어떻게 그것을 막을 수 있단 말인가! 아마도 그들은 낭비가 심해 어느 음식점에서 향연을 베풀지도 모르고, 다른 사람들은 미국으로 도피하는 길에 잠깐 이 향연에 머무를지도 모를 일이다.

이제 어느 평일 날 저녁 가게 문이 닫히고, 갑자기 내 눈앞에 내 가게의 끊임없는 용무를 위해 아무것도 할 수 없게 될 시간들을 보게 될 때면, 아침에 멀리 보내버렸던 흥분이 마치 되돌아오는 밀물처럼 내 마음속으로 밀려들어 온다. 그러나 그것은 내 안에서 참지 못하고, 아무런 목표도 없이 내 마음을 휩쓸어간다.

28

그런데도 나는 그러한 기분을 전혀 살리지 못하고, 그저 집으로 돌아올 수밖에 없다. 왜냐하면 나의 얼굴과 손은 더럽고 땀으로 젖어 있으며, 옷은 얼룩지고 먼지투성이이며, 머리에는 작업모를 쓰고 궤짝 못에 찢긴 장화를 신고 있기 때문이다. 그럴 때 나는 마치 물결 위를 가듯이 걸어가며, 양손의 손가락으로 딱딱 소리를 내면서 마주 오고 있는 아이들의 머리를 쓰다듬는다.

그러나 길은 너무나 짧다. 이내 나는 집에 도착해서 엘리베이터 문을 열고 들어선다.

이제 그리고 갑자기 나는 내가 홀로라는 것을 깨닫는다. 층계를 올라가야 하는 다른 사람들은 이윽고 약간 피로해져서, 급한 숨을 몰아쉬며 대문을 열러 나올 때까지 기다려야만 한다. 그러면 그들은 분노와 조급함에 대한 이유를 갖게 된다. 현관에 들어가서 모자를 걸고, 그러고는 복도를 통과하며 몇 개의 유리문 옆을 지나 자기 방으로 들어가서야 비로소 그들은 혼자가 된다.

그러나 나는 엘리베이터 안에서 곧바로 혼자가 되어, 무릎에 의지해서 좁은 거울을 들여다본다. 엘리베이터가 올라가기 시작하면 나는 이렇게 말한다.

"조용히 해요. 물러서요. 당신들은 나무 그늘로 가고 싶소? 창문의 주름진 커튼 뒤로, 아치 모양의 정자로?"

나는 화가 나서 이를 갈며 이야기하고, 계단의 난간은 우윳빛 유리창을 마치 추락하는 물처럼 미끄러져 내려간다.

"날아가시오. 내가 결코 본 적이 없는 당신들의 날개는 당신들을 시골의 골짜기로 데려다줄지도, 또는 당신들이 파리로 가고 싶어 한다면 그리로 데려다줄지도 모르오.

그렇지만 행렬들이 세 갈래 길에서 모두 나와, 서로 피하지 않고 뒤엉켜서 간다면, 그리고 그들의 마지막 줄 사이에 다시 자유로운 공간이 생기게 된다면, 창문의 전경을 즐기시오. 손수건을 흔들고, 놀라워하고, 감격하고, 지나가는 아름다운 여인들을 찬양하시오.

시냇물 위의 나무다리를 건너가고, 멱을 감고 있는 아이들에게 머리를 끄덕여주시오. 그리고 멀리 철갑함 위에 있는 수천 명의 선원들의 환호성에 놀라보시오.

오직 초라한 남자를 뒤따라가시오. 그리고 당신이 그를 출입구로 몰아넣었다면, 그를 강탈하고, 모두들 각자 자신의 호주머니에 손을 넣고서, 그가 자기가 갈 길의 잘못된 골목길로 들어서는 모습이 얼마나 비참한가를 바라보시오.

여기저기서 말을 타고 달려오는 경찰들이 말을 제어하며 당신들을 밀어낼 것이오. 그들을 내버려두시오. 텅 빈 거리는 그들을 불행하게 만들 것이오. 나는 그것을 알고 있소. 벌써 그들은 짝을 지어 말을 타고 떠나가오. 천천히 길모퉁이를 돌아, 날아가듯 광장을 넘어서.”

이제 나는 내려야 한다. 엘리베이터를 아래로 내려보내고 문의 초인종을 누른다. 그러면 소녀가 문을 열고 나는 인사를 한다.

멍하니 밖을 내다보다

　지금 급히 다가오는 이 봄날에 우리는 무엇을 할 것인가? 오늘 아침 하늘은 잿빛이었다. 그런데 이제 창가에 가보면, 깜짝 놀라서 창문 손잡이에 볼을 기댄다.

　아래엔 분명 벌써 지고 있는 태양 빛이, 주위를 둘러보며 걷고 있는 순진한 소녀의 얼굴을 비추고 있고, 그리고 바로 연이어 그 소녀의 뒤를 급히 따라가고 있는 한 남자의 그림자가 보인다.

　그리고 나서 그 남자는 벌써 지나가 버렸고, 그 어린아이의 얼굴은 아주 밝다.

집으로 가는 길

뇌우가 지난 후 대기의 확실한 힘을 보라. 나의 여러 가지 공적들이 뇌리에 나타나서는 거역할 수 없도록 나를 압도해온다.

나는 행진을 한다. 그리고 나의 속도는 이 골목길 한쪽의 속도이고, 즉 이 골목길의, 이 지역의 속도이다. 나는 문 두드리는 모든 소리에, 테이블을 두드리는 소리에, 모든 축배에 관한 말에, 그들 침대에 누워 있는, 신축 건물 교각에 있는, 어두운 골목길 집 담벼락에 바싹 기대어 있는, 사창가 터키 의자에 앉아 있는 연인들 모두에게 정말 책임이 있다.

나는 나의 미래보다도 나의 과거를 더 높이 평가하지만, 양자가 다 훌륭해서 우열을 가릴 수가 없으며, 나에게 그렇게 은혜를 베풀고 있는 신의 섭리가 불공평함을 단지 탓할 따름이다.

방에 들어오면서 나는 조금 생각에 잠긴다. 그렇다고 층계를 올라오는 동안에 무언가 숙고할 만한 것이 있었던 것도 아니다. 창을 활짝 여는 일도 그리고 어느 정원에서인가 아직 음악이 연주되고 있는 것도 나에겐 별로 도움이 되지 않는다.

스쳐 지나가는 사람들

밤에 골목길을 산책하고 있을 때, 멀리에서부터 한 남자가 보였고—그럴 수밖에 없는 것이 내 앞의 골목길은 오르막길이었고 마침 보름달이 떠 있었기 때문이다—우리 쪽으로 달려올 때, 비록 그가 약하거나 누더기를 입고 있더라도, 누군가 그를 쫓아와 소리를 지르더라도, 우리는 그를 붙잡지 않고, 그가 가도록 내버려 둘 것이다.

왜냐하면 마침 밤이고, 그리고 우리 앞 골목길이 보름달 속에 오르막길이었기 때문이고, 거기다가 아마도 이 두 사람은 그들 대화에 열중해 있기 때문일지도 모른다. 아마 두 사람이 제삼자를 쫓고 있기 때문일지도 모르며, 첫 번째 사람이 죄 없이 쫓길지도 모르며, 두 번째 사람이 살인을 하려는 의도일지도 모르며, 그렇게 되면 우리는 살인 공범이 될지도 모른다. 아마도 그 두 사람은 서로에 대해 아무것도 모를지도 모르며, 그래서 단지 각자 자신의 침대를 향해 달리고 있는지도 모르며, 아마도 그들은 몽유병 환자일지도 모르며, 첫 번째 사람은 무기를 가지고 있을지도 모른다.

피곤해서는 안 되는데도, 기어코 우리는 그렇게도 많은 포도주를 마시지 않았던가. 두 번째 사람마저 더 이상 보이지 않게 되자 우리는 즐거웠다.

승객

나는 전차 승강장 위에 서 있다. 이 세계에서, 이 도시에서, 나의 가족에게서 나의 처지를 되돌아볼 때 나는 정말 불확실하다. 더군다나 내가 어떤 방향에서든 정당하게 주장할 수 있는 요구에 어떤 것들이 있을지, 나는 임시로라도 말할 수가 없을 것이다. 나는 내가 이 승강장 위에 서서, 고리에 의지하고 있는 것도, 전차에 몸을 내맡긴 채로 서 있는 것도, 사람들이 전차를 피하거나 혹은 조용히 가거나 혹은 진열장 앞에 멈추어 서든 간에 어쩔 수가 없다─물론 어느 누구도 나에게서 그것을 요구하지는 않는다. 하지만 그것은 아무래도 상관이 없다.

전차가 정류장으로 다가온다. 한 소녀가 내리려고 계단 가까이에 선다. 마치 그녀는 내가 만져보기라도 한 것처럼 그렇게 확실하게 보인다. 그녀는 검은 옷을 입고 있었는데, 치마의 주름은 거의 움직이지 않았다. 블라우스는 몸에 꽉 끼고 작은 그물 모양의 흰 레이스로 된 칼라를 달고 있다. 그녀는 왼손을 평평하게 벽에 대고 있고, 오른손에 쥔 우산은 두 번째 계단 위에 놓여 있다. 그녀의 얼굴은 갈색이며, 양편으로 약간 눌린 듯한 코의 끝은 둥글고 넓적하다. 그녀는 숱이 많은 갈색 머리를 가지고 있고, 오른쪽 관자놀이에는 잔머리털이 바람에 나부낀다. 그녀의 작은 귀는 바짝 붙어 있다. 그러나 나는 가까이 서 있었기 때문에 오른쪽 귓바퀴의 뒷면 전체와 귀뿌리의 음영을 본다.

당시 나는 이렇게 자문했다. 어떻게 그녀는 자기 자신에 대해서 의아하게 생각하지 않을 수 있으며, 입을 다물고 전혀 그와 같은 것을 아무것도 말하지 않을 수 있는가?

옷

　종종 나는 다양한 주름과 접힌 주름살 그리고 여러 가지 장식이 달린 옷이 아름다운 몸에 보기 좋게 감겨 있는 경우를 보게 될 때면, 그것들이 오랫동안 이렇게 있지는 않겠지, 구김살이 생겨 더 이상 똑바로 펴지지 않고 먼지가 묻어 장식품 깊이 박혀 털지도 못하겠지, 하고 생각한다. 그리고 날마다 똑같은 값비싼 옷을 아침에 걸쳤다가 저녁에 벗고 하는, 그렇게 서글프고 어리석은 짓을 하는 사람은 없을 것이라고 생각한다.

　그러나 나는 정말 아름답고 그리고 여러 가지 매력적인 근육과 관절을 지니고 있으며, 팽팽한 살갗과 가느다란 머릿결을 지닌 소녀를 본다. 그것도 날마다 이렇듯 자연스러운 무도회 드레스를 입고서 나타나며, 언제나 똑같은 손바닥에 똑같은 얼굴을 대고 자기의 손거울에 비춰 보고 있는 그녀를 본다.

　단지 저녁 늦게 그녀들이 축제로부터 돌아올 때면 이따금 그들은 거울 속에서 이제 낡아빠지고, 부풀어 오르고, 먼지투성이가 된, 모든 사람들에게 보여졌으니 이제 거의 더 이상 입을 수 없게 되어버린 옷을 보게 될 것이다.

거부

내가 어떤 아름다운 소녀를 만나서 그녀에게 "함께 가지 않겠니?" 하고 청했는데도 그녀가 무심코 지나쳐버린다면, 그녀는 이렇게 생각하고 있는 것이다.

"당신은 명성이 자자한 공작도 아니고, 인디언과 같은 체격에 수평으로 붙은 눈, 잔디밭 공기와 그것을 관통해 흐르는 시냇물 공기로 마사지한 피부를 지니고 있는 미국인도 아니며, 당신은 내가 어디에 있는지도 잘 모르는 거대한 대양을 여행해본 적도 없지요. 그러니까 어여쁜 소녀인 내가 무엇 때문에 당신과 함께 가야 된다고 생각하세요?"

"당신은 잊고 있어요. 당신은 거리를 달리는 자동차에 앉아 있지도 않고, 꼭 맞는 옷을 입고서 당신을 추종하는 무리도 보이지 않아요. 당신을 위해 축복의 말을 중얼대며 정확한 반원을 그리면서 당신의 뒤를 따르는 자들 말이에요. 당신의 가슴은 코르셋으로 알맞게 감싸여 있지만 당신의 다리나 허리는 모든 절제를 보충해주고도 남아요. 당신은 지난가을에 우리 모두를 즐겁게 해주었듯이, 주름 잡힌 호박단 옷을 입고 있군요. 하지만 당신은—이렇듯 생명에 위험한 것을 몸에 걸친 채—때때로 미소를 짓고 있다니."

"그래요. 우리는 둘 다 옳아요. 우리가 그런 것을 너무 잘 알게 되어 어찌할 수 없는 처지가 되지 않도록, 정말 각자 홀로 집으로 가는 것이 더 낫겠어요."

남자 기수들을 위한 숙고

곰곰이 생각해보면, 경마에서 일 위가 되고자 하는 하등의 이유가 없다.

한 지방의 일등 기수로 인정받는 영예는 오케스트라가 시작될 때처럼 너무 기뻐서 다음 날 아침에도 아무 후회 없을 정도의 일이다.

교활하고 상당히 영향력이 있는 경쟁자들의 질투심이 사람들로 좁게 빙 둘러싸여 있는 우리를 고통스럽게 한다. 우리는 그 사이를 뚫고 수평선 주변에 작게 몇 트랙을 앞질러 달리고 있는 기수들 사이에 난 텅 빈 평지를 향하여 달려간다.

많은 우리 친구들은 서둘러 이익금을 찾으면서 멀리 떨어져 있는 창구로부터 어깨 너머로 우리에게 환호를 보낸다. 하지만 가장 좋은 친구들은 우리들 말에 결코 건 적이 없는데, 그 이유는 내기에 잃고서 우리들을 원망하게 되지나 않을까 두려워하기 때문이다. 그러나 우리들 말이 일 위를 해서 그들이 돈을 하나도 벌지 못하고 우리가 옆을 지나칠 때면, 그들은 몸을 돌려 오히려 관람석을 죽 쳐다본다.

안장에 찰싹 붙은 채 뒤로 쳐진 경쟁자들은 그가 당한 불행을, 그리고 자신들에게 어떻든 부과된 과실을 알아보고자 노력한다. 그들은 마치 앞의 경기는 어린아이 장난이었고, 이번에 시작되는 경기야말로 진정한 경기인 양 활기찬 모습을 보인다.

많은 부인들에게 우승자는 우스꽝스럽게 보이는데, 그 이유는 그가 뽐내면서도 계속되는 악수 세례, 축하, 눈앞의 인사와 그리고 멀리 인사를 보내는 일에 어찌할 바를 모르기 때문이다. 그런가 하면 패자들은 입을 다문 채 대부분 흥흥대고 있는 말들의 목덜미를 가볍게 토닥거리고 있다.

마침내 찌푸린 하늘에선 비가 내리기 시작한다.

골목길로 난 창

　고독하게 혼자 살면서도 때로는 어디엔가 관계를 갖고 싶어 하는 자, 하루 시간의 변화나 날씨의 변화, 직업 관계의 변화 또는 그와 같은 것들을 참작해서 그저 매달릴 수 있는 어떤 팔이라도 보고 싶어 하는 자는 골목길로 난 창문 없이는 도저히 오래 견디어내지 못할 것이다. 그는 전혀 아무것도 구하지 않고 단지 피곤에 지쳐 군중과 하늘 사이, 위아래로 눈길을 돌리고, 창문 난간으로 다가가 아무런 의욕도 없이 머리를 약간 뒤로 젖히고 있으면, 어느덧 아래로 지나가는 말이 뒤에 거느리고 오는 마차와 소음이 마침내 그를 인간적인 유대감으로 끌어들인다.

인디언이 되고 싶은 마음

    진짜 인디언이라면, 달리는 말에 서슴없이 올라타고, 비스듬히 공기를 가르며, 진동하는 땅 위에서 이따금씩 짧게 전율을 느낄 수 있다면, 마침내는 박차도 없는 박차를 내던질 때까지, 마침내는 고삐 없는 말고삐를 내던질 때까지, 그리하여 앞에 보이는 땅이라곤 매끈하게 다듬어진 광야뿐일 때까지, 벌써 말 목덜미도 말 머리도 없이.

나무들

우리는 눈 속의 나뭇등걸과도 같기 때문이다. 겉으로 보기에 그것
들은 미끄러질 듯 놓여 있는 것 같아서 살짝만 밀어도 밀어내버릴 수
있을 것만 같다. 아니, 그럴 수는 없다. 그것들은 땅바닥에 단단하게
결합되어 있기 때문이다. 그러나 보라. 그것마저도 다만 겉으로 그렇
게 보일 뿐이다.

불행

이미 견딜 수 없게 되어—어느 십일월 저녁이었다—좁다란 내 방양탄자 위를 경주 트랙에서처럼 내달려, 불들이 켜진 골목길 모습에 놀라 다시 몸을 돌려, 방 내부에서, 거울 바닥에서 새로운 목표를 발견하고, 그리고 소리를 지르지만 외치는 소리만 들릴 뿐 아무런 응답도 없고, 외치는 힘에 비해 아무런 대가도 없이, 상응되는 균형도 없이 외치기만 할 뿐 중지할 줄을 모르고 있을 때, 그가 막 침묵하는 순간 바로 벽으로부터 문이 열렸다. 그것도 아주 빨리. 하기야 신속함을 필요로 하였으니까. 그리고 저 아래 포장한 도로 위의 마차에 매어놓은 말조차 전쟁에서 거칠어진 말처럼 목구멍을 드러내놓은 채 몸을 솟구치고 있었으니까.

작은 유령처럼 한 아이가 아직까지도 불이 켜 있지 않은 캄캄한 복도에서 나와, 알아차릴 수 없게 조용히 흔들리고 있는 마루 바닥재 위에 발끝으로 서 있다. 방 안의 어스름한 빛 때문에 눈이 부시어 급히 양손에 얼굴을 묻으려 했으나, 문득 창으로 눈길을 돌리고는 안심하였다. 십자 모양의 창문 앞에는 거리의 불빛이 안개처럼 떠올라 마침내 어둠 속에 잠겨 있었다. 열린 문 앞에서 오른쪽 발꿈치로 벽에 기댄 채 밖에서 불어오는 바람이 발의 관절과 목덜미와 관자놀이를 따라 스쳐 지나가게 내버려 두었다.

나는 잠시 밖을 내다보다가 "안녕하세요."라고 말하곤 난로 차열판에 걸린 저고리를 집어 들었다. 그것은 반벌거숭이인 채로 거기에서 있고 싶지 않았기 때문이었다. 잠시 동안 나는 입을 벌리고 있었는데, 그것은 나의 흥분이 입을 통해 사라지도록 하기 위함이었다. 내 마음속에는 불쾌한 침이 돌았고, 얼굴에선 눈썹이 떨렸다. 요컨대 그렇게나 기다리던 방문객은 오지 않았다.

그 아이는 여전히 벽 옆 똑같은 자리에 서 있었다. 아이는 오른쪽 손을 벽에 꼭 대고 붉은 뺨을 한 채 하얗게 칠한 거친 벽에 손가락 끝을 부비는 일에 열중하고 있었다. 나는 말했다. "정말 나에게 오려는 중이었나요? 틀림없겠지요? 이런 큰 집에서는 실수하기 십상이지요. 나는 사 층에 살고 있는 이러저러한 사람입니다. 그래도 당신이 찾아오신 건 바로 저인가요?"

"조용히, 조용히." 그 아이가 어깨 너머로 말을 던졌다. "모든 게 틀림없어요."

"그러시면 아주 방으로 들어오세요. 문을 닫고 싶은데요."

"문은 지금 막 내가 닫았어요. 그대로 계세요. 아무런 걱정도 마시고요."

"그런 말씀 마세요. 이 복도에는 많은 사람들이 살고 있는데, 모두들 물론 내가 잘 아는 사람들이지요. 대부분이 지금 일자리에서 돌아오고 있어요. 방에서 말소리가 들리면 무슨 일이 일어났나 문을 열고 들여다보는 것을 당연한 일인 양 믿고 있는 사람들이지요. 그런 겁니다. 그들은 하루 일과를 마치고 온 거예요. 일시적으로 얻은 저녁의 자유 시간을 어느 누구에게 맡기려 하겠습니까! 더군다나 그런 일이라면 당신도 잘 알 거예요. 문을 닫아도 될까요?"

"네, 도대체 어떻게 된 거지요? 무슨 일이지요? 온 집 안 사람이 몰려와도 전 괜찮습니다. 그리고 다시 말씀드립니다마는 문은 이미 내가 닫았습니다. 정말이지 당신만이 문을 닫을 수 있다고 생각하세요? 나는 더군다나 자물쇠로 꼭 잠가버렸습니다."

"그렇다면 됐어요. 그 이상 바라지도 않아요. 자물쇠로까지 잠글 필요는 없었는데요. 하여간 들어오셨으니 마음 편히 하시지요. 당신은 나의 손님이십니다. 나를 믿어주세요. 불안해하실 건 아무것도 없으니 마음 놓고 계십시오. 나는 당신을 억지로 붙들지도 않고 쫓아보내지도 않을 겁니다. 그런 말까지 해야 되겠습니까? 그렇게도 날 모르십니까?"

"천만에요. 사실 그런 말씀은 하실 필요가 없었습니다. 오히려 그런 말씀을 하시지 않았어야 되는 건데요. 나는 아이입니다. 왜 그렇게 나에 대해서 여러 가지로 마음을 쓰십니까?"

"그리 마음 상하진 마세요. 물론 당신은 아이입니다만 그렇게 어리지는 않습니다. 당신은 이미 어른입니다. 만일 당신이 소녀였다면, 이렇게 아무렇게나 나와 한 방에 틀어박혀 있지는 못할 것입니다."

"그 점에 대해서는 걱정하실 필요 없습니다. 내가 여쭙고 싶었던 것은 이렇습니다. 내가 당신을 잘 알고 있다는 것만으로는 완전히 안심할 수가 없습니다. 다만 나에게 거짓말을 하는 수고만은 당신이 하지 않으셔도 됩니다. 그럼에도 당신은 나에게 겉치레를 하십니다. 그런 일은 그만두세요. 제발 그만두시라니까요. 나는 당신을 어디서나 언제나 이 어둠 속에서도 알고 있는 것은 아닙니다. 불을 켜는 것이 훨씬 좋겠어요. 아니 역시 켜지 않는 것이 낫겠어요. 하지만 당신이 나를 협박하셨다는 것을 언제나 느낄 것입니다."

"무어라고요? 당신을 협박했다고요? 제발 그런 말씀 마세요. 나는 당신이 여기에 마침내 오신 것을 이렇게 기뻐하고 있어요. 내가 '마침내'라고 말하는 이유는 당신이 그렇게 늦게 오셨기 때문입니다. 왜 당신이 그렇게 늦게 오셨는지 나는 잘 모르겠습니다. 하기야 내가 기쁜 나머지 횡설수설했을 수도 있고, 그것을 당신이 액면 그대로 받아들였을 수도 있습니다. 내가 그렇게 말했을 것이라는 것을 열 번이라도 인정합니다. 그렇군요. 당신이 의도한 대로 나는 당신을 협박한 셈이 군요—하지만 제발 부탁이니 다투지는 맙시다—그런데 어떻게 해서 당신이 그러한 것을 믿게 되었는지? 어떻게 해서 당신은 내 기분을 상하게 할 수 있었을까요? 어째서 당신은 애써 당신이 체류하는 짧은 시간을 망치려 하십니까? 아무리 낯선 사람이라도 당신보다는 친절할 거예요."

"하긴 그렇겠지요. 그런 것은 하등 새로운 진리는 아닐 겁니다. 낯선 사람마저 당신을 흔쾌히 받아들일 정도로 나는 원래 당신과는 가깝습니다. 그런데 어쩐 일로 슬퍼하시나요. 희극을 연출하겠다는 말씀이십니까? 그렇다면 나는 당장이라도 나가렵니다."

"그래요? 그렇게까지 당신은 말씀하시는군요? 당신은 조금은 대담하시군요. 어쨌든 결국 당신은 내 방에 계십니다. 당신은 당신의 손가락들을 미친 듯이 벽에다 문지르고 계십니다. 나의 방, 나의 벽. 더군다나 당신이 말씀하시는 것은 우스꽝스러워요. 뻔뻔스러운 것만은 아닙니다. 당신 말씀은 당신의 본성이 이러한 방식으로 나와 이야기하도록 강요한단 말이지요. 사실이에요? 당신의 본성이 당신을 강요한다는 말이지요? 참 훌륭한 본성이십니다. 당신의 본성은 나의 본성이며, 내가 원래 당신에게 친절하게 대할진대 당신도 그렇게 할 도리밖에는 없을 텐데요."

"그게 친절한 것입니까?"

"나는 전에 있었던 일에 관하여 말하는 것입니다."

"당신은 내가 뒤에 어떻게 될 것인지 알고 계십니까?"

"나는 아무것도 모릅니다."

이렇게 말하고 나는 침대 옆 책상으로 가서 그 위에 촛불을 켰다. 그 시절 나의 방에는 가스도 전깃불도 없었다. 그러고는 얼마간 책상 옆에 앉았으나 그것도 싫증이 나서 외투를 입고, 긴 의자에서 모자를 들고 그리고 촛불을 불어 껐다. 나가다가 나는 안락의자의 다리에 걸렸다.

층계에서 나는 같은 층에 세 들어 사는 한 사람을 만났다.

"당신은 또 나가십니까? 당신은 부랑자이군요?"라고 두 개의 계단 위로 다리를 벌린 채 휴식을 취하면서 그는 물었다.

"어떻게 해야 할까요?" 나는 말했다. "지금 나는 방에서 유령을 보았어요."

"마치 수프 속에서 머리카락이라도 발견한 것처럼 그렇게 불쾌하게 말하시는군요."

"농담이지요. 하지만 아시다시피 유령은 역시 유령이거든요."

"정말 그래요. 그렇지만 유령 같은 것을 전혀 믿지 않는다면 어떻게 하지요?"

"그거야 내가 유령을 믿고 있다고 생각하십니까? 그렇지만 믿지 않는다고 해도 무슨 소용이 있겠습니까?"

"아주 간단합니다. 실제로 유령이 나타나더라도 더 이상 불안해하실 필요가 없습니다."

"네, 그렇지만 그건 이차적인 불안입니다. 본래의 불안은 유령이 나타나는 원인에 대한 불안입니다. 그리고 이러한 불안은 가시질 않습니다. 그러한 불안을 나는 지금 굉장히 많이 가지고 있어요."

나는 신경질이 나서 나의 호주머니를 전부 뒤졌다.

"그러나 당신은 유령이 나타나는 것 자체를 전혀 두려워하지 않기 때문에, 그 불안의 원인에 대해 조용히 물어볼 수 있었을 것입니다."

"분명 당신은 아직까지 한 번도 유령과 이야기를 나눠본 적이 없으시군요. 그들로부터는 결코 분명한 정보를 얻을 수가 없어요. 그것은 갈피를 잡을 수가 없어요. 이 유령들은 자신들의 존재에 대해서 우리들 이상으로 의혹을 가지고 있는 것 같습니다. 그것도 그들의 불확실한 근거를 생각하면 이상할 것도 없지요."

"그러나 내가 들은 바로는 유령을 기를 수도 있다는데요."

"잘 아셨습니다. 할 수 있어요. 그러나 누가 그런 짓을 하겠습니까?"

"왜 안 하겠어요. 이를테면 만약 그것이 여자 유령이라면 말입니다."라고 말하고는 그는 뛰어서 윗계단으로 올라갔다.

"아하 그렇군요. 하지만 그것도 보장할 수는 없지요."라고 나는 말했다.

나는 곰곰이 생각했다. 내 친구는 벌써 멀리 올라가 버려서 나를 보려면, 층계의 둥근 천장에서 굽어보아야만 했다. "그렇지만 말입니다." 나는 외쳤다. "당신이 그 위 유령을 내쫓는다면, 그땐 우리 사이는 끝장입니다. 영원히."

"그러나 그것은 단지 농담일 뿐이었지요." 그렇게 말하고 그는 머리를 움츠렸다.

"그렇다면 좋아요." 이렇게 나는 말했다. 이제 진정으로 조용히 산책을 할 수 있을 것 같았다. 그러나 나는 완전히 외톨이가 된 기분이어서 차라리 위로 올라가 누워 잠을 잤다.

『선고』(1913)
—펠리체 바우어에게 바칩니다

선고

화창한 봄날 어느 일요일 오전이었다. 젊은 상인 게오르크 벤데만은 강을 따라 한 줄로 죽 늘어서 있는, 나지막하고 날림으로 지은 주택들 중 한 채의 이 층 자기 방에 앉아 있었는데, 그 집들은 단지 높이와 색깔만이 조금씩 다를 뿐이었다. 그는 외국에 있는, 어릴 적 친구에게 막 편지를 다 쓰고 나서 그것을 장난하듯 천천히 봉한 다음, 팔꿈치를 책상에 괴고 창 너머로 강과 다리와 푸르스름한 빛으로 덮인 건너편 둑 언덕을 바라보았다.

그는 이 친구가 고향에서의 출세에 불만을 품고 몇 년 전 단호하게 러시아로 도망치듯 가버렸던 일을 생각해보았다. 이제 그는 페테르부르크에서 사업을 하고 있었다. 고향을 찾는 일이 점점 뜸해졌는데, 그때마다 그가 한탄하듯이, 처음에는 잘 풀리던 그의 사업이 오래전부터 부진한 듯 보였다. 그러니까 그 친구는 낯선 곳에서 헛되이 고생만 하고 있는 셈이다. 온통 얼굴에 난 별난 모양의 수염이 어린 시절부터 낯익은 얼굴을 흉하게 덮었고, 누르스름한 안색 때문에 무슨 병에라도 걸린 것 같았다. 스스로가 말하듯이 그는 그곳 교민 사회와 이렇다 할 접촉이 없었고, 고향의 친지들과도 거의 사교적인 교류가 없었으며, 결국에는 영구적인 독신 생활에 적응해가고 있었다.

분명 역경에 빠져 있어 동정이 가지만 아무런 도울 길이 없는 이런 사람에게 어떻게 편지를 쓸 수 있겠는가. 다시 고향에 돌아와 생활터를 이리로 옮기고, 옛 친구들과의 관계를 되살리고—이를 위해선 아무런 장애도 없었다―그 밖에 친구들의 도움에 기대를 걸어보라는 등의 조언을 해야 하지 않을까. 하지만 남을 보살펴줄수록 남을 더욱 괴롭히게 되는 경우가 있는 것처럼 이런 조언을 한다는 것은 지금까지의 노력들이 실패했으니 그런 일에서 이제 손을 떼고 귀향해서 남들이 놀란 눈으로 그를 영구 귀향자로 쳐다보게 하라는 말과 같지 않은가. 이런 점은 친구들만이 이해할 수 있는데, 그것은 그가 성공을 거둔 고향 친구들을 무조건 따라야 할 철부지 인간이라는 얘기밖에 안 된다. 그렇다면 그에게 주는 갖은 고통이 무슨 보람이라도 있는 게 확실할까? 아마도 그를 귀향하게 하는 일 자체가 성립될 수 없을지 모른다. 고향의 제반 사정을 이젠 알 수 없노라고 그 스스로 말하지 않았던가. 그러니까 형편이 그렇더라도 그는 외국에 계속 머무를 것인데, 괜스레 조언을 하여 기분만 상하게 하고 친구들과는 한층 더 멀어지게만 할 것이다. 그가 정작 조언을 받아들여 여기에 온다고 해도, 물론 의도적인 일 때문이 아니더라도 실제 형편에 따라 그는 기가 꺾여 친구들과 어울리지도 못하고, 또 그들 없이는 옴짝달싹도 못하고, 그래서 치욕을 느낄 뿐, 끝내는 고향도 친구도 없는 신세가 될지도 모른다. 그럴 바에야 현재 그대로 외국에 머물러 있는 게 그를 위해서 훨씬 나을지 모른다. 사정이 이런데 그가 여기에서 무슨 성공을 거두리라고 예상할 수 있을까?

이런 이유로 게오르크는 편지 연락을 계속하는 것이 꺼려지고, 아주 멀리 떨어져 있는 친지에게도 주저 없이 보낼 수 있는 그런 소식조차도 전할 수 없었다. 그 친구는 삼 년이 넘도록 고향에 오지 않았는데, 이를 그 친구 자신은 러시아의 불안한 정치 사정과 연관시키며 궁색한 변명을 늘어놓았었다. 지금 수많은 러시아인들이 세계를 유유히 돌아다니는데도 친구의 설명에 따르면 그곳의 정치 상황 때문에 소상인조차 잠시 동안도 자리를 비울 수 없다는 것이었다. 그 삼

년 동안 게오르크에게는 많은 변화가 있었다. 이 년 전 무렵 어머니가 돌아가셨고, 그 이후로 게오르크는 늙으신 아버지와 한집 살림을 하고 있었다. 이것에 대해 친구가 소식을 들었음인지 편지로 문상까지 했는데, 그 내용이 여간 딱딱하지 않았다. 타지에선 그런 일에 대한 슬픔이 전혀 느껴지지 않기 때문에 그랬던 것 같다. 한편 그때 이후로 게오르크는 다른 것도 그랬지만 자기 사업을 굳은 결심으로 해나갔다. 아마도 어머니가 살아 계실 때에는 아버지가 사업에서 자기 주장만을 관철시켰기 때문에, 게오르크가 실질적인 자기활동을 하는 데 방해를 받은 것 같다. 어머니가 돌아가신 이후 아버지는 여전히 사업을 하고 있긴 해도 소극적으로 행동하시는 것 같다. 아마도 뜻밖의 행운이—이런 일은 언제나 있을 법한 일인데—다른 것보다 훨씬 더 중요한 작용을 했을 것인데, 어떻든 지난 두 해 동안 사업이 예상외로 번창했다. 사원을 두 배로 늘려야 했고, 매상은 다섯 배로 증가했으며, 지속적인 발전을 의심할 여지가 없다.

그러나 친구는 이 같은 변화에 대해선 상상도 못할 것이다. 전에, 그러니까 그 문상 편지에선가 마지막으로 그 친구는 게오르크에게 러시아로 이주할 것을 설득하려 했고, 페테르부르크에 게오르크 분점을 설치할 경우에 생길 전망 등을 자세하게 알려준 바 있다. 그가 언급했던 이윤은 게오르크의 사업이 현재 벌고 있는 이윤 규모에 비하면 너무나 미미한 것이었다. 그러나 게오르크로서는 자기 사업상의 성공에 관해서 친구에게 글을 쓸 생각이 전혀 없었다. 지금 뒤늦게 그런 짓을 한다면 정말로 이상하게 보일 것이다.

그래서 게오르크는 친구에게 보내는 편지에 조용한 일요일 같은 날 생각에 잠기노라면 기억 속에 두서없이 떠오르는 그런 대수롭지 않은 일들만을 쓰는 데 그쳤다. 친구가 그 사이 오랫동안 염두에 두고 있으면서 그런대로 괜찮게 생각하고 있는 고향의 모습을 게오르크는 훼손하지 않고 그냥 놔두고 싶을 뿐이었다. 따라서 게오르크는 어떤 대수롭지 않은 남자가 어떤 대수롭지 않은 처녀와 약혼을 했다는 이야기를 꽤나 오랜 간격을 두고 보낸 세 차례의 편지에서 매번 친구에게 알렸는데, 마침내는 친구가 게오르크의 의도와는 달리 이 색다른 일에 관심을 갖기 시작한 것이다.

그러나 게오르크는 바로 자기 자신이 유복한 가정의 딸인 프리다 브란델펠트 양과 한 달 전에 약혼을 했다는 사실을 실토하는 대신 그런 식으로 친구에게 글을 썼다. 가끔 그는 자기 약혼녀에게 그 친구에 관한 이야기를 하면서, 그 친구에게 편지를 쓸 때 자기는 특별한 입장에 있게 된다는 것도 아울러 말했다. "그렇지만 나는 당신 친구들을 모두 알아둘 권리가 있어요." "나는 그를 막으려는 것은 아니야." 게오르크가 대답했다. "오해 말아. 그는 아마 올 거야. 내 생각으론 그래. 하지만 그는 강요당하고 모욕당한 느낌일 거야. 아마 날 부러워하고 불만스러워할 텐데, 그 불만을 제거하지도 못한 채 결국 혼자 되돌아갈 거야. 혼자서 말이야. 무슨 말인지 알아듣겠어?" "네, 그렇지만 우리 결혼에 대해서 그분이 다른 방도로는 알 수 없을까요?" "그것을 내가 막을 수는 없지만, 그의 생활 방식으로 보아 그건 있을 수 없는 일이야." "게오르크, 당신이 그런 친구를 갖고 있다면 아예 약혼을 하지 않는 편이 좋을 뻔했어요." "그래, 그건 우리 두 사람의 죄야. 그렇지만 난 지금도 그걸 무르고 싶은 생각은 없어." 그녀가 그의 키스를 받고 숨을 가쁘게 쉬면서, "그래도 사실은 기분이 나빠요."라고 말하자, 게오르크는 친구에게 모든 것을 써 보내는 것이 정작 위험하지는 않으리라고 생각했다. '나는 이런 사람이니까, 그가 나를 이런 사람으로 받아들여야 해.' 그는 중얼거렸다. '친구와의 우정을 위해 내 자신으로부터 현재의 나보다 더 적합한 인간을 만들어 낼 수는 없어.'

실제로 그는 이번 일요일 오전에 쓴 긴 편지에서 자신이 약혼했다는 사실을 다음과 같은 말로 친구에게 알렸다. '제일 좋은 소식을 끝까지 숨겨왔다네. 나는 프리다 브란델펠트라는 아가씨와 약혼을 했다네. 유복한 가정의 처녀인데, 그 집은 자네가 떠나고 한참 후에 이곳으로 이주했으니까 자네는 알 수가 없을 거야. 다른 기회에 내 약혼녀에 관해 더 자세한 이야기를 하게 될 걸세. 오늘은 다만 내가 꽤나 행복하다는 것과 우리의 관계에서는 자네가 이젠 나를 평범한 친구가 아니라 행복한 친구로 보게 됐다는 점만 달라졌다는 것을 알리고 싶네. 그 밖에 내 약혼녀는 자네와 허물없는 친구가 될 걸세. 그건 자네 같은 독신자에게 대수롭지 않은 일은 아닐 거야. 지금 그녀가 자네에게 안부를 전하고 있으며, 다음번엔 그녀 자신이 자네에게 직접 편지를 쓸 걸세. 여러 가지 일들 때문에 이곳을 방문하기에 힘들거라는 것을 알지만, 내 결혼이야말로 온갖 장애를 물리치고 자네를 그곳에서 떠나게 하는 절호의 기회가 아닐는지. 그렇지만 내 말에는 개의치 말고 자네 뜻대로 행동하기 바라네.'

이런 내용의 편지를 손에 든 채 게오르크는 창을 바라보면서 오랫동안 책상에 앉아 있었다. 한 아는 사람이 길을 지나가다가 인사를 했지만, 그는 건성으로조차 미소를 보내지 않았다.

마침내 그는 편지를 주머니에 넣고 자기 방을 나와 작은 복도를 가로질러 몇 달째 들어가 본 적이 없는 아버지의 방으로 들어섰다. 실은 그렇게까지 찾아 들어갈 필요는 없었다. 아버지와는 상점에서 늘 마주치니까 말이다. 게다가 두 사람은 똑같은 시간에 똑같은 식당에서 점심 식사를 하고, 저녁에는 각자 임의대로 시간을 보내긴 해도, 게오르크가 친구들과 함께 있거나 혹은 약혼녀를 방문하거나—이건 흔히 있는 일이다—하지 않을 때면 대개 두 사람은 잠시 거실에 앉아서 각자 신문을 보곤 했다. 맑은 날인데도 아버지의 방이 너무 어두운 것에 대해 게오르크는 놀랐다. 좁은 마당 건너편에 세워진 높다란 담이 그늘을 던지고 있는 탓이었다. 방 한쪽 구석에는 돌아가신 어머니를 위한 여러 가지 기념물이 꾸며져 있었는데, 아버지는 거기 창가에 앉아 신문을 읽고 있었다. 그는 자기의 약한 시력에 맞추기 위해 신문을 눈앞에 비스듬히 들고 있었다. 책상 위에는 아침 식사 때 남긴 것이 놓여 있었는데, 별로 많이 드신 것 같지 않았다.

"아, 게오르크구나!" 하고 아버지는 곧 그에게 다가왔다. 걸을 때 그의 묵직한 잠옷이 펼쳐졌고, 그 자락이 그의 둘레에 나부꼈다. '아버님은 여전히 거인이시구나.'라고 게오르크는 중얼거렸다.

"여긴 지독히 어둡군요." 그가 말했다.

"그래, 사실 어둡긴 하지." 아버지가 말했다.

"창문을 닫으셨나 보죠?"

"난 닫는 게 더 좋단다."

"바깥은 아주 따스해요." 앞서 얘기에 열중하는 듯이 게오르크는 이렇게 말하고 자리에 앉았다.

아버지는 아침 식사 그릇을 치워 상자 위에다 놓았다.

"사실 제가 말씀드리려는 것은," 늙은 아버지의 거동을 멍하니 바라보면서 게오르크는 이렇게 말을 꺼냈다. "페테르부르크에 내 약혼을 알린다는 얘기예요." 그는 편지를 주머니에서 약간 꺼냈다가 다시 집어넣었다.

"페테르부르크에다?" 아버지가 물었다.

"제 친구에게 말입니다." 하고 게오르크는 아버지의 눈치를 살폈다. 아버지가 상점에서와는 달리 여기선 몸을 쭉 펴고 팔짱을 끼고 앉아 있지 않은가, 라고 그는 생각했다.

"음, 네 친구에게 말이냐." 아버지가 힘주어 말했다.

"제가 처음엔 제 약혼에 대해서 아무 말도 하지 않으려고 했다는 건 아버지도 아실 거예요. 그건 단지 염려하는 마음에서였지 다른 이유는 없었어요. 아시다시피 그 친구는 까다로운 사람이니까요. 그가 고독한 생활을 하니까 다른 사람을 통해 내 약혼에 대해 알게 되기란 거의 불가능하겠지만, 그래도 혹시 그러지 않을까—그렇게 되는 거야 제가 어쩔 수 없지요—생각했던 겁니다. 하지만 그래도 그에게 직접 알리진 않으려고 했지요."

"그런데 이제 와서 생각이 달라졌단 말이지?" 이렇게 물으면서 아버지는 큼직한 신문을 창문턱에 놓고 신문 위에다 안경을 놓더니 손으로 다시 안경을 가렸다.

"네, 이제는 생각을 바꾸었어요. 그가 나의 절친한 친구라면 나의 행복한 약혼은 그에게도 경사라고 생각돼요. 그래서 그에게 그걸 알리는 것을 주저하지 않게 됐어요. 그렇지만 편지를 우체통에 넣기 전에 아버님께 사연을 말씀드리는 거지요."

"게오르크," 하고 아버지는 이가 없는 입을 크게 벌렸다. "들어 봐. 너 그 일 때문에 나에게 상의하러 왔단 말이지. 그건 물론 칭찬할 일이야. 그렇지만 네가 지금 진실을 숨김없이 말하지 않는다면 그건 아무것도 아니다. 아니지, 불쾌할 뿐이지. 난 문제 이외의 일은 건드리지 않겠어. 네 착한 어머니가 세상을 떠난 뒤에 좋지 않은 일들이 일어났어. 아마도 그런 일에 대해서도 말할 때가 오겠지. 우리가 생각하는 것보다도 더 일찍 올는지도 모르지. 상점에서 내가 모르는 일들이 있어. 그런 일들은 내게 숨겨지지야 않을 테지. 지금 나로서는 그런 일들이 내게 숨겨진다고 가정할 생각은 전혀 없단다. 난 이제 기력도 왕성하지 않고 기억력도 감퇴해서 많은 일들에 일일이 눈을 돌릴 수가 없단다. 이렇게 된 것은 첫째로는 나이 탓이지. 둘째로는 네 어머니의 죽음이 타격을 주었기 때문이야. 그 타격은 네게보다도 나에게 훨씬 더 컸단다. 그런데 그 사연에 대해, 그 편지에 대해 말을 하겠는데, 제발 부탁하지만 날 속이지 말아라. 너 정말 페테르부르크에 그런 친구가 있기나 하니?"

게오르크는 당황해서 일어섰다. "제게 친구들이 있다고 쳐요. 수천 명이라도 아버지를 대신할 순 없습니다. 제 말을 아시겠어요? 아버지께서는 몸을 충분히 돌보지 않으십니다. 그렇지만 나이를 무시할 수는 없어요. 잘 아시는 바와 같이 상점에서 저는 아버지가 없어서는 안 됩니다. 하지만 상점이 아버지 건강에 위협이 된다면 저는 내일이라도 그것을 영영 닫아버리겠어요. 그래서는 안 됩니다. 우리는 아버지를 위해 다른 생활 방법을 택해야 합니다. 근본적으로 달라져야 합니다. 아버지는 여기 컴컴한 곳에 앉아 계시는데, 거실에 계신다면 햇볕을 보게 되지요. 아침 식사는 제대로 잡수시지도 않고 드는 둥 마는 둥 하십니다. 그리고 닫혀 있는 창가에 앉아 계시는데 아버지께는 맑은 공기가 이롭습니다. 안 되겠어요, 아버지! 의사를 부르겠어요. 의사의 지시를 따르십시오. 방을 바꾸도록 하지요. 아버지가 앞방으로 옮기시고 제가 이 방으로 오지요. 아버지한테는 변화가 없도록 해드리겠습니다. 모든 걸 저한테 옮겨놓을 테니까요. 그렇지만 그런 일은 나중에 하기로 하고 지금은 좀 누워 계셔야 해요. 아버지는 지금 절대로 안정이 필요하십니다. 자, 제가 옷을 벗으시는 것을 거들어드리지요. 제가 할 수 있으니까 한번 보세요. 아니면 지금 당장 앞방으로 가시렵니까. 그러시다면 잠시 침대에 누워 계시면 되죠. 그게 정말 좋을 것 같군요."

게오르크는 아버지 곁으로 바짝 다가갔다. 아버지는 백발이 흐트러진 머리를 가슴 위로 수그리고 있었다.

"게오르크야." 가만히 앉은 채로 아버지가 나직하게 말했다. 게오르크는 곧 아버지 곁에 무릎을 꿇고 앉았다. 그는 아버지의 지친 얼굴에서 눈동자가 눈언저리까지 가득 차도록 커져 자기를 노려보는 것을 보았다.

"넌 페테르부르크에 친구가 없어. 넌 늘 농담을 잘하더니만 나한 테까지 그러는구나. 하필 거기에 친구가 있겠느냐! 도무지 믿을 수 가 없구나."

"아버지, 잘 생각해보세요." 하고 게오르크가 아버지를 의자에서 일으키자 아버지는 무척 힘없이 서 있었다. 그는 아버지의 잠옷을 벗 겨드렸다. "제 친구가 우리 집에 다녀간 지가 곧 삼 년이 됩니다. 제 기억으로는 아버지께서 그를 특별하게 좋아하시지는 않았어요. 그 가 내 방에 와 있었는데도 두 번이나 아버지에게 그가 없다고 말씀드 렸어요. 아버지가 그를 싫어하시는 걸 전 잘 이해할 수 있었어요. 제 친구는 개성이 강합니다. 그렇지만 나중에 아버지는 그와 이야기를 잘 하셨어요. 그때 아버지는 그의 말을 귀담아들으면서 고개를 끄덕 이고 질문까지 하셔서 저는 여간 흐뭇하지 않았어요. 잘 생각하면 기 억나실 겁니다. 그때 그는 러시아 혁명에 대해 믿어지지 않는 얘기를 했지요. 예컨대 그가 사업차 키예프에 갔을 때 폭동이 일어났는데, 한 신부가 발코니에 서서 자기 손바닥에 칼로 십자를 새겨 그 손을 쳐들며 군중들에게 호소하는 광경을 보았다는 얘기를 했지요. 후에 아버지 스스로가 이 얘기를 가끔 되풀이하곤 하셨지요."

그러는 동안 게오르크는 아버지를 다시 앉히고 리넨 팬티 위에 입 은 트리코 천의 바지와 양말을 조심조심 벗길 수 있었다. 별로 깨끗 하지 못한 내의를 보자 그는 아버지를 소홀히 했다는 가책을 받았다. 아버지가 내의를 갈아입도록 신경을 쓰는 것이 분명 자기 의무인 것 같았다. 아버지를 장차 어떻게 모실 것인가에 대해서는 아직 자기 약 혼녀와 별도로 말한 것이 없었다. 그들은 아버지가 혼자 옛날 집에 남아 계실 것이라고 은연중에 예상하고 있었기 때문이었다. 그러나 지금 그는 자기네 새 가정에 아버지를 모셔야 되겠다고 단연 결심했다. 자세히 살펴보니 아버지께 해드려야 할 보살핌이 너무 늦지 않았나 싶었다.

그는 양팔로 아버지를 안아 침대로 옮겼다. 몇 발자국 침대로 걸어가는 동안 그는 자기 가슴에 달린 시곗줄을 아버지가 만지작거리는 것을 보고 무서운 느낌이 들었다. 아버지가 시곗줄을 어찌나 꼭 잡고 있는지 침대에다 아버지를 곧바로 눕힐 수가 없었다.

아버지가 침대에 눕자 모든 게 잘된 것 같았다. 그는 손수 이불을 덮었는데 어깨 너머까지 이불을 끌어당겼다. 그는 게오르크를 정다운 눈으로 쳐다보았다.

"그에 대해 기억이 나시지요, 그렇죠?" 게오르크가 물으면서 기운을 북돋워주려고 고개를 끄덕였다.

"이불이 잘 덮였느냐?" 발이 잘 덮였는지 살펴볼 수 없다는 듯이 아버지가 이렇게 물었다.

"침대에 누우시니까 기분이 좋으시죠." 하고 게오르크는 이불을 더 잘 덮어주었다.

"잘 덮였느냐?" 아버지가 또다시 이렇게 물었는데, 대답에 대해 각별히 신경을 쓰는 것 같았다.

"걱정 마세요. 잘 덮였으니까요."

"아니야!" 아버지는 자기 질문에 대한 대답에서 충격을 받은 듯이 이렇게 소리를 치면서 이불을 약간 날아갈 정도로 힘차게 걷어차고 침대에 꼿꼿이 섰다. 다만 한쪽 손을 가볍게 천장에 대고 있었다. "이놈아, 네가 날 덮어주려고 한다는 걸 알고 있어. 하지만 난 덮여지질 않았어. 마지막 힘이긴 하지만 너 정도 해치우기에는 충분해. 해치우고도 남지. 난 네 친구를 잘 알아. 그가 내 마음의 아들이나 다름없어. 그런 까닭에 넌 그를 여러 해 동안 속여온 거야. 다른 이유는 없지? 내가 그를 위해 울지 않았다고 생각하느냐? 그런 까닭에 넌 네 사무실

에 처박혀 있었던 거야. 사장이 지금 업무가 바쁘니 아무도 들어와서
는 안 된다고 말을 하지만, 실은 러시아로 거짓 편지를 쓰느라고 하
는 수작이지. 다행히 아버지는 아들의 마음을 꿰뚫어 보는 법을 누구
에게도 배울 필요가 없다는 거야. 넌 그를 제압한 것으로 믿고 있지.
네 궁둥이로 그를 깔고 앉을 정도로 그를 제압했다고 말이야. 사실
그는 꼼짝도 안 하고 있어. 내 아들이 결혼할 결심을 했는데도 말이
야!"

게오르크는 자기 아버지의 흉악스러운 모습을 쳐다보았다. 아버
지가 갑자기 페테르부르크의 친구를 그렇게 잘 안다니까 그 친구가
전에 없이 게오르크의 마음을 사로잡았다. 그는 친구가 낭패를 당한
채 넓고 넓은 러시아 땅에 있는 것을 상상했다. 약탈당한 텅 빈 상점
문가에 서 있는 그를 보았다. 파괴된 선반, 갈기갈기 찢긴 상품, 떨어
지고 있는 가스등의 갓, 이런 것들 사이에 그가 서 있었다. 왜 그는 그
다지도 멀리 떠나야만 했을까!

"날 좀 보자꾸나." 아버지가 이렇게 소리치자 게오르크는 모든 것
을 알아내려고 얼빠진 사람처럼 침대로 달려갔다. 그러나 도중에서
걸음을 멈추었다.

"그년이 치마를 들어 올렸기 때문에," 아버지가 부드럽게 말을 시
작했다. "그 지긋지긋한 년이 치마를 들어 올렸기 때문에," 그것을
묘사하느라고, 그가 셔츠를 치켜올렸기 때문에 전쟁 때 입은 넓적다
리 흉터가 보였다. "그년이 치마를 이렇게, 그리고 이렇게 치켜올렸
기 때문에 넌 그년에게 달라붙은 거야. 넌 남의 방해 없이 혼자서 그
년과 재미를 보려고 돌아가신 어머니를 생각하는 마음을 더럽히고,
친구를 배반하고, 네 아버지를 꼼짝 못하도록 침대에 처박아두었지.
하지만 이 아비가 움직일 수 있는 거냐 없는 거냐?" 그리고 그는 기댄
곳 없이 서서 두 다리를 쭉 폈다. 그는 다 알고 있다는 듯이 회색이 만

면했다.

아버지에게서 될 수 있는 대로 멀리 떨어져 있으려고 게오르크는 방 한쪽 구석에 서 있었다. 조금 전에 그는 우회 길에서든 뒤쪽에서든 위쪽에서든 일체 기습당하지 않도록 모든 것을 빈틈없이 잘 관찰해야겠다고 굳게 결심한 것이었다. 감쪽같이 잊었던 그 결심이 이제 다시 생각났지만, 짧은 실오라기를 바늘구멍으로 빼는 때처럼 금방 그것을 잊었다.

"그렇지만 그 친구는 배반당하지 않았어!" 이렇게 외친 아버지는 집게손가락을 흔들면서 자기 말을 더욱 굳혔다. "난 이곳에서 그의 대리인으로 있는 거야."

"코미디언 같군요!" 게오르크는 이렇게 외치고 말았다. 곧 그는 실수했다는 느낌이 들어―너무 늦긴 했지만―눈을 부릅뜬 채 혀를 깨물었는데, 너무나 아파서 몸이 구부러질 지경이었다.

"그래, 물론 나는 코미디를 한 거야. 코미디 말이다. 좋은 말이야. 늙은 홀아비인 이 아비한테 무슨 다른 위안거리가 있겠느냐. 말해보려무나. 내 물음에 대답하는 순간이라도 내 진짜 아들이 되어다오. 못된 점원들에게 시달려 뼛속까지 늙어버리고 뒷방 신세가 된 나한테 남아 있는 게 무엇이겠니? 내 아들은 환호를 지르며 세상을 돌아다니고 내가 착수한 사업들을 마무리하고 기뻐 날뛰다가도 자기 아비 앞에 와서는 정직한 사람처럼 무뚝뚝한 표정을 짓다니. 널 낳은 내가 너를 사랑하지 않았다고 생각하느냐?"

이젠 고꾸라질 거야, 라고 게오르크는 생각했다. 넘어져서 부서지라지! 이 말이 그의 뇌리를 스쳐 지났다.

아버지는 고꾸라지긴 했지만 넘어지지는 않았다. 게오르크가 다가가자 예상한 대로 아버지는 다시 몸을 일으켰다.

"거기 그대로 있어. 난 네가 필요 없어. 넌 이리로 올 만한 힘이 있다고 생각하면서도 더 오고 싶지 않기 때문에 멈칫하고 있는 거야. 착각하지 마라. 아직 내가 훨씬 더 강하니까. 나 혼자라면 아마 물러나야 했는지도 모르지. 그렇지만 네 어머니가 내게 이렇게 힘을 주었고, 난 네 친구하고는 멋지게 뭉쳐 있으며, 네 고객의 명단을 여기 호주머니에 갖고 있어."

'내복에도 주머니가 있구나.'라고 게오르크는 혼잣말을 했다. 그는 아버지가 그 같은 말을 해가면서 세상에서 그를 매장시킬지도 모른다는 생각을 했다. 그러나 그런 생각을 한 것은 한순간뿐이었고, 이내 그런 건 다 잊고 있었다.

"네 신부를 달고 나한테 나타나기만 해봐라. 네 곁에 못 있게 쫓아버릴 테니. 어떻게 하는지 두고 보면 알아." 그것이 믿어지지 않는다는 듯이 게오르크는 얼굴을 찡그렸다. 아버지는 자기가 한 말이 사실이라고 단언하듯이 게오르크가 서 있는 구석 쪽을 쳐다보면서 고개를 끄덕였다.

"오늘 네가 와서, '친구에게 약혼에 대해 알릴까요?' 하고 물었을 때 난 얼마나 재미났는지 몰라. 그는 다 알고 있어, 이 바보 같은 아이야. 그는 알고 있단 말이야. 내가 그에게 편지를 했으니까. 그는 몇 년째 오지 않고 있어도 모든 걸 너보다 수백 배나 더 잘 알고 있어. 그는 네 편지는 읽지도 않은 채 왼손에 구겨 쥐고 내 편지는 읽으려고 오른손에 들고 있는 거야."

아버지는 신이 나서 한쪽 팔을 머리 위로 흔들었다.

"그는 모든 걸 천 배나 더 잘 알고 있어." 그가 소리쳤다.

"만 배나 더요." 아버지를 비웃느라고 게오르크가 이렇게 말했지만, 그의 입속에서 그 말은 너무나 진지하게 울렸다.

"몇 년 전부터 나는 네가 이런 문제를 들고 오지 않나 지켜보고 있었지. 넌 내가 다른 것에 신경을 쓰고 있는지 알았겠지? 내가 신문을 읽는 줄 알았니? 자!" 그는 침대 속에 갖고 들어간 신문지 한 장을 게오르크에게 내던졌다. 낡은 신문으로 그 신문 이름은 게오르크가 전혀 모르는 것이었다.

"네가 이렇게 철이 들기까지 무척 오랫동안 기다렸다. 어머니는 세상을 떠날 수밖에 없었다. 이런 기쁜 날을 보지도 못하고. 친구는 러시아에서 망해가고 있지. 삼 년 전에 그는 이미 폐인이나 다름없었어. 그리고 내가 어떤 신세인지는 네 눈으로 보고 아는 일이다. 넌 그런 것을 잘 보잖아."

"그러니까 아버지는 저를 염탐하신 거고요." 게오르크가 소리쳤다.

불쌍하다는 듯이 아버지가 건성으로 다음과 같이 말했다. "그런 것을 넌 진작부터 말하고 싶었을 거야. 지금은 그런 말이 어울리지 않아."

그러더니 더 큰 소리로 말했다. "넌 이제 너 이외에도 무엇이 있는지 알았을 게다. 지금까지 넌 너밖에 몰랐지. 정확히 말하면 넌 순진한 아이였지. 하지만 더 정확히 말하면 넌 악마 같은 인간이었어. 그러니까 알아둬. 나는 지금 너에게 빠져 죽을 것을 선고한다."

게오르크는 쫓기듯이 방을 나왔다. 그의 귓전에는 아버지가 뒤에서 침대 위로 쓰러지는 소리가 울렸다. 층계에서 그는 계단을 마치 경사진 평면을 가듯이 달리다가 하녀와 부딪쳤다. 아침 청소를 하려고 올라가던 참이었던 하녀는 "맙소사!"라고 소리치면서 앞치마로 얼굴을 가렸지만, 그는 이미 사라지고 없었다. 그는 문을 뛰쳐나와 차도를 지나 강으로 달려갔다. 그는 굶주린 자가 음식물을 움켜잡듯이 난간을 꽉 잡았다. 소년 시절에는 부모가 자랑스러워하는 뛰어난 체조 선수였던 그는 그때와 같은 체조 솜씨로 난간을 훌쩍 뛰어넘었다. 점점 힘이 빠져가는 손으로 아직 난간을 잡고 있는 그는 난간 기둥 사이로 자기가 물에 떨어지는 소리를 쉽사리 들리지 않게 해줄 것 같은 버스를 보면서 "부모님, 전 항상 부모님을 사랑했습니다."라고 나지막이 외치면서 떨어졌다.

그 순간 다리 위에는 정말 교통 왕래가 끊이지 않고 있었다.

『화부』(1913)

화부

열여섯 살인 카알 로스만은 가난한 양친에 의해 미국으로 보내졌는데, 하녀가 그를 유혹해서 아이를 갖게 된 것 때문이었다. 그가 탄 배가 속력을 늦추어 뉴욕항에 천천히 들어서자 그가 오래전부터 바라보고 있던 자유의 여신상이 갑자기 강렬해진 햇볕 속에 돋보이는 듯 보였다. 칼을 든 그녀의 팔은 새롭게 높이 솟아올라 있었는데, 그녀의 입상 주위로 한가롭게 바람이 불고 있었다.

"꽤 높은걸!" 그는 이렇게 중얼거리면서 그 자리를 떠나려고 하지 않았으므로, 그 옆을 지나가던 화물 운반인들의 수는 점점 늘어났다. 그리하여 그는 차츰 갑판의 난간까지 밀려나게 되었다.

항해하던 중에 잠시 사귄 젊은이가 지나가면서 "여보세요, 당신, 배에서 내리지 않을 작정이오?"라고 말했다. "난 준비가 다 됐어요." 그에게 미소를 지어 보이면서 카알이 말했다. 그는 강한 젊은이였기 때문에 자기 가방을 어깨 위로 뻔쩍 힘차게 들어 올렸다. 그러나 카알은 낯익은 사람이 단장을 가볍게 흔들면서 다른 사람들과 멀리 사라져가는 모습을 지켜보다가, 문득 아래층 선실에 우산을 두고 왔다는 것을 깨닫고 깜짝 놀랐다. 그는, 그다지 달가워하지 않는 그 아는 사람에게 얼른 자기 가방을 잠깐만 맡아달라고 부탁하고 나서, 돌아올 때 길을 잃어버리지 않도록 주변을 다시 확인한 다음 자리를 떴다. 그러나 막상 아래로 내려가 보니 지름길은 벌써 막혀 있었다. 아마 모든 승객들의 하선과 관계가 있는 모양이었다. 그리하여 그는 수

많은 작은 공간을 지나, 서로 끊임없이 잇닿아 있는 짧은 계단을 건너, 계속해서 굽어 있는 복도를 통과하고, 책상밖에 없는 빈방을 거쳐 힘들게 길을 찾으려 했으나 끝내 완전히 길을 잃고 말았다. 그는 한두 번 여러 사람들과 어울려 그 길을 간 적이 있었을 뿐이었으므로 그럴 만도 했다. 그는 어디로 가야 할지 방향을 잡을 수가 없었다. 사람 하나 만날 수가 없고, 머리 위로 많은 사람들의 구두 소리만 계속해서 들리고, 멀리서부터 숨소리처럼 시동을 멈춘 기관의 마지막 작동 소리가 들려왔다. 그는 사방을 이리저리 헤매던 끝에 우연히 부딪히게 된 작은 문을 두드리기 시작했다.

"문은 열려 있습니다."

안에서 누군가가 큰 소리로 외쳤다. 카알은 그제서야 안도의 숨을 내쉬며 문을 열었다.

"왜 미친 사람처럼 그렇게 문을 두드리는 거요?"

허우대가 큰 한 남자가 카알을 쳐다보면서 물었다. 위쪽 어디엔가에 나 있는 채광창을 통해 이미 배 위에서 바랜 흐릿한 빛이 초라한 선실 안을 비추고 있었다. 그 선실 안에는 침대와 옷장과 의자와 그 남자가 흡사 갇혀 있기라도 한 듯 나란히 꼭 붙어 서 있었다.

"길을 잘못 들었어요." 카알이 말했다.

"항해할 때는 몰랐는데 이제 보니 굉장히 크군요."

"그렇소. 굉장히 크지요." 사나이는 자랑스럽다는 듯이 말하면서 조그마한 가방 위의 자물통을 만지작거리고 있었다. 그는 자물통이 걸리는 소리를 들으려고 두 손으로 연방 가방을 누르면서 "좌우간 들어와요."라고 말을 이었다. "서 있는 것도 안 좋으니까."

"혹시 방해가 되지 않을까요?" 카알이 물었다.

"천만에요. 방해가 되다니…… 원 별말씀을……."

"선생님은 독일 사람인가요?" 하고 카알은 물었다. 미국으로 이민

오는 사람은 특히 아일랜드 사람에게 봉변을 당하지 않도록 조심하라는 말을 많이 들어온 터라, 이를 확인하기 위해서였다.

"그렇소." 하고 사나이가 말하였지만, 카알은 여전히 망설이고 있었다. 그러자 사나이가 얼른 문의 손잡이를 힘껏 잡아당겼으므로, 카알은 문에 밀려 방 안으로 들어왔다.

"복도에서 사람들이 들여다보는 꼴은 참을 수가 없단 말이야."

사나이는 이렇게 말하고는 다시 가방을 만지작거렸다.

"누가 지나가면서 으레 한 번씩은 들여다본단 말이야. 그러니 그런 꼴을 참을 수 있는 사람이 몇이나 되겠어. 열에 하나 꼴이나 될까……."

"그렇지만 복도에는 아무도 안 보이는데요." 카알은 이렇게 말했지만, 침대 옆에 끼어 거북하게 서 있었다.

"그렇지, 지금은." 하고 사나이는 말했다.

'그러나 지금이 문제가 아닌가.' 카알은 마음속으로 혼자 생각했다. '이 사람하곤 이야기하긴 어렵겠는데.'

"침대에서 좀 쉬지 그래요. 자리는 널찍하니까." 하고 사나이가 말했다. 카알은 요령껏 기어서 침대 속으로 들어갔다. 처음에 해보려다가 실패한 것이 우습게 생각되어 킥킥 웃었다. 카알은 침대 속에 들어가자 곧 큰 소리로 말하였다.

"아차, 가방을 깜빡 잊었군!"

"어디다 두었는데요?"

"갑판 위에 두고 왔어요. 아는 사람이 지켜주겠다고 했는데. 그 사람 이름이 뭐더라?" 그는 그가 떠날 때 어머니가 양복 윗저고리 안에 달아준 비밀 주머니를 더듬어 명함 한 장을 꺼냈다.

"부터바움, 프란츠 부터바움."

"그 가방은 꼭 필요한 건가요?"

"물론이죠."

"왜 그런 소중한 물건을 모르는 사람에게 맡겼어요?"

"우산을 아래에 두고 왔는데, 그 무거운 가방을 끌고 내려갈 수가 있어야지요. 그러다가 여기서 길을 잃어버리고 말았지 뭐예요."

"혼자서 여행하는 건가요? 동행하는 사람이 없나요?"

"네, 혼자예요."

'이 사람은 믿을 수 있을 것 같다. 당장 더 좋은 친구를 발견할 수 없는 처지이니.' 카알은 이렇게 생각했다.

"그럼 가방은 잃어버린 거나 마찬가지군요. 우산은 고사하고 말입니다."

사나이는 그제서야 카알의 일에 어느 정도 관심을 갖게 되었다는 듯이 의자에 걸터앉았다.

"나는 그렇게 생각하지 않아요."

"믿는 자에게 복이 있나니." 하고 사나이는 말하면서 짧게 깎은 검은 머리를 긁적거렸다.

"배를 타고 다니면 항구에 닿을 때마다 풍습이 다른 법이지요. 함부르크에서는 그 부터바움이란 사나이가 당신의 가방을 간수해주었을지 모르지만, 이곳에서는 가방도 사람도 분명히 사라져버렸을 것입니다."

"그렇다면 갑판 위로 빨리 올라가봐야겠군요." 카알은 밖으로 나가기 위해 주위를 둘러보았다.

"여기 그냥 있어요." 사나이는 한 손으로 그를 왈칵 떠밀어 침대 위에 다시 눕혔다.

"왜 그래요." 카알은 화를 내면서 이렇게 물었다.

"헛수고만 해요. 잠시 후에 나도 나갈 참이니 같이 갑시다. 가방을 이미 도난당했으면 할 수 없고, 만일 그자가 거기 가방을 놓고 갔다면 배가 텅 빈 다음에 찾는 것이 차라리 나을 거요. 우산도 그렇고."

"당신은 이 배의 내부를 잘 알고 있나요?" 카알은 의아스러운 목소리로 물었다. 그는 배가 텅 비게 되면 자기 물건을 쉽사리 찾을 수 있을 것이라고 믿었던 평소의 확신도 이제는 흔들리는 것 같았다.

"나는 이 배의 화부요." 하고 사나이가 말했다.

"화부라구요?" 카알은 전혀 예상 밖이라는 듯이 기뻐서 큰 소리로 외치고는, 팔꿈치를 괴고 그 사나이를 바라보았다.

"제가 슬로바키아 사람과 함께 있었던 선실 앞에는 창문 하나가 있었는데, 그 창문으로 기관실을 들여다볼 수가 있었어요."

"그래요? 나는 그곳에서 일한 적이 있었소." 하고 화부가 말했다.

"나는 기술에 흥미가 있어요." 카알은 생각에 잠기면서 말했다.

"미국으로 오지 않게 되었더라면 기술자가 되었을 거예요."

"왜 미국으로 와야 했소?"

"그건……" 하고 말하고는 카알은 손짓으로 그 이야기를 중단해 버렸다. 그러나 빙긋이 웃으면서 화부를 바라보며 당장은 말할 수 없으니 양해하라는 듯한 표정을 지었다.

"물론 까닭이 있겠지요." 화부는 이렇게 말했다. 그것은 이유를 말하라는 요구인지, 아예 이야기를 하지 말라는 뜻인지 알 수 없었다.

"나도 화부가 되었으면 해요. 양친은 내가 어떤 일을 하든지 관심이 없어요." 하고 카알이 말했다.

"내 자리가 비게 될 텐데."라고 화부는 자기 말의 효과를 충분히 의식하면서, 두 손을 바지 호주머니에 넣고 가죽으로 된 무쇳빛 주름진 바짓가랑이를 침대 위로 쭉 폈다. 카알은 할 수 없이 벽 쪽으로 밀려났다.

"배에서 아주 떠나는 건가요?"

"그렇소. 우리는 오늘 떠난다오."

"왜요, 마음에 들지 않아서 그러나요?"

"여러 가지 사정이 있지요. 마음에 들고 안 들고에 따라 결정될 성질의 것이 아니거든요. 하긴 당신 말대로 마음에 들지 않는 것도 사실이오. 당신도 진심으로 화부가 되려는 건 아니지 않소. 누구든지 생각만 있으면 화부쯤은 쉽사리 될 수 있는 거요. 그래서 그만두라고 권하는 겁니다. 유럽에서도 공부하고 싶어 했다면서 왜 이곳에서는 공부하려 하지 않소? 미국의 대학은 유럽의 대학에 비교할 수 없을 정도로 훌륭하다던데요."

"그럴지도 모르지요. 하지만 돈이 있어야지요. 어떤 사람의 전기를 읽은 적이 있는데, 낮에는 상점에서 일하고 밤이면 공부를 해서 박사가 되고 시장이 됐다더군요. 그렇게 하려면 참을성이 많아야 할 텐데, 나는 그것이 부족한 것 같아요. 또 나는 모범생도 아니니까 학교를 중도에서 그만두는 것쯤은 아무것도 아니지요. 미국 학교는 더욱 엄하겠지요. 나는 영어도 거의 할 줄 몰라요. 미국 사람은 대개 외국인에게 어떤 편견을 갖고 있는 것 같더군요."

"벌써 그런 것을 경험했나요? 좋습니다. 그렇다면 우리는 동지가 될 수 있겠소. 알다시피 우리는 독일 배를 타고 있지 않소. 함부르크-아메리카 항로 소속인데, 왜 선원은 전부가 독일 사람이 아닐까요? 왜 일등 기관사는 루마니아 사람일까요? 그의 이름은 슈바알이지요. 정말 믿을 수가 없어요. 그 건달 같은 녀석이 독일 배를 타고, 우리 독일 사람을 혹사시키다니 될 말이오. 안 그렇소?" 그는 숨이 차서 헐떡이며 손을 흔들었다.

"나는 불평하는 게 아니오. 그리고 당신은 힘없는 가엾은 청년이라는 것도 잘 알고 있소. 그렇지만 도대체가 너무하단 말이오." 화부는 몇 번이나 책상을 두드리면서 자기 주먹을 바라보았다.

"나는 지금까지 수많은 배에서 일해왔소." 그는 스무 개나 되는 배 이름을 한 단어인 양 쭉 불러댔다. 카알은 머리가 어찔어찔해질 정도였다.

"그리고 나는 일을 잘한다고 표창과 칭찬도 받았고, 선장 눈에 들어 같은 배에서만 이삼 년씩이나 줄곧 일해왔었소." 그는 그 무렵이 자기 생애의 전성기였다는 듯이, 그 말을 하면서 자리에서 일어섰다.

"그렇지만 이 낡은 배는 모든 게 규율에 얽매여 재미도 취미도 없어서 있을 마음이 없소. 나는 슈바알이라는 녀석이 하는 일에 훼방만 놓았지요. 나는 게을러터져서 쫓겨나도 싼데, 선심을 쓰느라고 그러는 건지 보수를 꼬박꼬박 주고 있어요. 알아듣겠어요? 나로서는 알다가도 모를 일이지만."

"당신 같은 사람이 그런 억울한 일을 당한대서야 말이 되나요."

카알은 흥분한 어조로 말했다. 그는 불안정한 선창 위에서 벌써 미지의 대륙의 해안에 도착했다는 사실조차 거의 느끼지 못하고 있었다. 그만큼 화부의 침대는 기분이 좋았던 것이다.

"당신은 선장을 찾아가 당신의 권리를 주장한 적이 있나요?"

"뭐라고요? 나가세요. 차라리 나가버리라니까요. 당신은 내 말은 듣지도 않고 충고부터 하다니. 뭐하러 선장에게 찾아가야 한단 말이오!" 화부는 피로한 듯이 다시 걸터앉더니 두 손으로 얼굴을 가렸다.

"이보다 더 좋은 충고는 없을 텐데요." 카알은 혼잣말처럼 중얼거렸다. 그는 여기서 섣불리 충고를 하다가 바보 취급을 당하느니 가방을 찾으러 가는 편이 낫겠다는 생각이 들었다.

아버지가 그에게 그 가방을 물려주면서, 그가 언제까지 그 가방을 간수하나 두고 봐야겠다고 농담 삼아 말한 적이 있었는데 이제 그 가방을 정말 잃어버리고 마는 모양이다. 한 가지 위안이 되는 일이 있다면, 비록 아버지가 알아보려 한들 아들의 지금 이런 처지를 거의 알 수 없다는 것이었다. 다만 카알이 뉴욕에 도착했다는 소식이라면,

그와 함께 여행했던 일행이 아버지에게 전해줄 수도 있을 것이다. 그건 그렇고 카알은 가방 속의 물건을 거의 사용하지 않은 것이 원통하였다. 속옷만 하더라도 진작 갈아입었어야 했는데, 몸에 걸쳐보지도 못하고 엉뚱한 곳에서 잃어버린 것이다. 삶의 역정을 새 출발하는 마당에 옷을 깨끗하게 갈아입고 나타나야 할 텐데, 더러운 속옷을 입고 나갈 수밖에 없다. 속옷을 제외하고는 가방을 잃은 것이 그다지 큰 손해라곤 생각되지 않았다. 그가 입고 있는 옷이 가방 속에 넣은 옷보다는 훨씬 좋은 옷이기 때문이다. 가방 속의 옷은 예비복에 지나지 않는 것으로 어머니는 출발하기 전까지도 그 옷을 손질해야만 했었다. 그러고 보니 베르오나산 소시지가 가방에 들어 있다는 생각이 문득 들었다. 그것은 어머니가 특별히 선물로 싸준 것인데, 항해하는 동안에 식욕이 별로 없는데다가 삼등 선실 손님에게 제공되는 수프로도 충분하였으므로 입에 조금 대었을 뿐이었다. 만일 지금 그 소시지가 하나 있어서 화부에게 얼른 선사할 수 있다면 얼마나 좋을까 하고 생각했다. 이런 사람에게는 약간의 호의만을 베풀어도 환심을 사기 쉽기 때문이었다. 카알은 아버지한테서 그런 요령을 배워서 알고 있었다. 아버지는 장사에 관계하는 아랫사람들을 담배로 곧잘 매수하곤 했다. 그는 지금 상대방에게 선심을 쓰기에는 빠듯한 얼마간의 돈밖에 없었으나, 가방을 잃어버린 마당에 그 돈을 축낼 수는 없었다. 그리하여 그는 다시 가방에 대하여 생각해보았다. 항해할 때는 잠도 제대로 자지 못하면서 언제나 주의를 게을리하지 않고 지켜본 가방이었는데 그것을 싱겁게 잃어버려 억울하기 짝이 없었다.

그는 침대 두 개를 건너 자기 왼쪽에 자리 잡고 있었던 슬로바키아 소년을 머리에 떠올렸다. 그는 그 소년이 닷새 동안이나 자기 가방만 노려보고 있었다는 혐의를 품고 있었다. 소년은 낮에 긴 막대기를 들고 놀거나 장난을 치다가도 카알이 긴장이 풀려 잠깐 졸기라도 하면 번번이 그 막대기로 가방을 자기 쪽으로 집어 당기려고 하였다. 그는 낮에는 천진난만한 것처럼 보였지만 밤만 되면 이따금씩 침대 위에서 몸을 일으켜 서글픈 듯한 눈초리로 카알의 가방을 물끄러미 바라보곤 했다. 카알은 분명히 그것을 눈치챌 수 있었다. 배에서는 금지되어 있는 일이지만 누군가가 이따금씩 불을 켜고 이민 가는 불안감에서 이민국에서 발행한 알기 어려운 설명서를 해독해보려고 했기 때문이다. 카알은 그런 불이 가까이 있으면 잠깐 눈을 붙일 수도 있었지만, 그 불이 먼 곳에 있거나 아주 어두울 때에는 눈을 뜨고 있어야만 했다. 이와 같은 긴장감 때문에 그는 아주 지쳐버렸던 것이다. 그런데 이제 와서는 그것도 소용없게 되었다. 이 부터바움이라는 자를 다시 만나기만 하면 그냥 두지 않을 테다!

바로 그때였다. 선실 밖 먼 곳에서 지금까지 고요에 싸여 있던 적막을 뚫고 어린애 발자국 소리 같은 것이 나직하고 짧게 들려왔다. 그 소리는 점점 높아지면서 가까이 들려왔는데, 이제 보니 어른들이 조용히 행진하는 소리였다. 그들은 통로가 좁아 한 줄로 걸어왔는데 무기에서 나는 듯한 찰칵거리는 소리를 냈다. 카알이 가방과 슬로바키아 소년에 대한 걱정을 완전히 잊어버리고 침대에 팔다리를 뻗고 막 잠들려는 순간이었다. 깜짝 놀란 그는 벌떡 일어나 화부를 떠밀며 주의를 환기시키려고 했다. 그때는 행렬의 선두가 벌써 문 앞에 닿은 것으로 생각되었기 때문이었다.

"아, 저건 이 배의 음악대요. 갑판에서 연주를 하고 악기들을 챙기러 가는 길이오. 이제 다 끝난 모양이니 우리는 갈 수 있습니다." 하고 화부가 말했다. 그리고 카알의 손목을 잡고 선실에서 밖으로 나가려고 하다가 침대 위 벽에 걸린 사진틀에 끼워놓은 성모마리아의 초상화를 내려서 윗주머니에 넣었다. 그리고 자기 가방을 손에 들고는 카알과 함께 얼른 선실 밖으로 나갔다.

"이제는 사무실에 가서 그곳 귀하신 분들에게 내 의견을 말해야지. 승객이 모두 내렸으니 주의를 할 필요도 없어." 화부는 수다를 떨면서 걸어가다가 통로를 가로질러 내빼는 쥐 한 마리를 발로 걸어차서 밟아버리려고 했으나, 발에 차인 쥐는 공교롭게도 구멍 속으로 들어가 버렸다. 그의 동작은 너무 느려 아무리 긴 다리를 갖고 있다 해도 비할 데 없이 둔하였다. 그들은 조리실을 지나갔다. 거기에는 몇 명의 젊은 여자들이 앞치마를 두르고—그들은 일부러 국물을 엎질러 더럽혔다—식기를 커다란 통 속에 넣어 씻고 있었다. 화부는 린네라는 여자를 부르더니 허리를 껴안고 한참이나 걸어갔다. 그녀는 한동안 그의 팔 안에서 아양을 떨며 몸을 비비 꼬았다.

　"급료를 준대. 가지 않겠어?" 하고 그는 물었다.

　"뭣 때문에 일부러 가요? 돈을 타면 이리로 갖다주세요." 그녀는 그의 팔에서 빠져나와 달아났다.

　"당신은 어디서 그런 미소년을 찾아냈어요?"

　그녀는 도망가면서 소리를 질렀으나 상대방의 대답을 들으려는 것은 아니었다. 여자들이 하던 일을 멈추고 모두가 까르르 웃어 떠들썩해졌다. 그들은 그곳을 지나 어느 문 앞에 이르렀다. 그 문 위쪽에는 작은 박공이 달려 있었는데, 그것은 금박을 입힌 작은 여신상의 기둥으로 그 여신상을 떠받치고 있었다. 배의 설비치고는 매우 호화판이라고 생각되었다. 카알은 이 근처에는 한 번도 온 적이 없었다는 것을 알게 되었다. 아마도 이곳은 항해하는 동안에는 일이 등 승객에게만 사용토록 허용되던 곳이었으나 배를 대청소하게 되어 칸막이 문을 터놓은 모양이었다. 그들은 벌써 여러 사람들과 마주쳤는데 모두들 어깨 위에 빗자루를 매고 있었으며, 화부에게 인사를 하며 지나갔다. 카알은 그 규모가 어마어마한 것에 놀랐다. 갑판에는 상상도 할 수 없는 엄청난 설비가 갖추어져 있었다. 몇 개의 통로를 따라 전깃줄이 통해 있고 조그마한 종이 계속해서 울려왔다.

화부는 조용히 문을 두드렸다. 방 안에서 '들어오라'는 소리가 들려오자 화부는 카알에게 두려워하지 말고 들어가라고 손짓을 하였다. 카알은 들어갔지만, 그는 입구 옆에 섰다. 그 방에 나 있는 세 개의 창문을 통하여 바닷물이 보였다. 카알은 가슴이 울렁거렸다. 닷새 동안이나 긴 항해를 하면서 한 번도 바다를 보지 못하기나 한 듯이 그는 넘실거리는 바다 물결에 몹시 흥분하였던 것이다. 큰 배들이 서로 스쳐가고 배의 무게에 따라 출렁거리는 물결에 제각기 의지하고 있었다. 눈을 가늘게 뜨고 바라보면 그 배들은 오직 그 무게로 인해 흔들거리는 듯이 보였다. 배들의 돛대에 달린 폭이 좁고 기다란 깃발이 바람에 펄럭이고 있었다. 아마 군함에서인지 예포 소리가 들려왔다. 그다지 멀지 않은 옆을 지나가고 있는 군함에 장착된 포신은 그 덮여 있는 강판이 빛에 반사되어 번쩍거리고 가볍게 흔들리는 것처럼 보였다. 그것은 안전하고 평탄하기는 하지만 수평이 아닌 항해 때문인 것 같았다. 멀리 있는 작은 배들과 보트들은 문을 통해서만 겨우 볼 수 있었다. 작은 배들은 떼를 지어 커다란 배들 사이로 난 공간 속으로 미끄러져 들어가고 있었다. 그러나 그 모든 광경 뒤로는 뉴욕시가 서 있었고, 카알은 수십만 개의 창문이 달린 이 마천루의 도시를 바라보았다. 이런 방 안에 있으면 자기가 어디에 있는지를 잘 알 수 있을 터이다.

한 둥근 탁자에 세 신사가 앉아 있었는데, 한 사람은 푸른 제복 차림을 한 고급 승무원이고, 나머지 두 사람은 미국식 검은 제복을 입은 항만청 관리였다. 탁자 위에는 여러 가지 문서들이 수북이 쌓여 있었는데, 먼저 그 승무원이 펜을 들고 그 서류들을 훑어보고 난 다음 두 사람에게 돌리면 이들은 이 서류를 읽어보기도 하고 메모를 하기도 했다. 그리고 한 사람이 그 동료의 문서에 사인을 하지 않을 경우에는 서류를 가방 속에 챙겨 넣기도 하였다.

창 옆에 놓인 사무용 탁자에는 문을 등지고 작은 사람이 앉아 있었다. 그는 머리 높이쯤에 있는 튼튼한 선반 위에 꽂힌 커다란 장부를 살펴보고 있었다. 그리고 그의 옆에는 금고가 놓여 있었으며, 그 금고 문이 열려 있었는데, 언뜻 보기에 속이 비어 있는 것 같았다.

두 번째 창문으로는 바깥 경치가 잘 보였으나 세 번째 창문 가까이에는 두 사람의 신사가 작은 목소리로 소곤거리며 서 있었다. 한 사람은 선원 차림이었는데 창문 옆에 기대서서 칼자루를 만지작거리고 있었다. 그리고 그와 이야기를 나누고 있는 상대방은 창문을 향하여 서 있었기 때문에 그 상대방이 몸을 움직일 때마다 그의 가슴에 줄지어 달려 있는 훈장들이 조금씩 드러나 보였다. 상대방은 평복 차림을 하고 가느다란 대나무로 된 지팡이를 갖고 있었는데, 두 손을 허리에 대고 있어 그 지팡이는 마치 칼처럼 삐죽 나와 있었다.

카알은 그 모든 광경을 일일이 살펴볼 시간적 여유가 없었다. 곧한 하인이 그들 옆으로 다가와 의아한 눈으로 화부에게 무슨 용무가 있느냐고 물었기 때문이었다. 화부는 묻는 말소리와 똑같이 나직한 소리로 회계 주임과 이야기를 하고 싶다고 하였다.

그러자 그 하인은 손을 흔들어 보이면서 자기로서는 그런 청을 거절하고 싶다는 표정을 지으면서 그 둥근 탁자를 피해 멀리 가장자리를 돌면서 커다란 장부를 정리하고 있는 신사에게로 발끝으로 조용조용히 걸어갔다. 그 신사는 놀란 얼굴로 그 하인의 말을 다 듣고 나서 자기를 만나보겠다는 화부를 향해 등을 돌렸다. 그리고 그는 처음에는 화부에게, 다음에는 신중을 기하기 위해 하인에게 손을 내저으며 물러가라고 일렀다. 하인은 얼른 화부에게로 돌아와 무엇인가 당부하는 어조로 말하였다.

"얼른 나가세요!"

그러자 화부는 고충을 털어놓을 사람은 바로 이 사람이라는 듯이 카알을 바라보았다. 카알은 무심코 그 자리를 떠나 방을 가로질러 달려갔다. 바삐 걸어가는 바람에 고급 승무원이 앉아 있는 의자에 몸이 살짝 스쳤다. 하인은 허리를 구부린 채, 마치 해충이라도 쫓고 있는 태도로 그를 붙잡으려고 두 팔을 펴고 뛰어왔으나 카알은 우선 회계 주임이 앉아 있는 탁자 옆으로 가서 하인이 그를 끌어내면 어쩌나 하고 걱정이 되는 듯이 탁자를 꼭 붙잡고 있었다.

방 안은 갑자기 활기를 띠기 시작하였다. 탁자 옆에 앉아 있던 고급 승무원이 자리에서 일어나고 항만청에서 온 관리들은 태연한 얼굴을 하고서 조심스럽게 쳐다보았다. 창 옆에 있던 두 신사가 앞으로 걸어 나왔다. 하인은 높은 분들이 관심을 가지고 있으므로 자기로서는 어떻게 할 수 없다는 듯이 뒤로 물러나 버렸다. 문 옆에 서 있던 화부는 자기의 도움이 필요하게 될 때를 긴장된 마음으로 기다리고 있었다. 이윽고 회계 주임이 안락의자에 앉은 채 오른쪽으로 빙 돌아 방향을 바꾸었다.

카알은 남들 앞에서 비밀 호주머니를 보이는 것을 조금도 개의치 않고, 호주머니에서 여권을 꺼내어 펴가지고 말없이 탁자 위에 놓았다. 그러나 회계 주임은 그 여권을 대수롭지 않게 생각하는 모양이었다. 그는 두 손가락으로 그 여권을 튕겨서 옆으로 밀어놓았던 것이다. 카알은 수속이 일단락된 것을 흐뭇하게 생각하면서 여권을 다시 호주머니 속에 접어 넣었다.

"제가 말씀드리고 싶은 것은" 하고 카알은 말문을 열었다.

"제가 보기에는 화부 어른께서 억울한 일을 당하고 있는 것 같아요. 이 배에 타고 있는 슈바알이라는 자가 이분에게 반감을 갖고 있어요. 저 화부 어른은 여태까지 많은 배에서 일해왔습니다. 그 배의 이름들을 모두 댈 수 있어요. 이분은 거기에서 만족스럽게 일해왔어요. 일에 대해 열의를 가지고 있을 뿐만 아니라 일 자체를 좋아했어요. 그런데 이 배에서는 근무하기가 별로 어렵지 않을 텐데도 무엇이 그의 기분에 맞지 않는지 알 수가 없군요. 그것은 오직 중상모략 때문이 아닌가 하는 생각이 들어요. 그 때문에 승진도 안 되고, 표창을 받을 기회도 잃어버렸어요. 그렇지 않고서야 반드시 표창을 받고도 남았을 거예요. 그의 불만에 대해서는 본인이 직접 이야기할 테지요."

카알은 자기의 이야기를 방 안에 있는 사람들이 모조리 듣도록 하려고 애썼으며, 사실 또 그 방 안 사람들은 모두 그의 말에 귀를 기울이고 있었다. 이들 가운데 한 사람쯤은 정의의 편을 들 것이라고 생각했기 때문이었다. 카알은 능청스럽게 화부와는 불과 얼마 전에 알게 된 처지라는 것을 감추었다. 그리고 처음으로 눈에 띈 대나무 지팡이를 든 신사의 상기된 얼굴을 보고 당황하지만 않았어도, 그는 한결 멋지게 말했을지도 모른다.

"이 사람 말은 모두가 사실이에요." 화부는 아직 아무도 자기에게 묻거나 쳐다보지 않았는데, 먼저 입을 열었다. 카알은 문득 이 배의 선장으로 보이는 훈장을 단 사나이가 화부의 청을 들어주려는 의향이 없다면 화부의 그런 성급한 말은 큰 실수라는 생각이 들었다. 그는 손을 내밀며 화부를 향해 큰 소리로 말했다.

"이리 오세요." 그 목소리는 이야기의 결말이라도 지으려는 듯이 단호하였다. 이제는 모든 것이 화부 하기에 달려 있었다. 그의 주장이 옳다는 것을 카알은 조금도 의심하지 않았던 것이다. 다행히도 이 계제에 화부가 지금까지 이 세상을 돌아다니면서 많은 경험을 얻었다는 것이 밝혀졌다. 그는 침착하게 가방 안에서 한 묶음의 서류와 수첩을 꺼내더니 회계 주임의 존재는 무시해버리고 선장에게로 가서 그 증거품을 창틀 위에 늘어놓았다. 그러므로 회계 주임은 할 수 없이 거기까지 걸어가야만 했다.

"이 사람은 원래가 대단한 불평가지요." 하고 회계 주임은 말했다. "기관실에 있는 시간보다 회계실에 와 있는 시간이 더 많지요. 이 사람이 저 얌전한 슈바알을 자포자기로 몰아넣었어요. 내 말을 깊이 새겨듣기 바랍니다." 이어 회계 주임은 화부를 향해 말하였다.

"자네 주장은 너무나 지나친 것 같네. 자네는 지금까지 몇 번이나 회계실에서 쫓겨났나? 자네 요구가 언제나 터무니없는 탓에 그런 꼴을 당하지 않았나. 또 자네는 몇 번이나 그곳에서 회계실로 뛰어 들어왔었는가? 게다가 슈바알은 그래도 자네의 직속상관이라 부하의 입장에서 원만하게 지내야 한다고 얼마나 좋은 말로 타일렀나! 그럼에도 불구하고 이 무슨 꼴인가? 뻔뻔스럽게 나타나 선장님을 괴롭히다니 부끄럽지도 않은가! 거기다가 배 안에서 처음 만난 젊은 녀석을 꾀어 어리석은 청원의 대변자로 데리고 다니다니 어찌 그럴 수가 있나!" 카알은 밖으로 뛰어나가고 싶은 충동을 가까스로 참았다. 그러자 그리로 가까이 다가온 선장이 말했다.

"이 사람의 말도 들어보기로 하세. 내가 보기엔 슈바알도 건방진 거동이 갈수록 늘어가고 있어. 그렇다고 해서 내게 자네를 변호하고 싶은 생각은 없네."

선장의 이 마지막 말은 화부에게 한 것이었다. 그가 당장 화부를 위해 힘이 되어줄 수는 없지만 모든 일이 잘 되어가는 듯이 보였다. 화부는 자기의 처지를 설명하기 시작하였다. 처음에는 자제하고 슈바알을 씨라는 존칭을 붙여서 말하였다. 카알은 너무나 기뻐서 회계 주임이 자리를 뜬 탁자 옆에서 재미로 편지 저울을 몇 번이나 눌러보곤 하였다—슈바알 씨는 공평하지 못하다. 그는 외국인만 우대한다. 그는 화부를 기관실에서 내쫓아 변소 청소만을 시켰는데 이것은 물론 화부가 할 일이 아니다. 그리고 그의 재능에는 의심스러운 점도 있다. 겉으로만 그럴싸하게 보인다─바로 화부의 말이 여기까지 이르자 카알은 그의 동지라도 되는 듯이 선장을 정답게 빤히 쳐다보았다. 화부의 다소 졸렬한 말 때문에 그에게 불리한 영향을 선장에게 주지 않을까 해서 걱정이 되었던 것이다.

화부는 여전히 무어라고 떠들어대었으나 듣는 사람 편에서는 아무래도 요령부득이었다. 선장은 그의 이야기를 끝까지 들어보려는 표정을 짓고 앞을 바라보았으나 다른 사람들은 더는 참을 수 없었다. 이윽고 화부의 목소리는 더 이상 그 방 안을 압도할 수 없었다. 그것은 사람들이 걱정하던 그대로였다. 먼저 평복 차림을 한 신사가 대나무 지팡이를 만지작거리다 마룻바닥을 나직하게 두드렸다. 다른 사람들은 때때로 그쪽을 바라보았다. 급히 서두르고 있던 항만청 관리들은 서류를 다시 집어 들고 좀 얼빠진 듯이 훑어보기 시작하였으며, 고급 승무원은 다시 옆으로 탁자를 끌어당겼다. 회계 주임은 싸움에서 이미 승리했다고 생각하는 모양으로 비꼬는 듯한 한숨을 내쉬었다. 주위 사람들은 저마다 허탈 상태에 빠졌지만 하인은 그렇지 않은 듯이 보였다. 그는 상관들 밑에서 눌려 사는 가엾은 사람의 고충을 어느 정도는 알아주는 듯이 카알을 향하여 고개를 끄덕여 보였다. 그는 그렇게 함으로써 자기 의사를 표시하려는 듯이 보였다.

한편 창문 밖에서는 항구의 생활이 계속되고 있었다. 납작한 화물선 하나가 통을 잔뜩 싣고 옆으로 지나갔다. 통들은 굴러떨어지지 않도록 교묘하게 쌓여 있었다. 배가 지나가면서 방 안에 어두운 그림자를 던졌다. 조그마한 모터보트의 핸들 옆에 선 사람의 손이 경련을 일으키는 것처럼 보이는 듯싶더니 보트는 요란한 소리를 내면서 곧장 쏜살같이 지나갔다. 카알이 시간 여유를 갖고 있었던들 좀 더 자세히 바라볼 수 있었을 것이다. 이상한 물건들이 두둥실 떠서 여기저기 출렁거리는 바다 물결에 밀려다니다가 파도를 뒤집어쓰고 휩쓸리는가 싶더니 깜짝 놀라 쳐다보았을 때는 벌써 눈앞에서 가라앉아 버렸다. 원양선에 딸린 보트들이 젊은 수부들에 의해 열심히 앞으로 미끄러져 나가고 그 보트에 가득 올라탄 승객들은 어떤 기대에 가슴이 부푼 듯이 조용히 앉아 있었다. 몇 사람은 그래도 시시각각으로 변하는 광경을 끊임없이 바라보고 있었다. 한없는 움직임과 의지할 곳 없는 인간들과 그들의 일과에 의해 느껴지는 초조감이 앞서는 것이었다.

주위 사람들은 화부에게 말을 똑똑히 하라고 채근하였으나 그러나 화부는 어떻게 하고 있었는가? 그는 물론 땀을 뻘뻘 흘리며 열변을 토하고 있었는데 손이 떨려 창틀 위에 얹어놓은 서류를 잡고 있을 수도 없었다. 주위에서 슈바알에 대한 불평이 자자하여 그 하나만으로도 슈바알을 완전히 매장시킬 수 있었을 텐데, 그가 선장에게 말한 것은 고작 이것저것 두서없는 것들뿐이었다. 대나무 지팡이를 손에 든 신사는 아까부터 천장을 바라보면서 휘파람을 불고 있었으며, 항만청 관리들은 자기들의 탁자 앞에 고급 승무원을 붙들어 앉혀놓고는 다시는 놓쳐서는 안 되겠다는 표정을 짓고 있었다. 회계 주임은 선장의 침착한 태도로 말미암아 주제넘은 간섭을 삼가야겠다는 기색이었으며 하인은 다소 긴장한 마음으로 화부에 대한 선장의 지시를 기다리고 있었다.

카알은 멍하니 서 있을 수만은 없었다. 그는 그들이 있는 쪽으로 천천히 발길을 옮기면서 이 사건을 멋있게 처리하는 방법에 대하여 생각하였다. 아닌 게 아니라 그때가 가장 위태로운 순간이었다. 조금만 더 있으면 두 사람은 이 사무실에서 살짝 빠져나갈 수도 있을 것이다. 카알에게 선장은 참으로 훌륭한 사람처럼 보였다. 지금 상관답게 공정하게 일을 처리해야 할 무슨 특별한 이유라도 있는 듯이 생각되었다. 그러나 그도 역시 완전무결하게 연주할 수 있는 악기는 못

되었다—화부가 속이 상하여 선장에게 그렇게 대하기는 했지만 말이다. 카알은 화부에게 말하였다.

"좀 더 간단명료하게 말해야지요. 지금같이 말해서는 선장님께서 알아주시지 못할 거예요. 기관사나 사환의 이름이나 세례명 따위를 주워섬긴다고 해서 그게 누구의 이름인지 곧 짐작이 갈 정도로 선장님께서 부하들 이름을 기억하고 계시지는 않거든요. 말하고 싶은 불평을 머릿속에서 다시 한 번 정리해서 제일 중요한 것부터 순서대로 말해보세요. 그렇게 하면 그 밖의 대부분은 말할 필요조차 없게 될 거예요. 저한테는 알아듣기 쉽도록 요령 있게 말씀하시지 않았어요!"

카알은 미국에는 가방을 훔치는 자도 있으며 때로는 거짓말을 하는 자도 있을 것이라고 변명조로 생각해보았다.

어떤 도움이라도 줄 수만 있다면 좋으련만! 이미 때가 늦은 것은 아닐까? 화부는 귀에 익은 목소리가 들려오자 말을 끊어버렸는데, 그의 눈에는 사나이의 자존심이 모욕당한 데서 오는 분노, 간절한 추억과 현재 당면해 있는 심각한 사태 등등의 복잡한 감정이 얽혀 있어 카알의 얼굴도 분간하지 못할 정도였다. 그는 도대체 어떻게 해야 할지 알 수 없었다. 카알은 자기 앞에 잠자코 서 있는 사람을 보았다. 무엇 때문에 그는 갑자기 말투를 바꾸어야만 했던가. 그가 보기에 화부의 말은 주위 사람들의 공감을 조금도 얻지 못한 것 같았다. 중요한 말은 입 밖에 내지 못했기에 사람들에게 자기 요구를 다 들어달라고 청할 수도 없는 형편 같았다. 이 경우에 유일한 지지자인 카알이 좋은 충고를 해주었는데도 도움을 주기는커녕 오히려 일을 망쳤다는 사실을 그에게 알려주는 결과가 되었을 뿐이다.

카알은 자기가 창밖을 내다보는 늑장을 부리지 말고 좀 더 일찍 왔었던들 얼마나 좋았을까 하고 마음속으로 되뇌면서 이제는 가망이 없다는 것을 알리기 위해 화부 앞에서 고개를 숙이고 바지 솔기를 양손으로 두드려 보였다.

그러나 화부는 카알이 은근히 자기를 비난하는 줄로 오해하고 따지기라도 하려는 듯이 카알과 언쟁을 벌이기 시작하였다. 그럼으로써 자기의 언행을 정당화하려고 하였다. 둥근 탁자에 둘러앉아 있던 사람들은 아까부터 들려오는 부질없는 소동 때문에 소중한 직무가 방해받는다고 생각하여 화를 내고 있었으며, 회계 주임도 선장이 무엇 때문에 그처럼 참고 있는지 납득이 가지 않는다는 듯이 금세 울화통을 터뜨릴 기세였다.

하인도 이제는 완전히 상관들 편이 되어 화가 치미는 듯한 눈초리로 화부를 노려보았으며, 선장은 때때로 부드러운 시선으로 대나무 지팡이를 든 신사를 쳐다보았다. 그러나 그 신사는 벌써 화부에 대하여 관심이 없고 오히려 싫증이 나는지 작은 수첩을 꺼내어 전혀 다른 문제에 대하여 골몰하고 있는 듯이 보였지만 시선만은 수첩과 카알을 번갈아 보고 있었다.

"잘 알고 있어요. 암 알고 있고말고요." 카알은 이렇게 말하면서 화부의 공세를 간신히 막고 있었다. 그는 말다툼을 하는 동안에도 친구 사이의 정다운 미소를 지어 보이는 마음의 여유를 보였다.

"당신 말이 옳아요. 나는 조금도 그 점을 믿어 의심치 않아요."

카알은 얻어맞을까 봐 내젓는 화부의 두 손을 꼭 붙들고 되도록 그를 방구석 쪽으로 떠밀어 지금까지 아무도 듣지 못한 정다운 말을 몇 마디 소곤거려 그를 위로해주고 싶었다.

그러나 화부는 이미 제정신이 아니었다. 카알은 만일 궁지에 몰린 그가 자포자기한 나머지 주먹다짐이라도 한다면 현장에 모여 있는 일곱 사람을 전부 때려눕힐 수도 있겠다는 생각이 들자, 일종의 위안 비슷한 것을 느꼈다. 탁자 위에는 전선이 접속된 수많은 단추가 달린 전령 장치가 눈에 띄었다. 한 손으로 슬쩍 누르기만 하면 반감을 품은 자들이 떼를 지어 몰려와 이 배 전체가 폭동에 휩쓸릴 수도 있는 것이었다.

그때 무관심한 태도를 취하고 있던 대나무 지팡이를 든 신사가 카알에게로 가까이 다가서면서 물었다.

"대체 당신 이름은 뭐요?"

별로 큰 소리는 아니었지만 화부가 아무리 떠들어도 분명히 알아들을 수 있었다. 그때 마침, 누가 문 뒤에서 신사의 말을 기다렸다는 듯이 노크하는 소리가 들려왔다. 하인이 선장을 쳐다보았다. 선장은 고개를 끄덕여 보였다. 그러자 하인은 문 있는 데로 가서 문을 열었다. 밖에는 낡은 예복을 걸친 사나이가 서 있었다. 키가 크지도 작지도 않은 알맞은 체격의 소유자였다. 언뜻 보기에는 기계를 다루는 일에는 적합하지 않은 사람처럼 보였는데, 그가 바로 슈바알이었다. 모든 사람의 눈초리에 만족스러운 빛이 떠올랐다. 선장도 그랬다. 카알이 만약 쭉 편 양팔에 두 주먹을 불끈 쥔 화부를 보았더라면 놀랐을 것이다. 마치 이 불끈 쥔 모양은 그가 인생을 걸고서라도 희생할 수 있는 가장 중요한 것인 듯 보였다. 거기에는 그의 모든 힘, 즉 그를 굴복시킬 수 없는 그런 힘이 숨어 있었다.

바로 적이 나타난 것이었다. 슈바알은 예복을 입고 옆구리에는 화부의 임금표와 업무 보고서처럼 보이는 장부를 끼고 태연스럽게 한 사람 한 사람의 심정을 떠보기라도 하려는 듯이 차례차례로 눈치를 살피고 있었던 것이다. 거기에 모여 있는 일곱 사람은 그에게는 다 동지나 마찬가지였다. 선장이 아까는 그를 비난하였지만 화부에게 꽤나 시달린 지금은 슈바알을 비난할 건더기가 전혀 없는 것처럼 생각되었다. 화부 같은 자는 엄격히 다루어야 한다. 슈바알에게도 다소 비난할 점이 있다면, 그동안 화부의 건방진 태도를 꺾지 못하였기 때문에 그가 감히 선장 앞에 나타나 대들게 하였다는 것뿐이다.

　이제 와서는 이렇게 생각할 수도 있었다. 화부와 슈바알의 대립은 이들에게 더 높은 법정에서 얻는 효과를 미치게 될지도 모른다. 설사 슈바알이 가면을 쓰고 있다 하더라도 이번에는 끝까지 버틸 수 없을 것이기 때문이다. 그의 옳지 못한 행실을 고위층에게 알리려면 단지 그것을 슬쩍 비치기만 하면 된다.

　카알은 그렇게 하려고 하였다. 그는 벌써 고위층의 예리한 감각이나 약점 및 변덕을 대강 알아차렸던 것이다. 그러고 보니 이곳에서 보낸 시간이 무익한 것 같았다. 다만 화부에게 좀 더 준비가 되어 있었다면 좋았을 텐데. 그에게는 싸울 힘이 거의 없는 것 같았다. 슈바알과 그를 싸우게 만든다면 그는 고작해야 슈바알의 못생긴 머리통을 주먹으로 후려갈기는 데 그칠 것이다. 그러나 슈바알에게 몇 발짝 가까이 다가간다는 것만도 어려운 형편이다. 비록 자발적인 것은 아니더라도 슈바알이 선장에게 불려서 분명히 이곳에 오리라는 것을 카알은 어찌하여 예상하지 못하였을까? 또 그는 어찌하여 이곳에 오는 동안에 화부와 미리 세밀한 작전 계획을 의논하지 않았을까? 또 어찌하여 그들은 문을 열어 아무 준비도 없이 무턱대고 들어왔던가? 물론 그것이 아주 순조롭게 되어가는 경우라 하더라도 반대 심문이 있게 마련인데, 그때 과연 화부가 적절한 "네" 또는 "아니요"라는 답변을 할 수 있을까? 그는 그곳에 두 다리를 벌리고 머리를 약간 쳐든 채 힘없이 서 있었다. 벌린 입을 통해 공기가 들락거렸다. 공기를 처리하는 폐가 전혀 존재하지 않는 듯이 말이다.

　카알은 힘이 솟아나고 머리도 한결 맑아진 듯싶었다. 고향에 머물러 있을 때에는 한 번도 느껴본 적이 없던 일이었다. 외국에 나가서도 윗사람들 앞에서 선을 위해 투쟁하여 설사 승리를 거두지는 못하였다 하더라도 마지막 정복을 위해 모든 준비를 갖춘 모습을 부모님에게 보여줄 수 있다면 얼마나 좋을까? 그렇게 하면 부모님은 아들에 대한 생각을 달리할 것이 아닌가. 그리고 아들을 당신들 사이에 앉혀놓고 칭찬해줄 게 아닌가? 그런데 이 아들의 눈 속에 깃들어 있는 겸허한 마음씨를 알아줄까? 지금에 와서는 분명히 알 수 없는 의문이며, 또 그와 같은 의문을 갖는 것도 부적당한 순간이 아닌가!

"저는 화부가 저더러 부정한 일을 저질렀다고 비난하리라는 것을 미리 알고 있었습니다. 하녀가 이리로 찾아오는 그를 보았다고 말하지 뭡니까? 선장님을 비롯하여 여러분들께 말씀드리지만 어떠한 고발이라도 해서 필요하다면 저는 문밖에서 기다리고 있는 공정한 증인의 증언을 통해서 반박할 용의가 있습니다."

슈바알은 이렇게 말하였다. 그것은 실로 한 사나이의 분명한 발언이었다. 듣고 있던 사람들은 오래간만에 인간다운 목소리를 들었다는 표정을 지었다. 그들은 이 훌륭한 발언 속에도 허점이 내포되어 있다는 사실을 알아차리지 못하고 있었다. 맨 처음에 슈바알의 머릿속에 떠오른 간단한 말이 어째서 하필이면 "부정"이었을까? 그의 민족적 편견이 아니라, 여기에 부정에 대한 고발이 제기되어야만 했단 말인가? 하녀가 사무실로 들어가는 화부를 만났다고 했는데 슈바알은 그것만으로도 벌써 눈치를 챘단 말인가? 그의 신경이 그렇게 예민해진 것은 죄의식 때문이 아니었던가? 그 때문에 미리 증인까지 데리고 와서 공평하고도 편견이 없는 증인이라고 말하는 것이 아닌가? 이건 협잡이다. 협잡일 뿐이다. 그런데도 그 양반들은 방관할 뿐더러 그것을 훌륭한 행동으로 인정하고 있지 않은가? 어찌하여 하녀에게 보고를 받고, 그가 이곳에 도착할 때까지 변명할 여지가 없을 정도로 그처럼 오랜 시간을 끌었는가? 그가 노린 것은 분명히 그 양반들을 화부에게 시달리게 함으로써 그가 두려워하는 날카로운 판단력을 흐리게 하려는 속셈이 아니었던가? 그는 분명히 문밖에서 그 신사의 대수롭지 않은 질문으로 미루어 보아 화부는 이미 끝장이 났다고 추측하고 그 순간을 노려 문을 두드렸던 것이 아닌가? 모든 일은 분명하고 이것도 슈바알에 의해 뜻하지 않은 방향으로 흐르게 되었지만, 그 양반들에게는 달리 좀 더 알기 쉽게 해명해야만 한다. 그들은 흔들어 깨울 필요가 있다. 자, 카알! 증인이 나타나 모든 것을 망쳐버리기 전에 너는 어서 시간을 충분히 이용하라!

그때 선장이 손짓을 하여 슈바알을 제지하였다. 슈바알은 옆으로 비키면서 지금은 그의 편이 되어버린 하인과 나직하게 뭐라고 소곤거리기 시작했다. 자기 일이 좀 지연될 듯이 보였기 때문이다. 그는 그동안에 몇 번이나 화부와 카알을 곁눈질해 보기도 하고 자신만만한 듯이 손짓을 해 보이기도 했다. 슈바알은 다음에 있을 연설이라도 연습하려는 태도였다.

"야코프 씨, 당신은 이 젊은이에게 좀 물어보고 싶지 않습니까?" 선장은 주위가 조용해지자 대나무 지팡이를 갖고 있는 신사에게 물어보았다.

"물론이지요." 신사는 가볍게 고개를 숙여 귀띔을 해준 것을 감사하고 나서 카알에게 물었다.

"당신 이름이 뭐지요?"

카알은 짓궂게 자기 이름을 묻는 사람의 개입을 슬쩍 넘겨버리면 본격적인 이야기를 하는 데 있어서도 관계가 있을 것 같아 먼저처럼 여권을 꺼내서까지 자기소개를 해야 하는 수고를 덜기 위해서 간단히 대답하였다.

"카알 로스만입니다."

"그래." 야코프라는 그 신사는 좀 미덥지 않다는 듯이 빙긋이 웃으면서 뒤로 물러섰다. 선장, 회계 주임, 고급 승무원 그리고 하인까지도 카알의 이름을 듣자 얼굴에 놀라는 빛이 완연했다. 다만 항만청에서 온 관리들과 슈바알만은 무관심한 태도를 취하였다.

"그래." 야코프는 같은 말을 되풀이하고 성큼성큼 카알에게로 다가왔다.

"그렇다면 내가 네 아저씨 야코프고 너는 나의 귀여운 조카로구나. 어쩐지 아까부터 그런 예감이 들더라니!"

야코프는 이렇게 말하고 나서 카알을 껴안고 키스를 하였다. 카알은 아저씨가 하는 대로 잠자코 있었다.

"성함이 어떻게 되시죠?"

카알이 물었다. 그는 마치 해방된 것 같은 심정이었다. 그리고 공손하지만 아무런 감동도 없이 그렇게 물었다. 그는 이 새로운 사태가 화부에게 어떤 영향을 미칠 것인지 알아보려고 했다. 슈바알이 이 사태를 이용할 것으로는 보이지 않았다.

선장은 카알의 이와 같은 질문이 야코프의 인격이나 체면을 손상시켰다는 생각에서 카알에게 이렇게 말했다.

"젊은이, 자네는 이 행운이 무엇을 뜻하는지 알아야 하네."

야코프는 손수건으로 얼굴을 가볍게 두드리면서 분명히 자기의 흥분한 얼굴을 타인에게 보이지 않으려는 듯이 창을 향해 서 있었다. 선장은 말을 이었다.

"이분은 상원 의원으로 계신 에드워드 야코프 씨란 말이네. 이분이 지금 본인 스스로 자네 아저씨라고 밝히셨다네. 그러니 뜻밖에도 이제부터는 빛나는 인생이 자네를 기다리고 있다네. 처음 한 발짝부터 착실히 내딛도록 해야지. 정신을 차리게나."

"실은 야코프라는 아저씨가 미국에 계시기는 합니다." 하고 카알은 선장에게 말하였다.

"저는 야코프가 상원 의원님의 성인 것으로 듣고 있는데요."

"그래." 선장은 기다렸다는 듯이 대답했다.

"그런데 제가 알고 있는 야코프 아저씨는 어머니의 오라버니예요. 그러니까 그분은 저의 외삼촌이고 세례명이 야코프예요. 물론 그 성은 어머니 친정 쪽과 마찬가지로 베넬마이어입니다."

"여러분!"

상원 의원은 창 옆에서 쉬며 한참 숨을 돌리더니 뚜벅뚜벅 걸어와 카알의 말에 대해 큰 소리로 말하였다. 그러자 항만청 관리들 이외에는 모두 웃음을 터뜨렸다. 그중에는 속으로 웃음을 가까스로 참다가 터뜨리는 사람도 있었고, 영문을 모르고 덩달아 웃는 사람도 있었다.

'내 말이 그처럼 우스운 걸까? 결코 그럴 리가 없을 텐데.' 하고 카알은 생각했다.

"여러분!" 상원 의원은 같은 말을 되풀이하였다.

"이것은 물론 내 뜻이나 또는 여러분의 뜻은 아니었으나 여러분은 우연히 한 가족의 사사로운 집안일에 관여하게 되었습니다. 이 사정을 자세히 알고 있는 사람은 선장이므로 여러분에게도 설명해드리고자 합니다."

이야기 가운데 선장 말이 나오자 선장과 야코프는 서로 약간 몸을 굽혀 경의를 표해 보였다.

"이제 나도 정말 말에 조심해야겠군." 하고 카알은 중얼거리면서 화부를 곁눈질로 보았다. 카알은 그에게도 다시 생기가 도는 듯싶어 무척이나 반가웠다.

"제가 미국에 체류하게 된 것은 퍽이나 오래되었습니다. 그런데 이 체류라는 말은 이제는 완전히 미국에 귀화하여 미국 시민이 된 지금에 와서는 적합하지 못한 말입니다. 나는 지금까지 유럽에 있는 친척들과 멀리 떨어져 살아왔습니다. 이유는 여러 가지가 있습니다. 다만 지금 이 자리에서 그 이유를 밝히는 것은 적합하지 않을 뿐더러 그 이야기를 입 밖에 내면 나 자신을 나무라는 결과가 될 것 같습니다. 나는 아까부터 혹시 조카에게 그 이야기를 엉겁결에 입 밖에 내게 될까 봐 은근히 걱정하고 있었습니다. 그 이유를 밝히자면 자연히 조카의 부모나 친척들에 대한 이야기도 털어놓아야 하거든요."

"이분은 분명 나의 아저씨로구나." 하고 카알은 중얼거리면서 아저씨의 말에 귀를 기울였다.

"아마 이름을 고친 모양이지."

"진실대로 말하면, 나의 조카는 부모에게서 내쫓긴 몸입니다. 마치 화나게 하는 고양이를 문밖으로 내쫓듯이 말입니다. 저는 결코 저지른 과오에 대하여 변명할 생각은 없습니다. 조카는 이미 상당한 벌을 받은 격이 됩니다. 과오라 해도 대단치 않은 거지요. 이를테면 얼마든지 용서할 여지가 있는 그런 과오니까 말입니다."

'그 이야기를 들려주면 좋겠는데.' 하고 카알은 생각했다. '하지만 그가 모두에게 그것을 말하는 것은 원치 않아. 그가 그걸 알 리도 없을 거야. 어떻게 알겠어?'

"그는 말입니다……." 외삼촌은 말을 계속하면서 대나무 지팡이 위에 허리를 약간 굽혀 상반신을 의지했다. 그래서 그런 때 흔히 일어나기 쉬운 어색한 분위기에서 벗어날 수 있었다.

"그는 그러니까 요한나 브룸머라는 서른다섯 살 난 하녀에게 유혹을 당했던 거지요. 유혹이라고 하면 조카의 기분을 상하게 할지 모르지만 그 밖엔 달리 적당한 말이 없군요."

그때 외삼촌 옆에 가 있던 카알은 몸을 돌려 그 이야기가 사람들에게 어떤 영향을 미치나 해서 사람들의 안색을 살펴보았는데 킬킬 대고 웃는 사람은 하나도 없고 모두들 참을성 있게 정색을 하고 귀를 기울이는 것이었다. 그들은 결코 상원 의원의 조카를 비웃지 않았다. 다만 화부가 카알을 바라보며 슬쩍 웃어 보였을 뿐이었다. 그 표정으로 그가 새로운 활기를 띠게 되었다는 것을 알 수 있었으므로 기뻐해야 하며 또 너그럽게 생각해야 할 성질의 것이었다. 이 사건이 지금에 와서는 이미 널리 알려져 있지만 카알은 선실에서는 비밀에 붙이려고 했던 것이다.

"그런데 그 브룸머가……" 하고 외삼촌은 말을 이었다.

"조카의 아들을 낳았습니다. 튼튼한 어린애로 자라 세례 때에는 야코프라는 이름을 붙여주었어요. 이것은 분명히 나의 존재를 어느 정도 감안한 것입니다. 조카는 대수롭지 않은 이야기 끝에 내 말을 그녀에게 했는데, 그것이 그녀에게는 커다란 감명을 주었던 것 같습니다. 나는 다행한 일이라고 말하고 싶습니다. 조카의 부모가 양육비의 부담을 면하려는 의도도 있었지만 한편 그들에게까지 좋지 않은 소리가 돌까 봐 조카를 아예 미국으로 내쫓은 겁니다. 이 점만은 분명히 밝혀두지 않을 수가 없군요. 나는 그쪽 법률이나 조카의 주위 환경에 대해서는 아는 바가 없습니다. 어쨌든 그들은 양육비의 지불과 추문을 면하기 위해 보시다시피 무책임하게도 아무 마련도 없이 아들을 미국으로 내쫓은 겁니다. 만일 그녀가 편지를 보내―그 편지도 오랫동안 주인을 찾지 못해 헤매다가 어제야 겨우 내 손에 들어왔지만―일이 벌어진 내막과 조카의 신상 기록, 배 이름 등을 재빨리 알려주지 않았던들 어떤 기적이라도 일어나지 않는 한 워낙 바닥이 넓은 미국인지라 이 젊은이는 의지할 사람 하나 없이 뉴욕의 뒷골목을 헤매다가 끝내는 몸을 망치게 되었을지도 알 수 없는 일입니다. 만일 여러분이 흥미를 갖고 계신다면 이 자리에 서 그 편지의 몇 구절을 읽어드릴 용의가 있습니다."

그는 이렇게 말하면서 호주머니에서 깨알같이 쓴 편지 두 장을 꺼내어 흔들어 보였다.

"이 편지에는 악의는 없지만 속까지 들여다보이도록 노골적으로 썼을 뿐더러 애 아버지에 대한 애정이 담겨 있습니다. 여기서 낭독할 만한 가치가 있다고 봅니다. 그러나 나는 사정을 설명하는 데 필요하다고 생각되는 한도를 벗어나서까지 여러분들의 흥미를 끌 생각은 전혀 없습니다. 또 서로 만난 기쁨에 넘쳐 있을 조카의 감정을 깨뜨리고 싶지도 않고요. 만일 그가 이 편지를 읽고 싶다면 이미 마련된 조용한 자기 방에서 읽으면 되지요."

그러나 카알은 그녀에 대해 별다른 감정을 품고 있지 않았다. 그녀는 날로 희미해져 가는 지난날의 복잡한 추억 속에 언제나 부엌 찬장 옆에서 그 찬장의 판자 위에 팔꿈치를 괴고 앉아 있는 모습으로 나타나곤 하였다. 카알이 아버지가 물을 따를 컵을 가지러 가거나 어머니의 심부름으로 부엌에 갈 때마다 그녀는 그를 물끄러미 쳐다보곤 하였다. 어떤 때는 부엌 찬장 옆에서 산만한 자세로 편지를 쓰다가는 카알의 얼굴에서 어떤 암시나 영감 같은 것을 느끼기도 하였다. 또 때로는 손으로 카알의 눈을 가리기도 하였지만 그는 그녀에게 말 한마디도 걸지 않았다. 그녀는 때때로 부엌 옆에 달린 비좁은 방에 무릎을 꿇고 앉아 나무로 된 십자가 앞에서 기도를 드리기도 하였다. 이럴 때에는 카알은 조금 열린 문틈으로 그녀의 모습을 쳐다보면서 수줍어하는 것이었다. 이따금씩 그녀는 방 안을 빙빙 돌다가 카알이 길을 막기라도 하면 갑자기 마녀처럼 웃으면서 뒤로 물러나곤 했다. 때로 카알이 들어오는 날이면 그녀는 부엌문을 잠그고는 그가 가게 해달라고 요구할 때까지 오랫동안 손잡이를 잡고 있기도 했다. 그리고 그녀는 카알이 별로 좋아하지도 않는 물건을 들고 와서 그의 손에 말없이 쥐여준 적도 여러 번 있었다.

한번은 그녀가 "카알" 하고 부르면서 영문을 몰라 놀라 하는 카알을 찌푸린 얼굴을 하고 한숨까지 내쉬면서 그녀의 방에 몰아넣고 자물쇠까지 잠가버리고는 정말 목이라도 졸라매듯이 카알의 목에 팔을 감았다. 이어서 그녀는 자기 옷을 벗겨달라고 애원하면서 실은 카알의 옷을 벗기고 침대에 눕히는 것이었다. 그녀는 마치 앞으로는 절대로 카알을 남에게 맡기고 싶지 않으며, 이 세상이 다할 때까지 그를 쓰다듬어주고 귀여워해주고 싶다는 듯이 "카알, 오! 내 사랑 카알!" 하고 외치면서 카알을 뚫어지게 쳐다보는 것이었다.

그녀는 카알이 자기 소유가 되었다는 증거를 확인하고 싶기라도 한 듯한 표정을 지었다.

한편 카알은 아무것도 눈여겨보려 하지 않았고 그녀가 그를 위해 몇 겹으로 포개준 따스한 이불 속에 드러누웠지만 아무래도 기분이 언짢았다. 그녀는 그 옆에 몸을 바싹 대고 드러누워 그의 입에서 무슨 은밀한 속삭임이라도 흘러나오기를 기다리는 모양이었지만 그는 그와 같은 달콤한 말을 한마디도 해줄 수 없었다.

그러자 그녀는 농담 반 진담 반으로 잔뜩 화를 내면서 카알의 몸을 흔들다가 자기 가슴에 귀를 대고 들어달라고 젖가슴을 내미는 것이었다. 그래도 카알이 아무런 반응을 보이지 않자 그녀는 완전히 벗은 배를 카알의 몸에 대고 있더니 드디어 참지 못해 카알의 사타구니 속에 손을 넣어 어루만지기 시작했다.

카알은 징그럽고 불쾌하여 몸을 비틀면서 이불 밖으로 머리와 몸을 내밀었다. 그러자 그녀는 자기 배를 카알의 몸에 두세 번 비벼댔다. 카알에게는 벌써 그녀가 자기 육체의 일부가 되어버린 것처럼 생각되었다. 그 때문인지 그는 말할 수 없이 한심스럽고 비참한 생각이 들었다. 그리고 그는 다시 와달라는 그녀의 하소연을 들으면서 울상이 되어 자기 침대로 돌아왔던 것이다.

이것이 이야기의 전부였다. 그런데 외삼촌은 그 사건을 무슨 큰 로맨스나 되는 것처럼 확대시켰던 것이다. 그리고 그 하녀는 카알의 외삼촌에게 카알의 도착을 미리 알렸던 것이다. 어쨌든 그 여자 때문에 일은 잘된 셈이었다. 언젠가 그녀에게 은혜를 갚아야 할 것 같았다.

"자 이제는," 하고 상원 의원은 큰 소리로 말했다.

"내가 네 외삼촌인지 아닌지 너한테서 분명한 이야기를 들어보자 꾸나."

"외삼촌이 틀림없어요." 카알은 외삼촌의 손에 키스를 하고 외삼촌은 그의 이마에 키스를 해주었다.

"저는 외삼촌을 만나 뵙게 되어 참으로 기뻐요. 그런데 저의 부모님이 외삼촌을 나쁘게 여기는 것으로 생각하신다면 그건 오해입니다. 그건 그렇고 외삼촌 말씀에는 사실과 맞지 않는 몇 가지 점이 있어요. 그러니까 외삼촌이 말씀하신 내용은 실제로 일어난 일과는 좀 달라요. 줄곧 이곳에 계셨으므로 저쪽 일을 분명히 판단할 수 없다는 것도 잘 알고 있어요. 가령 여러분께서도 별로 큰 관계가 없는 사소한 사건에 다소 사실과 다른 보고가 섞여 있다고 하더라도 따져보면 크게 해를 입는 일은 없겠지요."

"말도 잘하는군." 하면서 상원 의원은 흥미를 느끼는 듯이 보이는 선장에게로 카알을 데리고 갔다.

"자랑스런 조카지요?"

"의원님의 조카 되시는 분과 알게 돼 저도 무척 기쁩니다."

선장은 이렇게 말하고 나서 군대식으로 상원 의원에게 경례를 하였다.

"저의 배로서는 이처럼 두 분께서 만나는 자리를 마련해드렸다는 것을 무한히 영광스럽게 생각합니다. 그러나 삼등 선실로 항해하였다니 여러모로 불쾌하고 불편한 점이 많았을 테지요. 어떤 분이 타고 있는지 저희들은 알 수가 없습니다. 좌우간 삼등 선실 승객들의 항해를 가능한 한 수월하게 해주기 위해 저희들은 모든 노력을 경주하고 있으며, 예를 들자면 어느 미국 항로들보다도 대우가 훨씬 낫다고 생각합니다. 그러나 아직도 만족스러울 만큼 즐겁게 해드리지는 못하고 있는 형편입니다."

"저는 아무렇지도 않았어요." 하고 카알이 말했다.

"아무렇지도 않았다고!" 상원 의원은 큰 소리로 웃으면서 그의 말을 되풀이하였다.

"다만 가방이 없어지지 않을까 해서 걱정되었을 뿐이에요."

카알은 이렇게 말하면서 지금까지의 사건과 앞으로 처리해야 할 일을 동시에 염두에 두고 주위를 돌아보았다. 사람들이 저마다 존경과 경탄하는 마음으로 자기 자리에서 멍하니 그를 바라보고 있다는 것을 알게 되었다. 다만 항만청 관리들만은 엄숙한 얼굴로 형편이 안 좋을 때에 그들이 오게 된 것을 못마땅하게 여기는 눈치였다. 그들에게는 지금 눈앞에 놓인 회중시계가 이 방 안에서 일어난 사건이나 앞으로 일어날지도 모르는 어떤 일보다도 한결 중요하게 보이는 것 같았다.

선장 다음으로 자기 의사를 말한 사람은 화부였다. 그에게는 그 사건이 뜻밖의 일이었다.

"진심으로 축하합니다."

화부는 이렇게 말하고는 카알의 손을 잡았다. 그렇게 해서 그에게 경의를 표시하려는 듯이 보였다. 이어서 그는 상원 의원에게도 축하의 말을 하려고 하였으나 그것은 화부로서는 분에 넘치는 행위가 된다는 듯이 상원 의원은 뒤로 물러섰고 또 화부도 이것을 알아차리고는 입을 다물어버렸다.

그러자 나머지 사람들도 이 자리에서 어떤 태도를 취해야 하는가를 스스로 깨닫고 카알과 상원 의원을 에워싸고 떠들썩하였다. 슈바알도 축하의 말을 하였으므로 카알은 그것도 솔직히 받아들이고 답례를 하였다. 끝으로 항만청 관리 두 사람이 옆으로 다가와서 영어로 축하를 해주었는데 그것은 좀 우습게 보였다.

상원 의원은 그 만족감을 마음껏 즐기기 위해 사소한 일까지도 다시 생각해보고 남들의 기억에도 떠오르게 하려고 했다. 모두들 그의 이와 같은 의도를 너그럽게 받아들였을 뿐만 아니라 관심까지도 표시해주었다. 그는 하녀의 편지 속에서 카알의 가장 큰 특징을 혹시 필요할 때 써먹으려고 수첩에 기록해두었다는 말도 주위 사람들에게 들려주었다.

그는 화부가 두서없이 떠벌리는 동안에 기분 전환을 위해 수첩을 꺼내어서 탐정이라도 되는 듯한 기분으로 정확하지도 않은 하녀의 묘사를 카알의 외모와 비교해보았다.

"이렇게 해서 나는 조카를 찾은 겁니다." 그는 축하의 말을 한 번 더 듣고 싶다는 듯이 이렇게 말을 맺었다.

"그럼 저 화부의 일은 어떻게 되는 거예요?" 하고 카알은 외삼촌이 말을 끝내자 이렇게 물었다. 그는 지금은 입장이 아주 달라졌으니 생각한 것을 그대로 말하여도 괜찮을 것같이 느꼈던 것이다.

"화부는 마땅히 책임을 져야지." 하고 상원 의원이 말했다.

"선장의 뜻에 의해 적당히 처리되겠지. 그렇지만 화부에 대해서는 우리 모두가 질렸어. 여러분들 모두 제 의견에 찬성하시리라 믿습니다."

"그렇지만 일을 바로잡으려면 그런 감정 같은 것은 문제가 되지 않아요." 하고 카알은 말했다. 그는 외삼촌과 선장 사이에 유리한 위치를 차지하고 있기 때문인지는 모르지만 최후의 결정을 마음대로 좌우할 수 있는 것처럼 생각되었다.

그러나 화부 쪽에서는 별로 희망을 걸고 있는 것 같지 않았다. 그는 흥분하여 바지 허리띠 속에 양손을 절반쯤 찌르고 있었는데 그 허리띠와 셔츠의 줄무늬가 드러나 보였다. 그래도 그는 태연하였다. 설사 사람들이 그가 걸친 초라한 옷을 보고 그를 밖으로 몰아내더라도 그는 이미 가슴에 맺힌 고민을 다 털어놓은 터였다. '여기에서 계급이 제일 낮은 두 사람인 하인과 슈바알이 나를 내쫓는 마지막 친절을 베풀어주겠지.' 하고 그는 생각해보았다. '그렇게 되면 슈바알은 마음이 가라앉아 회계 주임의 말대로 절망에 빠지지도 않겠지.' 선장은 루마니아 사람만 쓸 수 있을 것이며 배에서는 루마니아 말로만 이야기하게 될 것이다. 그리고 모든 일이 오히려 순조롭게 진행될 것이다. 앞으로는 화부가 회계 본부에 가 떠들어대는 일이 없을 것이고, 오늘 화부가 마지막으로 떠들어대는 것이 사람들의 머리에 남아 이야깃거리가 될지도 모른다. 상원 의원이 분명하게 말한 것처럼 어쨌든 그 사건이 간접적인 원인이 되어 그가 조카를 찾게 되었으니까 말이다.

그 조카는 전부터 여러 차례 화부를 도우려 했으므로 자기 신분이 다시금 밝혀진 데 대해 아까부터 화부에게 고맙다는 인사라도 하려고 생각했다. 그러나 화부로서는 그에게 아무것도 바라고 싶지가 않았다. 그가 설사 상원 의원의 조카라 하더라도 선장은 아니지 않은가. 결국은 선장 입에서 나쁜 말이 튀어나올 것이다. 화부는 그와 같이 생각하고 카알을 쳐다보려고도 하지 않았다. 그러나 유감스럽게도 어느 쪽을 돌아보나 적일 뿐 그 방에서는 눈길을 둘 곳이 없었다.

"실정을 분명히 파악하도록 해라." 하고 상원 의원은 카알에게 말했다.

"물론 일을 바로잡는 것도 중요하지만 규율도 무시할 수는 없다. 이 두 가지가 다 그렇겠지만 특히 규율 문제는 선장의 처분에 달려 있단다."

"그럴 테지요." 화부가 중얼거렸다. 그의 말을 듣고 사람들은 어이가 없다는 듯이 빙긋이 웃었다.

"배가 뉴욕에 닿았으니 선장님이 할 일이 부쩍 늘었습니다. 그런데 우리는 선장님을 너무나 괴롭혀드렸어요. 지금이 배에서 내려야 할 좋은 기회입니다. 기껏해야 기관사밖에 되지 않는 두 사람의 싸움에 괜스레 휘말려서 일을 크게 벌리고 악화시켜서는 안 될 겁니다. 그리고 얘야! 나는 너의 처세술을 잘 알고 있다. 그러니 나는 너를 얼른 이곳에서 데리고 나가야겠다."

"그럼 손님들을 위해 얼른 보트를 준비시키지요." 하고 선장이 말했다.

선장의 이 말을 듣고 카알은 놀랐다. 외삼촌은 분명히 자기가 추측한 대로 말하였는데, 이에 대해서는 선장이 한마디도 입 밖에 내지 않는 게 놀랍게 생각되었다. 회계 주임이 탁자로 얼른 다가와서 선장의 지시를 수부장에게 전하였다.

'어물어물할 시간이 없어.' 카알은 혼잣말을 하였다.

'그렇지만 사람들의 기분을 해치지 않고서는 도리가 없다. 외삼촌이 나를 겨우 찾아내었는데 외삼촌을 버릴 수도 없는 일이다. 선장은 물론 친절하기는 하다. 그러나 친절한 데 그칠 뿐 선원의 규율 문제에서는 그의 친절도 쓸모가 없다. 외삼촌은 선장의 마음속을 들여다보기라도 하는 듯이 하고 싶은 이야기를 했을 뿐이다. 그렇다고 해서 슈바알과는 말도 건네기 싫다. 그와 악수를 한 것까지도 후회가 된다. 그리고 나머지 사람들은 다 건달이다.' 카알은 이렇게 생각하면서 화부에게로 천천히 다가가서는 허리띠에 끼고 있는 그의 오른손을 잡아당겨 자기 손에 꼭 잡고 만지작거리면서 이렇게 물었다.

"왜 아무 말도 하지 않아요? 무엇 때문에 처분을 달게 받으려고 해요?"

화부는 적당한 대답을 찾으려는 듯이 이마를 찌푸렸다. 그는 그러면서 카알의 손과 자기 손을 내려다보고 있었다.

"이 배에서는 오직 당신만이 억울한 일을 당하고 있어요. 나는 그것을 잘 알고 있어요." 카알은 화부의 손가락 사이에서 자기 손가락을 이리저리 빙빙 돌렸다. 화부는 자기를 고약하게 생각하는 사람이 없어 기쁘다는 듯이 눈을 반짝거리면서 사방을 돌아보았다.

"당신은 방어책을 세워야 해요. 그리고 '그렇다' 또는 '아니다'라고 분명히 말해야 해요. 그렇지 않으면 사람들은 무엇이 진실인지 몰라요. 내 말을 듣겠다고 약속해주세요. 나는 여러 가지 형편상 당신을 도와드릴 수 없을 것 같아요."

카알은 화부의 손에 키스하였다. 그는 갈라지고 시들어빠진 그의 손을 붙들고 마치 단념해야 하는 보물이나 되는 듯이 자기 볼에 갖다 댔다. 그때 외삼촌이 조카 옆으로 다가와서 그를 가볍게 껴안고는 가버렸다.

"너는 화부에게 홀린 것 같구나."

외삼촌은 무슨 깊은 암시라도 주는 듯 카알의 머리 너머로 선장을 바라보면서 말하였다.

"너는 외로웠을 거야. 한창 궁한 판에 화부를 만났으니 이제 그 은혜를 갚으려는 거겠지. 기특한 생각이다. 그러나 내 입장도 좀 생각해서 지나친 행동은 삼가야 해. 그리고 현재의 네 처지도 생각해 보아야 할 게 아니냐."

문 앞이 시끄러워지며 떠드는 소리가 들려왔다. 심지어 누가 떠밀려 문에 부딪히는 것 같기도 하다. 수부 한 사람이 들어왔다. 태도가 좀 거칠었으며 몸에는 앞치마를 두르고 있었다.

"밖에 사람들이 밀려왔어요."

그는 큰 소리로 이렇게 말하면서 아직도 군중 속에 끼어 있는 것처럼 발뒤축을 쳐들고 버티었다. 그러던 그는 정신을 차려 선장에게 인사를 하려다가 자기가 앞치마를 두르고 있는 것을 알자 그것을 땅바닥에 내던지면서 큰 소리로 말하였다.

"놈들이 내 몸에 앞치마를 감아놓았습니다."

그는 발뒤축을 모아 선장에게 경례를 하였다. 누군지 웃으려고 하자 선장은 엄숙한 어조로 말하였다.

"꽤 기분이 좋은 모양인데, 밖에 있는 사람들은 도대체 뭔가?"

"저의 증인들입니다." 하고 슈바알이 앞으로 나서면서 말했다.

"죄송하지만 저들의 추태를 용서하세요. 수부들은 항해가 끝나면 미친 사람처럼 날뛰기가 일쑤니까요."

"얼른 안으로 불러들여!"

선장은 이렇게 말하면서 상원 의원을 바라보고 공손하지만 성급한 어조로 말을 이었다.

"상원 의원님, 조카와 함께 이 선원의 뒤를 따라가십시오. 보트까지 안내해드리겠습니다. 의원님과 개인적으로 알게 된 것을 큰 영광으로 생각합니다. 나중에 기회가 있어 미국의 선박 사정에 대하여 제 이야기를 들어주신다면 고맙겠습니다. 의원님, 그때에는 오늘처럼 이야기가 중단되어서는 안 되겠지요."

"당분간은 이 조카로 충분합니다." 하고 외삼촌은 웃는 얼굴로 말을 이었다.

"당신의 호의에 진심으로 감사드리고 이만 실례하겠습니다. 우리가 가까운 장래에 유럽 여행을 하게 되면 그때는 아마 상당한 시간을 선장님과 보낼 수 있을 테지요." 하며 카알을 진심으로 껴안았다.

"그렇게 된다면 얼마나 좋겠습니까." 선장이 대답했다. 두 신사는 악수를 나누었다. 카알은 말없이 선장에게 손을 내밀었다. 그때였다. 슈바알을 앞장세운 열댓 명쯤 되는 사람들이 다소 당황한 기색으로 떠들썩하니 방 안으로 몰려들어 오자 선장은 그들을 상대하느라 바삐 돌아갔다.

수부가 상원 의원의 허락을 받고 앞으로 나서서 상원 의원과 카알을 위해 군중을 헤쳐주어서 두 사람은 경례하는 사람들 사이로 무사히 지나갈 수 있었다. 그 선량한 사람들은 슈바알과 화부의 다툼을 장난으로 알고 그런 우스꽝스러운 일이 선장 앞에서까지 계속되는 것으로 생각하고 있는 모양이었다.

카알은 부엌에 있던 린네도 그들 사이에 끼어 있는 것을 보았다. 린네는 즐거운 표정으로 그에게 눈을 끔벅거려 보였다. 그녀는 수부가 내던진 앞치마를 두르고 있었는데, 그것은 그녀의 앞치마였던 것이다.

그들은 수부의 뒤를 따라 사무실을 나와 통로로 구부러졌다. 거기서 다시 두어 발짝 앞으로 내딛자 작은 문에 이르렀으며, 문을 열고 짧은 계단을 통하여 아래로 내려갔다. 그곳에는 바로 그들을 위해 마련된 보트가 대기하고 있었다. 지금까지 안내해주던 수부가 보트에 껑충 뛰어오르자 거기에 타고 있던 수부들이 일제히 몸을 일으켜 경례를 했다.

상원 의원은 카알에게 조심해서 내려오라고 주의를 주었다. 그때까지 제일 윗계단에 서 있던 카알은 갑자기 울음을 터뜨렸다. 상원 의원은 오른손으로 카알의 턱 밑을 받치고 꼭 껴안고는 왼손으로 쓰다듬어주었다. 그들은 몸을 서로 밀착시킨 채 계단을 하나하나 천천히 내려와서 보트로 옮겨 탔다. 거기에서 상원 의원은 카알에게 맞은편에 좋은 자리를 마련해주었다. 상원 의원이 손짓을 하자 선원들은 기선 옆을 벗어났고 곧바로 작업에 들어갔다. 그들이 탄 보트가 기선에서 몇 미터 가량 떨어졌을 때 카알은 뜻하지 않은 발견을 하게 되었다. 그것은 지금 그들의 위치가 바로 회계 본부의 창문이 있는 배의 측면이라는 것이다. 세 개의 창문은 슈바알의 증인들이 모조리 차지하고 있었다. 그들은 손을 흔들면서 정답게 환송해주었으며, 외삼촌은 그들에게 답례를 보냈다.

한 수부는 호흡을 맞추어 노 젓는 박자를 조금도 어기지 않고도 손으로 키스하는 교묘한 시늉을 해 보였다. 화부는 이미 시야에서 사라진 것 같았다. 카알은 무릎이 거의 닿을 만큼 가까이에서 외삼촌을 쳐다보았다. 카알은 '이분이 저 화부가 나에게 해준 역할을 대신해줄 수 있을까?' 하는 의심스러운 생각이 들었다. 외삼촌은 카알의 시선을 피해서 파도를 바라보고 있었다. 보트는 파도에 이리저리 흔들리고 있었다.

『변신』(1915)

변신

I

어느 날 아침 그레고르 잠자가 불안한 꿈에서 깨어났을 때, 그는 자신이 침대 속에 한 마리의 커다란 해충으로 변해 있는 것을 발견했다. 그는 갑옷처럼 딱딱한 등을 대고 누워 있었는데, 머리를 약간 쳐들면 반원으로 된 갈색의 배가 활 모양의 단단한 마디들로 나누어져 있는 것이 보였고, 배 위의 이불은 그대로 덮여 있지 못하고 금방이라도 미끄러져 내릴 것만 같았다. 나머지 몸뚱이 크기에 비해 비참할 정도로 가느다란 다리가 눈앞에서 힘없이 흔들거리고 있었다.

'어찌 된 일일까?' 그는 생각했다. 결코 꿈은 아니었다. 약간 좁긴 해도 제대로 된 사람 사는 방이라 할 수 있는 그의 방은 낯익은 네 개의 벽으로 둘러싸여 있었다. 옷감 견본 꾸러미가 풀려 있는 책상 위쪽에는—잠자는 외판 사원이었다—그가 얼마 전에 화보 잡지에서 오려내 금박으로 된 멋진 액자에 끼워 넣은 그림이 걸려 있었다. 그 그림은 한 숙녀의 초상화였는데, 그녀는 모피 모자를 쓰고 모피 목도리를 두른 채 꼿꼿이 앉아, 팔목까지 오는 무거운 모피 토시를 바라보고 있는 사람에게 쳐들고 있었다.

그레고르는 창 쪽으로 눈길을 돌렸다. 흐린 날씨가—창턱 함석 위로 빗방울 떨어지는 소리가 들렸다—그를 온통 우울하게 만들었다. '좀 더 잠을 청해 이런 어리석은 일을 잊도록 하자.'고 그는 생각했다.

그러나 전혀 그럴 수가 없었다. 그는 오른쪽으로 누워 자는 습관이 있었는데, 지금 상태로는 그렇게 누울 수가 없기 때문이었다. 아무리 애를 써서 오른쪽으로 돌리려고 해도 자꾸만 나둥그러졌다. 그는 백 번쯤이나 그렇게 했으며, 허우적거리는 다리를 보지 않으려고 눈을 감았다. 옆구리에 전에는 없었던 가볍고 무딘 통증을 느끼기 시작하자 그는 그것을 그만두었다.

'아아! 이렇게도 힘든 직업을 택하다니. 매일같이 출장이다. 이 일은 회사에서 하는 실질적인 일보다 훨씬 더 신경을 자극시킨다. 게다가 여행하는 고역이 있고, 기차 연결에 대해 늘 걱정해야 하며, 식사는 불규칙적이면서 나쁘고, 대하는 사람들은 항상 바뀌고 따라서 그들과의 인간관계는 절대로 지속적일 수 없으며 또한 진실한 것일 수도 없다. 이 모든 걸 악마가 가져갔으면!' 그는 배 위가 약간 가려운 것을 느꼈다. 머리를 더 잘 쳐들기 위해서 그는 드러누운 채 몸을 서서히 침대 기둥 가까이로 밀었다. 그는 가려운 곳을 찾았으나 작은 흰 반점만이 보였고, 그게 무엇인지 알 수가 없었다. 그는 한쪽 다리로 그곳을 만져보려고 하다가 곧 다리를 뒤로 젖혔다. 거기에 다리가 스치자 온몸이 소스라칠 정도로 아팠기 때문이었다.

그는 먼저 자세로 나자빠졌다. 그는 생각했다. '이렇게 일찍 일어나니까 사람이 멍청해지는군. 사람이란 잘 만큼 자야 해. 다른 외판 사원들은 규방 여인들처럼 살고 있지 않은가. 예를 들어, 내가 주문받은 것을 기입해두려고 여관에 돌아오면 그때서야 그들은 아침 식사를 하고 있거든. 내가 우리 사장한테 한번 그렇게 하겠노라고 말해볼 만도 하지만 그러면 당장에 쫓겨날 거야. 하지만 쫓겨나는 게 나에게 좋을는지 몰라. 부모님 때문에 망설이긴 했지만, 그렇지만 않다면야 벌써 오래전에 사표를 냈을 거야. 사장 앞에 다가가서 내 의견을 송두리째 털어놓았을 것이고, 그러면 사장은 책상에서 굴러떨어졌을 거야. 사장이 책상 위에 걸터앉아 내려다보며 직원한테 얘기하는 것은 참 별난 짓이다. 게다가 사장은 귀가 어두워 가까이에 다가서야 하지. 하지만 아직 희망은 있다. 부모가 진 빚을 그에게 다 갚을 만큼 돈을 모으면─ 그렇게 되려면 아직 오륙 년이 더 걸릴 테지만─꼭 그렇게 하고 말겠어. 그러면 큰일을 한 게 되지. 그렇지만 지금은 우선 일어나야겠다. 기차가 다섯 시에 떠나니까.'

그는 재깍거리는 탁상시계를 쳐다보았다. '맙소사' 하고 그는 마음속으로 말했다. 여섯 시 반이었다. 시곗바늘은 조용히 앞을 향하여 가고 있었다. 아니, 여섯 시 반을 지나 사십오 분에 가까워지고 있지 않은가. 자명종이 안 울렸나? 자명종을 네 시에 고정시켜놓은 것이 침대에서도 보였다. 틀림없이 울렸을 것이다. 온 방 안이 시끄러울 정도로 울렸을 텐데 어떻게 편안히 잠을 잘 수 있었을까? 아니야, 편안히 잤을 리 없어. 아마 더욱더 깊이 잠들었을지 몰라. 그런데 이제 무엇을 해야 한다지? 다음 기차는 일곱 시에 있다. 그 기차를 타려면 미친 듯이 서둘러야만 한다. 그런데 견본도 아직 꾸려놓지 않았고, 몸도 전혀 상쾌하지 않으며, 움직일 수도 없을 것 같다. 사환이 다섯 시 차를 기다렸을 것이고, 그래서 내가 늦은 것을 보고한 지도 이미 오래됐을 텐데. 그녀석은 사장의 꼭두각시로 배짱도 없는 위인이지. 몸이 아파서 결근한다면 어떨까? 그렇지만 그것은 너무나 괴로운 일이며 너무나 의심받기 쉬운 일이다. 왜냐하면 나는 오 년이나 근무하는 동안에 단 한 번도 병을 앓은 적이 없었으니까. 아마도 사장이 의료보험 의사와 함께 와서 게으른 아들 때문에 부모님께 욕을 할 것이고, 그 의사의─의료보험 의사의 눈에는 건강하고 일하기 싫어하는 사람만 보일 뿐이지만─말을 빌려 어떤 항의도 제기할 수 없게 할 것이다. 그럴 경우에 사장이 틀렸다고 말할 수 있을까? 그레고르는 오래 자고 났는데도 더 자고 싶어지는 것을 제외하고는 몸에 아무 이상도 없는 것 같았고, 더구나 모진 시장기까지 드는 것이었다.

　침대에서 빠져나가야겠다는 결심을 하지 못한 채 이 같은 것을 급히 생각하고 났을 때—그때 시계는 여섯 시 사십오 분을 가리켰다—침대 머리 쪽의 문을 조심스럽게 두드리는 소리가 들렸다. "그레고르" 하고 부르고 있었다. 어머니였다. "여섯 시 사십오 분이다. 안 갈 거니?" 마냥 부드러운 목소리! 그레고르는 자기의 대답 소리를 듣고 깜짝 놀랐다. 그 대답 소리는 틀림없이 자기 목소리였는데, 거기엔 저음 같기도 한 어떤 억제할 수 없는 고통스러운 찍찍하는 소리가 섞여 있었다. 그 찍찍거리는 소리는 하고 있는 말을 다만 처음 순간만 명료하게 할 뿐, 그 여운은 분명치 않아서 상대방이 똑바로 알아들었는지 알 수 없었다. 그레고르는 충분한 대답을 하고 모든 것을 설명하려 했지만 그런 상태에 있었기 때문에 그저 "네, 네. 고마워요, 어머니. 지금 일어나고 있어요."라고 말하는 걸로 그쳤다. 나무로 된 문이 막고 있어서 그레고르 목소리가 달라진 것을 밖에서는 알 수 없는 것 같았다. 어머니는 이 대답에 안심하고 발을 질질 끌면서 가버렸으니까. 그러나 이 짤막한 대화 소리 때문에 집 안의 다른 식구들도 뜻밖에 그레고르가 아직 집 안에 있다는 것을 알게 되었다. 그래서 한쪽 옆문을 아버지가 두드렸다. 그건 약한 소리였지만 주먹으로 두드린 것이었다. "그레고르! 그레고르 도대체 어찌 된 일이냐." 잠시 뒤에 묵직한 소리로 다시 한 번 재촉했다. "그레고르! 그레고르!" 다른 쪽 옆문에서는 여동생이 탄식하듯 나지막하게 말했다. "오빠, 아프세요? 뭐 필요한 것 있으세요?" 그레고르는 양쪽을 향해서 대답했다. "다 됐어요." 그는 아주 조심스럽게 발음을 하고 단어마다에 긴 간격을 두어 자기 음성에서 수상한 것이 없도록 애썼다. 아버지는 아침 식사 자리로 되돌아갔다. 그러나 여동생은 소곤거렸다. "오빠, 문을 열어봐요. 제발." 그러나 그레고르는 문을 열 생각을 전혀 하지 않고 여행 때나 집에서나 밤에 문을 잠그는 습관을 고맙게 여기고 있었다.

우선 그는 아무런 방해를 받지 않고 조용히 일어나서 옷을 입고 맨먼저 아침 식사를 하고 그다음 일은 그때에 가서 다시 생각해보려고 했다. 그도 알고 있듯이 침대 속에서는 생각을 해봤자 올바른 결론이 나올 수 없기 때문이다. 잘못 누워 생긴 것 같은 가벼운 통증을 느끼다가도 나중에 일어나보면 그것이 순전히 착각에 불과하던 일이 종종 있었던 것을 그는 상기했다. 그래서 오늘 보았던 것도 서서히 없어지기를 초조하게 기다렸다. 그는 목소리가 변한 것은 외판 사원의 직업병이라 할 독감의 징조에 불과하다고 확신했다.

이불을 벗어 던지는 것은 아주 간단했다. 몸을 좀 부풀게 하니 저절로 미끄러져 내렸다. 그러나 그다음 동작부터가 힘들었다. 몸이 너무 옆으로 퍼져 있었기 때문에 더욱 그랬다. 일어나려면 팔이나 손이 있어야 하는데, 그런 것은 없고 다리만 많았다. 그 다리들은 끊임없이 멋대로 움직였고, 뜻대로 통제할 수 없었다. 한 다리를 구부리려고 하면 그 다리가 먼저 펴지는 것이었다. 한 다리를 자기가 원하는 대로 간신히 해놓아도 그 사이에 다른 다리들이 제멋대로 아프게 요란스레 움직이고 있는 것이었다. "이렇게 쓸데없이 침대 속에 있어서는 안 되겠어." 그레고르가 혼잣말을 했다.

우선 그는 자기 몸의 하체를 침대에서 빠져나오게 하려고 했다. 그러나 그가 아직 보지도 않았으며, 어떻게 생겼는지 상상조차 할 수 없는 그 하반신을 움직이기가 너무나 힘들었다. 그래서 천천히 움직였다. 마침내는 화가 나서 온 힘을 다해서 몸을 마구 앞으로 내밀었지만 방향을 잘못 잡아서 침대 기둥의 아랫부분에 모질게 부딪혔다. 그로 인한 심한 통증으로 그는 자기 몸의 하체가 현재 가장 예민한 부분인 것을 알게 되었다.

그래서 그는 먼저 몸의 상체를 침대에서 빠져나오게 하려고 조심스럽게 고개를 침대 가장자리 쪽으로 돌렸다. 이렇게 하는 것은 쉬웠다. 체구는 넓고 무거웠지만 머리가 움직이는 방향으로 서서히 따라 움직였다. 그러나 드디어 머리를 침대 밖의 허공에다 내밀었을 때 그는 그대로 계속 앞으로 나가기가 겁이 났다. 그런 상태에서 아래로 떨어진다면 기적이라도 일어나지 않는 한 으레 머리를 다치기 십상이니까. 그리고 지금이야말로 절대로 무분별한 짓을 해선 안 되었다. 그는 차라리 그냥 침대에 있고 싶었다.

그는 아까와 같은 수고를 한 후에 한숨을 내쉬면서 다시 처음 위치에 누워 자기의 다리들이 더욱 화난 듯이 서로 싸우는 것을 보다가 그렇게 멋대로 하는 짓을 막을 길이 없자, 그냥 침대에 누워 있을 수는 없으므로 비록 성공률은 지극히 희박하더라도 어떤 희생을 무릅쓰고라도 침대를 벗어나는 일이 최선책이라고 생각했다. 동시에 그때 그는 절망적인 결심보다는 침착한, 가급적 침착한 생각을 하는 것이 더 낫다는 것을 다짐하기를 잊지 않았다. 그런 순간에 눈을 되도록 예리하게 하여 창문 쪽을 쳐다보았는데 불행하게도 좁은 거리의 건너편까지 가리고 있는 안개만 보게 되어 자신감도 위안도 얻지 못했다. "벌써 일곱 시로군." 자명종이 또 울리는 소리를 듣고서 그가 중얼거렸다. "일곱 시인데도 여태껏 저렇게 안개가 끼어 있구나." 잠시 그는 완전한 적막 속에서 모든 것이 현실적이며 정상적인 모습을 되찾기를 기대하는 것처럼 잠자코 가볍게 숨을 쉬면서 누워 있었다.

그러다가 그는 중얼거렸다. "일곱 시 십오 분이 되기 전에는 어떤 일이 있더라도 침대에서 완전히 벗어나야 해. 일에 대한 것을 물어보려고 그때까지 상점에서 누가 오는지도 몰라. 회사는 일곱 시 이전에 문을 여니까." 그래서 그는 몸 전체를 동일한 율동으로 흔들어 침대로부터 빠져나오려고 애썼다. 그런 식으로 침대에서 몸을 떨어뜨릴 경우, 떨어지면서 머리를 똑바로 쳐들기만 한다면 머리를 다치지는 않을 것이다. 등은 단단한 것 같으니까 양탄자 위로 떨어져도 아무렇지도 않을 것이다. 가장 염려스러운 것은 떨어질 때 으레 생길 요란한 소리였다. 그런 소리가 나면 문 뒤에 있을 식구들을 놀라게 하진 않더라도 걱정을 끼칠 것이다. 그러나 그런 모험을 해보는 수밖에 없었다.

그레고르가 몸을 반쯤 침대 밖으로 나오게 했을 때—새로운 방법의 동작은 힘들다기보다는 오히려 무슨 장난 같았다. 그저 간헐적으로 몸을 흔들기만 하면 되었다—누군가 도와주기만 하면 모든 것이 간단히 끝나리라는 생각이 들었다. 힘센 사람 두 명만 있어도……. 그는 아버지와 하녀를 생각했다. 충분할 것 같았다. 그들이 자신의 둥그스름한 등 아래로 팔을 집어넣어 침대에서 자신을 빼내고 그대로 든 채 몸을 아래로 굽힌 다음 자신이 방바닥 위에서 몸을 뒤칠 때까지 조심스럽게 잡아주기만 하면 될 것 같았다. 그 다음엔 자그마한 다리들이 제구실을 해야 할 것이다. 그렇다면 문이 잠겨 있는 것도 무시하고 도와달라고 소리치는 것이 나을까? 곤경에 빠져 있으면서도 그런 생각은 그에게 고소를 금치 못하게 하는 것이었다.

이제 그는 세게 흔들면 몸의 균형을 잡을 수 없을 정도에 이르렀다. 게다가 그는 곧 최종 결단을 내려야 했다. 오 분만 있으면 일곱 시 십오 분이 되기 때문이었다. 그때 현관에서 벨이 울렸다. '회사에서 누가 온 모양이군.' 그는 그렇게 생각하자 몸이 굳어졌다. 그런데도 다리는 더욱 요란하게 춤을 추고 있었다. 한순간 조용해졌다. "문을 안 여는데." 하고 그레고르는 중얼거리며 엉뚱한 희망에 사로잡혔다. 그러나 잠시 후 여느 때처럼 하녀가 확고한 걸음으로 나가서 문을 열었다. 그레고르는 방문객의 첫마디 인사말만으로 그게 누구인지를 알 수 있었다. 지배인이 몸소 왔던 것이다. 왜 나는 조금만 늦어도 굉장한 의심을 사는 그런 회사에 다니는 신세일까? 직원 모두가 건달이란 말인가. 그들 중에는 아침 한두 시간을 회사를 위해 일하지 않으면 미칠 듯이 양심의 가책을 받아 몸져눕게 되어 침대를 떠나지도 못하는 그런 성실하고 헌신적인 인간은 없단 말인가? 견습 사원을 보내 물어보게 해도—뭘 물어보는 게 필요하다면—충분하지 않은가. 지배인이 직접 와서, 이 수상한 사건은 오직 지배인만이 조사할 수 있는 것이라고 온 가족에게까지, 죄 없는 가족들에게까지 알려야 한단 말인가. 온전한 결단에서라기보다는 오히려 이런 생각에서 비롯된 흥분에서 그레고르는 온 힘을 다해 침대에서 뛰어내렸다. 떨어지는 소리가 크게 났다. 그렇지만 굉장한 소리는 아니었다. 양탄자 때문에 떨어지는 소리가 좀 약해졌다. 그리고 등은 그레고르가 생각했던 것보다는 탄력이 있었다. 그래서 주의를 끌 만한 요란한 소리는 나지 않았다. 단지 머리를 충분히 조심스럽게 들지 않은 관계로 부딪쳤을 뿐이었다. 그는 화가 나고 아파서 머리를 양탄자에 문질렀다.

"저 안에서 뭔가 떨어졌는데요." 지배인이 왼쪽 옆방에서 말했다. 그레고르는 오늘 자기한테 일어난 일과 흡사한 일이 지배인에게도 언젠가는 일어나지 않을까 생각해보았다. 그럴 가능성이 있다는 것은 부인할 수 없었다. 그러나 그런 생각에 대해서 거친 대답이라도 해주는 듯이 지배인은 옆방에서 몇 발짝 또박또박 걸으면서 에나멜 구두에서 삐걱삐걱하는 소리를 냈다. 오른쪽 옆방에서는 그레고르에게 바깥 사정을 알려주기 위해서 여동생이 소곤거렸다. "오빠, 지배인이 오셨어요." "알아." 그레고르는 혼자 중얼거렸다. 그러나 그는 여동생이 알아들을 만큼 큰 소리는 감히 낼 수 없었다.

"그레고르." 왼쪽 옆방에서 아버지가 말했다. "지배인님께서 오셔서 어째서 네가 새벽 차로 출발하지 않았느냐고 물으신다. 뭐라고 말씀드려야 할지 잘 모르겠구나. 그분께서는 너와 개인적으로 말씀하고 싶어 하신다. 그러니 문을 좀 열어라. 그분은 방이 지저분한 것을 용서해주실 거다." 이때 지배인이 다정하게 말을 건넸다. "안녕하십니까, 잠자 씨." 아버지는 계속 문에 대고 얘기를 하고 있었는데, 그러는 동안에 어머니가 지배인에게 말했다. "그 애는 몸이 편칠 않아요. 정말입니다, 지배인님. 그렇지 않고서야 기차를 놓칠 리가 없지요. 그 애는 머릿속에 회사 일밖에 없어요. 저녁에도 외출하는 일이 없어서 제가 오히려 화가 날 지경이에요. 벌써 일주일째 이곳에 있으면서도 매일 저녁을 집에서 보내고 있어요. 우리와 함께 식탁에 앉아서 조용히 신문을 보거나 기차 시간표를 조사해보지요. 그 애의 유일한 오락이란 실톱으로 무엇을 만드는 일이지요. 예를 들면 이삼 일 동안 작은 액자를 만들었어요. 얼마나 예쁜지 보시면 놀라실 거예요. 방 안에 걸려 있어요. 그레고르가 문을 열면 금방 보실 수 있어요. 그런데 지배인님께서 이렇게 와주셔서 얼마나 고마운지 몰라요. 우리들만으로는 그레고르더러 문을 열게 하지 못했어요. 그 앤 너무나 고집이 세거든요. 그 앤 확실히 편치 않아요. 그렇지 않다고 했지만요." "곧 나갑니다." 그레고르가 천천히 조심스레 말하고 대화하는 말을 한마디도 놓치지 않으려고 잠자코 있었다. "아주머님, 달리는 설명이 안 되는군요." 지배인이 말했다. "심하지만 않으면 좋겠군요. 그렇지만 더 말씀드리자면 우리들 사업하는 사람들은 행인지 불행인지 몸이 약간 불편한 것은 사업을 고려해서 참고 넘겨야만 하지요." "그럼 지배인님께서 들어가도 되겠느냐?" 참을성 없는 아버지가 다시 문에 대고 물었다. "안 됩니다." 그레고르가 말했다. 왼쪽 옆방에서는 고통스런 침묵이 흘렀고, 오른쪽 옆방에서는 여동생이 흐느끼기 시작했다.

왜 여동생은 다른 사람들에게로 가지 않는 걸까? 아마 침대에서 금방 일어나 미처 옷도 입지 못한 모양이다. 그런데 왜 우는 걸까? 내가 일어나지 않고 지배인을 들어오지 못하게 해서일까? 그래서 일자리를 잃게 될 위험이 있다고 그러는 걸까? 그리고 사장이 옛날 빚을 독촉하면서 부모님을 괴롭힐까 봐 그럴까? 그렇지만 그런 일들은 현재로서는 부질없는 걱정이다. 아직은 내가 여기에 있고, 식구를 저버릴 생각은 추호도 없으니까. 현재 나는 양탄자 위에 누워 있지만, 나의 형편을 아는 사람이라면 아무도 나더러 지배인을 들어오게 하라고 진지하게 요구하지는 않을 것이다. 그리고 나중에 쉽사리 적절한 변명을 붙일 수 있는 그런 사소한 일 때문에 내가 즉각 해고당하는 일은 있을 수 없는 일이다. 그리하여 그레고르의 생각으로는 울고 애원하면서 자기를 괴롭히는 것보다는 자기를 조용히 있게 해주는 것이 더 현명한 처사인 것 같았다. 그러나 그들을 당황하게 하고 그들의 행동을 변명하게 하는 것은 바로 의혹이었다.

"잠자 씨." 지배인이 언성을 높여서 말했다. "무슨 일입니까? 당신은 방 안에 바리케이드를 치고 틀어박혀서, 네, 아니요, 라고만 대답하면서 부모님한테 불필요한 걱정을 끼치고……. 말이 나온 김에 하는 말이지만, 업무상의 의무를 고약한 방법으로 태만히하고 있어요. 당신 부모님과 사장님을 대신해서 하는 말인데, 즉각적이고 명확한 해명을 진정으로 요구합니다. 놀랍군요, 놀라워. 난 당신을 침착하고 분별 있는 사람으로 알고 있었는데, 이제 갑자기 괴팍한 변덕을 보이기 시작하는군요. 사실 오늘 아침 당신이 늦은 이유에 대해서는 사장이 그럴싸한 설명을 암시하긴 했어요. 그건 최근에 당신에게 맡긴 수금과 관계되는 것인데, 그래도 나는 그런 설명은 맞지 않는다고 맹세를 했어요. 그런데 이제 당신의 이해할 수 없는 고집을 보니까, 당신편이 되어 얘기해줄 생각이 없어지고 마네요. 그리고 당신의 지위도 전혀 확고부동한 것이 아닙니다. 나는 둘이서만 얘기를 하려고 했는데, 당신이 내 시간을 이렇게 쓸데없이 허비하게 하기 때문에 부모님도 듣게 하지 않을 수가 없어요. 최근에 당신의 업무 성과는 무척 불만족스러워요. 지금이 장사의 호경기인 계절이 아니라는 사실은 우리도 알고 있어요. 그렇지만 장사가 안 되는 계절이란 원래 없는 법이고 있어서도 안 되지요. 잠자 씨." "그렇지만, 지배인님." 그레고르가 정신없이 이렇게 외쳤고 흥분한 나머지 다른 것을 다 잊어버리고 말았다. "금방 문을 열려고 합니다. 몸이 약간 불편할 뿐이에요. 현기증이 나는 바람에 일어나지 못했어요. 아직도 침대에 누워 있어요. 그렇지만 이제 다시 나았어요. 지금 침대에서 나오는 중입니다. 잠깐만 참아주세요. 아직은 몸이 생각만큼 좋진 않아요. 그렇지만 정말 괜찮아요. 이렇게 갑자기 사람을 놀라게 하는 일이 생길 줄이야 어떻게 알았겠습니까. 어제저녁까지만 해도 몸이 아주 좋았어요. 부모님께서도 그건 아십니다. 아니죠. 실은 어제저녁에 벌써 좀 그런 예감이 들었어요. 분명히 내게서 그런 조짐이 보였을 겁니다. 왜 제가 그걸 사무실에 미리 알리지 않았는지 모르겠군요. 하지만 사람들은 집에서 쉬지 않고도 병을 이겨낼 수 있다고 생각하기 일쑤지요. 지배인님, 제 부모님을 아껴주십시오. 지금 저에 대해 하신 비난은 모두 당치 않은 것입니다. 아무도 저에게 그런 말을 한 적이 없습니다. 제가 최근 발송한 주문서를 읽어보시지 않은 모양이군요. 어쨌든 여덟 시 기차로 여행을 떠나도록 하겠습니다. 몇 시간 쉬었더니 원기가 나는군요. 지배인님, 제발 여기 계시지 말아주세요. 곧 제 자신이 회사에 나가겠습니다. 그러니 사장님께 이런 말씀을 드리고 사과의 말씀도 전해주십시오."

그레고르는 이런 얘기를 급히 해놓고는 자기가 무슨 말을 하고 있는지도 거의 모르고 있었다. 아까 침대에서 연습했던 탓인지, 그는 그동안에 쉽사리 옷장에 다가갔으며, 이제 거기에 기대어 일어서려고 애썼다. 그는 정작 문을 열고 자기를 내보이면서 지배인과 이야기를 하려는 것이었다. 그는 자기를 그토록 만나고 싶어 하는 사람들이 자기를 보면 무슨 말을 할는지 정말 알고 싶었다. 그들이 놀라 자빠져도 그건 내 책임이 아니니까 가만히 있으면 되겠지. 그들이 모든 것을 태연하게 받아들인다면 내 자신도 흥분할 아무런 이유가 없고 서두르기만 하면 여덟 시에 역에 도착할 수 있을 것이다. 그는 처음에는 몇 번이나 매끄러운 옷장에서 미끄러졌지만 나중엔 몸을 훌쩍 쳐올려 똑바로 일어섰다. 하복부가 불이 나는 듯이 아팠지만 그는 그런 고통엔 전혀 개의치 않았다. 그는 가까이에 있는 의자 등받이에 몸을 떨구고는, 다리로 그 가장자리를 꽉 잡았다. 그렇게 함으로써 그는 자제하게 되었으며 말을 멈췄다. 지배인이 하는 말을 들을 수 있었기 때문이다.

"한마디라도 알아들으셨나요?" 지배인이 부모에게 물었다. "우리를 놀리는 것은 아니겠지요." "그럴 리가 있겠어요!" 어머니가 울면서 소리를 질렀다. "그 앤 심하게 아픈가 봐요. 우리가 그 앨 괴롭히고 있어요. 그레테! 그레테야!" 어머니가 소리쳤다. "왜요, 엄마?" 여동생이 다른 편에서 외쳤다. 그들은 그레고르의 방을 사이에 두고 얘기를 주고받았다. "즉시 의사한테 가거라. 오빠가 병이 났다. 빨리 의사한테 가. 너 방금 그레고르가 말하는 소리를 들었니?" "그건 동물의 목소리였습니다." 지배인은 어머니의 외침 소리와 대조적으로 낮은 소리로 말했다. "안나! 안나야!" 아버지가 현관방을 향해 부엌에다 대고 소리치면서 손뼉을 쳤다. "열쇠공을 불러오너라." 그러자 두 처녀는 치마를 끌면서 현관방으로 달려가서—여동생이 어떻게 저렇게 빨리 옷을 입었을까?—현관문을 확 열었다. 문을 닫는 소리는 들리지 않았다. 큰 사고가 벌어진 집에서처럼 그들은 문을 활짝 열어놓고 간 모양이다.

그러나 그레고르는 훨씬 더 침착해졌다. 다른 사람들은 그의 말을 더 이상 알아듣지 못했다. 그러나 그는 귀에 익은 탓인지 자신의 말이 아까보다 훨씬 더 명료하다고 여겼다. 아무튼 이제 사람들은 그에게 무언가가 잘못됐다고 믿고서 그를 도와줄 용의가 있었다. 그는 자기를 위한 앞서의 조치가 신뢰와 확신에서 취해졌다고 생각되어 마음이 흐뭇했다. 그는 다시 사람들 무리 속에 끼어드는 기분이었으며, 의사와 열쇠공을 정확히 구별도 안 하면서 그들에게 굉장하고 놀랄 만한 성과를 기대했다. 다가오는 결정적인 대답에서 가급적 명료한 목소리로 말하기 위해서 그는 기침을 약간 해보았다. 물론 낮은 소리로 했다. 왜냐하면 기침 소리조차도 사람의 기침 소리와는 다르게 울리는지 모르기 때문이었다. 그리고 그는 스스로가 그런 것을 구별할 자신이 없었다. 옆방은 그동안 조용해졌다. 부모님이 지배인과 식탁에 앉아 귀엣말을 하고 있는 걸까, 아니면 모두들 문에 기대서 엿듣고 있는 걸까.

그레고르는 천천히 소파를 밀어 문 쪽으로 다가가서는 소파에서 몸을 떼고 얼른 문에 기대면서 꼿꼿이 서서—그의 발바닥엔 끈적끈적한 점액이 약간 있었다—잠시 피곤을 풀었다. 그런 다음 그는 입으로 열쇠 구멍에 꽂힌 열쇠를 돌리려고 했다. 불행히도 그는 제대로 된 이가 없는 것 같았는데—무엇으로 열쇠를 잡지?—그 대신 단단한 턱이 있었다. 실제로 그는 턱으로 열쇠를 움직일 수 있었다. 그는 어딘가를 다쳤는데 개의치 않았다. 그의 입에서 거무스레한 액체가 나와 열쇠 위로 흘러 바닥에 떨어졌다. "들어보십시오." 옆방에서 지배인이 말했다. "열쇠를 돌리고 있어요." 이 말은 그레고르에게 큰 격려가 되었다. 하지만 모두 다 날 응원해주면 좋을 텐데. "자, 좀 더 열쇠를 꽉 쥐고!" 자신이 애쓰고 있는 것을 모두가 주시하고 있다고 생각하면서 그는 온 힘을 다하여 미친 듯이 열쇠를 물었다. 열쇠를 계속 돌리면서 그는 열쇠 구멍 주위를 돌았다. 지금 그는 입만으로 몸을 부지하고 있었는데, 필요에 따라 자물쇠가 열리는 찰칵하는 소리에 제정신이 났다. 숨을 내쉬면서 그는 "열쇠공이 도와주지 않아도 해내고 말 았어." 하고 혼잣말을 한 다음 문을 활짝 열어놓기 위해서 머리를 손 잡이에다 올려놓았다.

그가 그런 식으로 문을 열어야만 했기 때문에 문이 꽤 넓게 열렸지 만 그 자신은 아직 보이지 않았다. 그는 우선 천천히 한쪽 문짝 주위를 돌아야만 했는데, 거실로 들어가기 전에 벌렁 뒤로 나자빠지는 일이 없도록 조심스럽게 움직여야 했다. 그는 그 힘든 동작을 하느라 다른 것엔 신경 쓸 시간이 없었다. 그때 그는 지배인이 크게 "앗" 하는 소리 를 들었고—그것은 마치 바람이 지나가는 소리와도 같았다—또 지배 인이 문 바로 옆에 섰다가 손으로 벌린 입을 막으면서 보이지 않는 줄 기찬 힘에 쫓기듯이 물러나고 있는 것을 보았다. 어머니는—지배인이 있는데도 그녀는 밤에 풀어놓은, 곤두세워진 머리를 하고 있었다— 합장을 한 채 아버지를 쳐다보더니 두 걸음 그레고르한테 다가오다가 둥그렇게 치마를 펼치면서 쓰러지고 말았다. 얼굴은 가슴에 묻혀 보 이지 않았다. 아버지는 그레고르를 그의 방으로 도로 밀어 넣으려는 듯이 주먹을 쥐고 사나운 표정을 하더니 불안스레 거실을 둘러본 후 에 두 손으로 눈을 가리고 튼튼한 가슴팍이 들먹일 정도로 울었다.

그레고르는 거실로 들어가지 않고 안에서 꽉 고정시켜놓은 문짝에 기대고 있었으므로 몸의 절반과 옆으로 수그린 머리가 보였다. 그 머 리로 그는 다른 사람들을 엿보고 있었다. 그러는 동안에 날이 훨씬 밝 아졌다. 길 건너편에는 서로 마주 서 있는 한없이 긴 진회색 집의 일부 가—그것은 병원이었다—전면이 심하게 부서진 규칙적인 모양의 창 문과 함께 명료하게 보였다. 아직도 비가 내리고 있었는데, 눈에 보일 만큼 커다란 빗방울이 정작 한 방울씩 땅에 떨어지고 있었다. 아침 식 사 때의 식기가 식탁에 수북이 쌓여 있었다. 아버지에게는 아침 식사 가 하루 중에 제일 중요한 식사이기 때문이었다. 아버지는 각종 신문을 읽어가면서 아침 식사를 몇 시간씩 질질 끌었다. 맞은편 벽에는 군대 시절의 그레고르 사진이 걸려 있었다. 계급은 소위였는데, 손을 군도에 붙이고 걱정 없는 웃는 얼굴로 자기의 자세나 제복에 경의를 표해주기를 바라는 것 같았다. 현관방으로 난 문은 열려 있었는데 현관문마저 열려 있어서 거실 출입구와 내려가는 계단 윗부분이 보였다.

"그럼," 그레고르가 말했다. 그는 지금 안정을 유지하는 사람은 자기 혼자라는 것을 알았다. "곧 옷을 입고 견본을 꾸며 떠나도록 하겠습니다. 정작, 정작 절 가도록 해주시겠지요? 지배인님, 보다시피 전 고집불통이 아니라 일하기를 좋아합니다. 여행이란 고된 것이지만 전 여행을 안 하면 살 수 없어요. 지배인님, 어디로 가시는 겁니까? 회사로 가십니까? 그렇죠? 모든 일을 사실대로 보고하시겠지요? 사람이란 때로는 일을 할 수 없을 때도 있는 법인데 바로 그럴 때 과거 업적을 기억하셔서 장애가 사라진 후에는 전보다 더 열심히, 더 집중적으로 일할 수 있다는 것을 생각하셔야지요. 제가 사장님에게 충실해야 한다는 것은 당신도 잘 아시지요. 그런데다가 저는 부모님과 여동생도 보살펴야 됩니다. 전 지금 역경에 처해 있습니다만, 다시 거기에서 빠져나올 것입니다. 저를 더 이상 곤란하게 만들진 마십시오. 회사에서 제 편이 되어주십시오. 사람들이 외판 사원을 좋아하지 않는다는 건 저도 알고 있어요. 떼돈을 벌어서 신나게 살고 있다고들 생각하지요. 그런 편견을 고쳐볼 특별한 이유는 없습니다. 그러나 지배인님께서는 다른 사원들보다도 사정을 더 잘 알고 계십니다. 사장님은 주인이라는 입장이기 때문에 판단에 있어서 고용인이 불리하도록 잘못 나가기가 쉽습니다. 거의 일 년 내내 회사 밖에서 지내는 외판 사원이란 험담이나 우연한 일이나 이유 없는 비난의 대상이 되기 십상이지요. 그로서는 그런 것을 도저히 막을 수 없어요. 그는 대개 그런 일에 대해선 아무것도 모르고 지내기 때문입니다. 그리고 여행을 마치고 지쳐 집에 돌아와 있을 때 그런 일의 원인 불명의 결과만을 몸소 느끼게 되는 수가 있어요. 지배인님, 가시기 전에 제 이야기가 조금이라도 옳다는 말씀을 한마디라도 해주십시오."

그러나 그레고르가 말을 시작하자마자 지배인은 몸을 돌리고 입술을 삐죽거리면서 떨고 있는 자신의 어깨 너머로 그레고르를 쳐다보았다. 그리고 그레고르가 말하는 동안 그는 잠시도 가만있지 못하고 그레고르에게서 눈을 떼지 않은 채 문 쪽으로 발을 옮겼다. 나가서는 안 된다는 비밀 지령이라도 받은 것처럼 천천히, 그러나 그는 이미 현관방까지 가 있었다. 그가 거실에서 마지막 발을 뗄 때는 동작은 마치 발바닥에 불이라도 붙은 것처럼 너무나 갑작스러웠다. 현관방에서 그는 마치 하늘의 도움이 자기를 기다리고 있기라도 하듯이 오른손을 층계 쪽으로 내밀었다.

그레고르는 지배인을 이런 기분으로 가게 한다고 해서 회사에서의 자기 위치가 굉장히 위태롭게 되는 것은 아니지만 그래도 그를 그렇게 보내서는 안 된다고 생각했다. 부모는 모든 것을 잘 이해하지 못했다. 여러 해가 지나는 동안에 그들은 그레고르가 그 회사에서 평생토록 신분이 보장돼 있다고 확신하게 되었다. 그리고 지금 그들은 이 순간에 닥쳐 있는 걱정에 너무 신경을 많이 쓰고 있어서 앞일을 생각하기란 불가능했다. 그러나 그레고르는 앞일을 생각하고 있었다. 그의 생각으로는 지배인을 붙잡아 진정시키고 설득시켜 동감을 얻어내야 한다. 그레고르와 그의 가족의 장래가 그 사람한테 달려 있지 않은가! 여동생이 여기에 있으면 좋을 텐데. 그 애는 똑똑하다. 내가 멍하니 누워 있을 때에 여동생은 벌써 울고 있었다. 지배인은 여자한테는 약하니까 그 애라면 설득시킬 수가 있을 것이다. 그 애라면 현관문을 닫고 현관방에서 그가 놀라지 않도록 변명할 수 있을 텐데. 그렇지만 지금 여동생이 여기에 없으니 내 스스로가 행동해야 한다.

그래서 현재 움직이지 못한다는 것도 생각하지 않고 그는 문짝에서 몸을 떼고 문이 열린 곳으로 미끄러져 나와 이미 현관 출입구의 난간을 두 손으로 붙잡고 있는 지배인에게 가려고 했다. 그러나 그는 잡을 곳을 찾다가 나지막하게 비명을 지르면서 수많은 발과 함께 아래로 넘어지고 말았다. 그렇게 되자마자 그는 그날 아침 처음으로 육체적 쾌감을 느꼈다. 다리를 단단히 딛고 있었다. 그리고 기분 좋게도 그 다리가 완전히 뜻대로 움직였다. 다리는 그가 가고자 하는 곳으로 그를 운반해 가려고 애를 썼다. 그래서 그는 조금만 있으면 갖은 고통으로부터 완전히 회복되리라고 생각했다. 그러나 그가 어머니로부터 별로 떨어지지 않은 맞은편 마룻바닥 위에 누워 몸 움직임을 억제하느라고 흔들거리고 있는 바로 그때, 실신한 것처럼 보이던 어머니가 별안간 벌떡 일어나 두 팔을 벌리고 손가락을 펼치면서 소리를 질렀다. "사람 살려요! 사람 살려!" 어머니는 그레고르를 더 자세히 보려는 듯이 고개를 숙였다가, 그러나 그와는 반대로 곧 뒤로 마구 달음질쳤다. 그녀는 자기 뒤에 식사를 차려놓은 식탁이 있다는 것도 잊어버렸는데, 거기에 닿자 얼빠진 듯이 얼른 그 위에 올라앉았다. 그리고 옆에 엎어진 주전자에서 커피가 양탄자 위로 줄줄 흘러내리고 있다는 것도 모르고 있는 듯했다.

"어머니, 어머니." 그레고르가 나지막하게 말하면서 어머니를 올려다보았다. 지배인 생각은 잠시 그의 머리에서 없어졌다. 흘러내리는 커피를 본 순간, 그는 몇 번이나 턱을 허공에 저었다. 그러자 다시 어머니가 소리를 지르고 식탁에서 도망쳐서 마주 달려오던 아버지의 품 안으로 쓰러졌다. 그러나 지금 그레고르로서는 부모를 생각할 여유가 없었다. 지배인은 벌써 계단에 가 있었다. 그는 턱을 난간에 대고 마지막으로 뒤를 돌아다보았다. 그레고르는 어떻게 해서든 그를 붙잡아보려고 훌쩍 뛰었다. 지배인은 어떤 예감이 있었던 것 같았다. 그는 한 번에 몇 계단씩 뛰어 내려가더니 아주 사라져버렸다. "휴!" 하고 그가 또 한 번 외쳤는데, 그 소리가 계단실 전체에 울렸다. 그런데 지배인이 도망치자 지금까지 어지간히 침착하던 아버지가 아주 정신을 잃은 것 같았다. 몸소 지배인을 붙잡으러 가거나 그렇지 않으면 적어도 지배인을 쫓아가려는 그레고르를 그의 방으로 몰아넣으려고 하는 것이었다. 그레고르가 아무리 애원해도 소용이 없었다. 아무리 애원해도 전달이 불가능했다. 그가 고개를 얌전하게 돌리려고 해도 아버지는 더 요란스레 발을 굴렸다. 아버지 뒤쪽에서 어머니는 추운 날씨인데도 창문을 열어놓고 두 손으로 얼굴을 가린 채 몸을 밖으로 내밀고 있었다. 골목과 계단실 사이에서 거센 바람이 일었고, 커튼이 나부꼈으며, 식탁 위의 신문들이 펄럭이더니 한 장 한 장 방바닥 위로 떨어졌다. 아버지는 무자비하게 재촉하면서 야만인처럼 쉿쉿 소리를 냈다. 그런데 그레고르는 아직 뒷걸음치는 연습을 하지 않았기 때문에 무척 천천히 움직였다. 그레고르는 돌아설 수만 있었더라면 금방 자기 방으로 돌아갈 수 있었을 것이다. 그러나 그는 회전하느라 시간이 걸려서 아버지를 신경질 나게 할까 봐 두려웠다. 게다가 매 순간마다 아버지가 손에 든 지팡이로 그의 등이나 머리를 때릴 위험이 있었다. 그래도 그레고르로서는 다른 방도가 없었다. 왜냐하면 뒷걸음질할 때에 방향을 제대로 잡지 못한다는 것을 깨닫고 놀랐기 때문이다. 그래서 그는 계속 근심스럽게 아버지를 곁눈질하면서 되도록 빨리 돌아서려고 했는데, 실은 무척 느리게 돌기 시작했다. 아버지는 그의 선의를 알아차리자 그때서야 방해를 하지 않고 멀리서 지팡이 끝으로 돌고 있는 동작을 지휘하곤 했다. 듣기 괴로운 저 쉿쉿 하는 소리 좀 안내실 수 없나! 그레고르는 그것 때문에 정신이 나갈 지경이었다. 몸이 거의 돌아갔을 때 그는 그 쉿쉿 소리 때문에 혼동해서 다시 얼마쯤 잘못 돌았다. 그런데 드디어 머리를 열려 있는 문간 방향으로 놓고 보니 그의 몸이 너무 넓어서 도저히 들어갈 수가 없었다. 그러나 아버지의 현재 기분으로는 그레고르에게 충분한 통로를 마련해주려고 다른 쪽 문짝을 열어줄 생각을 한다는 것은 전혀 있을 수 없었다. 아버지로서는 그레고르를 되도록 빨리 그의 방으로 들어가게 해야 한다는 생각뿐이었다. 아버지는 일어서서 문을 지나가는 데 필요한 번거로운 준비를 하도록 참아주지 않을 것이다. 그러기는커녕 아버지는 아무런 장애도 없다는 듯이 더욱 요란스러운 소리를 내면서 그레고르를 앞으로 몰았다. 그레고르 뒤에서 나는 소리는 한 분밖에 안 계신 아버지의 여느 때 목소리 같지 않았다. 그건 그야말로 장난이 아니었다. 그래서 그레고르는 무슨 일이 일어나도 괜찮다는 각오로 문간으로 돌진했다. 그의 몸 한쪽은 위로 치켜진 채 문간에 비스듬히 끼어 있었다. 그는 한쪽 옆구리에 찰상을 입었고, 하얀 문에는 지저분한 자국이 남았다. 곧 몸이 꽉 끼어들어서 그는 혼자서는 운신할 수 없을 지경이었다. 한쪽 다리가 허공에서 떨고 있었으며, 다른 한쪽 다리는 아프게 마룻바닥에 짓눌려져 있다. 그때 아버지가 뒤에서 힘껏 떠밀어 그야말로 그를 구원해주었다. 그는 피를 심하게 흘리며 휙 날아서 방 안으로 들어갔다. 지팡이에 밀려 문이 닫히고 마침내 조용해졌다.

Ⅱ

저녁 어스름할 무렵에서야 그레고르는 혼수상태 같은 깊은 잠에서 깨어났다. 실컷 쉬고 푹 잠을 잤으니 잠을 방해하는 소리가 아니더라도 곧 깨어났을 테지만, 빠른 발걸음 소리와 현관방 쪽의 문을 조심스럽게 닫는 소리가 잠을 깨운 것 같다. 거리의 전등 불빛이 천장과 가구의 윗부분을 여기저기 창백하게 비추고 있었지만, 그레고르가 누워 있는 아래쪽은 어두웠다. 그제서야 그 가치를 인정하게 된 촉각으로 서툴게나마 더듬으면서 그는 무슨 일이 벌어졌는가를 알아보기 위해서 문 쪽으로 갔다. 왼쪽 옆구리엔 깊고 불쾌하게 당기는 상처가 나 있었다. 그래서 두 줄의 다리로 절름거리지 않을 수 없었다. 게다가 오전의 사건 때 작은 다리 하나를 심하게 다쳐서―다리가 하나만 부상당했다는 것은 기적과도 같았다―마비된 것처럼 질질 끌려 왔다.

문가에 와서야 그는 무엇이 정작 자기를 그곳으로 유인했는가를 알았다. 그것은 무슨 음식 냄새였다. 대접에 신선한 우유가 담겨 있었고, 그 안에는 흰 빵 조각이 떠 있었다. 너무 좋아서 그는 웃을 뻔했다. 아침보다 훨씬 더 배가 고팠기 때문이었다. 그래서 그는 당장에 눈 위까지 잠기도록 머리를 우유 속에 처박았다. 그러나 그는 곧 실망해서 머리를 빼냈는데, 그것은 거북스러운 왼쪽 옆구리가 아파서 먹기가 힘들었기 때문만이 아니라―그의 몸 전체가 헐떡거리면서 협조만 한다면 먹을 수는 있었다―우유가 그에게 맛이 없는 탓이기도 했다. 우유야말로 전에 그가 가장 좋아하던 음료였고 그렇기 때문에 여동생이 그것을 들여다 놓은 게 분명했다. 그는 역겨워 대접을 외면하고 기어서 방 한가운데로 돌아왔다.

그레고르가 문틈으로 내다보니 거실에는 가스등이 켜져 있었다. 여느 때 같으면 이 시각에 아버지가 석간신문을 어머니나 때로는 여동생에게 읽어주기가 일쑤였는데, 지금은 아무 소리도 나지 않았다. 여동생이 그에게 이야기해주고 편지에도 적어 보내던 그 신문 낭독이 최근에는 중단된 모양이었다. 거실은 분명 비어 있지 않았는데 주위가 잠잠했다. "식구들이 무척 조용한 생활을 하고 있구나." 하고 그레고르는 혼잣말을 했다. 그는 어둠 속을 응시하며, 부모와 여동생을 이런 좋은 집에서 이렇게 생활해나가도록 뒷받침해왔다는 사실을 무척 자랑스럽게 여겼다. '그런데 혹시 이 편안과 윤택한 생활과 만족스러움이 끔찍스럽게도 끝장나면 어떡하지?' 그런 생각에 잠기지 않기 위해서 그레고르는 움직이고 싶었고, 그래서 방 안을 이리저리 기어 다녔다.

긴 저녁 동안 한 번은 한쪽 문이 약간 열렸다가 재빨리 닫혔고, 그런 후에 다른 쪽 문도 그렇게 열렸다가 닫혔다. 누군가가 들어오고 싶어 했다가 주저한 것 같았다. 그레고르는 거실 문 옆에 바짝 붙어서 그 주저하는 방문객을 들어오게 하거나 적어도 그 사람이 누구인지 알아보려고 작정했다. 그러나 다시는 문이 열리지 않았고, 그레고르는 헛되이 기다린 것이었다. 아침에 문이 잠겨 있을 때는 모두가 그에게로 들어오려고 하더니, 그가 문 하나를 열어놓고 있는 지금이나 낮에 다른 문들이 열려 있을 때에는 아무도 들어오지 않고 바깥쪽에 열쇠까지 꽂아놓고 있었다.

밤늦게야 거실의 불이 꺼졌다. 부모와 여동생이 그때까지 자지 않고 있었다는 것이 확실했다. 세 사람이 발끝으로 가만가만 물러가는 소리가 똑똑히 들렸기 때문이었다. 아침까지 아무도 그레고르에게로 들어오지 않을 것이다. 그래서 그는 자기 생활을 이제부터 어떻게 계획해야 할지 조용히 생각할 충분한 여유를 갖게 되었다. 그러나 그가 어쩔 수 없이 방바닥에 납죽 누워 있어야만 하는 높고 텅 빈 방이 그를 불안하게 만들었다. 그는 그 원인을 알 수 없었다. 그는 오 년째 그 방에 살고 있었기 때문이었다. 그래서 그는 반쯤 무의식적인 동작으로 약간 부끄러워하면서 소파 아래로 기어들어 갔다. 등이 약간 눌리고 머리를 쳐들 수가 없었지만, 그래도 그는 금방 기분이 좋아졌다. 다만 몸이 너무나 넓어서 소파 아래로 완전히 들어갈 수 없는 것이 유감이었다.

밤새도록 그는 그 속에서 지냈는데, 때로는 반수면을 하다가 배가 고파서 몇 번씩 깜짝 놀라 깨기도 했다. 또 때로는 걱정과 막연한 희망을 갖기도 했지만 그것에서 얻은 결론은 지금으로서는 조용히 처신하고 인내와 신중을 다해서 지금 그의 상태 때문에 야기되는 불쾌한 일들을 식구들로 하여금 이겨나갈 수 있도록 애써야 한다는 것이었다.

아직 밤이나 다름없는 이른 새벽에 그레고르는 아까 결심한 것을 시험해볼 기회를 갖게 되었다. 옷을 거의 다 입고 있는 여동생이 현관방에서 문을 열고 초조하게 들여다보는 것이었다. 그녀는 그를 금방 찾아내진 못했지만, 그가 소파 밑에 있는 것을 보더니—글쎄, 어딘가에 있을 텐데, 어디로 날아갈 리야 없겠지—깜짝 놀라서 자제력을 잃고 밖에서 다시 문을 닫았다. 그러나 그녀는 자기 태도를 후회하는 듯이 다시 문을 열더니 마치 중환자나 낯선 사람 곁으로 오는 것처럼 발끝으로 가만가만 들어왔다. 그레고르는 소파의 끝에까지 머리를 내밀고 그녀를 쳐다보았다. 그가 우유를 먹지 않았다는 것을 동생은 알까? 그것이 배가 덜 고파서가 아니라는 것까지도. 그에게 더 잘 맞는 다른 음식을 가져다줄 것인가? 실은 소파 밑에서 기어 나와 여동생 발밑에 엎드려 좋은 음식을 갖다 달라고 빌고 싶은 마음이 절실했지만 그녀가 자진해서 그렇게 해주지 않는다면 그걸 주지시키느니보다는 차라리 굶어 죽고 싶었다. 여동생은 우유가 조금 밖으로 흘러넘쳤을 뿐 아직도 대접에 가득 차 있는 것을 보더니 놀라면서 곧 그것을 집어 들었다. 그리고 손으로가 아니라 걸레로 집어 들고 나가는 것이었다. 그녀가 그것 대신에 무엇을 가져올지 그레고르는 사뭇 궁금해서 별별 생각을 다 해보았다. 그러나 마음씨 착한 동생이 실제로 무엇을 갖다줄지는 도저히 예측할 수가 없었다. 동생은 그의 입맛을 시험해보기 위해서 여러 가지 음식을 가져와서 그것을 묵은 신문지 위에다 펼쳐놓았다. 반쯤 썩은 야채도 있었고, 저녁 식사 때 남긴 뼈다귀도 있었는데, 거기엔 굳어진 흰 소스가 발라져 있었다. 건포도 몇 개와 아몬드도 있었고 그레고르가 이틀 전에 맛이 없다고 말한 치즈 한 조각, 식빵 한 조각, 버터 바른 빵 한 조각, 버터를 바르고 소금을 뿌린 빵도 있었다. 거기에다가 그녀는 그레고르 것으로 정한 듯싶은 대접도 놓아두었는데 물이 들어 있었다. 그리고 자기 앞에서는 그레고르가 아무것도 먹지 않으리라고 생각한 그녀는 착하게도 급히 방에서 나가 열쇠까지 잠그고 그레고르더러 마음껏 편히 먹을 수 있다는 것을 몸소 알렸다. 이제 음식이 있는 데로 가려니까 그레고르의 다리에서 윙윙 소리가 났다. 그의 상처는 완전히 나은 것 같았다. 그는 아무 장애도 느끼지 않았다. 그는 그것을 이상하게 생각했다. 한 달도 전에 칼로 손가락을 약간 베었는데 그 상처가 어제까지만 해도 꽤 아팠다는 생각이 났기 때문이었다. "이젠 내가 덜 예민해진 모양이지?"라고 그는 생각하면서, 어느 틈에 다른 음식보다도 먼저 그리고 강하게 눈길을 끄는 치즈를 열심히 핥기 시작했다. 그는 치즈와 야채와 소스를 만족스럽게 눈물까지 흘리면서 차례로 허겁지겁 먹었다. 신선한 음식은 전혀 맛이 없었으며 그 냄새조차 참지 못해 자기가 먹으려는 음식을 멀리 끌어가기까지 했다. 그가 한참 전에 식사를 끝내고 그 자리에 아무렇게나 누워 있자 그에게 물러가라는 신호를 하느라고 여동생이 천천히 열쇠를 돌렸다. 거의 잠이 들 뻔했던 그는 그 소리에 깜짝 놀라 아래로 기어 들어갔다. 여동생이 방 안에 머문 시간은 굉장히 짧았지만, 소파 밑에 들어가 있는 일은 그에겐 상당한 인내를 필요로 했다. 식사를 많이 해서 배가 불러 그 좁은 곳에서 제대로 숨을 쉴 수 없었기 때문이었다. 약간씩 질식하는 가운데 좀 튀어나온 눈으로, 그는 그런 형편을 모르는 여동생이 빗자루로 먹다 남은 것뿐만 아니라 그가 전혀 건드리지도 않은 음식까지도 쓸어 모아 이젠 쓸데없다는 듯이 전부 쓰레기통에 급히 붓고 나무 뚜껑을 덮은 후에 그 모든 것을 들고 밖으로 나가는 것을 보았다. 그녀가 돌아서자마자 그레고르는 소파에서 기어 나와 몸을 쭉 펴고 부풀게 했다.

그런 식으로 그레고르는 매일 음식을 받았다. 한 번은 아침 시간에 부모님과 하녀가 잠들어 있을 때에 받았고, 두 번째는 모두가 점심 식사를 한 뒤에 받았는데, 이때에 부모님은 대개 잠깐 낮잠을 자고 하녀는 여동생이 심부름을 내보내는 것이었다. 부모님은 그레고르가 굶어 죽는 것을 바라지는 않았지만, 그의 식사에 대해서는 얘기를 듣는 것 이상으로 알기를 싫어하는 것 같았다. 아마도 여동생은 부모님에게 조그마한 걱정이라도 덜어주려는 것 같았다. 실제로 부모님은 충분히 고통받고 있었기 때문이었다.

그 첫날 아침에 무슨 핑계를 대서 의사와 열쇠공을 집 밖으로 내보냈는지를 그레고르로서는 알 길이 없었다. 왜냐하면 다른 사람들은 그가 하는 말을 전혀 알아듣지 못했고, 또한 그들 중 아무도, 심지어 여동생까지도 그가 그들이 하는 말을 알아들으리라고는 생각조차 못했기 때문이었다. 그래서 그는 여동생이 자기 방에 들어와 있을 때도 그녀가 때때로 한숨을 내쉬거나 성자들에게 호소하는 소리 따위를 듣는 것으로 만족해야만 했다. 얼마 뒤 여동생이 모든 것에 약간 익숙해졌을 때—완전히 익숙해진다는 것은 물론 절대로 불가능한 일이었다—가끔 그레고르는 친절한 뜻으로 하거나 혹은 그렇게 해석할 수 있는 말을 들었다. 그레고르가 식사를 잘 먹어치웠을 때에는 "맛이 있었나 봐."라고 말했다. 그레고르가 그렇게 잘 식사하지 않는 경우가 나날이 흔해졌는데, 그런 때에 그녀는 "또 다 남겼네." 하고 말했다.

그레고르는 직접적으로는 아무 소식도 들을 수 없었지만, 옆방으로부터 무언가 엿듣기도 했다. 그래서 말소리가 들리면 즉시 소리가 나는 쪽 방문으로 당장에 달려가 온몸을 거기에 댔다. 특히 초기엔 은밀히 이야기를 했는데, 그에 관계되지 않은 얘기는 없었다. 이틀 동안 식사 때마다 식구들이 어떻게 행동하는 게 좋을까에 대해 의논하는 것을 들었다. 그리고 식사 시간이 아닌 때에도 그들은 똑같은 문제에 대해서 이야기했다. 그들 중 아무도 혼자 집에 남아 있으려고 하지 않는 데다 모두가 집 밖으로 나갈 수도 없는 까닭에 적어도 두 사람은 항상 집에 남았다. 그리고 첫날에 하녀가—그녀가 그레고르의 일에 대해서 무엇을 얼마나 아는지는 그다지 분명하지가 않았다—어머니에게 그만두게 해달라고 애원했다. 십오 분 뒤에 작별을 할 때 그녀는 그만두게 해준 것이 이 집에서 베푼 최대의 호의인 것처럼 눈물을 흘리면서 감사를 했고, 또 아무도 부탁하지 않았는데도 불상사에 대해 그 누구에게도 절대로 말하지 않겠노라고 엄숙히 맹세했다.

이제는 여동생이 어머니와 함께 부엌일까지 하지 않으면 안 되었다. 그러나 모두가 거의 먹질 않았기 때문에 그것은 별로 힘든 일이 아니었다. 서로가 괜히 식사를 권하는 소리라든지 "괜찮아. 실컷 먹었어요."라는 식의 대답이나 그와 흡사한 소리 따위를 거듭 듣곤 했다. 식구들은 뭘 마시지도 않는 것 같았다. 때때로 여동생이 아버지에게 맥주를 드시겠느냐고 묻고는 자기가 사 오겠다고 나섰다. 아버지가 대답을 안 하면 그녀는 아버지에게 아무 부담감도 없게 하려고 집 관리인의 아내를 심부름 보내겠다고 말하는 것이었다. 그러면 아버지가 단호히 "싫다."라고 말했고, 그래야 그것에 대해 더 이상 말하지 않았다.

첫날에 아버지는 이미 집안의 재정 형편과 전망을 어머니와 여동생에게 설명했다. 때때로 그는 식탁에서 일어나 오 년 전에 그의 사업이 파산할 때 건져낸 작은 금고에서 무슨 증서나 장부를 꺼냈다.

그가 복잡한 자물쇠를 열고는 찾던 물건을 꺼낸 뒤, 다시 잠그는 소리가 들렸다. 아버지가 설명한 이야기 중 어떤 것은 그레고르가 감금된 이래 들을 수 있는 최초의 기쁜 소식이었다. 지금까지 그는 아버지가 예전 사업에서 아무것도 남기지 못했다고 생각했다. 적어도 아버지는 그에게 지금 이야기와 반대되는 상황을 말한 적이 없었고, 또 그레고르는 물론 그런 것에 관해 물어본 적도 없었다. 당시 그레고르의 걱정은 온 식구를 최악의 절망에 빠뜨린 그 사업 실패에 대해 식구들로 하여금 되도록 빨리 잊게 만드는 데 전력을 다하는 것이었다. 그래서 그는 당시 최대의 열성으로 일하기 시작했고, 거의 하룻밤 사이에 말단 사원에서 외판 사원이 되었다. 외판 사원은 돈벌이에서 물론 전보다 훨씬 더 많은 기회가 있었는데, 일의 성공이 즉시 중개비 조로 현금이 되었다. 그가 집에서 그 돈을 식탁 위에 올려놓으면 식구들은 놀라서 기뻐했다. 정말 좋은 시절이었다. 나중에도 그레고르는 온 식구의 생활비를 감당할 수 있을 정도로, 또 실제로 감당했던 정도로 돈을 많이 벌어들였지만, 그런 시절이 적어도 그렇게 화려하게는 되풀이되지 않았다. 식구들이나 그레고르나 그것에 습관이 되고 만 것이었다. 식구들은 고맙게 돈을 받고 그는 기꺼이 돈을 대주었지만, 거기에 특별한 온정 같은 것은 두 번 다시 없었다. 단지 여동생만은 그와 가까웠다. 그와는 달리 음악을 사랑하고 바이올린을 멋지게 켤 줄 아는 그 여동생을 큰 비용을 무릅쓰고 내년에 음악학교에 보낸다는 것이 그의 비밀 계획이었다. 그 비용을 그는 따로 벌어야 했다. 그레고르가 잠깐 집에 와 있는 때면 가끔 여동생과의 대화에서 음악학교가 언급되곤 했지만, 언제나 그것은 실현이 예상되지 않는 아름다운 꿈처럼 얘기됐다. 부모는 그런 순진한 말을 듣기조차 싫어했다. 그러나 그레고르는 그 일에 대한 생각이 확고했으며, 그 일을 크리스마스 저녁에 엄숙하게 발표할 작정이었다.

그의 현재 상황에서는 전혀 쓸데없는 그런 생각들이 그의 머리를 스쳐 지나가고 있었지만, 그래도 그는 문에 똑바로 기대서서 귀를 기울이고 있었다. 몇 번이나 그는 피곤해서 더 이상 엿들을 수가 없었는데, 부주의하게 머리를 문에 부딪쳤다가 다시 쳐들기도 했다. 왜냐하면 그것으로 생긴 작은 소음이 옆방에 들려서 모두의 입을 다물게 했기 때문이다. "또 뭘 하는 모양이야."라고 아버지가 잠시 뒤에 말했는데, 틀림없이 문 쪽을 보고 하는 말인 것 같았다. 그러더니 중단되었던 대화가 서서히 다시 시작되었다.

그레고르는—아버지는 설명을 되풀이할 때가 많았는데, 그 이유는 아버지 자신이 그런 일을 다루지 않은 지가 벌써 오래되었다는 탓도 있고, 또 어머니가 모든 얘기를 금방 알아듣지 못했다는 탓도 있었다—아버지가 모조리 파산하고 말았지만 그래도 당시의 재산이 약간 남아 있으며, 손도 안 댄 이자까지 그새 불어났다는 사실을 상세히 들었다. 게다가 그레고르가 매달 집으로 가져온 돈도—그 자신은 몇 푼밖에 쓰지 않았다—다 써버리지 않고 모아서 소규모의 자본금이 되어 있었다. 그레고르는 문 뒤에서 열심히 고개를 끄덕이며 그러한 예기치 못했던 조심성과 절약 정신에 대해 기뻐했다. 실은 그가 그렇게 남은 돈으로 사장에 대한 아버지 빚을 보다 많이 갚아버릴 수 있었을 것이고, 그리하여 직장에서 벗어날 날도 보다 가까워질 수 있었을 것이다. 그러나 지금으로서는 그런 돈 문제는 아버지가 해놓은 대로 둔 것이 의심할 여지없이 더 나은 것이었다.

그러나 그 돈은 결코 이자로 식구들이 살아갈 수 있을 정도로 넉넉한 것은 아니었다. 그 돈은 일 년 동안, 아니 기껏해야 이 년 동안 식구들을 부양할 정도의 돈이지 그 이상은 아니었다. 그러니까 그것은 손을 대서는 안 되는 액수이며, 비상금으로 보관되어야 하는 것이었다. 실생활비는 벌어야만 했다. 아버지는 아직 건강하긴 하지만 나이가 들었고, 벌써 오 년째 일을 하지 못하고 있으니 아무튼 아버지에게 너무 많은 부담을 바랄 수는 없었다. 어려운 실패의 삶을 보내다가 처음으로 휴식하게 된 지난 오 년 동안에 아버지는 살이 많이 쪄서 둔해지셨다. 그러면 어머니가 돈벌이를 해야 할까? 어머니는 천식을 앓아 집 안을 한 바퀴만 돌아도 힘들어하는데다가 이틀마다 한 번씩 종일 호흡 장애로 창문을 열어놓고 소파에서 지내는 몸이었다. 그러면 여동생이 돈벌이를 해야 할까? 그 애는 이제 겨우 열일곱 살밖에 안 된 어린애로 지금까지 즐겨하던 생활 방식이란 옷이나 잘 입고, 늦잠 자고, 집안일이나 도와주고, 몇 가지 간단한 유흥에나 끼고 바이올린을 켠다든지 하는 일이었다. 돈벌이의 필요성에 대한 얘기가 나오면 항상 그레고르는 문에서 몸을 떼고 문가에 있는 차가운 가죽 소파에 몸을 던지곤 했다. 그토록 부끄러움과 슬픔으로 달아올랐기 때문이었다.

때때로 그는 밤새도록 거기에 누워서 잠시도 자지 못하고 소파의 가죽을 몇 시간씩 긁었다. 혹은 그는 안락의자를 창가로 밀고 가는 수고를 했는데, 그렇게 한 후에는 창틀에 기어올라 몸을 안락의자에 받치면서 창문에 기댔다. 그때 그는 예전에 창밖을 내다보면서 느꼈던 해방감 같은 것을 회상하고 있었음에 틀림없다. 왜냐하면 얼마 되지 않는 거리의 건물들마저 점점 더 분명하지 않게 보였던 까닭이었다. 예전에 너무 자주 보아서 지겨웠던 맞은편 병원을 이제는 통 볼 수가 없었다. 만약 자기가 적막하기는 해도 도시에 있는 샤로텐가에 살고 있다는 사실을 분명히 알고 있지만 않다면, 그는 자기가 창밖으로 내다보는 곳은 회색 하늘과 회색 땅이 분간할 수 없이 합쳐지고 있는 사막이라고 생각할 것이다. 세심한 여동생은 소파가 창가에 가 있는 것을 두 번이나 보자 그 이후부터는 방을 청소한 다음엔 꼭 소파를 다시 창가로 밀어다 놓았다. 그리고 그때부터는 안쪽 덧문까지도 열어놓아주는 것이었다.

　만약 그레고르가 여동생에게 말을 건넬 수 있어서 여동생이 자기에게 해주는 일에 대해서 고맙다고 말할 수만 있었다면, 여동생의 수고를 좀 더 가벼운 마음으로 받아들일 수 있었을 것이다. 그러나 그렇지 못했기 때문에 그는 마음이 아팠다. 물론 여동생은 자기가 하는 일에서 고통스러운 것은 가급적 없애버리도록 애썼으며, 시간이 지날수록 그 일을 점점 더 잘해갔다. 그러나 그레고르는 시간이 지남에 따라 모든 것을 훨씬 더 정확하게 파악했다. 여동생이 들어오기만 해도 그는 겁이 났다. 전에는 누구에게도 그레고르의 방을 보이지 않으려고 무척 신경을 쓰던 여동생이 이제는 방에 들어서면 방문을 닫을 틈도 없이 곧장 창가로 가서는 마치 질식할 것 같다는 듯이 황급히 두 손으로 창을 열어제치고는 추운 날씨라도 잠시 창가에 서서 심호흡을 하는 것이었다. 그녀는 하루에 두 번씩 그렇게 달리거나 소음을 내면서 그레고르를 놀라게 했다. 그렇게 하는 동안 그는 내내 소파 밑에서 떨고 있었고, 그녀가 그레고르가 있는 방에서 창문을 닫은 채로 있을 수만 있었다면, 그런 방해는 하지 않았을 것이라는 사실을 잘 알고 있었다.

　그레고르가 변신한 지 한 달쯤 지나서 이젠 그레고르의 모습을 보아도 여동생이 별로 놀랄 만한 이유가 없게 되었을 무렵 한 번은 여동생이 여느 때보다 좀 일찍 들어왔다. 그래서 그녀는 밖을 내다보고 있는 그레고르와 마주쳤다. 그는 꼼짝도 하지 않고 있어 겁을 주기에 안성맞춤의 모습을 하고 있었다. 그의 현재 위치가 그녀가 즉시 창문을 여는 행동을 방해하는 것이기 때문에 혹시 그녀가 당장에 들어오지 않는다 해도 그것이 그에게는 예상 밖의 일이 될 수는 없을 게다. 그러나 그녀는 들어오지 않는 정도가 아니라 휙 돌아서고는 문을 닫아버렸다. 모르는 사람이라면 그레고르가 여동생을 숨어 기다리다가 물려고 했다고 생각할지도 모른다. 물론 그레고르는 재빨리 소파 아래로 몸을 숨겼다. 그러나 그가 점심때까지 기다리자 그때서야 여동생이 다시 왔다. 동생은 여느 때보다 훨씬 더 불안해 보였다. 그래서 그는 자기를 쳐다보는 것이 여동생에겐 여전히 견딜 수 없는 일이며, 또 앞으로도 그럴 것이라는 사실과, 여동생이 그가 소파 밑에서 내보이는 육체의 작은 부분을 보고도 도망가지 않도록 하기 위해서는 크게 자제해야 한다는 사실을 깨닫게 되었다. 그녀에게 그런 부분도 보이지 않기 위해서 어느 날 그는 시트를 등 위에 얹어 소파 위에 갖고 와서—그는 그 일을 하느라고 네 시간이나 소비했다—자기 몸을 완전히 가려 동생이 몸을 수그려도 자기를 볼 수 없도록 펴놓았다. 만약 여동생의 의견으로 그 시트가 불필요한 것이라면 여동생 스스로가 그것을 치워버릴 수 있었을 게다. 왜냐하면 자기를 꽉 덮어버리는 것이 그레고르에게 기분 좋은 일이 될 수 없다는 것이 너무나 분명했기 때문이다. 그러나 여동생은 시트를 그대로 놓아두었다. 그가 한 번 조심스레 고개를 이불 밖으로 살짝 내밀고 여동생이 이 새로운 조치에 대해 어떻게 여기는지를 살폈을 때 여동생이 감사의 눈짓을 보내는 것 같은 느낌이었다.

처음 두 주일 동안 부모님은 그가 있는 곳에 들어올 엄두도 내지 못했다. 때때로 그는 부모님이 여동생의 수고에 고마워하는 말을 들었다. 그들은 그 이전에는 여동생을 좀 쓸모없는 계집아이라고 여기고 여동생에 대해 화내는 적이 많았었다. 그런데 이제는 여동생이 그레고르의 방을 청소하는 동안 아버지와 어머니가 방 앞에서 기다릴 때도 종종 있었다. 여동생은 그 방에서 나와 즉시 부모님에게 방의 꼴이 어떤지, 그레고르가 무엇을 먹었는지, 그가 어떻게 처신했는지, 좀 나아지는 기색이 보이는지 등을 자세히 얘기해야만 했다. 어머니는 가까운 시일 내에 그레고르에게 들어가 볼 생각이었지만, 아버지와 여동생이 우선은 그럴싸한 이유를 들어 만류했다. 그 이유를 그레고르는 자세히 들었으며 전적으로 옳다고 인정했다. 나중에는 어머니를 완력으로 막아야 했다. 어머니가 "그레고르에게 가게 놓아줘. 그 앤 불쌍한 아이야. 내가 그 애한테 가야 한다는 걸 왜 이해 못하는 거지." 하고 소리치자, 그레고르는 어머니가 물론 매일 들어올 수야 없지만 일주일에 한 번 정도는 들어오는 게 좋을 거라고 생각했다. 여동생보다야 매사에 어머니가 낫다. 여동생은 대담하긴 해도 아직 어린애이고 결국 어린애다운 경솔한 생각에서 그런 어려운 일도 맡은 것이 아닌가.

어머니를 만나보려는 그레고르의 소원은 곧 이루어졌다. 그는 낮 동안에는 부모를 염려해서 창가에는 나타나려고 하지 않았다. 그런가 하면 이삼 평방미터밖에 안 되는 방바닥에서 많이 기어 다닐 수도 없었다. 밤에도 가만히 누워 지낸다는 것이 힘들었다. 먹는 일도 금방 싫증이 났다. 그리하여 그는 심심풀이로 벽과 천장을 이리저리 기어 다니는 습관을 갖게 되었다. 그는 특히 천장에 매달려 있기를 좋아했다. 그것은 마룻바닥에 누워 있는 것과는 전혀 달랐다. 그렇게 하면 보다 자유롭게 호흡할 수 있었고 쉽사리 몸을 흔들 수도 있었다. 그레고르는 천장에서 갖게 되는, 거의 유쾌한 방심 상태에서 자기도 모르는 사이에 몸을 떼고 방바닥에 찰싹 떨어지는 일이 있었다. 그런데 지금은 그가 자기 몸을 훨씬 더 잘 다룰 수가 있어서 그렇게 높은 데서 떨어져도 다치지 않았다. 여동생은 그레고르가 발견해낸 이 새로운 놀이를 이내 알아채고—그는 기어 다닐 때 곳곳에 끈끈한 점액 자국을 남겼다—그레고르가 좀 더 넓게 기어 다닐 수 있도록 방해가 되는 가구, 특히 장과 책상을 치우려는 생각을 했다. 그러나 여동생 혼자서 그런 일을 할 수는 없었다. 감히 아버지에게 거들어달라고 할 수도 없었다. 하녀도 도와주지 않을 게 뻔했다. 열여섯 살쯤 되는 그 처녀는 먼젓번 하녀가 그만둔 이래 계속 용감하게 버티고 있지 않고 특별히 양해를 얻어 부엌문을 항상 잠그고 급한 용건이 있을 때만 여는 것이었다. 그래서 여동생은 아버지의 부재중에 어머니를 불러오는 도리밖에 없었다. 기뻐서 소리를 지르며 따라 나섰지만, 그레고르의 방 앞에 오자 어머니는 입을 다물었다. 우선 여동생이 방 안이 제대로 돼 있는지 살펴보았다. 그런 후에 어머니를 들어가게 했다. 그레고르는 황급히 시트를 더 아래로 더 많이 처지도록 잡아당겼다. 그리하여 그것은 정작 우연히 소파 위에 던져놓은 시트처럼 보였다. 그레고르는 시트 아래에서 살짝 내다보는 것을 이번만은 그만두었다. 그는 어머니를 이번에 보는 것을 포기하고 어머니가 오신 것에 대해서만 기뻐하기로 했던 것이다. "이리 오세요, 오빠는 안 보여요." 하고 여동생이 말했다. 그녀는 어머니의 손을 잡고 인도하는 것 같았다. 이제 그레고르는 연약한 두 여자가 무거운 낡은 장을 옮기는 소리를 들었다. 그리고 너무 무리할까 걱정하는 어머니의 주의에도 개의치 않고, 여동생이 대부분을 혼자 떠맡아 한다는 것도 그레고르는 알 수 있었다. 무척 오래 걸렸다. 십오 분가량 지났을 때 어머니가 장은 차라리 제자리에 놓아두자고 했다. 그 첫째 이유는 장이 너무 무거워 아버지가 오시기 전에 일을 다 끝내지 못하거니와 또 장을 방 한가운데 놓아두면 그레고르가 다니는 모든 길을 막는다는 것이었고, 그 둘째 이유는 가구가 치워지는 것을 그레고르가 좋아할는지가 확실치 않다는 것이었다. 어머니로서는 가구가 그대로 있는 게 마음에 든다는 것이었다. 말하자면 텅 빈 벽을 보니까 어머니 가슴이 답답한데 그레고르인들 어찌 그런 느낌이 없겠으며, 더구나 그가 방 가구에 오랫동안 정을 붙이고 있어서 방이 텅 비면 쓸쓸해할 거라는 것이었다. "그러면 실은," 어머니는 나지막한 목소리로 말을 끝내려고 했다. 그 소리는 거의 소곤거리는 목소리와도 같았는데 그렇게 한 것은 마치 어머니가—그녀는 그레고르의 정확한 위치를 몰랐다—그레고르에게 자기 음성조차도 들리지 않도록 하기 위해서인 것처럼 보였다. 왜냐하면 어머니는 그레고르가 말을 이해하지 못한다고 확신하고 있었기 때문이다. "그러면 실은, 가구를 치워버린다는 것은 우리가 그레고르가 회복된다는 희망을 일체 포기하고 그 애를 냉정하게 그 애 자신에게 맡겨두려고 한다는 것처럼 되지 않니? 내 생각으로는 방을 예전 그대로 놓아두어서 그레고르가 다시 우리에게 돌아올 때 모든 것을 예전대로 보게 해주고, 또 그로 인해 그 이전의 일을 더욱 쉽게 잊게 해주는 것이 최선책일 것 같구나."

어머니의 이러한 말을 듣자 그레고르는 한 집안에서 단조로운 생활을 하면서도 사람과의 직접적인 대화를 갖지 않아서 이 두 달 동안 자기의 머리가 뒤틀린 것이라고 믿었다. 왜냐하면 자기 방을 치워주기를 그가 어떻게 진심으로 바랄 수 있었는지를 자신에게 다르게는 설명할 수 없기 때문이었다. 정말 그는 상속받은 가구로 안락하게 꾸며진 따스한 방을 방해도 없이 사방으로 기어 다닐 수 있고 인간으로서의 과거를 빨리 온통 잊게 되는 그런 동굴로 바꿔놓을 생각이었을까? 이미 지금 그는 모든 것을 잊어버리는 한계점 가까이에 와 있지 않은가? 다만 오래전부터 듣지 못했던 어머니의 목소리가 그를 거기로부터 되돌려놓았다. 아무것도 치워선 안 된다. 모든 것이 그대로 있어야 한다. 그의 심적 상태에 가구가 좋은 작용을 하는 것을 그가 배제할 수는 없는 것이다. 가구가 무의미한 기어 다니기 동작을 방해한다면, 그것은 손해가 아니라 큰 이익이 되는 것이다.

그러나 유감스럽게도 여동생은 다른 의견이었다. 여동생은 부당하지는 않았지만 그레고르의 일을 의논하는 자리에서는 항상 전문가의 행세를 하면서 부모와 맞서는 습성이 있었다. 어머니의 충고를 듣자 그것이 이유가 되어 여동생은 애초에 생각했던 장과 책상만을 치울 게 아니라 꼭 놓아두어야 하는 소파를 제외한 모든 가구를 모조리 치우자고 주장하는 것이었다. 그렇게 주장하는 것은 어린애다운 고집이나 최근에 와서 예기치 않게 또 어렵게 얻은 자신감 때문만은 아니었다. 그녀는 그레고르가 기어 다닐 공간을 많이 필요로 하며 반면에 가구를 전혀 사용하지 않는다는 것을 알아차린 것이었다. 그러나 어떤 일에나 뛰어드는 그 나이 또래 처녀들의 정열로 인해 그레테는 그레고르의 상황을 더 끔찍스럽게 만들고 싶어 하며, 또 그렇게 함으로써 그를 위해 지금보다도 더 많은 일을 해주고 싶어 하는 것이다. 왜냐하면 그레고르가 혼자서 아주 텅 빈 벽을 지배하고 있는 그 방 안으로는 그레테 이외엔 아무도 들어가려고 하지 않을 것이기 때문이다.

어머니의 충고에도 그녀는 자기 결심을 뒤집지 않았다. 어머니는 그 방 안에 있으면 불안스럽기만 해서 안절부절못하는 것 같았으며, 곧 말을 멈추고 장을 끌어내는 일에 전력을 다해 여동생을 도왔다. 그레고르로서는 장이야 형편에 따라 없어도 괜찮지만 책상만은 꼭 있어야 했다. 여자들이 낑낑대면서 장을 들고 방에서 나가자마자 그레고르는 살며시 불쾌하지 않게 개입할 방도가 없을까 하고 소파 아래서 머리를 내밀었다. 그러나 불행히도 먼저 돌아온 사람은 어머니였다. 그동안 그레테는 옆방에서 장을 잡고 혼자서 이리저리 당겨보았으나 그것을 조금도 이동시킬 수가 없었다. 어머니는 그레고르의 모습에 습관이 들지 않았으므로 그를 보게 되면 어떤 충격을 받을 수도 있었다. 그래서 그레고르는 깜짝 놀라 뒷걸음질을 쳐서 소파의 다른 쪽 귀퉁이로 갔다. 그러나 시트 앞부분이 약간 들먹이는 것은 막을 수 없었다. 그것만으로도 어머니의 주의를 끌기에 충분했다. 어머니는 멈췄다가 잠시 묵묵히 서 있더니 그레테에게로 달려갔다.

별로 특별한 일이 벌어진 것은 아니고 가구 몇 개만이 옮겨졌을 뿐이라고 그레고르가 몇 번이나 혼잣말을 했지만, 곧 스스로가 고백하듯이 여자들이 그렇게 왔다 갔다 하는 일이나 그들 서로가 나지막하게 불러대는 소리나 가구가 방바닥에 긁히는 소리 등은 사방에서 밀려오는 큰 소란처럼 그를 자극했다. 그래서 그는 머리와 다리를 오그리고 몸체를 방바닥에 꽉 밀착시켰다. 그래도 그는 그 모든 것을 도저히 견디어낼 수 없다고 실토하지 않을 수 없었다. 그들은 그의 방을 치우고 있었다. 그가 좋아하는 것을 모두 빼앗아가고 있었다. 가는 톱이나 다른 연장들이 들어 있는 장은 이미 내어갔고, 지금은 방바닥에 꽉 박아 넣은 책상을 떼고 있었는데, 그것은 그가 상과 대학생, 고등학생, 심지어 초등학교 학생 때에도 숙제를 하던 책상이었다. 이젠 두 여자가 품고 있는 선의를 헤아려볼 시간이 없었다. 그는 그들의 존재 자체를 거의 잊고 있었다. 그들은 지쳐서 묵묵히 일만 하고 있었으며, 발을 질질 끄는 소리만이 들렸다.

그래서 그는 앞으로 나와—여자들은 잠시 숨을 돌리기 위해 옆방에서 책상에 기대 서 있었다—네 번이나 달려가는 방향을 바꾸었다. 그는 무엇을 맨 먼저 건져야 할지 알 수가 없었다. 그때 텅 빈 벽에 모피 제품만을 걸친 여자의 사진이 걸려 있는 것이 눈에 띄었다. 그는 재빨리 기어 올라가 유리 위에 몸을 붙였다. 유리는 몸이 찰싹 붙게 했으며 뜨거운 배를 시원하게 해주었다. 그가 지금 가리고 있는 이 사진은 아무도 가져가지 않을 것이다. 그는 돌아오는 여자들을 바라보기 위해서 머리를 거실 문 쪽으로 돌렸다.

그들은 그리 오래 쉬지 않고 다시 왔다. 그레테는 어머니를 한쪽 팔로 껴안고 거의 부축하다시피 했다. "그럼 이젠 무얼 나를까요?" 하고 그레테는 주위를 둘러보며 말했다. 그때 그녀의 시선이 벽에 있는 그레고르의 시선과 마주쳤다. 어머니가 계신 탓인지 그녀는 정신을 잃지 않고 얼굴을 어머니 쪽으로 숙여 어머니가 돌아보지 못하게 했다. 물론 떨면서 생각도 안 하고 그녀가 말했다. "가요. 잠깐 거실로 가는 게 좋겠어요." 그레테의 의도는 그레고르에게 명백했다. 어머니를 안전한 곳에다 모셔놓고서 그를 벽에서 내려오게 할 작정인 것이다. 그럼, 어디 멋대로 해봐라! 그는 사진 위에 앉아서 그것을 내주지 않았다. 그는 그레테의 얼굴에 뛰어내리고 싶었다.

그러나 그레테의 말은 어머니를 무척 불안하게 했다. 어머니는 옆으로 비켜서서 꽃무늬 벽지 위에 있는 커다란 갈색 뭉치를 보고 자신이 보고 있는 것이 그레고르라는 것을 깨닫기도 전에 거칠게 울부짖는 소리를 질렀다. "아, 저기 봐! 저기 봐!" 그러고는 만사를 포기하듯이 팔을 벌린 채 소파 위에 쓰러지더니 꼼짝도 하지 않았다. "그레고르!" 여동생이 주먹을 쳐들고 찌르는 듯한 시선으로 소리쳤다. 그것이 변신을 한 이후 동생이 직접 그에게 건넨 최초의 말이었다. 그녀는 기절한 어머니를 깨워줄 약물을 가져오려고 옆방으로 달려갔다. 그레고르도 도와주고 싶었다. 사진을 구할 시간은 아직 있었다. 그러나 그는 유리에 꼭 붙어 있었기 때문에 힘을 들여 몸을 떼었다. 그는 평상시처럼 여동생에게 충고를 해줄 수 있을까 해서 옆방으로 달려갔다. 그러나 아무것도 못하고 여동생 뒤에 서 있는 수밖에 없었다. 그동안 여동생은 여러 가지 병을 뒤적거리더니 뒤로 돌아서자 깜짝 놀랐다. 병 하나가 떨어져 깨졌다. 유리 조각 하나가 그레고르 얼굴에 상처를 입혔고, 무슨 부식제 같은 것이 그에게 튀었다. 그레테는 더 이상 지체하지 않고 손에 잡을 수 있는 만큼 여러 개의 병을 들고서 어머니에게로 달려갔다. 그녀는 발로 문을 닫았다. 그리하여 그레고르는 자기 탓으로 거의 죽어가고 있을지 모르는 어머니와 차단되었다. 어머니 곁에 있어야 하는 여동생을 거기서 쫓아버릴 생각이 없다면 그가 문을 열어서는 안 되었다. 그는 지금으로서는 기다리는 수밖에 없었다. 그레고르는 자책과 걱정으로 고통스러워 기어 다니기 시작했다. 벽과 가구와 천장 등, 모든 것 위를 기어 다니다가 방 전체가 자기 주위를 빙빙 돌기 시작하는 것 같을 때 절망한 나머지 커다란 책상 한가운데로 떨어졌다.

시간이 좀 지났다. 그레고르는 힘없이 누워 있었고, 주위는 잠잠했다. 그것은 좋은 조짐인 것 같았다. 그때 초인종이 울렸다. 하녀는 부엌에 틀어박혀 있어서 그레테가 문을 열어주러 가야만 했다. 아버지가 오신 것이다. "무슨 일이냐?" 하는 것이 아버지의 첫마디 말이었다. 그레테의 표정이 아버지에게 모든 것을 알려주었다. 그레테는 억눌린 목소리로 말했는데 얼굴은 분명 아버지의 가슴에 묻고 있는 듯 보였다. "어머니가 기절하셨어요. 이젠 좀 나아가고 있어요. 그레고르가 안에서 나왔어요." "그럴 줄 알았어." 아버지가 말했다. "내가 그렇게 말했는데도 여자들이란 말을 들어먹어야 말이지." 그레테의 너무나 간단한 보고를 아버지는 나쁜 방향으로 해석하고서, 그레고르가 무슨 폭행을 저지른 것으로 오해하고 있다는 게 그레고르에게 명백해졌다. 그래서 그레고르는 우선 아버지를 진정시키고자 했다. 그에게 사실을 해명할 시간적 여유도 없고 또 그럴 가능성도 없었기 때문이었다. 그레고르는 자기 방문 쪽으로 도망가서 문에 찰싹 붙었다. 그것은 아버지가 집에 들어서면서 곧 응접실에서 자신을 볼 수 있도록 하기 위해서였고, 즉시 방으로 들어갈 착한 의도를 갖고 있으니 자신을 억지로 몰아넣을 필요가 없으며, 문만 열어주면 금방이라도 사라진다는 것을 알려주기 위해서였다.

그러나 아버지는 그런 세밀한 의향을 알아볼 만한 기분이 아니었다. "아!" 들어오자마자 아버지가 이렇게 외쳤는데, 그 소리는 화도 나고 기쁘기도 하다는 듯한 투였다. 그레고르는 문에서 머리를 떼어 아버지 쪽으로 쳐들었다. 그는 지금과 같은 아버지의 모습을 생각해보지 않았다. 요즈음에 와서는 새로운 식으로 기어 다니는 데 정신이 팔려서 전처럼 집안일에 신경 쓰기를 게을리했다. 실은 그는 변화된 상황에 대응할 준비를 했어야 했다. 그렇더라도, 그렇더라도 저 사람이 아버지일까? 전에 그레고르가 업무 여행에 나간 때면 피곤에 지쳐서 침대에 죽은 듯이 누워 있었던 바로 그 사람일까? 저녁에 귀가할 때면 잠옷 바람으로 안락의자에 앉아 나를 맞아주던 사람, 제대로 일어나지도 못해서 반갑다는 표시로 손만 쳐들던 사람, 일 년에 두세 번 일요일 또는 큰 명절에 드물게도 함께 산책을 갈 때면 워낙 느리게 걷는 그레고르와 어머니 사이에 서서 낡은 외투를 몸에 두른 채 언제나 조심조심 지팡이를 내디디며 더욱 천천히 가던 사람, 무슨 말을 할 때면 거의 언제나 발걸음을 멈추고 옆에 가는 사람들을 자기한테로 불러모으던 그 사람일까? 그런데 이제 그 사람이 꼿꼿하게 서 있으면서 은행 급사처럼 금단추가 달린 푸른 제복을 입고, 상의의 높고 빳빳한 칼라 위에는 억센 이중 턱이 나와 있고, 숱이 많은 눈썹 아래에는 검은 눈이 생생하고 날카로운 시선을 보내고 있지 않은가? 전에는 엉클어져 있던 흰머리도 반듯한, 광택이 나는 가르마를 내어 곱게 빗겨 내려져 있었다. 은행 것 같은 금빛 모표가 달린 모자를 아버지는 방 끝에 닿도록 포물선을 그리며 소파 위에 떨어지게 던지고는, 기다란 상의 자락을 뒤로 젖힌 채 양손을 바지 주머니에 넣고서 찡그린 얼굴로 그레고르에게로 다가왔다. 아버지는 자신이 지금 무엇을 꾀하고 있는지도 모르는 것 같았다. 아무튼 아버지는 발을 유별나게 높이 쳐들었다. 그레고르는 아버지의 구두창이 엄청나게 큰 것에 깜짝 놀랐다. 그러나 그레고르는 그대로 서 있지 않았다. 새로운 생활이 시작된 첫날부터 그는 아버지가 자기를 최대한 엄하게 다루는 것을 합당한 일로 여긴다고 알고 있었다. 그래서 그는 아버지 앞에서 달아났다. 아버지가 서 있으면 자신도 멈추었고, 아버지가 움직이면 그는 재빨리 앞으로 갔다. 그런 식으로 그들은 방 안을 몇 바퀴나 돌았다. 그러나 무슨 중대한 일은 벌어지지 않았다. 때문에 그레고르는 우선 마룻바닥에 있어보기로 했다. 더구나 벽이나 천장으로 도망치면 아버지가 그것을 특별히 악한 행동으로 여길까 봐 두려웠다. 게다가 그레고르는 이렇게 달아나는 짓을 자신이 오래도록 지속하지 못할 것이라고 생각했다. 왜냐하면 아버지가 한 발자국 떼어놓기만 해도 그로서는 무수히 많은 동작을 해야 하기 때문이었다. 벌써 숨이 가쁘게 느껴졌다. 사실 예전부터 그의 폐는 좋지 않았다. 그는 어리둥절해서 바닥을 기어가는 것 이외의 다른 구조책은 생각하지 못했다. 많은 모서리와 뾰족한 것들이 잔뜩 장식되어 세심하게 만든 가구들로 가려진 벽에 있긴 해도 그는 벽을 이용할 수 있다는 것을 거의 잊고 있었다. 이제 그가 달리려고 전력을 다하며 눈도 제대로 뜨지 못한 채 비틀비틀 가고 있을 때 갑자기 그의 바로 곁에 어떤 물건이 가볍게 날아와 떨어졌다. 그것은 사과였다. 곧 이어 두 번째 사과가 날아왔다. 그레고르는 겁이 나서 멈춰 섰다. 계속 도망쳐보았자 소용없는 일이었다. 아버지는 선반 위에 있는 과일 그릇에서 과일을 양쪽 주머니에 가득 넣고 잘 겨냥하지도 않은 채 사과를 계속 던져댔다. 그 작은 사과들이 전기로 움직이듯 굴러가며 서로 부딪쳤다. 약하게 던진 사과 하나가 그레고르의 등을 스쳤지만 상처는 내지 않고 떨어졌다. 그런데 곧 이어 날아온 사과가 그레고르의 등에 박혔다. 갑작스러운 극심한 통증이 자리를 옮기면 사라질 것 같아 그는 계속 기어가려고 했다. 그러나 그는 몸이 마치 못에 박힌 것 같은 느낌이었고, 모든 감각이 완전히 마비된 채 쭉 뻗었다. 마지막으로 그가 보았던 것은 자기 방문이 활짝 열리고 어머니가 내복 바람으로—여동생은 실신한 어머니가 숨을 편안히 쉴 수 있도록 어머니의 옷을 벗겼다—비명을 지르는 동생보다도 먼저 뛰어나오는 장면이었다. 그리고 어머니가 아버지 쪽으로 달려가다가 도중에 끈이 풀어진 치마가 하나씩 방바닥으로 미끄러져 떨어지는 것을 보고, 또 어머니가 비틀거리면서 치마를 밟고 넘어 아버지에게 엎어지며 아버지와 완전히 한 몸이 되도록 아버지를 포옹하더니—그때 그레고르의 눈은 시력을 잃기 시작했다—양손으로 아버지의 목덜미를 잡고 그레고르의 목숨을 살려달라고 애걸하는 것도 보았다.

Ⅲ

그레고르에게 한 달 이상이나 고통을 주었던 심한 상처는—아무도 사과를 빼내 주려고 하지 않았기 때문에 사과는 눈에 보이는 기념품처럼 살 속에 박혀 있었다—그레고르의 현재 모습이 비참하고 역겹게 보일지라도 그 역시 한 식구이니 원수처럼 취급해서는 안 되고 증오심을 억누르고 참고 또 참는 것만이 가족이 지킬 의무의 계명이라는 것을 아버지에게 주는 것 같았다.

그레고르는 그 상처 때문에 아마도 영원히 운동할 수 있는 능력을 잃어버려 방 안을 건너가는 데에도 늙은 병자처럼 오랜 시간이 걸렸는데—벽을 기어 올라간다든가 하는 것은 생각조차 할 수 없었다—그는 이러한 자기 상태의 악화에 대해서 어떤 완전한 보상을 받고 있다고 생각했다. 그 보상이란 항상 저녁 무렵이 되면 그가 한두 시간 전부터 뚫어지게 쳐다보는 거실 문이 열려서 거실 쪽에서는 안 보이게 자기 방의 어둠 속에 누워서 등불을 켜놓은 식탁에 앉아 있는 가족 모두의 모습을 보기도 하고, 가족의 이야기를 어느 정도 그들의 허락 아래, 말하자면 전과는 다른 형편에서 엿듣는다는 것이었다.

물론 그것은 그가 작은 호텔 방에서 지친 몸을 눅눅한 침대에 던지고 나서 항상 아쉽게 생각하곤 했던 예전의 활기찬 대화는 아니었다. 지금은 식구들이 대개 조용하기만 했다. 아버지는 저녁 식사가 끝나기가 무섭게 소파에서 잠이 들었고, 어머니와 동생은 서로 조용히 하라고 주의를 주었다. 어머니는 등불 아래서 고개를 숙인 채 양장점에서 맡아 온 고급 내의를 바느질했고, 판매원으로 취직한 여동생은 후일에 더 나은 직장을 얻으려는 생각에서인지 저녁이면 속기와 불어를 공부했다. 때때로 아버지는 잠을 깨서는 자신이 이때까지 잠을 잤다는 사실을 모르는 사람처럼 "오늘 당신은 바느질을 너무 많이 하는군." 하고 어머니에게 말한 다음, 또다시 잠이 드는 것이었다. 어머니와 여동생은 서로 피곤한 표정으로 미소를 지었다.

일종의 고집으로 아버지는 집에서도 회사 제복을 벗기 싫어했다. 잠옷은 아무런 소용없이 옷걸이에 걸려 있었다. 아버지는 마치 항상 일을 할 태세로, 집에서도 윗사람의 분부를 기다리는 것처럼 옷을 다 입은 채로 자기 자리에서 잠을 잤다. 그래서 처음부터 새것이 아니었던 아버지의 제복은 어머니와 여동생이 아주 손질을 잘했어도 깨끗하질 못했다. 때때로 그레고르는 언제나 잘 닦여진 금단추만이 반짝이는 한없이 지저분한 아버지의 옷을 저녁 내내 바라보았다. 그런 옷을 입었으니 노인은 불편할 텐데도 편안히 잠을 잤다.

시계가 열 시를 치자, 어머니는 낮은 목소리로 아버지를 깨워 침대에서 주무시도록 달랬다. 여기서는 제대로 잘 수 없으며 여섯 시면 일을 시작해야 하는 아버지로서는 제대로 잠을 자는 것이 절대로 필요한 까닭이었다. 그러나 급사가 된 이래 고집만 부리게 된 아버지는 규칙적으로 다시 잠이 들면서도 좀 더 식탁 옆에 앉아 있겠노라고 늘 우기곤 했다. 그래서 아버지를 소파에서 침대로 모셔 가기란 여간 힘이 드는 일이 아니었다. 어머니와 여동생이 약간 책망까지 하면서 재촉해도 아버지는 십오 분쯤이나 고개를 천천히 저으면서 눈을 감은 채 일어나지 않았다. 어머니는 옷소매를 잡아당기고 귀에다 대고 달래는 말을 하고 여동생도 공부하던 것을 집어치우고 어머니를 거들었지만, 아버지한테는 별로 효과가 없었다. 아버지는 점점 소파 속으로 깊이 들어갔다. 여자들이 겨드랑이를 잡을 때 그제야 아버지는 눈을 뜨고 어머니와 여동생을 번갈아 쳐다보면서 "이게 인생이군, 이게 내 말년의 휴식이구먼." 하고 말하기 일쑤였다. 그리고 그는 두 사람의 부축을 받으면서 일어났는데, 자신의 몸이 자신에게 큰 짐이라도 되는 듯 무척 느렸고, 문까지 두 사람의 인도를 받았다가 거기서 그들을 물러가게 하고 혼자 걸어갔다. 그러나 어머니는 바느질감을 치우고 여동생은 펜을 급히 놓고 아버지를 뒤따라가서 계속 거들어 주었다.

이렇게 힘들게 일을 하고 과로한 식구들 중에 누가 꼭 필요한 것 이상으로 그레고르를 돌봐줄 시간이 있겠는가? 살림은 점차 줄어들었다. 하녀도 해고해버렸다. 흰머리가 흩날리고 몸짓이 크고 뼈대가 굵은 파출부가 아침저녁으로 와서 힘든 일을 해주었다. 나머지 일은 어머니가 바느질 일을 하다가 틈이 나면 했다. 전에 어머니와 여동생이 기뻐하면서 파티나 축제 때 몸에 달고 다니던 여러 가지 장신구도 팔아버렸다. 그레고르는 식구들이 저녁에 그런 물건들의 가격에 대해서 의논하는 소리를 들었다. 그러나 그들의 가장 큰 불평거리는 지금의 가정 형편으로는 너무나 큰 이 집에서 이사를 갈 수 없다는 사실이었다. 그레고르를 옮겨갈 방도를 생각해낼 수 없는 까닭이었다. 그러나 그레고르는 이사를 못 가게 막는 것은 자신에 대한 걱정 때문에서만은 아니라는 것을 잘 알고 있었다. 왜냐하면 그는 적당한 상자에다 공기구멍을 몇 개 내서 쉽게 운반할 수 있는 까닭이었다. 식구들이 집을 옮기지 못하는 주된 이유는 완전한 절망감, 그리고 다른 친척이나 친지들 중에는 아무도 당하지 않은 그런 불상사를 자기네가 당하고 있다는 생각에서였다. 세상이 가난한 사람들에게 시키는 온갖 일을 식구들은 최대한으로 해냈다. 아버지는 말단 행원들에게 아침 식사를 날라다 주었으며, 어머니는 모르는 사람들의 내의를 만드느라 헌신했고, 여동생은 고객의 명령에 따라 판매대 뒤에서 이리저리 뛰어다녔다. 식구들의 힘으로는 더 이상은 할 수 없는 것이었다. 어머니와 여동생이 아버지를 침대로 데려간 다음 다시 돌아와 하던 일을 그만두고 볼과 볼이 서로 닿을 정도로 다가앉아서, 어머니가 그레고르의 방을 가리키면서 "그레테야. 이젠 문을 닫으려무나." 하고 말하고, 그래서 그레고르가 다시 어둠 속에 있게 될 때 그는 등의 상처가 새로 생긴 것인 양 아프기 시작했다. 그럴 때 옆방에서 여자들은 눈물을 흘리거나 혹은 눈물도 흘리지 못하며 멍하니 식탁을 쳐다보고 있었다.

밤이고 낮이고 그레고르는 거의 잠을 이루지 못했다. 이따금씩 그는 다음번에 방문이 열리면 식구들의 일을 옛날처럼 다시 떠맡게 되리라는 생각을 했다. 그의 머릿속에는 오랜만에 다시 사장, 지배인, 외판 사원과 견습 사원, 아둔한 사환, 다른 회사에 다니는 두세 명의 친구, 시골 어느 호텔의 하녀, 아름답지만 잡을 수 없는 추억, 진정이었지만 너무나 때늦게 구애를 했던 어느 모자 가게의 판매원 아가씨—이들 모두가 낯선 사람이나 이미 잊힌 사람들과 뒤섞여 나타났는데, 그들은 그나 그의 식구들을 도와주기는커녕 모두가 사귀기가 어려웠고, 그들이 사라지자 그는 마음이 편안해졌다. 그러면 그는 자기 식구를 돌보아주고 싶은 기분이 완전히 사라지고 자기를 푸대접하는 것에 대한 분노로 가득 찼다. 무엇이 자기 입맛에 당기는지 도저히 알 바 아니었고 또 배도 고프지 않았지만, 그래도 그는 자기가 먹을 만한 것을 먹을까 해서 어떻게 식당으로 갈 수 있을지 계획까지 세웠다. 무얼 가져다주면 그레고르가 크게 좋아할는지를 이젠 생각도 해보지 않고 여동생은 아침과 점심때 직장에 나가기 전에 급히 아무 음식이나 그레고르의 방에 발로 밀어 넣었다가 저녁에는 그가 음식에 입을 댔는지 안 댔는지에는—안 대기가 일쑤였다—개의치 않고, 비로 한번에 쓸어버렸다. 여동생은 항상 저녁에 해주던 방 안 청소를 이젠 아무렇게나 빨리 해치웠다. 더러운 줄들이 벽에 죽 그어져 있었고, 곳곳에 먼지와 오물이 엉켜 있었다. 처음에 그레고르는 여동생이 들어올 때면 오물이 특히 많은 곳에 가서 서 있었는데, 그렇게 함으로써 여동생에게 핀잔을 주려고 했다. 그러나 그가 몇 주일 동안이나 그런 곳에 서 있었더라도 여동생은 조금도 나아지지 않았을 것이다. 여동생은 그와 마찬가지로 그런 더러운 곳을 분명히 보았지만 그대로 거기에 놔두기로 결심했던 것이다. 그러면서도 전에 없이 신경을 곤두세우면서—그런 예민함이 온 가족에게 번진 것 같았다—그레고르의 방 청소는 자기만이 하는 것으로 고수하고자 애썼다. 한번은 어머니가 그레고르의 방을 대신 청소한 적이 있었다. 너무 축축해서 그레고르는 마음이 상했고 소파 위에 벌렁 누워 언짢은 기분으로 꼼짝도 하지 않았다. 곧 어머니는 청소한 것에 대한 벌을 받았다. 저녁에 여동생은 그레고르의 방이 달라진 것을 보자마자 크게 모욕당했다는 생각에서 거실로 달려가 어머니가 애원조로 빌어도 울고불고 했다. 부모는—아버지는 소파에서 깜짝 놀라 고개를 쳐들었다—처음엔 놀라서 멍하니 쳐다보았으나 잠시 뒤엔 다르게 행동하기 시작했다. 아버지는 오른쪽의 어머니를 향하여 그레고르의 방 청소를 여동생에게 맡기지 않은 것에 대해 꾸짖고, 왼쪽의 여동생을 향해서는 그레고르의 방을 앞으로 절대로 청소하지 말라고 고함을 쳤다. 한편 어머니는 흥분해서 제정신이 아닌 아버지를 끌어당기려고 했으며, 여동생은 흐느끼느라고 몸을 떨면서 작은 손으로 식탁을 두드렸다. 문을 닫아 그레고르에게 그 광경과 소음을 막아줄 생각을 하는 사람이 아무도 없었기 때문에 그레고르는 화가 나서 씩씩거리고 있었다.

그러나 직장 일에서 지쳐 돌아온 여동생이 전처럼 그레고르를 돌보는 데 싫증이 났다고 해도 어머니가 동생 대신 그 일을 할 필요는 없었고 또 그레고르를 등한시할 필요도 없는 것 같았다. 왜냐하면 이젠 파출부가 오는 까닭이었다. 한평생 억센 골격 덕분에 최악의 일도 이겨낸 듯한 그 늙은 과부는 그레고르를 별로 싫어하지 않았다. 호기심에서가 아니라 우연히 그녀가 그레고르의 방문을 연 적이 있었다. 그때 그레고르는 깜짝 놀라서 누가 쫓으려고 하지도 않는데 이리저리 달리기 시작했고, 그것을 보고 있던 그녀는 양손을 배 위에 얹은 채 멍하니 서 있기만 했다. 그 이후로 그녀는 아침저녁으로 문을 약간 열고서 잠깐 그레고르를 들여다보는 일을 게을리하지 않았다. 처음엔 "이리 와봐, 말똥벌레야!" 또는 "저 말똥벌레를 좀 봐요!"라는 등의 자기 딴에는 다정하다고 생각되는 말로 그를 불렀다. 그렇게 부르는 말에 그레고르는 아무 대답도 하지 않았으며, 문이 열리지도 않은 것처럼 꼼짝도 않고 제자리에 서 있었다. 이 파출부더러 멋대로 공연히 나를 방해나 하지 말고 내 방을 매일 청소하라는 지시나 좀 해주었으면 얼마나 좋을까! 어느 이른 아침에—봄이 오는 신호인 양 모진 비가 유리창을 때리고 있었다—파출부가 그 같은 말을 다시 하기 시작하자, 그레고르는 화가 잔뜩 나서 공격이라도 하려는 듯이 느리고도 어질어질한 동작으로 그녀를 향해 돌아섰다. 그러나 파출부는 무서워하기는커녕 문 가까이에 있는 의자를 높이 쳐들었다. 그때 그녀는 입을 딱 벌리고 있었는데, 그것은 손에 들고 있는 의자를 그레고르의 등에 내려치면서 비로소 입을 다물 거라는 의도를 알려주는 것이었다. 그레고르가 다시 몸을 돌리자 그녀는 "더 가까이 와보지 그래?"라고 말하면서 살며시 의자를 다시 모서리에 내려놓았다.

이제 그레고르는 거의 아무것도 먹지 않았다. 갖다 놓은 음식 옆을 우연히 지나가게 되면 장난삼아 한 입 물어서 입에 넣고는 몇 시간씩 그대로 물고 있다가 대개는 도로 뱉었다. 처음에 그가 식욕이 나지 않는 것은 자기 방이 달라진 것에 대한 슬픔 때문이라고 생각했지만, 실은 방의 변화에는 곧 불만이 없게 되었다. 식구들은 다른 곳에 둘 수 없는 물건들을 그 방으로 갖다 놓는 버릇이 생겼는데, 그런 물건이 아주 많아졌다. 그 집의 방 하나를 세 명의 하숙인들에게 세를 내주었기 때문이었다. 이 엄숙한 남자들은—그레고르가 한번 문틈으로 내다보니 세 사람 모두 털보였다—질서 정연한 것을 지나칠 정도로 주장했다. 자기네 방만이 그래야 하는 것이 아니라 일단 여기에 세를 든 이상 집 안 전체가, 특히 부엌이 그래야 한다는 것이었다. 쓰지 않는 것이나 또는 더러운 잡동사니는 참지 못했다. 게다가 그들은 상당히 많은 살림살이를 갖고 들어왔다. 그런 이유로 해서 많은 물건이 불필요하게 되었는데, 그것은 팔 수도 버릴 수도 없었다. 그런 물건이 모두 그레고르의 방으로 옮겨졌다. 부엌에 있던 재받이 통과 부엌의 쓰레기통까지 옮겨졌다. 당장에 쓰지 않는 물건은 매사에 재빠른 파출부가 얼른 그레고르 방으로 옮겨놓았다. 다행히도 그레고르는 그런 경우 대개 물건만을 보든가 그것을 들고 오는 손만을 보았을 뿐이다. 아마도 파출부는 시간과 기회가 나면 그 물건들을 다시 가져가거나 모조리 한꺼번에 내다 버릴 생각이었던 모양인데, 실제로는 그레고르가 그 잡동사니 사이로 꿈틀거리며 지나가다 비켜놓거나 하지 않으면 그것들은 처음에 내던져진 그 자리에 그냥 있었다. 그는 물건을 그렇게 비켜놓는 일을 처음에는 단지 편의상 했던 것이다. 그러나 나중엔 점점 재미가 나서 그렇게 했다. 그는 그렇게 기어 다닌 후에는 죽을 정도로 지치고 또 슬퍼져서 몇 시간씩 꼼짝도 할 수가 없었다.

하숙인들이 저녁 식사도 가끔 집 안 공동 거실에서 하는 까닭에 가끔 거실 문이 닫혀 있었는데, 그럴 때 그레고르는 문을 여는 것을 쉽사리 단념했다. 게다가 그는 문이 열려 있는 저녁에도 그 기회를 이용하지 않고 식구들도 모르게 자기 방의 가장 어두운 구석에 누워 지냈다. 한번은 파출부가 거실로 가는 문을 약간 열어놓은 적이 있었는데, 저녁에 하숙인들이 들어와서 불을 켤 때도 그냥 열려 있었다. 그들은 예전에 아버지와 어머니와 그레고르가 앉던 식탁 위쪽에 앉아 냅킨을 펴고 나이프와 포크를 집었다. 곧 문 안에 고기 주발을 든 어머니가 나타났고 어머니 바로 뒤에는 여동생이 감자가 수북이 담긴 접시를 들고 들어왔다. 음식에서는 김이 무럭무럭 피어오르고 있었다. 하숙인들은 들기 전에 감사라도 할 양으로 자기네 앞에 놓인 접시 위로 몸을 수그리더니, 다른 두 사람을 위압하고 있는 듯한 가운데 앉은 사람이 주발의 고기 한 조각을 잘랐다. 그것은 고기가 연한지 아니면 다시 부엌으로 돌려보내야 할지를 결정하기 위해서였다. 그가 만족해하자 초조하게 쳐다보고 있던 어머니와 여동생은 안도의 숨을 내쉬며 미소를 지었다.

식구들은 부엌에서 식사를 했다. 그래도 아버지는 부엌에 들어가기 전에 그 방에 들어가서 모자를 손에 들고 허리를 굽힌 채 식탁 주변을 한 바퀴 돌았다. 하숙인들은 모두 일어나서 수염에 가려진 입으로 무어라고 중얼거렸다. 그들은 자기들만이 있게 되자 거의 아무 말도 없이 식사를 했다. 그들이 식사하면서 내는 여러 가지 소리 중에서도 유독 이로 씹는 소리만을 거듭 듣게 되는 것을 그레고르는 이상하게 여겼다. 그 씹는 소리는 마치 사람이란 먹기 위해서는 이가 필요하며 이가 없는 턱이란 아무리 멋진 것이라도 쓸모가 없다는 것을 그레고르에게 알려주는 듯했다. "나도 식욕이 나는 걸." 하고 그레고르가 근심에 차서 중얼거렸다. "그렇지만 이런 음식엔 식욕이 없어. 하숙인들은 잘들 살아가고 있는데 난 굶어 죽다니!"

바로 그날 저녁에 바이올린 소리가—지금껏 그레고르는 그것을 들은 기억이 없었다—부엌에서 들려왔다. 하숙인들은 이미 저녁 식사를 끝냈고, 가운데 앉은 남자가 신문을 꺼내 다른 두 사람에게 각각 한 장씩을 주었다. 그들은 뒤로 기댄 채 신문을 읽으며 담배도 피우고 있었다. 바이올린 연주가 시작되자 그들은 그것에 마음이 쏠린 듯 일어나 발끝으로 현관방 문가로 가서는 거기에 나란히 붙어서 있었다. 부엌에서도 그들의 인기척이 들린 모양이었다. 아버지가 이렇게 소리를 쳤으니 말이다. "선생님들은 바이올린 소리가 싫으신가요? 그러시다면 곧 중단시키겠습니다." "천만에요." 가운데 남자가 말했다. "아가씨께서 이리로 좀 나와 여기서 연주하면 어떨는지요? 여기가 더 편안하고 아늑한데요." "그러지요." 마치 자신이 바이올린 연주자인 양 아버지가 이렇게 대답했다. 하숙인들은 방으로 돌아와 기다렸다. 곧 악보대를 든 아버지와 악보를 든 어머니와 바이올린을 든 여동생이 왔다. 여동생은 조용히 연주 준비를 했다. 전에는 하숙을 쳐본 적이 없기 때문에 하숙인들에게 지나치게 예의를 차리는 부모님은 감히 자기 자리에 앉지 못했다. 아버지는 입고 있는 제복의 두 개의 단추 사이에 오른손을 끼워 넣은 채 기대어 서 있었다. 어머니는 한 하숙인이 내준 의자를 받았지만, 그것을 그 사람이 우연히 갖다 놓은 그대로 방 한쪽 구석에 놔두고 앉아 있었다.

여동생이 연주를 시작했다. 아버지와 어머니는 각각 자기 자리에서 여동생의 손놀림을 유심히 바라보았다. 바이올린 소리에 마음이 끌린 그레고르는 약간 앞으로 나와서 머리를 거실에 내밀고 있었다. 그는 자기가 근래에 와서는 다른 사람들에게 별 관심을 두지 않은 것에 대해서 그다지 이상하게 생각하지 않았다. 전에는 다른 사람들에 대한 관심이 그의 자랑이었다. 때문에 지금에서는 자신을 숨겨야 할 이유가 더 많았을 것이다……. 왜냐하면 먼지가 그의 방 곳곳에 쌓여 있어 조금만 움직여도 날려서 그는 온통 먼지투성이였던 까닭이다.

실밥, 머리카락, 음식 찌꺼기 등을 그는 등과 옆구리에 묻히고 기어 다녔다. 이제는 모든 것에 너무나 무관심해져서 전처럼 낮에 몇 번씩 등을 대고 누워 양탄자에 몸을 문지르는 일은 아예 하지 않았다. 그런 더러운 꼴인데도 그는 깨끗한 거실 바닥에 몸을 내미는 것을 꺼려 하지 않았다.

그러나 아무도 그를 보지 못했다. 식구들은 바이올린 연주에 정신이 팔려 있었다. 반면에 하숙인들은 처음엔 손을 바지 주머니에 넣은 채 모두 악보가 들여다보일 정도로 여동생의 악보대에 바짝 다가가 있었고, 때문에 여동생이 분명 방해를 받기까지 했다. 그러더니 곧 뭐라고 웅얼웅얼하면서 고개를 숙인 채 창가로 물러나 아버지의 근심스러운 시선을 받으면서 거기에 서 있었다. 멋지고 흥미로운 바이올린 연주를 들을 거라고 예상했던 그들이 실망을 하고 연주에 싫증이 났지만, 단지 예의상 가만히 있는 것 같은 인상을 역력히 볼 수 있었다. 특히 그들 모두가 시가 연기를 코와 입으로 위로 뿜어대는 태도로 보아 굉장히 초조한 것 같았다. 그러나 동생은 멋지게 연주하고 있었다. 얼굴을 옆으로 숙인 채 조심스럽고 슬프게 그 애의 눈길은 악보를 좇고 있었다. 그레고르는 좀 더 앞으로 기어 나갔는데, 동생의 눈길과 마주칠 수 있도록 머리를 마룻바닥에 바짝 갖다 댔다. 음악에 이렇게 감동을 하는데도 내가 동물이란 말인가? 그가 열망했던 미지의 양식에 이르는 길이 나타나는 듯한 느낌이었다. 그는 여동생 앞까지 나가서 스커트를 잡아당기며 동생더러 바이올린을 들고 자기 방으로 와달라고 암시하기로 결심했다. 왜냐하면 거기에 있는 사람 중엔 아무도 자기만큼 열렬히 연주를 감상하지 않았기 때문이었다. 여동생이 와준다면 그는 여동생을 자기 방에서 나가게 하고 싶지 않았다. 그의 흉측스러운 모습이 그에게 처음으로 쓸모 있게 될 것 같았다. 즉시 방문마다 달려가서 공격자를 물리칠 생각이었다. 그러나 여동생을 강제로가 아니라 자의로 자기 방에 있게 하고 싶었다. 그리고 그는 여동생을 소파에서 자기 옆에 앉히고, 자기에게 귀를 기울이게 한 후에 자기가 여동생을 음악학교에 보내려는 확고한 의도가 있었다는 것과 그리고 그동안에 이런 불상사만 생기지만 않았더라도 지난 크리스마스 때—벌써 크리스마스가 지나갔나?—어떤 반대를 무릅쓰고라도 모두에게 그것을 발표했을 것이라는 이야기 등을 털어놓고 싶었다. 이런 얘기를 하고 나면 여동생은 감동의 울음을 터뜨릴 것이고, 그레고르는 그녀의 어깨까지 몸을 일으키고 그녀의 목에 키스할 것이다. 직장에 다닌 후부터 그녀는 리본이나 칼라도 없이 목을 드러내놓고 다녔다.

"잠자 씨." 가운데 남자가 아버지에게 소리치더니 더 이상 아무 말도 하지 않고 집게손가락으로 천천히 앞으로 걸어 나오고 있는 그레고르를 가리켰다. 바이올린 소리가 그쳤다. 가운데 하숙인은 그제서야 고개를 저으면서 친구들에게 빙긋이 웃더니 다시 그레고르를 쳐다보았다. 아버지는 그레고르를 쫓아내는 것보다는 우선 하숙인들을 진정시키는 것이 더 급하다고 여기는 모양이었지만 그들은 조금도 놀라지 않았으며, 그들에게는 바이올린 연주보다 그레고르가 더 흥미 있는 듯 보였다. 아버지는 그들에게 달려가 두 팔을 벌려 그들을 방으로 돌려보내려고 하면서 자신의 몸으로 그레고르를 보지 못하게 하려고 했다. 그들은 이제 정작 화를 내는 것 같았는데, 그것이 아버지 태도 때문인지 아니면 자기네가 그레고르 같은 자가 자기 옆방에서 사는 것을 몰랐다가 지금 알게 되었기 때문인지 알 수 없었다. 그들은 아버지에게 해명을 요구하고는 아버지처럼 양팔을 쳐들더니 불안스럽게 수염을 잡아당기다가 서서히 자기네 방으로 물러갔다. 그러는 동안 여동생은 연주가 갑작스럽게 중단된 것에 상심했던 마음을 극복하고, 한동안 축 늘어뜨렸던 두 손으로 바이올린과 활을 잡고 연주를 할 듯이 악보를 들여다보았다. 그러더니 그녀는 갑자기 정신을 차리고 폐가 답답하고 호흡이 곤란해져서 그냥 소파 위에 앉아 있는 어머니의 무릎에 악기를 놓고 옆방으로 달려갔다. 하숙인들은 아버지가 쫓는 통에 더 빨리 방으로 다가가고 있었다. 여동생의 능숙한 손놀림으로 침대의 이불과 베개가 오르락내리락하면서 정돈되어가는 것이 보였다. 하숙인들이 방에 들어오기도 전에 그녀는 침대 정돈을 끝내고 거기를 빠져나왔다. 아버지는 다시 고집을 부리느라고 하숙인들에 대해 의당 가져야 하는 존경심을 다 잊어버리고 있었다. 아버지는 쫓고 또 쫓았는데, 방문에 이르렀을 때, 가운데 하숙인 남자가 요란스레 발을 구르면서 아버지를 서게 만들었다. "지금 나는," 하고 그는 한 손을 들면서 그레고르의 어머니와 여동생도 쳐다보았다. "이 집과 이 가족이 처해 있는 불미스러운 사정을 이유로 해서"—이때 그는 대뜸 방바닥에 침을 뱉었다—"내 방을 즉시 내놓는다는 것을 선언하는 바입니다. 지금까지 살아온 날짜에 대한 하숙비도 전혀 내지 못하겠습니다. 오히려 나는 당신에게 어떤 배상 청구를 해볼까 하는데, 그 배상 사유는—정말입니다—아주 쉽게 말할 수 있지요." 그는 입을 다물고 무언가를 기다리는 사람처럼 앞만 쳐다보았다. 그러자 그의 두 친구도 입을 열었다. "우리들도 즉시 방을 내놓겠습니다." 그리고 그는 문고리를 잡고 꽝 하고 문을 닫았다.

아버지는 양손으로 더듬으며 비틀거리면서 소파로 돌아와 주저앉았다. 몸을 쭉 뻗고 여느 때의 초저녁잠을 자는 것 같았으나 쉴 새 없이 머리를 계속 끄덕거리는 것을 보니 자는 게 아니었다. 그동안 내내 그레고르는 하숙인들이 그를 목격했던 그 자리에 가만히 누워 있었다. 자기 계획의 실패에서 비롯된 실망감과 너무 굶은 탓으로 생긴 듯한 허약함 때문에 그는 움직일 수 없었다. 그는 다음 순간에는 무언가 전체가 폭발하며 자기에게 쳐들어올 것 같아 두려워하면서 그것을 기다리고 있었다. 바이올린이 어머니의 떨리는 손가락에서 벗어나 무릎에서 떨어져 요란한 소리를 냈지만, 그 소리는 그를 조금도 놀라게 하지 않았다.

"어머니, 아버지" 하고 여동생은 말을 시작하기 위해서 손으로 식탁을 두드렸다. "이럴 순 없어요. 어머니와 아버지는 잘 모르실지 몰라도 전 잘 알아요. 이런 괴물에게 내 오빠의 이름을 부르고 싶지 않아요. 제가 단지 말씀드리는 것은 우리가 저것에서 벗어나야 한다는 거예요. 우리는 저것을 돌보고 또 참기 위해서 인간이 할 수 있는 모든 일을 했지요. 우리를 조금이라도 비난할 수 있는 사람은 아무도 없을 거예요."

"저 애 말이 꼭 맞아." 아버지가 혼잣말을 했다. 아직도 충분히 숨을 쉬지 못하는 어머니가 눈을 사납게 흘기면서 손으로 입을 막고 쿨룩쿨룩 기침을 하기 시작했다.

여동생이 어머니에게로 달려가서 이마를 잡아주었다. 아버지는 여동생의 말로 인해 보다 분명한 생각에 이르게 된 것 같았다. 그는 꼿꼿이 앉아서 하숙인들이 저녁 식사를 하느라고 식탁에 놓아두었던 접시 사이에서 급사 모자를 만지작거리고 있었으며, 때때로 묵묵히 그레고르를 바라보았다.

"우리는 저것에서 벗어나야 해요." 여동생은 오로지 아버지를 향해서 이렇게 말했다. 어머니는 기침하느라 얘기를 듣지 못했기 때문이었다. "저것이 두 분을 돌아가시게 할 거예요. 저에겐 그렇게 되는 게 뻔히 보여요. 우리는 전부 힘들여 일을 해야만 하는데, 집에서 저런 끝없는 두통거리를 감당할 수는 없어요. 더 이상 그럴 수 없어요." 그리고 그녀가 너무 심하게 울음을 터뜨리는 바람에 눈물이 어머니의 얼굴로 흘러내렸고, 그녀는 기계적으로 손을 놀리면서 어머니의 얼굴에서 눈물을 훔쳐내고 있었다.

“애야.” 아버지가 동정과 이해심 많은 태도로 말했다. “그럼 우리는 어떻게 해야 한단 말이냐?”

그녀는 아까의 말하던 태도와는 달리 우는 동안 빠져든 절망감을 표시하느라고 어깨만 들먹거렸다.

“저 애가 우리 말을 알아듣는다면.” 아버지가 얼마쯤 물어보는 투로 말했다. 그런 일은 생각할 수도 없다는 듯이 여동생은 울다가 손을 세차게 흔들었다. “저 애가 우리 말을 알아듣는다면.” 하고 아버지가 말을 되풀이하고는 그것의 불가능에 대한 여동생의 확신을 시인한다는 뜻에서 눈을 감았다. “그렇다면 저 애하고 무슨 합의라도 볼지 모르는데. 그렇지만……”

“없어져야 해요.” 여동생이 소리쳤다. “아버지, 그 방법밖에 없어요. 저것이 그레고르 오빠라는 생각은 집어치우세요. 우리가 너무나 오래 그렇게 생각해온 것이 우리들의 불행이에요. 어떻게 그것이 그레고르일 수 있어요? 그것이 그레고르라면 그런 동물과 함께 살 수 없다는 것을 아마 오래전에 알아차리고, 스스로 떠났을 거예요. 그러면 오빠는 없게 되겠지만, 우리는 계속 살아갈 수 있을 것이고, 오빠에 대한 추억을 소중하게 간직할 수 있을 거예요. 그런데 이 동물은 우리를 못살게 굴고, 하숙인들을 내쫓고, 온 집 안을 차지하고서는 우리를 길에서 밤을 새게 하려고 해요. 저것 좀 보세요, 아버지!” 동생이 갑자기 소리를 쳤다. “또 시작이에요!” 그리고 그녀는 그레고르로서는 전혀 이해할 수 없는 두려움을 갖고서 어머니로부터 떨어지더니, 마치 그레고르 가까이에 있는 것보다는 차라리 어머니를 희생시키는 것이 낫다는 듯이 어머니의 소파에서 뛰어나와 아버지 뒤로 달려갔다. 아버지도 누이동생의 태도에 자극되어 자리에서 일어나서는 그녀를 보호하려는 듯이 양팔을 반쯤 쳐들었다.

그러나 그레고르로서는 여동생은 물론이고 누구에게든 겁을 줄 생각은 전혀 없었다. 단지 자기 방으로 돌아가기 위해서 몸을 돌리기 시작한 것뿐인데, 아픈 몸이라 그 어려운 몸 돌리기를 하는 데 머리를 함께 놀려야 했기 때문에 그것이 유별나게 보였다. 그는 머리를 여러 번 들었다가 바닥에 부딪쳤다. 그는 가만히 서서 주위를 살폈다. 그의 선량한 의도가 알려진 듯이 보였다. 잠시 놀란 것뿐이었다. 이제 모두가 말없이 그리고 슬프게 그를 바라보고 있었다. 어머니는 다리를 쭉 펴서 모은 채로 소파에 누워 있었는데, 피곤해서 눈이 거의 감겨 있었다. 아버지와 여동생은 나란히 앉아 있었다. 여동생은 아버지의 목을 안고 있었다.

'이젠 몸을 돌려도 되겠지.' 하고 그레고르가 생각하고 몸을 다시 돌리기 시작했다. 그는 힘이 들어 숨을 헐떡이는 것을 억누를 수가 없어 이따금씩 쉬어야만 했다. 그러나 아무도 그를 독촉하지 않았다. 모든 것이 그 자신에게 맡겨졌다. 그는 몸 돌리는 것을 끝마치자 즉시 물러가기 시작했다. 그는 자기 방까지의 거리가 너무나 먼 것에 대해서 놀랐으며 몸이 쇠약한데도 아까 이 먼 거리를 마구 기어 나온 것이 도무지 이해가 되지 않았다. 빨리 기어갈 생각만 하느라고 그는 식구들의 말이나 외침이 자기의 길을 방해하지 않았다는 것을 거의 모르고 있었다. 문 안에 다 들어가서야 그는 머리를 돌렸는데, 목이 뻣뻣해지는 것을 느꼈기 때문에 완전히 돌리지는 않았다. 그러나 그는 여동생이 일어선 것 이외에 뒤에서는 아무 변화가 없는 것을 보았다. 그의 마지막 시선이 어머니를 스쳤는데, 어머니는 완전히 잠이 들어 있었다.

그가 방으로 들어가자 문이 재빨리 닫히더니 문고리가 내려지며 잠겼다. 뒤쪽에서의 그 갑작스러운 소음에 그레고르는 너무나 놀라서 다리가 꺾였다. 그렇게 서둘러 문을 닫은 사람은 여동생이었다. 그녀는 미리 일어나서 기다리다가 살그머니 달려왔던 것이다. 그레고르는 그녀가 오는 소리를 전혀 듣지 못했다. 자물쇠를 구멍에 돌리면서 그녀는 "됐어요." 하고 부모에게 외쳤다.

"이젠 어떡한다지?" 하고 그레고르는 자문하면서 주위를 둘러보았다. 곧 그는 자기가 전혀 움직일 수 없다는 사실을 발견했다. 그는 그것이 전혀 이상하질 않았다. 차라리 자기가 지금껏 그렇게 약한 다리로 돌아다닐 수 있었다는 것이 이상하게 여겨졌다. 그리고 그는 비교적 기분이 좋았다. 온몸에 통증이 있었지만 그것이 차차 약해져서 결국은 다 사라질 것처럼 생각되었다. 그의 등에 박힌 썩은 사과도, 얇게 먼지가 덮인 그 주변의 염증도 그는 이제 거의 느끼지 못했다. 식구들에 대해서 그는 감동과 사랑으로 돌이켜 생각해보았다. 자기가 없어져야 한다는 것에 대한 그의 생각은 아마도 여동생의 생각보다 더 확고한 것 같았다. 교회의 탑시계가 세 시를 칠 때까지 그는 이렇게 공허하고 평화로운 명상에 잠겨 있었다. 그는 창밖에서 세상이 환해지기 시작하는 것도 느꼈다. 그러자 그의 머리가 자신도 모르게 푹 수그러졌다. 그의 콧구멍에서는 마지막 숨이 힘없이 흘러나왔다.

이른 아침에 파출부가 와서—그러지 말라고 몇 번이고 부탁했지만 모든 문을 힘차게 급히 열어젖히는 바람에, 그 여자만 오면 집 안에서는 더 이상 조용히 잘 수 없었다—평소대로 그레고르의 방을 잠깐 들여다보았으나 처음에는 아무 이상도 발견할 수 없었다. 그녀는 그레고르가 일부러 꼼짝 않고 누워서 화가 난 척하고 있다고 생각했다. 그녀는 그가 온갖 지능을 다 갖고 있다고 믿었다. 우연히 긴 빗자루를 손에 들고 있었기 때문에 그녀는 그것으로 그레고르를 간질이려고 했다. 그런데도 아무런 반응이 없자 그녀는 화가 나서 그레고르를 약간 찔러보았고, 그레고르는 아무런 저항도 없이 그 자리로부터 밀려났다. 그때서야 그녀는 이상하게 여겼다. 이내 진상을 알자 그녀는 눈이 휘둥그레져서 휘파람을 불었다. 그러나 그녀는 오래 서 있지 않고 침실 문을 열어젖히고 큰 소리로 어둠 속에다 대고 외쳤다. "좀 와보세요. 그것이 죽었어요. 자빠져 있어요. 영영 죽었어요."

잠자 부부는 침대에 반듯하게 앉아 그녀의 보고 내용을 알아차리기 전에 우선 파출부에게 놀란 기색을 드러내지 않으려고 애썼다. 그런 다음에 잠자 부부는 각각 급하게 자기 쪽으로부터 침대에서 내려왔는데, 잠자 씨는 이불을 어깨에 걸치고 있었고, 잠자 부인은 잠옷 바람이었다. 그런 모습으로 그들은 그레고르의 방으로 들어갔다. 그러는 동안, 하숙인이 입주한 뒤부터 그레테가 거기서 잠을 잤던 거실 문이 열렸다. 그레테는 전혀 잠을 자지 않은 사람처럼 옷을 다 입고 있었는데, 그녀의 창백한 얼굴 역시 잠을 자지 않았다는 것을 입증해주는 듯했다. "죽었나요?" 하고 잠자 부인은 의아스럽게 파출부를 쳐다보았다. 그러나 그녀 스스로 그것을 검사해볼 수도 있겠고 또 검사하지 않아도 알 만한 일이었다. "그런 것 같아요." 하고 파출부는 자기 주장을 입증하기 위해서 그레고르의 시체를 빗자루로 크게 옆으로 밀었다. 잠자 부인은 빗자루를 잡아두려는 듯한 동작을 했지만 실제로 그러지는 않았다. "그럼," 잠자 씨가 말했다. "이젠 하나님께 감사를 드려야 해." 그가 성호를 긋자 세 여자가 따라했다. 시체에서 눈을 돌리지 않은 그레테가 말했다. "얼마나 여위었나 좀 보세요. 오랫동안 아무것도 안 먹었어요. 음식은 들여다 놓았던 그대로 다시 내보내졌으니까요." 사실 그레고르의 몸은 아주 납작하게 말라 있었다. 그것을 이제야 제대로 알 수 있었다. 이제는 그의 몸이 다리로 버티고 있지도 않고 또 보는 사람의 시선을 흐트러지게 하지도 않았던 때문이었다.

"그레테야, 잠깐 이리로 오너라." 잠자 부인이 우울한 미소를 띠고 말했다. 그레테는 시체를 돌아다보면서 부모를 따라 침실로 들어갔다. 파출부는 문을 닫고 창문을 활짝 열었다. 이른 아침인데도 맑은 공기에는 온화한 기운 같은 것이 감돌았다. 이미 삼월 말이었다.

세 하숙인들이 자기네 방에서 나와 놀란 기색을 하며 아침 식사를 찾았다. 모두 그들에 대해서는 잊고 있었다. "아침 식사는 어디에 있지요?" 하고 가운데 하숙인이 파출부에게 무뚝뚝하게 물었다. 그러나 파출부는 손가락을 입술에 댄 채 말없이 급하게 그 남자들에게 그레고르의 방으로 가보라는 눈짓을 보냈다. 그들도 들어갔다. 이미 환해진 방 안에서 그들은 약간 낡은 상의 호주머니에 두 손을 찌른 채 그레고르의 시체 주위에 둘러섰다.

그때 침실 문이 열리고 제복 차림의 잠자 씨가 한쪽 팔에는 부인을 끼고, 또 다른 팔에는 딸을 끼고 나타났다. 모두가 좀 울었던 것 같았다. 그레테는 때때로 얼굴을 아버지 팔에 묻었다.

"당장 우리 집에서 나가시오." 하고 잠자 씨는 여자들을 떼어놓지 않은 채 문을 가리켰다. "무슨 말씀이지요?" 가운데 하숙인이 약간 당황한 듯이 말하고 싱긋 웃었다. 다른 두 사람은 손을 등 뒤로 보낸 채 계속 비비고 있었다. 마치 자기네한테 유리하게 끝날 대언쟁을 신이 나서 기다리고 있다는 듯이. "내가 말한 그대로올시다." 하고 잠자 씨가 대답하고서 두 명의 여자와 나란히 가운데 하숙인에게로 다가갔다. 그 남자는 처음엔 가만히 서 있다가, 마치 자기 생각이 머릿속에서 새로 정리된 듯이 방바닥을 내려다보았다. "그렇다면 나가지요." 하고 그는 마치 갑작스레 그를 덮친 겸손으로 이 결심에 대해서 새로운 승낙이라도 요청하는 듯이 잠자 씨를 쳐다보았다. 잠자 씨는 크게 눈을 부릅뜨고 그에게 여러 번 짤막하게 고개를 끄덕였다. 그러자 그 남자는 실제로 즉시 현관방으로 성큼성큼 걸어갔다. 그의 두 친구는 잠시 손을 움직이지 않고 듣고 있다가, 마치 잠자 씨가 자기네보다 먼저 응접실에 들어가 자기네 지휘자와의 사이를 끊어놓을까 두려워하는 양 그의 뒤를 따라갔다. 현관방에서 그들 세 사람은 옷장에서 모자를 꺼내고 지팡이 통에서 지팡이를 꺼내더니 말없이 꾸벅 인사를 하고는 집을 나갔다. 전혀 근거가 없는 것으로 밝혀진 의혹을 품고 잠자 씨는 두 여자와 함께 층계참으로 나가 난간에 기댄 채, 세 남자가 천천히 계속 층계를 내려가 각 층마다에 있는 층계 커브 길에서 사라졌다가는 잠시 후에 다시 나타나는 것을 내려다보았다. 그들이 점점 밑으로 내려갈수록 그들에 대한 잠자 가족의 관심도 점점 줄어들었다. 그리고 머리에 들것을 진 정육점 점원이 으스대며 그들을 지나 위로 올라가자 잠자 씨는 여자들과 함께 난간을 떠났다. 그들은 모두가 한시름 놓은 듯이 집 안으로 들어왔다.

그들은 오늘 하루를 쉬면서 산책하는 데 보내기로 했다. 그들은 그렇게 일을 그만두고 쉴 만한 이유가 있었을 뿐만 아니라, 그것이 절대로 필요했다. 그래서 그들은 식탁에 앉아서 세 장의 결근계를 썼다. 잠자 씨는 지배인에게, 잠자 부인은 청탁인에게, 그레테는 상점 주인에게 썼다. 글을 쓰고 있는 동안에 파출부가 들어와 아침 일을 끝냈으니 돌아가겠다는 말을 했다. 글을 쓰던 세 사람은 처음엔 쳐다보지도 않고 고개만 끄덕였지만, 파출부가 갈 생각을 하지 않자 언짢게 쳐다보았다. "뭐지요?" 잠자 씨가 물었다. 파출부는 빙긋이 웃으면서 문 안에 서 있었는데, 그것은 마치 식구들에게 큰 기쁜 소식을 전할 게 있지만 열심히 물어봐야만 말하겠다는 태도처럼 보였다. 그녀의 모자에 꽂힌 빳빳한 작은 타조 깃이 이리저리 가볍게 흔들리고 있었다. "도대체 왜 그러는 거지요?" 파출부에게 가장 존경을 받고 있는 잠자 부인이 물었다. "네,"라고 파출부가 대답하고는 생글생글 웃느라고 이내 얘기를 계속하지 못했다. "옆방의 물건을 치워버리는 일에 대해선 걱정 안 하셔도 됩니다. 벌써 치워버렸으니까요." 잠자 부인과 그레테는 마치 글을 계속 쓰려는 것처럼 편지지 위로 몸을 수그렸다. 파출부가 얘기를 자세하게 하기 시작하려는 것을 눈치챈 잠자 씨가 손을 죽 내밀며 한사코 그를 막았다. 이야기를 못하게 하자 그녀는 자기가 바쁘다는 것을 생각하고 분명 모욕당한 투로 말했다. "모두들 안녕히 계세요." 그녀는 획 돌아서더니 요란하게 문을 닫고서 집을 떠났다.

"저녁엔 해고해야겠다." 하고 잠자 씨가 말했지만, 아내나 딸은 아무 대답도 하지 않았다. 왜냐하면 그 이야기를 하면 그들이 겨우 얻은 휴식이 깨져버릴 것 같았기 때문이었다. 그들은 일어나 창가로 가서 서로 부둥켜안은 채 서 있었다. 잠자 씨는 소파에 앉은 채 그들을 향해 몸을 돌리고 잠시 묵묵히 그들을 바라다보았다. 그러다가 그들을 향해 소리쳤다. "자 이리 와, 이젠 지난 일을 생각하지 마. 그리고 날 좀 생각해줘." 여자들은 당장 그의 말을 좇아 그에게로 달려가 그를 안아주고는 재빨리 결근계를 끝냈다.

그런 다음 그들은 함께 집을 나섰다. 벌써 몇 달째 그래 보지 못했던 일이었다. 그러고는 전차를 타고 야외로 나갔다. 타고 있는 사람이라곤 그들밖에 없는 전차에는 따스한 햇살이 들어오고 있었다. 그들은 의자에 편안히 기대어 앉은 채, 장래의 전망에 대해서 얘기했다. 그 전망이라는 것도 잘 생각해보면 조금도 나쁘지 않았다. 그들 서로가 아직 제대로 따져본 적이 없었지만, 그들의 직장은 꽤 괜찮은 자리인데다가 훗날이 유망했기 때문이었다. 그들 생활환경을 당장에 최대한으로 개선하는 문제는 물론 집을 이사하면 쉽사리 해결될 것이다. 그들은 그레고르가 골랐던 지금 집보다는 좀 작고 싸면서도 위치가 낫고 더 실용적인 집을 구할 작정이었다. 그들이 그런 얘기를 나누는 동안 거의 동시에 잠자 씨 부부는 점점 활발해지는 딸을 바라보면서 딸이 근래에 뺨이 창백해질 정도로 고생을 했음에도 불구하고 아름답고 풍만한 몸집의 처녀로 피어나고 있음을 보았다. 점점 조용해지고 거의 무의식적으로 시선을 주고받으면서 그들은 이젠 그 애를 위해서 착한 남자를 구해야 할 때가 되었다고 생각했다. 그리고 전차가 목적지에 도착해서 딸이 맨 먼저 일어나 젊은 육체를 쭉 펴자, 그것이 그들에게는 마치 새로운 꿈과 훌륭한 계획에 대한 확신처럼 생각되었다.

『유형지에서』(1919)

유형지에서

　"묘한 장치이지요."라고 장교가 탐험가에게 말하고는 탄복해 마지않는다는 눈길로 평소부터 잘 알고 있는 그 장치를 새삼스럽게 살펴보았다. 탐험가는 단지 예의로 사령관의 청에 응한 것 같았다. 사령관은 그에게 불복종과 상관 모욕으로 인해서 유죄 판결을 받은 한 사병을 처형하는 자리에 참석해달라고 요청했던 것이다. 이런 처형에 대해 유형지에서도 별 관심이 없었다. 헐벗은 언덕으로 둘러싸인 이곳 모래땅의 깊고 작은 계곡에는 장교와 탐험가 이외에는 우둔하고 입이 넙죽하며 얼굴과 머리가 지저분한 죄수와 묵직한 쇠사슬을 들고 있는 한 사병이 있을 뿐이었다. 그 쇠사슬에는 작은 사슬이 끼어 있었는데, 그것은 죄수의 발목, 팔목, 목 등에 채워져 있었고, 또 얽히고설킨 사슬에 의해서 서로 연결되어 있었다. 죄수는 개처럼 말을 잘 들을 것 같아서 멋대로 언덕에 돌아다니도록 풀어놓았다가 처형을 시작할 무렵에 단지 호각만 불면 스스로 되돌아올 것만 같은 느낌이 들었다.
　탐험가는 처형 장치에 대해서 그다지 관심이 없었고, 눈에 띌 정도로 무관심한 태도로 죄수 뒤에서 왔다 갔다 하고 있었다. 그러나 장교는 마지막 준비를 하느라 땅속까지 깊숙이 들어 있는 장치 밑부분으로 기어 들어가기도 하고, 그 윗부분을 검사하기 위해서 사다리 위로 올라가 보기도 했다. 그런 것은 원래 기계 기술자한테 맡겨도 되는 일이었다. 그러나 장교는 그 장치를 옹호하는 사람이어선지 혹은 다른 이유로 그 일을 다른 사람에게 맡길 수 없어서인지 어쨌든 무척 열심히 그 일을 했다. "이제 준비가 다 됐습니다!" 드디어 그는 이렇게 외치고 사다리에서 내려왔다. 그는 무척 지쳐 있었고 입을 커다랗게 벌린 채 숨을 쉬면서 부드러운 여성용 손수건 두 개를 군복 칼라 속에 쓸어 넣었다. "열대지방에서 그런 군복은 너무 덥겠군요." 탐험가는 장교의 기대와는 달리 장치에 대해 묻는 대신에 이렇게 말했다. "그렇습니다." 하고 장교는 기름과 때로 더러워진 손을 옆에 있는 물통에 씻었다. "그러나 군복은 고향을 뜻하지요. 우리는 고향을 잃고 싶지 않아요. 자, 이 장치를 보십시오." 하고 그는 곧 말을 잇더니, 수건으로 손을 닦으면서 처형 장치를 가리켰다. "아까는 손으로 일을 했지만 지금부터는 장치가 혼자서 다 해낼 것입니다." 탐험가는 고개를 끄덕이고 장교를 따라갔다. 장교는 어떤 돌발적인 사고에 대해서도 변명할 구실을 마련하려는 듯이 이렇게 말했다. "물론 고장도 나지요. 오늘은 사고가 없기를 바라지만, 어쨌든 사고를 예상하고 있어야 합니다. 이 장치는 열두 시간 계속 가동해야 하지요. 그러나 사고가 난다 해도 그건 아주 사소한 것이어서 금방 고칠 수 있습니다."

"앉지 않으시겠습니까?"라고 그가 마침내 묻더니 무더기로 쌓여 있는 등나무 의자 가운데서 하나를 꺼내어 탐험가에게 권했다. 탐험가는 거절할 수가 없었다. 그래서 그는 한 구덩이 언저리에 앉아 그 안을 흘끗 쳐다보았다. 구덩이는 별로 깊지 않았다. 구덩이 한쪽으로는 파 올린 흙이 벽을 이루고 있었고, 다른 쪽에는 처형 장치가 놓여 있었다. "혹시," 장교가 말했다. "사령관께서 당신에게 저 장치에 관해 설명해드리지나 않았는지요?" 탐험가는 애매하게 손을 저었다. 장교는 더 나은 대답을 요구하지 않았다. 이제 자기가 처형 장치에 대해 설명할 수 있게 된 까닭이었다. "이 장치는," 하며 그는 손잡이를 잡고 거기에 기대섰다. "우리들의 전임 사령관이 고안한 것입니다. 저는 첫 고안 작업 시에도 함께 일을 했고 또한 완성될 때까지 모든 작업에 관여하였지요. 그러나 고안한 공로는 어디까지나 그분만의 것이지요. 우리들의 전임 사령관에 관해 말씀 들으신 적이 있는지요? 없으시다구요? 그런데 유형지 시설 전체가 그분 작품이라고 해도 과언이 아니지요. 그분이 세상을 떠날 당시에 그분과 가까이 지내왔던 우리는 이미 유형지의 시설이 전에 없이 완전하며, 그분의 후계자가 아무리 많은 새로운 계획을 머릿속에 갖고 있다 하더라도 앞으로 적어도 몇 해 동안은 옛날 것을 변경할 수 없으리라고 생각했습니다. 우리의 예언은 적중했어요. 신임 사령관도 이걸 실감하게 되었지요. 당신이 전임 사령관을 모르시다니 유감이군요. 그런데," 장교가 말을 중단했다. "제가 수다를 떨었군요. 그분이 고안한 장치가 우리 앞에 있습니다. 당신께서 보시다시피 그것은 세 부분으로 나누어져 있습니다. 세월이 흐름에 따라 이들 각 부분은 속칭을 갖게 되었지요. 하부를 침대라고 부르고 상부를 제도기라 합니다. 그리고 여기 한복판에 움직이는 부분을 써레라고 합니다." "써레라고요?" 탐험가가 물었으나 별로 주의해 듣고 있지는 않았다. 햇볕이 그늘이라곤 없는 계곡 안을 쨍쨍 내리쬐고 있어서, 생각을 집중할 수 없을 정도였다. 그래서 그에게는 견장을 달고 술이 달린 꽉 끼는 전투용 군복을 입고 그렇게 열심히 자기 일을 설명하고 있는 장교가 더욱 대견스러워 보였다. 장교는 말을 하면서도 드라이버를 가지고 여기저기 나사를 매만지고 있었다. 사병은 탐험가와 비슷한 심정인 것 같았다. 그는 양 팔목에 죄수의 사슬을 감고 한 손으로 총을 잡고 거기에 기대고는 머리를 늘어뜨리고 있었는데, 그 어느 것에도 관심을 보이지 않았다. 탐험가는 사병의 그러한 태도를 그다지 이상하게 여기지 않았다. 장교는 프랑스어로 이야기하였는데, 그것은 분명 사병이나 사형수가 프랑스어를 알아듣지 못할 것이기 때문이었다. 그러나 죄수는 장교의 설명을 알아보려고 애를 쓰고 있는 게 완연하였다. 졸린 눈을 버티어가면서 그는 늘상 장교가 가리키는 쪽을 바라보았다. 그러다가 탐험가가 질문하는 바람에 장교의 말이 중단되자, 그 역시 장교와 마찬가지로 탐험가를 쳐다보았다.

"네, 써레입니다." 장교가 말했다. "이름이 잘 어울리지요. 바늘들이 써레처럼 장치되어 있고 전체가 써레처럼 작동합니다. 비록 한곳에만 집중되어 있지만 써레보다는 훨씬 교묘하게 되어 있어요. 어쨌든 이내 이해하시게 될 겁니다. 여기 침대 위에 죄수가 눕혀집니다. 내가 처형 장치에 대해 먼저 설명을 하고 그런 후에 작동시켜보겠습니다. 그래야 장치의 움직임을 더 잘 이해하실 수 있을 겁니다. 제도기에 있는 톱니바퀴가 너무나 닳아서 작동 시에 삐걱삐걱 소리가 납니다. 그래서 그럴 때면 거의 말을 알아들을 수가 없을 정도입니다. 부속품은 여기에서 구하기가 힘들거든요. 그러니까 아까 말씀드린 대로 여기가 침대입니다. 이것은 완전히 솜으로 덮여 있어요. 이 물건의 용도에 대해선 뒤에 아시게 될 겁니다. 이 탈지면 위에 죄수가 배를 대고 눕게 됩니다. 물론 벌거벗은 채로요. 그를 잡아매기 위해 저기에 손을 매는 끈이 있고, 저기에 발을 매는 끈이 있고, 저기에 목을 매는 끈이 있습니다. 죄수가 제가 말씀드린 바와 같이 얼굴을 아래로 하고 눕게 될 침대의 저 머리끝에 펠트로 된, 작은, 입을 틀어막는 것이 있는데, 그것은 죄수의 입속으로 곧장 들어가도록 쉽게 조절할 수 있습니다. 그것의 목적은 소리치거나 혀를 깨무는 것을 막는 데 있어요. 물론 죄수는 그 펠트를 물어야만 하게 되어 있습니다. 그렇지 않으면 목의 끈에 의해 목이 부러지니까요." "이게 탈지면인가요?" 탐험가가 물으며 몸을 수그렸다. "네, 그렇습니다." 장교가 미소를 지으면서 말했다. "직접 만져보시지요." 그는 탐험가의 손을 잡고 침대 위를 만져보게 했다. "그건 특별히 만든 솜입니다. 그래서 그것을 제대로 알기가 힘들지요. 그 용도에 대해서 말씀드리겠습니다." 탐험가는 처형 장치에 어느 정도 마음이 쏠렸다. 그는 해를 가리느라고 손을 눈 위에 대고 그 장치를 윗부분까지 죽 훑어보았다. 그것은 큰 시설물이었다. 침대와 제도기는 비슷한 크기였는데, 두 개의 컴컴한 궤짝처럼 보였다. 제도기는 침대 위 이 미터쯤에 붙어 있었다. 둘 다 귀퉁이가 햇빛에 빛을 발하는 놋쇠 막대기로 연결되어 있었다. 그 두 개의 궤짝 사이로 써레가 쇠줄에 매달려 있었다.

장교는 아까 탐험가의 무관심한 태도를 거의 알아보지 못했지만, 그가 흥미를 갖기 시작했다는 것은 쉽게 알아차렸다. 그래서 탐험가에게 마음껏 관찰할 수 있는 시간을 주려고 잠시 설명을 중단하였다. 죄수도 탐험가를 흉내 냈다. 손을 눈 위에 얹어놓을 수 없었기 때문에 그는 눈을 가늘게 뜨고 바라보았다. "그러니까 죄수가 눕는다는 말씀이지요." 하고 탐험가는 의자에서 몸을 뒤로 젖히고 다리를 꼬았다.

"그렇습니다." 장교는 모자를 약간 뒤로 젖히고 손으로 자기의 화끈거리는 얼굴을 만졌다. "들어보십시오. 침대와 제도기에는 각각 전지가 달려 있습니다. 침대는 그 자체를 위해 전지가 필요하고, 제도기는 써레를 위해 전지가 필요합니다. 사람이 잡아매어지면 곧 침대가 움직입니다. 그것은 매우 빠르면서도 작게 상하 좌우로 흔들리게 됩니다. 당신은 아마 비슷한 장치를 병원에서 보셨을 것입니다. 단지 저 침대에서는 모든 움직임이 정확하게 계산되어 있지요. 그 움직임은 써레의 움직임과 일치해야만 하니까요. 그런데 이 써레가 실제로는 판결의 집행을 떠맡고 있는 겁니다."

"판결문은 어떻게 되어 있나요?" 탐험가가 물었다.

"그것도 모르셨습니까?" 장교가 놀라서 묻고는 입술을 깨물었다. "제 설명이 조리가 없더라도 용서하십시오. 크게 용서를 비는 바입니다. 그 설명을 전에는 사령관이 직접 하셨지요. 그런데 신임 사령관은 그 명예로운 의무를 거절한 겁니다. 이렇게 귀빈이 방문하셨는데도 말입니다." 그런 경의의 표시를 못하게 하려고 탐험가는 양손을 저었지만 장교는 그 표현을 되풀이했다. "이런 귀빈께 우리들의 판결 형식에 대해 알려드리지 않았다는 사실 역시 전에 없던 일이며……" 그는 욕설이 입술까지 나왔으나 꾹 참고 이렇게만 말했다. "저는 그걸 몰랐는데, 제 잘못이 아닙니다. 그리고 우리들의 판결 방식을 설명하는 데는 제가 제일 나은 사람입니다. 왜냐하면 여기에 제가," 그는 안주머니가 있는 부분을 두드렸다. "전임 사령관이 남기신 그것에 관한 여러 가지 도안을 갖고 있거든요."

"사령관이 손수 도안한 건가요?" 탐험가가 물었다. "그러고 보니 그분은 못하는 일이 없었군요? 그분은 군인이고, 판사이고, 건축가이고, 화학자이고, 또 도안사였나 보군요?"

"그렇지요." 장교는 고개를 끄덕이면서 말했고, 멍하니 생각에 잠긴 시선을 하고 있었다. 그러고는 자기 손을 유심히 살펴보았다. 설계도를 만지기에는 손이 너무 더럽다고 생각하는 듯했다. 그는 물통으로 가서 다시 손을 씻었다. 그러고는 가죽 지갑을 꺼내 들고는 이렇게 말했다. "우리들의 판결은 엄하지 않습니다. 죄수가 범한 계율을 그의 몸에다 써레로 써넣는 것입니다. 예를 들면, 저 사람의 몸에는," 장교가 그 남자를 가리켰다. "네 상관을 존경하라는 말을 써넣습니다."

탐험가는 그 남자를 흘끗 쳐다보았다. 장교가 그를 가리켰을 때 그는 머리를 수그리고 귀에 온 신경을 모아 무슨 말인지 알아들으려고 했다. 그러나 불룩하게 튀어나오도록 꼭 다문 입술은 그가 아무 말도 알아듣지 못했음을 알려주고 있었다. 탐험가는 여러 가지 질문을 하고 싶었지만 죄수를 쳐다보고 이렇게만 물었다. "저 사람은 판결문을 알고 있나요?" "모릅니다." 하고 장교는 곧 설명을 계속하려 했지만 탐험가가 그러지 못하게 했다. "자신의 판결을 모르고 있다고요?" "모릅니다." 장교는 다시 이렇게 말하고 탐험가로부터 그의 질문에 대한 구체적인 이유를 바라는 듯하다가 말했다. "그걸 그에게 알려주는 것은 쓸데없는 일입니다. 자신의 몸에서 직접 그것을 알게 될 테니까요." 죄수가 자기에게 시선을 보내고 있다는 것을 느꼈기 때문에 탐험가는 말을 하지 않으려고 했지만 죄수가 자신을 쳐다보는 것을 느꼈다. 그의 시선은 그가 지금까지 들은 이야기를 인정할 수 있겠느냐고 묻는 것 같았다. 때문에 탐험가는 뒤로 젖혔던 몸을 다시 앞으로 수그리고 물었다. "그렇지만 자신이 유죄 판결을 받았다는 사실은 알고 있겠죠?" "그것도 모릅니다." 하고 장교는 그에게서 무슨 특별한 말이라도 기대하는 것처럼 미소를 지으면서 그를 쳐다보았다. "모른다구요?" 하고 탐험가는 이마를 쓸어 올렸다. "그렇다면 저 사람은 자신의 변호가 어떻게 받아들여졌는지도 모르겠군요." "그 사람은 자신을 변호할 기회가 없었습니다." 하고 장교는 옆으로 눈을 돌렸는데, 그것은 마치 자신에겐 당연한 그런 일들의 이야기로 탐험가를 거북하게 하지 않으려고 자기 자신에게 말하는 듯한 태도였다. "그렇지만 저 사람에게 자신을 변명할 기회를 주어야 하지 않을까요?" 하고 탐험가는 안락의자에서 일어났다.

장교는 자신이 기계 장치를 설명하는 데 너무 많은 시간을 쓰지나 않았나 해서 걱정하는 모양인지, 탐험가에게로 가서 그의 팔을 잡고 한쪽 손으로 죄수를 가리켰다. 그러자 죄수는 그제서야 분명히 자신이 두 사람의 화제에 오르고 있다는 것을 깨닫고 몸을 벌떡 일으켰다―그래서 사병은 쇠사슬을 끌어당길 수밖에 없었다. 장교가 말했다. "사실은 이렇답니다. 저는 이 유형지에서 판사로 있습니다. 젊긴 하지만 말입니다. 모든 형벌 문제에서 전임 사령관을 보좌했으며, 장치에 대해서도 일가견이 있으니까요. 죄란 항상 의심할 여지가 없다는 것이 제 결단의 원칙입니다. 다른 법원들은 이런 원칙을 따를 수가 없지요. 그 법원들은 인원이 많고 또 그 위에 상급 법원도 있기 때문입니다. 그러나 여긴 그렇지 않습니다. 적어도 전임 사령관 시절엔 그렇지 않았습니다. 신임 사령관은 저의 재판에 간섭할 의향을 비쳤습니다만, 이제까지는 제가 그분을 막아낼 수가 있었습니다. 또 앞으로도 그렇게 할 수 있을 겁니다. 당신께서는 저 사람 건에 대한 해명을 원하셨지요. 이 사건은 모든 다른 사건과 마찬가지로 간단한 것입니다. 어느 대위가 오늘 아침 그를 고발했습니다. 그 사유는 자신의 당번으로 배치돼서 자기 집 문 앞에서 보초를 서야 하는 놈이 잠을 자느라 근무에 태만했다는 것입니다. 그는 시계가 매시간을 칠 때마다 일어나서 대위의 방 앞에서 경례하는 임무를 지고 있었습니다. 분명 어려운 일은 아니지만 필요한 일이었지요. 왜냐하면 보초 임무나 심부름을 하려면 팔팔한 상태로 있어야 하니까요. 어젯밤에 대위는 당번이 임무를 잘 수행하고 있는지 보려고 했어요. 두 시를 칠 때 그가 문을 열고 내다보니 당번병은 웅크린 채 자고 있었답니다. 그가 승마용 채찍을 가져와서 저자의 얼굴을 후려갈겼습니다. 저자는 일어나서 용서를 빌기는커녕 자기 주인의 다리를 잡고서 그를 흔들면서 소리를 쳤습니다. '채찍을 내던지시오. 안 그러면 물어뜯을 겁니다.' 이것이 사건 내용입니다. 대위는 한 시간 전에 저에게 왔습니다. 나는 그의 진술을 받아 적고 그 자리에서 즉시 판결을 내렸습니다. 그러고는 저자에게 쇠고랑을 채우도록 했습니다. 모든 게 아주 간단했습니다. 제가 처음에 저자를 소환해서 심문을 했다면 혼란만 야기시켰을 거예요. 그는 거짓말을 했을 것이고, 제가 그 거짓말을 반박했다면 또 새로운 거짓말을 한다든가 했을 것입니다. 그렇지만 저는 지금 저자를 잡아놓고 그렇게 하지 못하도록 하고 있지요. 이제 다

아시겠습니까? 그런데 시간이 가니까 처형이 시작되어야 하는데, 저는 처형 장치에 대한 설명을 다 끝내지 못했습니다." 그는 탐험가를 의자에 앉히고는 다시 기계 장치가 있는 곳으로 가서 말을 시작했다. "보시다시피 써레는 사람의 형태에 맞게 되어 있습니다. 이것이 상체를 위한 써레이고 이것은 다리를 위한 써레입니다. 머리를 위해서는 이 작은 송곳뿐입니다. 아시겠습니까?" 그는 상세한 설명을 할 작정으로 친절하게 몸을 수그렸다.

탐험가는 얼굴을 찡그리며 써레를 쳐다보았다. 재판 과정에 대한 이야기가 그를 불만스럽게 만들었다. 그러나 그는 여기가 유형지이며 따라서 특별한 조치가 필요하고 끝까지 군대식으로 대처해나갈 수밖에 없다고 혼잣말을 해야 했다. 그리고 그는 신임 사령관에게 몇 가지 희망을 걸어보았다. 분명 그분은 이 장교의 옹졸한 머리로는 이해할 수 없는 새로운 조치를 서서히 취해볼 생각이 있을 것이다. 이러한 생각을 하다가 탐험가는 물었다. "사령관이 처형에 참석하시나요?" "그것은 확실하지 않습니다." 장교는 그의 단도직입적인 질문에 기분이 상해서 이렇게 말했으며, 그의 정다운 얼굴 표정도 흐려졌다. "바로 그 때문에 우리는 서둘러야 합니다. 죄송하지만 제 설명도 이제 그만 줄여야겠습니다. 처형 장치가 다시 깨끗이 청소되는 내일—아주 더러워지는 게 이 장치의 유일한 결점입니다—제가 자세한 설명을 더 해드리지요. 지금은 꼭 필요한 것만 설명드리겠습니다. 저 사람이 침대에 누운 다음에 침대가 흔들리면 써레가 그의 몸으로 내려옵니다. 써레는 자동으로 작동하여 끝부분만 몸에 닿습니다. 그 작동이 끝나면 곧 이 쇠줄이 막대기처럼 팽팽해집니다. 그렇게 되면 작업이 시작되는 거지요. 관계자가 아니면 겉으로는 여러 가지 형벌의 차이점을 식별하기가 어렵습니다. 써레가 같은 식으로 작업하는 것처럼 보이니까요. 써레가 흔들리면서 끝을 몸에다 박고 몸은 침대 때문에 흔들리지요. 누구나 판결 집행을 관찰할 수 있도록 써레는 유리로 되어 있습니다. 거기에 바늘을 박는 데 몇 가지 기술적인 어려움이 있었지만 여러 차례 시도한 끝에 일이 제대로 되었습니다. 우리는 어떠한 노고도 꺼리지 않았습니다. 그래서 누구나 유리를 통해서 글자가 몸에 새겨지는 것을 볼 수 있게 되어 있습니다. 더 가까이 오셔서 바늘을 보시지 않겠습니까?"

탐험가는 천천히 일어나 써레 가까이에 가서 그 위에 몸을 수그렸다. "보십시오." 장교가 말했다. "두 가지 종류의 바늘이 여러 갈래로 늘어서 있습니다. 긴 바늘 옆에는 짧은 바늘이 붙어 있습니다. 긴 바늘은 물론 글씨를 새기는 것이고 짧은 바늘은 물을 내뿜어 피를 씻고 글씨를 항상 잘 보이도록 하는 역할을 합니다. 핏물은 이 작은 홈통을 지나 나중에는 이 큰 홈통으로 흘러가는데 그 배수관은 구덩이로 이어져 있습니다." 장교는 손가락으로 핏물이 흘러가는 길을 자세히 가리켰다. 그리고 될 수 있는 대로 생생하게 설명하려고 배수관 입구에다 두 손을 갖다 대고 핏물을 받는 시늉을 하자 탐험가는 머리를 쳐들고 손으로 뒤쪽을 더듬으며 의자로 되돌아가려고 했다. 그때 놀랍게도 그는 써레 장치를 가까이에서 보라는 장교의 청에 죄수도 그처럼 따르고 있는 것을 보았다. 그는 졸면서 쇠사슬을 잡고 있던 사병을 약간 앞으로 끌어당기고 유리 위로 몸을 수그렸다. 불안스런 눈으로 그는 두 사람이 방금 무얼 보았는지 알아내려고 했다. 그러나 그에게는 설명이 없었던 터라 그것을 알아낼 리 없었다. 그는 이곳저곳을 들여다보았다. 그는 자꾸만 유리를 훑어보았다. 탐험가는 그를 제자리로 쫓고 싶었다. 그가 하고 있는 행동이 처벌받을 것 같았기 때문이다. 그러나 장교는 한쪽 손으로 탐험가를 꼭 잡고 다른 손으로 둑에 있는 흙덩어리를 집어 사병에게 던졌다. 사병은 벌떡 눈을 뜨고 죄수가 한 짓을 보고는 총을 내던지고 발꿈치로 땅을 버티면서 죄수를 뒤로 끌어당겼다. 그러자 죄수가 곧 쓰러졌다. 사병은 허우적대면서 쇠사슬을 덜거덕거리고 있는 죄수를 내려다보았다. "일으켜 세워!" 하고 장교가 소리쳤다. 탐험가가 죄수 때문에 너무나 산란해져 있었기 때문이었다. 탐험가는 써레에 대해서는 아무런 흥미도 갖고 있지 않았다. 그는 되도록 써레 위로 몸을 굽혀 죄수의 태도를 유심히 살펴볼 뿐이었다. "조심스럽게 다루게!" 장교가 다시 소리쳤다. 그는 처형 장치 옆을 돌아서 죄수의 겨드랑이를 부축하고 사병의 도움으로 자꾸만 발이 미끄러지는 그를 일으켰다.

"이젠 다 알겠습니다." 장교가 되돌아오자 탐험가가 말했다. "제일 중요한 것만 빼놓고요." 하고 장교는 탐험가의 팔을 잡고 위쪽을 가리켰다. "저 제도기 속에는 써레의 동작을 이끄는 톱니바퀴가 들어 있는데, 그 톱니바퀴는 판결에 해당하는 도표에 따라 작동됩니다. 저는 아직도 전임 사령관의 도표들을 사용하고 있습니다. 여기에 그 도표들이 있습니다." 그가 가죽 가방에서 몇 장의 도표를 꺼냈다. "그런데 죄송하지만, 이걸 당신 손에 넘겨드릴 수는 없습니다. 제가 가진 가장 중요한 것이니까요. 앉으십시오. 이 정도의 거리에서 그걸 보여드리면 잘 보일 것입니다." 그가 첫 장을 보여주었다. 탐험가는 무슨 감탄하는 말이라도 하고 싶었지만 알 수 없는, 서로 몇 겹으로 엇갈리는 미로 같은 선만을 보고 있었다. 선이 지면을 꽉 메우고 있어서 애를 써야만 이 선 사이의 흰 공간을 알아볼 수 있었다. "읽어보십시오." 장교가 말했다. "읽을 수 없군요." 탐험가가 말했다. "뻔한데요, 뭐." 장교가 말했다. "정말 정교하군요." 그의 말을 피하려는 듯이 탐험가가 이렇게 말했다. "그렇지만 전 해독할 수가 없군요." "네." 하고 장교가 웃으며 서류를 다시 집어넣었다. "학생들을 위한 정서체야 아니지요. 오래 읽으면 해독할 수 있습니다. 당신도 결국엔 틀림없이 해독할 수 있게 될 겁니다. 물론 간결한 필체여서는 안 되지요. 죄수가 즉시 죽어서는 안 되고 평균적으로 열두 시간이라는 시간이 걸리게 됩니다. 여섯 시간이 되면 전환점이 옵니다. 진짜 글자 주변에는 별의별 장식이 다 나타나니까요. 진짜 글자는 좁은 띠를 이루고 몸을 휘감습니다. 나머지 몸 부분에는 무늬가 나타나게 되어 있습니다. 이제 당신은 써레와 처형 장치 전체의 작업에 대해 그 진가를 알 수 있겠습니까? 보십시오." 그가 사다리 위로 훌쩍 뛰어 올라가 바퀴 하나를 돌리며 아래쪽으로 소리쳤다. "조심하십시오. 옆으로 비켜서십시오." 그러자 모든 것이 작동했다. 바퀴가 삐걱거리지만 않았더라면 실로 장관이었을 것이다. 장교는 그 삐걱거리는 바퀴 때문에 놀란 듯이 그 바퀴를 향해 주먹을 내밀었다. 그런 다음 그는 사과하는 듯이 탐험가 쪽으로 양팔을 내벌리더니 사다리를 내려와서 처형 장치의 작동을 아래에서부터 쳐다보았다. 무언가가 잘못돼 있었는데, 그만이 그것을 알아차렸다. 그는 다시 사다리를 올라가 두 손으로 제도기 내부를 잡아보더니 빨리 내려오기 위해서 사다리를 사용하지 않고 한 쇠막대기를 타고 내려와서 소음 속에서도 자기 말을 알아듣게 하느라고 온 힘을 모아 탐험가의 귀에다 소리쳤다. "저 동작을 아시겠어요? 써레가 새기기 시작했어요. 써레는 저 사람의 등에다 글자의 첫 부분을 다 쓰면 탈지면 깔개를 말고 몸을 옆으로 돌려놓아 써레에 새 자리를 마련해줍니다. 동시에 써레의 침으로 상처를 입은 부분이 이 위에 직접 놓이게 되지요. 여기에 대비해서, 특별히 만든 탈지면이 출혈을 멈추게 하면서 새로 글자를 더 깊게 새길 수 있도록 해줍니다. 여기 써레 가장자리의 톱날들은 몸을 다시 뒤틀 때에, 상처에 달라붙은 탈지면을 뜯어서 구덩이에 던집니다. 그리고 써레는 다시 일을 시작합니다. 써레는 열두 시간에 걸쳐서 점점 깊숙이 글자를 새깁니다. 처음 여섯 시간 동안은 죄수는 다른 때처럼 살아 있고 단지 고통을 당할 뿐이지요. 두 시간이 지나면 입을 틀어막은 펠트를 빼냅니다. 그쯤 되면 죄수가 소리칠 기운이 없기 때문입니다. 머리맡에 있는, 여기 전기로 데워지는 그릇에 쌀죽을 넣어주어 그가 마음이 내키면 혀로 핥아서 먹을 수도 있지요. 그 기회를 그냥 놓치는 사람은 아무도 없습니다. 저로서는 그런 사람은 한 번도 본 적이 없지요. 제 경험도 대단한데 말입니다. 여섯 시간쯤 되면 비로소 죄수가 먹는 재미를 잃게 됩니다. 그러면 난 보통 여기에 무릎을 꿇고는 이 광경을 관찰하지요. 죄수는 마지막 한입도 삼키는 법이 없지요. 그는 그것을 입속에서 돌리다가 구덩이에 토해버리지요. 그럴 때면 전 몸을 수그려야 합니다. 그렇지 않으면 제 얼굴에 튀니까요. 그러나 여섯 시간이 되면 죄수는 여간 조용해지는 것이 아닙니다. 아무리 어리석은 자라도 분별력이 생기지요. 그것은 눈에서 시작하여 온몸에 퍼집니다. 그걸 보면 써레 아래에 누워보고 싶은 충동을 느끼게 되지요. 이제 다른 일은 없고, 죄수는 글자를 해독하기 시작합니다. 그는 마치 무엇인가 엿들으려는 듯이 입을 뾰쪽하게 내밉니다. 당신도 보셨다시피 눈으로 해독하기가 쉽지 않아요. 그러나 죄수는 상처로 글자를 해독하게 됩니다. 그건 물론 대단한 일이지요. 그 일이 완수되는 데 여섯 시간이 필요하니까요. 그 다음에는 써레가 죄수의 몸을 쿡 찔러 올려 구덩이 속으로 내던집니다. 그래서 그는 구덩이의 핏물과 탈지면 위로 철썩 떨어집니다. 그걸로 재판은 끝납니다. 그러면 나와 사병은 그를 땅속에 묻습니다."

탐험가는 귀를 장교 쪽으로 기울이고 양손을 상의 호주머니에 넣은 채 기계가 돌아가는 것을 바라보고 있었다. 죄수 역시 기계의 작동을 바라보았지만 뭐가 뭔지 알지 못했다. 그는 몸을 약간 수그린 채 흔들거리고 있는 바늘을 쳐다보고 있었다. 그때 사병이 장교의 신호에 따라 뒤에서 칼로 죄수의 셔츠와 바지를 찢어서 옷이 땅에 흘러내리게 했다. 죄수는 자기의 벌거숭이 몸을 가리기 위해 떨어지는 옷을 잡으려고 했지만, 사병이 그를 똑바로 세워놓고 마지막 누더기 조각까지 벗겨 내렸다. 장교가 기계를 멈추었다. 이제 조용한 가운데 죄수가 써레 아래에 눕혀졌다. 쇠사슬이 풀리고 그 대신 끈이 조여졌다. 그렇게 된 것이 죄수에겐 한순간 홀가분해진 듯했다. 써레가 좀 더 아래로 내려왔다. 그는 마른 사람이었기 때문이다. 바늘 끝이 몸에 닿는 순간 죄수의 피부에서 경련이 일었다. 사병이 그의 오른손을 잡고 있는 동안 그는 왼손을 방향도 모르고 내밀었다. 장교는 계속 옆으로 탐험가를 쳐다보았는데, 그것은 자기가 피상적으로나마 설명을 한 처형 과정이 어떤 인상을 줄 것인가, 그것을 탐험가의 표정에서 알아보려는 것 같았다.

손목을 졸라매는 끈이 끊어졌다. 사병이 그것을 너무 세게 잡아당긴 모양이었다. 장교의 도움이 필요했기 때문에 사병은 장교에게 끊어진 끈을 보여주었다. 장교는 그에게로 가면서도 얼굴을 탐험가에게로 돌리고는 말했다. "기계가 복잡하게 조립되어 있습니다. 여기저기 끊어지거나 부러지지요. 그렇다고 전체적인 평가가 흔들려서는 안 되지요. 끈은 즉시 다른 걸로 갈아 낄 수 있습니다. 쇠사슬을 대신 사용합니다. 그렇게 하면 오른쪽 팔에서는 진동이 거칠어집니다." 그는 쇠사슬을 매면서 말했다. "기계를 보존하는 데 쓸 경비가 지금은 매우 한정되어 있습니다. 전임 사령관 시절엔 그런 목적으로 제 마음대로 쓸 수 있는 경비가 있었지요. 모든 가능한 부속품을 보관하는 창고가 여기에 있었습니다. 솔직히 말씀드리면 신임 사령관이 주장하는 바와 같이, 전 그걸 거의 낭비까지 했습니다. 지금이 아니라 전에 말입니다. 신임 사령관한테서는 모든 것이 낡은 시설을 없앤다는 구실 하에 사용됩니다. 이젠 기계 경비도 그의 관리 하에 있습니다. 새 끈을 가져오도록 제가 사람을 보내면 끊어진 끈을 증거품으로 요구한답니다. 새 끈은 열흘이 지나서야 받게 되는데 품질도 나빠서 오래 쓰지 못합니다. 끈도 없이 그동안 어떻게 기계를 돌려야 할지에 대해선 아무것도 신경 쓰지 않고 있습니다.”

'타인의 문제에 크게 간섭한다는 것은 언제나 위험한 일이다.' 하고 탐험가는 생각했다. 그는 유형지의 주민도 아니고, 또 이 유형지가 소속돼 있는 국가의 국민도 아니었다. 만약 그가 이 처형을 비난한다든가, 아니면 제지시키려고 한다면 '당신은 외국인이니까 잠자코 있어요.'라는 말을 듣게 될 것 같았다. 그렇게 말하면 그로서는 아무런 대답을 할 수 없을 것이고, 외국 재판 제도를 변경시키기 위해서가 아니라 단지 구경하려는 의도에서 여행을 하는 것이기 때문에 그 자신이 이 사건에 개입하지 않는다는 말만을 덧붙일 수 있을 것이다. 그러나 여기에서 벌어지고 있는 일들이 무척 유혹적인 때가 있었다. 재판 방식이 부당하고 처형 방법이 비인간적이라는 것은 의심할 나위가 없었다. 이 사건에 탐험가의 개인적인 이해관계가 얽혀 있다고 보는 사람은 아무도 없었다. 탐험가로서는 죄수가 모르는 사람이고, 또 같은 나라 사람도 아니며, 그의 동정을 바라는 사람도 아닌 까닭이었다. 탐험가 자신은 고관들의 추천장을 가지고 있었으며, 이곳에서 정중한 영접을 받았다. 그가 이 처형 장소로 초청되었다는 사실은 당국이 이 재판에 대한 그의 의견을 요구하고 있는 것은 아닌가 하는 생각이 들게 하기도 했다. 이와 같은 추측은, 방금 장교에게서 명백하게 들은 바와 같이, 사령관이 이러한 처사를 지지하는 사람이 아니고 장교에 대해서도 거의 적대적인 태도를 취하고 있다는 사실을 미루어볼 때 더욱 진실성이 있는 것이다.

그때 탐험가는 장교의 성난 고함 소리를 들었다. 방금 장교가 입을 틀어막는 펠트를 간신히 죄수의 입안에 밀어 넣었는데, 죄수는 구토증을 견디다 못해 눈을 감고 토하고 말았다. 장교는 급히 그의 입에서 펠트를 빼내고 그의 머리를 구덩이 쪽으로 돌렸다. 그러나 너무 늦었다. 오물이 기계에 흘러내렸다. "모든 게 사령관의 잘못이지요!" 장교가 이렇게 외치고는 앞에 있는 놋쇠 막대기를 정신없이 흔들었다. "기계가 가축우리처럼 더러워지고 있어요." 부들부들 떨리는 손으로 그는 탐험가에게 방금 벌어진 일을 가리켰다. "처형 전날에는 절대로 음식을 주지 말아야 된다고 몇 시간 동안이나 사령관에게 말씀드렸는데도 이렇습니다. 온건한 새로운 방향은 저의 의견과는 딴판이거든요. 사령관의 여인네들은 죄수가 끌려가기 전에 목에 가득 차도록 단 과자류를 먹입니다. 죄수는 평생 동안 고약한 냄새가 나는 생선만을 먹었는데, 이제 와서 단 과자를 먹어야 한다는 거죠! 그렇지만 그건 그럴 수도 있다고 칩시다. 저도 굳이 반대할 것은 없다는 생각이 들기는 합니다. 그런데 제가 석 달 전부터 청구했던 새 펠트는 왜 주지 않는 건지 모르겠어요. 백 명도 넘는 죄수가 죽을 때 빨고 씹었던 이 펠트를 입에 넣고는 구역질을 안 할 사람이 어디 있겠습니까?"

죄수는 머리를 수그리고 평화로운 표정을 지었다. 사병은 죄수의 셔츠로 기계를 닦고 있었다. 장교는 탐험가 곁으로 갔는데, 탐험가는 이상한 생각이 들어서 한 발짝 뒷걸음질을 쳤다. 그러나 장교가 그의 손을 잡고 옆으로 끌어당겼다. "당신을 믿고서 몇 마디 이야기를 할까 합니다." 그가 말했다. "괜찮지요?" "그럼요." 하고 탐험가는 눈을 밑으로 간 채 귀를 기울였다.

"이런 재판 방식과 처형 방법에 이제 당신이 탄복할지는 모르겠지만 현재 우리 유형지에서는 공공연한 지지자를 갖고 있지 못합니다. 제가 유일한 옹호자이고, 동시에 전임 사령관의 유산을 관리하는 유일한 대표자입니다. 저로서는 이런 방식을 장차 확장한다는 것은 생각할 엄두도 내지 못하고, 지금 있는 것을 유지하기 위해서 전력을 다하고 있을 뿐입니다. 전임 사령관이 살아 계실 때에 이 유형지는 그의 지지자로 가득 차 있었습니다. 전임 사령관이 가졌던 설득력을 저도 얼마 정도는 갖고 있지만 그의 권력 같은 것은 저에게는 전혀 없습니다. 그래서 그의 지지자들은 잠적해버린 것입니다. 아직도 지지자가 많지만, 아무도 그걸 밝히지 않습니다. 처형을 하는 오늘, 당신이 찻집으로 가서 사방에서 하는 얘기에 귀를 기울여보신다면 아마도 아리송한 말만을 듣게 될 겁니다. 그네들이 지지자들이긴 하지만 현재의 사령관 밑에서는, 그리고 그가 현재와 같은 견해를 갖고 있는 한에서는 저에게 전혀 쓸모가 없는 존재입니다. 이제 당신에게 묻겠습니다. 이런 사령관이나 그에게 영향을 끼치고 있는 여자들 때문에 이런 필생의 작품이,"—그는 기계를 가리켰다—"폐품이 되어야 하다니? 그렇게 보고만 있어야 되겠습니까? 설사 외국인이라 할지라도 며칠 동안 이 섬에 머문 사람이라면, 잠시도 어물어물할 때가 아니라고 봅니다. 지금 사람들은 제 재판권을 저지시키려는 준비를 하고 있어요. 벌써 사령관 사무실에서 제가 참석하지 못하는 회의가 열리고 있습니다. 당신의 방문도 모든 상황과 관련이 있어 보입니다. 사람들은 비겁해서 외국인인 당신을 먼저 보냈습니다—이 사형 집행은 예전에는 얼마나 달랐는지 모릅니다. 처형 전날부터 이 골짜기에는 사람들로 가득 차 있었습니다. 모두가 벼르고 구경하러 오는 사람들이었지요. 이른 아침부터 사령관은 여자들을 데리고 나타났습니다. 나팔 소리가 야영지 전체를 깨웠습니다. 제가 준비 완료 보고를 합니다. 참관인들이—대부분 고관들은 한 사람도 빠지지 않고 참석했습니다—기계 주위로 모여들었습니다.

저 통나무로 된 의자 무더기들도 당시의 슬픈 유물들입니다. 기계도 잘 닦여져 번쩍거렸고, 처형 때마다 거의 매번 새 부속품을 받았습니다. 수백 명이 보는 앞에서—저기 언덕에 이르기까지 관중 모두가 발끝으로 서 있었습니다—죄수는 사령관에 의해 손수 써레 밑으로 눕혀졌습니다. 지금은 보잘것없는 일개 사병이 하는 일이지만, 당시만 해도 재판관인 저의 일이었지요. 또 그건 명예스럽게 생각되기도 했습니다. 그런 다음에 처형이 시작되었지요! 기계의 작업을 방해하는 잡음도 없었습니다. 어떤 사람은 쳐다보지 않고, 눈을 감은 채 모래 위에 누워 있었습니다. 이제 정의가 이루어진다는 것을 모두가 알고 있었던 것입니다. 고요한 가운데 죄수의 신음 소리만이 들릴 뿐이었는데, 그 소리는 입을 틀어막은 펠트 때문에 나직이 들려올 뿐이었습니다. 현재 이 기계로는 펠트로 막아도 죄수가 내는 신음 소리를 어쩔 도리가 없습니다만, 전에는 글자를 새기는 바늘에서 부식제가 뚝뚝 떨어졌습니다. 지금은 그런 부식제를 사용하는 것이 금지되어 있습니다. 그러다가 여섯 시간째가 되지요! 사람들이 가까이 다가와서 구경하려고 하지만 그들 모두의 소원을 다 들어줄 수는 없으므로, 사령관은 자신의 의사대로 우선 어린아이들부터 구경시키라고 지시합니다. 물론 저는 직책상 항상 거기 옆에 서 있어야만 했습니다. 이따금씩 저는 거기에 웅크리고 앉아 있었는데, 좌우 양팔엔 어린이를 하나씩 안고 있었습니다. 우리 모두가 양심의 가책을 받아 어찌할 바를 모르고 그 얼굴에서 신성한 변화의 표정이 나타나는 것을 보았을 때의 기분은 무어라고 말할 수 없었습니다! 여보시오, 그때가 얼마나 멋진 때였는지!" 분명히 장교는 자기 앞에 서 있는 사람이 누구인지를 잊고 있었다. 그는 탐험가를 껴안고 머리를 그의 어깨에 기댔다. 탐험가는 몹시 당황했고, 초조하게 장교의 어깨 너머를 바라다보았다. 사병은 청소 작업을 마치고, 작은 용기에다 통 안의 쌀죽을 막 퍼 담는 참이었다. 그 사이에 완전히 몸을 회복한 듯한 죄수가 그것을 보자 혓바닥으로 죽을 핥기 시작했다. 사병은 여러 차례 죄수를 떠밀었다. 나중에야 죽을 주게 돼 있었기 때문이었다. 그러나 사병이 그 작은 용기에다 더러운 손을 집어넣거나 게걸스러운 죄수 앞에서 죽을 먹는다는 것은 온당치 못한 짓이었다.

장교는 곧 제정신을 차렸다. "당신의 마음을 흔들어놓을 생각은 없었습니다." 그는 이렇게 말했다. "지금 그 당시를 이해시킨다는 것은 불가능한 일이라는 것을 저도 알고 있습니다. 아무튼 기계는 아직도 작동하며 제구실을 하고 있습니다. 그것이 비록 이 계곡에 혼자 덩그러니 남아 있다 할지라도 제구실을 하겠지요. 그리고 시체는, 당시처럼 파리 떼가 구덩이 주위에 모여들지 않아도, 언제나 그 구덩이 속으로 가볍게 떨어지게 마련이지요. 전에는 구덩이 주위에 튼튼한 난간을 세워놓았습니다. 그것을 떼어버린 지는 오래됩니다." 탐험가는 장교의 시선을 피하느라고 초점 없이 사방을 둘러보았다. 장교는 그가 계곡의 폐허를 바라보는 줄로 알았다. 그리하여 그는 탐험가의 양손을 잡더니 그의 시선을 붙잡으려는 듯이 돌아보며 이렇게 물었다. "저 치욕스러운 땅을 보고 계십니까?"

그러나 탐험가는 잠자코 있었다. 장교는 잠시 그를 떼어놓고, 양다리를 벌리고 양손을 허리에 댄 채 조용히 서서 땅을 내려다보았다. 그런 다음 그는 탐험가에게 힘을 북돋워주려는 듯이 빙긋이 웃으며 말을 했다. "어제 사령관이 당신을 초청할 때 저는 곁에 있었습니다. 저는 그의 초청 목적이 무엇인지 즉시 알아차렸습니다. 그는 저에 대해 어떤 반대 조처를 취할 만한 권력을 가지고 있지만, 아직까지 감히 그러지 못했습니다. 그렇지만 지금 그는 당신의 의견을, 한 외국 명사의 의견을 저에게 이용하려는 것입니다. 그의 계산은 치밀합니다. 당신은 이틀째 이 섬에 있는 거지요. 당신은 전임 사령관이 누구인지 모르고 그가 어떤 생각을 가졌는지 알 리도 없습니다. 당신은 유럽의 사고방식에 사로잡혀 있고, 아마도 이 세상에서 시행되고 있는 사형 제도에 대해서, 특히 저런 기계 장치로 사람을 죽이는 방법에 대해서는 반대하는 한 분일 테지요. 게다가 그와 같은 처형이 대중의 인정을 받지 못하고 낡아빠진 기계 위에서 집행된다는 사실도 지금 눈으로 보셨지만—이런 모든 것을 종합해보면, 사령관도 마찬 가지이지만, 당신이 제 재판 절차를 온당치 못하다고 생각하는 것은 부당한 일이 아닐까요? 그리고 만약 당신이 그걸 실제로 옳지 않다 고 생각한다면 (전 언제나 사령관의 관점에서 말씀드립니다) 잠자코 있 지 않을 것입니다. 많은 시련을 겪어온 당신은, 당신의 신념에 대해 서도 확신을 갖고 계실 테니까요. 물론 지금까지 여러 민족의 갖가지 특성들을 보아왔고, 또 그것을 존중하는 것도 배웠을 것입니다. 그래 서 당신이 고국에서 하던 것과 같이 결사적으로 제 절차에 대해서 반 대하지는 않을 것입니다. 그렇지만 사령관은 그런 태도를 원하는 것 이 아닙니다. 언뜻 하는 말 한마디나 부주의하게 하는 말 한마디면 충분합니다. 그 말이 사령관의 소원과 어긋나는 일이라 한다면, 당신 의 신념에도 부합되지 않을 테지요. 사령관은 갖은 꾀를 다 부려 당 신에게 질문을 던질 것이 확실합니다. 그리고 그의 여인네들은 빙 둘 러앉아서 귀를 바짝 기울일 것입니다. 거기서 당신은 아마 이렇게 말 할 것입니다. '우리나라에선 재판 방식이 전혀 다릅니다.'라고. 혹은 '우리나라에선 중세기에만 고문이 있었습니다.'라고. 이런 말은 모 두 옳은 말이기도 하고 또 당신에게는 자명한 것입니다. 제 재판 절 차와는 아무런 상관도 없는 무례한 말들입니다. 그렇지만 사령관이 그 말을 어떻게 받아들일까요? 그 착한 사령관님이 즉시 의자를 밀 어젖히고 발코니로 뛰어나가는 모습을 상상하게 됩니다. 그를 뒤쫓 아 달려나갈 그의 여인네들의 모습도 상상하게 됩니다. 그의 음성 도—그의 여인네들은 그의 음성을 천둥소리라고 일컫지요—짐작할 수 있습니다. 그는 이렇게 말할 겁니다. '세계 모든 나라의 재판 제도 를 조사할 사명을 띤 서구의 위대한 연구가가 우리 전래의 재판 방식 이 비인간적이라고 말씀하셨습니다. 그런 대가의 의견을 듣고 보니, 물론 나로서는 우리의 재판 절차를 더 이상 허용할 수가 없습니다.

그러니까 오늘 날짜로 나는 다음과 같이 명령하는 바입니다.'라고 말입니다. 당신은 그가 발표한 그런 것에 대해선 말을 한 적이 없노라고 항의하려 들 겁니다. 당신은 제 방식을 비인간적이라고 일컫지 않았습니다. 반대로 당신은 깊은 통찰에 입각하여 그것을 가장 인간적이며 인간의 품위를 가장 존중하는 것이라고 생각할 것입니다. 또 이 기계 장치에 대해서 탄복할 것입니다. 그러나 그때는 이미 너무 늦은 것입니다. 당신은 여인네들로 꽉 들어찬 발코니에는 나올 수도 없습니다. 당신은 사람들의 주목을 끌려고 할 것입니다. 고함을 치려고 할 것입니다. 그러나 한 여자의 손이 당신의 입을 막을 것입니다. 그렇게 되면 저와 전임 사령관이 애써 만든 이 기계 장치는 쓸모가 없게 되어버릴 것입니다."

탐험가는 빙그레 웃지 않을 수 없었다. 까다롭게 생각한 문제가 쉽사리 풀리게 된 것이다. 탐험가는 한 발짝 뒤로 물러서면서 말했다. "당신은 나의 영향력을 과대평가하시는군요. 사령관은 내 추천서를 읽었고, 내가 재판 제도에 대한 전문가가 아니라는 것을 알고 있습니다. 만약 어떤 의견을 진술하면 그것은 한 개인의 의견일 뿐, 다른 임의의 개인의 의견보다 더 중요할 수는 없을 것입니다. 어떻든 간에 그 의견은 사령관의 의견에 비한다면 아무것도 아닌 것입니다. 사령관은 내가 아는 바로는 이 유형지에서 막강한 권한을 갖고 있습니다. 이 재판 제도에 대한 그의 의견이 당신이 생각하고 있는 그런 것이라한다면, 송구스러운 말씀입니다만, 이 재판 제도의 종말이 미약하나마 내 힘의 개입 없이도 이미 와 있는 것입니다."

장교가 무슨 말인지 알아들은 것일까? 아니다. 그는 알아듣지 못했다. 그는 심하게 머리를 흔들었고, 흘끗 죄수와 사병 쪽을 돌아보았다. 죄수와 사병은 깜짝 놀라서 먹고 있던 죽에서 입을 뗐다. 장교는 탐험가 곁으로 바짝 다가가서는 그의 얼굴을 보지 않고 상의의 어떤 부분을 보면서 아까보다 나직한 소리로 말했다. "당신은 사령관을 모르십니다. 당신은 사령관이나 저희들 모두에게—이런 표현을 쓰는 것을 용서하십시오—전혀 해롭지 않습니다. 정작 당신의 영향력은 아무리 높이 평가해도 결코 지나치다고 할 수 없습니다. 당신혼자 처형 장소에 참석한다는 얘기를 듣고는 전 무척 기뻤습니다. 사령관의 그런 지시는 저를 겨냥한 화살이지만, 그걸 저에게 유리하도록 역이용해야지요. 거짓 귀엣말이나 경멸의 시선 등에—많은 관중이 처형에 참석하고 있을 때면 이런 것은 피할 길이 없지요—현혹됨이 없이 당신은 제 설명을 들었고, 기계를 보았고, 이젠 처형 자체를 구경하려는 참입니다. 분명 당신의 의견은 이미 굳어 있습니다. 혹시 소소한 불확실한 점이 있다면 그런 것은 처형을 보면서 없어지게 될 것입니다. 이제 부탁을 드려야 하겠습니다. 사령관이 하려는 일을 저지하려는 저를 도와주십시오!"

탐험가는 장교의 말을 중단시켰다. "내가 그렇게 할 수야 있겠습니까?" 그가 외쳤다. "그건 도저히 안 될 일입니다. 난 당신을 도울 수도 없고 해칠 수도 없습니다."

"당신은 그렇게 할 수 있어요." 하고 장교가 말했다. 약간 겁을 내면서 탐험가는 장교가 불끈 주먹을 쥐는 것을 쳐다보았다. "당신은 그럴 수 있어요." 장교가 더욱 강력한 투로 말했다. "전 기필코 성공할 계획을 갖고 있습니다. 당신은 당신의 영향력이 충분하지 않다고 생각하십니다. 전 그것이 충분하다고 봅니다. 설사 당신의 의견이 옳다고 하더라도 이 재판 제도를 유지하기 위해서는 온갖 것을, 불충분한 것까지도 시도해볼 필요가 있지 않습니까? 그러니 제 계획을 들어보십시오. 그 계획을 실현하기 위해 맨 먼저 필요한 일은 당신이 오늘 유형지에서 우리 재판 제도에 대한 의견을 가급적 삼가시는 것입니다. 사람들이 당신에게 직접 질문을 하지 않는 한, 절대로 아무 말도 하시지 말아야 합니다. 당신이 하는 말은 어디까지나 짧아야 하고 불확실해야 합니다. 그 문제에 대해 언급하기를 당신이 싫어한다는 것, 당신이 진절머리 내고 있다는 것, 당신이 터놓고 말할 경우엔 욕설을 퍼붓게 되리라는 것 등의 인상을 남에게 보여야 합니다. 전 당신에게 거짓말을 하라고 요구하지는 않습니다. 절대로 그렇지 않습니다. 다만 짧게 대답하시라는 겁니다. 예컨대 '예, 처형하는 걸 보았지요.' 혹은 '예, 설명을 다 들었지요.'라고 하시라는 것입니다. 그것뿐이고, 더 이상은 없습니다. 당신이 진절머리를 내고 있다는 인상을 주기엔 그것으로 충분합니다. 사령관에게는 그런 말이 다르게 작용하겠지만 말입니다. 물론 그는 그것을 잘못 알아듣고 자기 나름대로 풀이할 것입니다. 제 계획은 그 점에 바탕을 두고 있습니다. 내일 사령관실에서 사령관의 주재 하에 어떤 전시 효과를 내게 하는 대회의가 개최될 것입니다. 물론 사령관에겐 그런 회의가 전시 효과를 내게 하는 솜씨가 있습니다. 그는 관중석을 만들었습니다. 거기는 항상 관중들로 가득 차 있습니다. 저는 그런 회의엔 참석하지 않을 수 없는데, 거기선 언짢아 속이 뒤틀립니다. 그런데 무슨 일이 있더라도 당신은 회의에 꼭 초대될 것입니다. 만약 당신이 오늘 제 계획에 응하고 계시는 거라면 그 초대야말로 제가 간절히 바라고 싶은 것입니다. 혹시 어떤 불가해한 이유에서 당신이 초대되지 않는 경우엔 초대되도록 으레 요청을 하셔야 합니다. 그러시다면 초대받는 것은 의심할 나위가 없습니다. 그러니까 내일 당신은 사령관실의 특별석에 여인네들과 함께 앉게 될 것입니다. 사령관은 때때로 특별석을 올려다보면서 당신이 참석하고 있음을 확인할 것입니다. 단지 관중들을 위해서 거론되는 갖가지 대수롭지 않은 가소로운 문제들을—그것은 대개 항구의 건설 문제이지요. 한결같이 항구의 건설 문제이지요—다룬 뒤에, 그는 화제를 재판 제도로 바꿀 것입니다. 이 문제가 사령관 쪽에서 제기되지 않거나 혹은 속히 제기되지 않는다면 제가 그것이 속히 제기되도록 애쓰겠습니다. 제가 일어나서 오늘의 처형에 대해 보고를 하겠습니다. 아주 간략하게 처형 사실만을 알리겠습니다. 그렇게 보고하는 것은 상례가 아니지만, 전 그렇게 할 것입니다. '방금,' 그가 이런 식으로 또는 이와 비슷하게 말할 것입니다, '처형에 대한 보고가 있었습니다. 그 보고에 내가 첨가하고 싶은 말이 있습니다. 다 아시는 바와 같이 지금 고명하신 학자 한 분이 영광스럽게도 우리 유형지를 방문하고 계신데, 바로 그분이 처형 현장에 참석하셨습니다. 오늘의 이 회의도 그분의 참석으로 의의가 더욱 커졌습니다. 이제 그 고명하신 학자에게 그 재래식 처형 방법과 처형 이전에 있었던 재판 절차에 대해 어떤 의견을 갖고 계신지 물어보는 것이 어떻습니까?' 물론 사방에서 박수갈채가 터져나오고, 모두가 찬성을 하겠지요. 제가 제일 크게 박수갈채를 보낼 것입니다. 사령관이 당신 앞에서 절을 하면서 말합니다. '그러면 제가 여러분을 대신해서 질문을 하겠습니다.' 그런 다음엔 당신이 난간에 다가서지요. 거기서는 양손을 모두가 보도록 죽 내놓으세요. 그렇잖으면 여자들이 그 손을 잡고서 손가락 장난을 합니다. 마침내 당신의 말이 시작됩니다. 그때까지의 긴장을 제가 어떻게 견디어낼지 잘 모르겠습니다. 당신은 의견 진술을 할 때 아무 제한도 두지 말아야 하고, 진실을 크게 떠들어대세요. 난간 위로 허리를 굽히고 고래고래 소리를 지르세요. 사령관을 향해서 당신의 의견을, 당신의 확고부동한 의견을 큰 소리로 외치세요. 그렇지만 아마도 당신은 그렇게 하고 싶지는 않을 것입니다. 그것이 당신 성격에 맞지 않을 것이고, 당신 나라에서는 그런 경우엔 다르게 행동할 것입니다. 다르게 행동하는 것 역시 옳은 일이고, 또 일을 성사시키기에 충분합니다. 당신은 전혀 일어서지 말고 몇 마디 말만 하는 것입니다. 그리고 그 몇 마디 말을 당신 아래쪽에 있는 관리들이 간신히 들을 정도로 나직이 말하는 것입니다. 그것으로 충분합니다. 처형에 대해 관심이 없다든지, 삐걱거리는 톱니바퀴나 끈이 끊어진다든가, 입을 틀어막는 펠트가 악취를 낸다든지에 관해선 당신이 얘기할 필요가 없습니다. 그러지 마십시오. 그런 것은 모두 제가 떠맡겠습니다. 만약 제 발언이 사령관을 회의장으로부터 몰아내지 않는다면, 그가 무릎 꿇고 이렇게 고백하도록 만들 것입니다. '전임 사령관이시여, 저는 당신 앞에 머리를 숙입니다.'라고. 이상이 제 계획입니다. 그 실행을 위해 저를 도와주시렵니까? 물론 그러실 의향이 있으시겠지요. 아니, 꼭 그러셔야 합니다." 이제 장교는 탐험가의 양팔을 잡고 숨을 헐떡거리면서 그의 얼굴을 쳐다보았다. 마지막 말들을 그가 너무나 큰 소리로 했기 때문에, 사병과 죄수까지도 그곳으로 주의를 돌렸다. 그들은 아무 말도 알아듣지 못했지만, 죽을 먹는 것을 그만두고 다만 입속에 넣은 것만을 씹으면서 탐험가 쪽을 바라다보았다.

탐험가로서는 자기가 해야 할 대답이 처음부터 분명했다. 그는 자기 삶에서 너무나 많은 경험을 쌓았기 때문에 그런 대답에 있어 결코 동요하지 않았다. 그는 근본적으로 정직하고 두려움이 없는 사람이었다. 그런데도 그는 지금 사병과 죄수를 보고서는 순간적으로 머뭇거렸다. 그러나 마침내 그는 자기가 꼭 할 말을 하고 말았다. "아닙니다." 장교는 여러 번 눈을 끔뻑거렸지만, 그로부터 시선을 떼지는 않았다. "설명이 필요하십니까?" 탐험가가 말했다. "당신이 흉금을 털어놓기 전에—그렇게 신뢰해주신 것을 나는 절대로 악용하지 않겠어요—내가 이곳 재판 제도에 대해 간섭할 권리가 있는지, 그리고 내 간섭이 약간이라도 성공할 가망이 있는지 잘 생각해보았습니다. 그러기 위해서 내가 누구를 제일 먼저 만나야 하는지는 분명했습니다. 물론 그건 사령관이지요. 당신은 이를 한층 더 명백히 해주었지만, 내 결심을 견고하게 해준 것은 아닙니다. 당신의 정직한 신념은 나를 현혹하지는 못했지만, 감동시켰습니다."

장교는 잠자코 있더니 기계 쪽으로 돌아서서 놋쇠 막대기 하나를 잡고는 몸을 약간 뒤로 젖힌 채 제도기를 올려다보았는데, 그것은 마치 모든 게 이상이 없는지를 검토해보는 태도 같았다. 사병과 죄수는 그새 서로 친해진 듯 보였다. 죄수는 꽉 매여 있었기 때문에 사병에게 무슨 눈짓을 하기가 무척 힘들었는데도 그렇게 하고 있었다. 사병은 죄수에게로 몸을 굽혔다. 죄수는 사병에게 뭐라고 소곤거렸고, 사병은 고개를 끄덕거렸다.

탐험가가 장교를 뒤따라가서 말했다. "당신은 내가 무엇을 하는지 아직 모르고 있습니다. 난 재판 제도에 대한 의견을 사령관에게 말씀드리긴 해도 회의 석상에서가 아니라 단둘이 만난 자리에서 할 것입니다. 그리고 나는 나중에 있을 무슨 회의에 참석할 정도의 시간 여유는 없을 듯합니다. 내일 아침에 뭘 타고 떠나든가 아니면 적어도 배에 올라탈 것입니다."

장교는 귀를 기울이지 않는 것처럼 보였다. "그러니까 우리의 재판 방식이 당신에겐 납득이 가지 않는군요." 그는 혼잣말을 하더니 빙긋이 웃었다. 그 미소는 노인이 어린아이의 미련한 짓을 보고 미소 지을 때, 그 미소 뒤에 자기 본래의 의도를 숨기고 있는 그런 미소 같았다.

"이제 때가 되었습니다." 그는 드디어 이렇게 말하고는 갑자기 무슨 요청을 하는 듯한, 무슨 협력을 호소하는 듯한 밝은 눈으로 탐험가를 바라보았다.

"무슨 때가 되었다는 겁니까?" 탐험가가 불안스러워하며 물었지만 아무 대답도 얻지 못했다.

"자네는 석방이네." 장교는 죄수에게 그가 알아듣는 말로 이렇게 말했다. 죄수는 처음엔 그걸 믿지 않았다. "그래, 석방이라니까." 장교가 말했다. 처음으로 죄수의 얼굴에 생기가 돌았다. 이게 사실일까? 이건 장교의 변덕일 뿐, 곧 사라지는 것이 아닐까? 저 외국 탐험가가 날 위해 사면을 구한 것일까? 이게 무슨 일이야? 그의 얼굴은 이렇게 묻고 있는 듯했다. 그러나 오래도록 그렇지는 않았다. 무슨 영문이든 간에 그로서는 될 수만 있다면 정말 석방되고 싶었으며, 그래서 써레가 허용하는 한도 내에서 몸을 흔들었다.

"끈을 끊으려고 하는군." 장교가 외쳤다. "가만있어! 곧 풀어줄 테니까." 그는 사병에게 눈짓을 하고는 그와 함께 끈을 푸는 일에 착수하였다. 죄수는 아무 말도 없이 혼자 나직이 웃으면서 왼쪽의 장교와 오른쪽의 사병에게 번갈아 얼굴을 돌렸고, 탐험가도 잊지 않고 있었다.

"끌어내." 장교가 사병에게 명령했다. 써레 때문에 끌어내는 일은 주의를 요했다. 죄수는 성급한 나머지 등에 약간의 찰과상을 입었다.

그때부터 장교는 죄수에 대해 거의 신경을 쓰지 않았다. 그는 탐험가에게로 가서 다시 작은 가죽 가방을 꺼내고는 그 속을 뒤적거리다가 드디어 찾고 있는 종이쪽지를 발견했다. 그는 그것을 탐험가에게 보이면서 말했다. "읽어보시오." "난 읽지 못해요." 하고 탐험가가 말했다. "아까도 말했지만, 난 그걸 읽지 못해요." "좀 자세히 보십시오." 하고 장교는 탐험가 곁으로 다가가서 함께 읽어보려고 했다. 그것마저 소용이 없게 되자 그는 탐험가에게 글자를 읽는 것을 용이하게 해주려고 새끼손가락으로 글자를 암시했는데, 그때 종이쪽지 자체는 절대로 만져서는 안 된다는 듯이 새끼손가락을 그 위로 높이 쳐들고 있었다. 탐험가는 적어도 그것에 대해 장교를 기쁘게 해주려고 애썼으나 허사였다. 그러자 장교는 적혀 있는 글자를 하나하나 부르기 시작했고, 나중에는 그것을 다시 연결지어 읽었다. "'정당하여라!'라고 적혀 있어요." 그가 말했다. "이젠 읽을 수 있을 겁니다." 장교는 탐험가가 몸을 너무나 깊숙이 종이쪽지 위에 굽혔기 때문에 닿지나 않을까 하고 겁이 나서 그것을 더 멀찍이 쳐들었다. 탐험가는 아무 말도 하지 않았지만, 여전히 읽지 못한 것이 분명했다. "'정당하여라!'라고 적혀 있어요." 장교가 다시 이렇게 말했다. "그럴지도 모르지요." 탐험가가 말했다. "그렇게 씌어 있다고 믿겠습니다." "그럼, 좋습니다." 장교는 얼마쯤 만족해서 이렇게 말하고는 종이쪽지를 들고 사다리를 올라갔다. 그는 종이쪽지를 조심조심 제도기 안에다 깔고 톱니바퀴의 배열을 일체 변경하는 듯했다. 그것은 무척 힘든 일이었다. 아주 작은 톱니바퀴까지 건드려야 했고, 때로는 장교의 머리가 완전히 제도기 안으로 들어가기도 했다. 그토록 세밀하게 기계를 검사하지 않으면 안 되었다.

탐험가는 아래에서 그 작업을 계속 쳐다보았다. 목이 뻣뻣해지고, 햇빛 때문에 눈이 아팠다. 사병과 죄수는 그들 두 사람끼리 바빴다. 이미 구덩이 안에 있었던 죄수의 셔츠와 바지는 사병이 총검 끝으로 건져냈다. 셔츠는 지독히 더러워서 죄수가 그것을 물통에 넣고 빨았다. 그런 다음에 그가 셔츠와 바지를 입자 사병과 그는 크게 웃지 않을 수 없었다. 기껏 입은 옷이 뒤쪽에서 두 갈래로 찢어져 있었기 때문이다. 아마도 죄수는 사병을 즐겁게 해줄 의무가 있다고 생각한 듯했다. 갈라진 옷을 입은 채 그는 사병 앞에서 빙빙 돌았고, 사병은 땅위에 쪼그리고 앉아 웃으면서 무릎을 쳤다. 그러나 그들은 다른 두 높은 분들을 생각해서 행동을 자제했다.

장교가 위에서 드디어 작업을 끝마친 모양이었고, 빙그레 웃으면서 각 부분을 또 한 번 바라다보고는 지금까지 열려 있던 제도기의 뚜껑도 닫았다. 그리고 아래로 내려와 구덩이를 들여다본 다음 죄수를 쳐다보았다. 죄수가 자기 옷을 건져낸 것을 알고서 그는 안심했다. 그런 다음 손을 씻으려고 물통이 있는 곳으로 갔던 그는 뒤늦게야 그 물이 지독히 더러워졌다는 것을 알았다. 그는 손을 씻을 수 없는 것이 괴로웠다. 끝내는 손을 모래 속에다—이 대용품은 마땅치가 않았지만 참을 수밖에 없었다—문질렀다. 그는 일어나더니 군복 상의 단추를 풀기 시작했다. 그때 칼라 속에 집어넣었던 두 개의 여성용 손수건이 그의 손에 떨어졌다. "여기 자네 손수건이 있네." 하고 그는 그것을 죄수에게 던졌다. 그리고 탐험가에게 설명이라도 하는 듯이 그가 말했다. "여인네들의 선물이지요."

그는 상의를 벗고 그 밖의 옷을 다 벗기까지 분명 서두르고 있었지만 옷 하나하나를 무척 소중하게 다뤘다. 상의에 달려 있는 은색 줄을 손가락으로 쓰다듬는가 하면 술 하나는 흔들면서 바로잡아 놓았다. 그러나 이런 태도에 어울리지 않게 그는 한 가지 일에 손질이 끝나면 곧바로 그것을 썩 내키지 않는 동작으로 구덩이에 던져버렸다. 마지막으로 남아 있는 것은 혁대가 달린 단검이었다. 그는 칼집에서 칼을 뽑아 그것을 부러뜨리고는 부러진 칼과 칼집과 혁대를 함께 힘껏 내던졌다. 때문에 구덩이 속에서 그것들이 서로 부딪치는 소리가 났다.

이제 그는 발가숭이로 서 있었다. 탐험가는 입술을 깨물며 아무 말도 하지 않았다. 무슨 일이 일어날지 알고는 있었지만 그로서는 장교의 행동을 제지할 권리가 없었다. 장교가 전심하고 있는 재판 제도가 정작 폐지될 직전에 처해 있다면—탐험가는 자기 의무라고 생각해 여기에 개입했는데, 그의 개입 때문에 그렇게 될는지도 모른다—지금 장교의 행동은 완전히 옳은 것이다. 탐험가도 그의 입장에 있다면 다르게는 행동하지 않을 것이다.

사병과 죄수는 처음에 뭐가 뭔지 알지 못했고 쳐다보지조차 않았다. 죄수는 손수건을 돌려받고는 무척 기뻐했지만, 그 기쁨은 오래가지 못했다. 미리 눈치챌 여유도 없이 순식간에 사병이 손수건을 잡아채었다. 다시 죄수가 사병의 혁대에 꽂혀 있는 그 손수건을 빼내려고 했으나 사병이 그럴 틈을 주지 않았다. 그래서 두 사람은 반장난을 치며 싸우기도 했다. 장교가 완전히 발가숭이가 됐을 때야 그들은 주목했다. 특히 죄수는 무슨 변화가 일어나리라는 예감 때문에 몹시 긴장한 모습이었다. 나에게 있었던 일이 이제 그에게 있게 되는 것이다. 아마 이번엔 일이 끝까지 진행될 성싶다. 저 외국 탐험가가 그것을 명령했을 것이다. 이건 그러니까 복수다. 내 자신은 끝까지 고통을 당하지 않았는데도 그는 나를 위해 끝까지 복수하지 않는가. 그의 얼굴엔 소리 없는 웃음이 가득 떠오른 채 사라지지 않았다.

장교는 기계가 있는 쪽으로 돌아섰다. 그가 기계를 잘 알고 있다는 사실은 전에도 의심할 여지가 없었다. 그러나 지금 그가 기계를 조작하는 솜씨와 기계가 그것에 따라 움직이는 것을 보는 사람은 거의 황홀해할 정도였다. 그가 손을 써레에 대기만 했는데도 써레가 몇 번 오르내리더니 그를 받아들이기에 적합한 위치에 이르렀다. 그가 침대 언저리에 손을 대자마자 벌써 침대가 진동하기 시작했다. 입을 틀어막은 펠트가 그의 입에 닿았다. 그는 그것을 순순히 받으려고 하지 않았지만 그렇게 주저하는 것도 잠시였을 뿐, 곧 순응하고 그것을 받아 물었다. 모든 것이 준비되었고, 다만 몸을 동여매는 끈만이 양옆으로 드리워 있었다. 그러나 그 끈은 분명 불필요한 것이었다. 장교는 동여맬 필요가 없지 않은가. 그때 죄수가 드리워져 있는 끈을 보았는데, 그의 생각으로는 끈으로 동여매지 않으면 처형이 제대로 되지 않을 것만 같았다. 그는 사병에게 열심히 눈짓을 했다. 두 사람은 장교를 동여매려고 뛰어갔다. 장교는 제도기를 작동시킬 핸들을 차려고 벌써 한쪽 발을 뻗치고 있었다. 그러나 그는 두 사람이 온 것을 보고는 그 발을 도로 당기고 자기를 동여매게 했다. 그래서 그는 물론 핸들을 건드릴 수 없게 되었다. 사병이나 죄수가 그 핸들을 찾아낼 수는 없는 일이었다. 그리고 탐험가는 잠자코 있기로 결심했다.

그러나 아무도 필요하지 않았다. 끈을 매는 일이 끝나자마자 기계가 작동하기 시작했다. 침대가 진동하고 바늘이 피부 위에서 춤추고 써레가 오르내렸다. 탐험가는 잠시 물끄러미 바라보다가 제도기에서 한 톱니바퀴가 삐걱거리는 소리를 내리라는 생각이 들었다. 그러나 어디에도 잡음은 없었다. 작게 윙윙대는 소리조차도 없었다.

기계가 그렇게 조용하게 작업했기 때문에 보는 사람의 주의를 약화시켰다. 탐험가는 사병과 죄수 쪽으로 시선을 돌렸다. 죄수가 더 열심히 보고 있었다. 기계가 하고 있는 모든 것이 그의 관심을 끌었다. 그는 몸을 굽혔다 폈다 하면서 줄곧 집게손가락을 내밀고 사병에게 무엇인가를 가리켰다. 그것이 탐험가에게는 괴로웠다. 그는 끝까지 여기에 있기로 결심했지만 그 두 사람은 도저히 더 이상 볼 수 없을 것 같았다. "집으로 가게나."라고 그가 말했다. 사병은 그럴 용의가 있어 보였지만 죄수는 그 명령을 처벌로 여겼다. 죄수는 합장하면서 거기에 있게 해달라고 애걸했다. 탐험가가 고개를 저으면서 양보하려 하지 않자 죄수는 무릎까지 꿇었다. 탐험가는, 명령을 들어먹지 않는다는 것을 알고 두 사람에게로 가서 그들을 쫓아버리려고 작정했다. 바로 그때 그는 제도기에서 나는 무슨 소음을 듣고 올려다보았다. 역시 톱니바퀴의 고장일까? 그러나 다른 일이었다. 서서히 제도기의 뚜껑이 올라가더니 활짝 열렸다. 한 톱니바퀴의 이들이 돋아나면서 위로 올라갔고, 곧 톱니바퀴 전체가 드러났다. 마치 어떤 거센 힘이 제도기를 압축해서 톱니바퀴가 더 이상 있을 자리가 없기 때문에 그랬던 것 같았다. 톱니바퀴는 제도기의 언저리까지 빙빙 돌다가 아래로 떨어져 모래 위에서 약간 굴러가다가 스러졌다. 그러나 다른 톱니바퀴가 또 튀어나왔고, 그 뒤로 크고 작은 것과 그리 구별할 수 없을 만큼 큰 것이 수없이 튀어나와 모두 다 첫 번 것과 똑같이 되었다. 제도기가 이제 텅 비어 있겠다고 생각하자 다시 수많은 톱니바퀴 뭉치가 튀어나와 위로 올라가더니 아래로 떨어져 모래 위를 굴러 가다가 스러졌다. 이런 광경을 보느라고 죄수는 탐험가의 명령을 아 주 잊어버렸다. 그는 톱니바퀴들에 온통 정신이 팔려 있었다. 톱니바 퀴 한 개라도 붙잡으려고 그는 사병에게까지 도움을 청하기도 하다 가 놀라며 손을 뒤로 젖혔다. 다른 톱니바퀴가 곧바로 뒤따라 굴러왔 는데, 그것이 구르기 시작할 때 그를 놀라게 한 것이었다.

한편 탐험가는 무척 불안했다. 기계가 부서지고 있는 게 분명했다. 그것이 소리 없이 돌았던 것은 속임수였다. 탐험가는 장교가 이젠 더 이상 자신에 대해 스스로가 손을 쓸 수 없기 때문에 그를 보살펴주어 야 한다는 느낌이 들었다. 그러나 그는 톱니바퀴가 떨어지는 것에 정 신을 빼앗긴 동안에는 기계의 다른 부분에 조금도 눈을 돌릴 수가 없 었다. 그런데 마지막 톱니바퀴가 제도기에서 떨어져나간 지금, 그가 써레 위로 몸을 굽혀 살펴보자 새롭고도 더욱 기막힌 사실이 그를 놀 라게 했다. 써레가 글자를 쓴 게 아니라 찌르기만 하는 것이었다. 침 대도 장교의 몸을 돌려놓는 게 아니라 단지 진동하면서 그 몸을 바늘 들을 향해 올리고 있는 것이었다. 탐험가는 무슨 조치를 취하고 싶었 다. 가능하다면 기계 전체를 세우고 싶었다. 그건 장교가 원했던 고 문이 아니었다. 그것은 막 바로 죽이는 것이었다. 그가 양손을 쑥 내 밀었다. 그러나 그때 이미 써레가 푹 찔러 올린 몸뚱이를 옆으로 옮 기고 있었다. 그 작업은 여느 때엔 열두 시간째가 돼서야 하는 것이 었다. 피는 물도 섞이지 않았는데도 수많은 줄기를 이루며 흘러내렸 다. 이번엔 배수관도 말을 듣지 않았다. 그리고 마지막 작업도 이행 되지 않았다. 몸뚱이가 바늘에서 빠져나오지 않고 피만 흘리면서 구 덩이 위에 뜬 채 아래로 떨어지지 않았다. 써레는 벌써 처음 자리로 돌아가려고 했으나 자기 짐에서 벗어나지 못했다는 것을 알아차린 듯 계속 구덩이 위에 있었다. "어서 도와주게나!" 탐험가는 사병과 죄수를 향해 이렇게 외치고는 손수 장교의 양발을 잡았다. 그는 자기 몸으로 그 발을 짓누르려고 했으며, 다른 두 사람으로 하여금 맞은편에서 장교의 머리를 붙잡게 하려는 것이었다. 그렇게 해서 장교를 서서히 바늘에서 빼내려는 것이었다. 그러나 두 사람은 거기에 올 결심을 할 수 없었다. 그때 죄수가 몸을 돌렸다. 탐험가는 그들에게 가서 강제로 그들이 장교의 머리를 잡도록 했다. 그러는 통에 탐험가는 거의 본의 아니게 시체의 얼굴을 보았다. 그 얼굴은 살아 있을 때와 마찬가지였다. 그가 다짐했던 구원의 흔적은 엿볼 수 없었다. 전에 다른 모든 사람들이 그 기계에서 발견했던 것을 장교는 발견하지 못했다. 그의 입술은 꽉 다물어져 있었고 눈은 뜨고 있었으며 살아 있는 기색이었다. 그 시선은 조용하고 확신에 차 있었다. 큰 쇠 바늘의 끝이 이마를 뚫고 지나갔다.

*

탐험가가 사병과 죄수를 데리고 유형지의 첫 번째 집들이 있는 곳으로 왔을 때 사병이 집 한 채를 가리키면서 말했다. "여기가 찻집입니다."

그 집 아래층에 깊숙하고 낮은, 벽과 천장이 그을린 동굴과도 같은 장소가 있었다. 그것은 길가 쪽이 전부 트여 있었다. 찻집이라곤 하지만, 이 집도 웅장한 사령부의 건물을 제외하고는 이곳의 다른 낡아 빠진 집들과 별로 다른 것이 없었다. 그래도 그것은 탐험가에게 역사적 유물과도 같은 인상을 주었다. 그는 거기서 지나간 시대의 권세를 느꼈다. 그는 거기로 다가가서 두 동행자와 함께 찻집 앞에 세워져 있는 빈 탁자 사이를 지나가면서 안쪽에서 나오는 서늘하고 눅눅한 공기를 들이켰다. "전임 사령관은 여기에 묻혔습니다." 사병이 말했다. "그를 공동묘지에 묻는 것을 신부가 거절했습니다. 그를 어디다 묻어야 할지 한동안 망설였습니다. 그러다가 여기에 묻은 것입니다. 이런 이야기는 장교가 당신에게 한마디도 하지 않았을 것입니다. 그 일에 대해 그가 가장 수치스러워했기 때문입니다. 그는 몇 번씩이나 전임 사령관을 한밤중에 파 가려고 했지만 번번이 쫓겨나고 말았습니다." "무덤은 어디에 있습니까?" 사병의 말을 믿을 수 없었던 탐험가가 이렇게 물었다. 이내 사병과 죄수는 그의 앞으로 달려와서 손을 뻗쳐 무덤이 있는 곳을 가리켰다. 두 사람은 탐험가를 뒷벽이 있는 데까지 데려갔는데, 거기에 있는 몇몇 탁자엔 손님들이 앉아 있었다. 그들은 부두 노동자인 듯했다. 짧고 반짝거리는 검은 수염이 텁수룩하게 나 있는 건장한 사람들이었다. 탐험가가 다가가자 몇 사람은 일어나서 벽에 몸을 붙이고 그를 마주보았다. "외국 사람이구먼." 하고 탐험가 주위에서 수군거리는 소리가 들렸다. "무덤을 보려는 거야." 그들이 탁자 하나를 옆으로 밀었는데, 거기엔 실제로 묘비가 있었다. 그건 단순한 돌이었는데 탁자 밑에 숨겨질 정도로 낮았다. 거기엔 작은 글자가 새겨진 비문이 있었다. 탐험가는 그것을 읽기 위하여 무릎을 꿇어야만 했다. 비문은 다음처럼 쓰여져 있었다. '여기에 전임 사령관이 잠든다. 지금은 이름을 밝힐 수 없는 그의 지지자들이 이 무덤을 파고 비석을 세운다. 이 사령관이 일정 햇수의 기간이 경과한 후에는 부활하여 이 집에서 자신의 지지자들을 지휘하여 유형지를 재정복하리라는 예언이 있도다. 믿고 기다릴지어다!' 탐험가가 그것을 모두 읽고 난 후 일어섰을 때 자기 주변에 사람들이 빙 둘러서서 빙글빙글 웃고 있는 것을 보았다. 그들은 마치 그와 더불어 비문을 읽고서, 비문을 가소롭게 여기고 있고, 그도 역시 자기네들 생각에 동참이라도 하라는 듯 보였다. 탐험가는 그것을 눈치채지 못한 척하면서 동전 몇 개를 그들에게 나누어주고 탁자를 다시 무덤 위로 옮겨놓는 것을 기다렸다가 찻집을 나와 항구로 발을 옮겼다.

사병과 죄수는 찻집에서 아는 사람을 만나 그들에게 잡혀 있었다. 그러나 두 사람은 곧 그들과 헤어졌다. 그들이 탐험가를 뒤쫓아가기 시작했을 무렵 탐험가는 보트가 있는 데로 내려가는 긴 층계의 한가운데에 서 있었다. 그들은 마지막 순간에 탐험가에게 자기들을 데려가 달라고 억지를 부릴 작정이었다. 탐험가가 뱃사공에게 기선이 있는 곳까지 실어다 달라고 부탁하는 동안 두 사람은 감히 고함도 치지 못한 채 묵묵히 층계를 뛰어 내려갔다. 그러나 그들이 밑에 닿았을 때 탐험가는 이미 보트에 타고 있었고, 사공은 방금 선창에서 보트를 풀고 난 뒤였다. 그들은 보트로 뛰어오를 수도 있었으나, 탐험가가 매듭진 굵은 밧줄을 들고 위협하면서 뛰어오르려는 그들을 가로막았다.

『시골 의사』(1919)
—아버지에게 바칩니다

신임 변호사

　우리에게는 새로운 변호사가 있는데, 부체팔루스 박사다. 그의 외모는 그가 아직 마케도니아 알렉산더 대왕의 군마였던 그 시대를 이제 거의 연상시키지 않는다. 누군가 상세한 내용을 잘 알고 있는 사람이라면 몇 가지 일을 깨닫게 된다. 가장 최근에 그가 허벅다리를 높이 쳐들고 대리석을 울리면서 한 계단 한 계단 오르고 있었을 때, 나는 옥외 계단에서 경마의 작은 단골손님과 같은 안목을 지닌 매우 우직한 법원 직원까지도 그 변호사에 대해 경탄하는 것을 보았다.

　사무실에서는 이 부체팔루스를 받아들이는 데 대체로 동의하고 있다. 사람들은 놀라운 통찰력을 가지고 이야기하고 있다. 말하자면 부체팔루스는 오늘날의 사회질서 속에서는 어려운 상황에 처해 있고, 바로 그런 이유로 그리고 그의 세계사적인 가치 때문에 어찌됐건 그들의 동의를 얻게 되었다는 것이다. 오늘날에는—아무도 이것을 부인하지는 못한다—위대한 알렉산더란 없다. 물론 많은 사람들이 살인할 줄을 안다. 연회 식탁 위로 창을 날려 친구를 맞추는 역사적인 일도 없지는 않다. 많은 이들에게는 마케도니아가 너무 좁아서, 그들은 아버지인 필립을 저주하고 있다. 그러나 어느 누구도, 정작 어느 누구도 인도로 이끌지는 못한다. 이미 당시에도 인도의 성문들은 도달하기 어려웠다. 하지만 그들이 향할 방향은 왕의 칼이 가리키고 있었다. 오늘날 성문들은 전혀 다른 쪽을 향하고 있고, 더 멀리 더 높이 건재하고 있다. 그러나 아무도 그 방향을 가리켜주지 않는다.

많은 이들이 칼을 들고 있으나, 그것은 다만 휘두르기 위해서일 뿐이다. 그리고 그 칼들을 뒤쫓고자 하는 사람들의 시선은 혼란스럽기만 하다.

아마 그렇기 때문에, 부체팔루스가 그랬듯이 법전에만 몰두하는 것이 사실 최선책일지도 모른다. 그는 기병의 엉덩이에 옆구리를 눌리지 않은 채 알렉산더의 전투에서 끊임없이 울려오는 굉음으로부터 멀리 떨어져, 조용한 등불 밑에서 자유롭게 우리의 고서를 읽으며 책장을 넘기고 있다.

시골 의사

나는 크게 당황하고 있었다. 급한 여행을 바로 눈앞에 두고 있었기 때문이었다. 위독한 환자가 십 마일쯤 떨어진 마을에서 나를 기다리고 있었다. 강한 눈보라가 그와 나 사이의 먼 공간을 메우고 있었다. 나는 마차를 한 대 가지고 있었는데, 큰 바퀴가 달린 가벼운 것으로 우리의 시골길에 매우 유용한 것이었다. 나는 모피 옷으로 몸을 감싸고, 진료 가방을 손에 든 채, 여행 준비를 마치고 이미 마당에 서 있었다. 그러나 말이 없었다. 말이. 내 말은 이 얼음장같이 차가운 겨울에 너무 무리한 나머지 간밤에 죽은 것이다. 나의 하녀는 말 한 필을 빌려볼까 해서 지금 온 마을을 헤매고 있다. 그러나 그것이 가망 없는 일이라는 것을 나는 알고 있다. 나는 점점 눈으로 뒤덮여, 차츰 움직일 수 없게 된 채 거기 하염없이 서 있었다. 문에 하녀가 나타났다. 혼자서. 등불이 흔들렸다. 당연한 일이다. 누가 지금 이런 여행에 자기 말을 빌려주겠는가? 나는 다시 한 번 마당을 돌아다녔다. 나는 아무런 방책이 없었다. 고통스럽고 산만해진 마음으로 나는 수년 동안 쓰지 않은 돼지우리의 부서지기 쉬운 문짝을 발로 찼다. 문이 열리면서 돌쩌귀가 접혔다 펴졌다 했다. 마치 말한테서 나는 듯한 온기와 냄새가 흘러나왔다. 안에는 희미한 등불이 줄에 매달려 흔들리고 있었다. 낮은 칸막이 안에서 쭈그리고 앉아 있던 한 남자가 파란 눈의 맨 얼굴을 내보였다. "마차에 맬까요?" 그가 네 발로 기어 나오면서 물었다. 나는 뭐라고 말해야 할지 모른 채 우리 안에 무엇이 더 있는지 보기 위해 그저 몸을 구부렸다. 하녀가 내 옆에 서 있었다. "자기 집에 무엇을 두고 있는지도 몰랐군요."라고 하녀가 말했고, 우리 둘은 웃었다.

"이려, 형제여, 이려, 자매여!" 하고 마부가 소리치자, 두 필의 말이, 기운차고 옆구리가 튼튼한 동물들이 다리를 몸에 바싹 붙이고, 잘생긴 머리를 낙타처럼 숙이면서, 몸을 놀리는 힘으로 몸이 꽉 차는 문구멍에서 연이어 나왔다. 그러더니 다리를 쭉 펴고 김이 무럭무럭 나는 몸을 곧추세웠다. "저 사람을 도와드려라." 하고 내가 말하자, 순한 하녀는 서둘러 마부에게 마구를 가져다주었다. 그녀가 그의 곁으로 가자마자 마부가 그녀를 껴안고 자신의 얼굴을 그녀의 얼굴에 눌러댔다. 그녀는 비명을 지르며 나에게로 도망쳐왔다. 하녀의 뺨에는 두 줄의 이빨 자국이 빨갛게 나 있었다. "짐승 같은 놈." 나는 화가 나서 소리쳤다. "채찍 맛 좀 봐야겠어?" 그러나 나는 곧 그가 낯선 사람이며, 그가 어디에서 왔는지 모른다는 것, 남들이 전부 거절하는데도 그는 자진해서 나를 도와주고 있다는 사실을 생각했다. 그는 마치 나의 생각을 알고 있다는 듯이 나의 위협을 나쁘게 받아들이지 않고, 단지 나를 향해 돌아보았을 뿐 계속해서 말을 매고 있었다. 그러고 나서 그는 "타시오."라고 말했고, 정말 모든 것이 준비되어 있었다. 그렇게 멋진 한 쌍의 말이—나는 그것을 알아볼 수 있다—끄는 마차를 나는 아직 한 번도 타본 적이 없었다. 나는 신이 나서 올라탄다. "하지만 말은 내가 몰겠네. 자네는 길을 모르니까."라고 나는 말한다. "물론입지요. 저는 함께 가지도 않습니다. 저는 로자 곁에 남아있겠습니다."라고 그가 말했다. "싫어요." 하고 소리치면서 로자는 자기 운명의 불가항력을 예감하며 집 안으로 뛰어 들어간다. 나는 그녀가 문고리를 걸어 잠그는 소리를 듣는다. 나는 자물통이 찰칵 채워지는 소리를 듣는다. 나는 그녀가 그 이외에도 자신을 찾아내지 못하도록 복도에서 그리고 계속해서 방마다 뛰어다니며 모든 불을 꺼버리는 것을 본다. "자네도 같이 가세." 하고 나는 마부에게 말했다. "그렇지 않으면 내가 떠나는 것을 그만두겠네. 떠나는 일도 매우 급하긴 하지만, 나는 마차를 타는 대가로 하녀를 내줄 생각은 없으니까." "이랴!" 하고 마부는 손뼉까지 친다. 마차는 마치 강물 위의 나무토막처럼 잽싸게 떠나갔다. 그 순간 나는 마부가 돌진해 나의 집 대문을 부수고 산산조각 내는 소리를 들었다. 그러고는 나의 눈과 귀는 모든 감각기관으로 똑같이 밀려드는 마차의 질주하는 소리로 가득했다. 그러나 그것도 한순간뿐이었다. 왜냐하면 마치 환자의 집 마당이 바로 내 대문 앞에 열려져 있는 것처럼 나는 그곳에 와 있었기 때문이다. 말들은 조용히 서 있었다. 눈보라는 멈추었고, 달빛이 주위를 비추고 있었다. 환자의 부모가 서둘러 집에서 나왔고, 그의 누이가 그 뒤를 따랐다. 사람들은 나를 마차에서 거의 들다시피 내려놓았다. 그들의 소란스러운 이야기에서 나는 아무것도 알아들을 수 없었다. 방 안 공기는 거의 숨을 쉴 수 없을 지경이다. 내버려 둔 부뚜막에서는 연기가 솟아올랐다. 나는 창문을 열어젖힐 것이다. 그러나 우선 나는 환자를 본다. 마르고, 열은 없다. 몸은 차지도, 뜨겁지도 않다. 초점 없는 공허한 눈, 윗저고리도 입지 않은 채 그 소년은 새털 이불 밑에서 몸을 일으키더니, 나의 목에 매달려 내 귀에 속삭인다. "의사 선생님, 저를 죽게 내버려 두세요." 나는 주위를 둘러본다. 아무도 그 말을 듣지 못했다. 부모는 몸을 숙인 채 말없이 서서 나의 판단을 기다린다. 누이는 나의 손가방을 두려고 의자를 가져왔다. 나는 가방을 열고 의료기들을 뒤진다. 그 소년은 침대에서 손을 뻗쳐 계속 나를 더듬으며, 나에게 자신의 부탁을 상기시키려고 한다. 나는 핀셋 하나를 집어서, 그것을 촛불 밑에 검사해보고 다시 놓아둔다.

'그래.' 나는 욕을 하면서 생각한다. '이런 경우라면 신들이 돕고 있는 거야. 없는 말을 보내주고, 더구나 급한 까닭에 한 마리를 더 추가해서 말이야. 또 마부까지 보태준 것은 지나칠 정도지.' 이제서야 비로소 로자 생각이 떠오른다. 내가 무엇을 해야 하나. 어떻게 그녀를 구할 것인가. 어떻게 그 마부로부터 그녀를 끌어낼 것인가. 그녀로부터 십 마일이나 멀리 떨어져서 그리고 나의 마차 앞에는 내 힘으로는 제어할 수 없는 말들이 있는데 말이야? 어떻게 된 건지 이 말들은 끈이 느슨하게 풀려 있었고, 어찌 된 셈인지 모르겠지만 창문은 바깥쪽에서 활짝 열려 있었다. 창문 하나에 한 마리씩 머리를 들이대고 가족의 아우성에도 당황하지 않고 환자를 살펴보고 있었다. 마치 말들이 나에게 떠날 것을 요구하고 있기라도 하는 듯이 나는 '곧 돌아가야겠군.' 하고 생각한다. 그러나 그 누이는 내가 더워서 정신이 없는 거라고 믿고 나의 모피 옷을 벗겼으며, 나는 그것을 허용한다. 럼주 한 잔이 나를 위해 놓여지고, 늙은 아버지가 나의 어깨를 두드린다. 그는 자기 자식을 내맡겼으니 이런 허물없는 태도를 취할 수 있는 것이다. 나는 고개를 흔든다. 그 노인의 소견이 좁은 것이 나에게는 불쾌하게 느껴진다. 단지 이런 이유 때문에 나는 그것을 마시기를 거절한다. 그 어머니는 침대가에 서서 나를 그리로 이끈다. 나는 말 한 마리가 천장을 향해서 요란하게 힝힝거리는 동안에 어머니의 뜻에 따라 소년의 가슴에 머리를 대어본다. 소년은 나의 젖은 수염 밑에서 몸을 떨기 시작한다. 그것이 내가 알고 있는 사실을 확인해준다. 소년은 건강하다. 혈색이 나쁘고, 걱정해주는 어머니에 의해서 커피로 몸이 찌들었을 뿐, 건강한 편이며 단번에 침대에서 몰아내버리는 것이 상책일 것이다. 나는 세계를 개선하는 사람이 아닌 바에야 그를 그대로 누워 있도록 내버려 둔다. 나는 이 구역에 고용된 의사이고 변두리 지역까지 내 임무를 수행하는데, 그곳까지는 너무 힘에 부친다. 급여는 형편없으나, 나는 가난한 사람들을 관대하고 자비로운 마음으로 대하고 있다. 나는 아직 로자를 돌보아야 하고, 그 다음에야 소년이 권리가 있을 터이며 나 역시 죽고 싶다. 이 끝없는 겨울에 내가 여기서 무엇을 할 수 있겠는가! 내 말은 죽었고, 나에게 자기 말을 빌려줄 사람은 마을에 없다. 나는 돼지우리에서 마차를 끌 말을 끌어내야만 한다. 만약 우연하게도 그것이 말이 아니었더라면, 나는 암돼지들이라도 타고 가야 할 판이었을 것이다. 이런 형편이다. 나는 가족들에게 고개를 끄덕인다. 그들은 그 사정을 모른다. 그리고 설령 그들이 안다 하더라도, 그것을 믿으려 하지 않을 것이다. 처방전을 쓰는 일은 간단하다. 그러나 그 이외에 사람들을 이해시키기란 어려운 일이다. 이제 내 왕진은 끝난 것 같다. 사람들이 또 쓸데없이 나를 수고하게 했다. 난 거기에 만성이 되어 있다. 이 구역 전체가 나의 야종夜鐘을 이용해서 나를 괴롭히고 있다. 그러나 이번엔 로자까지 내어주어야 한다는 것, 수년간 내 집에서 살면서 별 대우를 받지 못했던 그 어여쁜 처녀—이 희생은 너무나 크다. 이 가족에게로 떠나오지 않기 위해서는, 나는 자구책으로라도 이 생각을 어떻게 해서든지 내 머리 속에 붙잡아두었어야만 했다. 이들이 아무리 선의를 가지고 있다 해도 나에게 로자를 돌려줄 수는 없다. 그러나 내가 왕진 가방을 닫고, 나의 모피 외투를 달라고 눈짓을 하자 가족들이 모여 섰다. 아버지는 손에 든 럼주 잔에 코를 벌름거렸고, 어머니는 나한테 정말 실망했는지—아니, 도대체 사람들은 나에게 무엇을 기대하는 걸까?—눈물을 줄줄 흘리며 입술을 깨물고 있었고, 누이는 피가 많이 묻은 손수건을 흔들고 있었다. 그러는 동안에 나는 어찌 됐든 사정에 따라서는 그 소년이 정작 아마 아플 것이라고 시인할 용의가 되어 있었다. 내가 소년에게로 가자, 마치 그의 몸에 가장 이로운 수프라도 갖다 주는 양 그는 내게 미소를 보낸다—아아, 이제 말들이 힝힝거리며 우는구나. 그 소리는 높은 곳에서 나는 것이니 나의 진찰을 한결 손쉽게 해줄 모양이다. 이제 나는 소년이 아프다고 진단을 내린다. 소년의 오른쪽 옆구리, 엉덩이 부분에 손바닥만 한 크기의 상처가 열려 있었다. 상처의 붉은빛은 여러 가지 명암을 띠고 있는데, 그 깊은 곳은 어둡고 가장자리로 갈수록 점점 옅어진다. 연한 오돌토돌한 모양으로 마치 노천 광산처럼 열려 각 부위마다 피가 고르지 않게 맺혀 있다. 상처는 좀 멀리서 보면 그렇지만 가까이 가 보면 더욱 심해 보인다. 어느 누가 낮은 신음 소리를 내지 않고 그것을 볼 수 있겠는가? 굵기와 길이가 내 작은 손가락만 한 벌레들이 자기 몸에서 피를 뿌릴 뿐만 아니라 외부에서도 피가 뿌려져서 붉은빛을 띠고, 상처의 안쪽에 달라붙어서 작고 하얀 머리와 수많은 다리들로 꿈틀거리는 것이 드러나 있다. 가여운 소년, 너를 도울 길이 없겠구나. 나는 너의 큰 상처를 찾아냈다. 그러나 너는 네 옆구리의 상처의 꽃으로 죽을 것이다. 가족들은 즐거워한다. 그들은 내가 진찰하고 애쓰는 것을 보는 것이다. 누이는 그것을 어머니에게 말하고, 어머니는 아버지에게, 아버지는 몇몇 손님들에게 이야기한다. 손님들은 발끝으로 서서 손을 뻗쳐 몸의 균형을 잡으면서 달빛을 받으며 열린 문으로 들어오고 있다. "저를 구해주시겠지요?" 하고 소년은 자기 상처의 강렬한 통증으로 완전히 몽롱해져 흐느끼면서 속삭인다. 내 구역 사람들은 이렇다니까. 언제나 불가능한 것을 의사에게 요구한다. 그들은 오랜 신앙을 잃어버렸다. 신부는 집에 앉아서 미사복을 하나씩 쥐어뜯고 있다. 그러나 의사는 연약한 외과의 손으로 모든 것을 해나가야 한다. 자, 언제나 그렇듯이, 내가 자청하지 않은 바에야, 너희들이 날 성스러운 목적에 쓴다면, 나 또한 내가 그렇게 되는 것을 막지 않겠다. 늙은 시골 의사인 내가 더 나은 무엇을 바라겠는가. 나의 하녀도 빼앗겼는데! 그리고 가족과 마을의 연장자들이 와서 나의 옷을 벗긴다. 교사를 선두로 한 학교 합창단이 집 앞에 서서 아주 단조로운 멜로디로 이런 가사를 노래한다.

그의 옷을 벗기면, 그는 치료하리라.
그러고도 그가 치료하지 않으면, 그를 죽여버려라!
그건 그냥 의사일 뿐, 그건 그냥 의사일 뿐!

그래서 나는 옷이 벗겨졌고, 손가락을 수염에 대고 고개를 갸우뚱하고 서서 사람들을 조용히 바라본다. 나는 어디까지나 침착하며 모든 사람들보다 우월하고 앞으로도 그럴 것이다. 그러함에도 불구하고 그러한 사실이 아무런 도움이 되지 않을 것이다. 이제 그들이 내 머리와 두 다리를 잡아 나를 침대로 데려다 놓았으니 말이다. 상처가 있는 옆구리의 벽 쪽으로 날 눕힌다. 그러고 나서 모두 방 밖으로 나가고, 문이 닫힌다. 노랫소리도 잠잠해진다. 구름이 달을 가린다. 침구는 따뜻하게 나를 감싸고 있고, 창구멍 안에는 말 대가리들이 그림자처럼 흔들리고 있다. "아세요, 저는 선생님을 별로 믿지 않아요. 선생님 역시 그냥 어디엔가 떨구어졌을 뿐이지 선생님 발로 오신 게 아니잖아요? 도와주시기는커녕 죽어가는 제 잠자리만 좁히시는군요. 선생님 눈이나 할퀴어내었으면 좋겠어요." 내 귀에다 대고 하는 말이 들린다. "맞는 말이야." 하고 내가 말한다. "이건 치욕이야. 그렇지만 나는 의사야. 내가 무얼 하겠어? 이것은 나에게도 쉬운 일이 아니라는 것을 믿어주게나." "저더러 그 따위 변명으로 만족하라고요? 아아, 그래야 하겠지요. 나는 아름다운 상처를 가지고 이 세상에 태어났지요. 그것이 내 밑천 전부지요." "젊은 친구" 하고 내가 말한다. "자네 잘못은 멀리 바라볼 줄 아는 통찰력이 없다는 거야. 이미 온갖 병실을 두루 다녀본 사람으로서 내가 너에게 말해주겠는데, 너의 상처는 그리 심하지 않아. 쇠스랑을 두 번 곧추 쳐서 생긴 거지. 많은 사람들이 옆구리를 드러내놓고도, 숲에서 나는 쇠스랑 소리도 거의 듣질 못하지. 하물며 그 쇠스랑이 자신들에게 가까이 오는 것을 어찌 듣겠나.” “정말 그런가요, 아니면 당신은 열병에 걸린 나를 속이고 있나요?” “정말 그렇단다. 공의公醫의 명예를 걸고 하는 말이니 들어주게.” 그는 그 말을 받아들여 잠잠해졌다. 그러나 이제는 내 자신의 구원을 생각해야 할 때였다. 말들은 아직도 자기 자리에 충실하게 서 있었다. 옷가지와 모피 옷과 가방을 급히 꾸렸다. 나는 옷을 입느라고 지체하고 싶지 않았던 것이다. 말들이 이곳으로 달려올 때처럼 서두른다면, 나는 분명 이 침대에서 내 침대로 뛰어들다시피 할 것이다. 말 한 마리가 순순히 창문에서 물러섰다. 나는 짐을 마차 안으로 집어 던졌다. 털외투가 너무 멀리 날아가서 소매 하나만 갈고리에 걸렸다. 그만하면 됐다. 나는 말에 뛰어올랐다. 끈이 느슨하게 풀리고, 말 두 필을 제대로 서로 잡아매지 못한 채, 마차는 엉망으로 그 뒤를 따르고, 맨 끝에는 털외투가 눈 속에 끌려왔다. “이랴!” 하고 내가 말했지만 시원스레 달리지는 못했다. 우리는 마치 늙은이들처럼 천천히 눈 덮인 황량한 벌판을 갔다. 우리 뒤에서는 어린아이들의 새로운 노래, 그러나 틀린 노래가 오랫동안 울려왔다.

기뻐하라, 그대 환자들이여, 의사는 그대들 침대 위에 눕혀 있나니!

나는 이런 모양으로 집에 돌아가지는 못할 것이다. 번창하던 내 일자리는 없어졌다. 어느 후임자가 나에게서 빼앗아 갔지만 소용없는 일. 그가 날 대신할 수는 없기 때문이다. 나의 집에서는 그 구역질나는 마부가 날뛰고 있고, 로자는 그의 제물이다. 난 그걸 곰곰이 생각하고 싶지 않다. 발가숭이로 이 불행한 시대의 혹한에 몸을 내맡긴 채 현세의 마차와 비현세의 말을 타고 이 늙은 나는 이리저리 떠돌고 있을 뿐이다. 나의 털외투는 마차 뒤에 매달려 있지만 그것을 잡을 길이 없고, 그리고 환자들 중 움직일 수 있는 놈들조차도 그 어느 누구 하나 손가락 하나 까딱 않는구나. 속았구나! 속았어! 잘못 울린 밤의 종소리를 따르다 보니—정말 돌이킬 수 없게 되었구나.

싸구려 관람석에서

만약 서커스 곡마장에서 어떤 폐결핵에 걸린 쇠약한 여자 곡마사가 채찍을 휘두르는 무자비한 단장으로부터 지칠 줄 모르는 관중들 앞에서 몇 달이고 끊임없이 원을 그리며 빙빙 돌도록 강요당한다면, 휙휙 말을 타고 지나며 키스를 던지고 가는 허리로 몸을 가누고 있다면, 그리고 만일 잠시도 그치지 않는 악대와 환등기의 소음 속에서 이 유희가, 잦아들다가 새롭게 솟구치곤 하는, 사실 피스톤 같은 손들의 갈채에 이끌려, 점점 더 크게 열리는 잿빛 미래 속으로 이어진다면, 맨 위층의 싸구려 관람석의 한 젊은 손님이 모든 등급이 주어진 관람석의 층계를 뛰어 내려와 공연장 안으로 달려 들어가서는 '멈춰라!' 하고 외칠 것이다. 늘 분위기에 구색을 맞추려는 악단의 팡파르를 꿰뚫고서.

그러나 사실은 그렇지가 않다. 제복을 입고 뽐내는 사람들이 커튼을 젖히면, 그 사이로 아름다운 한 여인이 희고 붉은 모습으로 날아들어 온다. 단장은 헌신적으로 그녀의 눈길을 잡으려 애쓰면서 동물과 같은 자세로 그녀를 향하여 헐떡거린다. 그녀가 마치 위험한 여행을 떠나는, 그가 누구보다도 사랑하는 그의 손녀라도 되는 듯이, 그녀를 회색 얼룩말 위에 아주 조심스럽게 올려준다. 그리고 채찍 신호를 보내야 할지 어쩔지를 결정하지 못한다. 결국 자신을 억제하면서 채찍 소리를 내어 신호를 보낸다. 그리고 그 말 옆에서 입을 벌린 채 함께 따라 뛴다. 예리한 눈길로 그 여자 곡마사가 뛰어오르는 모습을 뒤쫓는다. 그녀의 교묘한 기술은 결코 파악할 수가 없다. 조심하라고 영어로 경고하려 애를 쓴다. 굴렁쇠를 잡고 있는 마부들에게 세심하게 주의하도록 사납게 경고한다. 위험한 공중회전에 앞서서는 손을 높이 쳐들어 악대에게 간절히 바란다. 침묵을 지키도록. 드디어 떨고 있는 말에서 그 작은 여인을 부축해 내려서, 양쪽 볼에 입을 맞추며, 관중의 그 어떤 찬사도 충분하지 않다고 생각한다. 그녀 자신은 그의 부축을 받으며 발끝으로 높이 서서, 먼지에 둘러싸인 채로, 두 팔을 벌리고 머리는 뒤로 젖히고, 그녀의 행복을 곡마단 전체와 함께 나누고 싶어 한다―사실이 이러하므로, 맨 위층의 싸구려 관람석에 앉아 있던 사람은 난간에 얼굴을 대고, 괴로운 꿈에 빠져들듯이 마지막 행진 속으로 빠져들면서, 자신도 모르게 울고 있다.

낡은 쪽지

우리는 조국을 지키는 데에 너무 소홀했던 것 같다. 우리는 지금까지 그 일에는 마음을 쓰지 않고, 우리의 일에만 몰두해왔다. 그러나 최근의 사건들은 우리를 근심스럽게 만들고 있다.

나는 황제의 궁궐 앞 광장에 구두 수선소를 가지고 있다. 새벽에 내가 가게 문을 열자마자, 나는 이곳으로 통하는 모든 골목 입구가 무장한 사람들에 의해 점령되어 있는 것을 보게 된다. 그러나 그들은 우리의 군사가 아니라 북방의 유목민들이다. 그들이 국경으로부터 아주 멀리 떨어져 있는 이 수도까지 어떻게 쳐들어왔는지 나로서는 이해가 가지 않는다. 여하튼 그들은 여기에 있고, 아침마다 그 숫자가 불어나는 것 같다.

그들은 자신들의 천성에 맞게 노천에서 야영을 하는데, 왜냐하면 주택을 싫어하기 때문이다. 그들은 칼을 갈거나 화살을 뾰쪽하게 만들거나 말을 훈련시키는 일에 전념하고 있다. 항상 지나칠 정도로 청결하게 유지되는 이 조용한 광장을 그들은 하나의 진짜 마구간으로 만들었다. 우리는 이따금씩 우리의 상점에서 뛰어나와 적어도 그 지독한 쓰레기들을 치우려고 노력하지만, 그것도 점차 뜸해져 가고 있다. 왜냐하면 그런 힘든 노력은 아무 소용이 없었고, 그보다도 사나운 말 밑에 깔리거나 채찍에 맞아 부상당할 위험이 있기 때문이다.

유목민들과는 이야기를 할 수 없다. 그들은 우리의 언어를 알지 못하며, 더욱이 그들은 그들 고유의 언어도 가지고 있지 않다. 그들이 서로 의사소통을 하는 모습은 마치 까마귀들과 흡사하다. 언제나 이런 까마귀들의 외침 소리가 들려온다. 우리들의 생활 방식, 우리들의 시설물들은 그들에게는 중요하지 않을 뿐더러 이해되지도 않는다. 그렇기 때문에 그들은 모든 기호 언어에 대해서도 거부감을 느낀다. 너의 턱이 탈구가 되거나 손목이 뒤틀릴 수도 있다. 그러나 그들은 물론 너를 이해하지 못한 것이며, 결코 이해하지 못할 것이다. 종종 그들은 얼굴을 찌푸린다. 그럴 때면 그들 눈의 흰자위가 돌고, 그들의 입에서는 거품이 인다. 그렇지만 그들은 그것으로 무엇을 말하고자 하거나 놀라게 하려는 것은 아니다. 그들은 그렇게 생긴 사람들이기 때문에 그렇게 할 뿐이다. 그들은 자신들이 필요로 하는 것을 갖는다. 그들이 무력을 사용한다고 말할 수는 없다. 그들이 손을 뻗치면, 사람들은 옆으로 물러서서 모든 것을 그들에게 맡긴다.

그들은 나의 저장물 중에서도 좋은 것을 많이 가져갔다. 그러나 예를 들어서 푸줏간 주인에게 생긴 일을 생각해보면, 나는 불평할 수가 없다. 그가 물건을 들여가기가 무섭게 유목민들은 그에게서 전부를 빼앗아 삼켜버린다. 유목민의 말들도 역시 고기를 먹는다. 가끔 한 기수가 자신의 말 곁에 누워 있고, 그들은 고기 조각의 양 끝에 각각 매달려 먹어들어 가므로 그 사이가 점점 가까워진다. 푸줏간 주인은 겁에 질려 고기 공급을 감히 중단하지도 못한다. 그러나 우리는 그것을 이해하고 있으며, 함께 돈을 내서 그를 보조하고 있다. 만약 유목민들이 고기를 얻지 못하면, 그들이 무슨 생각을 할지 누가 알겠는가. 그들이 매일 고기를 얻는다고 해도, 그들에게 어떤 생각이 떠오를지 아무도 모르는데 말이다.

최근 푸줏간 주인은 적어도 도살하는 수고만은 덜 수 있을지 모른다고 생각했다. 그래서 그는 아침에 살아 있는 황소를 한 마리 가져왔다. 그는 그짓을 두 번 다시 해서는 안 된다. 나는 한 시간 가량 내 작업장 맨 뒤쪽 바닥에 납작 엎드려서 모든 옷가지며 이불, 방석들을 내 위에 쌓아 올렸다. 그것은 황소의 울부짖는 소리를 듣지 않기 위해서였는데, 유목민들이 사방으로부터 그 황소에게 달려들어 이빨로 황소의 따뜻한 살점들을 뜯어냈기 때문이다. 조용해지고 나서도 한참이 지나서야 비로소 나는 바깥으로 나갈 엄두가 났다. 포도주 통 주위의 술꾼들처럼 그들은 피곤해진 몸으로 황소의 잔해 주위에 누워 있었다.

바로 그때 나는 황제도 몸소 궁궐의 창문 안에서 바라보고 있으리라고 믿었다. 그는 전에는 한 번도 이 바깥 거처에 나온 적이 없으며, 언제나 가장 깊은 궁궐 안뜰에서만 살고 있다. 그러나 적어도 내가 보기엔 이번에는 정말 그가 창가에 서서, 머리를 떨군 채 자신의 궁궐 앞에서 벌어지는 일들을 바라보고 있는 것처럼 보였다.

"어떻게 되려나?" 하고 우리 모두가 자문해본다. "우리가 얼마동안이나 이 짐과 고통을 참아내야 될까?" 황제의 궁궐은 유목민들을 유혹했지만, 그들을 다시 몰아내는 방법은 알지 못한다. 궁궐 성문은 닫혀 있다. 예전에는 언제나 장중하게 안팎으로 행진하던 보초병도 감옥에 가 있다. 우리 수공업자들과 상인들에게 조국의 구원이 맡겨져 있다. 그러나 우리는 그러한 과제를 감당해낼 수가 없다. 물론 그럴 만한 능력이 있다고 자랑해본 적도 없다. 그것은 하나의 오해이며, 우리는 그것으로 인해서 몰락해가고 있다.

법 앞에서

　법 앞에 한 문지기가 서 있다. 이 문지기에게 한 시골 사람이 와서 법으로 들어가게 해달라고 청한다. 그러나 문지기는 지금은 그에게 입장을 허락할 수 없노라고 말한다. 그 시골 사람은 곰곰이 생각한 후, 그렇다면 나중에는 들어갈 수 있겠느냐고 묻는다. "가능한 일이지." 하고 문지기가 말한다. "그러나 지금은 안 돼." 법으로 들어가는 문은 언제나처럼 열려 있고 문지기가 옆으로 비켜났기 때문에, 그 시골 사람은 몸을 굽혀 문을 통해 그 안을 들여다보려 한다. 문지기가 그것을 알자 큰 소리로 웃으며 이렇게 말한다. "그것이 그렇게도 끌린다면 내 금지를 어겨서라도 들어가보게나. 그러나 알아두게. 나는 힘이 장사지. 그래도 나는 단지 최하위의 문지기에 불과하다네. 그러나 홀을 하나씩 지날 때마다 문지기가 하나씩 서 있는데, 갈수록 더 힘이 센 문지기가 서 있다네. 세 번째 문지기의 모습만 봐도 벌써 나조차도 견딜 수가 없다네." 시골 사람은 그러한 어려움을 예기치 못했다. 법이란 정말로 누구에게나 그리고 언제나 들어갈 수 있어야 한다고 그는 생각한다. 그러나 지금 모피 외투를 입은 그 문지기의 모습, 그의 큰 매부리코와 검은색의 길고 가는 타타르족 콧수염을 뜯어보고는 차라리 입장을 허락받을 때까지 기다리는 편이 훨씬 낫겠다고 결심한다. 문지기가 그에게 걸상을 주며 그를 문 옆쪽으로 앉게 한다. 그곳에서 그는 여러 날 여러 해를 앉아 있다. 들어가는 허락을 받으려고 그는 여러 가지 시도를 해보고 자주 부탁을 하여 문지기를 지치게 한다. 문지기는 가끔 그에게 간단한 심문을 한다. 그의 고향에 대해서 자세히 묻기도 하고, 여러 가지 다른 것에 대해서 묻기도 한다. 그러나 그것은 지체 높은 양반들이 건네는 질문처럼 별 관심 없는 질문들이고, 마지막엔 언제나 그에게 아직 들여보내 줄 수 없노라고 문지기는 말한다. 그 시골 사람은 여행을 위해 많은 것을 장만해왔는데, 문지기를 매수할 수 있을 만큼 가치가 있는 것이라면 무엇이든 이용한다. 문지기는 주는 대로 받기는 하면서도 "나는 당신이 무엇인가 소홀히 했었다는 생각이 들지 않도록 하기 위해서 받을 뿐이라네." 하고 말한다. 수년간 그 사람은 문지기를 거의 하염없이 지켜보고 있다. 그는 다른 문지기들은 잊어버리고, 이 첫 문지기만이 법으로 들어가는 데에 유일한 방해꾼인 것처럼 생각한다. 그는 처음 몇 년 동안은 이 불행한 우연에 대해서 무작정 큰 소리로 저주하다가 후에 늙자, 그저 혼잣말로 투덜거린다. 그는 어린애처럼 유치해진다. 그는 문지기에 대한 수년간의 연구로 모피 깃에 붙어 있는 벼룩까지 알아보았으므로, 그 벼룩에게까지 자기를 도와 문지기가 마음을 돌리도록 해달라고 부탁한다. 마침내 그의 시력은 약해진다. 그는 자기의 주변이 정말 점점 어두워지는 것인지, 아니면 그의 눈이 착각하게 할 뿐인지 알 길이 없다. 그러나 이제 그 어둠 속에서 그는 법의 문으로부터 꺼질 줄 모르는 광채가 흘러나오고 있다는 것을 알게 된다. 이제 그는 더 이상 오래 살지 못할 것이다. 그가 죽기 전에, 그의 머릿속에는 그 시간 전체에 대한 모든 경험들이 그가 여태까지 문지기에게 물어보지 않았던 하나의 물음으로 집약된다. 그는 문지기에게 눈짓을 한다. 왜냐하면 그는 이제 굳어져가는 몸을 더 이상 똑바로 일으킬 수 없기 때문이다. 문지기는 그에게로 몸을 깊숙이 숙일 수밖에 없다. 왜냐하면 키 차이가 그 시골 남자에겐 매우 불리하게 벌어졌기 때문이다. "너는 이제 더 이상 무엇을 알고 싶은가?"라고 문지기가 묻는다. "네 욕망은 채워질 줄 모르는구나." "하지만 모든 사람들은 법을 절실히 바랍니다." 하고 그 남자는 말한다. "지난 수년 동안 나 이외에는 아무도 입장을 허락해줄 것을 요구하지 않았는데, 어째서 그런가요?" 문지기는 그 시골 사람이 이미 임종에 다가와 있다는 것을 알고, 희미해져 가는 그의 청각에 들리도록 하기 위해서 소리친다. "이곳에서는 너 이외에는 아무도 입장을 허락받을 수 없어. 왜냐하면 이 입구는 단지 너만을 위해서 정해진 곳이기 때문이야. 나는 이제 가서 그 문을 닫아야겠네."

재칼과 아랍인

우리는 오아시스에 짐을 풀었다. 동행인들은 자고 있었다. 키가 크고 피부가 흰 아랍인 한 사람이 내 곁을 지나갔다. 그는 낙타를 돌보고 나서 잠자리로 갔다.

나는 풀밭에 뒤로 벌렁 누웠다. 나는 자려고 했다. 나는 그럴 수가 없었다. 먼 곳에서 들려오는 재칼의 울부짖는 소리. 나는 다시 일어나 앉는다. 그러자 그렇게 멀리 느껴졌던 것이 가까워졌다. 한 떼의 재칼이 내 주위로 몰려들었다. 탁한 금빛으로 빛나다가 꺼져가는 눈들. 마치 채찍을 맞고 있는 듯이 규칙적이고도 재빠르게 움직이는 가는 몸체들.

한 마리가 뒤쪽에서 오더니, 내 팔 밑으로 파고들어서 마치 나의 체온이 필요한 듯 나에게 밀착해왔다. 그러더니 내 앞으로 나서서, 나와 거의 눈과 눈을 마주 대다시피 하고 이야기했다.

"나는 이 세상에서 가장 나이가 많은 재칼이오. 내가 아직 이곳에서 당신에게 인사를 할 수 있다니 행복합니다. 나는 이미 희망을 거의 버렸었는데, 왜냐하면 우리는 당신을 무한히 오랫동안 기다리고 있었으니까요. 나의 어머니도 기다렸고, 그녀의 어머니도, 또 그녀의 모든 어머니들로부터 모든 재칼의 어머니에 이르기까지 말입니다. 그것을 믿어주시오!"

"그건 놀라운 일이군요." 하고 나는 말했고, 연기로 재칼의 접근을 막기 위해서 이미 준비되어 있던 장작더미에 불을 붙이는 것도 잊고 있었다. "그런 말을 듣다니 매우 놀랍군요. 나는 아주 우연히 북쪽의 고지대로부터 왔고 짧은 여행 중에 있습니다. 재칼들이여, 도대체 당신들은 나에게 무엇을 원합니까?"

아마도 너무 친절했을 이런 응답에 용기를 얻은 듯, 그들은 내 주위를 둘러싸고 있던 원을 점점 좁혀왔다. 그들은 모두 씩씩거리며 짧게 숨을 쉬고 있었다.

"우리는 알고 있소." 하고 가장 연장자인 재칼이 말을 꺼냈다. "당신이 북쪽에서 왔다는 사실을 말입니다. 그리고 바로 거기에 우리는 희망을 걸고 있습니다. 그곳에서는 이곳 아랍인들 사이에서는 찾아볼 수 없는 오성이 있지요. 이 차가운 자만감으로부터는 한 치의 오성도 일으킬 수 없습니다. 그들은 동물을 잡아먹기 위해서 죽입니다. 그러면서도 동물의 썩은 시체는 경멸하지요."

"그렇게 크게 말하지 말아요." 하고 내가 말했다. "가까이에 아랍인들이 자고 있어요."

"당신은 정말 이방인이군요." 하고 그 재칼은 말했다. "그렇지 않다면 세계사에서 재칼이 아랍인을 두려워했던 적은 단 한 번도 없었다는 것을 당신이 알 텐데요. 우리가 그들을 두려워해야 한단 말인가요? 우리가 그런 종족 밑에서 배척당한 것으로 불행은 충분하지 않은가요?"

"그렇겠지요, 그렇겠지요." 하고 내가 말했다. "나는 나와 거리가 먼 일에는 어떤 판단도 하지 않소. 이것은 매우 오래된 싸움 같군요. 그러니까 아마 핏줄로 물려받은 것이겠지요. 그러니 아마 피로써 끝나겠군요."

"당신은 매우 영리하군요." 하고 그 늙은 재칼이 말했다. 그러자 모두 한층 더 빨리 숨을 몰아쉬었다. 조용히 서 있는데도 마구 헐떡이는 폐로, 때때로 이빨을 꽉 다물고 있어야만 견딜 수 있는, 쓰디쓴 냄새가 그들의 열린 주둥이로부터 흘러나왔다. "당신은 매우 영리합니다. 당신이 한 말은 우리들의 옛 가르침과 일치합니다. 우리가 그들의 피를 취하면, 싸움은 끝이 납니다."

"오!" 하고 나는 내가 하려 했던 것보다 더욱 과격하게 말했다. "그들은 저항할 거요. 그들은 화승총으로 당신들을 무더기로 쏴 죽일 것이오."

"당신은 우리를 잘못 이해하고 있소." 하고 그가 말했다. "그러니까 북쪽의 고지대에서도 사라지지 않고 있는 인간의 성질 때문이지요. 우리는 물론 그들을 죽이지는 않소. 나일강에는 우리 몸을 깨끗이 씻을 수 있을 만큼 그렇게 많은 물이 있지는 않아요. 우리들은 그들의 살아 있는 육체만 보아도 도망치지요. 보다 순수한 공기 속으로, 사막으로, 사막은 그렇기 때문에 우리들의 고향이지요."

그러는 사이에 한층 더 많은 재칼들이 먼 곳으로부터 모여들었고, 그 모든 재칼들은 앞다리 사이로 머리를 수그리고 앞발로 머리를 닦았다. 그것은 마치 어떤 반감을 숨기려는 것 같았고, 그 반감은 너무도 두려운 것이어서, 나는 단번에 높이 뛰어올라 그들의 원으로부터 도망치고 싶은 심정으로 가득했다.

"그래서 어떻게 할 작정인가요?" 하고 물으면서 나는 일어서려고 했다. 그러나 나는 그럴 수가 없었다. 두 마리의 젊은 동물이 내 뒤에서 윗저고리와 속내의를 꽉 물고 있었기 때문이었다. 나는 계속해서 앉아 있어야만 했다. "그들은 당신의 옷자락을 잡고 있어요. 일종의 존경심의 표현이지요." 하고 늙은 재칼이 설명하듯이 진지하게 말했다. 나는 "나를 놓아주시오!" 하고 소리치면서, 늙은 재칼과 젊은 재칼들을 번갈아 보았다. "물론 그들은 그렇게 할 거요. 왜냐하면 그들은 관습에 따라 깊이 물고 있기 때문에, 우선 물고 있는 이빨들이 서로 천천히 벌어져야 하니까요. 그동안 우리의 요청을 들어보시오."

"당신들의 태도는 나로 하여금 그것을 쉽사리 받아들이지 못하도록 하고 있어요."라고 내가 말했다. "우리의 미숙함을 용서하시오."라고 그는 말했고, 이제야 처음으로 원래 호소하던 목소리를 사용해서 말했다. "우리는 불쌍한 동물들입니다. 우리는 단지 이빨만을 가지고 있을 뿐이지요. 우리가 하고자 하는 것, 그것이 선이든 악이든 간에, 그 모든 것을 위해서 우리에게는 유일하게 이빨만이 있을 뿐입니다." "그래서 당신은 무엇을 바랍니까?" 하고 나는 약간 누그러져서 말했다.

　"주인님." 하고 그가 소리쳤고, 모든 재칼들이 울부짖었다. 그것은 아주 먼 곳에서 들려오는 어떤 멜로디처럼 느껴졌다. "주인님, 당신은 이 세계를 이간하고 있는 이 싸움을 종식시켜야 합니다. 우리의 조상들은 그 일을 하게 될 사람이 바로 당신과 같은 사람이라고 써놓았습니다. 우리는 아랍인들로부터 평화를 찾아야 합니다. 숨을 쉴 수 있는 공기, 그들로부터 풀려나 순결해진 수평선 주위의 전경. 아랍인이 찔러 죽이는 숫양의 비애에 찬 울부짖음은 없어져야 할 것입니다. 모든 짐승들은 조용히 죽을 수 있어야 합니다. 그것들은 방해받지 않고 우리들에 의해 완전히 비워져야 하고, 뼛속까지 깨끗이 순화되어져야 합니다. 순수함, 우리들은 순수함 이외에는 아무것도 원치 않습니다."—그러자 모두가 울고 흐느낀다—"어떻게 당신만이 이 세상에서 그것을 견디어 나갈 수 있겠습니까, 그대 숭고한 마음과 즐거운 내면의 소유자여? 그들의 흰색은 불결합니다. 그들의 검은색 또한 불결합니다. 그들의 수염은 공포입니다. 그들의 눈초리만 보아도 침을 뱉어야 합니다. 그리고 그들이 팔을 올리면, 겨드랑이에는 지옥이 열립니다. 그러니까, 오 주인님, 그러니까, 오 고귀한 분이시여, 모든 것을 가능케 하는 당신 손의 도움으로, 이 가위를 가지고 그들의 목을 자르시오!" 그가 목을 한 번 움찔 움직이자 한 재칼이 오래되어 녹이 슨 작은 가위 하나를 송곳니에 물고 왔다.

"자, 마침내 가위구나. 그리고 그것으로 끝장이겠지!" 하고 우리의 지휘자인 아랍인이 소리쳤다. 그는 바람에 대항하면서 우리들 쪽으로 미끄러져 와서는 거대한 채찍을 휘둘렀다. 모두가 재빨리 흩어졌다. 그러나 그들은 약간 떨어진 곳에 멈추어 있었다. 서로 몸을 꼭붙이고 한 덩어리가 되어서. 많은 짐승들이 그렇게 밀착되어 굳어져 있는 모습은 마치 날아다니는 도깨비불로 둘러쳐진 좁은 울타리처럼 보였다.

"그러니까 선생, 당신 역시 이 연극을 보았고 들었지요." 하고 그 아랍인은 말하면서, 그의 종족의 내성적인 성격이 허락할 수 있는 만큼 유쾌하게 웃어댔다. "당신은 저 짐승들이 무엇을 원하는지 알고 있군요?" 하고 나는 물었다. "물론이오, 선생." 하고 그가 말했다. "그것은 물론 유명한 이야기지요. 아랍인이 존재하는 한, 이 가위는 사막을 돌아다닐 것이고 세상이 끝나는 날까지 우리와 함께 돌아다니게 될 것이오. 모든 유럽인들에게 위대한 과업을 행하도록 이 가위가 제공되고 있소. 모든 유럽인들이 그들에게는 사면을 받고 온 사람처럼 생각됩니다. 이 짐승들은 어리석은 희망을 가지고 있지요. 바보들, 그들은 정말 바보들이오. 우리들은 그렇기 때문에 그들을 사랑합니다. 이것들은 우리들의 개지요. 당신들의 개보다 더 아름답소. 보시오, 낙타 한 마리가 밤에 죽었소. 내가 그것을 이리로 실어 오도록 시켰소."

네 명의 짐꾼이 와서 그 무거운 시체를 우리들 앞에 내던졌다. 그 시체가 놓이자마자, 재칼들은 목소리를 높였다. 재칼들은 하나하나가 마치 밧줄에 묶여 어쩔 수 없이 잡아당겨지듯이, 몸을 뒤로 빼면서, 배를 땅바닥에 질질 끌면서 다가왔다. 그것들은 아랍인들을 잊어버렸다. 증오심도 잊어버렸다. 김이 무럭무럭 올라오고 있는 시체의 현존이 모든 것을 녹여버렸고, 그것들을 매료시켰다. 벌써 한 마리가 목에 달라붙었고 단번에 동맥을 찾아냈다. 가망은 없어도 거대한 불을 어떻게 해서든지 끄려고 미친 듯이 뿜어대는 작은 펌프처럼, 그것의 몸의 모든 근육은 제자리에서 늘어나기도 하고 경련을 일으키기도 했다. 그러자 이미 모두가 같은 일을 하면서 그것들은 시체 위에 산을 이루고 있었다.

그때 아랍인 지휘자는 그것들 위로 가로세로로 날카로운 채찍을 세차게 휘둘렀다. 그것들은 머리를 쳐들었다. 그것들은 거의 도취와 기절 상태에 빠진 채, 자기들 앞에 아랍인들이 서 있는 것을 보았다. 이제 주둥이에 채찍을 느끼자, 펄쩍 뛰어서 뒤로 물러나며 어느 만큼 도망쳤다. 그러나 낙타의 피는 이미 거기에 웅덩이를 이루며, 김을 피워 올리고 있었고, 몸뚱이는 여러 군데가 크게 찢겨 있었다. 그것들은 거부할 수가 없었다. 그것들은 다시 왔고, 지휘자는 다시 채찍을 쳐들었다. 나는 그의 팔을 붙잡았다.

"당신이 옳아요, 선생." 하고 그는 말했다. "우리는 그것들이 자신의 천직을 행할 때는 그대로 놓아둡시다. 또한 떠날 시간이기도 합니다. 당신은 그것들을 보았지요. 놀라운 동물들이오, 그렇지 않소? 게다가 우리를 증오하는 모습이란!"

광산의 방문객

　오늘은 최고위 기술자들이 이 아래의 우리들에게 왔다. 새로운 갱도를 설치하라는 관리국의 지시가 있었고, 그래서 기술자들은 제일 차 측량을 실시하기 위해서 온 것이다. 그 사람들은 얼마나 젊고, 게다가 또 얼마나 다른 유의 사람들이던지! 그들은 모두 아무런 구속을 받지 않고 성장했으며, 젊은 나이에도 이미 그들의 명확하게 정해진 특성이 거리낌 없이 나타나고 있었다.

　한 사람은 검은 머리에 활기가 넘치고, 사방으로 눈길을 돌린다.

　두 번째 사람은 메모지를 가지고 걸어가면서 스케치를 하고, 주위를 살펴보고, 비교하고, 메모를 한다.

　세 번째 사람은 윗저고리 주머니에 손을 넣고 있어서 전체 모습이 평평해 보이는데, 똑바로 걸으면서 위엄을 부린다. 단지 계속해서 입술을 깨무는 모습에서 참을성이 없고, 자제할 줄 모르는 젊은이임이 드러난다.

　네 번째 사람은 세 번째 사람에게 그가 요구하지 않는데도 설명을 한다. 세 번째 사람보다 작고 마치 유혹자처럼 그의 곁을 따라다니면서 집게손가락을 언제나 공중으로 향하고 있는 이 사람은 이곳에서 보이는 모든 사소한 것들에 관해서 그에게 보고하고 있는 듯하다.

　다섯 번째 사람은 제일 높은 직위에 있는 듯한데, 동행을 참지 못하고 앞서거니 뒤서거니 한다. 그 단체는 그를 따라 걸음을 옮기고 있다. 그는 창백하고 허약하다. 그의 눈은 책임감으로 움푹 파여 있다. 가끔 생각에 잠기며 손으로 이마를 누른다.

　여섯 번째와 일곱 번째 사람은 등을 약간 굽힌 채, 서로 머리를 가까이 대고, 손을 잡고, 친숙한 대화를 나누며 걷고 있다. 이곳이 우리의 탄광이 아니고, 깊은 갱도 안에 있는 우리의 일터가 아니라면, 뼈가 들어가고, 수염이 없고, 주먹코인 이 두 신사는 젊은 성직자들로 생각될 것이다. 그 중 한 사람은 웃을 때 대부분 고양이 같은 가르랑 소리를 내며 삼키듯 웃는다. 다른 사람도 미소 지으며 말을 하면서 빈손으로 어떤 박자를 맞추고 있다. 이 두 신사는 자신의 직위에 대해서 확신을 가지고 있는 것이 틀림없다. 그들이 그 젊은 나이에도 불구하고 우리 광산에 어떤 기여를 했길래, 이곳에서 윗사람이 보는 가운데 그렇게 중요한 일을 행하고 있으면서도 단지 개인적인 일이나 혹은 적어도 현재의 과제와는 아무런 관계가 없는 일들에 그렇게 단호하게 몰두하고 있는 것인지, 아니면 그들은 그런 모든 웃음과 산만함에도 불구하고 필요한 것을 정말 깨달을 수 있을까? 그러한 신사들에 관해서 감히 어떠한 판단도 내리지 못하겠다.

　그러나 다른 한편으로는, 예를 들어 여덟 번째 사람이 이들보다, 아니 모든 사람들보다 비교할 수 없을 만큼 한층 더 임무에 집중하고 있다는 것은 물론 재차 의심할 여지가 없다. 그는 모든 것을 만져보아야 하고, 그가 계속해서 주머니에서 꺼냈다가 또다시 그곳에 보관하는 작은 망치 하나로 모든 것을 두드려보아야만 한다. 가끔 그는 자신의 우아한 복장에도 개의치 않고 무릎을 꿇고 앉아서 땅바닥을 두드린다. 그러고 나서 다시금 걸어갈 때는 벽이나 머리 위의 천장을 두드리는 것이다. 한번은 그가 오랫동안 몸을 거기에 눕히고 가만히 있었다. 우리는 이미 어떤 불행한 일이 생긴 거라고 생각했다. 그러나 그는 곧 날씬한 몸을 약간 움츠리면서 뛰어 일어났다. 그러니까 그는 다만 또다시 조사를 했을 뿐이었다. 우리는 우리의 광산과 그것의 돌들을 안다고 믿고 있지만, 이 기술자가 계속해서 이러한 방법으로 조사하고 있는 것이 무엇인지 이해가 가지 않는다.

아홉 번째 사람은 일종의 유모차를 밀고 가는데, 그 안에는 측량도구가 놓여 있다. 매우 값비싼 도구들로, 아주 부드러운 솜 안에 깊숙이 놓여 있다. 이 차는 물론 원래는 하인이 밀고 가야 하지만, 그는 하인을 믿을 수가 없다. 한 기술자가 다가와서 그 일을 기꺼이 한다. 사람들은 그의 모습에서 그것을 알 수 있다. 아마도 그가 가장 나이가 어린 사람일 것이고, 그 모든 기구들을 아직 전혀 알지도 못할 것이다. 가끔 그는 차를 벽에 부딪침으로써 위험에 처한다.

그러나 그 차를 따라가면서 그 옆에서 그것을 막아주는 또 다른 한 명의 기술자가 있다. 이 사람은 틀림없이 그 기구들을 근본적으로 잘 알고 있으며, 그것의 원래 보관자인 듯이 보인다. 때때로 그는 차를 세우지 않고 그 기구들의 일부를 꺼내어 세심하게 살펴보고 나사못을 열거나 조이고, 흔들어보고, 귀에 대고 소리를 들어보기도 한다. 그리고 차를 밀고 있는 사람이 대부분 멈추어 서 있는 동안, 그는 멀리서는 전혀 보이지 않는 그 작은 물건을 아주 세심하게 조심하며 마침내는 다시 차 안에 넣어놓는다. 이 기술자는 약간 지배욕이 강하다. 그러나 단지 기구라는 명목에서만 그러하다. 차로부터 열 발자국 앞에서 벌써 우리는, 아무 말없이 손가락이 가리키는 대로 옆으로 비켜서야 한다. 비켜날 자리가 없는 곳에서조차도.

이 두 명의 신사 뒤에는 아무 할 일이 없는 하인이 가고 있다. 그 신사들과 같은 그러한 위대한 지식을 가졌을 때는 당연히 그러하듯이, 그들은 이미 오래전에 모든 자만심을 떨쳐버렸다. 그와 반대로 그 하인은 내면에 자만심을 쌓고 있는 듯이 보인다. 한 손은 등허리에 대고 다른 한 손으로는 하인 제복의 금빛 단추나 섬세한 옷감을 쓰다듬으면서, 그는 자주 오른쪽, 왼쪽을 향해서 고개를 끄덕인다. 마치 우리가 인사를 했고, 그가 거기에 응답이라도 하는 듯이, 또는 우리가 인사를 했으리라고 믿는 듯이, 그러나 그의 높은 위치로서는 그것을 확인할 수 없다는 듯이. 물론 우리는 그에게 인사하지 않는다. 그러나 그를 쳐다보면 그가 광산 관리국의 어떤 두려운 존재, 관청 사환이라도 되는 듯이 생각하게 될 정도이다. 그의 뒤에서 우리는 물론 웃는다. 그러나 그가 천둥소리에도 뒤돌아보지 않는 것은 아니어서, 그는 우리의 생각 속에서는 여전히 어떤 이해하기 힘든 존재로 남아 있다.

　오늘은 충분한 작업을 하지 못할 것이다. 작업의 중단이 너무 많았기 때문이다. 그러한 방문은 일에 대한 생각을 모두 빼앗아가 버린다. 시험 갱도의 어둠 속으로 신사들의 뒷모습을 바라보는 일은 너무도 황홀하다. 그들은 모두 그 안으로 사라져버렸다. 머지않아 우리들의 막장도 없어지게 될 것이다. 우리들은 그 신사들이 들어가는 모습을 더 이상 함께 보지 못할 것이다.

이웃 마을

나의 할아버지께서는 늘 이렇게 말씀하셨다. "인생이란 놀랍게도 짧구나. 지금 돌이켜 생각해보니 이렇게 한마디로 말할 수 있겠는걸. 예를 들어 어떤 젊은이가—우연히 만난 불행한 사고는 제쳐놓는다 하더라도—행복하게 흘러가는 일상적인 삶의 시간조차 말을 타고 가는 그런 여행에는 턱없이 모자란다는 것을 두려워하지 않고서 어떻게 이웃 마을로 말을 타고 나설 결심을 할 수 있는지, 나로서는 거의 납득하기 힘들구나."라고.

황제의 칙명

　황제가—그런 이야기가 있다—한낱 개인에 불과한 '그대'에게, 그
것도 황제의 태양 앞에서는 아주 먼 곳으로 피신한 왜소하고 초라한
신하, 바로 그러한 '당신'에게 임종의 침상에서 칙명을 보냈다. 그 칙
사를 황제는 침대 옆에 꿇어앉히고 그의 귀에 그 칙명을 속삭이듯 말
했다. 그 칙명이 황제에게는 매우 중요했으므로, 그는 칙사에게 그
말을 자신의 귀에 되풀이하도록 시켰다. 그는 머리를 끄덕여 그 말이
맞다는 것을 시인했다. 그러고는 그의 임종을 지켜보는 모든 사람들
앞에서—장애가 되는 벽들은 모두 허물어지고, 멀리까지 높이 뻗어
있는 옥외 계단 위에는 제국의 위인들이 빙 둘러서 있다—이러한 모
든 사람들 앞에서 그는 칙사를 떠나보냈다. 칙사는 곧 길을 떠났다.
그는 지칠 줄 모르는 강인한 남자였다. 그는 양팔을 앞으로 번갈아
내뻗으며 군중 사이를 뚫고 지나갔다. 제지를 받으면 태양 표지가 있
는 가슴을 내보인다. 그는 역시 다른 누구보다도 수월하게 앞으로 나
아간다. 그러나 사람들의 무리는 너무나 방대했고, 그들의 거주지는
끝이 없었다. 거칠 것 없는 들판이 열린다면 그는 날듯이 달려갈 것
이고 그리고 머지않아 '당신'은 그의 주먹이 당신의 문을 두드리는
굉장한 소리를 들었을 것이다. 그러나 그렇게 하는 대신 그는 속절없
이 애만 쓰고 있으니. 그는 여전히 심심 궁궐의 방들을 헤쳐 나가고
있다. 그러나 결코 그 방들을 벗어나지 못할 것이고, 그가 설령 궁궐
을 벗어나는 데 성공한다 하더라도 아무런 득도 없을 것이다. 계단을

내려가기 위해서 그는 스스로와 싸워야 할 것이고, 설령 그것이 성공한다 하더라도 아무런 득이 없을 것이다. 궁궐의 정원은 통과할 수 있을지 모른다. 그러나 그 정원을 지나면 두 번째로 에워싸는 궁궐, 또다시 계단과 정원, 또 다시 궁궐, 그렇게 수천 날이 계속될 것이다. 그래서 마침내 그가 가장 외곽의 문에서 밀치듯 뛰어나오게 되면—그러나 그런 일은 결코, 결코 일어나지는 않을 것이다—비로소 세계의 중심, 침전물들로 높이 쌓인 왕도王都가 그의 눈앞에 펼쳐질 것이다. 어느 누구도 이곳을 뚫고 나가지는 못한다. 비록 죽은 자의 칙명을 지닌 자라 할지라도—그러나 밤이 오면, '당신'은 창가에 앉아 그 칙명이 오기를 꿈꾸고 있다.

가장의 근심

어떤 이들은 오드라데크Odradek라는 말이 슬라브어에서 나왔다고 말한다. 그들은 그것을 근거로 이 말의 형성을 증명해 보이려 한다. 또 다른 이들은 이 말이 독일어에서 나온 것이고, 다만 슬라브어의 영향을 받은 것뿐이라고 말한다. 그러나 두 가지 해석의 불확실성으로 미루어 보아 그 어느 것도 정확하지 못할 뿐더러, 게다가 이들 해석으로는 그 의미를 발견할 수 없다는 결론을 내리게 될 것이다.

만약 오드라데크라 불리는 존재가 실제로 없다면, 그 누구도 그런 연구에 몰두하지는 않았을 것이다. 그것은 우선 납작한 별 모양의 실타래처럼 보인다. 그리고 그것은 실제로 실이 감겨 있는 것처럼 보이기도 한다. 물론 그것은 다만 끊겨진 채 서로 엉키고 매듭지어진, 여러 모양과 색깔의 낡은 실타래 조각일 수 있다. 그러나 그것은 그저 하나의 실패만이 아니라 별의 중간에는 횡으로 작은 막대가 돌출해 있고, 이 막대기와 맞닿아 오른쪽 모서리에 또 하나의 막대기가 있다. 이쪽 면에서 보면 이 두 번째 막대기의 도움으로, 다른 쪽 면에서 보면 별이 발하는 빛으로 인해, 이 전체 모양은 마치 두 개의 다리로 서듯 곧추설 수 있다.

사람들은 이러한 형상의 물체가 예전에는 어떤 목적에 알맞은 모양을 가지고 있었으나, 지금은 그저 부서졌을 뿐이라고 믿고 싶은 심정일 것이다. 그러나 이것은 그런 경우는 아닌 듯하다. 적어도 그런 표시가 보이지 않는다. 어느 곳에서도 그런 어떤 것을 가르쳐주는 성향이나 깨진 부분을 발견할 수 없다. 그 전체가 의미 없어 보이지만, 그 나름대로는 완성된 것으로 보인다. 그 밖에 이것에 관한 더욱 상세한 것은 말할 수 없다. 왜냐하면 오드라데크는 유난히 움직임이 많아서 붙잡을 수 없기 때문이다. 그는 번갈아가며 다락방에 있다가, 계단에 있기도 하고, 복도에 있는가 하면, 현관에 있기도 한다. 가끔 그는 몇 달 동안 보이지 않을 때도 있다. 그때는 아마 그가 다른 집으로 옮겨갔을 것이다. 그러나 그는 어김없이 또다시 집으로 되돌아온다. 가끔 우리가 문밖으로 나올 때, 그가 저 아래 난간에 기대어 있으면, 우리는 그에게 말을 걸고 싶어진다. 물론 그에게 어려운 질문을 하지 않을 테고, 그를 마치 어린아이처럼—아주 작은 그의 모양이 그렇게 하도록 만든다—대할 것이다. "넌 이름이 뭐니?"라고 그에게 물을 것이다. "오드라데크." 하고 그가 말한다. "넌 어디서 살지?" "정해지지 않은 집." 하고 말하면서 그는 웃을 것이다. 그러나 그 웃음은 폐를 가지고는 만들어낼 수 없는 그런 웃음이다. 그것은 마치 낙엽의 바스락거리는 소리처럼 들린다. 대화는 대개 이것으로 끝이 난다. 덧붙여 말하면, 이 대답조차 언제나 듣게 되는 것은 아니다. 그는 흔히 오랫동안 말이 없다. 마치 나무토막처럼. 그는 나무토막인 것 같기도 하다.

나는 그가 어떻게 될까 하고 헛되이 자문해본다. 그가 도대체 죽을 수도 있을까? 사멸하는 모든 것은 그전에 일종의 목표를, 일종의 행위를 가지며, 그로 인해 그 자신은 으스러지는 법이다. 그러나 이 말은 오드라데크에게는 적용되지 않는다. 그렇다면 그가 언젠가는 내 아이들과 손자들의 발 앞에서까지도 실타래를 질질 끌면서 계단 아래로 굴러 내려갈 것이란 말인가? 그가 아무에게도 해를 끼치지 않는다는 것은 분명하다. 그러나 내가 죽고 난 후에도 그가 살아 있으리라는 생각이 나에게는 몹시 고통스럽다.

열한 명의 아들

나에게는 열한 명의 아들이 있다.

첫째는 외모는 매우 볼품이 없으나 진지하고 영리하다. 그렇긴해도 나는 그를 그리 높이 평가하지는 않는다. 내가 그를 자식으로서는 다른 모든 아이들과 마찬가지로 사랑하기는 하지만 말이다. 내가 보기에 그의 사고는 너무나 단순한 듯하다. 그는 오른쪽도 왼쪽도 보지 못하며, 멀리도 바라보지 못한다. 그는 자신의 좁은 사고의 범위 안에서 계속해서 사방팔방으로 뛰어다니고 있거나 아니면 방향만을 바꾸고 있다.

둘째는 잘생겼고, 늘씬하며, 훌륭한 체격을 가지고 있다. 펜싱하는 그의 모습을 바라보면 넋을 잃게 된다. 그 역시 영리하고 게다가 세상 경험도 풍부하다. 그는 많은 것을 보았고, 그 때문에 토박이 사람들조차도 고향에 남아 있는 이들보다는 그와 더욱 친근하게 이야기하는 것처럼 보인다. 물론 이러한 장점이 본질적으로 단지 꼭 여행 덕분이라고만은 할 수 없다. 그것은 오히려 아무도 흉내 낼 수 없는 이 아이의 독특함의 일부인 것이다. 예를 들어, 여러 번 공중회전을 하다가 대담하게 곧장 몸의 평형을 바로잡고 물속으로 뛰어드는 그의 다이빙 솜씨를 흉내 내고 싶은 사람은 누구라도 그를 인정하게 된다. 그 흉내 내는 사람의 용기와 마음은 다이빙대 끝까지는 미치지만, 거기서 뛰어내리는 대신 그는 갑자기 주저앉게 되고, 사과를 하면서 팔을 쳐들고 만다—그러나 이런 모든 것에도 불구하고 (사실 나는 이런 자식을 갖게 된 것을 기뻐해야 한다) 그 아이와 나의 관계는 원만하다고는 할 수 없다. 그의 왼쪽 눈은 오른쪽 눈보다 약간 작고, 자주 깜박거린다. 그것은 그의 얼굴을 원래보다 훨씬 뻔뻔스럽게 보이도록 만들기는 하지만, 다만 작은 결함일 뿐, 그의 존재가 갖는, 거의 접근할 수 없는 완벽성에 비교하면 그 깜박이는 작은 눈을 탓할 사람은 아무도 없을 것이다. 아버지인 나는 그렇다. 물론 내 마음을 아프게 하는 것은 이러한 육체적인 결함이 아니라, 어쩐지 그 결함과 일치하는 듯한, 그의 정신의 자그마한 불규칙성, 그의 핏속을 방황하는 어떤 독소, 나에게만 보이는, 그의 생의 터전을 완성시킬 수 없는 어떤 무능력인 것이다. 그러나 바로 이러한 점이 다른 한편으로는 그를 진정한 내 아들이 되게 한다. 왜냐하면 그의 이러한 결함은 동시에 우리 전 가족의 결함이기도 하며, 다만 이 아들에게만 명확하게 드러날 뿐이기 때문이다.

셋째 아들도 둘째와 마찬가지로 미남이다. 그러나 그것은 내 마음에 드는 아름다움이 아니다. 그것은 가수가 가지는 아름다움이다. 뒤흔들리는 입, 꿈꾸는 눈, 돋보이게 하기 위해서 뒤에 주름 장식을 필요로 하는 머리, 지나치게 튀어나온 가슴, 쉽게 올라가고 너무도 쉽게 떨어지는 그의 손, 오래 지탱할 수 없으므로 고상한 체하는 그의 다리. 그 밖에도 그의 목소리의 음색은 풍요롭지 못하고, 한순간을 속일 뿐이며, 전문가로 하여금 귀를 기울이게 하나, 곧이어 헐떡거리고 만다―일반적으로 모든 것이 이 아들을 자랑스럽게 내보이도록 유혹하지만, 나는 그를 제일 숨겨두고 싶다. 그 스스로도 억지로 나서지 않는데, 그것은 그가 자신의 결함을 알기 때문이 아니라 그의 순진함 때문이다. 또한 그는 우리 시대를 낯설게 느끼고 있다. 그는 우리 가족에게 속해 있지만, 그 이외에도 그에게서 사라져버린 어떤 다른 가족에게도 영원히 속해 있는 것처럼, 자주 불쾌해하고, 어떠한 것도 그의 기분을 밝게 해주지 못한다.

　나의 넷째 아들은 아마 형제들 중에서 가장 사교적인 아이일 것이다. 그는 진정한 그 시대의 아들이므로, 누구와도 이야기가 통한다. 그는 모든 공동의 지반 위에 서 있으므로, 누구나 그의 말에 고개를 끄덕이려 애쓴다. 아마 이러한 일반적인 인정을 통해서 그의 존재는 어떤 경쾌함을, 그의 행동은 어떤 자유로움을, 그의 판단은 어떤 냉담함을 얻게 되었는지 모른다. 사람들은 자주 그의 발언 중 많은 것을 반복시키고 싶어 한다. 물론 전체가 아니라 그중 많은 부분만을 그렇게 하려는 것인데, 왜냐하면 전체적으로 볼 때, 그는 지나친 경솔로 인해 늘 고민에 빠지기 때문이다. 그는 마치 제비처럼 공중을 가르며 놀랄 만큼 훌륭하게 뛰어내리지만, 곧 황량한 먼지 속에서 절망적으로 끝나고 마는 사람, 즉 하나의 헛된 존재와도 같다. 그러한 생각들 때문에 나는 이 아이를 볼 때면 씁쓸해진다.

　다섯 번째 아들은 사랑스럽고 착하며, 약속한 것보다 훨씬 많은 것을 지킬 줄 안다. 그는 있는 듯 없는 듯해서, 사람들은 그가 있는 곳에서도 겉으로는 혼자 있는 것처럼 느낀다. 그런데도 그 점이 그에게 어느 정도의 명성을 얻게 하였다. 어떻게 해서 그렇게 되었느냐고 사람들이 나에게 묻는다면, 나는 거의 대답할 수가 없다. 순진무구함만이 아직도 이 세상의 풍파를 헤쳐나갈 수 있을 것이고, 그는 순진무구하다. 어쩌면 지나치게 순진무구할지도 모른다. 그는 모든 이들에게 친절하다. 어쩌면 지나치게 친절한지도 모른다. 고백하건대 사람들이 내 앞에서 그를 칭찬한다면, 나는 마음이 언짢아질 것이다. 사람들이 내 아들처럼 공공연하게 칭찬받을 만한 누군가를 칭찬한다면, 그것은 그 칭찬이 너무 가벼워진다는 것을 의미한다.

　나의 여섯 번째 아들은, 적어도 처음 보았을 때는, 모든 아들 중에서 가장 사려 깊은 아이라고 생각된다. 침울한 아이지만 수다쟁이

이기도 하다. 그래서 사람들은 그에게 쉽게 접근하지 못한다. 그는 패하면, 이겨내기 힘든 슬픔 속에 빠지고 만다. 그가 우세해지면, 그는 말을 많이 함으로써 그것을 지키려 한다. 나는 물론 그가 가지고 있는 어떤 사욕 없는 열정을 부인하지는 않겠다. 밝은 대낮에도 그는 꿈속에서처럼 자신의 생각과 씨름을 한다. 몸이 아프지도 않으면서—그는 아마 매우 좋은 건강 상태를 가지고 있을 것이다—가끔 어지러워 비틀거린다. 특히 해질 무렵이면. 그러나 그는 아무런 도움을 필요로 하지 않으며, 쓰러지지도 않는다. 어쩌면 이러한 현상은 그의 발육 상태에 원인이 있는지도 모른다. 그는 자기 나이에 비해서 지나치게 크기 때문이다. 그것은 그의 전체적인 모습을 흉하게 만든다. 부분적인 것들, 예를 들면 손이나 발은 매우 아름다운데도 말이다. 그리고 그의 이마 또한 보기 좋지는 않다. 그는 피부나 골격 형성에서도 어딘지 쭈그러져 있다.

　일곱 번째 아들은 다른 모든 아이들보다 한층 더 내 아들인 것 같다. 세상은 그의 가치를 인정해줄 줄 모른다. 그의 독특한 형태의 위트를 세상은 이해하지 못한다. 나는 그를 과대평가하지는 않는다. 나는 그가 변변치 않다는 것을 알고 있다. 세상이 그의 가치를 인정해줄 줄 모른다는 것 이외에 다른 결함을 가지고 있지 않다면, 세상은 아직 흠잡을 데가 없을 텐데. 그러나 나는 가족들 사이에서 이 아들이 없이 지내고 싶지는 않다. 그는 불안감을 가져올 뿐만 아니라, 관습에 대한 경외심도 가져온다. 그러나 적어도 내 느낌으로는 그는 이 두 가지를 논란의 여지가 없는 하나의 전체 안에 첨가시키고 있다. 물론 그는 이 전체로써 적어도 무엇인가를 시작할 줄 안다. 그렇다 해도 그는 미래의 수레바퀴를 움직이지는 못할 것이다. 그러나 이러한 그의 기질은 고무적이고 희망에 차 있다. 나는 그가 자식들을 갖고, 그 자식들이 또다시 자식들을 갖게 되기를 바란다. 불행히도 이 바람은 이루어지지 못할 듯하다. 나에게 이해가 되기는 하지만 바람 직하지는 않은 어떤 자기만족, 물론 주위 사람들의 판단과는 완전히 반대되는 그러한 자기만족 속에서 그는 홀로 떠돌아다닌다. 그는 처녀들에게 신경을 쓰지 않는데, 그래도 그는 결코 좋은 기분을 잃는 법은 없을 것이다.

나의 여덟 번째 아들은 나를 늘 염려케 하는 아이이다. 그러나 나는 도대체 그 이유를 모른다. 그는 나를 낯설게 바라본다. 나는 물론 아버지로서 그와 밀착되어 있음을 느낀다. 시간이 많은 것을 회복시켜주었다. 그러나 예전에는 그를 생각하기만 해도 가끔 전율이 나를 엄습했다. 그는 자기 자신의 길을 갔고, 나와의 모든 관계를 끊었다. 그러고는 고집스런 머리와 작고 다부진 몸으로—소년이었을 때 다리가 아주 약했지만, 그것은 그동안 이미 교정되었을 것이다—자기 마음에 드는 곳이면 어디에서나 그럭저럭 잘 꾸려나가고 있을 것이다. 자주 나는 그를 불러서 그에게 묻고 싶어진다. 대체 그의 형편이 어떠한지, 무엇 때문에 그토록 아버지로부터 자신을 폐쇄시키는지, 그리고 근본적으로 그의 의도가 무엇인지를. 그러나 이제 그는 그렇게도 멀리 가 있고, 이미 아주 많은 시간이 흘렀다. 이제는 이 상태 그대로 남게 될 것이다. 나는 그가 내 아들 중 유일하게 턱과 뺨에 온통 수염을 기르고 있다는 소식을 들었다. 물론 그렇게 작은 남자에게 그런 수염은 어울리지 않는다.

나의 아홉 번째 아들은 매우 우아하고 여자들에게나 어울리는 사랑스러운 눈길을 가지고 있다. 어떤 때는 나조차도 매료당할 만큼 그렇게 사랑스럽다. 이 초지상적인 광채를 닦아내기 위해서는 분명히 젖은 스펀지 하나로 충분하다는 것을 내 자신이 알고 있으면서도 말이다. 그러나 이 청년에게서 특별한 점은 그가 절대로 유혹을 겨냥하지 않는다는 것이다. 그에게는 평생 동안 긴 안락의자에 누워서, 그의 시선을 천장에나 소비하거나 혹은 차라리 눈꺼풀 안에 그 시선을 쉬게 하는 것으로 충분할 것이다. 그는 자신이 좋아하는 이러한 상태에 있게 되면, 기꺼이 그리고 곧잘 이야기를 한다. 간결하고 명료하게. 그러나 물론 좁은 범위 안에서일 뿐이다. 그런 협소한 범위는 어쩔 수 없이 넘어서게 마련인데, 그가 그것을 넘어서게 되면, 그의 말소리는 아주 공허해진다. 졸음이 그득한 그의 시선이 이 사실을 눈치챌 수 있기를 바랐더라면, 그에게 거절의 눈짓을 보냈을 것이다.

나의 열 번째 아들은 불성실한 성격의 소유자로 통한다. 나는 이 결점을 완전히 부정하고 싶지도, 완전히 시인하고 싶지도 않다. 분명한 것은, 누군가 제 나이보다 훨씬 노숙한 모습으로 다가오는 그의 모습을 본다면, 언제나 꼭 채워진 정장을 하고, 낡기는 했어도 세심하게 손질된 검정 모자를 쓰고, 움직임 없는 얼굴, 약간 튀어나온 턱, 눈 위에 무겁게 곡선을 그리고 있는 눈썹, 가끔 입가로 가져가는 두 손가락—이런 그의 모습을 본 사람은 생각할 것이다, 이 사람은 터무니없는 위선자로군, 하고. 그러나 그가 하는 이야기를 들어보라! 그는 현명하고, 사려 깊고, 무뚝뚝하다. 심술궂은 생동감으로 질문들을 막아버리고, 우주와 놀랍고도 즐겁고 자명한 일치감 속에 있으니, 이 일치감은 어떻게 해서든지 목을 세게 잡아당겨, 머리를 쳐들게 한다. 그는 말로써 많은 사람들의 마음을 강하게 끌었는데, 그들은 자기 자신을 매우 영리하다고 생각하고 있으며 그 때문에 그의 외모를 불쾌하게 느끼게 되는 사람들이었다. 그러나 또한 그의 외모에 대해서 무관심한 사람들도 있는데, 그들에게는 그의 말이 위선적으로 생각되는 것이다. 아버지인 나는 여기서 최종적인 판단을 내리지는 않겠다. 그러나 후자의 판단이 어쨌든 전자의 것보다 주목할 만한 가치가 있다고 고백하지 않을 수 없다.

나의 열한 번째 아들은 연약하다. 아마 나의 아들 중에서 가장 약한 아이일 것이다. 물론 그는 가끔 기운차고 단호할 때도 있다. 그러나 그런 때에도 그 연약함은 어떻든 그의 내부에 깔려 있다. 그러나 그것은 결코 부끄러운 허약함이 아니라, 다만 우리 지구상에서만 허약함으로 생각되는 그런 어떤 것이다. 예를 들면, 비상할 준비가 되어 있다는 것 역시 허약함이 아닐까? 왜냐하면 그것 또한 흔들림과 불규칙적인 날갯짓과 불확실함을 의미하니까 말이다. 나의 아들은 그런 종류의 어떤 것을 보여준다. 물론 그런 성격들은 아버지를 기쁘게 할 수 없다. 그것들은 사실 가족의 파괴를 가져올 것이 분명하다. 가끔 그는 나를 바라보는데, 마치 나에게 "아버지, 제가 모시고 갈게요."라고 말하고 싶은 듯이 보인다. 그러면 나는 '너는 내가 믿는 마지막 아이다.'라고 생각한다. 그러면 그의 눈길은 다시금 이렇게 말하는 듯하다. '그러니까 제가 적어도 마지막 아이는 되겠군요.'

이들이 바로 열한 명의 아들이다.

형제 살해

살인이 다음과 같은 방법으로 진행되었다는 것이 증명되었다.

살인자 슈마르는 달 밝은 밤, 저녁 아홉 시쯤에 그 길모퉁이에 서 있었다. 그곳은 희생자인 베제가 그의 사무실이 있는 골목에서 그가 살고 있는 골목으로 꺾어지는 모퉁이였다.

누구나 오싹하게 만드는 차가운 밤공기. 그러나 슈마르는 얇은 청색 양복을 입고 있을 뿐이다. 게다가 자그마한 윗저고리는 단추가 채워져 있지 않았다. 그는 추위를 느끼지 않았다. 계속해서 움직이고 있기는 했지만. 총검 같기도 하고, 부엌칼 같기도 한 그의 살인 무기를 그는 완전히 노출시킨 채 계속해서 손에 꽉 쥐고 있었다. 그 칼을 달빛에 비추어 살펴보았다. 칼날이 번쩍였다. 슈마르에게는 그것만으로 충분하지가 않았다. 그는 칼날에서 불꽃이 튈 정도로 보도의 벽돌에 갈았다. 그것을 후회했는지도 모른다. 그래서 그는 상한 칼날을 다시 제대로 만들기 위해서 그것을 자신의 장화 굽에 대고 바이올린의 활처럼 문질렀다. 그러면서 그는 한쪽 다리로 서서 몸을 앞으로 숙인 채, 한쪽으로는 자신의 장화에서 나는 칼 가는 소리를, 다른 한쪽으로는 운명으로 치닫고 있는 옆 골목 안을 엿듣고 있었다.

민간인인 팔라스는 그 근처의 이 층 창문에서 모든 것을 주시하고 있었으면서도 왜 이 모든 것을 그대로 방치하고 있었을까? 인간의 본성을 탐구해볼 일이다! 그는 그 넓은 몸집에 띠로 잠옷을 두르고, 깃을 높이 세우고 머리를 흔들면서 내려다보고 있었다.

그와는 비스듬하게 반대편으로 다섯 집 떨어진 곳에서는 베제 부인이 잠옷 위로 여우털 코트를 두르고, 오늘따라 유난히 오랫동안 지체하고 있는 그녀의 남편이 오는지 살펴보고 있었다.

드디어 베제의 사무실 문 앞의 종이 울린다. 문에 매단 종치고는 너무 요란하게, 온 도시 위로 하늘까지 높이. 그리고 부지런한 야간 근무자인 베제가 건물로부터 그곳으로, 그 골목으로 걸어 나오고 있다. 아직은 모습을 보이지 않고 다만 종소리로 자신이 오고 있음을 알리면서. 곧 보도에 그의 조용한 발걸음 소리가 들려올 것이다.

팔라스는 몸을 깊숙이 숙인다. 그는 아무것도 놓쳐서는 안 되니까. 베제 부인은 종소리에 마음을 놓고 삐걱 소리를 내면서 그녀의 창문을 닫는다. 그러나 슈마르는 무릎을 꿇는다. 그는 그 순간 다른 것은 아무것도 노출되어 있지 않으므로, 다만 얼굴과 두 손만을 돌에 대고 누르고 있을 뿐이다. 모든 것이 얼어붙는 곳에서 슈마르는 뜨거워지고 있다.

두 골목이 갈라지는 바로 그 경계선에 베제는 서 있다. 단지 지팡이에 몸을 의지한 채 그는 저쪽 골목을 향해 서 있다. 어떤 분위기. 밤하늘은 검푸른색과 황금빛으로 그를 유혹하고 있었다. 아무것도 모르는 채 그는 하늘을 바라본다. 아무것도 모르는 채 그는 위로 쳐들린 모자 밑으로 머리를 쓰다듬는다. 그 위에서는 아무것도 다가오지 않는다. 가장 가까운 미래를 그에게 알려주기 위한 어떠한 것도. 모든 것이 무의미하고 헤아리기 어려운 자기 자리를 지키고 있다. 베제가 계속해서 간다는 사실 자체는 매우 합리적인 일이다. 그러나 그는 슈마르의 칼을 향해 걸어 들어가고 있는 것이다.

"베제!" 하고 슈마르는 외친다. 발끝으로 서서, 팔을 위로 뻗치고, 칼을 날카롭게 수직으로 잡은 채. "베제! 율리아의 기다림은 헛된 것이 될걸!" 그리고는 오른쪽 목과 왼쪽 목에, 세 번째는 배 속 깊숙이 찌른다. 칼에 찢기는 물쥐는 베제와 비슷한 소리를 내지를 것이다. "해치웠어." 하고 슈마르는 말하며, 칼을, 불필요해진 피범벅의 찌꺼기를 옆집 현관을 향해 던졌다. "살인의 축복! 흐르는 낯선 피를 통한 해소, 날아갈 듯한 기분! 베제, 밤의 유령 같은 늙은이, 친구, 술집 동아리, 너의 피는 어두운 길바닥에서 새어 나가고 있다. 너는 어째서 피로 가득 채워진 간단한 주머니가 못 되는지, 내가 네 위에 올라앉으면 완전히 사라져버릴 수 있는 그런 주머니 말이다. 모든 것이 이루어지는 것은 아니다. 모든 피의 꿈들이 실현될 만큼 성숙한 것은 아니었다. 너의 무거운 찌꺼기가 여기에 놓여 있다. 이미 단 한 걸음도 걸어갈 수 없는 상태로. 네가 너의 찌꺼기를 통해 묻고 싶은 무언의 질문은 무엇인가?"

팔라스는 혼비백산이 되어 모든 분노를 제 몸뚱이 안으로 쑤셔 넣으면서, 두 개의 문짝이 갑작스레 열리고 있는 그의 집 대문 안에 서 있다. "슈마르! 슈마르! 모든 걸 다 알고 있어. 하나도 빠짐없이 다 보았어." 팔라스와 슈마르는 서로를 확인한다. 팔라스는 슈마르가 살아 있다는 것에 만족한다.

베제 부인이 놀라움 때문에 아주 늙어 보이는 얼굴로 양쪽에 많은 사람들을 거느리고 서둘러 온다. 모피 코트는 열려 있다. 그녀는 베제 위에 쓰러진다. 잠옷을 입고 있는 그녀의 몸은 그의 일부를 이루고 있고, 마치 무덤 위의 잔디처럼 그 부부 위를 덮고 있는 모피 코트는 군중에 속해 있다.

슈마르는 이를 악물고 마지막 구토감을 억지로 참으면서, 보안 경찰관의 어깨 위에 입을 눌러대고 있다. 경찰관은 민첩하게 그를 그곳으로부터 끌고 간다.

어떤 꿈

요제프 K는 꿈을 꾸었다.

어느 날씨 좋은 날이었다. K는 산책을 나가고 싶었다. 그가 두 걸음을 내딛기도 전에, 그는 벌써 묘지에 와 있었다. 그곳에는 매우 교묘하고 불편하게 꼬부라진 길들이 있었다. 그러나 그는 그런 길 위를 마치 급류 위에서 흔들리지 않고 떠가는 자세로 미끄러져 갔다. 벌써 멀리서 그는 새로 쌓아 올린 무덤을 보았고, 그는 거기서 멈추려고 했다. 그 무덤이 그에게는 몹시 유혹적이었고, 그곳으로 가기 위해서는 아무리 서둘러도 충분치 않다고 그는 생각했다. 그러나 가끔은 그 무덤이 전혀 보이지 않았는데, 그것은 깃발들이 그의 앞을 가렸기 때문이었다. 깃발의 천들은 휘감겨지며 굉장한 힘으로 서로 부딪치고 있었다. 기수들은 보이지 않았지만, 그곳은 마치 큰 환호성이 휩쓸고 있는 듯했다.

그의 시선이 여전히 먼 곳을 향해 있는 동안, 갑자기 자기 옆, 아니 거의 자기 뒤편 길가에서 바로 그 무덤을 보았다. 그는 급히 풀밭으로 뛰어내렸다. 뛰어내리고 있는 발 밑에서 길은 계속 미친 듯이 나아갔기 때문에 그는 기우뚱거리다가 바로 그 무덤 앞에 무릎을 꿇으면서 넘어졌다. 두 남자가 무덤 뒤에 서서, 비석을 양쪽에서 맞들고 있었다. K가 나타나자마자 그들은 그 돌을 땅속으로 내리꽂았고, 그러자 K는 돌벽처럼 굳어진 채 서 있었다. 곧장 덤불 속에서 제삼의 사나이가 나왔고, K는 그가 예술가임을 알아차렸다. 그는 다만 바지와 제대로 채워지지 않은 셔츠만을 걸치고 있을 뿐이었다. 머리에는 우단으로 된 두건을 쓰고 있었다. 손에는 평범한 연필 한 자루를 들고 있었는데, 그는 가까이 다가오면서 이미 그것으로 공중에다 여러 형상을 그려보고 있었다.

이 연필을 가지고 그는 이제 비석의 윗부분을 장식했다. 비석은 매우 높았다. 그는 전혀 구부릴 필요가 없었다. 그렇지만 그는 몸을 숙였던 것 같다. 왜냐하면 무덤이 그와 비석을 갈라놓고 있었고, 그는 무덤을 밟고 싶지 않았기 때문이다. 그러니까 그는 발끝으로 서서, 왼쪽 손으로 비석의 평면을 짚고 있었다. 특별히 숙련된 솜씨 덕택에 그는 그 평범한 연필로 금빛 글자를 만들어내는 데 성공했다. 그는 썼다. "여기에—잠들다." 각각의 글자가 깨끗하고 아름다웠으며, 완벽한 금빛으로 깊이 새겨졌다. 세 글자를 썼을 때, 그는 K를 향해서 뒤돌아보았다. 비문의 진전에 대해 호기심을 가지고 있던 K는 그 남자에게는 전혀 개의치 않고, 다만 비석 위쪽만 쳐다보고 있었다. 정말 그 남자는 계속 쓰기 위해서 다시 시도를 했지만, 그럴 수가 없었다. 무언지 어떤 방해물이 있었다. 그는 연필을 내리고 다시 K를 향해서 몸을 돌렸다. 마침내 K 역시 그 예술가를 바라보았고, 이 사람이 이유를 말할 수는 없지만 매우 당황하고 있다는 것을 알았다. 그가 가지고 있었던 생동감은 모두 사라져버렸다. 그로 인해 K 역시 당혹감에 빠졌다. 그들은 서로 어찌할 바를 모르는 시선을 나누었다. 누구도 해결할 수 없는 어떤 불쾌한 오해가 놓여 있었다. 때에 맞지 않게 묘지의 예배당에서는 이제 막 작은 종이 울리기 시작했다. 그러나 그 예술가가 손을 높이 흔들자, 그것은 멈추었다. 잠시 후에 그것은 다시 시작되었다. 이번에는 아주 조용히, 별다른 요청 없이, 자꾸 중단되면서. 그것은 다만 소리를 시험해보려는 듯했다. K는 그 예술가의 처지를 슬퍼했다. K는 울기 시작했고, 입에 손을 대고 오랫동안 흐느꼈다. 예술가는 K가 진정될 때까지 기다렸다. 그러고 나서 다른 해결 방법을 찾을 수 없으므로, 그는 계속해서 써나가기로 결심했다. 그가 쓰는 첫 번째 획은 K에게는 구원이었다. 그러나 예술가가 그것을 마지못해서 쓰고 있다는 것이 분명했다. 글씨 또한 이제는 그렇게 아름답지 않았으며, 무엇보다도 금빛이 모자라는 것 같았고, 획은 색이 바래고 불분명하게 그어졌으며, 다만 글자 자체가 매우 커졌다. 그것은 'J'였는데, 거의 끝나가고 있었다. 그때 예술가가 격분해서 무덤을 발로 찼기 때문에, 흙이 주위로 높이 튀었다. K는 드디어 그 글자를 알아보았다. 그러나 그것을 막아달라고 간청하기에는 더 이상 시간이 없었다. 열 손가락으로 그는 땅을 팠다. 외견상으로는 얇은 지각층이 한 층 만들어졌을 뿐이었다. 바로 그 뒤에는 급경사진 벽들로 된 커다란 구멍이 하나 열렸다. K는 어떤 부드러운 기류에 떠밀려 등을 뒤로한 채 그 안으로 가라앉았다. 그러나 그가 그 밑에서 여전히 목덜미를 들어 머리를 곧추세운 채, 예측을 불허하는 심연으로 끌려들어가는 동안에, 위에서는 그의 이름이 굉장한 장식과 더불어 비석 위를 질주하고 있었다.

이 광경에 매료된 채 그는 잠에서 깨어났다.

학술원에 드리는 보고

고매하신 학술원 회원 여러분!

여러분들은 원숭이로 살아왔던 저의 전력에 대한 보고서를 학술원에 제출하도록 요구하셔서 저에게 영광을 베풀어주셨습니다.

유감스러운 일이지만 이런 뜻으로는 그 같은 요구에 응할 수 없습니다. 거의 오 년 가까이 저는 원숭이 세계와 떨어져 살고 있습니다. 그것은 달력으로 세면 짧을 수도 있는 세월입니다만, 제가 그래왔듯이 달음질쳐 지나가기에는 무한히 긴 세월이었습니다. 구간에 따라서는 저는 유능한 인사들의 안내를 받았고, 충고, 박수갈채, 그리고 오케스트라의 성원도 받았지만, 근본적으로는 혼자서 달린 셈입니다. 왜냐하면 저를 동반했던 모든 것들은—비유적으로 말씀드리지만—장애물 앞 멀리 떨어져 있었기 때문입니다. 제가 만약 저의 출신이나 어린 시절의 추억에 고집스레 집착하려 했다면, 이러한 성과는 불가능했을 것입니다. 바로 모든 고집을 포기하는 일이 제가 제 자신에게 부과했던 최고의 계명이었습니다. 자유로운 원숭이였던 저는 이 멍에에 순응했습니다. 그러나 그로 인해 추억이 점점 저에게 문을 닫아버렸습니다. 인간들이 원했을 경우에, 내가 나의 과거로 되돌아가는 문은 처음엔 하늘이 지상 위에 세운 문 전체였는데, 그 문은 앞으로 앞으로 채찍질로 이루어진 저의 발전과 더불어 점점 낮아지고 옹색해졌습니다. 저는 인간 세상에서 한결 편안하고 동화된 느낌을 가졌습니다. 제 과거로부터 저를 뒤쫓아 불어오던 폭풍우는 가라앉았습니다. 오늘날 저의 발꿈치를 서늘하게 하는 것은 다만 한 점 바람일 뿐입니다. 그리고 그 바람이 불어오고 있고 옛날에 제가 지나왔던 저 먼 곳의 구멍은 너무나 작아져버려서, 그곳까지 되돌아가기 위한 힘과 의지가 아무리 충분하다 하더라도 그 구멍을 통과하기 위해서는 내 몸에서 털가죽을 벗겨내야 할 것입니다. 솔직히 말씀드리자면, 저는 이러한 것들에 대해서도 역시 비유법을 즐겨 택하고 있습니다만, 솔직히 말씀드린다면, 여러분의 원숭이 성질 말입니다, 신사 여러분, 여러분이 그러한 어떤 본능을 지니고 있는 한, 저의 원숭이 성질이 저에게보다 여러분들에게 더 먼 것이라고는 할 수 없습니다. 그러나 그것은 여기 땅 위를 딛고 다니는 모두의 발뒤꿈치를 간질이고 있습니다. 그것이 작은 침팬지든 위대한 아킬레스든 간에 말입니다.

그러나 저는 여러분들의 질문에 대하여 극히 제한된 의미에서는 물론 답변할 수 있을 것이며, 더구나 매우 기쁜 마음으로 그렇게 할 것입니다. 제가 가장 먼저 배웠던 것은 악수하는 일이었습니다. 악수란 마음을 터놓는 것을 의미합니다. 제가 제 생애의 절정에 서 있는 오늘날에야 비로소 저 첫 번째 악수에 대해 솔직한 말을 덧붙일 수 있을지 모르겠습니다. 그것이 학술원에 무언가 본질적으로 새로운 것을 제시해주는 것도 아니며, 저에게 요구한다든가 또 제가 최선을 다해도 말할 수 없는 그런 것에서부터 훨씬 뒤져 있는 것이 될 것입니다. 어쨌든 그것은 예전의 원숭이가 인간 세계에 들어와 어떻게 정착하게 되었는지 그 기본 노선을 보여주게 될 것입니다. 물론 만약에 제가 제 자신에 대해 확신이 서지 않고 문명 세계의 커다란 버라이어티쇼 무대에서의 저의 위치가 요지부동한 것으로 확립되지 않았더라면, 저는 분명히 다음과 같은 사소한 이야기조차 말씀드릴 수 없었을 것입니다.

저는 황금 해안 출신입니다. 제가 어떻게 잡혔는지에 대해서는 타인의 보고서를 따라야 하겠습니다. 제가 저녁 무렵 무리 한가운데에 섞여 물을 마시러 갔을 때, 하겐벡 회사의 사냥 원정대가—그 지휘자와 함께 저는 그 이후 좋은 붉은 포도주를 여러 병 비웠습니다—해안 숲속에 매복하고 있었습니다. 사람들은 총을 쐈는데, 제가 총에 맞은 유일한 놈이었습니다. 저는 두 방을 맞았습니다.

한 방은 뺨에 맞았는데, 그것은 가벼운 것이었습니다. 그러나 털이 싹 밀어진 크고 붉은 흉터가 남게 되었습니다. 그것은 저에게 불쾌하고도 전혀 어울리지 않는, 틀림없이 어떤 원숭이가 생각해냈을 빨간 페터라는 이름을 붙여주었습니다. 마치 제가 얼마 전에 죽은, 널리 알려진, 길들여진 원숭이 페터와 단지 뺨 위에 난 붉은 점으로만 구별된다는 듯이 말입니다. 이것은 그저 가외로 말씀드렸을 뿐입니다.

두 번째 총알은 엉덩이 아래에 맞았습니다. 그것은 심해서, 제가 오늘날 아직도 약간 절룩거리는 것도 그 때문입니다. 최근에 저는 저에 대한 의견을 신문에 내고 있는 수만의 경솔한 사람들 중 어떤 한 사람의 글을 읽었습니다. 제 원숭이 본성은 아직 완전히 억제되지 않았으며, 방문객이 오면 총알이 관통한 그 자리를 보여주기 위해 제가 바지 벗기를 아주 좋아하는 것이 그 증거라는 것입니다. 그런 녀석의 글 쓰는 손가락은 모두 하나씩 분질러놓아야 마땅합니다. 저는 말입니다, 제 마음에 드는 사람 앞에서는 바지를 벗어도 되는 것입니다. 왜냐하면 거기에는 잘 손질된 털과 흉터—여기서 하나의 특정한 목적을 위해 하나의 특정한 단어를 선택하기로 합시다. 그러나 그것은 오해되어서는 안 될 것입니다—포악한 사격에 의한 흉터 외에는 아무것도 보이지 않기 때문입니다. 모든 것이 환하게 드러나 있습니다. 숨길 것은 아무것도 없습니다. 진실이 문제가 된다면, 너그러운 사람들은 누구나 극히 세련된 매너 따위는 내팽개쳐버립니다. 그러나 방문객이 찾아올 때 저 필자들이 바지를 벗는다면 이것은 물론 달리 보아질 것입니다. 그러니 저는 이것을 그가 그런 짓을 하지 않는다는 이성의 표시로 간주하고 싶습니다. 그러나 그렇다면 그는 자신의 섬세한 감각으로 저 역시 괴롭히지 말고 내버려 두시기를 바랍니다!

그 사격 이후 저는 깨어났는데—여기서 제 자신의 기억이 차츰 살아납니다—하겐벡 증기선의 중간 갑판에 있는 우리 안이었습니다. 그것은 사면이 쇠창살로 된 우리가 아니라, 오히려 삼면이 하나의 궤짝에 고정되어 있었습니다. 그러므로 그 궤짝이 네 번째 벽이 되는 셈이었습니다. 그 전체는 똑바로 일어서기에는 너무나 낮고, 주저앉기에는 너무 협소했습니다. 그래서 저는 무릎을 굽히고 한없이 떨면서 쪼그리고 앉아 있었습니다. 그것도 처음에는 아마 아무도 보고 싶지 않고 그저 어둠 속에만 있고 싶었기 때문에, 궤짝 쪽을 향해 돌아앉아 있었는데, 그러고 있는 동안 뒤에서 쇠창살이 살 속으로 파고들어 왔습니다. 사람들은 우선 야생동물들을 그런 식으로 보관하는 것이 유익하다고 생각하는데, 오늘날 저의 경험에 비추어보면, 인간적인 의미에서는 실제로 그렇다는 것을 부인할 수 없습니다.

그러나 그 당시에는 그렇게 생각하지 않았습니다. 저는 난생 처음으로 출구가 없는 상황에 처했습니다. 최소한 정면으로 나아가지 못했습니다. 왜냐하면 제 앞에는 궤짝이 있었고, 그것은 판자를 서로 단단하게 붙여 만든 것이었기 때문입니다. 판자들 사이에는 길게 틈이 하나 나 있었는데, 제가 그것을 처음 발견했을 때는 아무것도 모르고 기쁨에 차서 소리치며 환영했지만, 이 틈새는 꼬리를 들이밀기에도 전혀 충분치 않았고, 원숭이의 온 힘을 다해도 넓혀질 수가 없었습니다.

사람들이 훗날 저에게 말한 바에 의하면, 저는 이상할 정도로 거의 소리를 내지 않아서, 사람들은 제가 머지않아 죽게 되거나 아니면 제가 최초의 고비를 넘기고 살아남게 될 경우 아주 잘 길들여질 수 있을 거라는 결론을 내렸다고 합니다. 저는 이 시기를 넘기고 살아남았습니다. 소리 죽인 흐느낌, 고통스러운 벼룩 잡기, 피로하게 야자를 핥는 일, 머리로 궤짝 벽을 두드리는 일, 누군가 가까이 다가오면 혀를 내보이는 일—그것이 새로운 생활에서 처음 했던 일이었습니다. 그렇지만 이런 가운데서도 단지 한 가지의 느낌, 즉 출구가 없다는 느낌뿐이었습니다. 물론 저는 그 당시 원숭이로서 느꼈던 것을 오늘날에는 인간의 언어로 그릴 수 있을 뿐이며, 그에 따라 기록하고 있습니다. 그러나 제가 옛 원숭이의 진실에 더 이상 이를 수 없다 하더라도, 적어도 저의 진술 방향에는 그 진실이 들어 있습니다. 그 점에는 의심할 여지가 없습니다.

저는 이전까지는 그렇게도 많은 출구를 가지고 있었는데, 이제는 하나도 없었습니다. 저는 옴짝달싹도 못하게 되었습니다. 사람들이 저를 못 박아놓았다 하더라도, 그 때문에 제가 움직일 수 있는 자유가 더 줄어들지는 않았을 것입니다. 왜 그렇겠습니까? 너의 발가락 사이의 살을 할퀴어보아라. 그래도 너는 그 이유를 알 수는 없을 거다. 쇠창살이 너를 거의 두 동강 낼 때까지, 네 등을 거기 대고 눌러라. 그래도 너는 그 이유를 알 수는 없을 거다. 저에게는 출구가 없었습니다. 그렇지만 저는 그것을 마련해야만 했습니다. 왜냐하면 그것 없이는 살 수가 없었기 때문입니다. 언제까지나 이런 궤짝 벽에 갇혀 있다면—저는 죽음을 피할 수 없을 것입니다. 그러나 하겐벡 회사에서는 원숭이들이 궤짝 벽에 갇혀 있어야만 합니다—그러니 이제 저는 원숭이이기를 그만두었습니다. 그것은 제가 어떻게 해서든지 틀림없이 배[腹]로 짜내었을 명석하고 멋진 사고의 과정이었습니다. 왜냐하면 원숭이는 배로 생각하기 때문입니다.

저는 제가 출구라는 말로 뜻하는 바가 제대로 이해되지 못할까 봐 걱정이 됩니다. 저는 이 단어를 그것의 가장 일상적이고 가장 완전한 의미로 사용하고 있습니다. 저는 의도적으로 자유라고 말하지 않습니다. 저는 사방으로 열린 자유의 저 위대한 감정을 의미하는 것이 아닙니다. 원숭이였을 때 아마도 저는 그것을 알았을 것입니다. 그리고 저는 그러한 자유를 동경하는 인간을 알게 되었습니다. 그러나 저로서는 그 당시에도 오늘날에도 자유를 요구하지 않았습니다. 가외로 말씀드린다면, 인간들 사이에서는 너무도 자주 자유라는 말로써 기만당하고 있습니다. 그리고 자유가 가장 숭고한 감정에 속하는 것처럼, 그에 상응하는 기만 역시 가장 숭고한 감정에 속합니다. 자주 저는 버라이어티쇼에서 저의 등장에 앞서 어떤 곡예사 한 쌍이 저 위 천장에서 공중그네를 타는 것을 보았습니다. 그들은 훌쩍 그네에 뛰어올라, 그네를 구르고, 도약하고, 서로 상대방의 품 안으로 날아들고, 한 사람이 입으로 다른 사람의 머리카락을 물어서 그를 지탱하고 있었습니다. '그것 역시 인간의 자유로구나.' 하고 저는 생각했습니다. '안하무인격인 동작이다.'라고요. 성스러운 자연을 우롱하는 자여! 이 광경을 보는 원숭이의 너털웃음 소리에는 어떤 건물도 지탱하기 힘들 것입니다.

그렇습니다. 저는 자유를 원치 않았습니다. 단지 하나의 출구만을 원했습니다. 왼쪽이든 오른쪽이든 어디든 관계없이. 저는 그 밖의 다른 요구는 하지 않았습니다. 그 출구가 하나의 착각일지라도 말입니다. 요구하는 것이 작으니 착각 역시 그보다 더 클 수는 없을 것입니다. 전진, 전진! 궤짝 벽에 몸을 밀착시킨 채 팔을 쳐들고 가만히 서 있지만은 말아야 합니다.

오늘날 저는 분명히 알고 있습니다. 지극히 큰 내적 안정이 없었더라면 저는 결코 벗어날 수 없었을 것입니다. 그리고 아마도 오늘날 제가 이렇게 된 것은, 모두가 그곳 배 안에서 지낸 처음 며칠 후부터 나에게 엄습한 안정감 덕분일 것입니다. 그러나 그런 안정감은 다시금 그

배에 타고 있던 사람들 덕분이었을 것입니다.

어찌 됐건 그들은 좋은 사람들입니다. 오늘날도 저는 제가 반쯤 잠들었을 때 울려오던 그들의 무거운 발걸음 소리를 즐겨 회상해봅니다. 그들은 모든 것을 아주 천천히 시작하는 습성을 가지고 있었습니다. 어떤 이가 눈을 비비려고 한다면, 그는 늘어진 추를 들어 올리듯 손을 올렸습니다. 그들의 농담은 거칠었지만, 정다웠습니다. 그들의 웃음소리에는 언제나 위태롭게 들리기는 해도 별거 아닌 기침이 섞여 있었습니다. 항상 그들은 입안에 뱉어낼 것을 가지고 있었고, 그들이 그것을 어디로 내뱉는가 하는 것은 그들에게는 아무런 상관이 없었습니다. 항상 그들은 내 벼룩이 자기들에게 튀어 오른다고 불평했지만, 그 때문에 나에게 진정으로 화를 낸 적은 한 번도 없었습니다. 그들은 물론 내 털 속에 벼룩이 자라고 있고, 또 벼룩이 튀어 오른다는 것을 알고 있었고, 또 그것을 감수하고 있었습니다. 그들이 비번일 때면, 몇몇 사람들은 가끔 내 주위에 반원으로 둘러앉아서, 말은 거의 하지 않고 다만 서로 구시렁거리기만 했습니다. 궤짝 위에 앉아서 다리를 쭉 편 채 파이프 담배를 피웠고, 제가 조금만 움직여도 곧바로 자신의 무릎을 쳤습니다. 그리고 가끔은 어떤 이가 나뭇가지를 들고 와서 제가 기분 좋아하는 곳을 긁어주었습니다. 오늘날 제가 이 배를 타고 함께 항해하자는 초대를 받는다면, 저는 분명히 거절할 것입니다. 그러나 제가 거기 중갑판에서 되살리게 될 추억은 다만 불쾌한 것만이 아니라는 것 또한 분명합니다.

제가 이 사람들에게서 얻었던 안정감은 무엇보다도 모든 도주의 시도로부터 저를 막아주었습니다. 오늘날 생각해보아도, 제가 살기를 원한다면 어떤 탈출구를 찾아내야만 한다는 것, 하지만 이 탈출구는 도주를 통해서 얻을 수 있는 것은 아니라는 것을 적어도 느끼고는 있었던 것 같습니다. 도주가 가능했었는지 이제는 잘 모르겠습니다만, 저는 그랬을 거라고 생각합니다. 왜냐하면 원숭이에게는 언제나 도주가 가능하기 때문입니다. 지금의 제 이빨로는 이미 일상적인 호두 까기에도 조심해야만 합니다만, 그 당시에는 틀림없이 시간이 지날수록 문의 자물쇠를 물어뜯는 데 성공할 수 있었을 것입니다. 저는 그러지 않았습니다. 그렇게 한들 무엇이 얻어졌겠습니까? 제가 머리를 내밀자마자, 사람들은 저를 다시 잡아서 더 고약한 우리 안에 가두었겠지요. 아니면 저는 눈에 띄지 않게 다른 동물들, 예컨대 제 맞은편에 있었던 구렁이들에게로 도망칠 수 있었을 것이고, 그것들에게 칭칭 감겨 숨을 거두었을 것입니다. 그도 아니면 갑판 위에까지 몰래 기어 올라가 뱃전에서 뛰어내리는 데 성공할 수도 있었을 것입니다. 그렇게 되면 저는 얼마 동안 대양에서 흔들리다가 익사하고 말았을 것입니다. 절망의 행위들입니다. 저는 인간들처럼 그렇게 계산하지는 않았습니다만, 제 환경의 영향에 따라 마치 제가 계산이라도 했던 것처럼 처신했습니다.

저는 계산을 하지는 않았지만, 아주 침착하게 관찰을 했습니다. 저는 이 사람들이 언제나 같은 얼굴, 같은 동작으로 이리저리 걸어 다니는 것을 보았습니다. 저에게는 자주 그들이 단지 한 사람뿐인 것 같다는 생각이 들었습니다. 이 사람, 아니면 이 사람들은 아무런 방해를 받지 않고 걸어 다녔습니다. 하나의 높은 목표가 저에게 어렴풋이 떠올랐습니다. 제가 그들처럼 된다 하더라도 아무도 저에게 쇠창살이 올려질 거라고 약속하지는 않았습니다. 이행 불가능해 보이는 그러한 약속들은 하지 않습니다. 그러나 그러한 약속들이 이행된다면, 그 약속들은 예전에 헛되이 추구되었던 바로 그곳에 나타나게 됩니다. 그런데 이 사람들 자체에는 제 마음을 특히 사로잡는 것이라고는 아무것도 없었습니다. 제가 위에서 언급했던 저 자유의 신봉자라면, 저는 분명히 이 사람들의 흐릿한 눈길 속에서 제게 보여진 탈출구보다는 대양쪽을 택했을 것입니다. 그러나 어쨌거나 저는 그런 것들을 생각하기 오래전부터 이미 그들을 관찰하고 있었습니다. 그렇습니다. 그렇게 쌓인 관찰들이 저를 비로소 특정한 방향으로 밀어 넣었던 것입니다.

사람들을 흉내 내는 일은 아주 쉬웠습니다. 침 뱉는 것은 처음 며칠 동안에 벌써 할 수 있었습니다. 그래서 우리는 서로 상대방의 얼굴에 침을 뱉었습니다. 차이점이라면 그 후에 저는 저의 얼굴을 깨끗하게 핥았지만, 그들은 그러지 않았다는 것뿐이었습니다. 머지않아 저는 영감처럼 파이프 담배를 피웠습니다. 그런 다음 엄지손가락을 파이프 구멍에 넣고 눌러대면, 중갑판 전체가 환성을 올렸습니다. 다만 담배가 채워진 파이프와 빈 파이프의 차이만은 오랫동안 구별하지 못했습니다.

독주병이 저를 가장 힘들게 했습니다. 그 냄새가 저를 고통스럽게 했습니다. 저는 그것을 참기 위해 안간힘을 썼습니다. 그러나 그것을 이겨내기까지는 여러 주일이 걸렸습니다. 이상하게도 사람들은 이 내적인 투쟁을 저의 그 어떤 다른 면보다 진지하게 받아들였습니다. 기억 속에서도 저는 그 사람들을 구별하지 못합니다. 그러나 어떤 한 사람이 있었습니다. 그는 혼자서나 동료들과 함께, 낮이나 밤이나 일 정치 않은 시간에 자꾸만 찾아와서, 술병을 들고 제 앞에 서서는 저를 가르쳤습니다. 그는 저를 이해하지는 못했으나, 제 존재의 수수 께끼를 풀고 싶어 했습니다. 그는 천천히 술병의 코르크를 빼내고 나서, 제가 알아들었는지 시험하기 위해서 저를 쳐다보았습니다. 고백하건대, 저는 항상 그를 거칠고 성급한 주의력으로 주목했습니다. 이 세상에서 어떤 인간 교사도 그러한 인간 학생을 찾지는 못할 것입니다. 병에서 코르크를 빼내고 나면, 그는 그것을 입가로 들어 올렸습니다. 저는 시선으로 목구멍까지 그를 좇았습니다. 저에 대해 만족스러워하며, 그는 고개를 끄덕거리고 병을 입술에 댑니다. 저는 점차 알아가는 데 매료되어 낑낑거리며 제 몸을 이리저리 닿는 대로 마구 긁어댑니다. 그는 기뻐하면서 술병을 가져다 대고 한 모금 들이켭니다. 그러면 저는 초조해하며 필사적으로 그를 따라 하려다가 제 우리 안을 더럽혔습니다. 그것은 다시 그에게 커다란 만족감을 주었습니다. 이제 그는 술병을 앞으로 쭉 내밀다가 단숨에 다시 쳐들면서, 시범을 보이느라 과장되게 몸을 뒤로 젖히면서 단숨에 그것을 비워버립니다. 저는 너무나 과도한 요구에 지쳐 더 이상 따라하지 못하고 쇠창살에 힘없이 매달립니다. 그러는 동안 그는 자기 배를 쓰다듬으며 히죽히죽 웃는 것으로 이론적인 수업을 마칩니다.

이제 비로소 실습이 시작되었습니다. 저는 이미 이론적인 연습으로 너무 지쳐 있었던 것은 아니었을까요? 아마도, 너무 지쳐 있었던 것 같습니다. 그것은 제 운명에 속하는 일입니다. 그래도 저는 건네준 그 술병을 제가 할 수 있는 한 잘 잡아서, 떨면서 코르크를 빼냈습니다. 그 일이 잘되자 차츰 새로운 기운이 생겼습니다. 저는 벌써 원래 모습과 거의 다름없이 술병을 들어 올리고, 그것을 입에 가져다 대고는—그러고는 역겨워서, 역겨워서 던져버렸습니다. 그것은 비어 있고 아직 냄새만 가득 차 있었는데도, 저는 그것을 역겨워하며 바닥에 내던졌습니다. 저의 선생님으로서도 애석하게, 제 자신으로서는 더욱 애석하게도 말입니다. 술병을 던져버린 뒤에는 훌륭하게 배를 쓰다듬고는 해죽이 웃는 일을 잊지 않았는데, 그것으로는 그도 저 자신도 달랠 수 없었습니다.

너무도 자주 수업은 그런 식으로 진행되었습니다. 존경스럽게도 제 선생님은 저에게 화를 내지 않았습니다. 이따금 불이 붙어 있는 파이프를 제 털에 갖다 대었는데, 제 손이 잘 닿지 않는 곳이 타들어가기 시작하면, 그는 몸소 자신의 크고 훌륭한 손으로 그것을 다시 꺼주었습니다. 그는 내게 화를 내지 않았습니다. 그는 우리가 같은 편이 되어 원숭이의 본성과 투쟁하고 있다는 것, 그리고 보다 힘든 몫을 제가 맡고 있다는 사실을 이해하고 있었습니다.

어느 날 저녁 제가 많은 구경꾼들 앞에서 한 일은, 저에게나 스승에게나 정말 얼마나 멋진 승리였던지요. 아마 무슨 축제였는지, 축음기 소리가 나고, 장교 한 사람이 사람들 사이를 돌아다니고 있었습니다—저는 이날 저녁, 아무도 관심을 두지 않는 가운데, 제 우리 앞에 세워진 채 실수로 방치되어 있던 독주병 하나를 손에 들었습니다. 사람들이 점차 주목하는 가운데, 배운 대로 그것의 코르크를 뽑아 입에다 대고는 서슴없이, 입도 찡그리지 않고, 눈을 데굴데굴 굴리고 꿀꺽꿀꺽 소리를 내면서, 전문적인 술꾼처럼, 정말이지 맹세코 남김없이 마셔버렸고, 더 이상 절망하는 자가 아니라 예술가처럼 술병을 내던졌습니다. 비록 배를 쓰다듬는 일은 잊어버렸으나, 그 대신 저는 다른 것은 할 줄 몰랐기 때문에, 충동에 사로잡혔기 때문에, 정신이 몽롱해졌기 때문에, 각설하고 "헬로우!" 하고 소리쳤습니다. 인간의 소리를 터트린 것입니다. 이 소리로 인간 공동체 속으로 뛰어들게 된 셈이지요. 그러자 "들어들 봐, 저게 말을 해!"라는 그들의 메아리가 땀방울이 뚝뚝 떨어지는 제 온몸 위에 입맞춤처럼 느껴졌습니다.

되풀이하겠습니다만, 인간들을 모방하고 싶다는 유혹은 없었습니다. 저는 출구를 찾으려고 했기 때문에 모방했을 뿐입니다. 어떤 다른 이유에서가 아니었습니다. 앞서 말씀드린 저 승리도 별로 소용이 없었습니다. 소리는 금방 다시 나오지 않았으니까요. 몇 달이 지나서야 비로소 다시 나왔습니다. 독주병에 대한 거부감은 오히려 더욱 강해지기까지 했습니다. 그러나 어쨌든 일단 저에게 방향은 주어졌던 것입니다.

제가 함부르크에서 첫 번째 조련사에게 넘겨졌을 때, 저는 곧 제게 열려 있는 두 가지 가능성을 알아차렸습니다. 동물원 아니면 버라이어티쇼 극장이었습니다. 저는 주저하지 않았습니다. 스스로에게 이렇게 말했습니다. '버라이어티쇼 극장에 가도록 있는 힘을 다하자. 그것이 출구다. 동물원은 새로운 우리일 뿐, 그 안에 들어가게 되면, 너는 끝장이다.'라고 말입니다.

그리고 저는 배웠습니다. 여러분, 반드시 배워야 한다면, 배우게 됩니다. 출구를 원한다면, 배우는 법입니다. 앞뒤 가리지 않고 배우게 됩니다. 회초리로 스스로를 감시하고, 아주 사소한 반감에도 살을 짓찢게 됩니다. 원숭이의 본성은 저로부터 미친 듯이, 전도되면서 빠져나와 사라져버렸습니다, 그로 인해 제 첫 번째 선생 자신이 거의 원숭이처럼 되었고, 곧 수업을 포기하고 요양소에 보내져야만 했습니다. 다행히도 그는 곧 거기서 나왔습니다.

그러나 저는 많은 선생들을 힘 빠지게 했습니다. 네, 심지어는 한꺼번에 몇몇 선생들을 말입니다. 제가 제 능력에 자신을 갖게 되고, 세상이 제 진보를 주시하고, 제 미래가 빛나기 시작했을 때, 저는 제 자신이 선생들을 초청해서, 그들을 나란히 붙어 있는 다섯 개의 방에 눌러앉게 하고, 이 방에서 저 방으로 계속 뛰어다니면서 그들 모두로부터 동시에 배웠습니다.

이 진보! 깨어가는 두뇌 속으로 사방에서 밀려드는 이 지식의 빛들! 그것이 저를 행복하게 했다는 사실을 부인하지는 않습니다. 그러나 또한 한 가지 고백하자면, 저는 그것을 과대평가하지는 않았습니다. 그 당시에도 이미 그랬고, 오늘날은 더욱더 그렇습니다. 지금까지 이 지상에서 되풀이된 적이 없는 그런 노력으로 저는 유럽인의 평균 교양에 도달한 것입니다. 그것은 그 자체로는 아무것도 아닐지 모릅니다. 그러나 그것은 저를 우리에서 벗어나도록 도와주었고, 이 특별한 탈출구를, 인간 탈출구를 제게 마련해주었다는 점에서는 물론 상당한 의미가 있습니다. '슬그머니 달아나라.'라는 멋진 독일어

표현이 있습니다. 저는 그렇게 했습니다. 저는 슬그머니 달아났습니다. 자유란 선택될 수 없다는 것을 언제나 전제로 한다면, 저에게 다른 길은 없었습니다.

저의 발전이나 지금까지의 목표를 개관해볼 때, 저는 불평도 만족도 하지 않습니다. 양손을 바지 주머니에 찌르고, 탁자 위에 포도주병을 놓고, 저는 제 흔들의자에 반쯤은 눕고 반쯤은 앉아서 창밖을 내다봅니다. 손님이 오면 저는 그에 합당하게 환대합니다. 제 매니저는 문간에 앉아 있습니다. 초인종을 누르면 그가 와서 제가 명하는 바를 듣습니다. 저녁에는 거의 언제나 공연이 있는데, 저는 분명히 더 이상 높아지지는 않을 성공을 거두고 있습니다. 제가 밤늦게 연회에서, 학술 모임에서, 유쾌한 회합에서 집으로 돌아오면 반쯤 조련된 작은 암컷 침팬지가 저를 기다리고 있어, 저는 원숭이 식으로 그녀 곁에서 편안함을 취합니다. 낮에는 그녀를 보기를 원치 않습니다. 그녀의 눈길에는 어찌할 바 몰라 하는 조련된 동물의 착란 증세가 담겨 있기 때문입니다. 그 점을 오직 저만이 알아보는데, 저는 그것을 견딜 수가 없습니다.

전체적으로 저는 도달하려고 했던 것에 도달한 셈입니다. 그것이 애쓸 만한 가치가 없었다고는 말하지 마시기 바랍니다. 덧붙인다면, 저는 인간의 판단은 원치 않습니다. 저는 단지 견문을 넓히고자 할 뿐입니다. 저는 다만 보고할 따름입니다. 고매하신 학술원 회원 여러분들께도 저는 다만 보고를 드렸을 뿐입니다.

『어느 단식 광대』(1924)

첫 번째 시련

한 곡예사가—거대한 버라이어티쇼 무대의 둥근 천장 높은 곳에서 행해지는 이 곡예가 인간이 도달할 수 있는 모든 것 중에서 가장 힘든 일 가운데 하나라는 사실은 이미 알고 있는 대로다—처음에는 그저 완벽을 꾀하려는 노력 때문에, 나중에는 독선적으로 되어버린 습관 때문에 그의 생활을 이렇게 해나가게 되었다. 즉, 그와 같은 일을 하고 있는 한, 그는 낮이나 밤이나 곡예용 그네 위에 머물러 있었던 것이다. 그의 모든 욕구에 대해서는, 그것도 매우 사소한 것이었는데, 서로 교체되는 하인들이 응해주었다. 그들은 아래서 지키면서 위에 필요한 모든 것을 특별히 제작된 그릇에 넣어 위로 올리고 밑으로 잡아당겼다. 이러한 생활 방식이 주변 세계에 특별한 어려움을 만들지는 않았다. 단지 다른 프로그램이 진행되는 동안에 약간 방해가 될 뿐인데, 그것은 그가 몸을 숨기지 않은 채 위에 머물러 있어서, 그가 그런 시간에는 대부분 조용한 태도를 보일지라도 여기저기서 관중의 시선이 그에게로 이탈되기 때문이었다. 그러나 감독관들은 이 일에 대해서 그를 용서하고 있었는데, 왜냐하면 그가 다른 사람으로는 보충될 수 없는 매우 특별한 곡예사였기 때문이다. 물론 사람들은 그가 방종하기 때문에 그렇게 살고 있는 것이 아니라는 것을 알고 있었다. 그리고 사실 그렇게 해야만 계속적으로 연습에 임할 수 있으며, 그렇게 해야만 그의 기술을 완벽한 상태로 보유할 수 있다는 것을 이해했다.

물론 그 위도 다른 곳과 마찬가지로 건강에 좋은 곳이었다. 더구나 더운 계절에는 둥근 천장을 빙 둘러서 측면 창문을 접어 올려서, 맑은 공기와 함께 강렬한 태양이 어스름한 공간으로 밀려들 때, 그곳은 아름답기조차 했다. 그의 인간관계가 제한되는 것은 당연했다. 가끔 함께 체조를 하는 동료가 줄사다리를 타고 그에게로 기어 올라왔고, 그러면 그들은 둘이서 곡예용 그네에 앉아서 그넷줄의 오른쪽과 왼쪽에 기대어 이런저런 이야기를 했다. 또는 미장이들이 지붕을 고치면서 열린 창문을 통해서 그와 몇 마디 말을 주고받았다. 또는 소방관이 맨 위쪽의 관람석에서 비상등을 조사하면서, 그를 향해 거의 알아들을 수는 없으나 예의 바른 어떤 말을 큰 소리로 외쳐댔다. 그런 일들 이외에 그의 주변은 조용했다. 다만 어떤 직원이 대개 오후 쯤에 비어 있는 극장 안을 배회하다가, 가끔 생각에 잠겨 시야에서 거의 벗어나 있는 그 높은 곳을 올려다볼 뿐이었다. 그곳에는 곡예사가, 누군가가 자기를 보고 있다는 것도 모르는 채, 곡예를 하고 있거나 쉬고 있었다.

그 곡예사는 아무런 방해도 받지 않고 그렇게 살 수 있었을지도 모른다. 만약 이곳저곳으로 옮겨 다니는, 피할 수 없는 여행만 없었다면 말이다. 그런 여행은 그에게 특히 부담스러운 것이었다. 물론 흥행주는 곡예사가 그의 고통을 불필요하게 연장시키는 모든 것으로 인해 해를 입지 않도록 배려해주었다. 시내로 들어가는 차편도 가능하면 밤이나 아주 이른 시간에 사람이 없는 텅 빈 거리를 최대 속력을 다해서 질주할 수 있는 경주용 자동차를 사용했다. 그러나 그러한 속도도 곡예사의 향수를 생각해볼 때는 물론 너무 느린 것이었다. 기차 여행에서는 객차 한 칸 전체를 주문했고, 그곳에서 곡예사는 형편없기는 하나 어쨌든 그의 보통 때 생활 방식의 한 가지 대용품으로 위에 달려 있는 그물로 된 선반에서 여행을 했다. 다음 공연 장소는 극장에서였는데, 곡예사가 도착하기 전부터 곡예용 그네는 제자리에 매어 있었고, 극장 안으로 들어가는 모든 문들은 활짝 열려 있으며, 모든 통로들은 비어 있었다―그러나 홍행주의 일생에서 가장 멋진 순간은 언제나 곡예사가 비로소 줄사다리 위에 발을 올려놓고 순식간에 위쪽 그의 곡예용 그네에 매달릴 때였다.

그렇게 많은 여행이 홍행주에게는 이미 성공을 가져왔어도, 매번의 새로운 여행은 그에게는 또다시 고통스러운 것이었다. 왜냐하면 여행은, 모든 다른 것은 차치하고라도, 어떠한 경우라도 곡예사의 신경을 파괴시켰기 때문이다.

그렇게 그들은 다시 한 번 함께 여행을 떠났다. 곡예사는 그물로 된 선반에 누워 꿈을 꾸고 있었고, 홍행주는 건너편 창문 모서리에 기대어 책을 읽고 있었다. 그때 곡예사가 그에게 조용히 말을 걸어왔다. 홍행주는 즉시 그의 상대가 되어주었다. 곡예사는 입술을 깨물면서 말했다. 자신은 이제 자신의 곡예를 위해서, 종전의 한 개의 그네 대신, 언제나 두 개의 그네, 서로 마주 보고 있는 두 개의 그네를 가져야겠노라고. 홍행주는 그 말에 즉시 동의했다. 그러나 곡예사는, 마치 여기에서는 홍행주의 동의가 그의 항의와 마찬가지로 아무런 의미가 없다는 것을 보여주려는 듯이 이렇게 말했다. 자신은 이제부터 단 한 개의 그네 위에서는 결코 다시는 그리고 어떠한 경우에라도 곡예를 하지 않겠노라고. 그런 일이 한 번쯤 일어날 수 있을지도 모른다는 생각으로 그는 몸서리치는 듯했다. 홍행주는 망설이듯 그를 응시하면서 다시 한 번 그의 완벽한 동의를 설명했다. 두 개의 그네가 한 개보다 더 낫고, 또한 그 이외에도 이러한 새로운 설치가 유리하며, 그것은 공연을 더욱 변화 있게 해줄 것이라고. 그러자 곡예사는 갑자기 울기 시작했다. 깜짝 놀란 홍행주는 펄쩍 뛰어 일어나서 도대체 무슨 일이 생겼냐고 물었다. 그러나 그가 대답하지 않았으므로,

그는 의자 위에 올라서서 그를 쓰다듬으며 그의 얼굴을 자기의 얼굴에 꼭 눌러댔다. 그래서 그도 역시 곡예사의 눈물로 뒤범벅이 되었다. 여러 번의 질문과 달래는 말이 있은 후에야 비로소 곡예사는 흐느끼면서 말했다, "손에 단 한 개의 막대기만을 가지고—나는 도대체 어떻게 살란 말인가요!" 그런 것이라면 홍행주에게는 곡예사를 위로하는 일이 한결 수월했다. 그는 곧 다음 정거장에서 그 두 번째 그네를 위해 다음 공연 장소로 전보를 치겠노라고 약속했다. 그는 자신이 곡예사를 그렇게 오랫동안 단 한 개의 그네 위에서만 일하도록 내버려 둔 것을 자책했고, 곡예사가 마침내 그 잘못을 일깨워준 데 대해서 그를 매우 칭찬했다. 그렇게 해서 홍행주는 곡예사의 마음을 차츰 진정시키는 데 성공했으며, 그는 다시 자신의 모서리로 돌아갈 수 있었다. 그러나 그 자신의 마음은 진정되지 않았다. 그는 매우 걱정스러워하며 몰래 책 너머로 곡예사를 살펴보았다. 그런 생각이 그를 한번 괴롭히기 시작했다면, 언젠가 완전히 멈추어질 수는 있는 것일까? 그런 생각이 계속해서 더해지지는 않을까? 그것이 존재를 위협하지는 않을까? 그리고 이제 울음을 멈추고 겉으로는 편안한 잠 속에 빠진 곡예사의 매끄럽고 어린아이 같은 이마 위에 첫 주름살이 잡히기 시작한 것을 홍행주는 정말 보았다고 생각했다.

작은 여인

어떤 작은 여인이 있다. 그녀는 태어날 때부터 정말 날씬하고, 또한 코르셋으로 몸을 단단히 죄고 있다. 나는 그녀가 언제나 같은 옷을 입고 있는 것을 본다. 그것은 조금 나무 빛깔이 나는 황회색의 옷감으로 만들어진 것인데, 같은 빛깔의 장식용 술이나 단추 모양의 장식물이 조금 달려 있다. 그녀는 언제나 모자를 쓰고 있지 않으며, 그녀의 윤기 없는 금발 머리는 가지런하고 정돈되어 있지만, 매우 곱슬거린다. 그녀는 코르셋을 착용하고 있지만, 그래도 그녀는 가볍게 움직인다. 물론 그녀는 이 날렵한 움직임을 과장하고 있다. 그녀는 두 손을 허리 위에 얹어놓기를 좋아하고, 놀란 듯이 윗몸을 단숨에 옆으로 돌린다. 나를 향해 흔드는 그녀의 손짓이 주는 인상을 나는 다만 이렇게 말함으로써 재현할 수밖에 없다. 나는 각각의 손가락이 그녀의 손처럼 그토록 확연하게 서로 갈라져 있는 손은 아직 본 적이 없다. 그러나 그녀의 손이 해부학적으로 이상한 점을 가지고 있는 것은 결코 아니다. 그것은 완벽히 정상적인 손이다.

그런데 이 작은 여인은 나를 매우 못마땅하게 생각한다. 그녀는 언제나 나에 대해 무언가를 비난하고 있으며, 그녀에게는 언제나 나 때문에 부당한 일이 생긴다. 나는 어디로 가든 그녀를 화나게 한다. 만약 인생을 가장 작은 조각으로 나눌 수 있고, 그 각각의 조각을 따로따로 구별해서 판단할 수 있다면, 분명히 나의 인생의 모든 조각들은 그녀에게는 분노일 것이다. 나는 종종 도대체 왜 내가 그녀를 그렇게 화나게 하는지 곰곰이 생각해보았다. 어쩌면 나의 모든 것이 그녀의 미적 감각, 그녀의 정의감, 그녀의 습관, 그녀의 관습, 그녀의 소망에 거슬리기 때문인지도 모른다. 그런 식으로 서로 상반되는 성격들이 있기는 하지만, 어째서 그녀는 그것을 그렇게도 못 참아 하는 것일까? 우리 사이에는 나로 인해 그녀가 손해를 보도록 강요하는 어떠한 관계도 존재하지 않는다. 다만 그녀가 나를 완전히 낯선 사람으로 간주하기로 마음만 먹으면 되는 것이다. 또한 나는 정말 그런 낯선 사람이며, 그러한 결정에 대항하는 것이 아니라, 오히려 그것을 매우 달가워할 사람이다. 그녀는 단지 내가 그녀에게 단 한 번도 강요해본 적이 없었고 강요하지도 않을 나의 존재에 대해 잊기로 결정을 내리기만 하면 된다―그러면 모든 고통은 분명 사라질 터인데. 이 문제에서 나는 내 자신을 전혀 고려하지 않으며, 물론 그녀의 태도가 나에게도 역시 괴로운 것이라는 사실을 제쳐놓고 있다. 내가 그런 것을 제쳐놓는 이유는, 이 모든 괴로움이 그녀의 고통과 비교해본다면 아무것도 아니라는 사실을 인식하고 있기 때문일 것이다. 그 점에서 나는 물론 그것이 사랑의 고통이 아니라는 것을 절대적으로 깨닫고 있다. 그녀에게는 나를 진실로 개선시키는 문제는 전혀 중요하지 않다. 특히 그녀가 나에 대해 비난하고 있는 모든 것은, 그것으로 인해 나의 발전이 방해받는 그런 종류의 일이 아니기 때문이다. 그러나 나의 발전은 물론 그녀와 아무런 상관이 없다. 그녀는 그녀의 개인적인 관심, 즉 내가 그녀에게 만들어주는 고통에 대해 복수하는 일이나 미래에 나로부터 그녀에게 가해질 염려가 되는 고통을 방지하는 일 이외에는 아무것도 신경 쓰지 않는다. 나는 이미 그녀에게, 어떻게 하면 이렇게 계속되는 불쾌한 일을 아주 쉽게 끝장나게 할 수 있을지 가르쳐주려고 시도해본 적이 있었다. 그러나 나는 그녀에게 바로 그것 때문에 다시는 그러한 시도를 반복할 수 없을 정도로 심한 흥분을 가져다주었다.

　그렇게 생각해본다면, 물론 나에게도 어떤 책임이 있다. 왜냐하면 그 작은 여인 역시 나에게 그렇게도 낯설며, 그리고 우리 사이에 존재하는 유일한 관계라는 것이 내가 그녀에게 주는 불쾌함이거나 아니면 오히려 그녀가 나에게 야기시키는 불쾌함이라 하더라도, 그녀가 이러한 불쾌감 때문에 육체적으로 시달리고 있다는 것이 나에게는 아무래도 상관없는 일이 될 수는 없기 때문이다. 가끔, 요사이에는 더욱 빈번하게 나에게 소식이 오는데, 그녀가 아침에 또다시 밤새 잠을 못 잔 듯 피로하고 창백한 모습으로 두통 때문에 고통을 받았으며 거의 일을 할 수 없는 상태였다는 것이었다. 그래서 그녀는 가족들에게 걱정을 끼치고 있고, 여기저기서 그런 그녀의 상태의 원인들을 추측하고 있지만, 아직까지 그것을 찾아내지 못하고 있다. 나만은 그것을 알고 있다. 그것은 묵은 불쾌함과 언제나 새로 생기는 불쾌함 때문이다. 그렇다고 물론 나는 그녀의 가족들의 걱정을 나누어 갖지는 않는다. 그녀는 강하고 끈질기기 때문이다. 그렇게 화를 낼 수 있는 사람이면, 분명히 그 화의 결과 또한 이겨낼 수 있을 것이다. 나는 그녀가—적어도 부분적으로는—단지 고통스러운 척하고 있는 게 아닌가 하는 의심을 가지고 있을 정도이다. 이런 방법으로 세계의 의심을 나에게 돌리게 하기 위해서 말이다. 그녀는, 내가 나의 존재를 통해 그녀를 어떻게 괴롭히고 있는지를 터놓고 말하기에는 너무도 자존심이 세다. 나 때문에 다른 사람들에게 호소하는 일을 그녀는 자신의 품위를 떨어뜨리는 짓이라고 느낄 것이다. 단지 적대감 때문에, 중단되지 않고 영원히 그녀를 몰아댈 적대감 때문에 그녀는 나에게 몰두하고 있다. 이런 불순한 문제를 대중 앞에서까지 말하는 것은 그녀의 수치심을 생각할 때 너무 심한 일이 될 것이다. 그러나 그녀가 이것이 주는 끊임없는 압박감 속에 서 있는 만큼, 이 문제에 대해서 완전히 침묵을 지킨다는 것 또한 너무 지나친 일이다. 그래서 그녀는 자신의 여성적인 교활함으로 하나의 중도적인 길을 찾으려 노력한다. 침묵을 지키면서, 비밀스런 고통에 대한 외면적인 표시를 통해서만 그녀는 이 사건을 세상의 판결에 맡기려 한다. 아마 그녀는, 언젠가 세상 사람들의 시선을 모두 나에게 향하게 하여, 나에 대한 어떤 일반적인 대중의 분노가 생겨나고, 그 분노의 엄청난 힘을 수단으로—그녀에게 생기는 비교적 약하고 개인적인 분노보다는—한층 더 강력하고 신속하게 나를 완벽한 종말로 몰아넣게 되기를 바라고 있을 것이다. 그러나 그 후에는 그녀는 뒤로 물러서서, 숨을 내쉬고는 나에게 등을 돌릴 것이다. 그러나 이것이 정말 그녀의 희망이라면, 그녀는 잘못 생각하고 있는 것이다. 대중은 그녀의 역할을 넘겨받지는 않을 것이다. 대중은 결코 나에 대해 비난할 거리를 그렇게 무작정 많이 갖게 되지는 않을 것이다. 그들이 나를 그들의 가장 강력한 확대경 밑에 놓는다 하더라도 말이다. 나는 그녀가 생각하는 것처럼 그렇게 쓸모없는 인간은 아니다. 자랑하려는 것은 아니고, 특히 이 문제와 관련지어서는 더욱 그러한데, 내가 어떤 특별한 유용성으로 탁월한 사람은 아니라 할지라도, 나는 분명히 그 반대로 보이지는 않을 것이다. 단지 그녀에게만, 그녀의 거의 하얗게 빛나는 눈에만 내가 그렇게 보일 뿐이다. 그녀는 다른 어떤 사람에게도 자신의 생각을 확신시킬 수 없을 것이다. 그렇다고 내가 이런 점에서 완전히 편안한 마음을 가질 수 있겠는가? 아니다. 물론 아니다. 왜냐하면 만약 내가 나의 태도 때문에 정말 그녀를 병들게 한다고 알려지게 된다면, 그리고 몇몇의 감시인들, 바로 그 가장 부지런한 소식 전달자들은 이미 거의 그것을 간파했거나 아니면 적어도 그것을 알아버린 것처럼 행동하고 있으니, 이번에는 세상이 나에게 질문을 던질 것이다. 도대체 나는 왜 내 자신을 변화시키지 못함으로써 그 작고 불쌍한 여인을 괴롭히고 있는지, 그리고 내가 그녀를 죽음으로까지 몰아갈 의도를 가지고 있는지, 그리고 내가 언제, 마침내 이성과 단순한 인간적 동정심을 갖게 되어 그런 짓을 멈추게 될지—만약에 세상이 나에게 그렇게 묻는다면, 나는 대답하기 어려울 것이다. 그러면 나는 그녀의 질병의 증상들을 별로 믿지 않는다고 고백해야만 할 것인가. 그렇게 해서 나는 내가 어떤 죄로부터 벗어나기 위해서 더구나 그렇게 불순한 방법으로 다른 사람에게 죄를 덮어씌우고 있다는 불쾌한 인상을 야기시켜야만 하겠는가? 그리고 내가 병고를 정말로 믿었다 하더라도 동정심은 조금도 가지고 있지 않을 거라고, 왜냐하면 나에게 그 여인은 정말 완전히 낯선 사람이고, 우리 사이에 존재하는 관계도 단지 그녀에 의해서 만들어진 것이며 단지 그녀 쪽에만 존재하는 것이기 때문이라고 터놓고 말할 수 있을까? 사람들이 나를 믿어주지 않을 거라고 말하지는 않겠다. 오히려 사람들은 나를 믿지도 않거니와 안 믿지도 않을 것이다. 사람들은 그것을 전혀 이야기 삼지 않을지도 모른다. 앓고 있고 연약한 여인이라는 것을 고려해서 내놓았던 나의 대답을 사람들은 단지 자동적으로 기록할 텐데, 그것은 나에게 불리할 것이다. 모든 다른 대답에서와 마찬가지로 여기에서도, 이번과 같은 경우에는 연애 관계에 대한 의심이 생겨나지 않게 하는 세상의 무능력함이 나를 완강하게 가로막을 것이다. 그런 관계는 있지도 않으며, 또한 그런 것이 있다면, 그것은 오히려 나에게서부터 시작되리라는 것이 가장 분명하게 밝혀진다 하더라도 말이다. 왜냐하면 나라는 사람은 그 작은 여인의 우월성에 의해서 계속해서 비난받지만 않는다면, 그녀의 판단이 갖는 충격적인 힘과 지칠 줄 모르는 추론에 대해서 언제나 경탄할 줄 알기 때문이다. 그렇지만 하여간 그녀는 나에 대해서 절친한 관계란 그림자도 가지고 있지 않다. 그 면에서 그녀는 정정당당하고 진실하다. 그러나 이런 면에 무감각한 대중은 그녀의 의견에 동조할 것이고 언제나 나에게 반대할 것이다.

그러므로 나에게는 단지 세상이 공격해오기 전에, 적시에 내 자신을 변화시켜 그 작은 여인의 분노를 완전히 제거할 수는 없다 하더라도—그것은 생각할 수도 없는 일이니까—어느 정도 약화시킬 수 있도록 하는 일밖에는 남아 있지 않을 것이다. 그래서 실제로 내 자신에게 가끔 물어보았다. 나의 현재의 상태가 그것을 전혀 바꾸고 싶지 않을 만큼 만족할 만한 것인지 그리고 내 자신에게 어떤 변화를 주는 일이 그렇게 불가능한 것인지, 내가 그럴 필요가 있다고 확신하기 때문이 아니라, 오직 그녀의 마음을 누그러뜨리기 위해서 그런 행동을 취한다 하더라도 말이다. 그래서 나는 그렇게 하려고 정성껏 세심하게 노력을 기울였다. 그것은 나에게 잘 맞는 일이기도 했고, 나를 즐겁게 하기도 했다. 약간의 개별적인 변화가 일어났고, 멀리서도 눈에 띄었다. 나는 그 여인의 주의를 환기시킬 필요가 없었다. 그녀는 그런 종류의 모든 것을 나보다 먼저 알아챈다. 그녀는 나의 태도에서 벌써 그 의도하고자 하는 표현을 알아낸다. 그러나 성공은 나에게 주어지지 않았다. 그것이 어찌 가능하겠는가? 내가 이미 알고 있는 바로는, 나에 대한 그녀의 불만은 정말 근본적인 것이니 말이다. 어느 것도 그것을 없앨 수는 없다. 내 자신을 없앤다고 하더라도. 나의 자살 소식을 접한다면, 그녀의 분노의 발작은 한계가 없을 것이다. 나는 그녀, 이 예민한 여인이 나처럼 이해하지 못한다는 것을 상상할 수가 없다. 즉, 그녀의 노력이 가망 없다는 것과 나의 무죄, 아무리 좋은 의도를 가져도 그녀의 요구에 따르지 못하는 나의 무능함을 이해하지 못한다는 것을. 분명히 그녀는 그것을 이해한다. 그러나 투사의 성격을 지닌 그녀는 싸움에 대한 열정으로 그것을 잊어버린다. 나의 불운한 성격은 이미 나에게 주어졌으므로 달리 선택할 수 없는 것인데, 그것은 상식의 범위를 벗어나버린 사람이라면 누구에게라도 조용히 주의를 속삭여주고 싶어 하는 데 있다. 이런 식으로는 물론 결코 의사소통이 되지 못할 것이다. 언제나 나는 첫 아침 시간의 행복감 속에서 집으로부터 걸어 나와서는, 나로 인해 슬퍼하고 있는 이 야윈 얼굴을 보게 된다. 불쾌하게 삐죽 튀어나온 입술, 찬찬히 조사하는 그리고 그 조사의 결과를 이미 알고 있다는 눈길, 그것은 나를 훑어보면서 아무리 건성으로 지나친다 해도 그 어느 것도 놓치지 않는다. 소녀 같은 뺨에 패어 있는 쓰디쓴 미소, 호소하는 듯이 하늘을 바라보는 모습, 그리고 화가 나면 창백해지고 부들부들 떠는 모습을.

최근에 나는, 놀랍게도 이 기회에 시인하건대, 난생 처음으로 절친한 친구 한 사람에게 이 일에 관해서, 다만 지나가는 몇 마디 말로 가볍게 약간의 암시를 준 적이 있었다. 그녀가 겉으로 보기에는 나에게 사실상 대수롭지 않은 존재인 만큼, 나는 이 일 전체의 의미를 약간 덜 진실되게 축소시켰다. 이상한 것은, 그럼에도 불구하고 그 친구가 그것을 흘려듣지 않고 오히려 스스로 이 일에 의미를 부여했으며, 자신의 생각을 딴 데로 돌리지 않고 몰두했다는 점이다. 물론 더욱 이상한 것은, 그럼에도 불구하고 그가 결정적인 점에 이르러서는 이 일을 과소평가했다는 것인데, 왜냐하면 그는 나에게 얼마간의 여행을 떠나도록 진지하게 충고해주었기 때문이다. 그 이외의 어떠한 충고도 그처럼 어리석을 수는 없을 것이다. 사실 사정은 간단하다. 누구라도 그것에 가까이 다가가면 그것을 꿰뚫어 볼 수 있다. 그러나 또한 내가 떠나버린다고 해서 모든 일이 혹은 가장 중요한 일만이라도 해결될 만큼, 사정이 그렇게 단순한 것은 아니다. 그와 반대로 나는 오히려 떠나지 않도록 내 자신을 지켜야 한다. 내가 어쨌든 어떤 계획을 좇아야 한다면, 이 일을 외부 세계가 아직 관여하지 않은 여태까지의 좁은 테두리 안에 붙잡아두는 계획이어야 한다. 그러니까 내가 있던 곳에 조용히 머물러 있어야 하며, 이 일로 인해서 야기되는,

두드러지게 눈에 띄는 큰 변화를 결코 허용해서는 안 된다. 그러니까 이 일에 관해서 누구와 이야기해서도 안 된다. 이것 또한 그 변화에 속하는 일이기 때문이다. 그러나 이 모든 것은, 이 일이 어떤 위험한 비밀이기 때문이 아니라, 오히려 사소하고 순전히 개인적이며 그 자체로서도 손쉽게 전달되어지는 일이기 때문이며, 또한 이 일은 이대로 남아 있어야 하기 때문이다. 이런 점에서 친구의 충고는 쓸모없는 것만은 아니었다. 그것은 나에게 새로운 것을 가르쳐주지는 않았지만, 내 자신을 나의 기본 관점에 더욱 확고하게 붙잡아놓았다.

물론 좀 더 자세하게 생각해보면 드러나겠지만, 시간이 갈수록 일의 상태가 변화된 것처럼 보였으나, 그것은 그 일 자체의 변화가 아니라, 그 일에 대한 내 견해의 발전일 따름이다. 이렇게 볼 때, 나의 이러한 견해는 한편으로는 한층 더 침착하고 한층 더 남성적이 되어가고 그 본질에 더욱 가까이 가지만, 또한 다른 한편으로는 계속되는 충격들이 여전히 가벼운 것이라 할지라도, 극복될 수 없는 그 충격의 영향으로 분명히 어떤 신경과민 증세를 얻고 있다.

가끔은 어떤 결말이 눈앞에 아주 가까이 다가온 듯이 보이지만, 아직도 여전히 오지 않고 있다. 나는 그것을 인지하고 있다고 믿으면서, 이 일에 대해서 점점 냉정해져 간다. 사람은, 특히 젊은 나이에는, 결말이 다가오는 속도를 쉽게 과대평가하려는 경향이 있다. 나의 작은 여관사는 나를 바라보느라고 허약해져서 한 손으로는 안락의자의 등받이를 붙잡고 다른 한 손으로는 코르셋의 끈을 조이면서 안락의자에 비스듬히 주저앉을 때면, 그녀의 뺨에 분노와 절망의 눈물이 흘러내렸다. 그때마다 나는 언제나 이제 결말이 온 것이며, 내가 곧 불려가서 내 자신을 변호해야 할 것이라고 생각했다. 그러나 결말도, 변화도, 아무것도 오지 않았다. 여자들은 쉽사리 기분이 나빠진다. 세상은 모든 경우에 주의를 기울일 시간이 없는 것이다. 그렇다면 도대체 이 모든 세월 동안에 무슨 일이 생겼단 말인가? 그러한 경우들이 때로는 좀 더 강경하게, 때로는 좀 더 빈약하게 반복되는 일과 그래서 결국 그것들의 전체 숫자가 더욱 커진 것 이외에는 아무일도 생기지 않았던 것이다. 그래서 사람들은 가까이에서 서성거리며 기꺼이 끼어들고자 할 것이다. 그럴 수 있는 가능성만 발견하게 되면 말이다. 그러나 그들은 아무런 가능성도 발견하지 못하고 있다. 지금까지 그들은 단지 그들의 후각에만 기대를 걸고 있다. 후각 하나만으로도 그 후각의 소유자에게 많은 일거리를 만들어주기에 충분하기는 하지만, 그 후각은 다른 사람에게는 아무런 소용이 없는 것이다. 그러나 원래부터 언제나 그랬다. 아무 소용없는 게으름뱅이이며 할 일 없는 사람은 언제나 있는 법이고, 하여간 그들은 아주 지나치게 약삭빠른 방법으로, 즉 제일 즐겨 쓰는 방법인 친척이라는 핑계로 가까이에 머물러 있을 수 있었다. 그들은 언제나 주의했고, 언제나 콧속 가득 냄새를 가지고 있었다. 그러나 이 모든 결과는 단지 그들이 아직도 여전히 거기에 있다는 것뿐이다. 그 전체의 차이는 내가 그들을 점차 인식해가고 있으며, 그들의 얼굴을 구별하게 되었다는 것이다. 예전에 나는, 그들이 점차 사방에서 모여들어 이 일의 크기가 확대되고 어쩔 수 없이 저절로 그 결과가 생기게 되는 것이라고 믿고 있었다. 그러나 오늘날에 와서는, 이 모든 것은 옛날부터 존재해왔고, 결과가 가까이 다가올수록 할 일은 거의 없거나 아주 없다는 것을 내가 알고 있다고 믿는다. 그리고 결과 자체도, 왜 나는 그것을 이렇게 엄청난 말로 부르고 있는가? 언젠가—분명히 내일이나 모레는 아니며 어쩌면 영원히 없을지도 모르지만—대중이, 내가 언제나 되풀이하는 이야기인데, 이 일에 대해서 아무런 권한도 없는 사람들임에도 불구하고 이 일에 관계하게 되면, 나는 물론 아무 해도 입지 않고 소송 절차를 끝낼 수는 없겠지만, 아마도 몇 가지 사실을 고려하게 될 것이다. 즉, 내가 대중이 모르는 사람은 아니며 오래전부터 그들의 시선을 충분히 받으며 그들을 깊이 신뢰하고 또 신뢰받으며 살아왔다는 것, 그러므로 차후에 나타나 고통스러워하고 있는 이 작은 여인은—이 기회에 말해두지만, 내가 아니고 다른 사람이었다면 아마 오래전부터 그녀를 가시 돋친 식물로 여기고, 대중을 생각해서 아무 소리 없이 그녀를 그의 장화로 짓밟아버렸을 것이다—최악의 경우라도 대중이 나를 오래전부터 그들이 존경할 만한 동료라고 공언하고 있는 공문서에 단지 작고 추한 군더더기 말을 덧붙일 수 있을 뿐이라는 것 등이다. 이것이 이 일의 오늘날의 상황이고, 그러므로 별로 나를 불안하게 할 정도는 못 된다.

해가 지남에 따라 내가 약간 불안해하고 있다는 것은 이 일의 원래의 의미와는 아무 관계가 없다. 계속적으로 누군가를 화나게 하고 있다면, 누구든지 그것을 그야말로 참아내지 못하는 법이다. 그 분노에 아무런 이유가 없다는 것을 안다고 하더라도 말이다. 그는 불안해질 것이다. 그 일의 결과가 오리라는 것을 이성적으로는 그다지 믿지 않는다 하더라도, 그는 다만 육체적으로나마 어느 정도 그 결과를 느끼게 될 것이다. 그러나 부분적으로는 이 일은 다만 노화 현상과 관계 있는 일이기도 하다. 젊음은 모든 것을 미화한다. 아름답지 못한 갖가지 일들은 끊임없이 솟아나는 젊음의 힘 속에서 사라져버린다. 누군가가 소년이었을 때 어떤 저의가 있는 눈빛을 가졌다면, 그것은 나쁘게 받아들여지지 않았을 것이다. 사람들은 그것을 전혀 알아채지도 못했을 것이다. 그 자신조차도. 그러나 나이를 먹어가면서 남겨지는 것은 찌꺼기뿐이다. 모든 사람은 필요한 존재이지만, 아무도 새로워질 수는 없는 것이다. 누구나 관찰의 대상이 된다. 그리고 늙어가는 한 남자의 저의 있는 눈빛은 물론 아주 분명하게 저의 있는 눈빛인 것이다. 그 눈빛을 알아보는 일은 어렵지 않다. 다만 이때에도 그

눈빛이 실제적이고 구체적으로 악화되는 법은 없다.

　그러므로 내가 어떤 시점에서 보든지 간에, 내가 이 사소한 일을 단지 손으로 아주 간단히 덮어두고 있기만 하면, 그 여인의 온갖 발작에도 불구하고 나는 앞으로도 아주 오랫동안 세상의 방해를 받지 않고 여태까지의 나의 삶을 조용히 계속해나갈 수 있다는 사실이 언제나 확실해지며, 나 또한 그렇게 생각하고 있다.

어느 단식 광대

　지난 수십 년간 단식 광대에 대한 흥미는 매우 줄어들었다. 예전에는 단식 광대의 독자적인 연출로 큰 공연을 해볼 만했지만, 오늘날에는 그것이 전혀 불가능하다. 그때는 다른 시대였다. 당시에는 도시 전체가 단식 광대에 관심을 가지고 있었다. 단식 날이 진행되면 날마다 관심은 높아갔다. 누구나 적어도 하루에 한 번은 단식 광대를 보고 싶어 했다. 나중에는 예약자들까지 있었는데, 그들은 창살 달린 작은 우리 앞에 하루 종일 앉아 있었다. 효과를 높이기 위해서 밤에도 횃불을 켜고 감시가 행해졌다. 날씨가 좋은 날에는 우리를 바깥으로 옮겨놓았는데, 그럴 때는 특히 어린아이들의 구경거리가 되었다. 어른들에게 단식 광대는 가끔 유행 때문에 참여하게 되는 단순한 흥밋거리에 불과했던 반면에, 어린아이들은 놀라서 입을 크게 벌리고, 안전을 기하기 위해 서로 손을 꼭 잡은 채 단식 광대의 모습을 바라보았다. 검정 트리코를 입은 창백한 모습의 그는 늑골이 몹시 튀어나와 있었고, 안락의자조차도 거절하고 그 자리에 뿌려져 있는 짚 위에 앉아서 가끔 예의 바르게 고개를 끄덕이고 미소를 지으며 여러 물음에 대답해주었다. 또한 자신이 얼마나 말랐는지 만져볼 수 있도록 창살을 통해서 팔을 내뻗었다. 그러나 그러다가도 다시금 완전히 자기 자신의 생각에 잠겨서 어느 누구에게도 신경을 쓰지 않았다. 그에게 그토록 중요한 시계의—그것은 우리 안의 유일한 가구였다—종소리에도 전혀 신경 쓰지 않고, 거의 감긴 눈으로 자기 앞만을 주시하면서 입술을 적시기 위해서 가끔 조그마한 유리잔의 물을 홀짝홀짝 마셨다.

바뀌는 구경꾼들 이외에 관객에 의해 선택된 고정 감시인도 있었는데, 이상하게도 대개가 백정이었고, 그것도 언제나 동시에 세 사람이었다. 그들은 밤낮으로 단식 광대를 지켜보아야 하는 임무를 가지고 있었고, 그것은 단식 광대가 어떤 은밀한 방법으로든 음식을 먹는 것을 막으려고 하기 위해서였다. 그러나 그것은 단지 군중을 안심시키기 위해서 행해지는 형식일 뿐이었다. 왜냐하면 아는 사람은 단식 광대가 단식 기간에는 결코 어떠한 일이 있어도 강제로 시킨다 하더라도 최소량의 음식도 먹지 않으리라는 것을 분명히 알고 있었기 때문이다. 그의 예술의 명예가 그것을 금지시키는 것이었다. 물론 모든 감시인들이 다 그것을 이해할 수는 없는 일이었다. 가끔 밤에는 감시를 아주 소홀히 행하는 감시인 그룹들이 있었는데, 그들은 의도적으로 멀리 떨어진 모퉁이에 모여 앉아서 카드놀이에 빠져들었다. 그것은 단식 광대에게 약간의 다과를 허락해주기 위한 공공연한 의도에서였으며, 그들은 단식 광대가 몰래 숨겨둔 어떤 저장품에서 그것을 꺼낼 수 있다고 생각했다. 단식 광대에게는 그러한 감시인들보다 더 괴로운 것은 없었다. 그들은 그를 슬프게 했다. 그들은 그의 단식을 말할 수 없이 힘들게 했다. 가끔 그는 자신의 약한 마음을 극복하고 사람들에게 그들이 얼마나 부당하게 그를 의심하고 있는지 보여주기 위해서, 이러한 감시 시간 동안에 그가 계속할 수 있는 한 노래를 불렀다. 그러나 그것은 거의 도움이 되지 않았다. 감시인들은 다만 노래 부르는 동안에도 먹을 수 있는 그의 재주에 대해 감탄할 뿐이었다. 그에게는 오히려 창살에 바짝 다가앉아서 큰 홀의 흐릿한 야간 조명에 만족하지 않고, 흥행주가 준비해준 전기 손전등으로 그를 비춰대고 있는 감시인들이 한결 나았다. 그 강렬한 불빛은 그에게 전혀 방해가 되지 않았다. 그는 물론 전혀 잠을 잘 수는 없었지만, 어떤 불빛이나 어떤 시간에도, 또한 초만원을 이룬 떠들썩한 홀에서도 그는 언제나 약간은 조는 상태에 있을 수 있었기 때문이다. 그는 그런 감시인들과는 전혀 잠을 자지 않고 그들과 함께 밤을 꼬박 새울 준비가 기꺼이 되어 있었다. 그는 그들과 농담을 하고, 그들에게 그의 방랑 생활 이야기를 들려주고, 또 그들의 이야기에 귀 기울일 준비도 되어 있었다. 그 모든 것은 단지 그들을 깨어 있게 하기 위해서, 그들에게 그가 우리 안에 먹을 것을 가지고 있지 않다는 것과 그가 그들 중 어느 누구도 그렇게 할 수 없는 단식을 하고 있다는 것을 계속해서 보여주기 위해서였다. 그러나 그에게 가장 행복한 것은 어느덧 아침이 되어 그들에게 자기의 비용으로 훌륭한 아침 식사를 가져오게 하는 일이었는데, 그때 그들은 힘든 밤샘 후에 건강한 남자들이 갖는 식욕으로 그 아침 식사에 덤벼들었다. 때로는 이 아침 식사를 감시인의 부당한 영향력 때문이라고 보려는 사람들도 있었지만, 그것은 지나친 생각이었다. 그 사람들에게 단지 감시하는 일만을 위해 아침 식사도 없는 야간 감시를 맡겠느냐는 질문을 던지면, 그들은 슬그머니 물러났다. 그러나 그들의 의심은 여전히 남아 있다.

물론 이것은 단식과 결코 분리될 수 없는 의심에 속해 있었다. 어느 누구도 감시인으로 모든 밤낮을 쉬지 않고 단식 광대 곁에서 보낼 수는 없었다. 그러므로 누구도 단식이 정말 아무런 오류 없이 계속적으로 행해지고 있는지 자기 눈으로 확인할 수는 없었다. 단지 단식 광대 자신만이 그것을 알 수 있었고, 그러므로 그만이 동시에 자신의 단식을 완전히 만족해하는 관객일 수 있었다. 그러나 그는 어떤 다른 이유로 결코 만족해하지 않았다. 그는 많은 사람들이 불쌍해서 그의 공연에 가보지 못할 만큼 그토록 말랐는데, 그것은 어쩌면 전혀 단식 때문이 아니고, 자기 자신에 대한 불만족 때문인지도 몰랐다. 즉, 그만은 단식이 쉬운 일이라는 것을 알고 있었다. 단식에 대해 아는 사람이라 할지라도 그것은 알지 못했다. 그것은 세상에서 가장 쉬운 일이었다. 그가 그것을 말하지 않은 것은 아니었으나, 사람들은 그를 믿지 않았고, 기껏해야 그를 겸손하다고 생각했고, 대부분이 그를 선전광으로 또는 사기꾼으로까지 취급했다. 그들은 그에게 단식이 쉬운 것은 그가 그것을 쉽게 할 수 있는 방법을 알기 때문이며, 게다가 그 사실을 적당히 고백하는 머리까지 가지고 있는 사기꾼이기 때문이라고 생각했다. 그는 이 모든 것을 감수해야 했고, 해가 지남에 따라 그런 것에 익숙해지기도 했지만, 내면적으로는 이러한 불만이 언제나 그를 허물어뜨리고 있었다. 그래서 그는 단식 기간이—그는 이 증명서를 교부받아야 했다—끝난 후에도 자진해서 우리를 떠나본 적이 결코 없었다. 흥행주는 단식의 최장기간을 사십 일로 정해놓았으며, 그 이상은 결코 단식을 시키지 않았다. 어떠한 세계적 대도시에서라도 그 이상은 시키지 않았다. 물론 좋은 이유에서였다. 경험으로 비추어보아 대개 사십 일이면 점차적으로 고조되는 선전을 통해서 한 도시의 관심을 더욱더 자극시킬 수 있었다. 그러나 그 이후에는 관중들은 마음대로 되지 않았다. 관객이 현격하게 줄어드는 것을 알 수 있었다. 이런 면에서 볼 때 물론 도시와 시골 사이에 작은 차이가 있었지만, 사십 일이 최장 시간이라는 것은 규칙으로서 유효한 것이었다. 그래서 사십 일째가 되는 날에는 화환으로 둘러쳐진 우리의 문이 열렸다. 열광적인 관중들이 원형 극장을 메우고 있었고, 군악대가 음악을 연주했다. 두 명의 의사가 우리 안으로 들어가서 단식 광대에게 필요한 검사를 했고, 마이크를 통해서 그 결과가 홀 안에 알려졌다. 그리고 드디어 젊은 여자 두 명이 추첨에 당선된 것을 기뻐하며 걸어 나와서 단식 광대를 우리에서 두 계단 아래로 이끌어 나가려고 했다. 거기에는 작은 탁자 위에 세심하게 선택된 환자용 식사가 차려져 있었다. 그런데 바로 이 순간 단식 광대는 언제나 저항했다. 그는 그에게 몸을 숙이고 팔을 뻗어 도와줄 준비를 갖추고 있는 여자들의 손안에 자신의 뼈만 남은 팔을 자진해서 올려놓기는 했지만, 일어서려고는 하지 않았다. 왜 사십 일이 지난 지금에서 그만두려고 하는가? 그는 아직도 더 오랫동안, 무제한으로 오랫동안 지탱해나갈 수 있을 것 같았다. 그런데 왜 하필이면 지금, 그가 예전에 없이 최상의 단식 상태에 있는 지금에 와서 그만두려 하는가? 사람들은 왜 그에게서, 단식을 계속해서 전대미문의 가장 위대한 단식 광대가 될 수 있는 영광뿐만 아니라, 그는 아마도 이미 그러한 단식 광대일지도 모르지만, 자기 자신을 능가하여 불가해한 단계에 이를 수 있는 영광도 빼앗아가려 하는가? 왜냐하면 그는 자신의 단식 능력에 어떤 한계를 조금도 느끼지 않았기 때문이다. 이 군중들은 그토록 그를 경탄한다고 떠들어대면서도, 왜 그에 대해 그렇게도 인내심이 없었을까? 그들은 왜 그것을 지속시키려 하지 않았을까? 그는 지쳐 있었던 데다 짚 위에 주저앉아 있었으며, 이제 오랫동안 몸을 높이 일으켜 세우고는 음식 쪽으로 걸어가야만 했다. 음식을 생각만 해도 벌써 그는 구역질이 났고, 그는 단지 여자들을 고려해서 그런 표현을 애써 참고 있었다. 그리고 그는 매우 친절해 보이지만 사실은 아주 무서운 그 여자들의 눈 속을 올려다보고는 약한 목 위에 무겁게 올려져 있는 머리를 흔들었다. 그러나 그러고 나서는 언제나 행해지는 일들이 행해졌다. 흥행주가 왔고, 아무 말 없이—음악 때문에 연설은 불가능했다—단식 광대 위로 팔을 들어 올렸다. 그 모습은 마치 여기 짚더미 위에 있는 그의 작품인, 이 가엾은 순교자를 한번 감상하도록 하늘을 초대하고 있는 것 같았다. 그것은 물론 단식 광대였지만, 전혀 다른 의미로는 순교자였다. 그는 단식 광대의 가느다란 허리를 잡으면서 과장된 조심성으로 자신이 여기에 부서지기 쉬운 물건과 같은 사람을 데리고 있다는 것을 믿게 하고 싶어 했다. 그리고 그동안 몹시 창백해진 여자들에게 그를 넘겨주었는데, 그러면서 몰래 그를 살짝 흔들어서 단식 광대는 다리와 상체를 가누지 못하고 이리저리 흔들거렸다. 이렇게 단식 광대는 모든 것을 참아냈다. 머리는 가슴 위에 얹혀져 있어서, 그것은 마치 굴러가다가, 설명하기는 어렵지만 거기 그대로 붙어버린 듯이 보였다. 몸체는 푹 패어 있었다. 두 다리는 쓰러지지 않기 위해서 무릎을 맞대고 서로 꽉 붙이고 있었으며, 마치 땅바닥이 진짜가 아니어서 이제 진짜 땅바닥을 찾고 있다는 듯이 바닥을 긁어댔다. 그리고 아주 가볍긴 했으나, 몸무게 전체를 그 여자들 중 하나에게 내맡기고 있었는데, 그녀는 도움을 바라면서 숨을 헉헉거리고—그녀는 이 명예스런 임무를 이런 것이라고는 생각지 않았다—적어도 얼굴이 단식 광대와 닿는 것을 피하기 위해서 우선 가능한 한 목을 쭉 폈다. 그러나 그녀는 그렇게 할 수 없었다. 재수 좋은 그녀의 동료가 그녀를 도우러 오지 않고, 덜덜 떨면서 겨우 단식 광대의 손, 이 작은 뼈 무더기만을 쳐들고 가는 것으로 만족할 뿐이어서, 그녀는 홀 안에 흥분에 찬 웃음소리가 터져나오는 가운데 울음을 터뜨렸고, 그래서 오래전부터 대기하고 있던 일꾼과 교대해야 했다. 그런 다음 음식이 왔다. 흥행주는 단식 광대가 기절한 듯 반쯤 잠들어 있는 동안 그에게 음식을 조금 흘려 넣어주었다. 그러면서 그는 즐겁게 떠들어댔는데, 그것은 단식 광대의 상태로부터 관심을 다른 곳으로 돌리기 위해서였다. 그런 다음 관객들에게 이른바 단식 광대가 흥행주에게 속삭였다는 건배의 말이 전해졌다. 악대가 굉장한 취주로 그 모든 것을 뒷받침해주었다. 사람들은 흩어졌고, 그리고 아무도 여기서 생긴 일에 대해서 불만스러워할 이유가 없었다. 아무도. 그러나 오직 단식 광대만은 그렇지 않았다. 언제나 그만이 만족하지 못했다.

그는 정기적인 짧은 휴식 시간을 제외하고 수많은 해를 그렇게 살았다. 허울 좋은 영광 속에서, 세상 사람들의 격찬을 받으며, 그러나 그럼에도 불구하고 대부분 울적한 기분으로 살았는데, 아무도 그의 그런 기분을 진지하게 받아줄 줄 몰랐기 때문에 언제나 더더욱 울적해졌다. 그러나 사람들이 그를 무엇으로 위로해주어야 할까? 그가 원할 것이 무엇이 있겠는가? 언제든 어떤 착한 이가 나타나서, 단식 광대를 불쌍히 여기고 그에게 그의 슬픔은 틀림없이 단식에서 오는 것일 거라고 설명하려고 하면, 특히 단식 기간이 진행되는 동안에는 더군다나, 그는 대답 대신 분노로 발작을 일으키고, 짐승처럼 창살을 흔들어대기 시작해서 모든 이를 놀라게 하는 일이 생기기도 했다. 물론 그러한 상황들에 대해서 흥행주는 그가 즐겨 사용하는 처벌 방법이 있었다. 그는 모여든 관중들 앞에서 단식 광대를 용서하고, 오직 단식에서 비롯된, 배부른 사람들은 결코 이해할 수 없는 성마름만이 단식 광대의 행동거지를 용서하게 할 수 있다는 것을 시인했다. 그러고 나서 그것과 관련해서 단식 광대의 주장에 대한 언급이 있게 되는데, 그것은 그가 지금 하는 것보다 훨씬 오랫동안 단식을 할 수 있다는 것이었다. 그는 이 주장이 내포하고 있을 높은 목표와 훌륭한 의지와 위대한 극기를 찬미했다. 그러나 그는 그와 동시에 거기서 팔리고 있는 사진들을 내보임으로써 간단하게 그 주장의 반증을 들어 보였다. 왜냐하면 사람들은 그 사진들 속에서 침대에 누워 영양실조로 소멸되어가는, 단식 사십 일째를 맞고 있는 단식 광대의 모습을 볼 수 있었기 때문이다. 이 진실의 왜곡은 이미 단식 광대가 잘 알고 있는 것이면서도, 매번 새로이 그의 신경을 지치게 했고, 그로서는 너무나 감당하기 힘든 것이었다. 때 이른 단식의 중단이 가져오는 결과가 여기에서는 원인으로 설명되어지고 있었던 것이다! 이러한 잘못된 이해에 대항해서, 이러한 잘못된 이해의 세계와 대항해서 싸우는 일은 불가능했다. 그는 여전히 희망적인 믿음으로 창살에 매달려 흥행주의 말에 귀를 기울였지만, 그 사진들이 나타나기만 하면 매번 창살에서 물러나, 한숨을 쉬면서 짚더미에 깊숙이 주저앉았고, 안심한 관중은 다시 그에게 다가가 그를 구경할 수 있었다.

그러한 장면의 목격자들은 이삼 년 후 당시를 돌이켜 생각해보면, 그들 스스로가 자신들을 이해할 수 없을 때가 가끔 있었을 것이다. 왜냐하면 그동안 앞서 이미 언급했던 그 급격한 변화가 일어났기 때문이다. 그것은 거의 갑작스럽게 일어났다. 거기엔 어떤 깊은 이유가 있겠지만, 누군들 그런 이유를 찾아내려고 하겠는가. 어쨌든 어느 날 응석꾸러기 단식 광대는 자기 자신이 군중들로부터 버림받았다는 것을 알았다. 오락을 갈망하는 군중들은 오히려 다른 전시회로 몰려갔다. 흥행주는 그를 데리고 다시 한 번 유럽의 절반을 쫓아다녔다. 혹시 여기저기서 옛날과 같은 흥미가 다시 살아나지 않을까 해서였다. 그러나 모든 것은 허사였다. 마치 어떤 비밀스런 합의에 의한 것처럼 도처에는 이제 막 시범 단식에 대한 혐오감이 생겨나고 있었다. 물론 그것이 실제로는 갑자기 생겨날 수는 없었다. 이제 와서 생각해보면 많은 징후들을 기억해낼 수 있다. 그 당시에는 성공의 안개에 가려져 그것들을 충분히 주의해 보지도 않았고, 또 충분히 억제하지도 않았다. 그러나 이제 와서 그런 것에 대해 무슨 대책을 세운다는 것은 너무나 늦었던 것이다. 언젠가 단식을 위한 시대가 또다시 올 것이 분명하다 해도, 지금 살아 있는 사람들에게는 아무런 위안이 될 수 없었다. 그러니 이제 단식 광대는 무엇을 할 수 있겠는가? 수천 명의 사람들에 둘러싸여 환호를 받았던 그가 일 년에 한 번 서는 작은 시장의 가설 흥행장에 설 수는 없었고, 다른 직업을 갖기에는 너무 늙었을 뿐 아니라, 무엇보다도 단식 광대는 너무도 광신적으로 단식에 몰두해 있었다. 그래서 그는 한 특이한 인생 경로의 동료였던 홍행주에게 이별을 고하고, 대형 서커스단에 고용되었다. 그는 자신의 예민한 감성을 다치지 않게 하기 위해서 계약 조건도 전혀 보지 않았다.

대형 서커스단에서는 수많은 사람들, 동물들 그리고 기구들이 서로 조정되고 보충되기 때문에, 거기에서는 언제든지 그리고 누구라도 소용이 될 수 있었다. 물론 적당한, 얼마 안 되는 보수를 요구하는 경우라면 단식 광대도 마찬가지다. 게다가 이 특별한 경우는 단순히 단식 광대 자신뿐만 아니라 그의 옛 명성까지도 함께 고용되었다. 연령이 많아져도 줄어들지 않는 이 기술의 독특함으로 해서, 노화되어 더 이상 자신의 능력의 절정기에 있지 않은 예술가가 서커스의 한가한 자리에 은닉하고 싶어 했다고는 아무도 말할 수 없었다. 그와 반대로 단식 광대는 자신이 예나 다름없이 단식할 수 있다고 확언했고, 그것은 확실히 믿을 만한 것이었다. 더구나 그는 자기 의지대로 놓아두기만 하면, 이제서야 정작 세상을 제대로 놀라게 해주겠노라고 주장했고, 사람들은 당장에 그렇게 하기로 그에게 약속했다. 단식 광대는 흥분한 나머지 그 당시의 분위기를 잊어버렸던 것이고, 그것을 감안해보면, 이 주장은 전문가들에게는 한낱 실소를 자아내게 할 뿐이었다.

그러나 사실상 단식 광대도 현실 상황에 눈이 어둡지는 않아서, 우리에 들어 있는 자신을 최고 인기 프로그램으로 서커스 연기장 한가운데 놓아두는 것이 아니라 바깥 짐승 우리 부근에, 특히 접근하기 쉬운 곳에 자신을 놓아두는 것을 당연한 것으로 받아들였다. 큼지막하게 오색으로 씌어진 광고가 그의 우리를 둘러싸고 있어서, 그곳에서 무엇을 볼 수 있는지 알려주었다. 관중들이 공연의 휴식 시간에 동물들을 구경하려고 마구간으로 몰려올 때면, 단식 광대 곁을 지나가게 되고 그곳에서 잠시 머무를 수밖에 없었다. 고대하던 마구간으로 가는 도중 왜 이곳에 머무는지 이해하지 못하는 사람들이 있었는데, 만약 그들이 그 좁은 복도에서 떠밀며 그를 좀 더 오랫동안 조용히 관찰하지 못하게 만들지만 않았다면, 사람들은 어쩌면 그의 곁에 더 오랫동안 머물렀을지도 몰랐다. 이것은 단식 광대가 이 방문 시간이—그는 자신의 삶의 목적인 이 시간이 오기를 고대했다—되기 전에는 언제나 떨고 있었던 이유이기도 했다. 처음에 그는 휴식 시간을 기다리고 있을 수가 없었다. 그래서 그는 가까이 몰려오는 군중들에 매료되어 그들을 마주 바라보았다. 그러나 그것도 잠깐뿐, 그는 그 사람들 거의가 예외 없이 마구간을 구경하고 싶어 하는 사람들뿐이라는 것을 너무 빨리 알아버렸다—집요한, 거의 의식적인 자기 환상조차도 이 인식에 저항하지 못했다. 그리고 이러한 구경꾼들은 멀리 떨어져서 보는 것이 제일 나았다. 왜냐하면 그들이 그에게까지 다가오면 계속해서 새로 형성되고 있는 정당들을 비난하는 그들의 고함 소리가 그의 주위를 미친 듯이 날뛰었기 때문이었고, 그를 조용히 바라보고 싶어 하는 다른 사람들도—이들은 머지않아 단식 광대에게 더욱 고통스러운 존재가 되었다—그를 이해해서가 아니라 기분이 내키는 대로 그리고 모욕을 주기 위해서였다. 그리고 또 다른 사람들은 다만 동물들의 우리로 가려는 사람들이었다. 큰 무리의 사람들이 지나가고 나면, 또다시 뒤를 이어 사람들이 왔는데, 이들은 물론 아무런 방해를 받지 않고 그들이 원하기만 하면 얼마든지 머물러 있을 수 있었지만, 제때에 동물들에게 가기 위해서 거의 옆도 돌아보지 않은 채 큰 걸음걸이로 서둘러 지나갔다. 그리고 아버지가 아이들을 데리고 와서 손가락으로 단식 광대를 가리키며, 이곳에서 무슨 일이 행해지고 있는지를 자세히 설명하고, 단식 광대가 이와 비슷하긴 하지만 전혀 비교할 수 없을 만큼 굉장한 공연을 했던 몇 년 전의 이야기를 들려주었는데, 아이들은 아직 충분치 못한 학교 교육과 인생 수련으로 인해 여전히 이해하지 못했다—그들에게 단식이 무슨 의미를 가졌겠는가? 그렇지만 무엇인가 탐색하는 그들의 빛나는 눈빛에서는 미래의, 좀 더 자비로운, 새로운 시대들이 엿보이고 있었다. 그러나 이런 행복한 경우는 그리 흔하지 않았다. 단식 광대는 자기 자리가 동물 우리와 그리 가까이 있지 않다면, 아마 모든 것이 조금은 나아질지도 모른다고 가끔 혼잣말을 했다. 그러나 서커스 사람들은 바로 그 때문에 아주 손쉽게 그 장소를 선택했던 것이고, 동물들의 우리에서 나는 냄새, 밤에 들려오는 동물들의 소란스러움, 맹수들을 위해서 날고깃덩어리를 나르는 일, 먹이를 줄 때의 고함 소리 등이 그를 몹시 불쾌하게 하고 그의 마음을 짓누른다는 것은 그들에게는 아무런 이야깃거리가 되지 못했다. 그러나 그는 서커스 감독관들에게 청원할 생각은 감히 하지도 못했다. 어쨌든 그는 동물들에게 방문객들이 많은 것을 감사하고 있었고, 그 방문객들 중에는 가끔 자신을 찾아온 사람도 발견할 수 있었다. 그리고 누가 알겠는가, 그가 자신의 존재를 상기시키려다가 정확히 말해서 그가 동물 우리로 가는 길을 막고 있는 방해물일 뿐이라는 것까지 상기시키게 된다면, 사람들이 그를 어디에 처박아두게 되는지 말이다.

물론 작은 방해물이었고, 점점 작아지고 있는 방해물이었다. 사람들은 오늘날에도 단식 광대에 대한 관심을 요구하는 것을 이상한 일로 여기는 버릇이 생겼고, 그런 버릇은 그에 대한 평가를 말해주는 것이었다. 그는 할 수 있는 데까지 단식을 하고 싶어 했고, 또 그렇게 했다. 그러나 더 이상 그를 구제할 수는 없었다. 사람들은 그의 곁을 그냥 지나갔다. 누군가에게 단식술에 대해 설명하려고 해보라! 그것에 대해 느끼지 못하는 사람에게는 그것을 이해시킬 수도 없다. 아름답던 광고 글자들은 더러워지고 더 이상 읽을 수 없게 되었다. 사람들이 그것을 찢어냈지만, 아무도 그것을 보완해야 한다는 생각은 하지 못했다. 단식을 해낸 날짜의 숫자가 적힌 팻말에는, 처음에는 매일 세심하게 날짜를 바꾸었지만, 이제는 이미 오래전부터 언제나 같은 날짜가 씌어진 채였다. 왜냐하면 처음 몇 주가 지난 다음에는 단원에게조차 이 작은 일거리가 귀찮아졌기 때문이었다. 그래서 단식 광대는 그가 예전에 꿈꾸었던 대로 계속해서 단식을 하게 되었다. 그리고 별다른 어려움 없이 그가 미리 예고했던 만큼의 단식을 해낼 수 있었다. 그러나 아무도 날짜를 세고 있지 않았다. 아무도, 단식 광대 자신조차도 성과가 어느 정도 큰 것인지 알지 못했다. 그는 슬퍼졌다. 간혹 이런 시기에 어떤 한가한 사람이 거기에 멈춰서서 그 지나간 날짜를 비웃으며 사기라고 말하는 수가 있었는데, 이런 의미에서 그것은 무관심과 천성적인 악의가 만들어낼 수 있는 가장 어리석은 거짓이었다. 왜냐하면 단식 광대가 속인 것이 아니라, 그는 진실하게 일했지만 세상이 그를 보상하는 데 있어서 그를 속였기 때문이다.

그렇게 다시 여러 날이 지나갔다. 그리고 그것도 끝이 났다. 언젠가 그 우리는 한 감독관의 눈에 띄었고, 그는 일꾼들에게 유용하게 쓰일 수 있는 이 우리가 왜 여기에 말라비틀어진 짚이나 담고 쓸모없이 서 있는가를 물었다. 어떤 한 사람이 숫자가 씌어진 팻말의 도움으로 단식 광대를 기억해내기 전까지는, 아무도 그 이유를 몰랐다. 사람들은 막대기로 짚을 휘저었고, 그 안에서 단식 광대를 발견했다. "아직도 단식을 하고 있는가?" 하고 감독관이 물었다. "도대체 언제 끝낼 건가?" "모두들 나를 용서해주세요." 하고 단식 광대는 속삭였다. 하지만 귀를 창살에 대고 있던 감독관만이 그의 말을 알아들었다. "물론이지, 우리는 너를 용서해." 하고 감독관은 말하면서 단원에게 단식 광대의 상태를 알려주기 위해 이마에 손가락을 얹어 보였다. "언제나 저는 여러분이 제 단식에 경탄하기를 바랐습니다."라고 단식 광대는 말했다. "우리는 벌써 경탄하고 있네."라고 그 감독관은 다가오면서 말했다. "그렇지만 여러분은 경탄할 필요가 없습니다." 라고 단식 광대가 말했다. "그래, 그렇다면 경탄하지 않겠네. 그런데 우리가 왜 그래서는 안 된다는 건가?"라고 감독관이 말했다. "왜냐하면 저는 단식을 할 수밖에 없기 때문이지요. 저는 그렇게밖에는 달리 할 수가 없습니다."라고 단식 광대가 말했다. "누가 한 사람 와서 봐." 하고 감독관은 말했다. "왜 달리는 어쩔 수가 없다는 거지?" "왜냐하면 저는," 하고 단식 광대는 작은 머리를 약간 쳐들고는, 마치 입맞춤을 하려고 내민 듯이 입술을 감독관의 귀에 바싹 내밀어 아무 말도 새어 나가지 못하게 하면서 말했다. "왜냐하면 저는 입에 맞는 맛있는 음식을 발견하지 못했기 때문입니다. 만약 그것을 찾아냈다면, 저는 결코 세인의 이목을 끌지는 않았을 테고, 당신이나 다른 모든 사람들처럼 배가 부르게 먹었을 것입니다." 그것이 그의 마지막 말이었다. 그러나 그의 흐려진 눈에는 더 이상 자랑스럽지는 않더라도 확고한 확신이 여전히 담겨 있었다. 자신이 계속해서 단식을 하리라는 확신이.

"이젠 처리하게!" 하고 감독관은 말했고, 사람들은 짚더미와 함께 단식 광대를 묻었다. 그리고 그의 우리에는 표범 새끼 한 마리를 넣었다. 그렇게 오랫동안 내버려 둔 우리에서 이 야생동물이 이리저리 움직이는 것을 보는 것은 아주 무딘 감각의 소유자라도 느낄 수 있는 기분 전환이 되었다. 표범에게는 아무것도 부족한 것이 없었다. 당직자들은 오래 생각해보지 않고도 표범의 입에 맞는 먹이를 가져다주었다. 표범은 결코 자유를 그리워하는 것 같지도 않았다. 필요한 것은 무엇이든, 물어뜯을 것까지도 마련이 되어 있는 이 고상한 몸뚱이는 자유까지도 함께 지니고 다니는 것 같았다. 아래윗니 어딘가에 그 자유가 숨겨져 있는 것 같았다. 그리고 그것의 목구멍 속에서는 삶의 기쁨이 어떤 강렬한 격정과 더불어 흘러나왔는데, 관중들에게는 그것을 견뎌내기가 쉽지 않을 정도였다. 그러나 그들은 견뎌냈고, 그 우리로 몰려들어 주위를 에워싸고는 전혀 떠나려 하지 않았다.

요제피네, 여가수 또는 쥐의 종족

우리 여가수의 이름은 요제피네이다. 그녀의 노랫소리를 들어보지 못한 이는 그녀 노래의 힘을 알지 못한다. 그녀의 노래에 감동받지 않을 이는 없는데, 그것은 우리 종족이 음악을 사랑하지 않는 만큼 더욱 더 높이 평가될 수 있는 것이다. 조용한 평화가 우리에게는 최상의 음악이다. 우리의 삶은 고달프다. 우리가 아무리 한 번쯤 모든 일상적인 걱정을 떨쳐버리려고 애쓴다 하더라도, 우리는 음악과 같이 우리의 평상시 생활과 너무 거리가 먼 것들 쪽으로 우리 자신을 끌어올릴 수는 없다. 물론 우리는 그것을 그리 한탄하지 않는다. 그리고 그렇게까지 생각해본 적은 없다. 왜냐하면 우리는 우리에게 외적으로도 꼭 필요한, 어떤 확실하고 실제적인 영리함을 우리의 최대 장점으로 여기고 있으며, 우리가 언젠가—이런 일은 일어나지 않겠지만—음악에서 어쩌면 생겨날 수도 있는 행복감에 대한 욕구를 가지게 된다 하더라도 이러한 영리함의 미소로써 모든 것에 대해 체념하곤 하기 때문이다. 다만 요제피네만이 예외이다. 그녀는 음악을 사랑하고, 또 그것을 전달할 줄 안다. 그녀는 그런 일을 하는 유일한 존재이다. 그녀가 죽게 되면, 음악은—그것이 얼마나 오랫동안이 될지 누가 알겠는가—우리의 삶으로부터 사라질 것이다.

나는 이 음악이 어떠한 상태에 처해 있는가를 종종 생각해보았다. 우리는 물론 완벽하게 비음악적이다. 그렇다면 우리가 요제피네의 노래를 이해한다거나, 요제피네가 우리의 이해를 부정하고 있으니까, 그저 이해한다고 믿는 것이라 하더라도, 그런 일이 어떻게 생길 수 있겠는가. 이 노래의 아름다움이 너무나 커서, 아무리 무딘 감각을 가진 자라 할지라도 그 아름다움에 저항할 수 없다는 것이 가장 간단한 대답이 될 것이다. 그러나 이 대답은 만족할 만한 것이 못 된다. 만약 정말로 그렇다면, 이 노래 앞에서 우리는 우선 그리고 언제나 특별한 느낌, 요제피네의 목젖에서는 우리가 예전에 한 번도 들어본 적이 없는 어떤 소리가 울려 나오고 있다는 느낌, 또한 우리는 그것을 들을 능력을 전혀 가지고 있지 않으며, 우리에게 그것이 들리도록 할 수 있는 것은 이 요제피네 이외에는 아무도 없다는 느낌을 가져야만 할 것이다. 그런데 내 의견으로는 바로 이 점이 옳지 않다. 나는 그런 느낌을 갖지 못하며, 또한 다른 이들에게서도 그런 낌새를 알아차리지 못했다. 우리는 친한 이들끼리 요제피네의 노래가 성악으로서는 별로 특별한 것이 못 된다고 털어놓는다.

   그것이 도대체 성악이라는 것인가? 우리의 비음악성에도 불구하고 우리에게는 전래 민요가 있다. 고대 시대의 우리 종족에게는 노래가 있었다. 여러 설화들은 그것에 관한 이야기를 들려주고 있으며 가곡까지도 보존되어 있는데, 물론 이제는 아무도 그것을 부를 수 없다. 그러니까 우리는 성악이 무엇인가 하는 느낌만은 가지고 있는 셈이며, 요제피네의 예술은 사실 이 느낌에 들어맞지 않는 것이다. 이것이 도대체 성악이라는 것인지? 사실은 단지 휘파람 소리가 아닐는지? 그리고 찍찍거리는 휘파람이야 우리 모두가 다 알고 있는 것이고, 그것은 우리 종족의 원래의 기교, 또는 기교라기보다는 오히려 특징적인 삶의 표현이라고 할 수 있다. 우리 모두가 휘파람을 불지만, 물론 아무도 그것을 예술로서 창조해내고 있다고는 생각지 않는다. 우리는 휘파람을 불면서도 그것에 주의를 기울이지 않는다. 아니, 휘파람을 분다는 것조차 느끼지 못한다. 우리들 중에는 휘파람이 우리의 고유한 특징에 속한다는 것을 전혀 알지 못하는 자들도 많이 있다. 그러므로 만약 요제피네가 노래를 부르는 것이 아니라 단지 휘파람을 불고 있는 것이라면, 그것도 습관적인 휘파람의 한계조차 뛰어넘지 못하고 있는 것이라면, 적어도 나에게는 그렇게 보여지는데—그녀의 힘은 아마 이 습관적인 휘파람을 불기에도 그리 충분치 않을 터인데, 반면 평범한 흙일꾼은 하루 종일 자신의 일을 하면서도 힘들이지 않고 그것을 해낸다—만약 이 모든 것이 사실이라면, 요제피네의 표면상의 예술성은 반박당할 뿐만 아니라 그녀의 거대한 영향력의 수수께끼가 비로소 정확하게 풀릴 수 있을 것이다.

그러나 그녀가 만들어내는 것은 물론 휘파람만은 아니다. 그녀로부터 아주 멀리 떨어져 귀를 기울이거나, 아니면 이것에 관해 시험해본다면 더 좋을 텐데, 그러니까 요제피네가 다른 목소리들 틈에서 노래를 부르고 우리들이 그녀의 목소리를 알아내야 하는 임무를 맡는다면, 우리들은 기껏해야 부드러움과 연약함으로 약간 두드러진, 평범한 휘파람 소리 이외에는 아무것도 들을 수 없다는 것을 부인할 수 없을 것이다. 그러나 그녀 바로 앞에 서 있으면 그것은 결코 휘파람 소리만은 아니다. 그녀의 예술을 이해하기 위해서는 그녀의 목소리를 듣는 것뿐 아니라, 그녀를 바라보아야 할 필요가 있다. 그것이 단지 우리의 일상적인 휘파람이라 해도, 우선 여기서는 단지 그 습관적인 일을 하기 위해 엄숙하게 격식을 차리고 나선다는 어떤 기묘함이 존재한다. 호두 하나를 까는 일이 진실로 예술이 될 수는 없다. 그렇기 때문에 아무도 감히 대중을 불러모아 그들을 즐겁게 해주기 위해서 그들 앞에서 호두 까는 일을 하려 하지는 않을 것이다. 그런데도 누군가가 그런 일을 해서 자신의 뜻을 관철시킨다면, 그것은 절대로 단순한 호두 까기에 관한 일만은 아닐 것이다. 아니면 그것이 단지 호두 까기이기는 해도 우리가 호두 까기를 손쉽게 잘 해낼 수 있었기 때문에 그 예술을 무시해왔으며, 이 새로운 호두 까는 이가 비로소 우리에게 그 예술의 본질을 보여주고 있다는 사실이 명백해질 것이다. 그리고 그가 호두 까는 일을 하는 데 있어서 우리들 대부분보다 좀 부지런하지 않다 해도, 그것은 오히려 효과를 높이는 데 유용할 수 있을 것이다.

아마 요제피네의 노래도 그와 비슷한 상황일 것이다. 우리는 우리 자신에게서는 전혀 감탄하지 않는 것을 그녀에게서 감탄하고 있다. 그런데 우리 자신에 대해 감탄하지 않는다는 점에서 그녀는 우리와 완전히 일치하고 있다. 언젠가 나는 누군가 그녀에게—물론 이런 일은 흔히 있는 일이지만—일반 대중의 휘파람에 대해서 특히 매우 겸손하게 주의를 환기시키고 있는 자리에 참석했던 적이 있었는데, 그것은 이미 요제피네에게는 참기 힘든 일이었다. 그 당시 그녀의 얼굴에 나타났던 것 같은 오만하고 건방진 미소를 나는 여태까지 한 번도 본 적이 없다. 원래 겉으로는 완성된 부드러움을 갖추고 있는 그녀가, 그러한 여성들이 풍부한 우리 종족 중에서도 특히 눈에 띌 만큼 부드러운 그녀가 그 당시에는 정말 속돼보였다. 그녀는 매우 민감했으므로 자신도 곧바로 그것을 느낄 수 있었고 자신을 가다듬었다. 아무튼 그녀는 자신의 예술과 휘파람 사이의 모든 관계를 부인했다. 그와 반대되는 의견을 가진 자들에 대해서 그녀는 단지 경멸과 분명히 실토하지 않겠지만, 미움을 가지고 있다. 그것은 평범한 자부심이 아니다. 내 자신도 반쯤은 속해 있는 이 반대 그룹은 그녀에 대해 감탄하는 데 있어서는 분명히 다른 군중들보다 덜하지 않다. 그러나 요제피네는 단순히 경탄만을 바라는 것이 아니라, 자신이 정한 방식대로 칭찬받기를 원하는 것이다. 감탄 자체는 그녀에게 전혀 중요치 않다. 게다가 그녀 앞에 앉아 있노라면, 그녀를 이해하게 된다. 반대도 다만 그녀로부터 멀리 떨어진 곳에서나 할 수 있다. 그녀 앞에 앉으면, 그녀가 여기서 휘파람처럼 불고 있는 것은 휘파람이 아니라는 것을 알게 된다.

휘파람 부는 일이 우리에게는 아무 생각 없이 행하는 습관에 속하기 때문에, 요제피네가 노래 부르는 강당에서도 휘파람을 불 거라고 생각할 수도 있다. 왜냐하면 그녀의 예술을 대할 때 우리는 기분이 좋아지고, 기분이 좋을 때 우리는 휘파람을 불기 때문이다. 그러나 그녀의 청중은 휘파람을 불지 않는다. 쥐 죽은 듯이 조용하다. 마치 우리 자신이 염원하던 평화의 일부분이 되기라도 한 듯이, 최소한 우리 자신의 휘파람 때문에 가까이 할 수 없었던 그 평화의 일부분이 된 듯이 우리는 침묵을 지킨다. 우리를 매료시키는 것이 그녀의 노래인가, 아니면 오히려 그녀의 연약한 목소리를 둘러싸고 있는 장중한 고요함인가? 언젠가 어떤 바보스러운 작은 녀석이 요제피네가 노래하는 동안 아무런 사심 없이 휘파람을 시작해버린 일이 있었다. 그런데 그것은 우리가 요제피네에게서 들었던 것과 꼭 같은 것이었다. 저 앞쪽에서 나는 소리는 많은 연습에도 불구하고 여전히 수줍어하는 휘파람 소리였고, 여기 관중 속에서 나는 것은 자신을 망각한 어린것의 휘파람 소리였다. 그 차이를 따지기란 불가능했을 것이다. 그러나 우리는 휙휙 야유의 소리를 내고 휘파람을 불어서 그 방해꾼을 제압해버렸다. 그러나 그것은 결코 필요한 짓이 아니었다. 왜냐하면 그렇게 하지 않아도, 요제피네가 승리의 휘파람을 불기 시작하면서 팔을 벌리고 있는 대로 목을 높이 뺀 채로 완전히 어쩔 줄 모르고 있는 동안, 그 방해꾼은 분명히 두려움과 수치심으로 잔뜩 움츠러들었을 테니까 말이다.

그런데 그녀는 언제나 그런 식이다. 모든 사소한 것, 모든 우연, 모든 반항, 상등석에서 나는 딱 소리, 이빨 부딪치는 소리, 조명 장애 등을 그녀는 자신의 노래의 효과를 높이는 데 적합하다고 여기고 있다.

그녀의 의견에 의하면 그녀는 귀머거리들 앞에서 노래를 부르고 있다는 것이다. 열광과 갈채는 부족하지 않다. 그러나 그녀는 이미 오래전부터 그녀가 말하는 진정한 이해를 단념할 줄 알게 되었다. 그러자 모든 방해들이 그녀에게는 매우 중요해졌다. 왜냐하면 외부로부터 그녀의 순수한 노래에 대항하는 모든 것들, 작은 싸움이나 싸우지 않더라도 단지 대적 상태를 통해 정복할 수 있는 모든 것들은 군중을 일깨우고 그들에게 이해력은 아니더라도 무언지 가슴 두근거리는 존경심을 갖게 하는 데 기여할 수 있기 때문이다.

그러나 좌우간 사소한 것이 그녀에게 그러한 기여를 한다면, 위대한 것은 진정 어떻겠는가. 우리의 생활이란 매우 불안해서, 날마다 놀라움, 공포감 그리고 희망과 경악을 가져다준다. 그래서 밤낮으로 언제나 동료들의 지원을 받고 있는 게 아니라면, 한 개인이 이 모든 것을 견뎌낼 수는 없을 것이다. 그러나 그러한 지원이 있어도 생활은 종종 정말 힘이 든다. 가끔은 수천의 어깨들이, 사실상 한 개인에게 주어진 짐에 눌려 떨기도 한다. 그럴 때면 요제피네는 자신의 시간이 왔다고 여긴다. 벌써 그녀는 거기에 서 있다. 이 연약한 존재가, 특히 가슴 아래로 불안스럽게 음을 떨어대면서. 그 모습은 마치 그녀가 온 힘을 노래 속에 모으고 있는 듯하며, 노래에 직접 기여하지 않는 자신의 다른 모든 것으로부터 모든 힘, 거의 모든 가능한 생명력을 뽑아내는 듯하며, 그녀는 완전히 발가벗은 채 내맡겨져서, 단지 천사의 보호로 인도되고 있는 듯하며, 그녀가 그렇게 완전히 자신으로부터 벗어나 노래 속에 안주하고 있는 동안에는 스쳐 지나가는 한 줄기 차가운 입김도 그녀를 죽일 수 있는 것처럼 보인다. 그러나 바로 그런 모습에서 우리는 적대자라고 자칭하는 자가 우리에게 말하는 소리를 듣곤 한다. "그녀는 휘파람도 제대로 불 줄 모르는군. 성악이 아니라—성악에 대해서는 우리 이야기하지 말기로 하자—흔하디흔한 휘파람을 약간 짜내기 위해 저렇게도 힘겹게 애써야 하다니." 우리에게는 그렇게 보이지만 이것은 언급한 대로, 피할 수 없는, 그러나 순식간에 스쳐 지나가는 인상인 것이다. 이미 우리 또한 몸과 몸을 맞대고 따스한 마음으로 숨조차 제대로 쉬지 못하며 귀를 기울이고 있는 군중의 감정 속으로 빠져들고 만다.

거의 언제나 움직이고 있는, 때로는 그리 분명치 않은 목적 때문에 이리저리 돌진하고 있는 우리 종족의 대다수를 자기 주위로 불러모으기 위해서, 요제피네는 그 작은 머리를 뒤로 젖히고, 입을 반쯤 벌리고, 눈은 높은 곳을 향하고는 자신이 노래를 부르려 한다는 것을 암시하는 자세를 취하는 일 이외에는 거의 아무것도 할 필요가 없다. 그녀는 그녀가 원하는 곳이라면 어디서든 그렇게 할 수 있다. 멀리 내다보이는 장소가 아니어도 된다. 우연한 순간적인 기분에서 선택된, 어떤 숨겨진 구석이라도 마찬가지로 쓸모가 있다. 그녀가 노래를 부르려 한다는 소식은 금세 널리 퍼지고, 머지않아 긴 행렬이 이어진다. 물론 가끔은 방해가 생기기도 한다. 요제피네는 특히 격앙된 시기에 노래 부르기를 좋아한다. 그럴 때는 여러 종류의 걱정과 고뇌가 우리를 여러 길로 몰아세우기 때문에, 우리들은 아무리 해도 요제피네가 원하는 것처럼 그렇게 빨리 모일 수가 없다. 이럴 때면 그녀는 얼마 동안 별로 많지 않은 청중 앞에서 굉장한 자세를 취하며 서 있을 수밖에 없다―그렇게 되면 그녀는 물론 화를 낸다. 그녀는 발을 동동 구르고, 전혀 처녀답지 않게 저주를 하고, 물어뜯기조차 한다. 그러나 그녀의 그런 태도도 그녀의 명성에는 아무런 해가 되지 않는다. 그녀의 지나치게 큰 요구를 조금 제한하기보다는, 군중들은 자신들이 그 요구에 맞추려고 애를 쓴다. 그래서 청중들을 끌어 오기 위해서 심부름꾼들이 보내진다. 그런 일이 있다는 것은 그녀에게는 비밀로 한다. 그럴 때면 그 주변의 길목에는 다가오는 자들에게 빨리 오라고 손짓하는 보초가 세워진 것을 볼 수 있다. 왜냐하면 이 모든 것은 마침내 어지간한 숫자의 관중들이 모일 때까지 아주 오랫동안 계속되기 때문이다.

무엇이 우리 종족으로 하여금 요제피네를 위해 그토록 애쓰게 만드는 것일까? 그것은 요제피네의 노래에 관한 질문보다 결코 답하기 쉽지 않은 질문이며, 이 두 질문은 물론 서로 관계가 있다. 만약 우리 종족이 노래 때문에 무조건 요제피네에게 복종하고 있는 거라면, 우리는 이 질문을 없애버릴 수도 있고, 두 번째 질문과 완전히 합쳐버릴 수도 있다. 그러나 이것은 결코 그런 경우가 아니다. 우리 종족은 무조건 복종이라는 것을 모른다. 무엇보다도 확실하게 무해한 영리함을 사랑하며, 어린아이 같은 속삭임, 단지 입술만을 움직이는, 물론 악의 없는 떠벌림을 사랑하는 종족, 그러한 종족은 어쨌든 무조건 복종할 수가 없다. 그것은 분명히 요제피네도 느끼고 있다. 그녀가 자신의 약한 목젖을 무리해가면서 힘껏 싸우고 있는 대상이 바로 이것이다.

이러한 일반적인 판단에 있어서 너무 극단으로 흘러서는 안 된다는 것은 말할 필요도 없다. 군중들은 사실 요제피네에게 복종하고 있다. 다만 조건이 없지는 않다. 예를 들어서, 요제피네를 비웃는 짓은 할 줄 모를 테지만 이렇게 자백할 수는 있다. 요제피네의 많은 점이 우리를 웃게 한다고. 그리고 웃음이라는 것 자체가 우리에게는 언제나 가까이 있다. 우리들의 삶의 모든 슬픔에도 불구하고, 우리들에게서 조용한 웃음은 거의 언제나 떠나지 않는다. 그러나 우리는 요제피네를 비웃지는 않는다. 가끔 나는, 우리 종족이 자신들과 요제피네와의 관계를 다음과 같은 식으로 이해하고 있다는 인상을 받는다. 그러니까 부서지기 쉽고, 무리해서는 안 되는, 어쨌든 특별한 존재, 그들의 생각으로는, 노래로써 특별한 이 존재는 그들을 신뢰하고 있고,

그러므로 그들은 그녀를 돌보아주어야 한다는 것이다. 그러나 그 까닭은 누구에게도 명확치 않다. 단지 그렇다는 사실만이 확실해 보인다. 그러나 어떤 이에게 믿고 털어놓은 것, 그것에 대해서는 비웃지 않는 법이다. 그것에 대해 비웃는다는 것은 책임을 훼손시키는 일일 것이다. 만약 우리들 중에서 가장 못된 자들이 가끔, "요제피네를 보면 우리한테서 웃음이 사라진단 말이야." 하고 말한다면, 그것은 그들이 요제피네에게 끼치는 가장 극심한 악의이다.

그래서 우리 종족은 한 아이를 돌봐주는 아버지와 같은 심정으로 요제피네를 보살펴주고 있는데, 그 아이는 자그마한 손을—부탁을 하는 것인지 아니면 요구를 하는 것인지 잘 모르겠지만—아버지에게 내밀고 있다. 그러한 아버지의 의무를 수행하는 데 있어 우리 종족이 아무 쓸모가 없다고 생각들을 할 것이다. 그러나 실제로 우리 종족은 적어도 이 경우에는 아버지의 의무에 대해 본보기가 될 만큼 훌륭하게 이해하고 있다. 이 점에서 종족 전체가 할 수 있는 일을 한 개인 혼자서는 절대로 할 수 없을 것이다. 물론 종족과 한 개인의 능력의 차이는 아주 큰 것이다. 그러므로 종족에게는 피보호자를 자신의 따뜻한 곁으로 끌어 잡아당기기만 하면 되고, 그로써 그는 충분히 보호받게 된다. 우리 종족은 요제피네에게 그런 것들에 관해서 감히 이야기해볼 엄두도 내지 않는다. "나는 너희들을 보호하기 위해서 휘파람을 불고 있어."라고 그녀는 말할 테니까. '그래, 그래, 너는 휘파람을 불어.'라고 우리는 생각할 테고. 게다가 그녀가 반란을 일으킨다 해도, 그것은 사실 반항이라기보다는 오히려 순전한 어리광이며 어린아이의 감사의 표시인 것인데, 그런 것에 마음을 쓰지 않는 것 또한 아버지의 마음이다.

그러나 이제 우리 종족과 요제피네의 이러한 관계를 통해서 설명하기에는 더욱 곤란한 또 다른 문제들이 나타난다. 말하자면 요제피네는 반대 의견을 가지고 있다. 그녀는 자기 자신이 우리 종족을 보호해주고 있다고 믿고 있다. 그녀의 노래는 표면적으로는 정치적 또는 경제적으로 어려운 상황에서 우리를 구해주고 있다. 그것은 그 이상의 일을 성취하고 있는 것이다. 그녀의 노래가 불행을 쫓아버리지는 못한다 하더라도, 적어도 그것을 견디어낼 수 있는 힘을 우리에게 준다는 것이다. 그녀는 이것을 그렇게 표현하지는 않지만, 또 다르게 표현하는 것도 아니다. 그녀는 본디 별로 말을 하지 않는다. 그녀는 수다쟁이들 사이에서 입을 다물고 있다. 그러나 그녀의 눈빛이 그렇게 말하고 있다. 그녀의 꼭 다문 입에서—우리 종족들 중에 입을 꼭 다물고 있을 수 있는 이는 아주 소수인데, 그녀는 그렇게 할 수 있는 것이다—그것을 읽어낼 수 있다. 모든 나쁜 소식을 접해도—거의 날마다 그런 소식들이 넘치고 있고, 그중에는 허위이거나 반쯤밖에 맞지 않는 소식도 있다—그녀는 곧 우뚝 일어선다. 그 소식들이 그녀를 지치게 만들어 바닥으로 끌어내릴 때라도, 그녀는 우뚝 일어서서 목을 곧게 펴고, 마치 천둥에 직면해 있는 목동처럼 자신이 이끄는 무리들을 둘러보려고 애쓴다. 분명히 어린아이들도 성숙하지 못한 미흡한 방식이기는 해도 그와 비슷한 주장을 펼 것이다. 그러나 요제피네에게는 그것이 결코 어린아이들에게서처럼 아무런 이유가 없는 것이 아니다. 물론 그녀는 우리를 구하지도 못하며 우리에게 힘을 주지도 못한다. 스스로가 이 종족의 구원자라고 뽐내기는 쉽다. 이 종족은 고통에 길들여져 있고, 자신의 몸을 아끼지 않으며, 재빨리 결단을 내려야 하고, 죽음을 잘 알고 있으며, 무모한 일들이 일어나는 환경을 두려워하는 것처럼 보이지만 사실은 늘상 그 속에서 살고 있으며, 그 이외에도 대담할 뿐만 아니라 창작력이 풍부한 종족이다—말하건대 이러한 종족의 구원자라고 스스로 강조하며 뽐내기는 쉬운 일이다. 왜냐하면 우리 종족은 희생물이 되어 있을 때에도 어떻게 해서건 스스로를 구원해왔기 때문이다. 역사 연구가들은―일반적으로 우리들은 역사 연구를 온통 등한시하고 있다―이 희생에 대해서 놀란 나머지 꼼짝도 못할 정도이다. 그러나 우리가 어떤 다른 때보다 곤경에 처해 있을 때 요제피네의 목소리를 더욱 잘 들을 수 있다는 것은 사실이다. 우리를 덮고 있는 위협들이 우리를 조용하게, 겸손하게 만들며, 요제피네의 지휘에 복종하게 만든다. 우리는 기꺼이 모이고, 기꺼이 함께 북적거린다. 특히 그것이 고통스러운 중요한 일과는 전혀 거리가 먼 어떤 동기 때문에 생기는 일이기 때문이다. 그것은 마치 우리가 전쟁을 앞두고 아직 평화의 잔을 함께 빨리―그렇다. 서두를 필요가 있다. 요제피네는 그것을 너무 자주 잊어버린다―마시고 있는 것과 같다. 그것은 별로 성악 공연 같지가 않고, 차라리 국민 집회라고 할 수 있다. 그 앞에서는 작은 휘파람 소리까지도 완전히 잠잠해지는 그런 집회, 그 시간은 우리들의 잡담으로 지나쳐버리기에는 너무 진지한 것이다.

그러한 상황은 물론 요제피네를 절대로 만족시킬 수는 없을 것이다. 요제피네는 완전히 해명된 적이 없는 그녀의 위치 때문에 신경성 불쾌감에 가득 차 있으면서도 자신의 자의식에 사로잡혀 많은 것을 보지 못하고 있고, 크게 애쓰지 않아도 더욱 많은 것을 간과하는 상황에 처할 수도 있다. 이러한 의미에서, 그러니까 일반적으로 유익한 의미에서 아첨꾼의 무리는 언제나 계속해서 활약하게 된다. 그러나 국민 집회의 한구석에서 그저 곁다리로, 별로 눈길을 끌지 못한 채 노래를 부르는 일을 위해―그것이 결코 사소한 일은 아닌데도―자신의 노래를 바치지는 않을 것이 분명하다.

그러나 그녀는 또한 그렇게 할 필요도 없다. 왜냐하면 그녀의 예술은 주의를 끌지 못하는 것은 아니기 때문이다. 우리가 사실은 그녀의 노래가 아닌, 전혀 다른 것에 몰두하고 있고, 그곳을 지배하는 조용

함이 결코 노래를 위한 것이 아니며, 또 많은 이들은 요제피네를 쳐
다보는 것이 아니라 옆 동료의 털 속에 얼굴을 누르고 있으며, 그래
서 요제피네가 저 위에서 온갖 노력을 기울이는 것이 헛되게 보인다
할지라도, 그녀의 휘파람 소리에서는 무엇인가 우리에게 불가항력
으로 밀려오는 것이 있고, 그것은 부정할 수 없는 일이기 때문이다.
모든 다른 이들에게는 침묵이 과해지는 그곳에서 솟아오르는 이 휘
파람은 마치 종족의 복음처럼 개개인에게 전해진다. 힘든 대단원의
한가운데 서 있는 요제피네의 가느다란 휘파람 소리는 적대적인 세
계가 주는 불안감 한가운데 있는 우리 종족의 불쌍한 존재와 거의 흡
사하다. 요제피네는 자신의 지위를 유지하는 데 목소리의 이러한 아
무것도 없음, 업적에 있어서도 이러한 아무것도 없음으로 자신의 지
위를 유지하며 우리에게 이르는 길을 마련하고 있다. 이런 일을 생각
하면 기분이 좋아진다. 언젠가 진정한 성악가가 우리들 속에서 나타
난다면, 우리는 분명히 그 시대에는 그를 참아내지 않고 만장일치로
그러한 무의미한 공연을 거절할 것이다. 우리가 그녀에게 귀 기울이
고 있다는 사실이 바로 그녀의 노래에 반대하는 증거라는 인식을 요
제피네가 피할 수 있기를. 아마도 그녀는 그것을 인식하고 있을 것이
다. 그렇지 않다면 왜 그녀는 우리가 그녀에게 귀 기울이고 있다는
것을 그토록 심하게 부인하겠는가. 그러나 그녀는 여전히 또다시 노
래 부르고 있으며, 이러한 인식을 넘어 자기 자신을 멀리 휘파람으로
날려 보내고 있다.

  그러나 그녀를 위해서 그 이외에도 아직 위안거리가 남아 있다.
즉, 우리가 어느 정도는 정말 그녀에게 귀 기울이고 있다는 것이다.
그것은 분명히 성악 예술인에게 귀 기울이는 것과 비슷할 것이다. 그
녀는 어떤 예술적인 성악가가 우리에게서 얻으려고 헛되이 애쓰는
그런 영향력을 단지 충분치 못한 그녀의 실력으로 성취하게 될 것이

다. 그것은 아마도 주로 우리의 생활 방식과 관계가 있을 것이다.

　우리 종족은 아무도 청춘 시절을 알지 못한다. 짧았던 유년 시절도 전혀 알지 못한다. 물론 다음과 같은 것에 대한 한결같은 요구가 등장하고 있기는 하다. 말하자면 어린 새끼들에게는 하나의 특별한 자유, 하나의 특별한 보호를 보증해주었으면 좋겠다든가, 약간의 심적인 편안함에 대한 권리, 별 뜻 없이 조금은 뛰어 돌아다닐 수 있는 권리, 약간의 놀이에 대한 권리, 이러한 권리를 인정하고 그것이 실현되도록 도와주었으면 좋겠다는 등의 요구들이 등장하고 있으며, 거의 모든 이들이 그것에 동의하고 있다. 이보다 더 동의해야 할 것은 없다. 우리 종족은 그 요구들을 시인하고, 그것들의 의미대로 노력한다. 그러나 머지않아 다시금 모든 것은 옛 상태대로 돌아오고 만다. 우리의 삶이란 물론 어린 새끼가 조금만 뛰어다니게 되고 주위 환경을 조금만 구별할 수 있게 되면 곧 어른과 마찬가지로 스스로를 돌보아야 하는 그런 식이다. 우리는 경제적인 문제를 고려해서 흩어져 살아야 하는데, 그 지역은 너무나 광대하다. 우리의 적은 너무도 많다. 우리 주변 사방에 깔려 있는 위험들 또한 헤아릴 수 없이 많다―그러므로 우리들은 어린 새끼들을 생존의 투쟁으로부터 떼어놓을 수가 없다. 우리가 그렇게 한다면, 그것은 그들의 때 이른 종말이 될 것이다. 이러한 슬픈 이유들 속에는 물론 기운을 북돋아주는 것도 있다. 말하자면 우리 종족의 임신 능력이 그것이다. 한 세대가―모든 세대마다 수를 헤아릴 수 없지만―다른 세대를 재촉하고 있다. 어린 새끼들은 어린 새끼로 있을 수 있는 시간이 없다. 다른 종족들은 어린 새끼들을 세심하게 돌보고, 새끼들을 위한 학교들을 세우고, 매일 이 학교로부터 그 종족의 미래인 새끼들이 쏟아져 나올지도 모른다. 그러므로 그곳에 나타나는 것은 분명히 아주 오랫동안 매일 똑같은 새끼들일 것이다. 우리에게는 학교가 없다. 그러나 매우 짧은 기간 동안에도 우리 종족으로부터 헤아릴 수 없이 많은 무리의 어린 새끼들이 쏟아져 나온다. 그들은 아직 휘파람을 불지 못하는 동안에는 즐겁게 찍찍 소리를 내거나 홀짝홀짝 울면서 쏟아져 나온다. 그리고 아직 걸어 다니지 못하는 동안에는 우르르 몰려 나가거나 또는 밀리는 힘 때문에 계속해서 굴러다닌다. 또 아직 제대로 보지 못하는 동안에는 덩어리를 이루고 있으므로 모든 것을 함께 쓸어가 버린다. 그것이 바로 우리 새끼들이다! 그리고 저들의 학교에서처럼 결코 똑같은 새끼들이 아니다. 절대로 아니다. 언제나, 언제나 새로운 어린것들이다. 끝없이, 끊임없이. 한 어린 새끼는 나타나자마자 이미 어린것이 아니다. 그의 뒤에는 벌써 새로운 어린것들의 얼굴이 행복감으로 발그레해져서, 그 많은 숫자와 급속한 속도로 전혀 구별되지도 않은 채 밀어닥치고 있다. 물론 이런 모습 또한 매우 아름다울 수도 있고, 다른 종족들이 이것 때문에 우리를 부러워하는 것도 당연하다고 할 수 있겠지만, 우리는 우리 새끼들에게 진정한 어린 시절을 줄 수는 없는 것이다. 그리고 그것은 그 나름대로의 결과를 갖는다. 우리 종족에게는 어떤 특정한 불멸의, 결코 근절될 수 없는 천진성이 배어 있다. 바로 우리 최고의 장점인, 확실하고도 실제적인 이성과는 완전히 모순되게 우리는 가끔 철저히 바보스럽게 행동한다. 말하자면 마치 어린것들이 바보스럽게 행동하듯이, 아무런 의미 없이, 헤프게, 대규모로, 경솔하게 그리고 종종 이 모든 것을 작은 재미 때문에 하는 그런 식으로 행동한다. 그리고 그것에 대한 우리의 기쁨이 당연히 어린것들의 기쁨이 갖는, 넘치는 활력을 가질 수는 없지만, 분명히 그 속에는 여전히 그러한 활력이 어느 정도 살아 있다. 우리 종족의 이러한 천진성은 오래전부터 요제피네에게도 득이 되고 있다.

그러나 우리 종족은 천진한 것만이 아니라 어느 정도는 이른 시기에 조숙해지기도 한다. 어리다는 것과 늙었다는 것이 우리 종족에게는 다른 종족과 다르게 나타난다. 우리는 청춘 시절 없이 곧바로 어른이 된다. 그러고는 너무 오랫동안 어른으로 존재한다. 거기서 어떤 피로감과 절망감이 흘러나와, 전체적으로는 그렇게도 강인하고 질긴 희망을 지닌 우리 종족의 존재에 넓은 흔적을 남기며 관통하고 있다. 우리의 비음악성도 그것과 관계가 있을 것이다. 우리는 음악을 하기에는 너무나 늙었다. 음악의 고조된 감흥, 그 비상은 우리의 무게에는 맞지 않는다. 우리는 피로한 손짓으로 그것을 향해 거절의 뜻을 보낸다. 그래서 우리는 휘파람으로 되돌아간다. 여기저기서 조금씩 휘파람을 부는 일, 그 정도가 우리에게는 알맞다. 우리들 중에서 음악적인 인재가 있는지 없는지 누가 알겠는가. 그러나 그런 자가 있다 하더라도, 그들이 발전하기도 전에 동료 종족의 특성이 그들을 억누를 것이다. 그와는 반대로 요제피네는 자기 좋을 대로 휘파람을 불거나 노래를 부르거나, 또는 그녀가 무어라고 부르든 간에, 그녀가 하는 그것은 우리에게 방해가 되지 않는다. 그것은 우리에게 맞다. 우리는 그것을 참아낼 수가 있다. 그 속에 약간의 음악이 포함되어 있는 게 사실이라면, 그것은 가능한 한 가장 아무것도 아닌 상태로 축소되어져 있는 음악일 것이다. 그러므로 일종의 음악 전통이 고수되고 있는 셈이다. 그러나 이것은 우리에게 하등의 짐이 되지 않는 그러한 음악 전통이다.

그러나 요제피네는 그렇게 태어난 이 종족에게 더 많은 것을 가져다주고 있다. 그녀의 음악회에서, 특히 중요한 시기에는 단지 아주 어린 청소년들만이 가수로서의 그녀에게 관심을 갖는다. 오직 그들만이 놀라워하며 바라본다. 그녀가 입술을 오물거리는 모습과 귀여운 앞니들 사이로 숨을 내쉬는 모습, 자기 스스로가 만들어내는 소리에 감탄하며 숨을 끊는 모습, 이러한 도취를 이용해서 자기 자신을 고무시켜 그녀 자신에게도 항상 이해가 안 가는 새로운 성과를 이루어내는 모습을. 그러나 본래의 대다수 군중들은—이것은 분명하게 알 수 있는데—자기 자신에게 되돌아온다. 삶의 투쟁 중에 꼭 필요한 여기 이 휴식 시간에 군중들은 꿈을 꾸는 것이다. 이것은 마치 각자가 사지를 편하게 푸는 일, 그 각각의 불안한 자가 종족의 크고 따스한 침대에서 자기 마음대로 몸을 쭉 펴고 기지개를 켜도 되는 일과 흡사하다. 그리고 이 꿈속에서는 때때로 요제피네의 휘파람 소리가 들려온다. 그녀는 그 소리가 마치 진주 구르는 소리 같다고 말하지만, 우리들은 찌르는 듯한 소리라고 말한다. 그러나 어쨌든 그것은 그 어디에서보다 여기가 제자리인 셈이고, 그 어느 때보다 가장 음악을 기다리는 순간에 나타나는 것이다. 그 안에는 무언가 가엾은 짧은 어린 시절이 약간 들어 있다. 그러니까 잃어버린, 다시는 되찾을 수 없는 행복이 조금 들어 있는 것이다. 그러나 바쁜 현재의 삶도 약간 들어 있는데, 말하자면 삶의 명랑성, 작고 이해할 수는 없으나 그럼에도 불구하고 여전히 존재하는, 결코 말살되지 않을 삶의 명랑성도 조금 들어 있는 것이다. 그러나 이 모든 것은 사실 커다란 소리로 말해지는 것이 아니라 가볍게, 속삭이듯이, 친밀하게, 가끔은 약간 쉰 목소리로 말해진다. 물론 그것은 일종의 휘파람이다. 어찌 아니라고 하겠는가? 휘파람은 우리 종족의 언어이다. 많은 이들은 평생 오로지 휘파람을 불고 있으면서도 그것을 알지 못한다. 그러나 이곳의 휘파람은 매일매일의 생활의 질곡에서 자유롭게 벗어나 있으며, 짧은 시간 동안이나마 우리까지도 자유롭게 해준다. 분명히 우리가 이런 공연을 아쉬워하지는 않았을 테지만.

그러나 그러한 관점과 요제피네의 주장—자신이 우리에게 그러한 시기에 새로운 힘을 준다 등등—사이에는 아직도 큰 차이가 있다. 물론 이것은 일반적인 대중에게 그렇다는 이야기일 뿐, 요제피네에게 아부하는 이들에게 해당되는 것은 아니다. "어떻게 다를 수 있는

가,"—아첨꾼들은 조금도 거리끼지 않고 대담하게 이야기한다—"우리가 대성황을 이룬 그 군중들을, 그것도 특히 시시각각 밀어닥치는 위험에 처해 있는 그들을 어떻게 달리 설명할 수 있을까. 그들은 이미 여러 번 이러한 위험을 제때에 충분히 방어하는 일에 지장을 주었다."라고. 그런데 이 마지막 말이 불행하게도 사실이기는 하지만, 그것은 요제피네의 유명세에 속하는 것은 아니다. 특히 덧붙이자면 그러한 모임이 적의 불의의 습격을 받아서 우리들 중 많은 자들이 거기에서 생명을 잃을 수밖에 없었다 하더라도, 이 모든 것을 책임져야 하는 요제피네는 아마도 휘파람 소리로 적을 사로잡았을 테고, 언제나 가장 안전한 자리를 차지하고 있으므로, 그녀의 추종자들의 보호를 받으며 아주 조용하고도 가장 빨리 맨 먼저 사라져버린다. 그러나 이것 또한 실제로 모두가 알고 있는 일이다. 그럼에도 요제피네가 머지않아 그녀가 원하는 대로 언제 어디서건 노래를 위해 일어선다면, 그들은 또다시 서둘러 그리로 향한다. 그것으로써 우리는 요제피네가 거의 법의 범위 밖에 있다는 것, 그래서 그녀는 자기가 원하는 것이 전체를 위협한다 해도 그것을 할 수 있다는 것, 그리고 그녀에게 모든 것이 용서되리라는 것을 추정해볼 수 있다. 만약 정말 그렇다면 요제피네의 여러 요구 또한 전부 이해가 간다. 틀림없이 우리들은 우리 종족이 그녀에게 부여한 이러한 자유 속에서, 즉 그녀 이외에는 아무에게도 승낙하지 않았던, 원래는 법에 저촉되는 이 특별한 선물에서 어느 정도는 우리 종족의 고백을 알아차릴 수 있다. 즉, 우리 종족은 그녀가 주장하듯이 그녀를 이해하지 못하면서, 그녀의 예술에 놀라 넋을 잃고 바라보고 있으며, 우리 자신을 그녀의 예술에는 어울리지 않는 존재로 느끼며, 요제피네에게 상처를 주는 이런 고통을 기껏해야 절망적인 성과로 보충하려고 애쓰고 있으며, 그녀의 예술이 우리들의 이해 능력 밖에 존재할 뿐만 아니라 그녀의 인간성과 그녀의 바람 또한 우리들의 명령권 밖에 있다는 것을 고백하고 있는 것이다. 물론 이것은 절대로 맞는 말이 아니다. 아마 우리 종족은 혼자서는 그녀 앞에서 너무도 빨리 항복할지 모른다. 그러나 우리 종족은 그 누구 앞에서도 무조건 항복하지는 않으므로 그녀 앞에서도 마찬가지일 것이다.

이미 오래전부터, 아마 그녀의 예술가로서의 경력이 시작되면서부터 이미 요제피네는 자신의 노래를 위해서 모든 노동을 면제받을 수 있도록 싸우고 있다. 그러므로 우리가 그녀에게서 매일의 빵과 그 이외에 생존 투쟁에 연결되어 있는 모든 것에 대한 걱정을 없애주어야 하고, 그것을—확실하게—종족 전체에게 전가해야 한다는 것이다. 순식간에 감격하는 자는—그러한 자들도 있었는데—벌써 이런 요구의 특이함과 그런 요구를 생각해낼 수 있는 정신 상태만으로도 그 내적인 정당성을 인정하게 될 수도 있다. 그러나 우리 종족은 반대 결론을 내린다. 그리고 그 요구를 조용히 거절한다. 그러한 요청을 하는 이유에 대해서도 또한 그다지 심하게 반박하지도 않는다. 요제피네는, 예를 들어 노동할 때의 노고가 그녀의 목소리에 해를 끼친다는 것, 노동의 노고는 노래를 부를 때의 노고와 비교할 때 사소하다는 것, 그러나 그것은 노래를 부르고 나서 충분히 휴식을 취하고 또 새로운 노래를 위해서 기력을 강하게 할 수 있는 가능성을 빼앗아간다는 것 등을 지적하고 있다. 그렇게 되면 분명히 그녀는 완전히 탈진되어 이러한 상황에서는 아무리 해도 자신의 최대의 역량을 발휘하지 못한다는 것이다. 우리 종족은 그녀의 말에 귀를 기울이지만 그것을 대수롭지 않게 여긴다. 그렇게 쉽게 감격하는 이 종족이 가끔은 전혀 마음이 움직여지지 않는 것이다. 이 거부는 종종 너무 완강해서, 요제피네까지도 깜짝 놀라 멈칫하게 된다. 그녀는 양보하는 것처럼 보인다. 그녀는 열심히 일하고, 할 수 있는 만큼 노래도 부른다.

그러나 그 모든 것도 잠시뿐, 그 후에는 다시 새로운 힘으로 투쟁을 시작한다—그녀는 그 투쟁을 위해서는 무한히 큰 힘을 가지고 있는 것 같다.

사실 요제피네는 자신이 원하는 것을 말 그대로 얻으려 하지는 않는다는 것이 분명하다. 그녀는 현명하다. 우리는 노동에 대한 혐오 같은 것은 결코 알지 못하니까, 그녀는 노동을 싫어하지 않는다. 그녀는 분명히 자신의 요구가 허락된 후에도 예전과 다르게 살지는 않을 것이다. 노동이 그녀의 노래를 절대로 방해하지는 않을 것이다. 그리고 물론 그녀의 노래도 더 이상 아름다워지지는 않을 것이다—그러므로 그녀가 추구하고 있는 것은 다만 그녀의 예술에 대한 공공연하고 확실한 인정, 시대를 넘어 지속되는, 지금까지 알려진 모든 것을 훨씬 능가하는 인정일 뿐이다. 그러나 그녀에게 다른 것은 거의 모두 이루어질 수 있을 것 같은데도, 이것은 끝까지 그녀 마음대로 되지 않는다. 그녀는 아마도 애초에 공격을 다른 방향으로 돌렸어야 했을 것이다. 그녀는 아마도 이제야 자신의 잘못을 알게 되었을 것이다. 그러나 이제는 더 이상 물러설 수가 없는 것이다. 후퇴란 자기 자신을 배반하는 것을 의미하기 때문에, 이제 그녀는 이 요구와 함께 견디어내거나 아니면 쓰러져야만 한다.

그녀가 말하는 대로 정말 그녀가 적을 가지고 있다면, 그들은 손가락도 까딱하지 않고 기분 좋게 이 싸움을 바라볼 수 있을 것이다. 그러나 그녀는 적을 가지고 있지 않다. 물론 가끔 많은 이들이 그녀에 대해서 반대 의견을 가지고 있다 하더라도, 이 싸움은 아무에게도 즐거움을 주지 못한다. 이때 대중이, 보통 때는 우리들에게서 거의 찾아보기 힘든, 재판관같이 차가운 태도를 보이기 때문은 결코 아니다. 그리고 어떤 이가 이 경우에 이러한 태도에 동조하게 된다 하더라도, 대중이 언젠가는 자기 자신에 대해서도 이와 비슷하게 반대적인 태도를 취할 수 있다는 단순한 생각이 당연히 모든 기쁨을 빼앗아 간다. 물론 요구할 때와 마찬가지로 거부할 때에도, 그 일 자체가 문제되는 것이 아니라, 대중이 어떤 한 동포에게 이해할 수 없는 방식으로 등을 돌릴 수 있다는 것이 문제가 되는 것이며, 그것은 대중이 보통 때 아버지처럼, 아니 아버지보다 더한 마음으로, 겸허하게 그 동포를 돌보고 있다는 것보다 더욱더 이해할 수 없는 것이다.

여기서 대중의 자리에 어떤 한 개인을 세워보자. 우리들은 이 개인이 이제는 양보하는 일에 종지부를 찍고 싶다는 열망을 계속 가지고 있으면서도 여태까지 내내 요제피네에 대한 일을 양보해왔다고 생각할 수 있을 것이다. 양보도 어쨌든 그 적당한 한계가 있을 거라는 굳은 믿음을 가지고 그가 많은 것을 비상하게 양보해왔다고 말이다. 그렇다. 우리는 이 일을 빨리 진전시키기 위해서, 그가 필요 이상으로 많은 것을 양보했다고 생각할 수도 있다. 단지 요제피네를 제멋대로 놓아두어, 그녀가 정말 이 마지막 요구를 주장하게 될 때까지 언제나 새로운 소망으로 그녀를 몰아가기 위해서. 그런 다음 그는 이미 오랫동안 기다려왔기 때문에, 이제는 당연히 간단하게 확고한 거절을 결정지을 수 있을 거라고 말이다. 그러나 우리 종족은 그러한 태도를 취하지 않을 것이 확실하다. 그들은 그러한 술수가 필요치 않다. 게다가 요제피네에 대한 그들의 존경심은 솔직하고 확실하다. 물론 요제피네의 요구는 너무도 강렬해서, 순진한 아이라면 누구나 그녀에게 결과를 예고해줄 수도 있었다. 그럼에도 요제피네가 이 일에 대해 가지고 있는 생각은, 그러한 추측 역시 함께 작용해서 거절당하는 자의 고통에 통렬함을 더해주게 되리라는 것이다.

그러나 그녀가 그러한 추측을 가진다 하더라도, 그녀는 결코 그로 인해 투쟁에 겁을 먹고 그만두지는 않는다. 최근에는 투쟁이 더욱 치열해지고 있다. 그녀가 여태까지는 말로만 투쟁을 해왔다면, 이제 그녀는 다른 수단을 사용하기 시작한다. 그녀 의견으로는 그것이 훨씬 효과적이라지만, 우리 생각으로는 그녀 자신에게 훨씬 더 위험한 것이다. 대중은 요제피네가 그렇게 서두르고 있는 이유를 이렇게 생각한다. 말하자면 그녀는 자신이 늙어가고 있음을 느끼고 목소리는 약해지고 있음이 보이므로, 지금이야말로 그녀에게는 그녀의 가치를 인정받기 위한 마지막 투쟁을 벌여야 할 시기로 생각되기 때문이라는 것이다. 나는 그렇게 생각하지 않는다. 만약 이것이 사실이라면, 요제피네는 요제피네가 아니다. 그녀에게는 나이를 먹는 일이 없으며, 그녀의 목소리가 약해지는 일도 없다. 만약 그녀가 무엇인가를 요구한다면, 그녀는 외적인 것 때문이 아니라 내면적인 일관된 논리 때문에 그렇게 할 것이다. 그녀는 최상의 월계관을 붙잡으려고 손을 뻗고 있다. 그 월계관이 이 순간 조금 나지막한 곳에 걸려 있기 때문이 아니라 그것이 가장 높은 곳에 걸려 있기 때문이다. 그녀의 힘이 미치기만 한다면 그녀는 그것을 더욱 높은 곳에 매달 것이다.

외부적인 어려움을 이렇게 경시하기 때문에 그녀는 가장 졸렬한 방법을 사용하는 것도 서슴지 않는다. 그녀로서는 자신의 정당성을 의심할 여지가 없는 것이다. 그러니 그녀가 그것을 성취하는 데 있어서 무엇이 문제가 되겠는가. 특히 이 세상에서는 그녀에게 보이는 바대로 고상한 방법이 거부당할 수밖에 없으니 말이다. 어쩌면 바로 그렇기 때문에 그녀는 자신의 권리를 위한 투쟁을 성악 분야에서 그녀에게는 별로 중요치 않은 다른 분야로 바꾸었을지도 모른다. 그녀의 동료는 그녀의 말을 널리 퍼뜨렸다. 그 말에 따르자면 그녀는 모든 계층으로부터 숨어 있는 반대편에 이르기까지 모든 대중에게 하나의 진정한 즐거움이 될 그런 노래를 자신이 부를 수 있다고 느낀다는 것인데, 그 진정한 즐거움이란 대중이 요제피네의 노래에서 오래전부터 느끼고 있다고 주장하는 그런 의미의 즐거움이 아니라 요제피네가 말하는 자신의 갈망으로부터 나오는 즐거움인 것이다. 그러나 거기에 덧붙여, 그녀는 고매한 것을 위조할 수도, 비천한 것에 아첨할 수도 없으므로, 지금의 이 상태 그대로 계속될 수밖에 없다는 것이다. 그러나 노동의 면제를 위한 그녀의 투쟁은 문제가 다르다. 즉, 이것 역시 그녀의 노래를 위한 투쟁이기는 하지만, 이 문제에서는 그녀가 성악이라는 귀중한 무기를 직접 사용해서 싸우는 것이 아니므로, 그녀가 사용하고 있는 방법이 어떤 것이라도 뭐든지 상관이 없는 것이다.

그래서 예를 들면, 다음과 같은 소문이 퍼졌다. 우리 종족이 요제피네에게 굽히지 않으면, 그녀는 의도적으로 콜로라투라*를 단축시키려고 한다는 것이다. 나는 콜로라투라에 대해서는 아무것도 모르며, 그녀의 노래에서 콜로라투라가 나왔다는 것조차 알아챈 적이 없다. 그러나 요제피네는 콜로라투라를 단축시키려 한다. 당분간 아주 없애는 것은 아니고, 다만 단축시키려 한다는 것이다. 그녀는 자신의 협박을 실천한 것처럼 보였지만, 물론 나에게는 그녀의 예전 공연과 다른 어떤 차이가 느껴지지는 않았다. 대중 전체는 콜로라투라에 대해서는 아무 말도 없이 언제나처럼 귀를 기울였다. 그리고 요제피네의 요구에 대한 처우 또한 아무 변화가 없었다. 그 밖에 요제피네는 그녀의 모습에서와 마찬가지로 그녀의 사고에서도 가끔 정말 우아한 면을 가지고 있다는 것을 부인할 수는 없다. 예를 들어, 그녀는 공연이 끝난 후 콜로라투라에 대한 그녀의 결정이 대중에게 너무 가혹하거나 너무 갑작스러운 것이었다는 듯이 다음에는 콜로라투라를 다시 완벽하게 노래하겠노라고 설명했다. 그러나 다음 음악회가 끝난 후에는 그녀는 또다시 마음이 달라져서, 이제는 훌륭한 콜로라투라는 영원히 끝났으며, 자신에게 유리한 결정이 내려지기 전에는 콜

---

* 성악곡, 특히 오페라 아리아에서 화려하게 기교적으로 장식된 선율.(옮긴이)

로라투라는 다시는 없으리라는 것이었다. 그러나 대중은 마치 생각에 잠긴 어른이 아이의 재잘거리는 이야기를 흘려듣듯이, 이런 모든 설명과 결심과 결정의 번복을 흘려듣고 있다. 철저하게 호의는 가지고 있으되, 결코 마음이 움직여지지는 않는다.

그러나 요제피네는 굴복하지 않는다. 그녀는 요사이, 예를 들어 일을 하다가 발을 다쳐서 노래 부르는 동안 서 있기가 힘들게 되었다고 주장했다. 그런데 그녀는 다만 서서 노래할 줄밖에 모르므로, 이제는 노래까지 단축시켜야 한다는 것이다. 그녀가 절룩거리며 자신의 동료들의 부축을 받고 있다 하더라도, 아무도 그녀의 부상이 진짜라고는 믿지 않는다. 비록 그녀의 작은 육체의 유별난 민감성을 인정하기는 하지만, 우리는 노동의 종족이고 요제피네 역시 그 종족에 속해 있지 않은가. 그러나 우리가 모든 찰과상 때문에 절룩거리고 싶어 했다면, 종족 전체가 절룩거리는 짓을 절대로 그만둘 수 없을 것이다. 그러나 그녀가 스스로 다친 것처럼 행동하고 있고, 또 이러한 자신의 가엾은 모습을 다른 때와는 달리 자주 보여주고 있지만, 대중은 그녀의 노래를 감사하는 마음으로 듣고 예전처럼 감격하고 있을 뿐, 노래의 단축 때문에 많은 동요가 일지는 않았다.

그녀는 언제까지나 절룩거릴 수는 없으므로, 다른 것을 생각해낸다. 말하자면 그녀는 피로를, 불쾌감을, 허약증을 꾸며낸다. 우리는 이제 음악회 이외에 연극도 보게 된 셈이다. 우리는 요제피네 뒤에서 그녀의 동료가 그녀에게 노래를 불러달라고 간절히 애원하는 모습을 보게 되었다. 그녀는 기꺼이 하고 싶지만 할 수가 없는 것이다. 우리 종족은 그녀를 위로하고, 그녀에게 온통 아양을 떨고, 그녀에게 노래를 불러달라고 이미 이전에 물색해둔 장소로 그녀를 업다시피 데려간다. 드디어 그녀는 보이지 않는 눈물을 흘리며 양보한다. 그러나 그녀는 마지막 의지로 노래를 시작하는 것 같다. 기운이 없고, 팔은 보통 때와는 달리 크게 벌려지지 않은 채 오히려 몸 양쪽에 힘없이 매달려 있다. 이때 대중은 그녀의 팔이 아마 너무 짧다는 인상을 받을지도 모른다. 그러나 그녀는 그런 모습으로 노래를 시작하려 하므로, 물론 제대로 되지 않는다. 머리를 억지로 들어 올리는 듯한 모습이 보이고, 그녀는 우리 눈앞에서 쓰러지고 만다. 그러고 나서 그녀는 물론 다시 벌떡 일어나 노래하는데, 내 생각으로는 보통 때와 별로 크게 다르지 않지만 만약 대중이 가장 세세한 뉘앙스까지도 들을 수 있는 귀를 가졌다면, 그녀의 노래에서 약간의 특이한 흥분감을 느낄 수 있을 테지만 그것은 단지 정상 회복을 돕는 흥분감일 뿐이다. 게다가 끝에 가서 그녀는 예전보다 피로를 덜 느끼고 있어서, 그녀는 확고한 걸음걸이로―그녀의 휙 지나가는 총총걸음을 이렇게 부르고 싶다면―멀어져갔다. 동료들의 온갖 도움을 물리치고, 공손하게 회피하고 있는 그녀의 대중을 차가운 시선으로 살피듯이 바라보면서.

이것은 최근의 일이었다. 그러나 최근에 그녀는 사람들이 그녀의 노래를 기대하던 바로 그 시기에 사라져버렸다. 그녀의 동료뿐만 아니라 많은 이가 그녀를 찾는 일을 맡았지만 허사였다. 요제피네는 사라져버렸던 것이다. 그녀는 노래를 부르고 싶지 않고, 다시는 그런 부탁을 받고 싶지 않은 것이다. 이번에는 그녀가 우리를 완전히 떠나버린 것이다.

그녀가 오산을 했다는 것은 이상스러운 일이다. 영리한 그녀의 생각은 아주 빗나간 것이다. 대중은, 우리 세계에서는 다만 매우 슬픈 운명이라고 할 수 있는 그런 운명에 의해 계속 쫓겨 다니고 있다고 믿을 거라고 그녀가 오산한 것이다. 그녀 스스로 노래로부터 떠나갔고, 대중들 사이에서 얻었던 권력을 스스로 파괴했다. 그녀는 숨어버렸고 노래하지 않는다. 그러나 대중은 조용하고, 실망의 빛을 보이지 않으며, 당당하다. 우리 종족은—겉으로는 반대로 보이지만—문자 그대로 선물을 단지 줄 수 있을 뿐 한 번도 받을 수 없는, 요제피네에게서도 받을 수 없었던, 내면으로 침잠하는 종족인 것이다. 이러한 종족은 계속해서 자신의 길을 나아간다.

그러나 요제피네는 몰락할 수밖에 없다. 머지않아 그녀의 마지막 휘파람 소리가 울리고 영원히 멎게 되는 때가 올 것이다. 그녀는 우리 종족의 영원한 역사 속에서 하나의 작은 에피소드가 되고, 우리 종족은 그녀가 사라진 것을 극복해낼 것이다. 물론 그것이 우리에게 쉬운 일은 아닐 것이다. 완전한 무음의 상태로 어떻게 집회가 가능할 것인가? 사실 요제피네가 있었을 때도 집회는 무음 상태가 아니었던가? 그녀의 실제 휘파람 소리가 그것에 대한 기억보다 정말로 우렁차고 생기발랄했었을까? 그것은, 그녀가 살아 있었을 때 단순한 추억보다 더욱 가치가 있는 것이었을까? 우리 종족은 요제피네의 노래를 도리어 자신의 지혜 속에서—왜냐하면 이런 식으로 그녀의 노래를 잃지 않을 수 있으니까—더욱 높이 평가하고 있는 게 아닐까?

그러므로 우리는 아마도 전혀 아쉬워하지 않게 될 것이다. 그러나 요제피네는 지상적인 괴로움으로부터—그녀의 생각으로 이것은 선택된 자에게 준비되어 있는 것이다—구원받아 우리 종족의 수많은 영웅들 속으로 즐겁게 사라질 것이다. 그리고 머지않아—우리는 옛날 이야기를 하지 않으므로—그녀는 모든 다른 형제들과 마찬가지로 더욱 승화된 구원 속에서 잊혀질 것이다.

Ⅱ 잡지와 신문에만 발표된 작품들

여성의 애독서

우리가 숨을 내쉬면서 세상 밖으로 나가게 될 때, 마치 높은 수영 다이빙대에서 강물로 뛰어들듯이, 곧바로 그리고 또 여러 번 맞부딪쳐 오는 충격 때문에 어린아이처럼 당황하게 되지만, 항상 양옆으로 멋지게 물결을 일으키며 멀리 보이는 대기 속으로 떠오르게 된다. 그러면 그때 우리는 아마 이 책 속에서처럼 비밀스러운 목표를 가지고 정처 없이 물 위로 눈길을 보낼지 모른다. 그 물은 누군가를 데려가기도 하고, 또 사람들이 그 물을 마실 수도 있으며, 또한 수면 위에서 쉬고 있는 사람에게는 경계가 없는 무한한 것이 되어 있을 것이다.

그러나 우리가 이 첫인상에서 떠나지 않는다면, 저자가 여기서 결코 멈추지 않는 에너지를 가지고 작업했으며, 그러한 그의 에너지는 그의 부단한 정신의 활동들을—그것은 너무 빨라서 연관점을 예측할 수 없을 정도다—놀라움의 극단으로 내몰고 있다는 것을 확실하게 인식하게 될 것이다.

이 책이 주는 놀라움은 소재에 있다. 신속하게 발전되는 소재는, 보이지 않는 사막의 동물들의 외침에 이끌린 은둔자들을 한때 신선하게 해주었던 유혹들을 연상시킨다. 그렇지만 저자에게 이러한 유혹은 멀리 있는 무대 위의 보조 무용수들 몇 명처럼 그의 앞에서 부유하는 것이 아니라, 그와 아주 가까이 있으면서 그를 강하게 압박하여 결국은 그 유혹에 얽혀들게 한다. 그리고 그것을 숙녀에게서 들어 알기도 전에, 그는 벌써 다음과 같은 글을 써내려간다. "하지만 사람은 우아하게 헌신할 수 있도록 사랑을 해야 합니다." 하고 아름다운 금발의 스웨덴 여성인 아니 D는 말했다, 라고.

만약 저자가, 마치 옛날 바로크 시대에 폭풍 속에서 서로 얼싸안고 있는 성자들의 그룹들이 일으키는 저 돌로 된 구름처럼, 어떤 천성에 이끌려, 이 일에 흠뻑 빠진 채 우리 앞에 나타난다면, 그것은 과연 어떤 모습일까? 천상을 가로지르며 옛 지역을 구해내기 위해서 그 책이 중간과 끝쯤에서 뛰어들어야 하는 천상이란 확고한 것이며 나아가 투명하기까지 하다.

그 저자는 숙녀들을 위해 책을 썼지만, 실제로 그녀들이 그것을 보고 있다고 주장하는 사람은 아무도 없다. 만약 그녀들이 첫 단락부터 이미 강요받아—그럴 수밖에 없겠지만—, 그녀들의 손에 고해서가, 진정에서 우러나온 고해서가 들려 있다고 느끼게 된다면, 그것으로 물론 충분하거나 그 이상이 아닐까. 왜냐하면 사람들이 고해라고 칭하고 있는 것은, 기이하게 생긴 장 속에서, 미래와 과거를 포함한 온 주위와 위아래의 모든 것을 단지 반만 진실한 것으로 만드는, 희미한 불빛 속의 낯선 공간의 바닥에서 행해지는 일이어서, 모든 '그렇다'와 '아니다', 질문받은 사람들과 대답을 들은 사람들 모두 반은 거짓일 수밖에 없기 때문이다. 특히 그들이 전적으로 정직한 사람들일 경우에 말이다. 그러나 어떻게 세세한 여러 가지 중요한 것들을 우리가 잊을 수 있겠는가, 여기 침대 가까이에서 조용히(날씨가 더우니까, 조용히) 대화를 나누는 동안 한밤중의 친숙한 불빛 속에서 말이다!

기도자와의 대화

그 무렵 나는 매일같이 어떤 성당에 다니고 있었다. 내가 사랑했던 한 소녀가 저녁이면 반 시간가량 그곳에서 무릎을 꿇은 채 기도를 올렸는데, 그 시각이 되면 나는 그녀를 조용히 바라볼 수 있었기 때문이었다.

언젠가 그 소녀가 오지 않아 언짢은 기분으로 기도하는 사람들을 바라보고 있었는데, 한 젊은이가 특히 눈에 들어왔다. 그는 깡마른 온몸을 바닥 위에 던져놓은 채였다. 이따금씩 그는 온 힘을 머리에 모으고는 한숨을 쉬면서 돌바닥 위에 놓인 자신의 손바닥 위에 머리를 조아리곤 했다.

성당 안엔 단지 몇 사람의 나이 든 여인들만이 있었는데, 그들은 그 기도하는 젊은이 쪽을 바라보기 위해서 가끔 천으로 감싼 작은 머리를 비스듬히 돌리곤 했다. 이런 관심에 그는 행복했던지 경건한 기도를 올리기 전에 반드시 바라보는 사람들이 많은지 어떤지를 살펴보곤 했다. 그것을 철면피 같다고 생각한 나는 그가 성당을 나설 때 말을 걸어 왜 그런 식으로 기도를 하는지 물어보기로 작정했다. 그렇다. 나는 나의 소녀가 오지 않아 화가 나 있었던 것이다.

그러나 한 시간 후에야 비로소 일어난 그는 조심스럽게 성호를 긋고 갑자기 성수대가 놓여 있는 쪽으로 갔다. 나는 그 성수대와 문 사이의 길목에 서 있었기에, 어떤 해명 없이는 그를 통과시키지 않을 거라는 것을 잘 알고 있었다. 단호하게 말할 때면 늘 버릇처럼 그러하듯이, 나는 입을 찌그러뜨렸다. 나는 태연하게 왼쪽 다리를 발돋움한 채로 오른쪽 다리를 앞으로 내디디고 거기에 몸을 실었다. 그런 자세가 나에게 확고함을 주었다.

이 남자가 성수를 얼굴에 뿌렸을 때, 이미 그는 나를 욕하고 있었을 수도 있다. 아마도 그는 나를 벌써부터 눈치채고 걱정했을지 모른다. 왜냐하면 그가 이제 예상치 않게 문 쪽으로 달려갔던 것이다.

유리문이 탁 하고 닫혔다. 내가 그 직후 즉시 문을 빠져나갔을 때 그는 더 이상 보이지 않았다. 거기엔 좁은 골목길이 여러 갈래 나 있었고 교통이 복잡했기 때문이다.

그 이후로 그는 오지 않았으나 나의 소녀는 왔다. 그녀는 양 어깨 위에 투명한 레이스가 달린 검은 옷을 입고 있었고—레이스 밑으로 반달 모양으로 파진 내의의 가장자리가 보였다—레이스의 아래쪽 가장자리로부터 잘 재단된 비단 칼라가 내려와 있었다. 소녀가 나타난 관계로 나는 그 젊은이를 잊어버렸고, 그가 후에 다시 규칙적으로 와서 자기 방식대로 기도를 드렸을 때에도 나는 그에게 별 관심을 두지 않았다. 그러나 그는 언제나 내 곁을 급히 서둘러 지나갔다. 얼굴을 돌린 채로. 아마도 그것은 내가 언제나 움직이고 있는 그만을 염두에 두고 있었기 때문일 텐데, 그래서 그는 서 있을 때조차 살금살금 빠져나가고 있다는 생각이 들 정도였다.

언젠가 나는 내 방에서 꾸물거리는 바람에 늦었지만, 그래도 성당에 갔다. 이미 소녀가 가고 없었기 때문에, 나는 집으로 돌아오려고 했다. 바로 거기에 또다시 그 젊은이가 와 있었다. 옛날 사건이 다시금 떠올라 나의 호기심을 자극했다.

발돋움을 하고서 나는 문이 있는 통로로 미끄러지듯 달려가서, 거기 앉아 있던 눈먼 거지에게 동전 한 닢을 건네주고는 그의 옆에 앉아 열린 문짝 뒤에 몸을 바짝 붙였다. 거기에 나는 한 시간 동안 앉아 있으면서 아마도 교활한 표정을 짓고 있었을 것이다. 그곳은 편안했고, 종종 거기로 와야겠다고 나는 생각했다. 두 시간째에 나는 그 기도하는 자 때문에 여기에 앉아 있는 것은 정신 나간 짓이라고 생각했다. 그럼에도 불구하고 세 시간째에는 화가 잔뜩 나서 거미들이 옷 위로 기어오르게 내버려 두고 있었는데, 그러는 동안 마지막 사람들이 심호흡을 하면서 성당의 어둠 속을 빠져나오고 있었다.

바로 그때 그도 역시 나왔다. 그는 조심스럽게 걷고 있었는데, 다리를 내딛기 전에 우선 땅바닥을 더듬거려보았다.

나는 일어서서 크고 똑바른 걸음으로 걸어가서 그 젊은이를 붙잡았다. "안녕하시오."라고 나는 말하고는 그의 옷깃을 붙잡고서 계단 밑으로 끌고 내려가 밝은 곳으로 데려갔다.

우리가 아래로 내려갔을 때, 그는 완전히 불확실한 목소리로 말했다. "안녕하세요, 친애하는, 친애하는 선생님, 저에게 화내지 마세요. 당신의 가장 충실한 종이올시다."

"그럼요."라고 나는 말했다. "나는 당신에게 몇 가지 물어보고 싶소, 선생. 지난번에 당신은 내게서 빠져나갔소만, 오늘은 절대로 그렇게 되지 않을 거요."

"자비를 베푸세요, 선생님. 저를 집에 가게 해주세요. 저는 불쌍한 놈입니다. 그건 정말이에요."

"아니오."라고 나는 달려 지나가는 전차의 소음 속에서 소리쳤다. "나는 당신을 놓아주지 않겠소. 바로 그런 이야기가 내 마음에 드니까. 당신은 행운아요. 나는 기쁘오."

그러자 그는 말했다. "아 맙소사, 당신은 강심장과 목석같은 머리를 가지고 계시군요. 절 보고 행운아라고 하시다니, 당신은 틀림없이 굉장히 행복한 분이시겠군요! 저의 불행은 흔들리는 불행, 가느다란 꼭대기 위에서 흔들거리는 불행이거든요. 그리고 그걸 건드리게 되면, 그것은 질문한 사람에게 떨어진답니다. 안녕히 가세요, 선생님."

"좋아요."라고 나는 말하면서 그의 오른쪽 손을 꽉 붙잡았다. "만약 당신이 내 말에 대답하지 않는다면, 나는 여기 길거리에서 소리지르기 시작하겠소. 그러면 지금 상점에서 나온 모든 여점원들과 그녀들을 만나게 되어 기뻐하는 모든 애인들이 함께 달려올 거요. 그들은 역마차 말이 넘어졌거나 또는 그와 비슷한 일이 생겼을 거라고 생각할 테니까 말이오. 그러면 나는 당신을 그 사람들에게 보여주겠소."

그러자 그는 울면서 내 양손에 번갈아가며 입을 맞추었다. "당신이 알고 싶은 것을 당신께 말씀드리겠어요. 그러나 제발 저 건너편 골목길로 갔으면 좋겠군요." 나는 고개를 끄덕였고, 우리는 그쪽으로 건너갔다.

그러나 그는 드문드문 노란 가로등이 있는 골목길의 어둠이 싫었는지 나를 어떤 낡은 집의 낮은 복도 안 전등 밑으로 데리고 갔는데, 그 전등은 목제 계단 앞에 떨어질 듯이 매달려 있었다.

거기에서 그는 점잔을 빼며 손수건을 꺼내어 계단 위에 펼쳐놓으면서 말했다. "어서 앉으세요, 친애하는 선생님. 거기서 더 잘 물어보실 수 있을 겁니다. 저는 서 있겠어요. 그러면 대답을 더 잘할 수 있습니다. 그러나 저를 괴롭히지는 말아주십시오."

나는 앉아서 눈을 가늘게 뜨고 그를 응시하면서 물었다. "당신은 기발한 정신병자요. 그게 당신이란 말이오. 성당에서 당신이 어떻게 행동하고 있는지! 그게 얼마나 화를 돋우는지 그게 보는 이들을 얼마나 불쾌하게 하는지! 당신을 쳐다보면서 어떻게 기도에 몰두할 수 있겠소."

그는 몸을 벽에 꼭 눌러대고 있었는데, 단지 머리만을 공중에서 자유롭게 움직였다. "화내지 마세요—선생님은 왜 자신에게 속하지 않은 일로 화를 내셔야 합니까. 제가 자연스럽지 못하게 행동할 때면, 제 자신도 화가 납니다. 그러나 다른 사람이 잘못된 행동을 하면, 저는 기쁩니다. 그러니까 사람들에게 보여지는 것이 저의 인생 목적이라고 말씀드리더라도 화내지는 마십시오."

"무슨 말을 하고 있는 거요." 하고 나는 그 낮은 통로에서는 너무나 큰 소리로 외쳤다. 그러나 나는 곧 목소리가 약해질까 봐 걱정이 되었다. "정말이지, 무슨 말을 하는 거요. 그래, 이미 알겠소. 당신이 어떤 상태에 있는지, 당신을 처음 보았을 때부터 알고 있었소. 나도 경험이 있거든. 그게 단단한 땅 위에서 느끼는 뱃멀미 같은 거라고 내가 말한다면, 농담으로 하는 말이 아니오. 그건 당신이 사물들의 진정한 이름들을 잊어버려서 이제 급히 우연한 이름들을 그것들에게 마구 쏟아붓고 있는 상태요. 오로지 빨리, 오로지 빨리! 그러나 당신이 그것들로부터 도망치자마자, 당신은 다시 그것들의 이름을 잊어버리지요. 당신이 '바벨탑'이라고 명명했던 포플러나무는—왜냐하면 당신은 그것이 포플러나무인 줄 몰랐거나 알고 싶지 않았기 때문인데—다시 무명無名으로 흔들거리지요. 그러면 당신은 그것을 '술 취했을 때의 노아'라고 명명하게 될 거요."

그가 "저는 당신이 한 말을 이해하지 못해서 기쁩니다."라고 말했으므로 나는 약간 당황했다.

흥분해서 나는 급히 말했다. "당신이 그것을 기뻐함으로 해서 당신 자신이 그것을 이해했다는 것을 보여주고 있는 거요."

"물론 저는 그것을 보여드렸습니다, 인자하신 선생님. 하지만 선생님 역시 이상하게 말씀하셨지요."

나는 양손을 위쪽 계단 위에 올리고 뒤로 기댔다. 그리고 레슬러의 최후의 방어 방법인 상대의 공격을 거의 받지 않는 자세로 물었다. "당신은 자신의 상태를 다른 사람들에게서 추측함으로써 자신을 구제하려는 재미있는 기질을 가지고 있군요."

그러자 그는 용감해졌다. 그는 자신의 신체를 하나로 통일시키려는 듯이 팔짱을 끼고서, 가볍게 반대의 뜻을 표했다. "아닙니다. 저는 모든 사람들을 상대로 그렇게 하지는 않습니다. 예를 들면 당신을 상대로 그렇게 하지는 않습니다. 왜냐하면 저는 그럴 줄 모르니까요. 그렇지만 제가 그렇게 할 수 있다면, 저는 기쁠 거예요. 그렇게 되면 저는 성당 안 사람들의 주의가 더 이상 필요치 않게 될 테니까요. 제가 그걸 왜 필요로 하는지 아십니까?"

이 질문은 나를 당황하게 만들었다. 두말할 나위도 없이 나는 그것을 몰랐고, 알고 싶지도 않다고 생각했다. 나는 정말이지 여기에 오고 싶지 않았어, 하고 그때 나는 혼잣말을 했다. 그러나 그 사람은 자기 말을 귀 기울여 듣도록 강요했다. 그래서 나는 이제 내가 그 이유를 몰랐다는 걸 그에게 알리기 위해, 오직 머리를 흔들기만 하면 되었다. 그러나 나는 조금도 머리를 움직일 수가 없었다.

내 맞은편에 서 있었던 그 사람은 미소를 지었다. 그러더니 그는 무릎을 굽히고 앉아 졸린 듯이 얼굴을 찡그리며 이야기했다. "제가 스스로 인생을 납득했던 때는 결코 없었습니다. 그러니까 저는 제 주위의 사물들을 오직 너무나 나약한 생각 속에서 이해하기 때문에, 언제나 그 사물들이 한때는 살아 있었지만 이제는 퇴락하고 있는 거라고 믿고 있습니다. 친애하는 선생님, 저는 언제나 사물들이 저에게 모습을 드러내기 전에 없어져버릴지도 모른다는 심정으로 그것들을 바라보고 싶은 충동을 갖는답니다. 그때 그것들은 아마 아름답고 조용할 겁니다. 틀림없이 그럴 거예요. 저는 종종 사람들이 사물들에 대해 그런 식으로 이야기하는 것을 듣고 있으니까요."

나는 침묵을 지켰는데, 다만 본의 아니게 얼굴을 씰룩거려서 내가 불쾌하다는 것을 나타냈기 때문에, 그가 물었다. "사람들이 그렇게 말한다는 것을 믿지 않으십니까?"

나는 시인해야 한다고 생각했지만, 그렇게 할 수 없었다.

"정말로 그걸 믿지 않으시나요? 아아, 한번 들어보세요. 제가 어린 아이였을 때 낮잠을 잠깐 자고 나서 눈을 떴지요. 그때 저는 아직 잠에 완전히 취한 상태로 어머니가 발코니에서 자연스러운 목소리로 아래를 향해 이렇게 물어보는 소리를 들었습니다. '이봐요, 뭘 하세요? 날씨가 이렇게 더운데.' 하구요. 어떤 부인이 정원에서 '풀밭에서 간식을 들고 있어요.'라고 대답했습니다. 그들은 전혀 생각지도 않고, 또 각자가 그것을 예상하고 있었던 듯이 별로 확실치 않게 그런 말을 했어요."

나는 내가 질문을 받은 거라고 생각했다. 그래서 나는 바지 뒷주머니에 손을 집어넣고 거기서 무엇을 찾는 체했다. 그러나 나는 아무것도 찾지 못하고, 대화에 관심을 표시하기 위해 단지 나의 시선을 바꾸려고 했을 뿐이었다. 그러면서 나는 그런 일은 정말 이상스럽고, 나는 그것을 전혀 이해하지 못한다고 말했다. 나는 그것이 진실이라고 믿지 않으며, 그것은 내가 지금 알아챌 수 없는 어떤 특별한 목적 때문에 지어낸 이야기임이 틀림없을 거라고 덧붙였다. 그러고 나서 나는 눈을 감았다. 눈이 아팠기 때문이었다. "오, 선생님께서 저와 같은 의견이시라니, 그거 정말 잘됐군요. 그리고 그것을 저에게 말씀하시려고 저를 불러 세우신 건 이기심 때문만은 아니었군요. 제가 똑바로 걷지 못하고 힘들게 걸어가고, 지팡이로 돌이 깔린 보도를 두드리지 않으며, 시끄럽게 떠들며 지나가는 사람들의 옷을 스치지 않는 것을 제가 왜 부끄러워해야 됩니까—혹은 우리가 왜 부끄러워해야 합니까—그렇지 않습니까. 각이 진 어깨를 한 저의 그림자가, 가끔은 진열장 유리 속으로 사라지기는 하지만, 집들을 따라 껑충껑충 뛰어가고 있다는 것을 오히려 당연히 대담하게 호소해도 되는 것은 아니라 할지라도 말입니다.

　제가 지내온 세월이 어떤 나날들이었는지 아세요! 어째서 모든 것이 그렇게 잘못 지어져서, 겉으로는 그 이유를 발견할 수 없는데도 이따금씩 고층 건물들이 무너져 내리는지요. 그러면 저는 폐허 더미 위로 기어올라 가서 만나는 사람마다 이렇게 물어봅니다. '어떻게 이런 일이 일어날 수 있는지! 우리 도시에서―새 집이 말입니다―그것도 오늘 벌써 다섯 번째입니다―생각 좀 해보세요.' 하지만 그때 아무도 나에게 대답해주지 못했습니다.

　가끔 사람들은 골목에서 넘어져 죽은 채로 발견됩니다. 그러면 상인들은 물건들이 매달려 있는 문을 열고 경쾌하게 다가와서는 그 죽은 자를 어떤 집 안으로 옮겨놓고는 입과 눈 주위에 미소를 짓고 나오면서 말합니다. '안녕하세요?―하늘이 흐리군요―저는 두건을 많이 팔고 있어요―그렇습니다. 전쟁이지요.' 저는 집 안으로 껑충껑충 뛰어 들어갑니다. 그리고 굽은 손가락이 달린 손을 비겁하게 여러 번 들어올린 후에, 마침내 건물 관리인 집의 작은 창문을 두드립니다. '친애하는 분이여.' 하고 저는 다정하게 말합니다. '죽은 사람이 댁으로 옮겨져 왔지요. 그를 저에게 보여주십시오. 부탁드립니다.' 그가 마치 결심이나 한 듯이 고개를 흔들면, 저는 분명하게 말하지요. '친애하는 분이여, 저는 비밀경찰입니다. 어서 그 죽은 자를 저에게 보여주십시오.' '죽은 사람이라고요?'라고 이제 그는 묻고는 매우 불쾌해합니다. '아니오. 여기는 죽은 사람이 없습니다. 이곳은 품위 있는 집안입니다.' 저는 인사를 하고 나옵니다.

　그렇지만 큰 광장을 가로질러 가고 나면, 저는 모든 것을 잊어버립니다. 이런 일로 생긴 어려움이 저를 당황시킵니다. 그래서 저는 가끔 혼자 생각해봅니다. '만약 사람들이 오직 오만에서 그렇게 큰 광장들을 짓는 것이라면, 그 광장을 가로질러 통하는 돌난간은 왜 세우지 않는 것일까. 오늘은 남서풍이 분다. 광장의 대기는 격앙되어 있다. 시청 탑 꼭대기의 풍향계는 작은 원을 그리고 있다. 왜 사람들은 궁지에 빠졌는데도 조용히 있지 않는 걸까? 모든 유리창이 소리를 내고, 가로등의 기둥들이 대나무처럼 휘어진다. 기둥 위의 성스러운 마리아의 겉옷이 휘감기고, 사나운 바람이 그 옷을 할퀴어댄다. 도대체 아무도 이것을 보지 않는단 말인가? 돌로 된 보도 위를 걸어가야 할 신사 숙녀들이 부유한다. 바람이 잠깐 사라지고 나면, 그들은 멈춰 서서 서로 몇 마디 말을 주고받으며 머리를 숙여 인사를 한다. 그러나 바람이 다시 반격해오면, 그들은 버티지 못하고 모두 동시에 걸음을 옮긴다. 그들은 모자를 꼭 거머쥐고 있지만, 그들의 눈은 온화한 날씨인 양 즐거이 바라본다. 오직 나만이 두려워한다.'"

앞서처럼 나는 기분이 뒤틀려서 이렇게 말했다. "당신이 앞서 정원에서 있었던 당신 어머니와 그 부인에 대해서 들려주었던 이야기를 나는 전혀 이상하다고 생각지 않소. 나는 그런 식의 이야기를 많이 듣고 경험했을 뿐만 아니라, 많은 경우 함께 참여하기까지 했소. 그런 일은 정말 아주 자연스러운 것이오. 내가 발코니 위에 있었더라면 그와 똑같이 말하지 않았으리라고 생각하시오? 또 정원에서도 그와 똑같이 응답하지 않았으리라고 말이오? 그건 아주 간단한 사건이에요."

내가 그렇게 말하자, 그는 매우 행복한 듯 보였다. 그는 내가 맵시 있게 옷을 입고 있으며 내 넥타이가 그의 마음에 든다고 했다. 그리고 내가 어쩌면 그렇게 고운 피부를 지녔는지도. 고백이란 그것을 취소할 때에 가장 솔직한 것인지도 모른다.

술 취한 자와의 대화

내가 총총걸음으로 집 문을 나섰을 때, 하늘에서는 달과 별 그리고 거대한 창공이, 그리고 원형 광장에서는 시청과 마리아 입상과 성당이 나를 갑자기 덮쳐왔다.

나는 조용히 그늘진 곳으로부터 달빛으로 나와, 오버코트의 단추를 끄르고는 몸을 따뜻하게 했다. 그러고는 양손을 들어 밤의 아우성 소리를 잠재우고 곰곰이 생각하기 시작했다.

'너희들이 마치 실제로 존재하는 체하다니, 어떻게 된 거지. 너희들은 창백한 보도 위에 우스꽝스레 서 있는 내가 비현실적인 존재라고 믿게 하려는 생각이었는가? 하지만 그대 하늘이여, 네가 실제로 존재했던 것은 이미 오래전 일이란다. 그리고 너 원형 광장 역시 한 번도 존재한 적이 없었단다.'

'그건 물론 사실이야, 너희들은 여전히 나보다 우월하지. 그렇지만 내가 너희들을 가만히 놓아둔 때뿐이란다.'

"달아, 다행히도 너는 더 이상 달이 아니구나. 하지만 달이라고 명명된 너를 여전히 달이라고 부르는 것은 내가 무관심한 탓인지도 모른다. 내가 널 '이상한 빛깔의 잊혀버린 종이 초롱'이라고 부르면, 너는 어째서 더 이상 거만을 떨지 못하는지. 그리고 내가 널 '마리아 입상'이라 부르면, 너는 어째서 거의 움츠러들다시피 하는 건지. 마리아 입상아, 내가 널 '노란빛을 던지는 달'이라고 부르면, 너의 위협적인 모습을 더는 볼 수가 없구나."

338

'너희들에 대해 곰곰이 생각하는 것은 너희들에게 이롭지 못하다는 것이 사실인 모양이구나. 용기도 건강도 쇠퇴하는 것을 보니 말이야.'

'세상에, 곰곰이 생각하는 사람이 술주정꾼에게서 배운다면, 틀림없이 굉장히 유익할 텐데!'

'왜 모든 게 조용해진 거지. 바람이 더 이상 불지 않는 것 같군. 그리고 가끔 작은 바퀴를 달고 있는 듯 광장 위를 굴러다니는 작은 집들도 아주 단단히 붙어 있는데—조용—조용—보통 때는 땅과 구별이 되는 가늘고 검은 선이 전혀 보이지 않는군.'

그래서 나는 달리기 시작했다. 나는 아무 방해를 받지 않고 그 큰 광장 주위를 빙 둘러 세 번 뛰었다. 그리고 술주정꾼을 만나지 못했으므로, 나는 속도를 줄이지 않고 또 힘들다고 느끼지도 않으면서 카알 거리를 향해 뛰었다. 내 그림자는 마치 벽과 길바닥 사이의 오목하게 파인 길을 갈 때 그렇듯 내 옆에서 나보다 작은 모습으로 벽에 붙어서 달려왔다.

내가 소방서를 지나가고 있었을 때 작은 원형 광장에서 소음이 들려왔다. 그리고 그곳으로 접어들자 분수의 격자 울타리에 기대어 서 있는 술주정꾼이 보였다. 팔을 수평으로 들고 나무 슬리퍼에 꿰여 있는 두 발을 동동 구르면서.

나는 우선 호흡을 진정시키느라고 멈추어 서 있었다. 그리고 나서 그에게로 다가가 실크 모자를 벗고 나를 소개했다.

"안녕하십니까, 상냥한 귀인 나리. 저는 스물세 살이지만 아직 이름이 없습니다. 그렇지만 당신은 분명히 이 대도시 파리 태생으로 놀랄 만한, 정말 노래처럼 리드미컬한 이름을 가지고 있겠지요. 매끄러운 프랑스 궁정의 아주 부자연스러운 냄새가 당신을 둘러싸고 있습니다그려."

"분명 당신은, 높고 밝은 테라스에서 꽉 끼는 코르셋을 입고 빈정 대듯이 뒤돌아보면서 서 있는 저 위대하신 숙녀님들을 묘한 눈으로 보셨겠지요. 계단 위에 펼쳐진 그녀들의 아름다운 긴 옷자락 끝이 아직 정원 모래 위에 놓여 있고요—여기저기 늘어선 긴 장대 위로 대담하게 재단한 잿빛 평상복과 하얀 바지를 입은 하인들이 기어오르고 있는데, 다리로 장대를 끼고, 하지만 상체는 가끔 뒤와 옆으로 구부린 채였지요. 그들은 밧줄에 매어진 거대한 잿빛 아마포 천들을 땅으로부터 끌어올려 공중에 팽팽하게 펴야 하는데, 그 이유는 위대하신 숙녀님들께서 안개 긴 아침을 원했기 때문이었지요."

그가 트림을 했기 때문에 나는 몹시 놀라서 이렇게 말했다. "신사 양반, 정말 당신께서 우리의 파리, 저 폭풍우 치는 파리에서 왔다는 것이 사실인가요? 아니, 이 미친듯이 우박이 때리는 날씨를 뚫고 말입니까?" 그가 다시 트림을 했기 때문에 나는 당황해서 이렇게 말했다. "그것이 저에게 대단한 영광을 가져온 걸 알고 있지요."

그리고 나는 손가락을 빨리 놀려 코트의 단추를 채우고 나서 성급하게, 그리고 부끄러워하며 말했다. "당신이 내게 대답할 가치가 없다고 생각한다는 걸 알고 있어요. 하지만 제가 오늘 당신에게 질문하지 않는다면, 저는 울며 인생을 보내야 할 겁니다."

"바라건대 멋쟁이 신사 양반, 사람들이 나에게 해주었던 얘기가 사실인지요? 파리엔 오직 멋지게 치장된 옷으로 만들어진 사람들만이 있나요? 거기엔 단지 현관만 있는 집들이 있나요? 그리고 여름날 하늘은 물 흐르듯 푸르고, 단지 뭉쳐진 하얀 작은 구름들로 아름답게 장식되어 있으며, 그 구름들이 모두 하트 모양이라는 게 사실인가요? 그리고 거기엔 늘 대성황을 이루는 진귀품 전시실이 있다고요. 그곳에는 가장 유명한 영웅들, 범죄자들과 연인들의 이름표들이 매달려 있는 나무들만이 덩그러니 서 있다면서요."

"그리고 또 이런 소식도 있지요! 이 틀림없는 허위 소식 말입니다!"

"파리의 거리들은 갑자기 둘로 갈라진다는데 사실인가요? 거리들이 불안하다는데 사실인가요? 언제나 모든 게 제대로이지 않다는데, 어찌 그럴 수가 있을까요! 사고가 한번 나면, 사람들은 길바닥을 거의 건드리지 않는 대도시 특유의 큰 걸음걸이로 옆길에서 모여든다지요. 모두가 호기심에 차 있긴 하지만, 실망할까 봐 겁을 낸다지요. 그들은 숨을 헐떡대면서 머리를 앞으로 내민다지요. 그러나 서로 몸이 닿게 되면, 깊이 머리를 숙여 이렇게 용서를 구한다면서요. '정말 미안합니다―고의가 아니었습니다. 사람들이 너무 많이 모였어요. 용서하세요―죄송스럽게도 제가 아주 서툴렀군요―그 점을 시인합니다. 제 이름은―제 이름은 제롬 파로쉬입니다. 전 카보탱 거리의 잡화상입니다―허락하신다면, 제가 내일 점심에 당신을 초대해도 될까요―저의 집사람도 매우 기뻐할 겁니다.' 그들은 그렇게 말한다지요. 그러나 그러는 동안에 거리는 마비되고, 집들 사이로 굴뚝의 연기가 내려앉는다지요. 바로 이렇다지요. 어느 상류층 지역의 번화한 환상 도로에서 두 대의 자동차가 섰다고 가정합시다. 하인들이 정중하게 문을 엽니다. 여덟 마리의 시베리아산 족보 있는 사냥개들이 그 뒤를 춤추듯 따라 내려와서 짖어대며 차도 위로 뛰어오릅니다. 그러면 바로 그들이 파리의 분장한 젊은 멋쟁이들이라고 사람들은 말한다지요."

그는 두 눈을 꼭 감고 있었다. 내가 말이 없자, 그는 양손을 입에 넣고 아래턱을 잡아당겼다. 그의 옷은 완전히 더러워져 있었다. 아마 누군가 그를 술집에서 밖으로 내던져버린 모양인데, 그는 아직도 그것을 확실하게 알지 못하고 있었다.

낮과 밤 사이에는 아마도 짧고 아주 조용한 휴식 시간이 있었을 것이다. 우리가 기대하지 않는데도 머리가 우리를 목에 매달아놓고, 우리가 알아차리지 못하는데도 모든 것이—우리가 바라보고 있지 않기 때문에—조용해지고는 다시 사라져버리는 그런 시간이. 그동안에 우리는 굽어진 육신으로 혼자 남아 있다가 다시 주위를 둘러보지만, 더 이상 아무것도 보지 못하며, 거슬러 불어오는 바람도 느끼지 못한다. 그러나 우리는 마음속으로, 지붕과 다행히도 각진 굴뚝이 있는 집들이 우리와 어느 정도 떨어져 서 있다는 생각에 매달린다. 어둠은 그 굴뚝을 통해 집 안으로 흘러들고, 다락방을 통해 여러 방 안으로 흘러드는 것이다. 그리고 내일이면—믿어지지 않지만—모든 것을 다시 볼 수 있는 낮이 오리라는 것은 하나의 행운인 것이다.

그때 술주정꾼은 눈썹을 높이 치켜세워서 눈과 눈썹 사이에 어떤 빛이 생긴 것 같았는데, 띄엄띄엄 이런 얘기를 들려주었다. "그건 그러니까—나는 그러니까 졸려요. 그러니 나는 자러 갈 거요—벤첼스 광장에 내 동서가 하나 살지요—나는 그곳으로 가요. 나는 거기서 사니까, 거기 내 침대가 있으니까—이제 갑니다—다만 그의 이름이 무언지 그리고 어디 사는지 그걸 모른다는 것뿐이지—그걸 잊어버린 것 같아요—그렇지만 괜찮아요. 나는 나에게 동서가 정말 있는지조차 전혀 모르겠거든—이제 정말 갑니다—내가 그 사람을 찾을 거라고 생각하시오?"

그 말에 나는 무심코 이렇게 말했다. "물론입니다. 그렇지만 당신은 외국에서 왔어요. 그리고 당신의 하인들이 우연히도 지금 당신 곁에 없는 거예요. 허락하신다면, 제가 당신을 모시고 가지요."

그는 대답하지 않았다. 그래서 나는 그가 팔짱을 끼도록 내 팔을 그에게 내어주었다.

브레스치아의 비행기

우리는 도착했다. 공항 앞에는 아직도 이상한 목조 주택들이 있
는 큰 광장이 있다. 우리는 그런 집들 대신에 차고와 국제적인 큰 식
당 등과 같은 표지판을 기대했을지도 모른다. 작은 마차에 탄 엄청나
게 크고 살이 찐 걸인들이 팔을 내밀어 우리의 가는 길을 막았다. 사
람들은 서둘러 그들을 건너 뛰어가려고 했다. 우리는 많은 사람들을
추월하기도 하고 많은 사람들에게 추월당하기도 한다. 우리는 이곳
에 속한 하늘을 바라본다. 다행히도 아직 어떤 비행기도 날지 않는
구나! 우리는 우회해서 가지 않을 것이며 그렇다고 신호를 무시하고
통과하지도 않을 것이다. 수많은 우마차들 사이와 뒤에서 그리고 그
것들의 맞은편에서 이탈리아 기병대가 껑충껑충 뛰고 있다. 질서와
불행한 사건들은 한결같이 불가능한 것처럼 보인다.

한번은 브레스치아에서 저녁 늦게 어떤 정해진 거리로 급히 가려
고 마음을 먹었다. 우리는 그 거리가 꽤 멀리 떨어져 있다고 생각했
다. 어느 마부 한 사람이 삼 리라를 요구하지만 우리는 이 리라를 준
다. 그 마부는 운행을 거부한 채, 아주 먼 거리라고 친절하게 설명해
주었다. 우리는 우리가 제안했던 금액에 대해 부끄럽게 생각하기 시
작했다. 좋아요, 삼 리라요. 우리가 타자, 마차는 짧은 거리를 통과해
서 세 번 돌더니 우리가 가려는 목적지에 도착한다. 우리 두 사람보
다 더 활기가 넘쳐 있는 오토는 일 분밖에 걸리지 않은 운임으로 삼
리라를 지불한다는 것은 정말이지 가당치도 않은 일이라고 설명한

다. 일 리라도 많으니 일 리라면 족하다는 것이다. 벌써 밤이었다. 작은 거리는 텅 비어 있었다. 마부는 막무가내였다. 그는 마치 한 시간 이상 입씨름을 한 듯 열을 냈다. "뭐라구요?—그건 사기예요—도대체 무슨 속셈입니까—삼 리라로 합의를 보지 않았습니까. 삼 리라를 내셔야 합니다. 삼 리라를 주겠습니까, 아니면 놀랄 일을 당할 겁니까?" 오토가 "정가대로 하겠습니까 아니면 파출소로 가겠습니까?" 라고 말했다. 정가라고. 그건 정가도 아니다. 그따위 정가가 어디 있담!—그건 야간 운행에 대한 합의 사항이었다. 그러나 우리가 그에게 이 리라를 줄 경우 가게 할지도 모른다. 오토가 불안해져서 "정가를 지불하겠습니까 아니면 파출소로 가시겠습니까!" 하고 몇 번인가 소리를 지르며 노력한 후에야 정가표가 나왔다. 정가표로는 아무 것도 볼 수 없었고 더러운 것만이 묻어 있었다. 그래서 우리는 일 리라 오십으로 합의를 보았고, 그러고 나서야 마부는 계속 좁은 거리를 달렸다. 그 거리에서는 돌아설 수가 없어 그는 화를 낼 뿐만 아니라, 내게 보이려는 듯이 애처로운 모습을 했다. 유감스러운 일이지만 우리의 태도는 올바른 것이 아니었다. 이탈리아에서는 그렇게 행동해서는 안 되는 것이다. 다른 곳에서는 합당한 일일 지 모르겠지만 이곳에서는 그럴 일이 아니었다. 급한데 어떻게 그런 생각이나 했겠는가! 한탄할 것은 없다. 일주일간의 짧은 비행 대회 기간에 이탈리아인이 될 수야 없지 않은가.

그렇지만 후회가 활주로에서의 기쁨을 삭이게 할 수는 없지 않은가. 하지만 또다시 새로운 후회가 들지 모르는 일, 그래서 우리는 오히려 공항 안으로 뛰어 들어간다. 이렇게 햇빛이 비치는 곳에서 우리 한 사람 한 사람을 갑작스레 그것도 수없이 사로잡는 온갖 환희에 젖어 걸어다닐 수야 없지 않은가.

우리는 유랑하는 코미디언들의 닫힌 무대에서처럼 주름 잡힌 커튼들이 쳐 있는 격납고를 지나갔다. 그 박공의 삼각 벽면 위에는 항공기사들의 이름들이 적혀 있었다. 그 벽면들로 그들 비행기들이 은폐되어 있었고, 그 너머에는 그들 고향의 삼색기가 그려져 있었다. 코비안치, 카뇨, 칼데라라, 루지어, 커티스, 몽세르(그는 트리엔트인인데, 이탈리아인 혈색을 지녔고 우리보다는 그들에 더 익숙해 있었다), 안차니, 로마 항공 기사 클럽 이름들이 보였다. "그런데 블레리오트는 어디에 있지?" 하고 우리는 묻는다. 우리가 언제나 생각했던 블레리오트, 블레리오트는 어디에 있는 걸까?

그 격납고 앞, 울타리가 쳐진 광장에는 묘한 코의 작은 남자 루지어가 셔츠 바람으로 이리저리 뛰고 있었다. 그는 정말이지 알 수 없는 일을 하고 있는 중이었다. 그는 힘차게 양손을 움직이면서 양팔을 흔들어댔고, 걸어가면서 이곳저곳을 만졌고, 일꾼들을 격납고의 커튼 뒤로 보내기도 했으며, 그들을 다시 불러 자기 앞으로 모이게 한 후에 자신이 몸소 그 안으로 들어가기도 했다. 그러는 동안 옆쪽에서는 꼭 끼는 하얀색 옷을 입은 그의 부인이 작은 검은색 모자를 머리에 꾹 눌러쓴 채, 짧은 스커트를 입은 다리를 부드럽게 벌리고는 텅 빈 열기 속을 바라보고 있었다. 사업가인 그녀의 작은 머릿속은 온통 사업 걱정으로 가득 차 있었다.

이웃해 있는 격납고 앞에는 커티스가 혼자 앉아 있었다. 약간 들려진 커튼 사이로 그의 비행기가 보였다. 그는 사람들이 말하는 것보다도 더 커 보였다. 우리가 옆을 지나칠 때 커티스는 『뉴욕 헤럴드』를 쳐들고는 페이지 윗부분을 읽고 있었다. 반 시간 후 우리가 다시 그 옆을 지나가게 되었을 때도 그는 그 페이지의 중간 부분을 들고 있었다. 다시 반 시간쯤 지났을 때 그는 그 페이지를 끝내고는 새로운 페이지를 읽기 시작했다. 추측컨대 그는 오늘 비행할 생각이 없는 모양이다.

우리는 몸을 돌려 넓은 들판을 바라보았다. 그것은 매우 광활해서 그 위에 있는 모든 것들이 다 떠나가 버린 듯했다. 목표 지점을 표시하는 막대기가 우리 가까이에 서 있었고, 멀리 신호 기둥이 있었으며, 오른쪽 어딘가엔 비행기 사출기射出機가 있었다. 그리고 바람으로 팽팽해진 노란 국기를 단 위원용 자동차 한 대가 활주로 위에서 원을 그렸고, 그 때문에 생긴 먼지를 뒤집어쓴 채 섰다가 다시 달려갔다.

하나의 인위적인 황량함이 거의 열대성 기후에 가까운 이 지역에 마련되어 있었고, 이태리의 높은 귀족, 파리에서 온 화려하게 차려입은 숙녀들, 그리고 수천의 사람들이 여러 시간 동안 눈을 가늘게 뜬 채 이 태양 속에 드러난 황량함을 보기 위해서 여기에 함께 자리하고 있다. 이 광장에는 평상시 경기장들에서 볼 수 있는 그런 다양함이라곤 하나도 없다. 말 경주에 필요한 아름다운 장애물들도, 테니스 코트장의 하얀 표시들도, 축구장으로 사용되는 신선한 잔디밭도, 돌이 많아 들쭉날쭉한 자동차와 자전거 경주로도 없다. 오후에는 그저 다채로운 색깔의 복장을 한 기병대 행렬이 두서너 번 평지 위를 가로질러 달렸을 뿐이다. 말의 다리들은 먼지 때문에 보이지 않았고, 태양빛은 오후 다섯 시가 될 때까지도 한결같았다. 이 평지를 바라볼 때 아무런 방해도 받지 않도록 하려는 듯 음악 소리도 들리지 않았다. 싸구려 좌석에 앉은 군중들의 휘파람 소리만이 우리들의 귀와 조급함을 달래주려는 듯했다. 우리 뒤편에 있는 비싼 관람석에서 보면 물론 군중들은 저 텅 빈 평지와 아무런 구분 없이 하나로 합류되어 흐를 것이다.

나무로 된 난간에는 많은 사람들이 잇대어 서 있었다. "정말 작은데." 하고 한 떼의 프랑스 사람들이 한꺼번에 한숨을 쉬듯 소리쳤다. 무슨 일일까? 우리는 사람들 사이를 뚫고 나아갔다. 아주 가까운 활주로에는 이륙할 차비를 한 노란 빛깔의 비행기가 있었다. 이제 우리는 블레리오트의 격납고도 그리고 그의 곁에 서 있는 그의 제자인 르블랑도 볼 수 있었다. 그들은 활주로에서조차 조직적이었다. 그것을 금방 알아볼 수 있었는데, 블레리오트는 비행기의 한쪽 날개에 기대어 서서 목을 꼿꼿이 세운 채 모터를 다루는 기계공들의 손가락을 바라보고 있었다.

한 일꾼이 프로펠러를 돌리기 위해서 한쪽 날개를 잡고 힘껏 돌려대자 비행기가 움찔했다. 마치 강건한 사람이 잠잘 때 내는 숨소리 같은 게 들렸다. 그러나 프로펠러는 더 이상 움직이지 않았다. 다시 한 번 시도해보고, 또 열 번이나 시도해보았지만 곧바로 서버리거나, 그저 몇 번 돌아갈 뿐이었다. 모터가 문제였다. 새로운 작업이 시작되자, 가까이에서 일하는 사람들보다 구경꾼들이 오히려 더 피곤해졌다. 모터에는 온통 기름이 쳐졌고, 보이지 않는 나사들은 풀렸다 죄어졌다 했다. 한 남자가 격납고 안으로 달려가더니 부속품을 가져왔다. 하지만 그것도 맞지 않았다. 그는 되돌아 달려가서는 격납고 바닥에 쭈그리고 앉아 양다리 사이에 해머를 끼고 다루고 있었다. 블레리오트는 한 기계공과 자리를 바꾸었는데, 그 기계공은 또 르블랑과 자리를 바꾸었다. 한 번은 이 사람이 또 한 번은 저 사람이 프로펠러를 잡아챘다. 그러나 모터는 언제나 도움이 필요한 어린 학생처럼 막무가내였다. 전 그룹이 조언을 해보았지만 어쩔 수가 없었다. 언제나 또다시 요지부동이었다. 여전히 똑같은 자리에 선 채 거부하고 있었다. 잠시 동안 블레리오트는 아주 조용히 자기 자리에 앉아 있었다. 그의 여섯 명의 협력자들도 역시 미동도 하지 않고 그 주위에 빙 둘러 서 있었다. 마치 모두가 꿈을 꾸는 듯했다.

구경꾼들은 다시 한 번 숨을 내쉬더니 주위를 둘러보았다. 어머니처럼 보이는 젊은 블레리오트 부인이 두 아이들을 데리고 잠시 들렀다. 그녀의 남편이 비행할 수 없게 된다면 그녀는 기분이 좋지 않을 것이고, 또한 그가 비행 중이면 불안할 것이다. 그런데 그녀의 아름다운 의상은 이 기온에는 좀 무거워 보였다.

다시금 프로펠러가 돌려진다. 아마 앞서보다 나은 모양이었다. 그렇지 않을지도 모른다. 그러나 그것이 다른 모터인 양 소음을 내며 돌아갔다. 네 명의 남자가 뒤쪽에서 비행기를 잡고 있었다. 주위의 바람이 멈춘 상태인데도 진동 중인 프로펠러에서 나오는 바람 때문에 남자들의 작업복이 휘날렸다. 말소리라곤 한마디도 들리지 않고, 프로펠러에서 나는 소음만이 호령을 해대는 듯했다. 오랫동안 흙덩이 위를 굴러가던 비행기에서 여덟 개의 손이 떨어졌다. 마치 재판석에 앉아 있던 미숙한 자가 자리를 뜨듯이 말이다.

그런 시도가 여러 차례 행해졌다. 그리고 모든 시도들은 우연찮게 끝이 났다. 매번 시도할 때마다 관중들은 높은 곳으로 올라갔고, 짚으로 만든 의자 위에 올라서서 양팔을 활짝 벌려 균형을 잡았다. 그렇게 함으로써 사람들은 희망과 불안과 기쁨을 한꺼번에 보여줄 수 있다. 그러나 휴식 시간에는 이탈리아 귀족들 단체가 연단을 따라 이동했다. 서로 인사를 나누기도 하고, 허리를 굽히기도 하고, 서로를 다시 알아보기도 하고, 포옹도 하며, 연단으로 난 계단을 오르락내리락했다. 사람들은 서로 레티치아 사보이아 보나파르트 공주, 얼굴색이 짙은 노란 포도 빛깔인 한 나이 든 숙녀인 보르게세 공주 그리고 마로시니 백작부인을 가리킨다. 마르첼로 보르게세는 언제나 이들 숙녀들 곁에만 있었다. 멀리서 보면 그는 괜찮은 얼굴인 것 같으나 가까이에서 보면 뺨이 입 언저리 위에서 끝나 있어 아주 이상스럽게 보인다. 키가 작고 허약한 가브리엘 다눈치오는 위원회의 가장 저명한 인사들 중 한 사람인 올도프레디 백작 앞에서 수줍게 춤을 추는 듯 보였다. 연단 난간 위로는 주정뱅이 코라고 부를 만한 코를 지닌 푸치니의 강렬한 모습이 보였다.

그러나 이들은 애써 찾지 않으면 알아볼 수 없었다. 이 이외에 도처엔 최신 유행을 한 비대한 숙녀들이 모든 것을 깔보는 듯한 모습을 하고 있었다. 그녀들은 앉는 것보다 걷는 것을 더 좋아하는 듯했다. 앉아 있는 것이 그녀들이 입고 있는 의상에 좋지 않기 때문이었다. 아시아식 베일을 한 모든 얼굴들이 이제 막 어두워지고 있는 석양 속에서 움직이고 있었다. 상체에 걸친 느슨한 의상 때문에 뒤쪽에서 보면 온 모습이 겁먹은 듯 보였다. 이런 숙녀들이 겁먹은 듯이 보인다면 착잡하고 불안한 생각이 들지 않겠는가. 코르셋을 깊이 착용했는지 거의 표시가 나지 않을 정도였다. 전체가 좁아 보이는 걸 보니 허리는 보통보다 넓은 듯했다. 아마도 이 여인들은 더 폭 안겨 있기를 바라는 모양이었다.

지금까지 보인 것은 오로지 르블랑의 비행기뿐이었다. 그러나 이제 블레리오트가 탄 비행기가 운하 위를 날아왔다. 말을 하는 사람은 아무도 없었다. 모두가 다 알고 있었던 것이다. 장시간 휴식을 취하고 난 후에 블레리오트는 비행 중이었다. 날개 위로 그의 곧은 상체가 보였다. 그의 양다리는 비행기 장치의 일부처럼 깊이 놓여 있었다. 해가 기울었다. 연단 천막 아래쪽에서 그 움직이는 날개에 조명을 비췄다. 모두가 날개 쪽을 멍하니 올려다보고 있었다. 다른 장소엔 신경을 쓸 겨를이 없었다. 그는 작은 원을 그리며 비행하더니 거의 수직으로 우리 머리 위로 비행했다. 단엽 비행기가 어떻게 나는지, 블레리오트에 의해 어떻게 조정되는지 그리고 어떻게 상승하는지를 모두가 목을 늘이고 보고 있었다. 도대체 무슨 일이 일어나고 있는 것일까? 여기 지상 이십 미터 위에서 한 인간이 나무로 된 버팀목 안에 갇혀 자진해서 받아들인, 알 수 없는 위험에 대항하고 있다니. 그런데 우리는 저 아래 뒤쪽에 몰려 멍청히 서서 이 사람을 바라보고 있는 것이다.

　모든 일이 순조롭게 진행되었다. 신호 막대는 보다 순풍으로 변했다는 것을, 그리고 동시에 커티스가 브레스치아의 대상을 타기 위해 비행하게 되리라는 것을 알려주고 있다. 그런데 어떤가. 이 사실을 알아차리자마자 벌써 커티스의 비행기 모터는 소리를 내기 시작했다. 그쪽을 바라보니 이미 그는 우리 곁을 떠났고, 그 앞에 펼쳐지는 평지 위를 지나 먼 숲 쪽으로 날아갔다. 이제야 숲의 지면이 높아지는 모양이었다. 오랫동안 숲 위를 날더니 그는 사라져버렸다. 숲만이 보일 뿐 그는 보이지 않았다. 그는 쥐도 새도 모르게 집 뒤에서 앞서와 같은 높이로 나타나는가 싶더니 우리를 향하여 돌진해왔다. 그가 상승하면 쌍엽 비행기의 아랫부분 평면이 어둡게 기우는 것이 보였고, 그가 하강하면 윗부분의 평면이 햇빛 속에서 반짝거렸다. 그는 신호 막대 주위를 돌더니 환호하는 소리에는 아랑곳하지 않고 그가 왔던 곳으로 똑바로 방향을 바꾸었다. 다시금 순식간에 작아졌고 그리고 혼자가 되어버렸다. 그는 이렇듯 다섯 번을 순회했는데, 사십구 분 이십사 초 안에 오십 킬로미터를 비행했고, 그럼으로써 브레스치아의 대상을 탔다. 상금은 삼만 리라였다. 그것은 완전한 성과였다. 그러나 완전한 성과란 평가되어질 수 없는 것이다. 모든 사람은 스스로 완전한 성과를 낼 수 있다고 생각한다. 완전한 업적을 쌓는 데는 어떤 용기도 필요치 않은 것 같다. 그리고 커티스가 홀로 저쪽 숲 위를 날고 있는 동안, 모든 사람들이 잘 알고 있는 그의 부인은 그를 걱정하고 있는 반면 군중들은 그를 거의 잊고 있다. 사방에서는 칼데라라의 비행기가 부서져 날 수 없으리라는 사실에 대해, 루지어가 벌써 이틀간이나 자신의 '보이신' 비행기에 매달려 그것을 떠나지 못하고 있다는 사실에 대해, 이탈리아 비행기구 초디악이 아직도 도착하지 않고 있다는 사실에 대해서 애석해했다. 칼데라라의 불운에 대해서는 매우 영광스러운 소문이 돌았는데, 그에 대한 국민의 사랑이 그의 라이트 비행기보다 더 안전하게 그를 상공으로 날아오르게 했다는 것이다.

커티스는 아직도 비행을 마치지 않은 상태였다. 벌써 희열에 들떠 있는 듯, 세 개의 격납고 안에서는 모터 작업이 시작되었다. 바람과 먼지가 반대 방향으로부터 덮쳐왔다. 두 눈만으로는 충분하지 않았다. 사람들은 의자에 앉아 빙빙 돌기도 하고, 흔들기도 하고, 누군가에게 꼭 매달리기도 하고, 실례를 청하거나, 흔들고 있는 자를 데리고 가면 감사를 받기도 한다. 이탈리아의 가을은 저녁이 빨리 시작된다. 경기장에 있는 것들이 더 이상 분명하게 보이지 않았다.

승리의 비행을 마친 후 커티스가 이쪽은 보지도 않고 미소를 지으면서 모자를 살짝 치켜들고는 막 지나쳐 가자, 모든 사람들에게 익숙해 있는 작은 원을 그리며 블레리오트가 비행하기 시작했다. 환호하고 있는 상대가 커티스인지, 아니면 블레리오트인지, 혹은 루지어인지 알 수가 없었다. 루지어의 묵직한 큰 비행기가 이제 하늘로 급히 날아올랐다. 루지어는 마치 책상 앞에 앉아 있는 신사처럼 레버 앞에 앉아 있었다. 작은 사다리를 타고 올라간다면 그의 등 뒤로 갈 수가 있다. 그는 작게 회전하며 날아오르더니 블레리오트를 따라잡아 그가 보는 앞에서 멈추지 않고 위로 날아올랐다.

만약 우리가 아직도 마차를 얻어 타려는 의향이 있다면 지금이 떠나야 할 절호의 시간이다. 많은 사람들이 우리 곁을 지나 몰려 나갔다. 물론 사람들은 이 비행이 단지 하나의 실험에 불과하다는 사실을 잘 알고 있다. 벌써 일곱 시였기 때문에 그 비행은 공식적으로는 등록되어 있지 않았다. 비행장 앞뜰에서는 운전사들과 봉사자들이 의자 위에 앉아 루지어를 가리키고 있었다. 비행장 앞에 여기저기 흩어져 있는 마차 위에서는 마부들이 서서 루지어를 가리키고 있다. 마지막 완충장치에까지 가득 찬 세 대의 열차가 루지어 때문에 미동도 하지 않고 있다. 다행히 우리는 마차 한 대를 얻어 탈 수 있었다. 마부가 우리 앞에 쭈그리고 앉았다(마부석이 없었던 것이다). 마침내 우리는 우리끼리만 출발했다. 막스는 이곳과 유사한 행사를 프라하에서도 개최할 수 있고, 또 당연히 해야 한다는 아주 옳은 의견을 피력했다. 물론 비행 경연 대회까지야 어렵겠지만 항공 기사 하나 초대하는 것쯤은 해볼 만한 가치가 있으리라는 의견이었다. 그것은 분명 손쉬운 일일 것이며, 그 참가자가 누가 됐든 간에 결코 후회하지 않으리라는 것이었다. 사실 그 일은 아주 간단할지도 모른다. 지금은 라이트가 베를린에서 비행하고 있고, 곧 블레리오트가 비엔나에서 비행할 것이고, 라탐은 베를린에서 비행할 것이다. 그러므로 그 사람들에게 가는 길에 잠깐 우회해서 가도록 설득할 수도 있으리라는 것이다. 우리 다른 두 사람은 거기에 대해 아무런 대답도 하지 않았는데, 그 이유는 첫째 우리는 피곤했으며, 둘째 더 이상 아무것도 이의를 제기할 필요가 없었기 때문일 것이다. 길을 돌자 루지어가 나는 것이 보였다. 그는 매우 높이 날고 있어서, 이미 어두워진 하늘에 곧 나타나게 될 별들이나 비행 상태를 알게 해줄 거라는 생각이 들 정도였다. 우리는 계속해서 머리를 돌려댔다. 루지어가 아직도 막 상승 중에 있을 때 이윽고 우리는 평원 깊숙이 들어서고 있었다.

어느 청춘 소설

펠릭스 슈테른하임: 『젊은 오스발트의 이야기』. 히페리온 출판사,
한스 폰 베버, 뮌헨 1910년

원하든 원치 않든 간에 이 책은 젊은이들을 행복하게 해준다.

아마 독자는 서간체 형식으로 된 이런 소설을 읽기 시작하면 필시
다소 단순해질 것이다. 왜냐하면 한 가지 감정의 변하지 않는 흐름을
첫 순간부터 머리 숙여 바라보게 된다면 어떤 독자건 간에 성장할 수
없기 때문이다. 하기야 독자가 이렇게 단순해질 수 있어야 책을 읽는
순간부터 작가의 약점이 아침 경치처럼 선명하게 드러나게 될지 모른
다. 예컨대 이 작가의 약점은 용어가 제한되어 나타나는 것인데, 거기
에는 항상 베르테르의 그림자가 둘러져 있다는 것이다. 항상 방금은
'달콤한'이라고 했다가 또다시 '귀여운'이란 용어를 사용하기 때문에
듣는 사람의 귀에 거슬리게 되는 것이다. 또 하나 결점은 항시 되풀이
되어 나타나는 감격이다. 그것을 충족시키려는 데만 급급한 나머지 그
감격은 종종 바로 자구에만 매달리게 되어 완전히 종이 위의 죽어버린
감격이 되고 만다.

그러나 독자가 그것에 익숙해지면 익숙해질수록 그는 하나의 안
전한 장소를 얻게 되는데, 그 장소의 지반은 이미 그 이야기의 지반
과 공통으로 진동하게 된다. 이 단계에 이르게 되면 이 소설의 서간
체 형식은 작가가 필요로 했던 것 이상으로 더 그 형식을 필요로 하

고 있다는 사실을 쉽사리 깨달을 수 있다. 서간체 형식은 그 신속한 변화가 지니는 기세를 잃지 않고서도 어떤 지속적인 상태로부터 생기는 하나의 급격한 변화를 묘사할 수 있고, 그것은 또한 크게 외침으로써 어떤 지속적인 상태의 존재를 알려줄 수 있으며, 그것과 나란히 지속이 존속한다. 서간체 형식은 아무런 지장도 받지 않고서 줄거리가 진전하는 것을 가로막을 수가 있다. 그 이유는 무리 없는 열기로 우리를 흥분케 해주는 작중 인물이 자신의 편지를 쓰고 있는 동안에는 모든 힘들이 그를 보호해주기 때문이다. 커튼을 치고 온몸을 평안하게 한 상태에서 편지지 위로 그의 손은 술술 순조롭게 미끄러져간다. 밤이면 반쯤 졸면서 그는 편지를 쓴다. 이때 눈을 더 크게 뜨면 뜰수록 더욱 더 일찍 감겨지기 때문이다. 연달아 두 개의 편지를 각각 다른 수신자들에게 쓰다 보면, 두 번째 편지를 쓸 때에도 오로지 앞서의 수신자만을 머릿속에 떠올리게 된다. 편지는 저녁에 쓰는 것도 있고, 밤에 쓰는 것도 있으며, 아침에 쓰는 것도 있다. 그러므로 아침의 얼굴은 이미 알아볼 수 없게 되어버린 어젯밤의 얼굴을 무시해버리지만, 다가오는 저녁의 얼굴을 맞이해서는 여전히 이해력을 갖게 된다. '사랑하고, 사랑하는 그레트헨이여!'라는 문구가 두 개의 긴 문장 사이에 슬쩍 나타나서는 이에 깜짝 놀란 전후 두 문장을 뒤로 밀치고는 한껏 자유를 누린다.

그리하여 독자인 우리들은 명성, 문학, 음악 등 모든 것을 포기하고 현재의 우리 자신도 잃어버린 채 그대로 저 뜨거운 여름 나라로 휩쓸려 가고 만다. 그곳의 들과 초원에는 "네덜란드와 흡사하게, 좁고 어두운 지류들이 흐르고 있다." 그곳에서 오스발트는 다 큰 처녀들, 작은 어린아이들 그리고 한 영리한 여인에게 둘러싸여 있다. 오스발트는 그레트헨과 몇 마디 말을 주고받다가 그만 그녀와 사랑에 빠져버린다. 이 그레트헨이라는 처녀는 이 소설의 가장 깊은 곳에 살고 있다. 어느 페이지에서든 우리는 이 그레트헨에게 또다시 빠져들게 된다. 우리는 주인공인 오스발트는 놓쳐버리기 일쑤지만 그녀를 놓치는 일은 결코 없다. 그녀와 어울린 몇 사람들이 큰 소리로 웃는 경우에도 우리는 덤불 속을 들여다보듯 그녀를 찾아낼 수가 있다. 그렇지만 우리가 그녀를, 그녀의 소박한 모습을 보는가 싶으면 벌써 우리는 그녀 곁에 와 있다. 그러나 너무 가까이에 있어 오히려 그녀를 잘 보지 못하는 것이다. 또한 우리가 그녀 가까이 있다는 것을 느낄 때쯤이면 벌써 우리는 그녀에게서 멀리 벗어나 있고, 그녀의 모습은 멀리 조그맣게 보일 뿐이다. "그녀가 작은 머리를 자작나무 난간에 기대고 있으면 달은 그녀의 한쪽 얼굴을 비추고 있다."

이런 여름 정경에 대해 독자들은 마음속으로 경이감을 보낸다──그 여름 이후로 이 책은 주인공과 사랑과 신의와 그 밖의 모든 좋은 일들과 더불어 모조리 멸망의 길을 걷게 되고, 오직 주인공의 시문학만이 남아 승리를 노래할 뿐이다. 이것은 오로지 시문학의 냉정함만이 정당화할 수 있는 일이다. 이렇게 되리라고 누가 감히 말할 수 있었겠는가? 아니 누가 감히 그런 것을 쉽사리 증명할 수 있었겠는가? 그러므로 독자는 작품이 종국에 이르면 이를수록 더욱더 최초의 여름 장면으로 되돌아가기를 바라게 되고, 그리고 결국엔 주인공이 자살을 기도하게 되는 바위 위까지 따라가는 것이 싫어, 행복하게 저 여름 장면으로 되돌아가 영원히 그곳에 머물고 싶어 하는 것이다.

영면하게 된 어느 잡지

　문예지『히페리온』은 반은 부득이한 사정으로 반은 자발적으로 폐간되었다. 그래서 석판 모양으로 생긴 크고 하얀 이 잡지는 일단 열두 권으로 완결된다. 이 잡지에 대해 직접 언급하고 있는 것이라곤 겨우 1910년과 1911년도판『히페리온 연감』뿐인데, 독서 대중들이 이에 마음을 빼앗기고 있는 것은, 마치 뜻하지 않게 죽은 사람이 뒤에 남긴 재미있는 유품에 사람들이 마음을 빼앗기는 경우와 흡사할 것이다. 원래 이 잡지의 주된 편집자는 프란츠 블라이였는데, 이 대단한 인물은 열성 때문에, 아니 그보다는 여러 방면에 걸친 다양한 재능 때문에 문학에 깊숙이 빠져들었다가 진퇴양난에 빠지게 되자 오히려 잡지를 창간하는 일로 자신의 변화된 활로를 찾았다. 또한 출판을 맡은 사람은 한스 폰 베버로서 그의 회사는 처음에는 오직『히페리온』잡지 일에만 전념하였으나, 오늘날에 와서는 문학이란 외길에만 박혀 있지 않고, 그렇다고 일반적인 프로그램을 너절하게 펼쳐 보이는 것도 아니며, 지금은 가장 목적의식이 뚜렷한 큰 독일 출판사 중 하나가 되었다.

　이『히페리온』잡지의 창시자들의 의도는 이 잡지로써 문예지계 내에 생길 수 있는 틈새를 메울 생각이었다. 처음에는『판』잡지가 이 틈새에 눈을 돌린 바 있었고, 그것에 이어서『인젤』잡지가 그 틈새를 메우려고 노력한 적이 있었다. 그러나 그 이후에도 틈새는 여전히 벌어져 있는 듯했다. 바로 여기서『히페리온』지의 오류가 시작된다. 그러나 분명한 것은 일찍이 그 어떤 잡지도 이렇듯 고상한 오류를 범한 예가 없었다는 것이다. 『판』잡지는 본질적이면서 시대에 걸맞은, 그러나 아직까지 세상에 알려지지 않았던 주요 인물들을 모으고 그들을 한데 모아 힘을 강화시킴으로써 그 시대에 독일 전역에 걸쳐 유익한 놀라움을 가져다주었다. 『인젤』의 출판사는 자신에게 꼭 필요한 것이 결여되어 있다고 생각될 경우에는, 비록 조금 저속하기는 하지만 다른 필요한 것을 그럴듯하게 포장해서 보완했다. 그러나 『히페리온』잡지는 필요한 점이라곤 하나도 없었다. 그러니 당연히 문학의 주변에 살고 있는 사람들에게 위대하고 생생한 대표성을 부여해 주게 되었다. 그러나 그것은 그들에게 어울리지도 않았으며, 그들은 본래 그런 것을 바라지도 않았다. 타고나면서부터 공동체로부터 떨어져서 사는 사람들이란 잡지에 정규적으로 등장하게 되면 반드시 손해를 입게 되는 법이다. 즉 그들은 다른 작품들 사이에 놓이게 됨으로써 일종의 화려한 조명을 받고 있다는 느낌을 가지게 되는 것은 틀림없으나, 실제의 그들보다 더 낯설게 보이는 것이다. 또한 그들은 어떤 방어도 필요로 하지 않는다. 왜냐하면 그들에게는 몰이해라는 것이 해당되지 않기 때문이다. 그러므로 애정만 가지고 있으면 어디서든 그들을 발견할 수 있다. 또한 그들에게는 힘을 북돋아주는 일도 필요치 않다. 왜냐하면 그들이 계속해서 진실하게 남아 있기 위해서는 오직 자기 자신만을 양식糧食으로 삼아야 하기 때문이다. 그러므로 앞서 그들에게 해를 가하지 않고서는 그들을 도울 수 없는 것이다. 그러나 대표성을 부여하고, 소개하고, 방어하고, 힘을 북돋아주고 하는, 다른 잡지들이 할 수 있는 가능성들도 이 『히페리온』지에서는 허용되지 않기 때문에 극도의 불이익을 피할 길이 없었던 것이다. 요컨대 이런 식으로 『히페리온』지에 모이게 되는 문학작품에는 아무리 막으려 해도 방어할 능력이 없기 때문에 가짜가 섞이기 마련이다. 그와는 반대로 가장 우수하고 보편적인 문학과 예술 작품이 『히페리온』지에 실리게 되는 경우라 할지라도 언제나 완벽한 조화를 이루었던것은 아니며, 다른 데서는 얻을 수 없는 어떤 특별한 이점도 전혀 없었다. 그러나 이러한 의구심이 지난 이 년간 독자가 『히페리온』지를 즐기는 데 방해가 될 수는 없었다. 왜냐하면 그 기획이 갖고 있는 매력 자체가 모든 것을 잊도록 만들었기 때문이다. 물론 이러한 의구심은 『히페리온』 자체에서는 사활이 걸린 중요한 일이었을 것이다. 다음 세대들에게서는 이 잡지와 유사한 사업을 할 의지, 힘, 희생정신 그리고 무모한 정열을 지닌 그런 사람은 분명 나타나지 않을 터이지만, 그렇다고 해서 이 잡지에 대한 추억이 사라지지는 않을 것이다. 이런 이유 때문에 이 잊혀지지 않을 『히페리온』지는 경쟁 대상으로부터 벌써 멀어지기 시작했으며, 십 년이나 혹은 이십 년 후에는 단순히 서지학상의 한 귀중한 보고로 남게 될 것이다.

막스 브로트와 프란츠 카프카의
『리하르트와 자무엘』의 제1장

   '리하르트와 자무엘―중부 유럽 여러 지역의 작은 여행'이란 표제
가 달린 이 소책자는 성격이 서로 다른 두 친구가 평행으로 써내려간
여행 일지를 담은 것이다.

   자무엘은 빈틈이 없는 젊은이로서 삶과 예술의 모든 대상에 대해
폭넓은 지식과 올바른 판단력을 키우려고 아주 진지하게 노력하고
있다. 그렇다고 무미건조하다거나 현학적이 되거나 하는 일은 결코
없다. 리하르트는 특정한 관심 영역이 없어 수수께끼와 같은 감정에
의해, 아니 그보다는 자신의 나약함에 의해 더 이끌려가기는 하지만,
그러나 자신의 협소하고 우연적인 행동 영역 안에서는 많은 집중력
과 소박한 자주성을 보여주고 있기 때문에 결코 변덕스러운 희극으
로 변질되는 일은 결코 없다. 직업을 보면 자무엘은 어느 예술 협회
의 서기이고 리하르트는 은행원이다. 리하르트에게는 재산도 있다.
하지만 그가 일을 하는 이유는, 하는 일도 없이 하루하루를 보낸다는
것은 참을 수 없는 노릇이라 생각하기 때문이다. 그러나 자무엘은 자
신의 (실적도 있고 매우 높이 평가받는) 일을 하며 살아가야만 한다.

   이 두 사람은 학교 동창이기는 하지만, 이렇게 둘이서만 줄곧 함께
여행하는 것은 이번이 처음이다. 그들은 서로 이해하지 못하는 것처
럼 보이지만, 서로 상대방을 높이 평가한다. 그들은 여러 가지로 서로
에게 매력과 반발을 느끼고 있다. 이러한 두 사람의 관계가 처음에는
지나칠 정도로 과열된 친밀감을 불러일으켰지만, 이내 위험 속에 직

면하게 된 밀라노와 파리에서 일어난 여러 가지 돌발 사건들을 겪은 후에는 남자다운 이해심으로 진정되고 완전히 견고해져가게 되는데, 이 과정을 여기에 기록할 것이다. 이 여행은 이 두 친구들이 하나의 새로운 독특한 예술 작업을 위해 자신들의 능력을 결집시키는 것으로 끝이 난다.

두 남자들 사이의 우정 관계가 엮어낼 수 있는 여러 가지 미묘함을 묘사하고, 동시에 매우 모순적인 이중적 조명을 통해 여행한 나라들을 신선하고 의미 있게 보여줌으로써, 그 나라들이 흔히 이국적인 지역들로만 간주되고 있는 것이 얼마나 부당한가를 보여주려는 것이 바로 이 책이 갖는 의도이다.

첫 번째 긴 기차 여행(프라하-취리히)

자무엘: 1911년 8월 26일 낮 1시 2분 출발.

리하르트: 그 예의 아주 작은 포켓용 달력에 무언가 짧은 글을 써 넣고 있는 자무엘을 보면서 나는 다시금 예전에 계획했던 그 유쾌한 생각을 하게 되었다. 즉 우리들 각자가 이번 여행에서 일기를 써나가자는 것이다. 내가 그에게 그것을 말하자 그는 처음엔 거절했지만, 나중엔 찬성했다. 그는 두 가지 이유를 들었는데, 나는 양쪽 다 그저 피상적으로만 이해할 뿐이다. 그러나 우리가 일기를 써나가게만 된다면, 그런 것은 아무래도 상관없는 일이다―이제 그는 또다시 내 노트를 보고 웃고 있다. 하여간 이것은 검은 광택 나는 아마로 장정된, 매우 큰 정사각형의 새 노트로 학교용 노트와 비슷하다고 할 수 있다. 이 노트를 여행 중 내내 가방에 넣고 다닌다는 것은 무거울 뿐더러 분명 귀찮을 거라는 것을 나는 이미 알고 있다. 하지만 내가 취리

히에 도착하게 되면 그가 가지고 있는 것과 같은 실용적인 것을 하나 살 수 있을 것이다. 그는 만년필도 가지고 있다. 나는 가끔 그것을 빌려 쓰게 될 것이다.

자무엘: 어느 역에선가 우리가 앉아 있는 창문 맞은편에 시골 여인네들이 탄 차량이 서 있었다. 소리를 내어 웃고 있는 한 여인의 무릎을 베고 또 한 여인이 자고 있었다. 잠에서 깨어난 그녀는 잠이 덜 깨어 단정치 못한 태도로 "이리 오세요!" 하고 손짓을 했다. 그녀는 우리가 그쪽으로 건너갈 수 없음을 알고 우리를 놀리고 있는 모양이다. 그 옆 찻간에는 얼굴이 검고 담대해 보이는 여인네가 꼼짝도 하지 않고 앉아 있다. 머리를 뒤로 깊숙이 기댄 채 그녀는 창문을 따라 밖을 내다보고 있다. 델피의 무녀인 시빌레 같은 모습이다.

리하르트: 그러나 내 마음에 들지 않는 것은 그 시골 여인네들에게 대하는 그의 붙임성 있는, 거짓으로 신뢰감을 꾸며대는, 거의 아첨하는 듯한 인사 태도다. 이제 기차가 막 움직이기 시작하자, 자무엘은 지나치게 과장된 미소를 띠고서 모자를 흔들면서 혼자 남겨진다.—내가 너무 과장해서 쓰고 있는 것은 아닐까?—자무엘이 나에게 자신의 첫 번째 메모를 읽어준다. 그것은 매우 인상적이었다. 나는 그 시골 여인네들에게 좀 더 주의를 기울였어야 했다—그때 차장이 마치 이미 이 길을 자주 여행했던 사람들만을 대하듯이, 아주 불분명하게, 필젠에서 마실 커피를 주문할 사람이 있느냐고 물었다. 주문을 하면, 그는 주문 숫자에 따라서 찻간 창문에 녹색의 가느다란 전표를 붙였다. 그것은 마치 옛날 잔교棧橋가 전혀 없었을 무렵 미스드로이에서처럼 멀리 떠 있는 증기선이 상륙하는 데 필요한 보트의 숫자를 신호용 깃발로 알려주었던 것과 비슷했다. 자무엘은 미스드로이를 전혀 모른다. 그와 그곳에 함께 가지 않았던 것이 아쉽다. 그때는 정말 근사했다. 이번에도 역시 멋진 여행이 될 것이다. 기차가 너무 빨리 달

린다. 모든 게 눈 깜짝할 사이에 지나가버린다. 나는 지금 폭넓은 여행에 대한 욕망에 사로잡혀 있다!—위에서 말한 것은 너무나 해묵은 비교가 아닌가. 미스드로이에는 벌써 오 년 전에 잔교가 놓이지 않았던가—필젠 역의 플랫폼에서 커피를 마신다. 커피는 전표 없이도 마실 수 있다.

자무엘: 플랫폼에서 보니 우리 기차간 안에서 한 낯선 처녀가 밖을 내다보고 있었다. 나중에 안 일이지만 도라 리페르트 양이었다. 그녀는 귀여웠고, 코가 도톰했고, 목둘레가 조금 파인 레이스 달린 흰색 블라우스를 입고 있었다. 여행을 계속하면서 생긴 첫 번째 일은 우리를 서로 알게 해준 사건이었는데, 그것은 종이 포장지에 싸인 그녀의 큰 모자가 그물 선반으로부터 내 머리 위로 가볍게 떨어졌던 일이다—우리는 그녀가 인스부르크로 전근 간 한 장교의 딸이며 오랫동안 보지 못했던 부모에게로 가는 중이라는 것을 알게 되었다. 그녀는 필젠 시에 있는 어느 기술 사무실에서 일하고 있으며, 하루 종일 할 일이 많단다. 그러나 일은 즐거우며, 그녀는 자신의 생활에 매우 만족하고 있다는 것이다. "사무실에서는 저를 '우리의 응석받이', '우리의 작은 제비'라고 불러요. 저의 사무실에는 모두 남자들뿐인데, 그중에서 제가 제일 어려요. 아, 사무실은 재미있어요! 옷 보관소에서는 모자가 바뀌기도 하고, 열 시에 먹는 뿔 모양의 롤빵을 못으로 박아놓기도 하고, 고무 아라비쿰으로 다른 사람의 펜대를 종이 집게에다 붙여놓기도 해요." 우리도 이런 '나무랄 데 없는' 장난에 참여할 수 있는 기회를 가졌다. 다름 아니라 그녀가 그녀의 사무실 동료에게 카드를 쓰고 있었는데, 거기에 "예언했던 것이 보기 좋게 적중해 버렸습니다. 저는 열차를 잘못 타서 지금 취리히에 있어요. 안녕." 하고 쓴 것이다. 우리가 이 카드를 취리히 우체국에서 부치기로 되어 있다. 그녀는 우리가 '신사'답게 그 안에 아무것도 덧붙여 쓰지 않기를

바랬다. 그렇게 되면 사무실에서는 물론 모두 걱정할 것이고, 전보를 치기도 할 것이다—그 녀는 바그너의 숭배자로 그의 오페라 공연에는 결코 빠지는 법이 없다고 했다. "이 쿠르츠 양이 최근에는 이졸데를 연출했어요."라고 그녀는 말했다. 지금 바그너와 베젠동크의 서신 교환을 담은 책을 지금 읽고 있는 중이며 그것을 인스부르크로 가지고 간다고 했다. 어떤 신사분이—틀림없이 그녀에게 피아노 발췌곡을 연주해준 사람일 것이다—그녀에게 이 책을 빌려주었다는 것이다. 그녀 자신에게는 안된 일이지만 그녀는 피아노 연주에는 별로 재능이 없다. 그녀가 우리에게 몇 가지 주도 동기들을 흥얼거렸을 때부터 이미 그것을 알고 있었다—그녀는 초콜릿 종이를 모으는데, 그것으로 커다란 박 모양의 은박지 공을 만들고 있으며, 그것 역시 지금 수중에 가지고 있다. 이 공은 여자 친구에게 주기로 되어 있는데, 좀 더 자세한 목적은 알 수 없다. 그리고 그녀는 여송연의 포장지도 모으고 있는데, 이것은 분명히 쟁반에다 붙이기 위해서일 것이다—그때 처음에 말했던 바이에른 출신의 차장이 나타나 장교의 딸인 그녀를 부추기자, 그녀는 오스트리아 군대와 군대 일반에 관한 모든 일에 대하여 조리에도 맞지 않은 애매한 의견을 간략하고 단호하게 표명하기 시작했다. 그러니까 그녀는 오스트리아 군대뿐만 아니라, 독일 군대든 어느 나라 군대든 간에 모두가 다 해이해져 있다고 생각하는 것이다. 하지만 그녀는 사무실에 있을 때 군악대가 지나가면 창문으로 뛰어가지 않을까? 물론 그렇지 않다. 그 이유는 그것은 군대가 아니기 때문이다. 그러나 그녀의 여동생은 다르다. 여동생은 인스브루크의 장교 클럽에서 열심히 춤을 춘다. 그러니까 군복 유니폼에 대해 그 여동생은 전혀 경외감을 가지고 있지 않으며, 그 여동생에게 장교들은 바람과 같은 존재나 다름없다. 도라 양이 이런 의견을 말하게 된 데에는 부분적으로 그녀에게 피아노 발췌곡을 들려준 예의 그 사나이 탓이기는 하지만, 다른 한편으로는 우리가 퓌르트역 플랫폼을 이리저리 산책한 탓이기도 하다. 왜냐하면 기차를 계속 타고 난 후에 이렇게 걷게 되면 그녀는 기분이 매우 상쾌해져서 양쪽 손바닥으로 자신의 엉덩이를 문지르기 때문이다. 리하르트는 군대를 옹호하며, 물론 그것은 진심에서 우러나오는 것이다. 그녀가 가장 잘 쓰는 표현들은 '나무랄 데 없는', '0.5의 가속도로', '발사하다', '민첩한', '해이해져 있는' 등이다.

리하르트: 도라 L양은 노란 솜털이 많이 난 둥근 볼을 가지고 있다. 그러나 그녀의 볼은 너무나 핏기가 없어서, 손으로 아주 오랫동안 누르고 있어야만 겨우 홍조를 띨 것 같다. 그리고 그녀의 코르셋은 좋지 않다. 가슴 위로 올라온 코르셋의 가장자리 부분에서 블라우스가 구겨져 있기 때문이다. 이쯤에서는 눈을 돌리지 않을 수 없다.

나는 그녀의 옆자리가 아닌 맞은편에 앉게 되어 기쁘다. 그러니까 나는 내 옆에 앉아 있는 사람과는 이야기를 할 수가 없다. 그러나 이를테면 자무엘은 특별히 좋아서 내 옆에 앉는다. 그는 도라 옆에도 기꺼이 앉아 있다. 그와 반대로 나는, 누군가 내 옆에 앉아 있으면, 어쩐지 내 비밀이라도 들킨 기분이 든다. 실제로 옆에 앉아 있는 사람에 대해서는 처음부터 시선을 준비해둘 필요가 없는데도, 먼저 그쪽으로 눈길을 돌리지 않을 수 없는 것이다. 나는 그들과 마주 보고 앉아 있었기 때문에, 특히 열차가 달리고 있을 때는 도라와 자무엘 간에 주고받는 말을 종종 들을 수가 없었다. 그러나 모든 일을 다 자신에게만 유리하게 할 수는 없지 않은가. 하지만 그들을 바라보고 있노라니까, 비록 순간이긴 하지만 그들이 말없이 나란히 앉아 있는 게 보였다. 물론 이것은 내 탓이 아니다.

그녀는 놀랍다. 그녀가 음악을 매우 사랑하고 있기 때문이다. 그녀가 조용히 무슨 노래인지를 부르자 자무엘은 빈정대듯 미소를 띠는 듯했다. 아마 음정이 전혀 맞지 않았던 것 같다. 그렇지만 어쨌거나 대도시에서 홀로 사는 처녀가 음악에 대해 이토록 흥미를 갖고 있다는 사실은 크게 경탄할 만한 일이 아닌가. 뿐만 아니라 그녀는 비록 세 든 방이긴 하지만 그 방에 임대한 피아노를 들여놓고 있지 않은가. 피아노(그것도 포르테피아노를)를 운반하는 일처럼 힘든 일이 또 어디 있겠는가. 그것은 생각해보면 알 수 있는 일이다. 온 가족이 달라붙어도 어려운 일을 그것도 연약한 처녀의 몸으로 해내다니! 그런 일을 하자면 얼마나 많은 독립적인 정신과 결단성이 필요한가!

나는 그녀의 집안 생활에 대해서 물었다. 그녀는 두 명의 여자 친구와 함께 살고 있으며, 저녁이면 그들 중 한 사람이 식품점으로 저녁 찬거리를 사러 간다는 것이다. 그들은 매우 많은 이야기를 나누고 잘 웃는다고 한다. 그 모든 일이 석유램프 불이 켜진 상태에서 이루어진다는 사실을 들었을 때 나는 묘한 생각이 들었다. 그러나 나는 그녀에게 굳이 그것을 말할 생각은 없었다. 분명 그녀에게는 조명이 좋지 않은 석유램프 역시 전혀 문제가 되지 않을 것이다. 그녀는 활달해서 하숙집 여주인에게서 좀 더 좋은 램프를 가져올 수도 있을 테지만 그럴 마음이 없는 것이다.

이야기가 진행되면서 그녀는 자신의 호주머니 속에 들어 있는 것들을 모조리 꺼내 보여주었는데, 그중에서 무언가 불길해 보이는 노란 물건이 든 약병도 볼 수 있었다. 그래서 비로소 알게 되었는데, 그녀는 아주 건강한 편은 못 되며, 오랫동안 병상에 누운 적도 있었다는 것이다. 그 이후에도 계속해서 몸이 허약했다고 한다. 그 당시에 지배인이 직접(모든 분들이 그녀에게 매우 친절했다고 한다) 반나절만 사무실에 나와 있으라고 권유했다고 한다. 지금은 상당히 좋아졌지만, 이 철분이 든 약을 먹어야 한다는 것이다. 그래서 나는 그런 약 같은 것은 창밖으로 집어 던져버리는 것이 나을 거라고 충고해주었다.

그녀가 가볍게 받아들이긴 했지만(왜냐하면 그 약은 맛이 고약했기 때문이다), 나는 몸을 굽혀 지금까지보다 더 가까이 그녀에게 다가가서, 인간의 몸이란 자연에 맞는 치료법을 쓰지 않으면 안 된다는 나의 명확한 의견을 피력하려고 했다. 더군다나 나는 그녀를 도와주어야겠다는, 아니 적어도 조언자가 없는 이 처녀를 해로운 일로부터 보호해주어야겠다는 성실한 의도를 가지고 있었고, 일순간이긴 하지만 적어도 나와 만난 것이 이 처녀로서는 요행이라고 생각했지만, 그녀는 이를 진지하게 받아들이려 하지 않았다.—그녀가 언제까지나 웃음을 그치지 않았으므로, 나는 입을 다물고 말았다. 게다가 내가 이야기하고 있는 동안 자무엘이 머리를 흔들었기 때문에 나는 기분이 상해 있었다. 물론 나는 그를 잘 알고 있다. 그는 의사들을 믿고 있으며, 자연요법 같은 것은 우습게 생각하고 있다. 참으로 그다운 일이다. 왜냐하면 그 자신이 한 번도 의사를 필요로 해본 적이 없었기 때문에 그는 자진해서 이런 일에 대해 단 한 번도 진지하게 생각해본 적이 없었다. 예를 들자면 이 구역질나는 철분이 든 약제를 자기 자신과 관련시켜 생각한다는 것은 있을 수 없는 일이니까 말이다—내가 만약 이 처녀와 단둘이만 있었더라면 벌써 설득하고도 남았을 것이다. 왜냐하면 이런 일에서조차 내 의견이 옳지 않다고 한다면, 다른 일에 있어서는 어찌 내 생각이 옳게 받아들여질 수 있겠느냔 말이다!

어째서 그녀가 빈혈이 생겼는지 그 원인을 나는 처음부터 확실히 알고 있었다. 사무실 일 때문이었다. 무슨 일이나 다 그렇지만 사무실 생활이라는 것도 마음만 먹으면 유쾌하게 느낄 수 있다(이 처녀는 진심으로 그렇게 느끼고 있으나, 그것은 완전한 착각이다).—그러나 불행한 결과에도 정말 그럴 수 있을까!? 나는 지금 내가 무엇을 문제 삼고 있는지 잘 알고 있다. 이제 어떤 처녀가 사무실에 앉아 있다고 해보자. 여자의 스커트라는 것은 계속해서 몇 시간 동안을 딱딱한 나무 의자 위에서 이리저리 밀고 다니기에는 너무 꼭 끼는 것이어서 사무실용으로는 전혀 알맞지 않다. 그 둥근 엉덩짝이 짓눌리고, 동시에 책상 모서리에 가슴도 짓눌리게 된다.—내가 너무 과장한 것일까?—사무실에 앉아 있는 처녀의 모습이란 내게 있어서는 언제나 슬픈 광경이다.

자무엘은 이미 상당히 그녀와 친해져 있었다. 나로서는 원래 생각할 수도 없는 일이지만, 그는 그녀를 우리와 함께 식당차 칸에까지 데리고 갔다. 식당차 칸의 낯선 승객들과 어울리게 되자, 결국 우리 세 사람은 믿을 수 없을 정도로 곧바로 소속감에 빠져들었다. 우정의 도를 강화하기 위해서는 새로운 분위기를 찾아야 한다는 것을 알아야 한다. 이번에 나는 그녀 곁에 앉아 함께 포도주를 마시고, 서로 팔을 비비기도 했다. 우리 세 사람이 함께 보내고 있는 휴가의 기쁨이 우리를 한 가족처럼 만들어버린다.

비가 억수같이 퍼부었기 때문에 그것을 핑계 삼아, 그녀가 완강하게 버티는데도 자무엘은 그녀를 설득해서 삼십 분간의 뮌헨 정차 시간에 드라이브를 하기로 했다. 그가 자동차를 부르러 간 사이에 정거장 아케이드에서 그녀가 내 팔을 붙잡으며 이렇게 말했다. "부탁이에요, 드라이브하는 것을 중지시켜주세요. 저는 함께 갈 수 없어요. 당치도 않은 일이에요. 제가 이렇게 말씀드리는 것은 당신을 믿기 때문이에요. 당신 친구 분과는 이야기가 안 돼요. 그분은 정말 미쳤어요!"—우리는 차에 올랐다. 이 모든 것이 나로서는 견딜 수 없는 노릇이었다. 그것은 꼭 〈백인 여자 노예〉라는 영화를 연상케 하는 것으로써, 순진한 여주인공이 정거장 출구의 어두움 속에서 낯선 사나이들에 의해 자동차 속으로 떠밀려져 납치당하는 영화다. 그런데도 자무엘은 기분이 좋다. 자동차의 커다란 보호막이 시야를 가리고 있었기 때문에 겨우 건물들의 이 층까지밖에 보이지 않았다. 밤이었다. 지하실 방에서 보는 전망과도 같다. 그런데도 자무엘은 그런 광경으로부터 높은 성이며 교회의 모습에 대한 환상을 불러일으킨다. 도라가 어두운 뒷좌석에 앉아 여전히 침묵을 지키고 있다. 언제 그녀가 폭발할지 모르겠다고 내가 두려워했을 때에야 자무엘은 마침내 당황해서 그녀에게 이렇게 물었다. "그런데 도라 양, 설마 저에게 화가 나 있는 것은 아니겠지요? 제가 무슨 기분 상할 짓이라도 했나요, 아니면 다른 이유라도?" 내 생각에는 그 질문이 너무 고루하지 않나 싶었다. 그녀가 대답했다. "제가 이미 탄 이상은 당신의 즐거운 기분을 방해할 생각은 없어요. 하지만 저에게 억지로 강요하진 말았어야 했어요. 제가 '안 된다'고 말씀드린 것은 아무 이유 없이 그런 것은 아니에요. 이런 식으로 드라이브해서는 안 되는 거예요." "어째서 그렇지요?" 하고 그가 묻는다. "그건 말씀드릴 수 없어요. 하지만 밤에 남자들과 드라이브한다는 게 처녀로서는 그리 바람직한 일이 아니라는 것을 스스로 아셔야 해요. 그것 말고도 다른 이유가 있어요. 이를테면 제가 약혼한 몸이라는 것을 상상해보세요······." 우리 두 사람은 말없이 경의를 표하면서 '아하, 아무래도 바로 저 바그너의 그 신사와 관계가 있는 모양이구나.' 하고 짐작을 했다. 그러니 나로서는 스스로를 비난할 일은 없었지만 이렇게 된 이상은 그녀의 기분을 풀어주기 위해서 노력하지 않을 수 없었다. 지금까지 그녀를 다소 깔보고 있었던 자무엘도 후회하는 눈치였다. 그저 드라이브에 관해서만 더 많은 말을 할 뿐이었다. 운전사는 우리가 요구한 대로 눈에 보이지도 않는 구경할 장소의 이름을 일일이 가르쳐주었다. 젖은 아스팔트 위를 달리는 타이어 소리가 영사기에서 나는 소리와 흡사했다. 다시금 〈백인 여자 노예〉 생각이 났다. 이 텅 빈, 긴, 빗물로 씻긴 캄캄한 작은 거리들. 가장 뚜렷하게 눈에 띤 것은, '사계절'이라는 레스토랑의 커튼이 걸려 있지 않은 커다란 창문이었다. 이 레스토랑 '사계절'은 가장 품위 있는 레스토랑으로서 우리도 이미 이름만은 알고 있는 터였다. 제복을 입은 한 보이가 탁자 손님들에게 머리를 숙여 인사하고 있다. 어떤 기념비 앞에서 그녀가 관심을 보였는데, 그것은 기발한 착상으로, 이것이 바로 그 유명한 바그너 기념비라고 우리 두 사람이 설명했기 때문이다. 빗속에서 분수가 쐐쐐 물소리를 내고 있는 자유의 기념비에서만 잠시간의 정차가 허락되었을 뿐이다. '이 아래가 이자르 강이겠지.' 하고 그저 어렴풋이 느끼면서 나는 다리를 건넜다. '영국 공원'을 따라 서 있는 아름답고 당당한 저택들. 루드비히 거리, 테아티너 성당, 장군 기념관, 프쇼르 맥주 공장. 어째서인지는 알 수 없지만, 나는 이미 여러 차례 뮌헨에 왔었는데도 아무것도 알아볼 수가 없다. 젠들링 문, 기차역. 나는 기차 시간에 늦을까 봐(특히 도라 때문에) 걱정이 되었다. 자동차 미터기를 보니 거기에 맞춰 산출해낸 스프링 장치처럼 정확히 이십 분 동안 우리는 그 도시를 부릉부릉 달려온 셈이었다.

우리는 마치 뮌헨에 사는 그녀의 친척이라도 되는 듯이 인스부르크 직행 열차의 찻간으로 도라 양을 들여보냈다. 그곳에는 검은 옷을 입은 여인이 타고 있었는데, 그녀는 우리보다 더 두려운 감을 줄 수 있는 그런 여자였다. 우리는 그녀에게 밤 여행 동안 도라 양의 보호를 부탁했다. 이제야 비로소 나는 사람들이 우리 두 사람에게 안심하고 처녀를 맡길 수 있으리라는 생각을 했다.

자무엘: 도라와의 일은 근본적으로 실패였다. 관계가 진척될수록 더 악화된 것이다. 나는 여행을 중단하고 뮌헨에 머무를 생각이었다. 레겐스부르크 역쯤이었을까? 저녁 식사 때까지는 잘 될 거라고 나는 확신했다. 종이쪽지에 몇 자 적어서 리하르트의 의사를 타진하고자 했다. 그런데 그는 그 종이쪽지를 감추는 데에만 신경을 쓸 뿐 전혀 읽지 않은 모양이었다. 어쨌든 상관은 없다. 그런 바보 같은 여자에

겐 호감이란 없었으니까. 단지 리하르트 그 친구만이 그 여자를 융숭하게 대접하고 호의를 보이며 야단법석을 떨었을 뿐이다. 그 때문에 그녀는 어리석게도 콧대만 높아졌고, 결국엔 자동차 속에서처럼 참을 수 없는 일이 벌어졌던 것이다. 작별할 때 그녀는 시종일관 감상적인 독일인 그레트헨처럼 되어버렸다. 물론 그녀의 트렁크를 들고 있던 리하르트는 그녀 덕분으로 분에 넘치는 행복감을 맛보게 되었다는 듯한 태도였으나 나는 난처한 감정뿐이었다. 그것을 간략하게 표현하자면 이렇다. 즉, 혼자서 여행을 하고자 하는 여자들이나 혹은 그 밖에 독립하고 있다는 것을 보이고 싶어 하는 여자들은 오늘날에 있어서는 이미 낡아버린 상투적인 교태 같은 것에 다시는 빠져서는 안 된다. 즉 마음을 끌어보기도 하고 퉁겨보기도 하면서 그로 인해 생긴 혼란스러운 와중에서 그 어떤 이익을 챙기려고 해서는 안 된다. 왜냐하면 그것은 금방 간파되기 때문에, 남자들이 여자들에게 거절당할 경우에 진정 여자들이 원했던 것보다 더 심하게 거절당한다 해도 만족해할 것이기 때문이다.

이렇듯 여행 중에 석연치 않은 사귐이 있은 후, 역에서 특히 손과 얼굴을 씻을 수 있도록 설치된 시설물을 찾는 일은 하나의 특별한 즐거움이었다. 칸막이가 있는 공간이 우리에게 열린다. 물론 더 제대로 씻을 수 있는 기회를 생각할 수도 있을 것이다. 두 개의 세면대 사이의 협소한 곳에서 몸을 이리저리 돌리면서 옷을 갈아입을 시간밖에는 없다. 그렇지만 이런 독일 제국의 시설 속에 문화가 자리하고 있다는 것에는 우리의 생각이 일치한다. 프라하에서는 그런 시설을 발견하려면 아마 여러 역을 장시간 헤매야 할 것이다.

우리는 짐을 남겨둔 찻간에 올라탔다. 리하르트는 그 짐 때문에 격정이 되어 가슴을 졸이고 있었던 것이다. 리하르트는 여행용 담요를 베개로 삼고, 걸어놓았던 소매 없는 외투를 머리 주위에 덮개 대신

치고는 늘 그렇듯 잠잘 준비를 했다. 나는 이 친구가 적어도 잠에 관한 한은 무엇이든 서슴지 않고 행하는 그런 점이 마음에 든다. 이를테면 그는 내가 기차 안에서는 잠들지 못한다는 것을 잘 알면서도 물어보는 법도 없이 램프 불을 어둡게 줄여버린다. 그러고는 의자 위에 길게 드러눕는다. 마치 같은 찻간에 있는 다른 사람들보다 어떤 특권이라도 있다는 듯한 태도다. 그러고는 곧 한가롭게 잠이 들어버린다. 그러면서도 이 친구는 늘 잠이 안 온다고 투덜거리는 것이다.

찻간에는 아직도 두 명의 젊은 프랑스인들이 앉아 있다(제네바 인문계 고등학생들이었다). 머리털이 검은 한 학생은 계속 소리 내어 웃고 있다. 그는 리하르트 때문에 거의 앉을 수가 없다고(그가 그렇게 길게 누워 있기 때문이다) 말하고는 웃고, 리하르트가 몸을 일으켜 담배를 너무 많이 피우지 말아 달라고 부탁하는 순간을 이용해 리하르트의 잠자리 일부라도 점령한 것이 즐거워서 웃는다. 이런 사소한 싸움이 서로 말이 통하지 않는 일행 사이에서 입을 다문 채로 벌어졌는데, 이렇게 입을 다물고 있었기 때문에 그 싸움은 사과나 비난도 없이 아주 간단히 해결되었다.—이 프랑스인들은 과자가 든 깡통을 서로 간에 이리저리 돌리거나 담배를 말거나 수없이 복도로 나가 서로 불러대거나 다시 찻간으로 들어오는 일로 밤 시간을 때우고 있었다. 린다우(그들은 랑도라고 발음했다)에서 이들은 오스트리아 차장 모습을 보고 마음껏 웃었는데, 그것은 한밤중에 때아닌 밝은 웃음소리였다. 다른 나라의 차장들을 보게 되면 웃음이 절로 나오는 법인데, 우리도 퓌르트에서 큼직한 빨간 가방을 멘 바이에른 차장을 보았을 때 그랬다. 가방이 그의 양다리 아래 깊숙이 덜렁거리고 있었던 것이다. 기차의 불빛이 비쳐 매끄럽게 보이는 보덴 호수 위의 전경이 장시간 계속되었고, 저편 언덕의 먼 불빛 너머에까지 호수는 어둡고 안개가 자욱하다. 옛날 교과서에 실렸던 시, 「보덴 호수를 건너는 기사」가 문득 떠올랐다. 그 시를 기억 속에 다시 떠올리면서 잠시 즐거운 시간을 보냈다.—세 사람의 스위스인이 들어온다. 한 사람은 담배를 피우고 있다. 다른 두 사람이 내린 후에도 한 사람은 남아 있었는데 처음에는 형편없는 친구 같더니 아침쯤에 그 진가가 드러났다. 그는 리하르트와 머리털이 검은 프랑스인과의 싸움을 끝장낸 것이다. 그는 똑같이 두 사람에게 벌을 준 셈인데, 등산용 지팡이를 양쪽 다리 사이에 낀 채 나머지 밤 동안을 두 사람 가운데서 꼼짝하지 않고 앉아 있었던 것이다. 그 때문에 리하르트 역시 앉아서 잘 수 있다는 것을 보여준 셈이다.

스위스란 나라에 대해서는 놀라지 않을 수 없다. 철도 연변 전역에 위치해 있는 모든 작은 도시와 시골 마을에서는 집들이 외따로 서있어 가옥의 외관이 의연하고 독립적인 모습을 띠고 있기 때문이다. 성 갈렌 시에는 길이 잘 형성되어 있지 않았다. 아마 그 때문에 개개의 가옥에까지 다분히 독일적인 연방분립주의가 잘 드러나 있는 듯하다—지형상의 어려움도 일조하는 것 같다. 어느 집이나 짙은 녹색의 덧문이 있고 골조 구조와 난간은 훨씬 짙은 녹색인데 빌라 모양의 특색을 지니고 있었다. 각 집마다 단지 하나의 상호만을 달고 있는데, 가정과 점포가 서로 분리되어 있지 않은 듯했다. 각자의 집에서 점포를 경영하는 이런 식의 시설이 나로 하여금 로베르트 발저의 소설「판매 보조원」을 연상케 했다.

8월 27일 일요일 아침 다섯 시다. 모든 차창은 아직 닫힌 채로 있다. 모든 게 잠들어 있다. 이 열차에 갇힌 채 우리 모두는 항상 어쩔 수 없이 나쁜 공기를 마시고 있다는 생각을 한다. 저 바깥 전원 풍경은 야간 열차 안에서는 계속 타고 있는 램프 불 아래서나 제대로 관찰할 수 있는데, 그것이 이제 차츰 자연스럽게 베일을 벗고 있었다. 처음에는 어두운 산들로부터 무엇인가 밀려오는가 싶더니, 산과 우리 열차 사이로 좁은 계곡이 드러났다. 그러고는 마치 천창天窓을 통해서 오듯이 그 계곡이 아침 안개를 통해서 하얗게 밝아왔다. 목장이 차츰 상쾌한 모습을 드러냈다. 마치 처녀지와 같은 모습이다. 싱싱한 녹색 풀을 보니 비가 없었던 올해에 어떻게 저렇게 싱싱하게 자랄 수 있을까 놀라울 뿐이다. 마침내 떠오르는 태양 속에 초원은 점차 푸른색으로 변하기 시작했다.—침엽수 나무들은 무겁고 커다란 가지를 달고 있었는데, 그것들은 물결치듯 전체 줄기에서 밑동까지 늘어져 있다.

그런 형태들은 스위스 화가들의 그림에서나 종종 볼 수 있는 것들인데, 지금까지는 모양을 양식화해서 그린 것이라고만 생각했었다.

어머니인 듯한 한 여인이 어린아이들을 데리고 깨끗한 길 위로 일요 산책을 막 나서고 있다. 그 모습이 홀어머니 손에 키워진 고트 프리트 켈러를 연상케 했다.

목초지 도처에는 매우 정성 들여 만든 울타리들이 서 있었다. 대개가 연필처럼 끝이 뾰족한 회색빛 통나무로 만들어졌는데, 이따금씩 이런 통나무를 반으로 쪼개 만든 것들도 보였다. 어린 시절 우리들은 흑연 심을 꺼내기 위해 이런 식으로 연필을 쪼갰었다. 그와 같이 생긴 울타리를 나는 전에 본 적이 없다. 이처럼 어느 지방이든 일상적인 것 속에서 새로운 것을 볼 수 있는 것이다. 그러나 그와 같은 여러 가지 인상들에 취해 즐거워하다가 진기한 것을 놓치지 않도록 주의해야만 한다.

리하르트: 새벽녘의 몇 시간 동안 스위스는 홀로 방치되어 있었다. 자무엘이 나를 깨웠다. 볼 만한 다리가 있다는 것이다. 그러나 내가 눈을 뜨고 올려다보기도 전에 이미 그 다리는 지나가버렸다. 자무엘은 아마 이런 식으로 스위스에 대한 자신의 첫 인상을 강하게 심어두려는 것 같았다. 나는 처음으로 아주 오랫동안 안쪽에서 바깥쪽으로 점차 밝아오는 스위스의 여명을 바라보고 있었다.

어젯밤에 나는 전에 없이 잘 잤다. 기차를 타면 거의 언제나 그렇다. 기차 속에서 잔다는 것은 나에게는 정말 하나의 면밀한 일과도 같은 것이다. 몸을 눕히고, 맨 나중에 머리를 눕힌다. 미리 시험적으로 간단하게 여러 가지 자세를 취해본다. 그리고 사방에서 나를 주시하더라도 외투나 여행용 모자로 내 얼굴을 덮어버림으로써 차 안의 모든 사람들로부터 나를 분리시킨다. 그러면 새로 자세를 고쳤을 때의 처음의 기분 좋은 상태에서 잠 속으로 빠져드는 것이다. 처음에는 어두운 것이 물론 도움이 되지만, 일단 잠이 들어버린 후에는 그것도 필요치 않다. 사람들이 앞서와 마찬가지로 대화를 계속해도 지장이 없다. 그러나 정말 자고 싶어 하는 사람이 만들어내는 경고라는 것은, 역시 거리를 두고 앉아 떠들고 있는 사람들에게도 견딜 수 없기는 마찬가지이다. 왜냐하면 삶을 영위해가는 데 그처럼 가장 큰 모순들이 그렇게 가까이, 직접적으로 그리고 놀라울 정도로 나란히 자리할 수 있는 장소는 기차간 이외에는 거의 없거니와 또한 가장 짧은 시간 안에 지속적으로 상대방을 관찰할 수 있으므로 이 모순들이 당장 서로에게 작용할 수 있기 때문이다. 그러므로 잠자는 사람이 다른 사람을 금방 잠들게 할 수는 없지만, 다른 사람들을 더욱 조용하게 만든다든가 아니면 잠이 든 사람의 의도와는 전혀 반대로 그들로 하여금 깊이 사고하도록 하여 결국 담배를 피우게 만드는 것이다. 유감스럽게도 이 여행 중에도 그렇게 되어버려, 나는 조심스레 꿈을 꾸면서 상쾌한 공기를 마시는 가운데 돌연 구름 같은 담배 연기를 마시게 되었다.

내가 기차 안에서 잘 잘 수 있는 이유는 이렇게 설명될 수 있을 것이다. 평소 나는 과로로 신경과민이었는데, 이것이 내 마음속에 일으키는 소음 때문에 잠을 이룰 수가 없다. 더군다나 밤이 되면 큰 건물이나 거리에서 들려오는 온갖 잡음, 이를테면 멀리에서 다가오는 자동차 굴러가는 소리, 주정뱅이들의 싸우는 소리, 계단 위의 발자국 소리 등에 자극을 받아 나는 화가 나서 이들 외부의 소음에다 모든 죄를 전가시키게 된다—그러나 기차 속에서는 그것이, 차량이 내는 스프링 장치건, 바퀴들의 마찰음, 레일의 충돌음, 모든 목재 건축물·유리 건축물·철제 건축물이 내는 진동음이건 간에, 기차가 달리며 내는 모든 잡음과 균형을 이루어 완전한 평온 상태가 형성되기 때문에 나는 그 위에서 건강한 사람처럼 잠을 청할 수 있다. 이러한 착각은 이를테면 기관차가 전진을 알리는 기적을 울린다든가 속도가 바뀌거나 할 경우에는 갑자기 사라져버린다. 또는 정거장에서 강렬한 인상을 받았을 때에도 분명히 그러한데, 이 인상이라는 것은 줄곧 열차가 달리는 경우와 마찬가지로 내가 줄곧 잠자는 동안에도 그리고 깨어날 때까지도 지속되는 것이다. 그러고는 내가 지나가게 되리라고는 예상치도 못했던 정거장 이름을 외치는 소리를 듣게 되어도 나는 놀라지 않는다. 이번에도 린다우 역, 콘스탄츠 역 그리고 로만스호른 역도 지나간 것 같다. 더군다나 그런 곳에서는 꿈에서 본 것만큼도 얻은 것이 없었으며, 오히려 수면을 방해받았을 뿐이었다. 열차가 달리는 도중에 깨어나게 되면, 그 깨어남의 느낌은 더욱 강렬하다. 왜냐하면 그것은 기차에서의 수면이라는 본성에 위배되기 때문이다. 나는 눈을 뜨고 잠시 동안 창 쪽으로 얼굴을 돌린다. 그러나 많은 것을 볼 수 있는 것은 아니다. 내 눈에 보이는 것은 꿈을 꾸고 있는 사람의 분명하지 않은 기억으로 포착된 것이다. 하지만 맹세하건대 나는 뷔르템베르크 지방인 것을 분명하게 알아보았다고 생각하는데, 이 지방 어디에선가 밤 두 시에 산장의 베란다에서 난간 쪽으로 몸을 구부리고 있는 한 남자를 보았다. 그 남자의 등 뒤에는 불 켜진 서재의 문이 열려 있었다. 잠자기 전에 머리를 식히려고 나와 있는 듯했다……. 린다우 역 안에서였다. 또한 열차가 역 안으로 들어갈 때와 나갈 때에도 많은 노랫소리가 밤공기를 울리고 있었다. 이와 같이 토요일에서 일요일에 걸친 야간열차를 타고 있으면, 잠 속에서 혼미해진 채, 장거리 여행에서 보게 되는 수많은 야간 생활과 뒤섞여져 버리기 때문에, 특별히 깊은 잠을 잔 것 같기도 하고 차 밖의 소음이 특별히 큰 것처럼 생각되기도 한다. 열차의 승무원들이 뿌연 유리창 곁을 지나 달려가는 모습이 가끔 보였지만, 그들은 특별히 누구를 깨우려는 것은 아니고 단지 자신들의 임무를 수행하고자 할 뿐이다. 그들은 텅 빈 정거장 공터에서 역 이름의 철자 하나하나를 아주 큰 소리로 기차 안에 있는 우리를 향해 외쳤다. 그러면 기차 안에 있던 사람들은 그 소리에 이끌려 철자들을 짜맞추거나 아니면 일어나서 계속 닦아낸 유리창을 통해 역 이름을 읽어보기도 한다. 그렇지만 나의 머리는 이미 나무 의자 위로 젖혀져 있다.

그러나 나처럼 열차가 달리는 중에 한차례 깊은 잠을 잘 수 있는 사람이라면—자무엘 말을 들어보면 그는 온밤을 뜬눈으로 앉아 있었다고 한다—기차가 도착했을 때에 비로소 깨어나도 좋을 것이다. 그렇게 되면 여행 도중에 깊은 잠에서 깨어 기름기가 도는 얼굴, 눅눅한 몸, 이리저리 짓눌린 머리카락, 스물네 시간 동안 솔질도 못하고 바람도 쐬지 않고, 열차 먼지를 뒤집어쓴 내의와 의복을 입은 채로 기차간 한쪽 구석에 웅크리고 있는 자신의 모습을 발견하지 않아도 될 것이고, 그런 상태로 계속 여행하지 않아도 될 것이기 때문이다. 그러나 그는 지금 그럴 힘만 있다면, 잠을 저주할 것이다. 그는, 자무엘처럼 그저 잠깐씩 눈을 붙이지만 그 대신 자신에 대해 보다 더 신경을 쓸 수 있었고, 깨어 있는 채로 거의 온 기차 여행을 했으며, 게다가 잠을 자려고 했으면 잘 수도 있었지만 잠을 억제함으로써 계속 맑은 정신으로 깨어 있었던 사람들을 말없이 부러워할 것이다. 나는 아침에 자무엘 수중에 들어갔던 것이다.

우리 두 사람은 나란히 창가에 서 있었다. 나는 오직 자무엘을 위해 그렇게 하고 있었을 뿐이다. 그는 나에게 스위스에 관해 보아야 할 것을 가리켜 보이기도 하고 내가 자느라 보지 못한 것에 대해서 이야기를 해주었는데, 그러는 동안에 나는 그저 머리를 끄덕거리거나 그가 바라는 대로 경탄해 보이기도 했다. 그는 나의 이러한 상황을 눈치채지 못했든지, 아니면 그것을 제대로 판단하지 못하고 있었다. 그러나 이것은 그래도 행운이었다. 왜냐하면 그는 바로 그럴 때에 한해서—내게 더 잘 대해주어야 할 때보다도—더 친절하게 굴었기 때문이었다. 그러나 당시 나는 진지하게 오직 리페르트 양만을 생각하고 있었다. 짧은 기간 동안의 새로운 만남, 특히 여성과의 그러한 만남을 제대로 평가한다는 것은 나로서는 여간 어려운 일이 아니다. 말하자면 교제가 진행되는 시간에도 나는 해야 할 일이 많기 때문에 오히려 내 자신에게 더 신경을 쓰는 수가 있다. 그러므로 눈 깜짝할 사이에 곧 사라져버리긴 했지만 그녀에 대해서도 내가 예감했던 것 중 단지 우스꽝스러운 부분만을 나는 인지했을 뿐이다. 이러한 만남은 추억 속에서 또다시 숭배할 가치가 있는 위대한 형태로 변한다. 왜냐하면 그 만남은 추억 속에 말없이 있으면서 오직 자기 고유의 일만을 좇을 뿐, 우리라는 사람에 대해서는 완전히 망각함으로써 우리들의 만남을 무시하고 있음을 보여주기 때문이다. 그렇지만 내가 나의 추억 속에 남아 있는 최근의 처녀인 도라 양을 이토록 그리워하는 데는 또 다른 이유가 있었다. 오늘 아침에는 자무엘만으로는 부족했기 때문이다. 그는 내 친구로서 나와 함께 여행하기를 원했지만 그것은 대수로운 일은 아니었다. 그것은 단지 여행하는 동안 매일 옷을 입은 한 사나이가 내 곁에 있다는 사실만을 의미할 뿐이었다. 목욕탕에서만 그의 벗은 육체를 볼 수 있지만 그런 것은 조금도 보고 싶지 않다. 내가 울고 싶은 심정이 되어 그의 가슴에 내 얼굴을 묻게 되면 자무엘은 아마 참아주기는 할 것이다. 그렇지만 그의 남자다운 얼굴을, 가까이 바람에 나부끼고 있는 염소수염을, 꼭 다문 그 친구의 입을 바라보는 순간에—이쯤에서 그만두어야겠다—그와 마주한 나의 두 눈에 과연 구원의 눈물이 솟아날 수 있을 것인가?

큰 소음

나는 집 안 전체의 소음이 한데 모이는 곳에 있는 내 방에 앉아 있다. 나는 모든 문들이 부딪치는 소리를 듣는다. 문들이 닫히는 소리 때문에 그 문들 사이를 지나가는 발자국 소리는 들리지 않는다. 나는 부엌 안에 있는 난로 문이 찰칵 닫히는 소리까지도 듣는다. 아버지는 내 방의 문들을 마구 열어젖히고 질질 끌리는 침실용 가운을 입은 채 내 방을 가로질러 간다. 옆방에서는 난로의 재를 긁어내고 있다. 발리는 앞방을 통해서 아버지의 모자를 닦아놓았느냐고 한 단어씩 소리치면서 묻는다. 나에게 친근해지려는 쉭쉭 소리가 대답하는 목소리의 외침보다 더 높아진다. 집 안 문들의 손잡이가 돌려지고, 기관지염이 있는 목에서 나오는 듯한 시끄러운 소리가 들려온다. 그러고 나서 문은 계속적으로 어떤 여인의 노래하는 목소리와 더불어 열렸다가 드디어는 남자의 휙 밀치는 둔탁한 소리와 더불어 닫히는데, 그것이 가장 난폭하게 들려온다. 아버지는 가버린다. 이제 더욱 부드럽고, 더욱 분산된, 더욱 희망 없는 소음이 두 마리의 카나리아 소리와 함께 들려오기 시작한다. 이미 예전에 나는 그런 생각을 했었는데, 카나리아 덕택에 그 생각이 새롭게 떠오른 것이다. 그러니까 내가 문들을 작은 틈새가 생길 만큼만 열고 뱀처럼 옆방으로 기어가서 방바닥에 엎드린 채 나의 누이들과 그들의 여가정교사에게 조용히 해달라고 부탁해야만 하지 않을까 하는 생각이.

마틀라르하차로부터

.

마틀라르하차에서는 현재 안톤 홀루프의 '타트라―그림'에 대한 작은 전시회를 볼 수 있다. 그 전시회는 열띤 주목을 받고 있는 중이다. 그 수채화들 중에서도 음울한 진지함과 더불어 저녁 분위기를 담은 그림들이 우리에게는 훌륭해 보인다. 반면에 태양이 비치는 낮의 풍경화들은 그 색감들이 아주 정교함에도 불구하고 지상 생활의 어떤 특정한 무게를 아직 극복하지 못하는 것처럼 보인다. 그러나 무엇보다도 펜화 스케치들이 마음에 든다. 그것들은 부드러운 선, 원근법적인 매력, 신중하면서도 한편으로는 목판화적이며, 다른 한편으로는 더욱 부식 동판화에 가까운 구상을 갖추고 있어 놀랍게도 주목할 만한 성과물이라 하겠다. 바로 그렇듯 충실하면서 동시에 개성이 강조된 그림들은 다른 어떤 것보다도 더 산들의 아름다움에 대한 안목을 열어줄 수 있다. 이 작품들을 계기로 속히 좀 더 규모가 큰 그리고 좀 더 많은 일반 관람객들이 접근할 수 있는 전시회가 열리게 된다면 기쁠 것이다.

양동이를 탄 사나이

석탄은 모조리 써버렸다. 양동이는 비었다. 부삽은 의미가 없다. 난로는 냉기를 뿜는다. 방은 온통 서리의 입김으로 가득하다. 창문 앞에 있는 나무들은 서리 속에 굳어 있다. 하늘은 그에게서 도움을 바라고 있는 사람을 막고 있는 은빛 방패. 나는 석탄을 가져야 한다. 나는 물론 얼어 죽어서는 안 되지 않는가. 내 뒤에는 무정한 난로가, 내 앞에는 그와 마찬가지인 하늘이, 그러므로 나는 그 사이를 뚫고 날쌔게 말을 달려, 석탄 가게 한가운데서 도움을 구해야만 한다. 그러나 그는 나의 일상적인 부탁에 대해서는 이미 무신경해졌다. 그래서 나는 그에게, 내가 이제는 단 한 줌의 석탄가루도 가지고 있지 않으며, 그러니까 그가 나에겐 바로 창공에 떠 있는 태양을 의미한다는 것을 아주 상세하게 증명해야만 한다. 나는 거지처럼 가야 한다. 배고픔으로 목을 꼴깍거리면서 문지방에서 죽어 넘어질 거지, 그래서 주인집 요리사가 마지막 커피의 찌꺼기를 그에게 흘려 넣어주기로 결심하게 되는 그런 거지처럼. 그와 똑같이 그 석탄 장수는 나에게 화를 내면서, 그러나 "사람을 죽이지 말라."는 신의 계명의 빛 아래 한 삽 가득히 석탄을 양동이 속에 던져줄 것이다.

내가 날아갈 것은 확실하다. 그래서 나는 양동이를 타고 달려간다. 양동이를 타는 사나이로서, 손은 가장 간단한 말머리 장식인 위쪽 손잡이를 잡고, 나는 힘들여 계단을 돌아 아래로 내려간다. 그러나 밑에서 나의 양동이는 위로 올라간다. 당당하게, 당당하게, 바닥에 낮게 엎드려 있다가 지휘자의 막대기 아래서 몸을 털면서 일어나는 낙타들도 이보다 더 멋지게 몸을 일으키지는 못할 것이다. 그것은 똑같은 속도의 총총걸음으로 꽁꽁 얼어붙은 길을 가로질러 간다. 나는 자주 이 층 건물의 꼭대기까지 몸이 솟구친다. 나는 결코 대문 아래까지 가라앉는 법이 없다. 그리고 이상스럽게도 나는 석탄 장수의 지하실의 둥근 천장 앞에서 높이 떠다니고 있다. 저 아래 깊숙한 곳에서는 그가 작은 책상에 웅크리고 앉아서 무엇인가를 쓰고 있다. 지나친 열기를 내보내기 위해서 그는 문을 열어놓고 있다.

"석탄 장수!" 하고 나는 추위로 다 타버려 선명치 않은 목소리로, 구름을 이룬 입김에 쌓인 채 소리친다. "제발, 석탄 장수, 나에게 석탄을 조금만 주게. 나의 양동이는 벌써 텅 비어서, 내가 그 위에 탈 수 있을 정도일세. 선의를 베풀게. 가능한 한 빨리 값을 치르겠네." 석탄 장수는 귀에다 손을 갖다 댄다. "내가 제대로 듣는 건가?" 하고 그는 어깨 너머로, 난롯가 긴 의자에서 뜨개질을 하고 있는 그의 아내에게 물었다. "내가 제대로 듣는 거야? 손님인가." "난 아무 소리도 안 들리는데요." 하고 아내가 말했다. 등은 기분 좋게 따뜻해지고, 뜨개질 바늘 위로 편안하게 숨을 내쉬었다 들이마셨다 하면서. "오, 그렇다네." 하고 나는 외친다. "날세, 오랜 단골손님이지. 변함없이 충실한, 다만 지금 잠시 빈궁하다네." "여보," 하고 석탄 장수가 말했다. "있어, 누군가가 있어. 내가 그렇게 심하게 착각할 수가 있나. 어떤 오랜, 아주 오랜 단골손님이 틀림없어. 이렇게 나의 가슴에다 이야기할 줄 아니 말이야." "어떻게 된 거예요, 여보?" 하고 아내가 말하고 잠시 쉬면서 뜨개질거리를 가슴에 꼭 눌러댄다. "아무도 아니에요. 거리는 비어 있어요. 우리 손님들에게는 모두 가져다드렸어요. 그러니 우리는 며칠 동안 가게를 닫고 쉴 수 있어요." "그렇지만 나는 여기 양동이 위에 앉아 있지 않은가." 하고 나는 소리친다. 추위 때문에 무감각한 눈물이 나의 눈을 흐리게 덮는다. "제발 이 위를 좀 보게나. 자네들은 곧 나를 발견할 걸세. 한 삽 가득히만 부탁하네. 자네가 두 부삽을 준다면, 나는 몹시 기쁠 걸세. 다른 모든 손님들에게는 벌써 가져다주지 않았나. 아아, 양동이 속에서 덜거덕거리는 소리를 들을 수 있다면!"

"갑니다." 하고 석탄 장수는 말한다. 그는 짧은 다리로 벌써 지하실 계단을 올라가려 한다. 그러나 어느새 아내가 그의 곁에 와서, 그의 팔을 단단히 붙잡고 말한다. "당신은 그냥 계세요. 당신이 고집을 못 버린다면 내가 올라가보겠어요. 어젯밤에 있었던 당신의 심한 기침을 기억해보세요. 하지만 당신은 일이라면 그것이 그저 상상한 것뿐인데도 아내와 아이도 잊고 당신의 폐를 희생시키지요. 내가 갈게요." "그럼 그에게 우리가 창고에 가지고 있는 모든 종류를 말해줘. 가격은 내가 당신에게 불러줄게." "좋아요." 하고 아내가 말하고는 거리로 올라간다. 물론 그녀는 곧 나를 보게 된다. "석탄 장수 사모님" 하고 나는 부른다. "삼가 인사드립니다. 석탄 한 삽만 부탁드립니다. 곧장 여기 이 양동이에. 제가 그것을 직접 집으로 가져가겠어요. 가장 질 나쁜 것으로 한 삽이면 돼요. 물론 값은 충분히 치르겠어요. 그러나 금방은 안 되고요, 금방은 안 됩니다." '금방은 안 된다.'는 두 마디 말은 어찌나 종소리같이 들리는지, 그리고 그것은 지금 막 가까운 교회 탑에서 들려오는 저녁 종소리와 뒤섞여 어찌나 마음을 어지럽히는지! "그래 그가 어떤 것을 원하고 있소?" 하고 석탄 장수가 소리친다. "아무것도 아니에요." 하고 아내가 다시 소리친다. "정말 아무것도 아니에요. 아무것도 안 보여요. 아무 소리도 안 들려요. 여섯 시 종소리만 울리고 있어요. 그러니 문을 닫읍시다. 추위가 굉장해요. 내일은 아마 일이 더 많을 거예요."

그녀는 아무것도 보이지 않고, 아무 소리도 들리지 않는다. 그러나 그런데도 그녀는 앞치마 끈을 풀어서, 앞치마로 나를 앞으로 쓸어버리려고 애쓴다. 불행히도 그것은 성공한다. 나의 양동이는 탈 수 있는 좋은 동물의 모든 장점을 가지고 있다. 그러나 그것은 저항력이 없다. 그것은 너무 가볍다. 부인용 앞치마 한 장이 그것의 다리를 땅바닥에서 몰아냈다.

"나쁜 것," 하고 나는 되받아 소리쳐준다. 그러는 동안 그녀는 가게로 몸을 돌리면서 반은 경멸적으로 그리고 반은 만족해서 손으로 공중을 친다. "나쁜 것, 나는 가장 질 나쁜 석탄 한 삽을 부탁했는데, 너는 그것을 나에게 주지 않았어." 그러고는 그 말과 함께 나는 빙산 지역으로 올라가서 다시는 보이지 않도록 사라져버린다.

Ⅲ 유고집에 수록된 단편들

어느 투쟁의 기록

그리고 사람들은 옷을 입고
흔들리면서 자갈밭으로 산책하러 간다,
저 멀리 언덕으로부터
머나먼 언덕까지 펼쳐져 있는
이 거대한 하늘 아래서.

I

열두 시쯤이면 어떤 사람들은 벌써 일어나서 몸을 굽히고 양손을 나란히 뻗치면서 아주 편안했었다고 말하고는 옷을 입으려고 큰 문틀을 통해서 옆방으로 간다. 안주인은 방 안 한가운데 서서 경쾌한 동작으로 절을 하는데, 그럴 때면 그녀의 드레스에는 장식 주름이 잡혔다.

나는 작은 탁자에—그것은 탄탄하고 가느다란 세 개의 다리를 갖고 있었다—앉아서 막 세 번째 잔의 베네딕트주酒를 홀짝홀짝 마시고 있었고, 마시면서 동시에 나의 작은 저장품인 구운 과자를 훑어보고 있었다. 그 과자는 맛이 고급스러워 내가 직접 골라 쌓아두었었다.

그때 새로 알게 된 어떤 이가 나를 찾아왔다. 약간 방심한 채 내 소일거리를 보며 미소 지으면서 그는 떨리는 목소리로 이렇게 말했다.

"당신께 찾아와서 죄송합니다. 그러나 저는 여태까지 제 여자 친구와 단둘이 대기실에 앉아 있었어요. 열 시 반부터요. 아직 그리 오랜 시간이 지난 건 아닙니다. 그걸 당신께 말씀드려서 죄송해요. 우리는 서로 잘 모르는데 말이에요. 그렇지 않습니까. 우리는 계단에서 만났고 서로 몇 마디 공손한 말을 주고받았는데, 제가 당신께 벌써 제 여자 친구에 대해서 이야기를 하고 있습니다. 그러나 당신은 저를─부탁드릴게요─용서해주셔야 해요. 행운은 저에게 오래 붙어 있질 않아요. 저는 어찌해야 할지 모르겠어요. 게다가 여기에는 제가 신뢰할 수 있는 아는 사람은 달리 없거든요."

그렇게 그는 말했다. 그러나 나는 그를 슬프게 바라보면서─왜냐하면 내 입에 들어 있던 과일 케이크가 맛이 없었기 때문이었다─그의 귀엽게 홍조 띤 얼굴에 대고 말했다. "내가 당신에게 신뢰할 만한 사람으로 보였다니 기쁩니다. 그러나 당신이 그걸 나에게 말해준 것은 슬픈 일입니다. 게다가 당신은─그렇게 당황하고 있는 게 아니라면─혼자 앉아서 독주를 마시는 사람에게 사랑하는 소녀에 대해 이야기한다는 것이 어울리지 않는 일이라는 걸 스스로 느낄 수 있을 텐데요."

내가 그 말을 하자, 그는 단번에 주저앉아서 뒤로 기대어 양팔을 늘어뜨렸다. 그리고 나서 그는 뾰족한 팔꿈치로 뒤를 눌러댔고 꽤나 큰 목소리로 말하기 시작했다. "우리는 거기 방 안에 단둘이 있었어요─앉아서─안네를과 함께 말예요. 그리고 저는 그녀에게 입을 맞추었어요─입을 맞추었다구요─제가요─그녀에게─그녀의 입, 그녀의 귀, 그녀의 어깨─에다가요."

가까이 서 있었기에 생기발랄한 대화라고 추측한 몇몇 신사들이 하품을 하면서 우리에게 다가왔다. 그래서 나는 일어서서 큰 소리로 말했다. "좋아요. 당신이 원한다면 가지요. 그러나 지금 라우렌치산에 올라가는 것은 바보짓이에요. 왜냐하면 날씨가 아직 싸늘한데다 그곳에는 눈이 약간 내려서 길이 마치 스케이트장 트랙 같을 테니까요. 하지만 당신이 원한다면 함께 가겠어요."

처음에 그는 놀라서 나를 쳐다보았다. 그러고는 붉고 촉촉한 긴 입술이 달린 입을 열었다. 그러나 그는 이미 아주 가까이에 와 있는 그 신사들을 보자 웃었고, 일어서서 말했다. "오 그렇군요. 냉기는 좋을 거예요. 우리 옷은 열기와 연기로 가득하잖아요. 저는 많이 마시지도 않았지만, 아마 조금쯤 술에 취한 것도 같아요. 그래요. 우리는 작별을 고하고 갑시다."

그래서 우리는 안주인에게 갔다. 그가 그녀의 손에 입을 맞추었을 때, 그녀가 말했다. "오늘 당신 얼굴이 그렇게 행복해 보이니 나는 정말 기뻐요. 다른 때는 언제나 심각하고 지루해 보였는데." 자비로운 이 말이 그를 감동시켰다. 그래서인지 그는 다시 한 번 그녀의 손에 입 맞추었다. 그러자 그녀는 미소 지었다.

대기실에는 심부름하는 소녀가 서 있었다. 우리는 지금 처음으로 그녀를 보았다. 그녀는 우리가 코트 입는 것을 도와주었고, 그런 다음 작은 휴대용 램프를 들고 우리를 위해 계단 위를 비춰주었다. 정말이지 그 소녀는 아름다웠다. 그녀의 목은 드러나 있었는데, 다만 턱 밑에 검은 우단 리본을 매고 있었다. 그리고 그녀가 램프를 아래로 들고 우리 앞에서 계단을 내려갔을 때, 헐렁한 옷을 입은 그녀의 몸은 아름답게 숙여졌다. 그녀는 포도주를 마셨기 때문에, 뺨이 붉게 물들어 있었고 입술은 반쯤 벌어져 있었다.

아래쪽 계단 옆에서 그녀는 램프를 계단에 내려놓고, 약간 비틀거리면서 내 친구 쪽으로 한 걸음 다가가서 그를 끌어안고는 그에게 입을 맞추더니 포옹한 채로 있었다. 내가 그녀의 손에 동전을 하나 놓아주자 비로소 그녀는 꾸물거리며 그에게서 손을 풀었고, 천천히 작은 대문을 열고 우리를 밤 속으로 내보내주었다.

골고루 불이 밝혀진 텅 빈 길 위에는, 가볍게 구름이 덮여 있다가 점점 넓게 열리어가는 하늘에 큰 달이 하나 떠 있었다. 땅 위에는 부드러운 눈이 덮여 있었다. 걸어갈 때 발이 미끄러졌고, 그래서 종종걸음으로 가야 했다.

우리가 옥외로 나오자마자 나는 확실히 아주 명랑한 기분에 빠졌다. 나는 들떠서 다리를 들어 올리고, 재미있게 뚝뚝 뼈마디 소리를 냈다. 마치 길모퉁이에서 한 친구가 나로부터 달아나기라도 하는 듯이, 나는 어떤 이름을 골목 위로 외쳐댔다. 나는 뛰어오르며 모자를 높이 던져 올리고 뽐내면서 그것을 잡았다.

그러나 나의 친구는 내 옆에서 무관심하게 걸어갔다. 그는 머리를 숙이고 있었다. 그는 얘기도 하지 않았다.

나는 그것을 이상하게 여겼다. 나는 그의 주위에 더 이상 사람들이 없다면 그가 기분이 아주 좋아질 거라고 기대했었기 때문이다. 나는 점점 조용해졌다. 내가 기분을 돌려주려고 막 그의 등을 한 대 쳤을 때 나는 수치감에 사로잡혔고, 그래서 나는 어색하게 손을 움츠렸다. 손이 불필요했으므로, 나는 상의 주머니에 손을 찔러 넣었다.

그러고는 우리는 말없이 걸어갔다. 나는 우리 발자국이 어떻게 울리는지 주의를 기울였고, 내 친구와 같은 걸음을 유지할 수 없는 게 이해가 되지 않았다. 그것은 나를 약간 자극했다. 달이 밝아서 분명하게 볼 수 있었다. 이따금씩 누군가 창가에 기대어 우리를 눈여겨보고 있었다.

우리가 페르디난트 거리에 들어섰을 때, 나는 내 친구가 어떤 멜로디를 허밍하기 시작했다는 걸 깨달았다. 그 소리는 아주 작았지만 나는 그것을 들었다. 그것은 내게 불쾌하게 느껴졌다. 그는 왜 나와 이야기하지 않는가? 그러나 그가 나를 필요로 하지 않는다면, 그는 왜 나를 그냥 내버려 두지 않았는지. 나는 내가 그 사람 때문에 내 작은 탁자 위에 놓아두고 온 그 맛있고 달콤한 것을 화를 내며 떠올렸다. 나는 베네딕트주도 떠올렸는데, 기분이 약간 즐거워졌다. 거의 우쭐댄다고 할 수 있을 정도로. 나는 양손으로 허리를 받치고, 혼자서 산책을 가는 거라고 상상했다. 나는 사람들 속에 있었고, 한 은혜를 모르는 젊은이를 수치스러움으로부터 구해냈다. 그리고 이제는 달빛 속에서 산책을 했다. 낮 동안은 내내 관청에, 저녁때는 사람들 틈에, 밤에는 거리에, 어느 것도 도가 지나치지 않게. 단순성에 있어서 무한한 생활 방식이 아닌가!

물론 나의 친구는 아직 내 뒤에서 걷고 있었다. 그는 자신이 뒤처졌다는 것을 알았을 때 정말 걸음걸이를 서두르기까지 했고, 그것이 당연한 것인 양 행동했다. 그러나 내게 꼭 함께 산책할 의무는 없었으므로, 옆 골목으로 접어드는 것은 어쩌면 적합치 않은지도 모른다고 나는 생각했다. 나는 혼자서 집에 갈 수 있었고 아무도 나를 방해할 수는 없었다. 내 방에서 나는 탁자 위 철제 버팀대에 달려 있는 스탠드 램프를 켤 것이고, 찢어진 동양 카펫 위에 놓여 있는 안락의자에 앉을 것이다—내가 거기까지 생각했을 때, 어떤 위압감이 나를 엄습했다. 내가 다시 내 방으로 들어가 다시 색칠된 벽 사이에서 그리고 방바닥 위에서—뒷벽에 걸려 있는 금빛 테두리의 거울 속에서는 방바닥이 비스듬히 떨어져 내리는 것처럼 보인다—홀로 시간을 보내야 한다는 생각을 하기만 하면, 언제나 그 위압감이 나를 덮쳐온다. 나는 다리가 피로해져서, 어쨌든 집으로 가서 침대에 누워야겠다고 결심했다. 그러자 지금 떠나면서 내 친구에게 인사를 해야 할지 어떨지 망설임이 생겼다. 그러나 나는 너무 겁이 많아서 인사도 없이 떠나가진 못한다. 또한 너무 마음이 약해서 큰 소리로 소리치며 인사하지도 못한다. 그래서 나는 다시 멈추어 섰고, 달빛이 비치는 집 담장에 기대어 서서 기다렸다.

나의 친구는 즐거운 발걸음으로 왔는데, 아마도 약간은 걱정이 되었을 것이다. 그는 굉장한 채비를 하고 왔다. 눈꺼풀을 껌벅거리면서 팔을 공중에 수평으로 내뻗었으며, 딱딱한 검정색 모자를 쓰고 있는 머리를 내 쪽을 향해 위로 뻗었는데, 그는 그 모든 것으로써 내가 그를 유쾌하게 해주려고 여기서 보여주는 익살을 매우 잘 인정해줄 줄 안다는 걸 보여주고 싶어 하는 것 같았다. 나는 방법이 없었다. 그래서 "오늘 저녁은 재미있군요."라고 작은 소리로 말했다. 그때 나는 억지웃음을 만들어냈다. 그는 대답했다. "그래요. 그리고 당신은 그 심부름하는 소녀가 나에게 입 맞추는 것을 보셨지요?" 나는 아무 말도 할 수 없었다. 왜냐하면 내 목에는 눈물이 가득 고여 있었으니까. 그래서 나는 그냥 잠자코 있지 않으려고 우편 마차의 나팔을 불듯이 소리를 내려고 애썼다. 그는 처음에는 귀를 기울이고 있더니 나중에는 친절하게 고마워하면서 내 오른쪽 손을 잡고 흔들었다. 그것은 차게 느껴졌을 게다. 왜냐하면 그는 곧 그것을 놓아버리고 이렇게 말했으니까. "당신의 손은 매우 차군요. 심부름하는 소녀의 입술은 한결 따스했어요. 오 정말이에요." 나는 이해한다고 고개를 끄덕였다. 그러나 내가 사랑하는 하느님께 나에게 단호한 마음을 달라고 빌고 있는 동안, 나는 이렇게 말했다. "그래요. 당신이 옳아요. 집으로 갑시다. 시간이 늦었어요. 그리고 내일 아침 나는 관청에서 일해야 해요. 생각해보세요. 그곳에서는 물론 잠을 잘 수도 있어요. 하지만 그것은 옳은 일이 아니지요. 당신이 옳아요. 우리는 집으로 갈 거예요." 그러면서 나는 그에게 손을 내밀었다. 마치 그 일이 완전히 처리되었다는 듯이. 그러나 그는 미소 지으면서 내 말투를 받아서 말했다. "그래요. 당신이 옳아요. 이런 밤은 침대에서 잠이나 자며 놓쳐버리고 싶지는 않아요. 생각 좀 해보세요. 만약 홀로 침대에서 잔다면, 얼마나 많은 행복한 생각들을 침대 시트로 질식시켜버릴는지 그리고 얼마나 많은 불행한 꿈들을 그것으로 따뜻하게 만드는지 말예요." 그리고 이런 생각이 떠오른 것이 몹시 기뻐서 그는 내 상의 앞가슴을—그는 그보다 더 높이 닿지는 못했다—힘차게 움켜쥐었다. 그리고 들뜬 기분으로 나를 흔들어댔다. 그런 다음 그는 눈을 가늘게 뜨고 허물없이 말했다. "당신이 어떻게 보이는지 아세요? 당신은 우스꽝스러워요." 그러면서 그는 다시 걷기 시작했고 나는 그를 따라갔는데, 나는 내가 따라가고 있다는 것도 깨닫지 못했다. 왜냐하면 나는 그가 했던 말을 되새기고 있었기 때문이다.

처음에 그 말은 나를 기쁘게 했다. 무언가 나의 내면에 대해 그가 짐작하고 있는 것처럼 보였기 때문이었다. 그것은 비록 내가 가지고 있는 면은 아니었지만, 그가 그것을 짐작함으로써 나는 그의 주시를 받게 되었던 것이다. 그런 관계는 나를 행복하게 했다. 나는 집에 가지 않았던 것을 만족스럽게 생각했고, 나의 친구가 나에게 매우 귀중하게 느껴졌는데, 그는 내가 먼저 구하지 않아도 사람들 앞에서 나에게 가치를 부여해주는 그런 사람이었다. 나는 사랑이 가득 담긴 눈으로 나의 친구를 쳐다보았다. 나는 머릿속으로 그를 위험으로부터, 특히 경쟁자와 질투하는 남자들로부터 지켜주었다. 그의 삶이 나에게는 나 자신의 삶보다 귀하게 느껴졌다. 나는 그의 얼굴이 아름답다고 생각했고, 여자들에 대한 그의 행운을 자랑스러워했고, 그리고 그가 이날 밤 두 소녀에게서 받았던 입맞춤을 함께 나누었다. 오, 이날 밤은 유쾌했다! 내일 내 친구는 안나 양과 이야기할 것이다. 처음에는 당연히 일상적인 것에 대해서, 그러나 그 다음에 그는 갑자기 이렇게 말할 것이다. "어젯밤 나는, 사랑스런 안네를이여, 당신이 분명 아직 본 적이 없을 어떤 사람과 함께 지냈어. 그의 모습은—어떻게 묘사해야 할까—마치 흔들흔들 휘젓고 있는 막대기 같은데, 누런 피부에 검은 털이 난 머리를 그 위에 약간 서투르게 꽂아놓은 것 같아. 그의 몸은 여러 개의, 좀 작은 현란한 노란색 계통의 천 조각들로 치장되어 있었는데, 그것들은 어제 그를 완전히 덮어씌우고 있었어. 어젯밤 바람이 자서 그것들은 몸에 평평하게 매달려 있었으니까. 그는 수줍어하며 내 옆에서 걸어갔지. 내 사랑 안네를, 그렇게 멋지게 입맞춤할 줄 아는 당신은 약간 웃었을 테고 약간 두려워했을 거라는 걸 나는 알아. 그러나 당신에 대한 사랑 때문에 영혼이 완전히 흩어져 날아가버린 나는 그가 있다는 게 기뻤어. 그는 어쩌면 불행한 사람이어서 조용히 침묵을 지키고 있었는지도 몰라. 하지만 그의 곁에 있으면 끊이지 않는 행복한 불안감에 빠지게 되지. 나는 어제 내 자신의 행복에 잠겨서, 당신을 거의 잊어버렸었어. 나에게는 별이 반짝이는 무감각한 아치형의 하늘이 그의 평평한 가슴의 숨결로 높이 떠오르는 것처럼 보였어. 지평선은 무너졌고, 불타오르는 구름들 아래로 풍광은 끝이 없어 보였어. 그것이 우리를 끝없이 행복하게 해준 것처럼—세상에, 내가 안네를 당신을 얼마나 사랑하는데, 그리고 나에게 당신의 입맞춤은 어떤 풍광보다 더 좋아. 우리 더 이상 그 사람에 대해 이야기하지 말자. 그리고 서로 사랑해."

우리가 느린 걸음으로 부두를 걸어가고 있었을 때, 나는 입맞춤에 대해 내 친구가 부러웠지만, 그가 아마도 나에게 느꼈을 마음속의 수치심—내가 그에게 그렇게 보였듯이—또한 즐겁게 감지했다.

그렇게 나는 생각했다. 그러나 나의 생각은 당시에는 혼란스러웠는데, 몰다우강과 다른 쪽 강기슭에 면한 도시 구간이 어둠 속에 잠겨 있었기 때문이었다. 단지 몇몇 개의 등불만이 타오르고 있었고 바라보는 눈과 장난을 하고 있었다.

우리는 난간에 서 있었다. 강에서 찬 바람이 불어왔기 때문에, 나는 장갑을 끼고 있었다. 그리고 밤에 강가에서 아마 그렇게 하듯이,

나는 공연히 길게 탄식을 했다. 그리고 계속해서 가려고 했다. 그러나 내 친구는 강물을 들여다보면서 전혀 미동도 하지 않았다. 그러더니 그는 난간에 점점 더 가까이 다가가서 철책에 팔꿈치를 대고는 양손으로 이마를 감쌌다. 그 모습은 내게 바보스럽게 보였다. 나는 추워서 상의 깃을 높이 세웠다. 내 친구는 몸을 쭉 뻗고, 팽팽하게 긴장된 그의 양팔에 실려 있는 상체를 난간 위에 올려놓았다. 나는 하품을 억누르기 위해 창피해하면서 서둘러 말했다. "하필이면 밤이 우리를 추억 속에 완전히 침잠케 할 수 있다는 것은 정말 이상스럽군요. 그렇지요. 예컨대 지금 나는 이런 생각이 떠올라요. 언젠가 저녁 때 나는 어떤 강기슭의 벤치에 이상한 자세로 앉아 있었어요. 나는 벤치의 목제 등받이 위에 팔을 올려놓고 그 팔에 머리를 얹고는 다른쪽 강기슭의 구름 덮인 산을 바라보면서, 누군가 강변 호텔에서 켜고 있는 부드러운 바이올린 소리를 듣고 있었지요. 양편 강기슭에서 이따금씩 뻔쩍거리는 아지랑이가 밀려왔어요."—그렇게 나는 말했고, 그 말 뒤에서 이상스런 상황에 처해 있는 연애 이야기를 꾸며내느라고 대단히 애쓰고 있었다. 약간의 야비함이나 구체적인 폭행도 없어서는 안 되었다.

그러나 나는 첫마디 말도 꺼내지 못하고 있었다. 그때 내 친구가 무관심하게, 다만 아직도 내가 여기 있다는 사실에 놀라면서—나에게는 그렇게 보였다—내 쪽으로 몸을 돌리고 이렇게 말했다. "보세요. 언제나 이렇게 시작되었지요. 오늘 내가 모임에 가기 전에 저녁 산책을 하려고 층계를 내려왔을 때, 불그레한 내 두 손이 흰색 소맷부리 속에서 이리저리 흔들리고 있는 모습과 그것들이 별스럽게 명랑하게 그런 짓을 하는 게 이상하게 느껴졌어요. 그때 나는 모험을 기대했어요. 언제나 그렇게 시작됩니다." 그는 벌써 걸어가면서 단지 임시로 하나의 작은 관찰로서 이런 이야기를 했다.

그러나 그 이야기는 나를 몹시 감동시켰고, 아마도 나의 키 큰 모습이─그 옆에서는 그가 너무 작게 보일 텐데─그에게 불쾌할 수도 있을 거라는 게 내 마음을 아프게 했다. 그리고 지금은 밤인데다가 우리는 거의 아무도 만나지 않는데도, 나는 걸어가면서 내 양손이 무릎에 닿을 정도로 등을 구부렸다. 그만큼 이 상황은 나를 괴롭게 했다. 그러나 친구가 내 의도를 눈치채지 못하게 하기 위해서, 나는 매우 조심하면서 아주 천천히 자세를 바꾸었고, 슈첸인젤의 나무들과 강물에 비친 다리의 등불에 대해 말함으로써 그의 주의를 딴 데로 돌리려고 애를 썼다. 그러나 그는 갑작스럽게 방향을 바꾸어서 얼굴을 나에게로 돌리고 온화하게 말했다. "도대체 왜 그렇게 걷고 있나요? 당신은 지금 몹시 구부리고 있어서 거의 나처럼 작아졌군요!"

그가 친절하게 그 말을 했기 때문에 나는 이렇게 대답했다. "그렇겠군요. 그러나 나에게는 이런 자세가 편해요. 나는 꽤 허약한 편이랍니다. 그래서 내 몸을 똑바로 지탱하기가 무척 힘들어요. 그건 쉬운 일이 아니에요. 나는 매우 키가 크니까─"

그는 약간 의심하듯 말했다. "그건 단지 기분이 그런 것뿐이에요. 당신은 전에는 완전히 똑바로 걸었던 걸로 생각되는데요. 그리고 모임에서도 당신은 그런대로 잘 견뎌냈잖아요. 당신은 춤까지 추었잖아요. 아니던가? 아닌가요? 그러나 당신은 확실히 똑바로 걸었고, 지금도 그렇게 할 수 있을 거예요."

나는 손으로 방어하면서 고집스럽게 대답했다. "그래요 그래, 똑바로 걸었었지요. 그러나 당신은 나를 과소평가하고 있어요. 나는 좋은 태도가 어떤 건지 압니다. 그래서 구부리고 걷는 거예요."

그러나 그것이 그에게는 쉽게 이해되지 않았다. 오히려 자신의 행운에 어리둥절해져서 그는 내 이야기의 맥락을 이해하지 못한 채 단지 "그렇다면, 당신이 원하시는 대로."라고만 말했고, 제분소 탑의 시계를 올려다보았다. 그것은 벌써 한 시를 가리키고 있었다.

그러나 나는 혼잣말로 말했다. "이 사람은 얼마나 무정한가! 나의 겸손한 말에 대한 그의 무관심은 얼마나 독특하고 분명한가! 그는 물론 행복하다. 그리고 그것은 자신의 주변에서 일어나는 모든 것을 자연스럽다고 느끼는 행복한 자들의 기질이다. 그들의 행복은 하나의 빛나는 연관 관계를 만들어낸다. 그리고 내가 지금 강물 속으로 뛰어든다거나 또는 이 아치 밑에서 여기 포도 위, 그의 앞에서 발작으로 찢겨진다 해도, 나는 언제나 얌전하게 그의 행복에 순응할 것이다. 그렇다. 그는 기분이 내킨다면—행복한 자는 그럴 위험이 있다. 그것은 의심할 여지가 없다—거리의 살인자처럼 나를 때려죽일 수도 있을 것이다. 그것은 분명하다. 그리고 나는 비겁하기 때문에, 놀라서 소리 지를 엄두조차 내지 못할 것이다—큰일 났네!—" 나는 두려움 속에서 주위를 둘러보았다. 멀리 떨어져 있는, 정사각형 유리창이 달린 다방 앞에서 한 경찰관이 포도 위를 미끄러져 가고 있었다. 그의 검이 그를 약간 방해했기 때문에, 그는 그것을 손에 쥐었고, 이제는 훨씬 잘되었다. 그리고 내가 적당히 떨어져 있는 곳에서도 그가 여전히 조그맣게 환호하는 소리를 들었을 때, 만약 내 친구가 나를 때려죽이려 한다 해도 그가 나를 구하지 못하리라는 것을 확신했다.

그러나 이제 나는 내가 무엇을 해야 하는지도 알았다. 왜냐하면 섬뜩한 사건들을 눈앞에 두고서야 비로소 나는 큰 결심에 사로잡혔기 때문이다. 나는 도망쳐야만 했다. 그것은 아주 쉬웠다. 이제 왼쪽의 카알 다리로 접어들 때 나는 오른쪽의 카알 거리로 뛰어갈 수 있었다. 그 길은 모퉁이가 많았다. 그곳에는 어두운 대문들이 있었고 아직 열려 있는 술집이 있었다. 나는 실망할 필요가 없었다.

우리가 부두 끝 아치 밑에 나타났을 때, 나는 팔을 높이 쳐들고 골목으로 뛰어 들어갔다. 그러나 막 성당의 작은 문 쪽으로 갔을 때 나는 넘어졌다. 그곳에는 내가 미처 보지 못했던 층계가 하나 있었기 때문이었다. 꽝 소리가 났다. 다음 가로등은 멀리 떨어져 있어서 나는 어둠 속에 누워 있었다. 어떤 술집에서 뚱뚱한 한 여자가 그을린 작은 등잔 하나를 가지고 나와서, 길거리에 무슨 일이 생겼는지 살펴보았다. 피아노 소리가 멈추고 한 남자가 반쯤 열린 문을 활짝 열었다. 그는 어떤 층계 위에다 굉장하게 침을 뱉었다. 그리고 여자의 양쪽 가슴 사이를 간질이면서, 무슨 일이 생기든 간에, 어쨌든 그것은 아무런 의미가 없는 거라고 말했다. 그러자 그들은 몸을 돌렸고, 문은 다시 닫혔다.

나는 일어서려고 애를 썼으나 다시 넘어졌다. "빙판이구나." 하고 말하면서 나는 무릎에 통증을 느꼈다. 그러나 술집에서 나온 사람들이 나를 보지 못한 것이 기뻤고, 그래서 날이 샐 무렵까지 거기 누워 있는 것이 나에게는 가장 편할 것처럼 생각되었다.

내 친구는 아마도 나의 작별을 눈치채지 못한 채 혼자서 다리까지 갔었을 것이다. 왜냐하면 그는 얼마 후에 내게로 왔으니까. 그가 불쌍히 여기며 나에게 몸을 숙이고 부드러운 손으로 나를 쓰다듬어주었을 때, 나는 그가 놀라워하는 것은 보지 못했다. 그는 나의 광대뼈를 위아래로 쓰다듬고 나서, 두 개의 굵은 손가락을 나의 낮은 이마 위에 올려놓았다. "아프셨죠? 여기는 빙판이니 조심해야 돼요—머리가 아프세요? 아닌가요? 아, 무릎이군요. 그렇군요." 그는 마치 이야기를 들려주는 것처럼, 더구나 아주 오래전에 있었던 한쪽 무릎의 통증에 대한 아주 유쾌한 이야기를 해주는 것처럼 노래하는 음조로 말했다. 그는 자신의 팔을 움직이기는 했지만, 나를 일으키려는 생각은 하지 않았다. 나는 오른손으로 머리를 받치고서—팔꿈치는 포석 위에 놓여 있었다—할 말을 잊어버릴까 봐 재빨리 말했다. "사실 난 내가 왜 오른쪽으로 뛰어왔는지 모르겠어요. 이 성당의 나뭇잎들 아래로—이 성당 이름은 모르겠군요. 오, 제발, 용서하세요—고양이 한 마리가 가는 게 보였어요. 작은 고양이였는데, 그것은 밝은색 털을 가지고 있었어요. 그래서 내가 그걸 알아봤던 거지요—오 아니에요, 그게 아니었어요. 용서하세요. 그러나 하루 종일 자신을 억제하는 것은 충분히 힘든 일입니다. 그래서 사람들은 이 노고를 위해 원기를 얻으려고 잠을 자는 거지요. 그러나 잠을 자지 않는다면, 가끔 우리들에게 무용한 일들이 생깁니다. 그러나 그것에 대해 공공연하게 놀라다니, 우리 동반자들은 예의가 없습니다."

나의 친구는 양손을 주머니에 넣고서 텅 빈 다리 너머를 바라보았다. 크로이츠헤렌 성당을, 그러고는 맑은 하늘을 바라보았다. 그는 내 말에 귀 기울이지 않았으므로, 불안해하며 이렇게 말했다. "친애하는 분이여, 그런데 당신은 왜 아무 말도 하지 않나요. 몸이 좋지 않은가요—그래요. 당신은 도대체 왜 일어나지 않나요—여기는 정말 추운데요. 당신은 감기에 걸릴 거예요. 게다가 우리는 라우렌치산에 가려고 했잖아요."

"물론이에요. 용서하세요."라고 말하면서 나는 혼자서 일어났다. 그러나 통증이 심했다. 나는 비틀거렸고, 내 입장에 대해 확신을 갖기 위해 카알 4세의 입상을 뚫어져라 쳐다보아야만 했다. 그러나 달빛은 확실치가 않아서, 카알 4세의 입상도 동요하게 했다. 나는 깜짝 놀랐고, 내 다리는 두려움으로 훨씬 강해졌다. 내가 안정된 자세를 취하지 않는다면, 카알 4세 입상이 떨어져 내릴지도 모른다. 나중에는 나의 노력이 소용없는 짓처럼 생각되었다. 카알 4세가 정말 떨어져버렸으니까. 그것은 내가 아름다운 하얀 드레스를 입은 어떤 소녀에게 사랑을 받을 거라는 생각이 막 떠올랐던 바로 그때였다.

나는 쓸데없는 짓을 하며 많은 것을 놓쳐버린다. 그런 생각이 떠올랐다는 것은 얼마나 행복한 일이었는가. 그 소녀에 관한 것 말이다!—그리고 달이 나에게도 비치다니, 저기 저 달은 정말로 사랑스러웠다. 나는 겸손해져서 다리 망루의 아치 아래 서 있고자 했다. 그러나 그때 나는 달이 모든 것을 비추는 것은 매우 자연적인 일이라는 것을 깨달았다. 그래서 나는 기쁨에 차서 달을 온전히 즐기기 위해 팔을 활짝 폈다—그때 이런 시구가 떠올랐다.

나는 골목길을 따라 뛰듯이 달렸다
달려가는 취객처럼
발로 공중을 구르면서

그러자 나는 무기력한 팔로 수영 동작을 하면서 통증 없이 그리고 힘들이지 않고 수월하게 앞으로 나갈 수 있게 되었다. 내 머리는 차가운 공기 속에서 좋아졌고 하얀 옷을 입은 소녀의 사랑이 나를 슬픈 황홀감 속으로 몰아넣었다. 왜냐하면 나는 마치 사랑하는 사람과 그녀의 영역인 구름 덮인 산으로부터 멀리 헤엄쳐 나오는 것처럼 느껴졌기 때문이다—그리고 나는 아마 지금도 아직 내 옆에서 가고 있을 행복한 친구를 한때 미워했었다는 것을 기억해냈고, 나의 기억력이 이렇게 사소한 것들을 간직할 만큼 좋다는 것이 기뻤다. 왜냐하면 기억이란 많은 것을 간직해야 하니까. 그래서 나는 그 모든 수많은 별들의 이름을 한 번도 배운 적이 없었음에도 돌연 알고 있었다. 물론 그건 이상한 이름들이어서 염두에 두기가 어려웠지만, 나는 그것들을 모두 그리고 아주 정확하게 알고 있었다. 나는 집게손가락으로 하늘을 가리키며 각각의 이름을 크게 말했다—그러나 나는 별들의 이름을 더 이상 말할 수 없었다. 왜냐하면 나는 계속 헤엄을 쳐야 했기 때문인데, 밑으로 가라앉고 싶지 않았으니까. 나중에 나에게 포도 위에서는 누구나 헤엄칠 수 있으니 그건 얘기할 가치도 없다는 말을 하지 못하게 하기 위해서, 나는 속도를 내서 다리 난간 위로 날아올랐고, 내가 만난 모든 성인들의 입상 주위를 헤엄치면서 돌았다―다섯 번째 입상에서 내가 막 유연한 날갯짓으로 포도 위에서 머물고 있었을 때, 내 친구가 내 손을 잡았다. 그러자 나는 다시 포도 위에 서 있었고 무릎에 통증을 느꼈다. 나는 별들의 이름을 잊어버렸고, 그 사랑스러운 소녀에 대해서도 그녀가 하얀 드레스를 입었었다는 것만을 알고 있었다. 나는 그 소녀의 사랑을 믿을 만한 어떤 근거를 가지고 있었는지조차 더 이상 기억할 수 없었다. 그런 연유로 내 마음속에는 나의 기억력에 대한 큰 분노와 그 소녀를 잃을 수도 있다는 두려움이 솟아올랐다. 그래서 나는 긴장해서 그리고 끊임없이 "하얀 드레스, 하얀 드레스" 하고 되풀이했고, 그것은 적어도 이런 하나의 표시를 통해 소녀를 내 마음속에 간직해두려는 심산이었다. 그러나 아무 소용이 없었다. 내 친구는 이야기하면서 점점 가까이 내 쪽으로 파고들었고, 내가 그의 말을 이해하기 시작한 그 순간에 아슴푸레한 하얀빛은 다리 난간을 따라 우아하게 뛰어올랐고 다리 망루를 지나가더니 어두운 골목길 안으로 뛰어 들어가 버렸다.

"언제나 나는" 하고 내 친구는 성 루드밀라의 입상을 가리키면서 말했다. "왼쪽, 이 천사의 손을 사랑했어요. 그 손의 부드러움은 끝이 없고, 쭉 펴고 있는 손가락들은 떨고 있어요. 그렇지만 오늘 밤부터 이 손들은 내게 아무 상관이 없어요. 난 그렇게 말할 수 있어요. 나는 손에 입 맞추었으니까."―그러면서 그는 나를 껴안고 내 옷에 입을 맞추었고, 내 몸에 머리를 부딪쳤다.

나는 말했다. "알았어요, 알았어. 그걸 믿겠어요. 의심하지 않을게요."라고. 그러면서 나는 손가락으로 그를 꼬집었다. 그러나 그는 그것을 느끼지 못했다. 나는 내 자신에게 말했다. "너는 왜 이 사람과 함께 가는가? 너는 그를 사랑하지도 않고 미워하지도 않는다. 그의 행

복은 단지 한 소녀로 인한 것이고, 그녀가 하얀 드레스를 입고 있는
지는 결코 확실치 않다. 그러니 이 사람은 너에게 아무런 상관이 없
다―되풀이하면―상관이 없다. 그러나 그는 이미 증명되었듯이 위
험한 사람은 아니다. 그러니 계속해서 그와 함께 라우렌치산에 가라.
왜냐하면 너는 벌써 아름다운 밤에 길을 가고 있는 중이니까. 그러나
그가 이야기하게 내버려 두어라. 그리고 너는 네 방식대로 즐겨라.
그렇게 해서―조용히 말하건대―너는 네 자신을 가장 잘 지킬 수 있
을 테니까."

II 오락 또는 산다는 것은 불가능하다는 것에 대한 증명

1. 목말 타기

이미 나는 별스런 재주로 내 친구의 양어깨 위로 뛰어 올라갔고,
내 양 주먹으로 그의 등을 찔러댐으로써 그를 가볍게 걸어가게 만들
었다. 그러나 그가 약간 불쾌하게 발을 구르거나 가끔 멈추어 서버리
면, 그를 좀 더 명랑하게 해주기 위해 나는 그의 배를 부츠로 여러 번
차주었다. 그건 성공적이어서 우리는 꽤 빠른 속도로 거대하지만 아
직 완성되지는 않은 어떤 지역의 내부로 자꾸만 들어갔다. 그곳은 밤
이었다.

내가 목말을 타고 가는 국도는 돌이 많고 꽤나 오르막길이었다. 그
러나 바로 그게 내 마음에 들어서, 나는 길을 좀 더 돌이 많고 좀 더 오
르막길이 되게 했다. 내 친구가 돌부리에 걸려 넘어졌을 때, 나는 그의
머리카락을 위로 잡아 뜯었고, 그가 탄식하자, 나는 그의 머리를 권투
하듯 때렸다. 그러면서 나는 저녁때 기분 좋게 목말 타기란 건강에 아

주 좋다고 느꼈다. 그를 좀 더 격하게 만들기 위해서, 강한 역풍이 우리에게 길게 몰아치게 했다. 이제 나는 내 친구의 넓은 어깨 위에서 튀어 오르는 말타기 동작을 과장했고, 양손으로 그의 목을 꽉 잡고 있는 동안 머리를 뒤로 활짝 젖히고 여러 모양의 구름들을 바라보았다. 그것은 나보다 더 약해서 바람에 느릿느릿 흘러가고 있었다. 나는 웃으면서 지나친 기세로 몸을 떨었다. 내 상의는 넓게 벌어지면서 나에게 힘을 주었다. 그때 나는 양손을 맞잡고 꽉 눌렀는데, 그렇게 해서 내가 내 친구의 목을 조르고 있다는 것을 모르는 것처럼 행동했다.

그러나 내가 길가에 자라나게 했던 나무들의 구부러진 가지 때문에 나에게는 보이지 않았던 하늘을 향해서 나는 말타기의 열띤 동작을 계속하면서 이렇게 소리쳤다. "언제나 마음을 빼앗기는 이야기를 듣기보다 나는 다른 일을 해야 해요. 왜 그는 내게 왔습니까, 이 사랑에 빠진 수다쟁이는요? 그들은 모두 행복하고, 특히 다른 사람이 그것을 알면, 행복해집니다. 그들은 행복한 하룻밤을 지낼 수 있다고 믿고 있고, 그렇기 때문에 벌써 미래의 삶에 대해 기뻐합니다."

그때 내 친구가 넘어졌다. 그래서 그를 살펴보니, 그가 무릎에 심한 상처를 입었다는 걸 알았다. 그는 더 이상 내게 유용하지 못했으므로, 나는 그를 돌 위에 올려두고 그를 감시하기 위해 공중에서 몇 마리의 독수리를 불러 내렸다. 그것들은 순종하며 심상치 않은 주둥이로 그 위에 내려앉았다.

2. 산책

나는 무관심하게 계속해서 갔다. 그러나 행인이 된 나는 산길을 걷는 노고를 겁내고 있었으므로, 길을 점점 더 평평하게 만들었고, 결국 길은 먼 곳에서 계곡으로 가라앉게 되었다.

내 의지에 의해 돌들은 사라졌고, 바람은 조용해졌다가 밤에는 아주 없어져버렸다. 나는 씩씩하게 행진하면서 갔다. 그리고 산을 내려가고 있었으므로, 나는 머리를 쳐들고 몸을 똑바로 세우고 양팔은 머리 뒤로 깍지 끼고 있었다. 나는 전나무숲을 좋아하므로, 전나무숲을 지나갔다. 또 별이 빛나는 하늘을 말없이 바라보기를 좋아하므로, 광활하게 펼쳐진 하늘에서는 별들이 천천히 그리고 조용히 내 위로 떠올랐다. 물론 별들은 늘 그런 식이긴 하지만. 나는 단지 몇 조각의 펼쳐진 구름을 보았을 뿐이었는데, 구름 높이에서만 불고 있는 바람이 그 구름들을 대기를 통해 끌어당기고 있었다.

길 건너편—아마도 강이 나와의 사이를 갈라놓고 있을 것이다—꽤 먼 곳에 나는 높은 산을 우뚝 세웠는데, 그 산의 꼭대기는 잡목숲으로 덮인 채 하늘과 맞닿아 있었다. 가장 높은 나뭇가지들의 작은 움직임과 그것들의 잔가지들까지도 선명하게 보였다. 그 광경은 아주 평범하기는 했지만 나를 기쁘게 해서, 나는 한 마리 작은 새가 되어 그 멀리 떨어져 있는 텁수룩한 관목들의 가는 나뭇가지에 매달려 그네를 타면서 달을 떠오르게 하는 것을 잊고 있었다. 달은 벌써 산 뒤에 와 있었는데, 아마도 늦어지게 되어 화를 내고 있었을 것이다.

그러나 달이 떠오르면서 생겨나는 차가운 빛이 산 위에 널리 퍼지자, 돌연 달은 불안스런 관목들 중 어느 하나 뒤로 불쑥 튀어 올랐다. 그러나 나는 그 사이 다른 방향을 보고 있었는데, 이제 내 앞쪽을 쳐다보고는 달이 거의 완전히 둥근 모습으로 빛나고 있다는 걸 알았을 때, 나는 눈이 침침해져서 멈추어 서 있었다. 왜냐하면 나의 급경사진 길이 바로 이 놀라운 달 속으로 뻗어 있는 것처럼 보였기 때문이었다.

그러나 잠시 후 나는 그것에 익숙해졌고, 월출이 달에게 얼마나 어려웠을까 하고 생각하면서 그것을 유심히 바라보았다. 그러자 드디어 나와 그것이 서로에게 성큼 다가서게 된 후, 나는 기꺼운 졸음을 느꼈다. 그 졸음은 낮 동안의 노고 때문에 나에게 밀려왔다고 생각되었으나, 물론 그 노고에 대해서 나는 더 이상 기억할 수가 없었다. 나는 잠시 동안 눈을 감고 걸어가면서, 양손을 큰 소리로 그리고 규칙적으로 마주침으로써만 내 자신을 깨울 수 있었다.

그러나 길이 나에게 내 발밑에서 미끄러져 떨어지겠다고 위협하고 모든 것이 나처럼 피로해져서 사라져가기 시작했을 때, 나는 흥분된 동작으로 서둘러 길 오른편의 비탈로 기어 올라갔다. 그것은 높고 어지러운 전나무숲으로 제때에 들어가기 위해서였는데, 나는 그 숲속에서 밤을 보내려고 했다. 서두를 필요가 있었다. 별들은 이미 어두워졌고, 달은 마치 움직이는 물속에서처럼 하늘 속으로 힘없이 가라앉았다. 산은 이미 밤의 일부가 되었고, 국도는 내가 비탈로 접어들었던 바로 그곳에서 불안하게 끝나 있었다. 그리고 숲속으로부터 나무줄기들이 무너져 내리는 소리가 점점 가까이 들려왔다. 나는 곧장 이끼 위에 몸을 던지고 잠을 잘 수 있었겠지만, 그러나 개미를 무서워했으므로, 나무 기둥 둘레에 다리를 감고는 나무 위로—바람은 없는데 이 나무도 벌써 흔들거리고 있었다—기어 올라가서 가지 위에 몸을 눕혔고, 머리를 기둥에 두고 서둘러 잠들어버렸다. 근사한 꼬리를 가진 다람쥐 한 마리가 떨고 있는 가지 끝에 앉아서 나처럼 변덕스럽게 몸을 흔들고 있었지만.

나는 꿈 없이 가라앉는 듯 잠을 잤다. 월몰도 일출도 나를 깨우지 못했다. 그리고 내가 이미 깨어났을 때조차도, 나는 다시 마음을 가라앉히고, "너는 어제 낮 동안 굉장히 수고했으니까, 너의 잠을 그대로 놓아둬."라고 말하면서 계속해서 잠 속으로 빠져들었다.

그러나 꿈은 꾸지 않았어도, 나의 잠이 계속적으로 작은 방해조차 받지 않았던 것은 아니었다. 밤 동안 내내 나는 누군가가 내 곁에서 이야기하는 소리를 들었다. "강기슭의 벤치", "구름 덮인 산", "빛나는 연기를 동반한 기차들"과 같은 개별적인 말들을 제외하고 말 자체는 전혀 들리지 않았고, 다만 그 말투의 억양만이 들렸다. 그리고 나는 잠을 자는 동안에 양손을 비벼댔다는 것을 기억하고 있다. 그것은 내가 개별적인 말들을 알아듣지 않아도 된다는 것에 대한 기쁨 때문이었는데, 나는 물론 잠을 자고 있었으니까 말이다.

한밤중이 되기 전 그 목소리는 아주 유쾌해졌고, 귀에 거슬렸다. 나는 벌벌 떨기 시작했다. 왜냐하면 누군가 내 나무를—그것은 전부터 이미 흔들거렸었다—밑에서 톱질하고 있다는 생각이 들었기 때문이었다—한밤중이 지나자 그 목소리는 한결 진지해지더니 쑥 들어갔고 문장 사이사이에서 중단됐기 때문에, 마치 내가 묻지 않은 질문에 대해 대답을 하고 있는 것처럼 보였다. 나는 한결 기분 좋게 느껴져서 과감히 몸을 쭉 폈다—아침쯤에 그 목소리는 점점 더 친절해졌다. 말하는 사람의 잠자리는 결코 내 것보다 더 안전한 것은 아닌 것 같았다. 왜냐하면 나는 이제 그가 옆에 있는 가지에서 말하고 있다는 것을 알아챘기 때문이다. 그러자 나는 대담해져서 그에게 등을 돌리고 누웠다. 그것은 확실히 그를 슬프게 만들었다. 왜냐하면 그는 말하는 것을 중단하고, 그의 나지막한 탄식 소리가—나는 이런 소리를 내는 습관을 이미 완전히 버렸기 때문에—오전에 나를 깨울 때까지 침묵을 지켰기 때문이다.

나는 구름 덮인 하늘을 들여다보았다. 하늘은 내 머리 위에만 있는 것이 아니라 내 주위를 감싸고 있었다. 구름은 아주 무거워서, 이끼 위에 낮게 깔리면서 나무들에 부딪히고 가지에 찢겨졌다. 많은 구름들은 좀 더 센 바람이 불어와서 그것들을 앞으로 밀고 나갈 때까지, 얼마 동안 땅 위로 떨어져 내리거나 나무들 때문에 꼼짝 못하고 있었다. 대부분의 구름들이 솔방울, 잘린 나뭇가지, 굴뚝, 죽은 야수, 깃발 조각, 풍신기 그리고 어딘가 먼 곳에서 흔들리면서 묻혀서 왔던, 무엇인지 거의 알아볼 수 없는 다른 것들을 끌고 다녔다.

나는 나뭇가지 위에 몸을 조그맣게 쭈그리고 앉아서, 나를 위협하는 구름들이 넓어지면, 그것들을 날려 보내거나 또는 그것들을 피할 궁리를 해야만 했다. 그러나 그것은 아직 반은 잠든 상태인데다가 탄식 소리로 마음이 불안해진 나로서는 힘든 일이었는데, 그 탄식 소리는 여전히 가끔 들려오는 것 같았다. 게다가 내 생명이 안전해지면 안전해질수록, 하늘 역시 점점 더 높고 넓게 펼쳐져서, 마침내 나의 마지막 하품 후에는 밤 속에 묻힌 그 지역이 이제는 비구름 밑에 놓여 있다는 걸 알 수 있게 되었고, 나는 놀라움에 가득 차서 그 모습을 바라보았다.

이렇게 순식간에 넓어진 나의 시야 때문에 나는 놀랐다. 나는 길을 알지도 못하는 이 땅으로 내가 왜 왔는지 곰곰이 생각해보았다. 나는 꿈속에서 길을 잃었는데 내가 처한 상황에 대한 놀라움을 깨어나서야 비로소 느끼고 있는 것같이 생각되었다. 다행히도 그때 숲속에서 새 한 마리가 지저귀는 소리가 들려왔고, 내가 즐거움을 위해 이곳으로 왔을 거라는 생각이 나를 스치면서 마음이 가라앉았다.

"너의 인생은 단조로웠지." 나는 그것을 확인하기 위해 큰 소리로 말했다. "너를 어딘가 다른 곳으로 데려가는 일이 정말로 필요했어. 너는 만족할 수 있을 거야. 여기는 즐거운 곳이야. 해가 빛나고 있잖아."

해가 비치고 있어서 비구름은 하얘졌고 푸른 하늘 위에서 가벼워지고 작아졌다. 그것은 빛나면서 둥글게 뭉쳐졌다. 나는 계곡에서 강을 보았다.

"그래, 그건 단조로웠어. 너는 이런 즐거움을 얻을 만해." 나는 계속해서, 무리하게 말했다. "그러나 그건 위태롭지는 않았어." 그때 나는 누군가 놀랍도록 가까이에서 탄식하는 소리를 들었다.

나는 빨리 기어 내려가려고 했지만, 나뭇가지가 내 손처럼 마구 떨렸기 때문에 놀라서 공중에서 떨어졌다. 나는 떨어지면서 전혀 부딪치지 않았고 통증도 없었지만, 기운이 없고 불행하게 느껴져서, 숲의 땅바닥 속에 얼굴을 묻었다. 내 주위에 있는 사물들을 보아야 하는 노력을 견뎌낼 수 없었기 때문이었다. 모든 행동이나 모든 생각은 강요된 것이며, 그러므로 그러한 것들로부터 자신을 지켜야 한다고 나는 확신하고 있었다. 그와 반대로 팔을 몸에 붙이고 얼굴을 숨긴 채여기 잔디에 누워 있는 것은 가장 자연스러운 일일 거라고. 그리고 나는 내가 이미 이러한 분명한 상황에 있다는 것이 사실 기쁘다는 것을 내 자신에게 말해주었다. 왜냐하면 그렇지 않다면 나는 그러한 상황에 도달하기 위해서 걸음걸이나 말과 같이 훨씬 힘이 드는 정신적 긴장들을 필요로 했을 테니까.

그러나 별로 오래 누워 있지도 않았을 때, 누군가 우는 소리가 들려왔다. 그 소리는 내 곁 가까이에서 났고, 나를 화나게 했다. 그것은 나로 하여금 우는 자가 누구일까를 생각해보게 할 만큼 화를 돋우었다. 그렇지만 그런 생각을 시작하자마자 나는 분노에 찬 공포감 속에서 몹시 난폭하게 뒹굴었으므로, 전나무의 바늘잎으로 완전히 덮인 채 산비탈을 굴러 길의 먼지 속으로 떨어졌다. 그리고 먼지 긴 뿌연 눈으로 이 모든 것이 다만 상상일 뿐이라고 생각하며 바라보았음에도 불구하고, 나는 드디어 그 모든 유령과 같은 사람들로부터 떠나기 위해 곧장 그 길을 계속해서 달려갔다.

나는 뛰어가면서 헐떡거렸고 당황해서 자제력을 잃었다. 나는 내 양다리가 무릎 슬개골을 널찍하게 돌출시키면서 활발하게 움직이는 모습을 보았다. 그러나 나는 더 이상 지속할 수가 없었다. 왜냐하면 내 팔은 앞뒤로 흔들거렸고, 마치 매우 즐거운 외출 때처럼 내 머리 역시 동요했기 때문이다. 그럼에도 불구하고 나는 구조를 청하기 위해 냉정하게 그리고 필사적으로 노력했다. 그때 틀림없이 가까운 곳에 있을 강이 생각났고, 곧 나는 좁다란 길 하나를 보고는 몹시 기뻤다. 그 길은 옆으로 굽어져 있었는데 풀밭 사이를 몇 번 뛰고 나니 나는 강기슭에 와 있었다.

강은 넓었고, 온통 자그마한 물결이 빛나고 있었다. 다른 편 기슭도 역시 풀밭에 접해 있었는데, 그 풀밭은 관목숲으로 바뀌었고, 그 뒤로 시야가 넓고 멀리 펼쳐지면서 연둣빛 언덕으로 나 있는 밝은 과일나무 길이 보였다.

이런 광경에 기뻐하면서 나는 몸을 눕혔고, 두려움에 찬 울음소리에 맞서 귀를 막고 있는 동안, 여기서는 만족할 수 있을 거라고 생각했다. 왜냐하면 이곳은 고적하고 아름답기 때문이다. 이곳에 사는 일은 그다지 많은 노력을 요구하지 않는다. 이곳에서도 어떤 다른 곳에서와 마찬가지로 분명히 자신을 괴롭히게 될 수도 있겠지만, 그러면서 아름답게 행동하지 않아도 될 것이다. 그럴 필요가 없을 것이다. 왜냐하면 여기는 오직 산들과 큰 강이 있을 뿐이고, 아직 나는 그것들이 살아 있지 않다고 여길 만큼 충분히 영리하기 때문이다. 그렇다. 내가 밤에 혼자서 오르막의 풀밭 길에서 넘어진다고 해도, 나는 산보다 더 고독해지지는 않을 것이다. 물론 내가 그것을 느낀다는 것만을 제외한다면. 그러나 그 느낌 역시 곧 사라져버릴 것이라고 생각한다.

그렇게 나는 나의 미래의 삶과 유희를 즐겼고 잊기 위해 끈기 있게 노력했다. 그때 나는 실눈을 뜨고 예사롭지 않게 상서로운 빛깔에 물들어 있는 저 하늘을 바라보았다. 나는 오랫동안 하늘을 그렇게 바라보지 못했었다. 나는 감동을 받았고, 하늘을 그렇게 바라볼 수 있다고 믿었던 그 어떤 날들을 떠올렸다. 나는 귀에서 양손을 떼어 팔을 넓게 벌렸고 그것들을 풀밭 속으로 떨어지게 했다.

나는 누군가 계속해서 소리 죽여 흐느끼는 소리를 들었다. 바람이 불어왔고, 예전에는 본 적이 없는 아주 많은 마른나무 잎새들이 쏴쏴 소리를 내면서 날아올랐다. 과실나무에서는 덜 익은 열매들이 미친 듯이 땅바닥을 두들겨댔다. 어떤 산 뒤쪽으로부터 불쾌한 구름이 다가왔다. 강 물결은 소리치기 시작했고 바람 앞에서 뒤로 물러났다.

나는 빨리 일어났다. 가슴이 아팠다. 왜냐하면 이제 내가 고통으로부터 빠져나온다는 것은 불가능한 것처럼 보였기 때문이다. 나는 이미 이 지역을 떠나서 예전의 삶의 방식으로 돌아가기 위해 방향을 바꾸고자 했다. 그때 나에게 '아직 우리 시대에도 고귀한 사람들을 이런 어려운 방법으로 강 너머로 쫓아 보내고 있다니 정말 이상하구나. 거기에 관해서 그것이 오래된 관습이라는 것 이외에는 다른 아무런 해명이 없구나.' 하는 생각이 들었다. 나는 머리를 흔들었다. 괴이쩍다는 생각이 들었기 때문이었다.

3. 뚱보

1) 풍경에게 말을 걸다

다른 편 강기슭의 관목숲으로부터 네 명의 벌거벗은 남자들이 거창하게 걸어 나왔다. 그들은 어깨 위에 나무로 된 가마를 메고 있었다. 이 가마 위에는 어마어마하게 뚱뚱한 한 남자가 동양인의 자세로 앉아 있었다. 그는 관목숲을 뚫고 길이 닦이지 않은 곳으로 실려가고 있었음에도, 가시 돋친 가지들을 양쪽으로 헤치지 않고, 그의 움직여지지 않는 몸뚱이를 그 가지에 그대로 부딪치며 지나갔다. 그의 주름진 살덩어리들은 매우 세심하게 펼쳐져 놓여 있어서, 그것은 가마 전체를 뒤덮고 있을 뿐 아니라 노란빛이 도는 양탄자의 가장자리 장식처럼 옆면으로 흘러내려 매달려 있었는데, 그럼에도 그에게 전혀 방해가 되지 않았다. 그의 머리털 없는 두개골은 작고 노랗게 빛났다. 그의 얼굴은 생각에 잠겨 있으며 또한 그것을 숨기려고 애쓰지도 않는 사람의 우직한 표정을 담고 있었다. 잠시 동안 그는 눈을 감았다. 다시 눈을 떴을 때, 그의 턱이 뒤틀어졌다.

"풍경이 내 생각을 방해한다."라고 그는 작은 소리로 말했다. "그것은 마치 격노한 물살이 흘러내릴 때의 출렁다리처럼 내 생각들을 흔들어놓는다. 풍경은 아름답고, 그렇기 때문에 바라봐주기를 원하지."

"나는 눈을 감고 말한다. 너, 물을 향해 돌을 굴리는 강변의 푸른 산아, 너는 아름답구나."

"그러나 그 산은 만족하지 않는다. 그것은 나의 눈이 자기를 향해 열리기를 원한다."

"그러나 내가 눈을 감고 이렇게 말하면, 산이여, 나는 너를 사랑하지 않는다. 왜냐하면 너는 나에게 구름과 노을과 높아지는 하늘을 생각나게 하기 때문이며, 그것들은 나를 거의 울게 만드는데, 우리가 작은 가마를 타고서는 도저히 그것들에 도달할 수 없는 까닭이다. 그러나 음침한 산이여, 너는 나에게 이것을 보여주는 반면, 또한 나의 원경을 가려버린다. 원경은 아름다운 전망 속에서 도달할 수 있는 것을 보여주어 내 마음을 기쁘게 해주는데도 말이다. 그렇기 때문에 나는 너를 사랑하지 않는다. 물가의 산이여, 그렇다. 나는 너를 사랑하지 않는다."

"그러나 이런 말은 그것에게는 내가 예전에 했던 말이나 마찬가지일 것이다. 내가 열린 눈을 가지고 말하지 않는다면 말이다. 그렇지 않고는 그것은 만족하지 않는다."

"그러니 우리 두뇌 속의 골에 대해 변덕스런 편애를 가지고 있는 그것, 그것을 다만 똑바로 지키기 위해서 우리가 그것을 우리와 친밀한 것으로 유지해야만 한다 하더라도, 그것은 자신의 톱니 모양의 그림자를 내 위로 내리깔 터이고 말없이 끔찍스럽도록 황량한 벽들을 내 앞으로 내밀 터이고 나의 가마꾼들은 길을 가다가 작은 돌에 걸려 넘어질 것이다."

"그렇다. 산이여 너는 아름답다. 그리고 너의 서쪽 허리의 숲들은 나를 기쁘게 한다—꽃이여, 너에게도 역시 나는 만족한다. 그리고 너의 분홍빛은 나의 영혼을 즐겁게 한다—너 풀밭의 잔디는 벌써 높이 자라 강해졌고 시원스럽다—그리고 너 진기한 덤불은 그렇게도 갑작스레 찔러대서, 우리의 사고가 비약할 정도이다. 그러나 너 강을 나는 너무도 좋아하여, 나는 너의 굽이치는 물을 지나 나를 실어 가도록 할 것이다."

그는 그의 체구 중 그래도 겸손해 보이는 잔등 밑으로 이런 칭찬을 큰 소리로 열 번 외친 후에, 자신의 머리를 떨구었고 눈을 감고 이렇게 말했다.

"그러나 이제—나는 너희들에게 부탁한다—산, 꽃, 풀, 덤불, 그리고 강이여, 나에게 숨을 쉴 수 있는 약간의 공간을 다오."

그때 주변의 산들이 신속하게 움직이기 시작하더니 짙은 안개 뒤에서 충돌했다. 가로수 길들은 흔들리지 않고 길의 폭을 유지하고 있었지만, 때가 되자 사라졌다. 왜냐하면 하늘의 태양 앞에는 가장자리에서 은은한 빛이 새어 나오는 습기 찬 구름 한 조각이 있었는데, 땅은 그 그림자 속으로 깊숙이 가라앉았고, 그러는 동안 모든 사물들은 자신들의 아름다운 경계선을 잃어버렸기 때문이었다.

가마꾼들의 걸음걸이는 내가 있는 기슭에까지 들려왔지만, 나는 그들의 어두운 사각형 꼴의 얼굴에서 아무것도 자세하게 구별할 수 없었다. 나는 단지 그들이 머리를 옆으로 비스듬히 기울이고 있다는 것과 싣고 가는 짐이 보통이 아니었으므로 등을 구부리고 있다는 것

만을 알 수 있었다. 나는 그들이 걱정되었는데, 그들이 피로하다는
것을 알아챌 수 있었기 때문이다. 그래서 나는 긴장하여 바라보았다.
그들은 기슭의 풀밭으로 들어서서, 여전히 한결같은 걸음걸이로 젖
은 모래밭을 걸어갔고, 마침내 진흙의 갈대밭 속으로 가라앉았다. 그
때 뒤편의 두 가마꾼은 가마를 수평의 상태로 유지하기 위해 몸을 더
욱 깊숙이 숙였다. 나는 두 손을 맞잡고 꽉 눌렀다. 이제 그들은 걸음
을 옮길 때마다 발을 높이 들어 올려야만 했기 때문에, 그들의 몸뚱
이는 이 변하기 쉬운 오후의 서늘한 공기 속에서 땀으로 번들거리고
있었다.

뚱보는 양손을 넓적다리 위에 올려놓은 채 조용히 앉아 있었는데,
갈대의 긴 끝이 앞의 가마꾼들 뒤로 튕겨 올라와서는 그를 가볍게 스
쳤다.

가마꾼들의 움직임은 물에 가까워질수록 더욱 불규칙하게 되었
다. 때때로 가마는 마치 벌써 파도 위에 놓여 있는 것처럼 흔들렸다.
갈대밭 속의 작은 웅덩이들은 건너뛰어야 하거나, 아마도 웅덩이가
깊기 때문인 것 같은데, 돌아가야 하기도 했다. 한 번은 야생 오리들
이 소리를 지르며 날아올라 비스듬히 비구름 속으로 올라갔다. 그때
나는 짧은 흥분 속에서 뚱보의 얼굴을 보았다. 그의 얼굴은 매우 불
안해 보였다. 나는 일어서서, 물로부터 나를 분리시키고 있는 돌로
된 산 중턱을 서둘러 거침없이 뛰어넘었다. 나는 그것이 위험하다는
것에는 주의하지도 않고, 단지 뚱보의 하인들이 그를 더 이상 메고
갈 수 없다면 그를 도와야 한다는 생각밖에는 하지 않았다. 나는 생
각 없이 달렸기 때문에, 저 아래 물가에서 멈추어 서지 못하고 물을
튕기며 물속으로 얼마큼 뛰어 들어가야만 했고, 물이 무릎까지 닿는
곳에서야 비로소 멈추어 섰다.

그러나 저편에서는 하인들이 몸을 심하게 돌리면서 가마를 물속

으로 가져갔고, 그들은 거친 물 위에서 한 손으로는 몸을 가누고 있는 반면 끈기 있는 네 개의 팔로는 가마를 높이 받치고 있어서, 이상하게 솟아오른 근육을 볼 수 있었다.

물은 처음에는 턱을 쳤고, 그리고 나서는 입까지 차올라서, 가마꾼들의 머리는 뒤로 젖혀졌고 가마대는 어깨까지 떨어졌다. 그들이 아직 강의 중간에조차 이르지 못했음에도 불구하고 물은 이미 콧마루 주위에서 출렁거렸지만, 그들은 여전히 노력을 중단하지 않았다. 그때 낮은 파도가 앞선 이들의 머리 위로 덮쳤고, 네 명의 남자는 침묵한 채로 물에 빠졌다. 그러면서 그들은 거친 손으로 가마를 자신들과 더불어 아래로 끌어당겼다. 물은 단숨에 잇달아 돌진해왔다.

그때 거대한 구름의 가장자리에서 저녁 햇살이 비스듬히 새어 나와 지평선에 경계한 언덕과 산들을 아름답게 물들였는가 하면, 강과 구름 아래 지역은 희미한 빛 속에 잠겨 있었다.

뚱보는 밀려오는 물 쪽을 향해 천천히 몸을 돌렸고, 강 아래쪽으로 실려 내려갔다. 마치 불필요해져서 강 속으로 내던져 버려진 밝은 빛을 띤 목제 신상神像처럼. 그는 비구름이 반사되고 있는 물 위로 떠내려갔다. 기다란 구름이 그를 잡아당겼고, 구부러진 작은 구름은 그를 밀어서 대단한 혼란이 일 정도였고, 그 혼란은 찰랑대는 물에서, 나의 무릎에서 그리고 언덕의 돌에서 알아차릴 수 있을 정도였다.

나는 가는 길에 그 뚱보를 동반하기 위해서 급히 경사진 곳으로 다시금 기어올랐다. 왜냐하면 진정으로 그를 사랑했기 때문이다. 그리고 아마 나는 겉으로 보기에는 안전한 시골의 위험성에 대한 무언가를 경험할 수 있었을 것이다. 그래서 나는 모래 지대 위로 갔다. 그 협소한 모래 지대에 우선 익숙해져야만 했다. 양손을 호주머니에 찌르고 얼굴을 강을 향해 직각으로 돌리고 있었기에 턱은 거의 어깨 위에 놓여 있었다.

언덕의 돌 위에는 온화한 제비들이 앉아 있었다.

뚱보가 말했다. "언덕의 신사 양반, 저를 구할 생각은 마세요. 그것은 물과 바람의 복수랍니다. 이제 나는 끝장입니다. 그래요, 복수이지요. 그 이유는 언제나 그래왔듯이 우리가 이 사물들을 공격해왔기 때문입니다. 나와 내 친구인 기도하는 자, 우리의 종들이 울릴 때, 심벌즈가 뻔쩍거리는 가운데, 트럼펫이 매우 화려하게 빛나는 가운데, 팀파니가 도약하듯 비치는 가운데 말입니다."

날개를 활짝 편 한 마리의 작은 갈매기가 그의 배를 관통해 날아갔는데, 속도는 줄어들지 않았다.

뚱보는 계속해서 이야기했다.

2) 기도자와 대화를 시작하다

그 무렵 나는 매일같이 어떤 성당에 다니고 있었다. 내가 사랑했던 한 소녀가 저녁이면 반 시간가량 그곳에서 무릎을 꿇은 채 기도를 올렸는데, 그런 시간이면 나는 그녀를 조용히 바라볼 수 있었기 때문이었다.

언젠가 그 소녀가 오지 않아 언짢은 기분으로 기도하는 사람들을 바라보고 있었는데, 한 젊은이가 특히 눈에 들어왔다. 그는 깡마른 온몸을 바닥 위에 던져놓은 채로였다. 이따금씩 그는 온 힘을 머리에 모으고 한숨을 쉬면서 돌바닥 위에 놓인 자신의 손바닥 위에 머리를 조아리곤 했다.

성당 안엔 단지 몇 사람의 나이 든 여인들만이 있었는데, 그들은 그 기도하는 젊은이 쪽을 바라보기 위해서 가끔 천으로 감싼 작은 머리를 비스듬히 돌리곤 했다. 이런 관심에 그는 행복했던지 경건한 기도를 올리기 전에 반드시 바라보는 사람들이 많은지 어떤지를 살펴보곤 했다. 그것을 철면피 같다고 생각한 나는 그가 성당을 나설 때

말을 걸어 왜 그런 식으로 기도를 하는지 물어보기로 작정했다. 그렇다. 나는 나의 소녀가 오지 않아 화가 나 있었던 것이다.

그러나 한 시간 후에야 비로소 일어난 그가 바지를 오랫동안 문질러댔기 때문에 나는 이렇게 소리치고 싶었다. "됐네, 됐어. 당신이 바지를 입고 있다는 것을 우린 다 알고 있어." 그는 조심스럽게 성호를 긋고는 뱃사람처럼 힘들어하며 성수대 쪽으로 갔다. 나는 성수대와 문 사이의 길목에 서 있었기에, 어떤 해명 없이는 그를 통과시키지 않을 거라는 것을 잘 알고 있었다. 단호하게 말을 할 때 언제나 사전 준비로서 늘상 그러듯이 나는 입을 찌그러뜨렸다. 나는 쭉 뻗은 오른쪽 다리로 몸을 지탱하고, 반면에 왼쪽 다리를 발돋움했다. 왜냐하면 내가 종종 경험해봤듯이, 그것이 나에게 확고함을 주었기 때문이다.

이 남자가 성수를 얼굴에 뿌렸을 때, 이미 그는 나를 욕하고 있었을 수도 있다. 아마도 그는 나를 벌써부터 눈치채고 걱정했을지 모른다. 왜냐하면 그가 이제 예상치 않게 문 쪽으로 달려가서 나가버렸기 때문이다. 나는 그를 붙잡기 위해서 무의식적으로 몸을 날렸다. 유리문이 탁 하고 닫혔다. 내가 그 즉시 문을 빠져 나갔을 때 그는 더 이상 보이지 않았다. 거기엔 좁은 골목길이 여러 갈래 나 있었고 교통이 복잡했기 때문이었다.

그 이후로 그는 오지 않았으나 나의 소녀는 와서 예배당 측면 한구석에서 다시금 기도를 했다. 그녀는 검은 옷을 입었는데, 그것의 어깨와 목 위에는 투명한 레이스가 달려 있었다―레이스 밑으로 반달 모양으로 파진 내의의 가장자리가 보였다―레이스의 아래쪽 가장자리로부터 잘 재단된 비단 칼라가 내려와 있었다. 소녀가 나타난 관계로 나는 그 젊은이를 잊어버렸고, 그가 후에 다시 규칙적으로 와서 자기 방식대로 기도를 드렸을 때에도 나는 그에게 별 관심을 두지 않았다.

그러나 언제나 그는 내 곁을 급히 서둘러 지나갔다. 얼굴을 돌린 채로. 그런 반면 그는 기도를 하면서 수없이 나를 눈여겨보았다. 마치 그는 내가 그때 그에게 말을 걸지 않았기 때문에 나에게 화가 난 듯이 보였다. 그리고 내가 그에게 말을 걸려는 시도를 통해서 결국 실제로도 그렇게 해야 할 의무를 받아들였어야 했다고 여기는 듯했다. 나는 기도 후 늘 그녀를 쫓아가다가 어둠 속에서 그와 부딪칠 때면 그가 미소 짓고 있다는 생각이 들었다.

　그에게 말을 걸어야 할 그런 의무는 물론 없었다. 그리고 나에게는 더 이상 그에게 말을 걸고 싶은 욕구도 없었다. 언젠가 내가 허겁지겁 성당 광장에 도착했을 때 시계는 벌써 일곱 시를 알렸다. 그래 그 소녀는 이미 오래전부터 성당에 없었고, 그 사람만이 제단 난간 앞에서 일을 끝마쳤을 때에도 나는 아직 꾸물대고 있었다.

　마침내 나는 발뒤꿈치를 들고 문이 있는 통로로 미끄러지듯 달려가서, 거기에 앉아 있던 눈먼 거지에게 동전 한 닢을 건네주고는 그의 옆에 앉아 열린 문짝 뒤에 몸을 바짝 붙였다. 거기에서 나는 그 기도하는 사람을 위해 마련한 놀라운 일을 생각하며 대략 반 시간 동안 즐거워했다. 그러나 그것은 오래가지 않았다. 곧 나는 매우 불쾌했지만 내 옷 위로 기어오르는 거미들을 그냥 내버려 두었다. 그리고 누군가가 커다랗게 숨을 쉬면서 성당의 어둠으로부터 나올 때마다, 매번 몸을 수그려야만 한다는 것은 괴로운 일이었다.

　바로 그때 그도 역시 왔다. 잠시 전에 시작된 커다란 종소리가 그의 마음에 들지 않는다는 것을 나는 알아차렸다. 그는 나서기도 전에 발뒤꿈치를 든 채로 우선 가볍게 땅바닥을 더듬어보아야 했다.

　나는 일어서서 큰 걸음으로 다가가 그를 잡았다. "안녕하시오."라고 나는 말하고는 그의 옷깃을 붙잡고 그를 계단 밑 밝은 곳으로 밀어붙였다.

우리가 아래로 내려오자, 그가 내 쪽으로 몸을 돌렸는데, 나는 그때까지도 그를 뒤에서 붙잡고 있었기 때문에 이제 가슴과 가슴을 맞대고 서 있게 되었다.

"붙잡고 있는 뒤를 좀 놓아주었으면 좋겠군요!" 그가 말했다. "당신이 저에 대해서 어떤 의심을 품고 있는지는 모르겠지만, 난 의심받을 만한 일을 한 게 아무것도 없습니다." 그러고는 다시 한번 이렇게 말하는 것이었다. "당신이 저에게 어떤 의심을 갖고 있는지 정말 알 수 없어요."

"물론 이 문제가 의혹이니 무죄니 하고 떠들어댈 성질의 것은 아닙니다. 제발 그런 말은 말아주시기 바랍니다. 우리는 서로 간에 낯선 사이입니다. 우리가 알게 된 시간은 성당의 계단보다도 높지 않습니다. 우리의 무죄에 대해 이야기하기 시작한다면, 우리의 얘기는 어디로 흘러가게 될지 모를 겁니다."

"제 생각도 그렇습니다." 그가 말했다. "거기다가 당신은 '우리의 무죄'에 대해 이야기하시는데, 제가 저의 무죄를 입증이라도 한다면, 당신도 똑같이 당신의 무죄를 입증하지 않으면 안 될 것 같다는 말인가요? 그런 뜻인가요?"

"그것이든 혹은 다른 것이든 간에 나는 당신에게 무엇인가 물어볼 양으로 말을 건 겁니다. 알겠어요!" 내가 말했다.

"전 집에 가고 싶은데요." 그는 말하고는 몸을 약간 돌렸다.

"그러실 겁니다. 다른 일로 내가 뭐 당신께 말을 걸었겠어요? 당신의 눈이 아름다워서 말을 건 것은 전혀 아닙니다."

"당신은 진정인지 어떤지 모르겠군요. 어떤 건가요?"

"여기서 그런 일이 문제시되지 않는다는 것을 다시 한 번 당신께 이야기해야만 되나요? 여기서 솔직함이니 비솔직함이니 그것이 무슨 소용이 있겠어요. 내가 물으면 당신은 대답만 하고 작별 인사를 하면 되는 겁니다. 제발 그래주신다면 당신도 역시 집에 갈 수 있습니다. 그것도 원하시는 대로 빨리 말입니다."

"우리 다음번에 만나는 게 더 낫지 않을까요? 적당한 시기에 어때요? 커피숍은 어떨까요? 그런데 당신의 신부께서 몇 분 전에 막 떠났는데, 아직 충분히 따라잡을 수 있어요. 그녀가 꽤나 오래 기다렸는데요."

"아닙니다." 나는 지나가는 전차의 소음 때문에 소리를 질렀다. "당신은 나에게서 빠져나가지 못해요. 점점 내 마음에 드는데요. 당신은 굴러온 복이에요. 저는 기쁘답니다."

그러자 그가 말했다. "아니 이럴 수가, 당신은 소문대로 강심장에다 목석같은 머리를 지녔군요. 절 굴러온 복이라 부르다니, 정말 행복하시겠군요! 저의 불행은 흔들리는 불행이어서 그걸 건드리기만 하면, 그것은 심문자에게 떨어지지요. 그러니 안녕히 계세요."

"좋습니다." 나는 말하고는 갑자기 그에게 달려들어 그의 오른손을 붙잡았다.

"당신이 자발적으로 대답하지 않는다면, 강제로 하게 만들겠소. 왼쪽이든 오른쪽이든 당신이 가는 곳이라면 어디든지 따라갈 거요. 당신 방으로 연결된 계단도 따라 올라갈 것이며 그리고 당신 방에서도 앉을 자리를 마련할 것입니다. 아주 분명해요. 나를 좀 보세요. 벌써 그렇게 하고 있잖아요. 하지만 당신은—" 나는 그에게 가까이 다가갔다. 그는 나보다 머리 하나가 더 컸으므로 나는 그의 목에다 대고 이야기했다. "당신은 내가 그런 짓을 못하도록 어떻게 용기를 내겠습니까?"

그러자 그는 뒤로 물러나면서 나의 양손에 번갈아가며 키스를 하고 양손을 눈물로 적셨다.

"당신에게는 아무것도 거절하기가 힘들겠군요. 제가 집으로 가고 싶다는 것을 당신이 알고 있었듯이, 당신에게는 아무것도 거절할 수 없다는 것을 아까부터 이미 저도 알고 있었어요. 단지 부탁하고 싶은 것은 저 건너편 옆 골목으로 가는 편이 낫겠다는 겁니다." 나는 머리를 끄덕이고 우리는 그리로 갔다. 마차 하나가 우리를 갈라놓아 내가 뒤로 처지게 되자 그가 나에게 서두르라고 손짓을 했다.

그러나 그는 드문드문 노란 가로등이 있는 골목길의 어둠이 불만이었는지 나를 어떤 낡은 집의 낮은 복도 안쪽의 전등 밑으로 데리고 갔는데, 그 전등은 목제 계단 앞에 떨어질 듯이 대롱대롱 매달려 있었다.

거기에서 그는 점잔을 빼며 손수건을 꺼내어 계단 위에 펼쳐놓으면서 말했다. "어서 앉으세요, 친애하는 선생님. 거기서 더 잘 물어보실 수 있을 겁니다. 저는 서 있겠어요. 그러면 대답을 더 잘할 수 있습니다. 그러나 저를 괴롭히지는 말아주십시오."

그래서 나는 앉아서 눈을 가늘게 뜨고 그를 응시하면서 이렇게 말했다. "당신은 희한한 정신병자요. 그게 당신이란 말이오. 성당에서 당신이 어떻게 행동하는지 알아요! 그게 얼마나 가소로운지 그리고 보는 이들을 얼마나 불쾌하게 하는지! 사람들이 당신을 주목해야 한다면 어떻게 기도에 몰두할 수 있겠소."

그는 몸을 담벼락에 꼭 붙이고 있었는데, 단지 머리만을 공중에서 자유롭게 움직였다. "화내지 마세요—선생님은 왜 자신에게 속하지 않은 일로 화를 내셔야 합니까. 제가 자연스럽지 못하게 행동할 때면, 제 자신도 화가 납니다. 그러나 다른 사람이 잘못된 행동을 하면, 저는 기쁩니다. 그러니까 다른 사람들에게 보여지는 것이 저의 기도의 목적이라고 말씀드리더라도 화를 내지는 마십시오."

"무슨 말을 하고 있는 거요." 하고 나는 그 낮은 통로에서는 너무나 크게 소리쳤다. 그러나 나는 곧 목소리가 약해질까 봐 걱정이 되었다.

"정말이지, 무슨 말을 하는 거요. 그래, 이미 알겠소. 당신이 어떤 상태에 있는지, 당신을 처음 봤을 때부터 알고 있었소. 나도 경험이 있거든. 그게 단단한 땅 위에서 느끼는 뱃멀미 같은 거라고 내가 말한다면, 농담으로 하는 말이 아니오. 그건 당신이 사물들의 이름을 잊어버려서 이제 급히 우연한 이름들을 그것들에게 마구 쏟아붓고 있는 상태요. 오로지 빨리, 오로지 빨리! 그러나 당신이 그것들로부터 도망치자마자, 당신은 다시 그것들의 이름을 잊어버리지요. 당신이 '바벨탑'이라고 명명했던 포플러나무는—왜냐하면 당신은 그것이 포플러나무인 줄 몰랐거나 알고 싶지 않았기 때문인데—다시 무명無名으로 흔들거리지요. 그러면 당신은 그것을 '술 취했을 때의 노아'라고 명명하게 될 거요."

그가 '저는 당신이 한 말을 이해하지 못해서 기쁩니다.'라고 말했으므로 나는 약간 당황했다.

나는 흥분해서 급히 말했다. "당신은 그것을 기뻐함으로 해서 당신 자신이 그것을 이해했다는 것을 보여주고 있는 거요."

"물론 저는 그것을 보여드렸습니다, 인자하신 선생님. 하지만 선생님 역시 이상하게 말씀하셨지요."

나는 양손을 위쪽 계단 위에 올리고는 뒤로 기대어 섰다. 그리고 레슬러의 최후의 방어 방법인 거의 비공격적인 자세로 물었다.

"당신은 자신의 상태를 다른 사람들에게서 추측함으로써 자신을 구제하려는 재미있는 기질을 가지고 있군요."

그러자 그는 용감해졌다. 그는 자신의 신체에 통일감을 주기 위해 팔짱을 끼고서, 가볍게 반대의 뜻을 표했다.

"아닙니다. 저는 모든 사람들을 상대로 그렇게 하지는 않습니다. 예를 들어 당신을 상대로 그렇게 하지는 않습니다. 왜냐하면 저는 그럴 줄 모르니까요. 그렇지만 제가 그렇게 할 수 있다면, 저는 기쁠 거예요. 그렇게 되면 저는 성당 안 사람들의 주목이 더 이상 필요치 않게 될 테니까요. 제가 왜 그걸 필요로 하는지 아십니까?"

이 질문은 나를 당황하게 만들었다. 두말할 나위도 없이 나는 그것을 몰랐고, 알고 싶지도 않다고 생각했다. 나는 정말이지 여기에 오고 싶지 않았어, 하고 그때 나는 혼잣말을 했다. 그러나 그 사람은 자기 말을 귀 기울여 듣도록 강요했다. 그래서 나는 이제 내가 그 이유를 몰랐다는 걸 그에게 알리기 위해, 오직 머리를 흔들기만 하면 되었다. 그러나 나는 조금도 머리를 움직일 수가 없었다.

내 맞은편에 서 있었던 그 사람은 미소를 지었다. 그러더니 그는 무릎을 굽히고 앉아 졸린 듯이 얼굴을 찡그리며 이야기했다.

"제가 스스로 인생을 납득했던 때는 결코 없었습니다. 그러니까 저는 제 주위의 사물들을 오직 너무나 나약한 생각 속에서 이해하기 때문에, 언제나 그 사물들이 한때는 살아 있었지만 이제는 퇴락하고 있는 거라고 믿고 있습니다. 친애하는 선생님, 저는 언제나 사물들이 저에게 모습을 드러내기 전에 없어져버릴지도 모른다는 심정으로 그것들을 바라보고 싶은 고통스러운 충동을 갖는답니다. 그때 그것들은 아마 아름답고 조용할 겁니다. 틀림없이 그럴 거예요. 저는 종종 사람들이 사물들에 대해 그런 식으로 이야기하는 것을 듣고 있으니까요."

그때 나는 침묵을 지켰는데, 다만 본의 아니게 얼굴을 씰룩거려서 내가 불쾌하다는 것을 나타냈기 때문에, 그가 물었다.

"사람들이 그렇게 말한다는 것을 믿지 않으십니까?"

나는 고개를 끄덕거려야 한다고 생각했지만, 그렇게 할 수 없었다.

"정말로 그것을 믿지 않으시나요? 아아, 한번 들어보세요. 제가 어린아이였을 때 낮잠을 잠깐 자고 나서 눈을 떴지요. 그때 저는 아직 잠에 완전히 취한 상태로 어머니가 발코니에서 자연스러운 목소리로 아래를 향해 이렇게 물어보는 소리를 들었습니다. '이봐요, 뭘 하세요? 날씨가 이렇게 더운데.' 하구요. 어떤 부인이 정원에서 '풀밭에서 간식을 들고 있어요.'라고 대답했습니다. 그들은 전혀 생각지도 않고, 또 각자가 그것을 예상하고 있었던 듯이 별로 확실치 않게 그런 말을 했어요."

나는 내가 질문을 받은 거라고 생각했다. 그래서 나는 바지 뒷주머니에 손을 집어넣고 거기서 무엇을 찾는 체했다. 그러나 나는 아무것도 찾지 못하고 대화에 관심을 표시하기 위해 단지 나의 시선을 바꾸려고 했을 뿐이었다. 그러면서 나는 그런 일은 정말 이상스럽고, 나는 그것을 전혀 이해하지 못한다고 말했다. 나는 그것이 진실이라고 믿지 않으며, 그것은 내가 지금 알아챌 수 없는 어떤 특별한 목적 때문에 지어낸 이야기임이 틀림없을 거라고 덧붙였다. 그러고 나서 나는 눈을 감았다. 눈이 아팠기 때문이었다.

"오, 선생님께서 저와 같은 의견이시라니, 그거 정말 잘됐군요. 그리고 그것을 저에게 말씀하시려고 저를 불러 세우신 건 이기심 때문만은 아니었군요.

제가 똑바로 걷지 못해서 걷는 게 힘이 들고, 지팡이로 돌이 깔린 보도를 두드리지 않으며, 시끄럽게 떠들며 지나가는 사람들의 옷을 스치지 않는 것을 제가 왜 부끄러워해야 됩니까—혹은 우리가 왜 부끄러워해야 합니까—그렇지 않습니까. 각이 진 어깨를 지닌 저의 그림자가, 가끔은 진열장 유리 속으로 사라지기는 하지만, 집들을 따라 껑충껑충 뛰어가고 있다는 것을 오히려 당연히 대담하게 호소해야 되는 것은 아닙니까.

제가 지내온 세월은 어떤 나날들이었던가요! 어째서 모든 것이 그렇게 잘못 지어져서, 겉으로는 그 이유를 발견할 수 없는데도 이따금씩 고층 건물들이 내려앉는지요. 그러면 저는 폐허 더미 위로 기어 올라가서 만나는 사람마다 이렇게 물어봅니다. '어떻게 이런 일이 일어날 수 있는지요! 우리 도시에서—새 집이 말입니다—그것도 오늘 벌써 다섯 번째입니다—생각 좀 해보세요.' 그때 아무도 나에게 대답해주지 못했습니다.

가끔 사람들이 골목에서 쓰러져 죽은 채로 누워 있습니다. 그러면 상인들은 물건들로 가려져 있는 문을 열고 경쾌하게 다가와서는 그 죽은 자를 어떤 집 안으로 옮겨놓고는 입과 눈 주위에 미소를 짓고 나오면서 말을 합니다. '안녕하세요?—하늘이 흐리군요—저는 두건을 많이 팔고 있답니다—그렇습니다. 전쟁이지요.' 저는 집 안으로 껑충껑충 뛰어 들어갑니다. 그리고 굽은 손가락이 달린 손을 두려운 듯 여러 번 들어 올린 후에, 마침내 건물 관리인 집의 작은 창문을 두드립니다. '친애하는 분이여' 하고 저는 다정하게 말합니다. '죽은 사람이 댁으로 옮겨져 왔지요. 그를 저에게 보여주십시오. 부탁드립니다.' 그가 마치 결심이나 한 듯이 고개를 흔들면, 저는 분명하게 말합니다. '친애하는 분이여, 저는 비밀경찰입니다. 어서 그 죽은 자를 저에게 보여주십시오.' '죽은 사람이라고요?'라고 이제 그는 묻고는 매우 불쾌해합니다. '아니오, 여기는 죽은 사람이 없습니다. 이곳은 품위 있는 집안입니다.' 저는 인사를 하고 나옵니다.

그렇지만 큰 광장을 가로질러 가야 한다면, 저는 모든 것을 잊어버립니다. 이런 일을 해야 하는 어려움이 저를 당황하게 합니다. 그래서 저는 가끔 혼자 생각해봅니다. '만약 사람들이 오직 오만에서 그렇게 큰 광장들을 짓는 것이라면, 그 광장을 가로지르는 돌난간은 왜 세우지 않는 것일까. 오늘은 남서풍이 분다. 광장의 공기는 들떠 있다. 시청 탑 꼭대기의 풍량계는 작은 원을 그리고 있다. 왜 사람들은 궁지에 빠져 있을 때 조용히 있지 못할까? 이게 도대체 웬 소음이란 말인가! 모든 유리창이 소리를 내고, 가로등의 기둥들이 대나무처럼 휘어진

424

다. 기둥 위의 성모마리아의 겉옷이 휘감기고, 사나운 바람이 그 옷을 할퀴어댄다. 도대체 아무도 이것을 보지 않는단 말인가? 돌로 된 보도 위를 걸어가야 할 신사 숙녀들이 부유한다. 바람이 한숨 돌리면, 그들은 멈추어 서서 서로 몇 마디 말을 주고받으며 머리를 숙여 인사를 한다. 그러나 바람이 다시 몰아치면, 그들은 버틸 수가 없어 모두가 동시에 발을 들어올린다. 그들은 모자를 꼭 거머쥐고 있지만, 그들의 눈은 온화한 날씨인 양 즐거이 바라본다. 오직 나만이 두려워한다.'"

앞서처럼 나는 기분이 뒤틀려서 이렇게 말했다. "당신이 앞서 정원에서 있었던 당신 어머니와 부인에 대해서 들려주었던 이야기를 나는 전혀 이상하다고 생각지 않소. 나는 그런 식의 이야기를 많이 듣고 경험했을 뿐만 아니라, 많은 경우 함께 참여하기까지 했소. 그런 일은 정말 아주 자연스러운 것이오. 내가 발코니 위에 있었더라면 그와 똑같이 말하지 않았으리라고 생각하시오? 또 정원에서도 그와 똑같이 응답하지 않았으리라고 말이오? 그건 아주 간단한 사건이에요."

내가 그렇게 말하자, 그는 매우 행복한 듯 보였다. 그는 내가 맵시 있게 옷을 입고 있으며 내 넥타이가 마음에 든다고 말했다. 그리고 내가 얼마나 고운 피부를 지녔는지도. 고백이란 그것을 취소할 때에 가장 솔직한 것인지도 모른다.

3) 기도자의 이야기

그러자 그는 내 곁에 앉았다. 나는 부끄러워졌기 때문에, 머리를 옆으로 숙인 채 그에게 자리를 내주었다. 그럼에도 불구하고 나는, 그 역시 분명히 당황해하며 앉아 있었고 언제나 나로부터 어느 정도 거리를 유지하려 애썼으며 그리고 억지로 이렇게 말하는 것을 놓치지 않았다.

"이런 날을 보내게 되다니!"

어제 저녁에 나는 한 사교 모임에 참석했다. 가스 불빛 속에서 나는 막 한 소녀에게 인사를 하면서 이렇게 말했다.

"겨울이 벌써 문턱에 와 있다니 정말 기쁘군요." 내가 막 이런 말을 하면서 몸을 굽혔을 때 오른쪽 위 넓적다리의 관절이 겹질려서 몸의 상태가 좋지 않음을 느꼈다. 무릎뼈 역시 약간 늘어났다.

그래서 나는 자리에 앉아 나의 주장에 대한 안목을 계속 고수하려고 했기 때문에 이렇게 말했다.

"겨울은 힘이 훨씬 덜 들기 때문에, 사람들은 보다 가볍게 행동할 수 있고, 자신의 말에 그렇게 신경을 쓸 필요가 없지요. 그렇지 않아요, 아가씨? 이 일을 내가 제대로 이해하고 있길 바라요."

그러면서 나는 오른쪽 발 때문에 몹시 화가 났다. 왜냐하면 처음에 그것은 완전히 와해되는 것 같은 느낌이었다가, 점차 비로소 나는 다리를 오므리고 적당히 위치를 바꿈으로써 정상으로 돌아올 수 있었기 때문이었다.

그때 나는 동감하는 뜻으로 자리에 앉았던 그 소녀가 조용히 말하는 소리를 들었다.

"아니에요, 당신은 전혀 제 마음에 들지 않아요. 왜냐하면…….."

"잠깐만요," 나는 만족하고도 기대에 가득 차 이렇게 말했다. "아가씨, 당신은 저와 이야기하는 데 단 오 분도 걸리지 않을 겁니다. 말하는 사이에 드세요. 부탁입니다."

그때 나는 팔을 뻗어 청동으로 만든, 날개 달린 소년에 의하여 떠받쳐진 그릇에서 촘촘히 달린 포도송이를 집어서 그것을 약간 공중에 들고 있다가 푸른 테를 두른 작은 접시 위에 놓고는 그 소녀에게 맵시 있게 내밀었다.

"당신은 제 마음에 전혀 들지 않아요. 당신이 말씀하시는 모든 것

426

이 권태롭고 이해할 수가 없어요. 그래서 아직은 진실되지 못해요. 말하자면 신사 양반—어째서 당신은 저를 항상 아가씨라고 부르는지 모르겠어요—제 생각에 당신은 진실이 너무 부담스럽기 때문에, 단지 그 이유만으로 진실을 멀리하려는 거예요."

저런, 그때 난 얼마나 유쾌했는지 모른다! "그래요, 아가씨, 아가씨," 나는 거의 이렇게 외쳤다. "당신이 옳아요! 사랑스런 아가씨, 이해하시겠어요. 그것을 겨냥한 것도 아닌데 그렇게 이해하다니, 그거야말로 신나는 거지요."

"진실은 당신에게는 정말 너무나 힘든 거지요. 신사 양반, 당신 모습에서 그렇게 보이기 때문이지요! 당신은 당신의 전체 길이에 맞춰 비단 종이로 오려낸 거예요. 노란 비단 종이로, 그래 실루엣처럼 말입니다. 그래서 당신이 걸어가면 틀림없이 와삭거리는 소리를 들을 거예요. 그러므로 당신의 태도나 혹은 의견에 대해 분격해하는 것도 역시 옳지 않습니다. 왜냐하면 당신은 바로 방 안에 있는 기류에 따라 몸을 굽혀야 하기 때문입니다."

"이해하지 못하겠군요. 여기 방 안 주위에는 물론 몇 사람이 있습니다. 그들은 의자 등받이 주위에 팔을 휘감거나, 피아노에 기대거나, 머뭇거리며 잔을 입에 가져가거나, 두려운 듯 옆방으로 가거나 그러고는 어둠 속에서 상자에 어깨를 부딪쳐 상처를 입은 후에는 숨을 몰아쉬며 열린 창가에서 기대어 이런 생각에 잠기지요. '저게 저녁별 금성이구나. 그러나 나는 이 사교 모임에 있다. 그것이 서로 어떤 관계를 갖고 있다 해도 나는 그것을 이해할 수가 없다. 하지만 어떤 관계가 있는지조차도 난 전혀 알 길이 없다.'—여보세요, 사랑스런 아가씨, 사교 모임 자체가 애매모호해서 그렇게 결단을 내리지 못하고, 정말 우스꽝스럽게 태도를 취하고 있는 이 모든 사람들 중에서 오로지 나만이 나에 관해 아주 분명한 것을 들을 만한 가치가 있는 것 같군요. 사교 모임이 또한 유쾌함으로 가득 차 있도록 당신은 기지가 넘치는 말을 함으로써, 내부가 완전히 타버린 집에도 중요한 부분인 담벽만은 남게 되듯이, 무엇인가 뚜렷이 남도록 해주고 있습니다. 이제 시야는 거의 방해를 받지 않고, 낮에는 커다란 창구멍을 통해 하늘에 떠 있는 구름을, 밤에는 별들을 볼 수 있습니다. 그러나 아직도 구름들은 이따금씩 잿빛 바위들에 의해 갈라지고, 별들은 이상스러운 형상들을 만들어내고 있지요―살고자 하는 사람들은 모두가―당신이 말했듯이―노란 비단 종이의 실루엣 모양으로 재단되어 있는 나처럼 언젠가는 그렇게 보일 것이라는 것에 대해 감사를 토로하면 어떨까요? 그들이 걸어가면, 주름들이 부딪쳐 나는 소리가 들릴 거예요. 그들은 지금과 다르지 않을 거예요. 그러나 그들은 그렇게 보일 거예요. 당신까지도, 사랑스런 아가씨……."

그때 나는 그 소녀가 더 이상 내 곁에 앉아 있지 않다는 것을 알아차렸다. 그녀는 마지막 말을 하고 곧 떠나가 버린 모양이었다. 왜냐하면 그녀는 이제 나에게서 멀리 떨어져 창가에 서 있었는데, 높고 하얀 칼라를 한, 큰 소리로 웃으며 말하고 있는 젊은 남자들에게 둘러싸여 있었다.

그런 다음 나는 즐겁게 한 잔의 포도주를 마시고는, 아주 외톨이가 되어 머리를 끄덕이며 슬픈 작품을 치고 있던 피아노 연주자에게로 갔다. 그가 놀라지 않도록 나는 그의 귀 가까이 몸을 굽혀 그 작품의 멜로디를 나직이 말했다.

"존경하는 신사 양반, 제가 피아노를 좀 쳐도 되겠습니까? 지금 막 행복해지려는 참이니까요."

그가 내 말에 귀를 기울이지 않았기 때문에, 나는 잠시 동안 당황해 서 있다가, 부끄러움을 무릅쓰고 이 손님 저 손님에게로 가서는 말이 난 김에 이렇게 말했다.

"오늘 제가 피아노를 쳐보겠습니다. 괜찮겠죠."

모든 사람들이 내가 피아노를 칠 줄 모른다는 것을 알고 있는 듯했다. 그들은 대화가 중단된 것을 유쾌하게 생각해서인지 친절하게 큰소리로 웃었다. 그러나 나는 아주 큰 소리로 피아노 연주자에게 말했다. "존경하는 신사 양반, 제가 피아노를 좀 쳐도 되겠습니까. 실은지금 막 행복해지려는 참이거든요. 승리에 대한 문제거든요."

피아노 연주자는 중단은 했으나 자신의 갈색 의자를 떠나지 않은채 나를 이해할 수 없다는 표정을 지었다. 그는 한숨을 내쉬고 긴 손가락으로 얼굴을 가렸다.

이미 나는 어느 정도 연민을 느껴, 여주인이 한 무리의 사람들을데리고 왔을 때 다시금 연주하도록 그를 북돋아주려고 했다.

"그건 재미있는 착상이군요." 마치 내가 이상스러운 짓을 시도나하는 듯이, 그들은 큰 소리로 웃으며 말했다.

그 소녀도 역시 거기에 합류해서 나를 업신여기듯이 쳐다보고는이렇게 말했다.

"사모님, 제발 그에게 피아노를 좀 치게 해주세요. 어쨌든 그는 사람들을 즐겁게 해주고 싶은가 봐요. 그건 칭찬할 만한 일이지요. 제발, 사모님."

모두들 크게 기뻐했다. 왜냐하면 분명 그들 역시 나와 똑같이 그것이 아이러니컬한 말이라고 생각하고 있었기 때문이었다. 단지 피아노 연주자만이 말이 없었다. 그는 머리를 수그리고 왼손 집게손가락으로 의자의 나무를 쓰다듬었다. 마치 모래에 그림을 그리듯이 말이다. 나는 몸을 부르르 떨면서 그것을 감추기 위해서 양손을 바지 주머니에 찔러넣었다. 나는 역시 더 이상 분명하게 말할 수 없었다. 왜냐하면 온통 울음이 터져 나오려고 했기 때문이었다. 그래서 나는 울고 싶다는 내 생각이 청중들에게 우스꽝스럽게 들리도록 말들을 선택하지 않으면 안 될 정도였다.

"사모님 지금 전 피아노를 치지 않으면 안 되겠어요. 왜냐하면……." 하고 내가 말했다. 나는 그 이유를 잊어버렸기 때문에 생각지도 않게 피아노에 앉았다. 그때 나는 다시금 나의 상태를 이해했다. 피아노 연주자가 일어서더니 상냥하게 의자 위로 올라섰다. 왜냐하면 내가 그의 길을 막고 있었기 때문이었다. "불을 좀 꺼주십시오. 전 어둠 속에서만 칠 수 있습니다." 나는 일어섰다.

그때 두 신사가 의자를 잡고는 나를 피아노로부터 멀리 식탁으로 옮겼다. 휘파람으로 노래를 부르며, 나를 약간씩 흔들며.

모두가 환호하는 듯이 보였고 그 소녀가 이렇게 말했다. "보세요, 사모님, 그가 아주 맵시 있게 피아노를 치지 않았나요? 전 알고 있었어요. 그런데도 당신께서는 염려하셨지요."

나는 이해했고 머리를 숙여 감사했는데, 멋지게 해냈다.

누군가 내게 레몬주스를 부어주었고 붉은 입술을 한 한 처녀가 내가 마시는 잔을 잡았다. 여주인은 나에게 은 접시에 거품 모양의 구운 과자를 주었고, 새하얗게 옷을 입은 한 소녀는 그 과자를 내 입안에 넣어주었다. 숱이 많은 금발 머리를 한 풍만한 한 처녀는 내 머리 위로 포도송이를 들고 있어서 나는 뜯어 먹기만 하면 되었다. 그러는 동안에 그녀는 피하는 내 눈을 빤히 들여다보고 있었다.

모두가 나를 그렇게 좋게 대했으므로, 내가 다시 피아노가 있는 곳으로 가려 하자 그들이 하나같이 나를 저지하는 데 대해 나는 사뭇 놀랐다.

"이젠 됐어요." 내가 지금까지 알아차리지 못했던 주인 남자가 말했다. 그는 밖으로 나갔다가 곧 거대한 실린더 모자와 꽃으로 장식된 적갈색 오버코트를 가지고 돌아와서는 "당신 것입니다."라고 했다.

내 물건들은 아니었으나, 그에게 다시 한 번 확인하는 수고를 끼칠 마음은 없었다. 주인 남자가 직접 나에게 오버코트를 입혀주었는데 내 가느다란 몸에 착 달라붙듯 아주 잘 맞았다. 선한 얼굴을 한 한 숙녀가 점차 몸을 굽히며 코트의 길이를 따라 단추를 잠그며 내려갔다.

"그럼 잘 가세요. 그리고 곧 다시 들르세요. 당신은 언제나 환영이에요. 당신도 아시죠." 하고 여주인이 말했다. 그러자 꼭 그럴 필요가 있다는 듯이, 모든 사람들이 인사를 했다. 나도 역시 인사를 하려 했으나 코트가 너무 꽉 조였다. 그래서 모자를 들고는 서툰 모양으로 문을 나섰다.

내가 총총걸음으로 집 문을 나섰을 때, 하늘에서는 달과 별 그리고 거대한 창공이, 그리고 원형 광장에서는 시청과 마리아 입상과 성당이 나를 갑자기 덮쳐왔다.

나는 조용히 그늘진 곳으로부터 달빛으로 나와, 오버코트의 단추를 끄르고는 몸을 따뜻하게 했다. 그러고는 양손을 들어 밤의 아우성 소리를 잠재우고 곰곰이 생각하기 시작했다.

'너희들이 마치 실제로 존재하는 체하다니, 어떻게 된 거지. 너희들은 창백한 보도 위에 우스꽝스레 서 있는 내가 비현실적인 존재라고 믿게 하려는 생각이었는가? 하지만 그대 하늘이여, 네가 실제로 존재했던 것은 이미 오래전 일이란다. 그리고 너 원형 광장 역시 한 번도 존재한 적이 없었단다.'

'그건 물론 사실이야, 너희들은 여전히 나보다 우월하지. 그렇지만 내가 너희들을 가만히 놓아둔 때뿐이란다.'

"달아, 다행히도 너는 더 이상 달이 아니구나. 하지만 달이라고 명명된 너를 여전히 달이라고 부르는 것은 내가 무관심한 탓인지도 모른다. 내가 널 '이상한 빛깔의 잊혀버린 종이 초롱'이라고 부르면, 너는 어째서 더 이상 거만을 떨지 못하지. 그리고 내가 널 '마리아 입상'이라 부르면, 너는 어째서 거의 움츠러들다시피 하는 거지. 마리아 입상아, 내가 널 '노란빛을 던지는 달'이라고 부르면, 너의 위협적인 모습을 더는 볼 수가 없구나."

'너희들에 대해 곰곰이 생각하는 것은 너희들에게 이롭지 못하다는 것이 사실인 모양이구나. 용기도 건강도 쇠퇴하는 것을 보니 말이야.'

'세상에, 곰곰이 생각하는 사람이 술주정꾼에게서 배운다면, 틀림없이 굉장히 유익할 텐데!'

'왜 모든 게 조용해진 거지. 바람이 더 이상 불지 않는 것 같군. 그리고 가끔 작은 바퀴를 달고 있는 듯 광장 위를 굴러다니는 작은 집들도 아주 단단히 붙어 있는데—조용—조용—보통 때는 땅과 구별이 되는 가늘고 검은 선이 전혀 보이지 않는군.'

그래서 나는 달리기 시작했다. 나는 아무 방해를 받지 않고 그 큰 광장 주위를 빙 둘러 세 번 뛰었다. 그리고 술주정꾼을 만나지 못했으므로, 나는 속도를 줄이지 않고 또 힘들다고 느끼지도 않으면서 카알 거리를 향해 뛰었다. 내 그림자는 내 옆에서 마치 벽과 길바닥 사이의 오목하게 파인 길을 가듯이 나보다 작은 모습으로 벽에 붙어서 달려왔다.

내가 소방서를 지나가고 있었을 때 작은 원형 광장에서 소음이 들려왔다. 그리고 그곳으로 접어들자 분수의 격자 울타리에 기대어 서 있는 술주정꾼이 보였다. 팔을 수평으로 들고 나무 슬리퍼에 꿰여 있는 두 발을 동동 구르면서.

나는 우선 호흡을 진정시키느라고 멈추어 서 있었다. 그러고 나서 그에게로 다가가 실크 모자를 벗고 나를 소개했다.

"안녕하십니까, 상냥한 귀인 나리. 저는 스물세 살이지만 아직 이름이 없습니다. 그렇지만 당신은 분명히 이 대도시 파리 태생으로 놀랄 만한, 정말 노래처럼 리드미컬한 이름을 가지고 있겠지요. 매끄러운 프랑스 궁정의 아주 부자연스러운 냄새가 당신을 둘러싸고 있습니다그려."

"분명 당신은, 높고 밝은 테라스에서 꽉 끼는 코르셋을 입고 빈정대듯이 뒤돌아보면서 서 있는 저 위대하신 숙녀님들을 묘한 눈으로 보셨겠지요. 계단 위에 펼쳐진 그녀들의 아름다운 긴 옷자락 끝이 아직 정원 모래 위에 놓여 있고요—여기저기 늘어선 긴 장대 위로 대담하게 재단한 잿빛 평상복과 하얀 바지를 입은 하인들이 기어오르고 있는데, 다리로 장대를 끼고, 하지만 상체는 가끔 뒤와 옆으로 구부린 채였지요. 그들은 밧줄에 매어진 거대한 잿빛 아마포 천들을 땅으로부터 끌어 올려 공중에 팽팽하게 펴야 하는데, 그 이유는 위대하신 숙녀님들께서 안개 낀 아침을 원했기 때문이었지요."

그가 트림을 했기 때문에 나는 몹시 놀라서 이렇게 말했다. "신사 양반, 정말 당신께서 우리의 파리, 저 폭풍우 치는 파리에서 왔다는 것이 사실인가요? 아니, 이 미친 듯이 우박이 때리는 날씨를 뚫고 말입니까?" 그가 다시 트림을 했기 때문에 나는 당황해서 이렇게 말했다. "그것이 저에게 대단한 영광을 가져온 걸 알고 있지요."

그리고 나는 손가락을 빨리 놀려 코트의 단추를 채우고 나서 성급하게, 그리고 부끄러워하며 말했다. "당신이 내게 대답할 가치가 없다고 생각한다는 걸 알고 있어요. 하지만 제가 오늘 당신에게 질문하지 않는다면, 저는 울며 인생을 보내야 할 겁니다."

"바라건대 멋쟁이 신사 양반, 사람들이 나에게 해주었던 얘기가 사실인지요? 파리엔 오직 멋지게 치장된 옷으로 만들어진 사람들만이 있나요? 거기엔 단지 현관만 있는 집들이 있나요? 그리고 여름날 하늘은 물 흐르듯 푸르고, 단지 뭉쳐진 하얀 작은 구름들로 아름답게 장식되어 있으며, 그 구름들이 모두 하트 모양이라는 게 사실인가요? 그리고 거기엔 늘 대성황을 이루는 진기품 전시실이 있다고요.

그곳에는 가장 유명한 영웅들, 범죄자들과 연인들의 이름표들이 매달려 있는 나무들만이 덩그러니 서 있다면서요."

"그리고 또 이런 소식도 있지요! 이 틀림없는 허위 소식 말입니다!"

"파리의 거리들은 갑자기 둘로 갈라진다는데 사실인가요? 거리들이 불안하다는데 사실인가요? 언제나 모든 게 제대로이지 않다는데, 어찌 그럴 수가 있을까요! 사고가 한번 나면, 사람들은 길바닥을 거의 건드리지 않는 대도시 특유의 큰 걸음걸이로 옆길에서 모여든다지요. 모두가 호기심에 차 있긴 하지만, 실망할까 봐 겁을 낸다지요. 그들은 숨을 헐떡대면서 머리를 앞으로 내민다지요. 그러나 서로 몸이 닿게 되면, 깊이 머리를 숙여 이렇게 용서를 구한다면서요. '정말 미안합니다—고의가 아니었습니다. 사람들이 너무 많이 모였어요. 용서하세요—죄송스럽게도 제가 아주 서툴렀군요—그 점을 시인합니다. 제 이름은—제 이름은 제롬 파로쉬입니다. 전 카보탱 거리의 잡화상입니다—허락하신다면, 제가 내일 점심에 당신을 초대해도 될까요—저의 집사람도 매우 기뻐할 겁니다.' 그들은 그렇게 말한다지요. 그러나 그러는 동안에 거리는 마비되고, 집들 사이로 굴뚝의 연기가 내려앉는다지요. 바로 이렇다지요. 어느 상류층 지역의 번화한 환상 도로에서 두 대의 자동차가 섰다고 가정합시다. 하인들이 정중하게 문을 엽니다. 여덟 마리의 시베리아산 족보 있는 사냥개들이 그 뒤를 춤추듯 따라 내려와서 짖어대며 차도 위로 뛰어오릅니다. 그러면 바로 그들이 파리의 분장한 젊은 멋쟁이들이라고 사람들은 말한다지요."

그는 두 눈을 꼭 감고 있었다. 내가 말이 없자, 그는 양손을 입에 넣고 아래턱을 잡아당겼다. 그의 옷은 완전히 더러워져 있었다. 아마 누군가 그를 술집에서 밖으로 내던져버린 모양인데, 그는 아직도 그것을 확실하게 알지 못하고 있었다.

낮과 밤 사이에는 아마도 짧고 아주 조용한 휴식 시간이 있었을 것이다. 우리가 기대하지 않는데도 머리가 우리를 목에 매달아놓고, 우리가 알아차리지 못하는데도 모든 것이—우리가 바라보고 있지 않기 때문에—조용해지고는 다시 사라져버리는 그런 시간이. 그동안에 우리는 굽어진 육신으로 혼자 남아 있다가 다시 주위를 둘러보지만, 더 이상 아무것도 보지 못하며, 거슬러 불어오는 바람도 느끼지 못한다. 그러나 우리는 마음속으로, 지붕과 다행히도 각진 굴뚝이 있는 집들이 우리와 어느 정도 떨어져 서 있다는 생각에 매달린다. 어둠은 그 굴뚝을 통해 집 안으로 흘러들고, 다락방을 통해 여러 방 안으로 흘러드는 것이다. 그리고 내일이면—믿어지지 않지만—모든 것을 다시 볼 수 있는 낮이 오리라는 것은 하나의 행운인 것이다.

그때 술주정꾼은 눈썹을 높이 치켜세워서 눈과 눈썹 사이에 어떤 빛이 생긴 것 같았는데, 띄엄띄엄 이런 얘기를 들려주었다. "그건 그러니까—나는 그러니까 졸려요. 그러니 나는 자러 갈 거요—벤첼스 광장에 내 동서가 하나 살지요—나는 그곳으로 가요. 나는 거기서 사니까, 거기 내 침대가 있으니까—이제 갑니다—다만 그의 이름이 무언지 그리고 어디 사는지 그걸 모른다는 것뿐이지—그걸 잊어버린 것 같아요—그렇지만 괜찮아요. 나는 나에게 동서가 정말 있는지조차 전혀 모르겠거든—이제 정말 갑니다—내가 그 사람을 찾을 거라고 생각하시오?"

그 말에 나는 무심코 이렇게 말했다. "물론입니다. 그렇지만 당신은 외국에서 왔어요. 그리고 당신의 하인들이 우연히도 지금 당신 곁에 없는 거예요. 허락하신다면, 제가 당신을 모시고 가지요."

그는 대답하지 않았다. 그래서 나는 그가 팔짱을 끼도록 내 팔을 그에게 내어주었다.

4) 뚱보와 기도자와의 계속되는 대화

나는 그러나 얼마간이라도 명랑해지려고 했다. 머리를 비비면서 나는 혼잣말로 중얼거렸다.

"네가 말할 때가 되었어. 넌 벌써 매우 당황해하는구나. 궁지에 몰린 기분을 느끼는 모양이지? 좀 기다려봐! 넌 이런 상황이 어떤 건지 알고 있을 거야. 성급히 생각하지 마! 주위 사람들도 기다리겠지."

"지난주 모임에서와 같군그래. 누군가 베낀 것을 낭독하는구먼. 그가 요청한 대로 내가 한 페이지를 베꼈지. 나는 그가 쓴 몇 쪽짜리 글을 읽고는 놀랐지. 그건 주견이 별로 없어. 사람들은 책상 위에 놓인 세 쪽짜리 문건 너머로 몸을 구부리지. 나는 그게 내 문건이 아니라고 눈물로 맹세하지."

"그러나 그것이 어째서 오늘과 비슷하다는 건가. 거리감을 주는 대화는 전적으로 너의 책임이야. 모든 것이 평화롭다네. 여보게, 좀 노력해보게나!—그렇지만 넌 이의를 갖게 될 거야—넌 이렇게 말할 수 있을 거야. '나는 졸려요. 머리가 아파요. 안녕.' 그래 서두르게, 재빨리. 남의 눈에 띄도록 해보게나!—이게 뭐야? 또다시 어려운 일이 생겼나? 무얼 회상하고 있지?—나는 지상의 방패인 거대한 하늘을 향해 솟아 있는 고원지대를 회상하고 있다네. 난 그 고원지대를 산에서 바라보고 그 고원을 편력할 준비를 했다네. 나는 노래하기 시작했지."

내 입술은 말라서 이렇게 말하려 했을 때 말을 잘 듣지 않았다. "사람은 달리 살 수는 없는가요!"

"그럴 수 없어요." 그는 미소를 지으면서 물어보듯 말했다.

"그러나 어째서 그들은 저녁에 성당에서 기도를 할까요." 내가 그때까지 말없이 지지했던 모든 것이 나와 그 사이에서 허물어지자, 나는 그렇게 물었다.

"아니에요, 어째서 우리가 그것에 대해 말해야 하는 건가요. 혼자

사는 사람들은 저녁에는 아무런 책임을 지지 않지요. 사람들은 많은 것을 두려워하지요. 구체적인 것이 혹시 사라지지나 않을까, 인간이란 황혼 속에서 보여지는 모습이 실제 모습이 아닐까, 사람들은 지팡이 없이는 걷지 못하지 않을까, 다른 사람들에게 보이기 위해서 그리고 육신을 얻기 위해서 성당에 가고 소리를 지르며 기도를 올리는 것은 좋은 일이 아닐까 하고 말입니다."

그가 그렇게 말하고 나서 침묵했기 때문에 나는 호주머니에서 붉은 손수건을 꺼내어 몸을 굽히고 울었다.

그는 일어나 나에게 키스하고는 이렇게 말했다.

"어째서 당신은 우시나요? 당신이 키가 큰 것이 좋아요. 당신의 손은 길고, 마음먹은 대로 움직일 수 있어요. 어째서 당신은 그 점을 즐거워하지 않나요. 충고하건대 항상 소매 끝이 검은 색깔의 옷을 입으세요—아니에요—나는 당신에게 아첨하는 거예요. 그런데도 우시겠어요? 당신은 삶의 괴로움을 아주 이상적으로 견디어내는군요."

"우리는 본래 필요 없는 전쟁 무기, 탑, 담벼락, 비단으로 된 커튼을 만들고, 그러고는 우리가 그들에 대해 생각할 시간을 갖게 되면 그것들에 대해 대단히 놀라워하지요. 우리들은 계속해서 부유하면서 서로 떨어지지 않고, 비록 박쥐들보다 더 추하긴 하지만 날개를 퍼덕거립니다. 그리고 어느 누구도 '아아, 오늘은 얼마나 좋은 날인가' 하고 아름다운 날에 대해 이야기하는 것을 방해할 수는 없을 거예요. 왜냐하면 우리는 이미 지상 위에 내놓여 있고, 합의를 근거로 살고 있기 때문이지요."

"말하자면 우리는 눈 속의 나뭇등걸과도 같아요. 겉보기에 그저 미끄러지듯이 놓여 있어 조금만 밀쳐도 밀어내버릴 수 있을 것 같지요. 그렇지만 아니에요. 정작 그럴 수는 없지요. 그것들은 땅바닥과 단단하게 결합되어 있으니까요. 하지만 봐요, 그것마저 단지 그렇게 보일 뿐이에요."

"밤이다. 그러므로 그 어느 누구도 내가 지금 말할 수 있는 것을 내일 비난하려 하지는 않을 것이다. 왜냐하면 그것은 잠든 사이에 말해질 수도 있기 때문이다." 곰곰이 생각하자 나는 울지 않게 되었다.

그러고 나서 나는 이렇게 말했다. "네, 그렇습니다. 하지만 우리는 대체 무엇에 대해 이야기하고 있는 건가요. 우리는 어떤 집 현관의 어둠 속에 서 있기 때문에, 하늘이 보내는 빛에 대해서는 전혀 말할 수가 없지요. 그렇습니다—그래도 우리는 그것에 관하여 이야기할 수도 있을지 모릅니다. 우리가 대화 속에서 전혀 독립적이지 못하기 때문인가요? 우리는 목표나 진리에 도달할 의사도 없고, 단지 농담과 환담만을 하려는 때문이지요. 그렇다 하더라도 당신께서는 저에게 정원에 있었던 저 여인에 대한 이야기를 한 번 더 해주실 수 없겠습니까. 그 여인은 얼마나 훌륭하고 영리한지 모릅니다! 우리는 그녀를 모범으로 해서 처신해야만 합니다. 난 그녀를 몹시 좋아해요. 그리고 내가 당신을 만난 것과 당신을 붙잡을 수 있었던 것은 좋은 일이었습니다. 당신과 이야기할 수 있었다는 것은 나에게는 커다란 영광이었습니다. 지금까지 내가 아마도 의도적으로 모르고 있었던 몇 가지 사실을 듣게 된 것이 나는 기쁩니다."

그는 만족스러운 듯이 보였다. 인간의 육체와의 접촉을 언제나 꺼려왔음에도 나는 그를 끌어안지 않을 수 없었다.

그러고 나서 우리는 통로를 나와 하늘 아래로 나아갔다. 서로 부딪쳐 뭉개진 작은 구름들을 친구가 후 불어서 쫓아버리자, 이제 끝없는 별들의 평원이 우리에게 보였다. 친구는 힘겹게 걸어갔다.

4. 뚱보의 몰락

그때 모든 것이 신속하게 저 멀리로 떨어져 내렸다. 강물이 낭떠러지에 이끌려 내려가자 멈춰 서려고 부서진 가장자리에서 아직도 흔들리고 있었지만, 역시 산산이 부서져 김을 내뿜으며 떨어져 내렸다.

뚱보는 더 이상 말을 할 수가 없어 몸을 돌린 채로, 큰 소리를 내며 급히 떨어져 내리는 폭포 속으로 사라졌다.

많은 즐거움을 겪었던 나는 언덕에 서서 그 광경을 바라보았다.

"우리의 허파는 무엇을 해야 하는가." 나는 외치고 또 외쳤다. "그것은 빠르게 숨을 쉬면, 스스로 질식해버린다. 마음속에 든 독으로 질식해버리는 것이다. 그러나 천천히 숨을 쉬면, 숨쉬기 어려운 공기로 인해 질식해버린다. 분개한 사물들로 인해 질색해버리는 것이다. 하지만 그것이 자신의 속도를 찾으려 하면, 이미 찾다가 끝날 것이다."

그때 강의 언덕이 한없이 넓어졌는데, 그래서 나는 손바닥으로 멀리에 있는 아주 작은 도로 표지판의 쇠를 만져보았다. 나는 그 일을 전혀 이해할 수 없었다. 나는 아주 작았는데, 보통보다도 더 작았다. 그래서 아주 빠르게 한들거리고 있는 들장미로 덮인 덤불마저도 나의 키를 넘었다. 나는 덤불을 보았다. 조금 전에 그것이 바로 내 곁에 와 있었기 때문이었다.

그럼에도 나는 잘못 생각했었다. 왜냐하면 내 양팔은 장마 구름처럼 컸기 때문이었다. 다만 그것들이 더 성급할 뿐이었다. 나는 왜 그것들이 나의 불쌍한 머리를 으깨려는지 알 수가 없었다.

그 머리도 개미 알처럼 그렇게나 작다. 그것은 약간의 상처를 입고 있었다. 그래서 이제 완전히 둥글지는 않았다. 나는 머리를 돌려 그에게 청하였다. 그 이유는 나의 눈이 너무 작아 눈짓으로는 무엇을 표현하고 있는지 알아볼 수 없기 때문이었다.

그렇지만 나의 양다리, 나의 불가능한 양다리는 숲이 우거진 산 위에 놓여 있어서 마을 계곡에 그림자를 드리우고 있었다. 다리는 점점 자라났다! 그것은 아무런 풍경도 없는 공간 속으로 솟아올랐고, 이미 오래전에 나의 시야에서 사라졌다.

아니다, 그렇지 않다—나는 작지만, 일시적으로 작을 뿐이다—나는 굴러간다—나는 굴러간다—나는 산속의 눈사태 같은 것이란 말이다! 제발, 통행인들이여, 내가 얼마나 큰지 말해준다면 좋겠구려, 내 이 팔과 다리를 재어주구려.

Ⅲ

"그래 어떠신가요." 나와 함께 사교 모임에서 나와 조용히 내 곁에서 라우렌치산으로 가고 있던 친구가 말했다. "내가 그것에 대해 이해할 수 있도록 잠깐만 걸음을 멈춰주세요—아시다시피 끝내야 할일이 있어요. 그것은 매우 힘이 들지요—이렇게 기분 좋게 차갑고 그리고 역시 밝은 밤에, 하지만 심통스러운 바람은 이따금씩 아카시아 나무들의 위치를 바꾸는 것 같군요."

달이 비추는, 정원사의 집 그림자는 약간 굽은 길 위에 걸려 있었고, 잔설로 장식되어 있었다. 나는 문 곁에 서 있는 긴 의자를 바라보고는 손을 높이 들어 그것을 가리켰다. 나는 용기도 없었고 비난을 예상했기 때문에, 왼손을 가슴에 얹었다.

그는 넌더리를 내며 앉았다. 자신의 아름다운 옷에는 개의치 않고 팔꿈치로 허리를 누른 채 이마를 휘어진 손가락 끝에 갖다 놓자, 나는 깜짝 놀랐다.

"그래요, 이제 나는 말하겠어요. 당신이 알다시피 난 규칙적인 사람이지요. 어느 것도 중단되어서는 안 되지요. 필연적이며 널리 알려져 있는 모든 것은 일어나는 법입니다. 내가 다니고 있는 모임에서 늘 겪었던 불행은, 주위 분위기와 내가 만족스럽게 생각했던 것을 가만히 놔둔 적이 없었다는 겁니다. 그리하여 이러한 보편적인 행복감 역시 억제되지 않았고 그리고 나 자신조차 역시 작은 테두리 내에서 행복에 대해 말해도 되었습니다. 좋아요, 나는 아직까지 실제로 사랑을 해본 적이 없었어요. 종종 그 점을 유감스럽게 생각했지만, 그러나 내가 필요할 때는 그런 사랑의 어법을 사용하였습니다. 이제 나는 이야기하지 않을 수 없군요. 나는 사랑에 빠졌고 그리고 아마도 사랑으로 흥분해 있었나 봅니다. 나는 정열적인 애인이지요. 소녀들이 그것을 바라듯이 말입니다. 그러나 바로 이런 예전의 결함이 나의 애정 관계에는 예외적이며, 즐거운, 특히 즐거운 전환을 준다는 사실을 염두에 두어서는 안 되었을까요?"

"제발 조용히 해요, 조용히." 나는 냉담하게 그리고 나만을 생각하면서 말했다. "당신의 애인은 소문대로 아름답군요."

"그래요, 그녀는 아름답습니다. 내가 그녀 곁에 앉아 있을 때면, 언제나 이렇게 생각할 뿐입니다. '이러한 대단한 모험—난 그렇게 대담하구요—그래서 나는 항해를 시도합니다—장식 끈이 달린 포도주를 마시구요.' 그러나 그녀가 웃을 때면, 기대했던 치아는 보이지 않고, 오직 어둡고 좁고 굽은 뻥 뚫린 입만이 보일 뿐입니다. 그녀가 웃으면서 머리를 뒤로 젖힐 때면, 교활하고 늙어 보이지요."

"나는 그 점을 부인할 수 없어요." 나는 한숨을 쉬면서 말했다. "아마 나도 역시 그것을 본 적이 있을 겁니다. 왜냐하면 그것은 틀림없이 눈에 띌 테니까요. 그러나 그것만이 아닙니다. 그게 소녀의 아름다움이지요! 아름다운 몸매에다 아름답게 걸쳐 있는 여러 가지 주름과 주름 장식들, 술이 달린 옷가지를 볼 때면, 나는 이따금씩 이런 생각을 합니다. 그 옷들은 그런 상태로 오래 유지되지 않고, 더 이상 펼수 없는 주름이 생겨, 장식 속에 제거할 수 없는 두꺼운 먼지가 생길 것이라고. 그리고 그 어느 누구도 스스로를 매일 똑같은 값비싼 옷을 아침에 걸쳤다가 저녁에 벗어버리는 그렇게 비참하고도 우스꽝스러운 사람으로 만들고 싶지 않을 것이라고 말입니다. 그럼에도 나는 소녀들을 바라보지요. 그들은 매우 아름답고, 다양하고 매력적인 근육과 작은 손가락 마디들과 팽팽한 피부와 숱이 많은 가는 머리털을 보여주고 있고, 매일매일 자연스러운 가장무도회 복장을 하고 나타나며, 항상 똑같은 얼굴을 똑같은 손바닥에 묻고는 거울로 자신을 비쳐보이지요. 그들이 늦게 축제에서 돌아오는 밤이면, 거울 속에 비치는 그들의 모습은 종종 초죽음이 된 듯이, 얼굴은 붓고, 먼지투성이가되어 있으며, 이미 모든 사람들에게 보여져 이제 더 이상 몸을 가눌수 없는 듯이 보입니다."

"하지만 나는 길을 가면서 이따금씩 당신이 그녀를 아름답다고 생각하고 있는지 어떤지를 물어왔지요. 그러나 당신은 나에게 대답은 주지 않고 언제나 다른 쪽으로 몸을 돌리곤 했죠. 당신은 무언가 나쁜 일을 계획하고 있지요? 어째서 당신은 나를 위로해주지 않는가요?"

나는 양발을 그늘진 곳으로 들이밀었다. 그러고는 조심스럽게 이렇게 말했다. "당신은 위로받을 필요가 없습니다. 당신은 사랑을 받고 있지 않습니까." 그때 나는 감기에 걸리지 않도록, 푸른 포도송이 문양이 담긴 손수건을 입으로 가져갔다.

이제 그는 나에게 몸을 돌리고 긴 의자의 나지막한 등받이에 두툼한 얼굴을 기댔다.

"당신이 아시다시피, 대체로 나는 아직 시간이 있어요. 나는 아직 이렇게 시작되는 사랑을 추한 행동이나 불의나 머나먼 나라로 여행을 떠남으로써 곧바로 끝장낼 수 있습니다. 실지로 나는 내가 흥분에 빠져들지 않을까 의심하고 있기 때문이지요. 확실한 것이라곤 아무것도 없어요. 어느 누구도 방향과 지속되는 기간을 정할 수는 없는 법입니다. 내가 포도주를 마실 생각으로 어느 선술집에 들르게 되면, 그날 밤에는 내가 취하리라는 것을 알고 있지요. 그러나 그것은 내 경우일 뿐입니다! 두 주일 동안 마음속에 심한 갈등만 없으면, 일주일 안에 우리는 가까이 지내고 있는 가족들과 소풍을 갈 생각입니다. 그날 밤의 키스는 나를 몽롱하게 만들어서, 마음대로 꿈을 꿀 수 있는 공간을 얻게 할 겁니다. 나는 그 기분을 이겨내고자 밤 산책을 나갈 것입니다. 동요된 마음은 그칠 줄 모르고, 얼굴은 맞바람을 맞고 난 후처럼 차고도 후끈거리겠지요. 나는 호주머니 속에 든 장밋빛 리본을 만지면서, 나에 대한 최고의 의구심을 가지게 되는데, 그러나 그 의구심에 전념할 수는 없습니다. 여보세요, 신사 양반, 더욱이 당신은, 내가 분명히 당신과 오랫동안 대화를 나누지 못할 경우라도, 참고 견뎌보시라구요."

나는 몹시 추웠다. 이미 하늘은 약간 하얀 색깔을 띠고 있었다. "어떤 추한 행위도, 어떤 불의도 혹은 먼 나라로 여행을 떠나는 것도 아무런 도움이 되지 않을 것입니다. 당신은 틀림없이 자살하게 될 것입니다."라고 나는 말했다. 그러고는 웃었다. 우리 맞은편 가로수 길의 다른 쪽 가장자리엔 두 개의 덤불이 있고, 그 뒤 아래쪽으로 도시가 있었다. 도시에는 아직까지 약간의 빛이 남아 있었다.

"좋아요." 그는 소리를 치고는 작지만 꼭 쥔 주먹으로 의자를 두드리고는 곧바로 내려놓았다. 그리고 계속해서 말했다. "하지만 당신은 살아 있습니다. 당신은 자살하지 않습니다. 어느 누구도 당신을 사랑하지 않습니다. 당신은 아무것도 얻지 못합니다. 그다음 순간을 당신은 이겨내지 못합니다. 그렇게 말하다니, 당신은 야비한 사람이에요. 당신은 사랑할 수가 없습니다. 불안감만이 당신의 마음을 움직일 수 있습니다. 제 마음을 한번 읽어보세요."

그때 그는 갑자기 자신의 윗저고리와 조끼 그리고 속옷을 열었다. 그의 가슴은 정말 넓고 아름다웠다.

나는 이야기하기 시작했다. "그래요, 그러한 반항적인 상태들이 가끔 우리에게 찾아오지요. 그래서 나는 이번 여름 동안 어느 마을에 있었습니다. 그 마을은 강변에 있었어요. 나는 아주 자세히 기억하고 있습니다. 자주 나는 몸을 비틀며 언덕의 긴 의자 위에 앉아 있었습니다. 거기엔 해변 호텔도 있었습니다. 그때 바이올린 소리가 들렸습니다. 힘이 넘치는 젊은이들이 정원에서 맥주를 앞에 두고 테이블에 앉아 사냥과 모험에 대해서 담소하고 있었습니다. 다른 편 언덕에는 구름 낀 산들이 서 있었습니다."

그때 나는 쓴웃음을 지으면서 힘없이 일어나서 긴 의자 뒤에 있는 잔디밭으로 들어갔다. 몇 개의 눈 덮인 작은 나뭇가지들을 부러뜨리고는 내 친구에게 귓속말로 이야기했다.

"고백하건대, 전 약혼을 했어요."

친구는 내가 일어난 것에 놀란 것이 아니었다. "당신이 약혼했다구요?" 그는 정말 힘없이 앉아 등받이에 몸을 의지하고 있었다. 그러고는 그는 모자를 벗었고, 나는 그의 머리카락을 바라보았다. 그의 머리카락은 좋은 냄새가 났고 멋지게 빗질되어 있었으며, 둥그런 머리는 이 겨울에 유행이었듯이 목덜미 위에서 뚜렷한 둥근 선을 만들며 깎여 있었다.

나는 내가 그에게 그렇게 영리하게 대답했던 것을 기쁘게 생각했다. "그렇군," 나는 혼자 중얼거렸다. "그가 유연한 목과 자유로운 팔로 사교 모임에서 이리저리 돌아다니는 모습이라니. 그는 어느 한 숙녀를 즐거운 대화로써 중앙 홀로 이끌 줄 알았다. 그리고 집 앞에 비가 떨어지든, 혹은 그곳에 어느 수줍어하는 자가 서 있든, 혹은 특별히 슬픈 일이 일어나든 간에 전혀 개의치 않았다. 아니다, 그는 숙녀들에게 똑같은 식으로 절을 했다. 그러나 그는 이제 자리에 앉아 있다."

나의 친구는 고급 삼베 손수건으로 이마를 닦았다. "당신 손을 제 이마 위에 잠시 얹어주시겠습니까, 부탁입니다." 그가 말했다. 내가 곧바로 그렇게 하지 않자, 그는 양손을 모았다.

마치 우리의 근심이 만사를 어둡게 만드는 양, 우리는 산 위에 앉아 있었지만 마치 작은 방 안에 앉아 있는 것 같은 느낌이 들었다. 벌써 아침 여명과 바람을 느끼긴 했지만. 우리는 서로 좋아하는 사이는 아니었지만 가까이 앉아 있었다. 우리가 서로 멀리 떨어져 앉을 수 없었던 이유는, 벽들이 완전히 죄었기 때문이었다. 우리는 우스꽝스럽게 그리고 인간적인 품위도 잊은 채 행동할 수 있었는데, 그 이유는 맞은편에 서 있는 나무들과 그리고 우리 머리 위에 있는 나뭇가지들에 대해 부끄러움을 느낄 필요가 없었기 때문이었다.

그때 친구는 호주머니에서 아무 거리낌 없이 칼을 꺼내, 그것을 조심스럽게 펴더니 장난할 때처럼 자신의 왼쪽 위팔을 찌르고는 빼지 않은 채로 내버려 두었다. 그러자 곧바로 피가 흘렀다. 그의 둥그스름한 양 뺨은 창백해졌다. 나는 칼을 뽑고는 겨울 상의와 연미복 소매를 잘라내고 속옷 소매를 잡아 찢었다. 그러고는 나를 도와줄 수 있는 사람이 없을까 해서 짧은 거리의 길을 아래위로 오르내리며 달렸다. 모든 나뭇가지들은 눈부실 정도로 보였고, 움직이지 않았다. 그러고 난 후에 나는 그 깊은 상처를 약간 닦아주었다. 그때 나는 그 작은 정원사의 집을 떠올렸다. 나는 계단 위로 뛰어 올라갔는데, 그 계단은 그 집 왼편에 있는 높은 잔디밭으로 통했다. 나는 급히 창문과 문들을 조사했고, 그 집에 사람이 살고 있지 않다는 것을 곧바로 알았음에도 화난 듯이 초인종을 누르고 다리를 꽝꽝 굴렀다. 그런 후에 나는 상처를 보았는데, 엷게 팬 곳에서 피가 흐르고 있었다. 나는 그의 손수건을 눈에 적신 후에 그것으로 엉성하지만 그의 팔을 동여맸다.

"여보세요, 여보세요," 나는 이렇게 말했다. "저 때문에 당신 마음이 상했군요. 하지만 친절한 사람들에게 둘러싸여 있는 당신 형편은 매우 좋은 편이지요. 세심하게 차려입은 많은 사람들이 테이블 사이로 멀리 가까이 혹은 언덕길 위에 나타나는 밝은 대낮에도 당신은 산책을 할 수 있습니다. 좀 생각해보세요. 봄철에 우리는 수목원으로 차를 타고 가게 되겠지요. 아닙니다. 우리가 가는 게 아니라, 당신이 당신 약혼녀인 안네를과 함께 즐겁게 그리고 총총걸음으로 가게 되겠지요. 유감스럽긴 하지만 그것은 사실이 되겠지요. 오, 그래요, 저를 믿어주세요, 제발. 그렇게 되면 태양은 당신을 모든 이들에게 가장 아름다운 모습으로 보여줄 것입니다. 오, 음악 소리가 들리는군요. 멀리서 말발굽 소리가 나는군요. 걱정하실 필요는 없어요. 거리에서 외치는 소리와 손풍금 켜는 소리가 들리는군요."

"아, 이럴 수가," 라고 그는 말했고 일어나서 나에게 기대면서 우리는 걸어갔다. "정말 어떤 도움도 없군요. 기쁜 마음이 될 수가 없군요. 용서하세요. 벌써 시간이 오래되었나요? 아마 내일 일찍 무언가 해야 할 일이 있을지 몰라요, 아, 맙소사."

담벼락 위로 등불 하나가 타오르고 있었는데, 그것은 길과 하얀 눈 위에 나뭇등걸의 그림자를 던지고 있었고, 한편으론 휘어지고 꺾어진 수많은 나뭇가지 전체가 던지고 있는 그림자가 산허리에 걸려 있었다.

시골의 결혼 준비

I

　에두아르트 라반이 복도를 지나 열린 문을 나섰을 때, 비가 내리고 있었다. 많이 오는 비는 아니었다.

　바로 그의 앞 보도엔 많은 사람들이 여러 모습으로 걷고 있었다. 때로는 한 사람이 앞으로 나서서는 차도를 가로질러 갔다. 한 작은 소녀가 양손을 앞으로 뻗친 채 피곤해 보이는 강아지 한 마리를 잡고 있었다. 두 신사가 서로 이야기를 주고받고 있었다. 그중 한 사람이 양 손바닥을 위로 치켜들고 짐이나 들고 있는 양 일정하게 올렸다 내렸다 했다. 그때 한 숙녀가 보였는데, 그녀의 모자는 리본과 핀과 꽃으로 장식되어 있었다. 그리고 한 젊은이가 가느다란 지팡이를 들고 급히 지나갔는데 왼쪽 손이 마비라도 된 양 그것을 가슴에 대고 누르고 있었다. 이따금씩 남자들이 지나갔고, 그들은 담배를 피웠는데 똑바로 곧추선 작고 기다란 연기를 내뿜으며 지나갔다. 세 신사가—두 사람은 구부린 팔에 가벼워 보이는 외투를 걸치고 있었다—이따금씩 집 담벼락에서 보도로 나와서는 거기에서 일어나고 있는 광경을 바라보고는, 서로 말을 건네면서 다시 뒤로 물러갔다.

　지나가는 사람들의 틈 사이로 차도의 석판이 일정한 간격으로 이어져 있는 것이 보였다. 그때 말들이 목을 앞으로 길게 내밀고 부드럽고 높은 바퀴가 달린 마차들을 끌고 지나가고 있었다. 사람들은 쿠

447

션이 달린 좌석에 기댄 채, 거리를 오가는 행인들과 상점, 발코니와 하늘을 말없이 바라보고 있었다. 다른 마차를 앞지르려고 하는 한 마차의 말들이 서로 몸을 바짝 밀착시키자 마구가 흔들렸다. 그 말들이 채를 잡아당기자 마차가 갑자기 흔들리면서 굴러갔다. 그때 마침내 앞선 마차 주변에 아치형이 이루어졌고 말들은 서로 다시 떨어졌으나 길쭉한 머리만은 여전히 서로 맞대고 있었다.

몇몇 사람들이 급히 대문 쪽으로 다가와 모자이크 모양이 새겨진 마른 돌바닥 위에 서서 천천히 몸을 돌려 이 좁은 골목길로 휘몰아쳐 어지럽게 내리고 있는 비를 바라보고 있었다.

라반은 피곤함을 느꼈다. 그의 입술은 아주 바래버린 자기 넥타이의 붉은 빛깔처럼 창백했다. 그의 넥타이는 얼룩무늬 모양이었다. 꽉 끼는 스커트 아래로 완전히 드러나 보이는 자신의 구두를 지금까지 내려다보며 건너편 문의 돌바닥 곁에 서 있던 숙녀가 이제 그를 바라보았다. 그녀의 그런 시선은 무관심해 보였는데, 그렇지 않다면 아마 라반 앞에 떨어지는 빗발이나 아니면 그의 머리 위 문 위에 걸려 있는 조그마한 회사 간판들을 쳐다보는지도 몰랐다. 라반은 그녀가 놀라서 쳐다본다고 생각했다. '그러니까 내가 그녀에게 그 사실을 이야기해도 그녀는 전혀 놀라지 않을 테지. 직장에서는 과도하게 일하느라 너무 피곤해서 휴가를 즐길 수가 없을 정도다. 하지만 일을 아무리 해도 어느 누구도 정답게 대해주리라고 기대할 수는 없다. 오히려 고독하고 생소하며 단지 호기심의 대상일 뿐이다. 네가 '나'라고 말하지 않고 '세인世人'이라고 말하는 한 너는 아무런 쓸모도 없는 인간이며, 그리고 네 자신이 바로 그런 인간이라고 고백하는 날이면 사람들은 곧바로 그런 이야기를 일러바칠 것이다. 그렇게 되면 네 속셈이 빤히 드러날 것이고 파면당하게 될 것이다.'

그는 격자무늬의 천으로 꿰맨 손가방을 내려놓고 무릎을 굽혔다.

어느새 빗물은 차도의 가장자리에서 깊게 파인 하수구로 팽팽하게 이랑을 이루어 흘러내리고 있었다.

'내 자신이 '세인'과 '나' 사이를 구분한다고 해서 어찌 다른 사람들에게 불평불만을 늘어놓을 수 있겠는가. 그들은 아마 부당하지 않을지도 모른다. 하지만 모든 일을 일일이 파악하기에는 나는 너무나 피로하다. 더구나 짧은 거리에 있는 기차역으로 가기에도 너무 지쳐 있다. 그렇다면 무엇 때문에 이 얼마 안 되는 휴가를 도시에서 보내지 않으려는 것일까? 정말 어리석은 짓이야—이 여행이 병이 되리라는 사실을 난 잘 알고 있지. 내 방이라야 그다지 안락하지도 않을 것이고 시골이라고 다를 게 없지. 유월 초순이래도 시골 공기란 아직 매우 차갑기 일쑤지. 옷을 두둑하게 입었지만 저녁 늦게 산책을 나가는 사람들 틈에 끼어야만 될 테고. 그곳엔 연못들이 있으니 그것을 따라 산책하게 되겠지. 그렇게 되면 분명 감기가 들 거야. 그걸 미연에 방지하려면 대화 시간에는 모습을 드러내지 말아야겠군. 그 연못을 먼 데 있는 다른 연못하고는 비교할 수 없을 거야. 한 번도 여행을 해본 적이 없으니까 말이야. 달 이야기나 하고 행복감에 젖어보고 공상에 잠겨 짚더미 위에 오르기에는 너무 늙어서 남들의 웃음거리가 되겠지.'

사람들은 다소곳이 머리를 수그리고 걷고 있었다. 머리 위로 검은 우산들을 느슨하게 받쳐 들고 있었다. 화물을 실은 마차 한 대가 달려갔다. 짚으로 가득 찬 마부석 위엔 몹시 게으름을 피우는 듯한 한 남자가 양다리를 쭉 뻗고 있어서 한쪽 다리는 거의 땅에 닿을 정도였고, 다른 쪽 다리만이 짚과 넝마 조각 위에 제대로 걸쳐 있었다. 그것은 흡사 화창한 날씨에 들판에 나가 앉아 있는 듯한 모습이었다. 그래도 조심스레 고삐를 잡고 있어서, 쇠기둥 위에 닿아 털썩거리면서도 마차는 잘도 인파를 헤치고 나아가고 있었다. 축축하게 젖은 대지 위로 쇠기둥에 반사된 빛이 줄줄이 늘어선 돌 위를 지나 선회하면서 천천히 미끄러져 나가는 것이 보였다. 건너편 숙녀 곁에 서 있는 작은 소년은 늙은 포도 재배사와 똑같은 옷차림을 하고 있었다. 그의 구겨진 옷은 아랫부분이 커다란 원을 그렸고 어깨죽지 밑으로는 하나의 가죽 벨트만으로 싸여 있었다. 차양이 없는 반원 모양의 모자는 눈썹 끝까지 와닿았고, 술 하나는 꼭대기에서 왼쪽 귀밑까지 늘어져 있었다. 그는 비가 좋은 모양이었다. 소년은 대문 밖으로 달려 나왔고 더 많은 빗물을 움켜잡으려고 눈을 부릅뜨고 하늘을 쳐다보고 있었다. 그가 이따금씩 껑충대며 뜀박질을 했기 때문에 물방울이 잔뜩 튕겨 나갔고 행인들은 소년을 몹시 꾸짖어댔다. 그러자 숙녀는 소년을 향해 소리를 지르며 달려가 손으로 계속 움켜잡고 있었지만 소년은 울지 않았다.

라반은 그때 소스라치게 놀랐다. 벌써 시간이 이렇게 되다니. 외투와 상의 단추가 열려 있었기 때문에 그는 재빨리 시계를 움켜잡았다. 시계는 가지 않았다. 약간 복도 안쪽에 서 있는 옆 사람에게 짜증이 난 듯이 시간을 물었다. 너털웃음을 지으며 이야기하고 있던 그는 "아, 네 시가 지났군요."라고 말하고는 몸을 돌렸다.

라반은 급히 우산을 펴 들고 가방을 손에 들었다. 그런데 그가 막 거리로 나서려고 했을 때, 급히 지나가고 있던 여인들로 길이 막혔다. 그래서 그들이 지나가기를 기다렸다. 라반은 그 자리에 서서 그 작은 소년의 모자를 내려다보았다. 주홍빛 밀짚으로 엮어 만든 그 모자의 물결진 가장자리에는 초록색 작은 꽃송이 하나가 달려 있었다.

거리에 나섰을 때도 그는 여전히 회상에 잠겨 있었다. 그 거리는 그가 가려는 방향으로 위로 약간 경사져 있었다. 그는 그런 사실도 잊고 있었는데, 그 작은 가방도 휴대하기에 가볍지 않았고 맞바람이 불어와 상의 깃이 날렸기 때문에 우산대를 앞으로 미느라 약간 힘든 상태였던 것이다.

그는 심호흡을 해야 했다. 골목 안 가까운 광장에 있는 시계가 네 시 십오 분을 가리키고 있었다. 그는 우산 밑으로 마주 걸어오는 사람들의 경쾌하고 빠른 걸음들을 보았고 브레이크를 거는 마차의 삐걱거리는 바퀴 소리를 들었다. 말들은 서서히 몸을 돌리면서 마치 산속에 사는 산양처럼 가느다란 앞다리를 쭉 펴고 있었다.

그때 라반은 앞으로 장장 보름간의 불쾌한 시간도 견디어내게 되리라는 생각이 들었다. 그것은 보름에 불과했고 단지 제한된 시간이었기 때문이다. 비록 울화가 더 치밀게 된다 하더라도 자신이 견디어내야 할 시간은 줄어들 테니까 말이다. 그러니까 용기가 샘솟는 것은 틀림없다. 나를 괴롭히려 들던, 그리고 이제 와서 내 주변의 공간을 다 차지해버린 그 모든 사람들도 하루하루가 잘 흘러감에 따라서 내가 그들을 조금도 건드릴 필요도 없이 점차 물러서게 될 것이다. 그리고 분명한 것은, 나는 약하고 조용하지만 모든 것을 내 자신이 해나가게 될 것이고, 더구나 시간이 흐르게 되면 만사가 잘 풀릴 것이라는 것이다.

그런데 어렸을 때는 위태로운 일도 곧잘 했는데 이제 와서는 도대체 왜 이런 일을 할 수 없는 것일까? 내 자신이 직접 시골로 갈 필요는 없을 텐데. 그럴 필요야 없지. 내가 보내는 것은 옷을 걸친 이 몸뿐이지. 그 몸뚱어리가 나의 방문을 향해 밖으로 나오려고 발버둥 친다면, 그것은 두려움 때문이 아니라 바로 자신의 무용성을 보여주는 것이지. 층계 위로 비틀거리며 오르거나, 흐느끼면서 시골로 가, 거기에서 울면서 저녁 식사를 든다 하더라도 그것은 흥분 때문만은 아니다. 왜냐하면 그럭저럭 잠자리에 들어 조금 열어놓은 방문으로 새어드는 공기를 쐬면서 황갈색 이불을 꼭 덮고 누워 있을 테니까 말이다. 골목길의 마차와 사람들은 번들거리는 땅바닥 위에서 가다가는 머뭇거리고 있는데, 도대체 난 여태 꿈을 꾸고 있는 것일까? 마부들과 산책하는 이들은 겁을 먹고 있는지 나를 보자 앞으로 나서려다 말고 발걸음을 양보한다. 내가 방해하고 있지 않다는 것을 일깨워주어야겠다.

침대에 누워 있는 내 모습이 한 마리의 커다란 딱정벌레나 하늘가재 아니면 쌍무늬바구미 같다는 생각이 든다.

비에 젖은 유리창 뒤편 작은 지팡이 위에 중절모들이 걸려 있는 한 진열장 앞에서 그는 입술을 쫑긋이 내밀고 그 안을 들여다보았다. '흠 이번 휴가에는 지금 쓰고 있는 이 모자로도 족할 테지' 그는 이렇게 생각하고 다시 걷기 시작했다. '이 모자 때문에 아무도 날 좋아하지 않는다면, 그만큼 더 이상 좋을 때가 있을라고.

딱정벌레의 커다란 모습. 그렇다. 나는 동면이라도 하는 듯이 불룩한 몸뚱어리에 다리를 갖다 댔다. 그리곤 몇 마디를 소곤거린다. 그건 내 곁에 바짝 붙어 굽혀져 있는 슬픈 나의 몸뚱어리에 대한 지시 사항이다. 육신은 지시를 다 듣고 나서 절을 하고 얼른 걸어갔다. 내가 쉬고 있는 동안에도 육신은 모든 일을 잘해 나갈 것이다.'

그는 비탈진 골목길 언덕에서 조그마한 광장에 이르는 외따로 서 있는 성문에 이르렀다. 그 광장은 벌써 조명이 잘 비추고 있는 많은 상점들로 둘러싸여 있었다. 불빛으로 주변이 약간 어두워진 그 광장 한가운데에는 사색에 잠긴 채 앉아 있는 한 사나이의 기념비가 서 있었다. 사람들은 흡사 좁은 블라인드 조각처럼 불빛 앞에서 움직이고 있었다. 빗물이 고인 웅덩이들에 모든 불빛들이 멀리 사방으로 반사되어 광장의 모습이 자주 변화되고 있었다.

광장 안으로 상당히 들어선 라반은 달려오는 마차를 얼른 피해 군데군데 놓여 있는 마른 돌 위로 껑충 뛰어 올라갔다. 주위의 모든 광경을 보기 위해서 우산을 편 손을 높이 쳐들었다. 마침내 그는 작은 사각의 보도블록 위에 세워진—전차 정류장의—가로등 전신주 곁에 멈춰 섰다.

'시골에선 나를 기다리고 있겠지. 벌써 걱정이나 하고 있는 건 아닌지? 하지만 그녀가 시골에 간 후로 일주일 동안이나 편지 한 통 없다가 오늘 아침에서야 겨우 썼으니. 결국 나의 모습을 달리 상상하겠지. 아마 내가 누군가가 마음에 들면 달려올 거라고 생각할 거야. 허나 그건 내 습성이 아니지. 아니, 도착하면 포옹하리라고 생각할지 모르지만 그런 일도 없을 거야. 그 여자를 달래려다가 화만 나게 하겠지. 아 그녀를 달래려다 화만 돋워놓게 되면 정말 어쩌지.'

그때 덮개 없는 마차가 천천히 지나갔다. 활활 타오르는 두 개의 등불 뒤로 검은 가죽 소파에 앉아 있는 숙녀 둘이 보였다. 한쪽 여인은 등을 기댄 채 베일과 모자 그림자로 얼굴을 가리고 있었다. 또 한쪽 여인은 상체를 꼿꼿하게 세우고 있었다. 모자는 볼품없이 작았으며 가느다란 깃털이 모자의 테두리를 두르고 있었다. 누구든지 그녀의 모습을 볼 수 있었다. 그녀의 아랫입술은 약간 일그러져 있었다.

마차가 라반 곁을 막 지나쳤을 때, 전신주 하나가 이 마차의 오른쪽 말의 시야를 방해했다. 그러자 꽤 높직한 마부석에 앉아 있던 마부의—그는 커다란 실크 모자를 쓰고 있었다—몸이 여인들 앞으로 쑥 밀려갔다—마차는 벌써 멀리 가 있었다—이제 그 모습이 뚜렷해진 한 작은 집 모퉁이를 돌아서 마차는 시야에서 사라졌다.

라반은 고개를 갸우뚱한 채 그 마차의 뒷모습을 바라보았다. 더 잘 보기 위해서 어깨에 우산대를 받쳤다. 오른손 엄지손가락을 입에 물고는 거기에 치아들을 문질러댔다. 그의 가방은 땅에 옆으로 눕혀 있었다.

마차들은 골목과 골목을 지나 광장으로 달려갔고, 말의 몸뚱어리는 수평을 이루어 미끄러지듯이 훨훨 날고 있었다. 그러나 말머리와 목은 끄덕거리며 껑충거렸고 힘겹게 움직이는 모습이 보였다.

　거기에서 세 갈래 길이 한곳으로 모이는 길모퉁이 주변에는 하릴
없이 빈둥대는 사람들이 빙 둘러서 있었다. 이들은 작은 지팡이를 들
어 인도를 두드리고 있었다. 그들 패거리 사이로 보이는 작은 탑 안
에서는 아가씨들이 레몬수를 팔고 있었다. 가느다란 받침대 위에는
육중한 노상 벽시계가 걸려 있었고, 다채로운 활자로 무엇인가 오락
거리를 알리고 있는 커다란 광고판을 짊어진 사내들과 하인들……
[2쪽 탈락] …… 소수의 모임. 두 대의 호사스러운 마차가 이 모임에 참
석할 몇 명의 신사들을 내려놓고 광장을 가로질러 내리막 골목길로
사라졌다. 첫 번째 마차가 지나간 후에 그랬던 것처럼 두 번째 마차
가 지나간 후에 이들은 다른 그룹과 한패를 이루어 긴 열을 지어 인
도로 들어선 다음, 입구 위에 달린 전구 불빛을 받으면서 한 커피숍
문으로 밀려 들어갔다. 전차들이 우람하게 가까이 지나갔고, 또 어떤
전차는 거리에서 멀리 떨어져 희미하게 조용히 서 있었다. '허리가
굽었군' 라반이 막 사진을 들여다보면서 생각했다. '원래 한 번도 그
녀는 곧은 적이 없었지. 아마 등이 굽은 모양이지. 좀 정신차려 봐야
되겠군. 입은 크고 이쪽 아랫입술은 영락없이 쑥 삐쳐 나왔고. 그래,
지금 생각나는군. 그런데 또 이 옷은 뭐람! 물론 나야 옷에 대해 잘 모
르지만 이 팽팽하게 바느질이 된 소매야말로 정말 꼴불견이군. 무슨
붕대처럼 보이는군. 그리고 이 모자는 어떻고. 가장자리마다 빙 둘러
얼굴 위로 치솟아 있군. 하지만 그녀의 눈은 아름답지. 잘은 모르지
만 갈색일 거야. 모두들 그녀의 눈이 아름답다고 그러더군.'

　한 대의 전차가 라반 앞에 서자, 주위에 모여 있던 많은 사람들이
전차 승강구의 계단으로 와 하고 몰려들었다. 모두들 어깨에 손이 바
짝 닿을 정도였으나, 우산을 펴서 똑바로 받쳐 들고 있었다. 팔 밑에
가방을 긴 라반은 인도에서 뒤로 뒷걸음치다가 보이지 않는 물구덩

이를 세차게 밟아버렸다. 전차 좌석 위에 한 소년이 무릎을 웅크리고 앉아서 손가락 끝으로 입술을 누르고 있었다. 흡사 떠나가는 사람과 작별 인사라도 하는 듯이 말이다. 일부 승객들은 차에서 내려 혼잡을 피하기 위해 전찻길을 따라서 걸어가기 시작했다. 한 숙녀가 먼저 첫 계단을 밟고 올라섰다. 양손으로 움켜쥔 긴 옷자락은 그녀의 무릎 밑으로 바싹 치켜져 있었다. 웬 신사 하나가 구리로 된 기둥에 매달려 있다가 그 숙녀에게 무어라고 몇 마디 말을 건넸다. 전차에 오르려던 승객들은 저마다 마음이 초조했다. 차장이 소리를 질렀다.

서성대며 전차를 기다리던 사람들 곁에 서 있던 라반은 몸을 돌렸다. 누군가 그의 이름을 불렀기 때문이었다.

"아, 레멘트로구먼." 라반은 천천히 이렇게 말하면서 다가오는 청년에게 우산을 든 손의 새끼손가락을 내밀었다.

"그러니까 이 양반이 신부를 찾아가는 신랑이군그래. 정말 무섭게 사랑에 빠진 사람 같구먼." 레멘트는 이렇게 말하고는 입을 다물고 웃었다.

"그래 용서하게나 오늘에야 떠난다네." 라반이 말했다. "오늘 오후에 자네에게 편지를 띄웠네. 물론 난 자네와 내일 떠났으면 했는데, 내일은 토요일이 아닌가. 모두가 만원일 거야. 먼 길이기도 하고 해서."

"괜찮네. 자네는 나한테 약속을 하지 않았나. 하지만 사람이 사랑에 빠지면 말씀이야—어차피 혼자 가야 할 게 아닌가."

레멘트는 인도에 한쪽 발을 올려놓고 다른 한쪽 발은 차도를 밟고 있었다. 그리고 상체를 이리저리 굴리고 있었다—"자네 지금 전차에 오르려는 참이었군. 곧 떠날 텐데. 자, 우리 걸어가세나. 내가 동행해주겠네. 아직 시간은 충분하니까."

"늦지 않았을까. 몇 시지?"

"불안해하는 것도 당연하지. 아직 시간은 충분하다네. 난 별로 걱정이 안 되는걸. 그러니까 나 역시 지금 길레만과 약속을 어겼네만."

"길레만이라고? 그 친구 저 교외에서 사는 건가?"

"그렇지, 자기 마누라와 함께 산다네. 다음 주에 떠난다지? 그래 길레만과 약속을 했지. 사무실에서 퇴근하고 한번 만나자고 말이야. 그들이 살 집에 대해 알려주기로 돼 있네. 그래서, 그와 만나기로 했지. 그런데 어찌하다 보니 조금 늦었다네. 내게 볼일이 좀 생겼단 말야. 그 친구네 집으로 갈까 말까 생각 중인데 자네를 만나게 된 거라네. 그 친구를 찾아가기에는 이미 너무 늦었네그려. 길레만에게 가는 게 꽤나 힘들구먼."

"그렇구먼. 아무튼 나도 교외에 친구들이 생길 모양이군. 난 길레만 부인을 전혀 본 일이 없다네."

"아, 굉장한 미인이지. 금발 머리에. 그런데 병을 앓고 나서는 얼굴이 헬쑥해졌지. 눈이 제일 예쁘다네. 내가 본 중에서 말이네."

"그 아름다운 눈은 어떤 모양이지? 눈초리가 아름답다는 건가? 난 지금까지는 눈이 아름답다고 생각해본 적이 없네."

"좋아. 내가 아마 조금 과장을 했나 보네만, 어여쁜 여자임에는 틀림없네."

단층으로 된 커피숍의 창문 틈으로, 사람들이 창가에 놓인 삼면으로 된 테이블에 비집고 앉아 신문을 보거나 식사를 하는 모습이 보였다. 어떤 사람은 테이블 위에 신문을 내려놓고 커피잔을 집어 들고 옆눈으로 골목길을 바라보고 있었다. 그 창문 안쪽에 자리 잡은 테이블 뒤 넓은 홀 안의 가구와 집기들은 작은 원을 그리며 서로 나란히 앉아 있는 손님들 때문에 보이지 않았다. [2쪽 탈락]

"하지만 불쾌한 것은 아니구먼그래. 이 정도의 부담은 많은 사람들이 달게 받으리라 생각하네."

그들은 상당히 어두운 광장으로 발길을 옮겼다. 맞은편 골목길이 크게 튀어나와 있어서 그들이 걸어가는 길은 일찍 어두워지기 시작했다. 그들이 따라 걷고 있는 광장 쪽에는 끊임없이 줄을 이어 집들이 늘어서 있었다. 그 골목에서부터 서로 멀리 떨어져 두 갈래로 난 집들이 저 멀리까지 뻗쳐 있었으며, 멀리에서 다시 합쳐진 것처럼 보였다.

인도는 대부분 조그마한 가옥들 옆으로 비좁게 나 있었고, 상점이라곤 하나도 보이지 않았으며, 마차도 다니지 않았다. 그들이 빠져나온 골목길 모서리 가까이에 보이는 철제 기둥에는 몇 개의 램프가 달려 있었다. 그 램프들은 수평으로 나란히 걸린 두 개의 고리에 고정되어 있었다. 사다리 모양을 한 불꽃이 서로 끼워 맞춘 유리판 사이로 탑 모양의 어둠 속에서 흡사 작은 방 안에서처럼 활활 타고 있었는데, 그 불빛으로 몇 발자국 떨어진 곳에 어둠이 생겼다.

"분명히 너무 늦었어. 자네가 날 속이고 있었네만, 난 기차를 놓치게 될 걸세. 왜지?" [4쪽 탈락]

"그래, 고작 피르커스 호퍼라는 자야. 그자는 말일세."

"내 생각에는 그 이름을 베티의 편지에서 본 것 같애. 그는 철도국 지망생이지. 안 그래?"

"그래 맞았어. 철도국 지망생인데다 기분 나쁜 녀석이지. 자네가 그 녀석의 두툼하고 작은 코를 보았더라면 내 말에 수긍이 갈 걸세. 그자와 들판 같은 곳을 지루하게 같이 가노라면…… 헌데, 그가 벌써 전근이 되어 간다는 거야. 다음 주엔 그곳을 떠나게 될 거라네."

"가만있게. 자네 앞서 뭐라고 했지? 오늘 밤도 여기에 머물라고 했지. 곰곰이 생각해보았네만 그건 잘하는 일이 아닐 것 같네. 편지를 했거든. 오늘 저녁에 도착할 거라고 말일세. 그들이 나를 기다릴 거야."

"하지만 그건 간단하지. 전보를 치게나."

"아암, 그럴 수도 있지. 하지만 그것은 잘하는 일이 아닐 걸세. 내가 가지 않으면 말이야. 피곤하긴 하지만, 그래도 가야 할 거야—전보를 받으면 더욱 놀랄 거야—그럴 게 뭔가. 가야지. 그래 어딜 간단 말인가?"

"그렇다면 가는 게 좋겠군. 다만 내 생각에는…… 난 오늘 자네와 함께 갈 수 없을 걸세. 잠을 설쳤거든. 그 얘길 잊었군. 이제 그만 헤어지세. 길레만 집에 들릴까 하네. 비 내리는 공원을 자네와 더 이상 거닐고 싶지 않으이. 다섯 시 사십오 분인걸. 좋은 친구 사이니까 아직은 찾아갈 수도 있을 걸세. 잘 가게나. 여행 잘하고 모두에게 내 안부나 전해주게!"

레멘트는 오른쪽으로 돌아서 오른쪽 손을 작별의 표시로 내밀었다. 그래서 라반은 그의 내민 팔을 향하여 잠시 걸음을 옮겼다.

"잘 가게." 라반이 말했다.

잠시 떨어진 거리에서 레멘트가 다시 소리를 쳤다. "자네 에두아르트. 내 말 들리나. 우산을 접게. 비가 언제 그쳤는데 그래. 이 이야기를 미처 못했네그려."

라반은 대꾸도 하지 않고 우산을 접었다. 그의 머리 위를 희미한 어둠이 덮고 있었다.

'최소한 내가,' 라반은 생각했다. '기차를 잘못 타게라도 된다면 좋겠는걸. 그렇게 되면 하려던 계획이 벌써 시작된 거라는 생각이 들지도 몰라. 잘못 탔다는 것을 알고 다시 이 역으로 되돌아오게 되면 한결 기분이 나아질 텐데. 하지만 그 고장이 레멘트 말대로 지루하다고 해서 해로울 것은 없지. 오히려 방 안에들 처박혀 다른 모든 사람들이 어디 있는지 분명 모를 테니까. 주변에 폐허라도 있다면 아마 사람들은 이 폐허가 있는 곳으로 함께 산책을 하게 되겠지. 얼마 전에 이미 약속한 대로 말이야. 그렇다면 즐거울 테고. 그러니까 한시라도 지체해서는 안 되겠는걸. 하지만 그와 같은 구경거리가 없다면 미리 이야기가 없었을 테지. 관례와는 달리 갑자기 멀리 여행하자면, 모두가 쉽사리 모이게 되리라는 것을 예견할 수 있을 테니까 말이야. 그 경우 하녀를 남의 집으로 보내기만 하면 될 테니까 말이야. 편지나 책을 읽고 있던 사람들이 이 소식을 들으면 반가워하겠지. 이러한 초대를 막는 일이란 어려운 일이 아니지. 그렇지만 그렇게 할 수 있을지는 알 수 없단 말이야. 내 생각에 그건 쉽지 않은 일이야. 나 혼자서 모든 것을 할 수 있고, 원하면 돌아올 수도 있겠지. 찾아가고 싶을 때 찾아갈 사람도 없고 번거로운 여행을 함께 가줄 만한 사람도 없군. 그곳 농사 형편이나 채석장을 보여줄 사람도 없고, 그렇다고 옛날 친지들을 불러들일 수도 없는 노릇이지. 레멘트만 해도 오늘은 나에게 무뚝뚝했지. 하지만 몇 가지 사실을 알려준 셈이지. 사정이 어떠할 것인지를 미리 세세하게 설명해준 셈이야. 무슨 이야기를 내게서 들으려 하지도 않고 다른 용건이 있었는데도 말을 걸어와서는 동행해 주었단 말이야. 하지만 이제 갑자기 가버렸단 말이야. 그래 그 녀석 비위를 상하게 할 만한 말을 전혀 할 수가 없었어. 나는 이 도시에서 저녁을 함께 보내자는 제의를 거절했지. 그것은 물론 당연한 일이었지. 그렇다고 그것이 그에게 모욕적인 것은 아니었을 거야. 그는 지각이 있는 사람이니까.'

정거장 시계가 다섯 시 사십오 분을 가리키고 있었다. 라반은 멈춰 섰다. 가슴이 두근거렸기 때문이었다. 공원 호수를 따라 다시 급히 걸어서 흐릿한 불빛이 비치는 관목 사이로 난 좁은 길로 접어들었다가 작은 나무들 곁에 빈 벤치들이 기대선 광장으로 갔다가 거리로 향하는 울타리 문짝을 밀치고 천천히 달려갔다. 거리를 가로질러 정거장 입구로 발걸음을 재촉했다. 잠시 후 매표소를 발견하고 철판대를 몇 번 두드렸다. 그러자 철도원이 밖을 내다보고는 '시간을 용케 맞추어 오시는군요.'라고 말하면서 지폐를 집어 들고 소리가 나도록 라반이 달라는 차표와 거스름돈을 판매대 위에 던졌다. 이제 라반은 거스름돈을 헤아려볼 생각이었다. 더 많은 돈을 받았을 거라는 생각이 들었기 때문이다. 그런데 옆으로 가던 잡부 한 사람이 유리문을 통해서 그를 플랫폼으로 밀어냈다. 라반은 연거푸 "고맙소, 고마워!"를 연발하면서 사방을 둘러보았다. 차장이 보이지 않아 옆에 있는 찻간 계단 위로 올라섰다. 윗 계단 위에 가방을 먼저 올려놓고 한 손으로 우산을 받쳐들고 다른 손으로는 가방 손잡이를 잡고서는 그 뒤를 따라 올라갔다. 그가 막 들어선 찻간은 앞서 서 있던 역 홀에서 비치는 수많은 불빛으로 환했다. 위까지 꼭 닫혀진 많은 창틀 앞에는 눈에 띌 정도로 바람에 흔들리는 아치형 등불이 하나 달려 있었고 창유리에 들이치는 수많은 흰색 빗방울들이 가끔 한 방울씩 쪼르르 흘러내렸다. 라반은 찻간의 문을 닫고 회갈색의 마지막 텅 빈 좌석에 앉았다. 그래도 여전히 플랫폼에서 떠드는 소리가 들려왔다. 그는 승객들의 그 많은 등과 뒷머리를 보았고 그 사이로 건너편 의자 위에 몸을 기대고 앉은 얼굴들도 보았다. 몇 군데에서는 파이프와 여송연 담배에서 뿜어내는 연기가 맴돌다가 한 소녀의 얼굴을 맥없이 스쳐 지나갔다. 승객들은 이따금씩 자리를 바꾸기도 하고, 또 바꾸자고 서로 이야기하기도 했다. 그런가 하면 의자 위에 걸린 좁다란 푸른 그물 안에 놓여 있던 짐을 다른 그물로 옮기기도 했다. 지팡이나 가방의 편자가 박힌 모서리가 불거져 나와 있을 경우에는 주인에게 주의를 환기시켰다. 그러면 그 임자는 그쪽으로 가서 다시금 정리를 했다. 라반도 무슨 궁리를 하다가 가방을 좌석 밑으로 밀어 넣었다.

창가에 붙은 왼쪽 편 좌석에 두 신사가 마주 앉아서 서로 물가 이야기를 나누고 있었다. '사업 관계로 여행하는 사람들이군' 하고 라반은 생각했다. 그러고는 규칙적으로 심호흡을 하면서 그들을 쳐다보았다. '거래인이 그들을 시골로 출장 보내는 모양이군. 따르는 수밖에. 기차를 타고 가서는 마을마다 내려 이것저것 거래를 하겠지. 때로는 마차로 마을을 누비게 되겠지. 어딜 가나 오래 머무를 수가 없지. 만사가 신속하게 처리되어야 하니까 말이야. 노상 하는 이야기란 고작 물건에 관한 것뿐일 테고. 저렇게 즐거운 직업이라면 얼마나 신나게 힘들여 일할 수 있을까!'

더 젊은 쪽 신사가 뒤편 바지 호주머니에서 수첩을 꺼내더니 집게손가락에 연방 침을 묻혀가면서 재빨리 페이지를 넘겼다. 그러는 동안에 손톱으로 훑어내리며 한 페이지를 읽어 내려가다가 무심코 고개를 들었을 때 쳐다보는 라반과 시선이 마주쳤다. 그는 면사 가격에 대해 이야기하면서도 라반에게서 시선을 떼지 않았다. 흡사 하려던 말을 조금도 잃어버리지 않기 위해서 어딘지 시선을 고정시킨 듯이 보였다. 그는 눈썹을 아래로 내리눌렀다. 그는 반쯤 닫혀진 수첩을 손에 들고 방금 읽은 페이지에 엄지손가락을 끼우고 있었다. 필요할 때 쉽사리 찾아보기 위해 그것도 왼손에 들고 있었다. 그때 수첩을 든 손이 아무 데도 의지하고 있지 않아서, 달리는 기차가 해머처럼 철로 위에서 방아질을 하고 있었기 때문에 수첩이 떨렸다.

상대방 여행객은 등을 기댄 채 귀를 기울이며 일정한 간격을 두고 머리를 끄덕거렸다. 그는 절대로 매사에 맞장구를 치는 법이 없고 뒤늦게야 자기 의견을 밝히는 그런 사람인 것 같았다.

라반은 움푹 들어간 손바닥을 무릎 위에 올려놓고 허리를 구부려 여행객들의 머리 틈새로 창문을 보고 있었는데, 그 창문을 통해 지나가는 불빛과 멀리 뒤로 날아가버리는 다른 불빛을 바라보고 있었다. 여행객들이 하는 말을 그는 한마디도 알아들을 수가 없었다. 상대방의 대답도 이해하지 못할지도 모른다. 여기 사람들은 어린 시절부터 상품을 거래해온 사람들이기 때문에 상당한 사전 준비가 필요할지 모른다. 그러나 그렇게 자주 면사 꾸러미를 손에 들고 고객에게 넘겨준 적이 있다면 가격을 모를 리 없을 것이고 가격에 대해 흥정할 수도 있을 것이다. 그 사이에 마을들이 다가왔다가 다시 재빨리 사라져갔고, 그러고는 낮은 지대로 접어들면서 마을들은 우리들의 시야에서 사라졌다. 그러나 그 마을에도 사람은 살 것이고 아마 그곳에서도 여행객들은 이것저것을 거래할 것이다.

다른 쪽 끝 객차 모서리 앞에 키가 큰 한 남자가 일어섰다. 손안에 놀이 카드를 들고는 이렇게 소리쳤다.

"마리, 당신 세모사 내의도 함께 꾸려 넣었소?"

"그럼요." 라반 맞은편에 앉아 있던 부인이 말했다. 그녀는 잠시 잠이 들었던 탓인지, 그 물음으로 잠이 깨자 마치 라반에게 말을 건네듯이 앞을 향해 대답을 했다.

"당신은 융분츠라우 장터로 가시지요. 그렇지 않은가요?" 하고 쾌활한 출장 점원이 그녀에게 물어보았다.

"그래요. 융분츠라우로 가는 거예요."

"이번에는 큰 장이 서겠지요. 안 그렇소?"

"그렇죠. 큰 장이지요." 그녀는 졸음이 와서 왼쪽 팔꿈치를 하늘색 보따리 위에 괴었다. 손이 무거운 머리를 떠받치고 있었다. 그녀의 그 손은 볼에 붙은 살 속의 광대뼈까지 짓누르고 있었다.

"참 젊으시군요." 그 점원이 말했다.

라반은 매표원에게서 받은 돈을 조끼 주머니에서 꺼내 세어보았다. 엄지손가락과 새끼손가락 사이에 오랫동안 동전을 하나씩 고정시키고는 엄지손가락 안쪽에서 집게손가락 끝으로 이리저리 돌려보다가, 동전에 새겨진 황제의 초상을 한참 동안 들여다보았다. 그러자 황제 머리에 놓인 월계관이 눈길을 끌었다. 뒷머리에 꽉 고정시킨 리

본의 매듭과 나비 모양의 장식이 달린 그 월계관이 그랬다. 결국 액수가 맞다는 것을 확인하고 그는 커다란 검은색 돈주머니에 다시 그 돈을 집어넣었다.

'부부로 보이지 않아요?' 라반이 이렇게 그 점원에게 말하려고 했을 때 기차가 섰다. 기차의 소음이 멎었고 차장은 그 고장의 이름을 외쳐댔다. 라반은 아무 말도 하지 않았다.

바퀴가 돌아가는 모양을 상상할 수 있을 만큼 천천히 기차가 떠나갔다. 그러자 곧 기차는 내리막길로 접어들었다. 뜻밖에도 창 앞에 바라보이는 다리의 긴 난간 기둥들이 마치 찢기고 서로 밀리는 것 같았다.

라반은 기차가 그렇게 빨리 달리는 것이 마음에 들었다. 지나쳐온 고장에선 머무르고픈 생각이 없어서 그랬던 것 같다.

'그곳이 어둡고 아무도 알지 못하는 낯선 곳이고, 집으로부터 아주 멀리 떨어진 곳이라면, 낮이라도 무서울 게 틀림없을 것이다. 다음 정거장과 이미 지나온 정거장들 혹은 나중에 나타날 정거장들과 혹은 내가 향하고 있는 마을은 그렇지 않을까?'

별안간 점원의 말소리가 크게 들렸다.

'그래 아직 멀었지.' 라반은 이렇게 생각했다.

"물론 선생님께서도 잘 알고 계실 터이지만, 이 제조업자들은 벽지에까지 직원들을 보내지요. 정말 불쾌하기 짝이 없는 소매상에게까지 파고들거든요. 제조업자들이 소매상들에게 우리 큰 도매상인들에게 매기는 가격과는 다른 값을 매긴다고 생각하세요? 말이 나왔으니 말이지 똑같은 가격으로 넘기지요. 어제야 비로소 그 사실을 분명하게 알게 되었지요. 철면피한 일이지요. 우리를 쥐어짜는 거지요. 오늘날과 같은 상황에서는 요컨대 장사를 한다는 것이 간단히 말해서 불가능하다고 생각합니다. 우리를 쥐어짜는 거지요."

그는 다시금 라반을 바라보았다. 그는 눈에 눈물이 고이는 것에 개의치 않았다. 자신의 입술이 떨렸으므로 그는 왼손의 손가락 마디로 입술을 지그시 눌렀다. 라반은 등을 기대고는 왼손으로 가만히 자기 수염을 잡아당겼다.

마주하고 있던 여자 소매상인이 눈을 떴고 미소를 지으면서 양손으로 이마를 문질렀다. 그 점원은 조용조용히 말했다. 그녀는 다시 한 번 잠을 청해보려는 듯이 자세를 고쳐 뒤로 물러나 앉으면서 거의 누운 자세로 보따리에 몸을 기대고는 한숨을 내쉬었다. 오른쪽 허리 위로 스커트가 팽팽해졌다.

그녀의 뒤편 좌석에는 머리에 중절모를 쓴 한 신사가 앉아 큰 신문을 읽고 있었다. 그의 맞은편에는 언뜻 그의 친척같이 보이는 소녀가—오른쪽 어깨 쪽으로 머리를 수그리고서—너무나 더우니까 문을 열어달라고 그에게 부탁하고 있었다. 그는 그 소녀를 쳐다보지도 않고 지금 막 그럴 생각이었지만 그보다 먼저 신문의 한 단락을 끝까지 읽어야겠노라고 말하고, 그 소녀에게 어느 기사를 두고 하는 말인지를 짚어 보였다.

그 여자 소매상인은 아무래도 잠을 이룰 수가 없었던 모양이다. 그녀는 상체를 일으키고 앉아서 창밖을 내다보았다. 그러고는 객차 천장에 노랗게 타고 있는 석유등의 불길을 오랫동안 주시하고 있었다. 라반은 잠시 눈을 감았다.

그가 눈을 치켜떴을 때 그 여자 소매상인은 갈색 마멀레이드로 겉을 입힌 과자 하나를 씹고 있었다. 그녀 곁에 놓인 보따리가 열려 있었다. 점원은 말없이 여송연을 피웠고, 마치 마지막 재를 다 털어버리려는 듯 계속해서 털고 있었다. 또 한 사람의 여행객은 귀에 들릴 만큼 주머니칼 끝으로 회중시계의 태엽 감는 톱니바퀴 장치를 이리저리 휘감고 있었다.

464

라반은 거의 감긴 눈으로 희미하게나마 중절모를 쓴 신사가 창문 벨트를 잡아당기는 것을 보았다. 쌀쌀한 공기가 안으로 몰아쳐서 못에 걸려 있던 밀짚모자가 떨어졌다. 라반은 자신이 깨어 있기 때문에 양 볼이 시원하다는 생각이, 아니면 누가 문을 열어놓고 방 안으로 그를 끌어넣은 것 같다는 생각이, 또는 이것은 어쩌면 착각일 거라는 생각이 들었다. 그러다가 그는 깊은 숨을 내쉬면서 깜박 잠이 들어버렸다.

II

라반이 기차에서 내릴 때에도 찻간의 층계는 조금씩 떨고 있었다. 그가 열차 밖으로 나가자 얼굴에 빗방울이 부딪혔다. 그래서 그는 눈을 감았다―정거장 건물 앞의 철판 지붕 위로 비가 요란스럽게 내리고 있었다. 그러나 비는 먼 지역으로만 떨어지고 있어서 규칙적으로 불고 있는 바람 소리가 아닌가 하고 생각될 정도였다. 한 소년이 맨발로 이쪽으로 달려왔다―어디에서 뛰어왔는지 미처 보지는 못했지만―소년은 숨을 헐떡거리며 비가 내리니 라반의 가방을 들고 가게 해달라고 부탁했다. 그러나 라반은 대답했다.

"비가 오니 마차를 타고 가야겠다. 그러니 필요 없어."

이 말에 소년은 얼굴을 찡그렸다. 마차를 타고 가느니 가방을 자기에게 들려, 빗속을 걸어가는 편이 한결 멋있다고 생각하는 모양이었다. 소년은 얼른 몸을 돌려 뛰어갔다. 라반은 소년을 부르려 했으나 이미 때는 너무 늦었다.

두 개의 등불이 타고 있었고 한 철도원이 정거장 문밖으로 나왔다. 그는 거침없이 빗속을 뚫고 기관차가 있는 곳으로 걸어가더니, 팔짱을 끼고 말없이 멈춰 서서 기관사가 난간에 허리를 굽히고 그에게 말을 걸어올 때까지 기다리고 있었다. 잡부 한 사람이 부름을 받고 왔다가 다시 돌아갔다. 기차의 수많은 창가엔 승객들이 서 있었다. 그들은 언제나 보게 되는 정거장 건물을 보아야만 했기 때문에 아마 그들의 시선은 침울해 있을지 모른다. 기차를 타고 있을 때처럼 눈썹들을 서로 마주 가까이 대고 있었다. 꽃무늬로 된 양산을 쓰고 시골길로부터 급히 플랫폼으로 달려온 한 아가씨가 접지도 않은 그 양산을 바닥에 세워놓고 앉아 스커트가 더 잘 마르도록 양다리를 쭉 폈다. 그러고는 손가락 끝으로 팽팽한 스커트 위를 훑고 있었다. 타고 있는 것은 두 개의 등불뿐이어서 그녀의 얼굴이 잘 보이지 않았다. 옆을 지나가던 잡부가 양산 아래 물이 고인다고 투덜거리면서 이 고인 물의 크기를 보여주기 위해서 두 팔을 앞으로 내밀어 원을 그려 보였다. 그리고 이 우산이 통행에 방해가 된다는 것을 분명하게 보여주기 위해서 깊은 물 속으로 가라앉는 물고기처럼 양손을 공중에다 대고 앞뒤로 뻗쳐 보였다.

기차가 떠났다. 기다란 미닫이문처럼 사라져갔다. 기찻길 저편에 서 있는 포플러나무들 뒤편으로 숨이 막힐 정도로 수많은 풍경이 보였다. 전망이 흐려서 그런지, 아니면 숲인지, 연못인지, 아니면 사람들이 잠든 집인지, 교회 탑인지, 아니면 언덕 사이로 난 골짜기인지. 아마 그 어느 누구도 그곳에 갈 엄두를 내지 못할 것이다. 그러나 누가 물러설 수 있겠는가?

라반은 관리를 보자—그는 벌써 사무실 계단 앞에 서 있었다—그 앞으로 뛰어가서 그를 가로막아 섰다.

"대단히 죄송합니다. 마을은 먼가요. 그러니까 그곳으로 가려는 참입니다."

"멀기는요. 십오 분이면 됩니다. 하지만 합승 마차를 타세요. 비가 오니까요. 오 분이면 갈 수 있습니다."

"비가 오는데요. 봄철인데도 좋지 않군요." 라반이 그렇게 말했다.

그 관리는 오른손을 허리에 대고 있었다. 라반은 팔과 몸 사이에 생긴 세모꼴 틈으로 비 맞은 양산을 이미 접어 든 채 벤치에 앉아 있는 그 아가씨를 보고 있었다.

"지금 피서지에 가 그곳에 머물러야 한다면, 분명 뉘우칠 거예요. 그런데 누군가가 마중 나올 것이라고 생각했어요." 그는 자기 말에 신빙성을 주려는 듯 주위를 살폈다.

"선생께서 합승 마차를 놓칠까 두렵군요. 마차는 그리 오래 기다리지 않아요. 감사하실 필요 없어요. 저기 울타리 사이로 길이 나 있어요."

정거장 앞 거리엔 전등불이 없었다. 단지 단층짜리 건물의 창문 세 군데에서 안개 어린 불빛이 새어나올 뿐이었다. 그러나 그 불빛도 먼 곳까지는 미치지 못했다. 라반은 발끝으로 오물을 딛고 걸으며 "마부!" "이봐요!" "합승 마차!" "여기예요!" 라고 거듭 소리쳤다. 그는 한길에 파인 커다란 웅덩이에 빠져버렸다. 그러자 그는 구두창으로 저벅저벅 걸어갔다. 그때 갑자기 축축한 말 주둥이가 그의 이마에 와 닿았다.

마차였다. 급히 그는 비어 있는 칸막이 안으로 올라탔다. 마부석 뒤쪽의 유리창 옆에 자리를 잡고 앉아서 모서리에 등을 비스듬히 굽혔다. 이제 그가 필요로 하는 것을 다 마친 셈이었다. 도대체 마부는 잠자고 있는 걸까. 그렇다면 아침에는 깨어나겠지. 죽었다면 다른 마부가 오거나 여관집 주인이라도 오겠지. 그렇지 않다면 새벽 차로 승객들이 올 테지. 갈 길이 급한 사람들이 소란을 피면서 몰려들 테지. 어쨌든 편안히 앉아 있기로 하자. 창문 앞 커튼이나 내리고 이 마차가 덜거덩하고 떠나갈 때만을 기다려보는 게 좋겠군.

'그래. 내가 이미 계획했던 일도 다 끝낸 뒤니 내일이면 베티와 그녀의 어머니에게 가게 되리라는 것은 분명한 사실이다. 그걸 훼방 놓을 사람은 하나도 없을 거야. 내 편지가 내일에야 비로소 도착하리라는 것은 정한 이치이고 또한 그렇게 되리라고 예측할 수도 있었지. 그 도시에서 묵었더라면 좋았을걸 그랬어. 거기서라면 엘비와 같이 하룻밤을 유쾌하게 보낼 수 있었을 텐데. 흥을 망치게 하는 다음 날 근무를 걱정할 필요도 없이 말이야. 이런 발이 흠뻑 젖었군.'

그는 조끼 주머니에서 타다 남은 양초 조각을 끄집어내어 불을 붙여서 맞은편 의자 위에 세워놓았다. 밝기는 그것으로 충분했다. 밖은 어두웠기 때문에 창유리 없이 새까맣게 칠한 합승 마차의 벽들이 보였다. 바닥 밑에 바퀴가 달려 있고 앞쪽에는 고삐에 매달린 말이 있다는 사실을 지금 당장 생각할 필요는 없었다.

라반은 두 발을 의자에 억세게 비벼댄 후에 산뜻한 양말을 다시 신고 똑바로 앉아 있었다. 그때 누군가가 정거장 쪽에서 부르는 소리가 들렸다.

"헤이!" 하고 합승 마차에 손님이 있다면 알리라는 소리였다.

"암 있구말구요. 어서 갔으면 하는데요."

라반은 열려 있는 창문 밖으로 몸을 수그리면서 대답했다. 오른손으로는 기둥을 꽉 잡고, 벌려진 왼손은 입 언저리에 놓여 있었다.

그의 양복 칼라와 목덜미 사이로 빗물이 마구 흘러들었다.

아마포로 된 찢어진 두 개의 자루를 감고서 마부가 이쪽으로 건너왔다. 마구간의 등불이 반사돼서 그는 발아래 물구덩이를 건너뛸 수가 있었다. 그는 짜증스레 변명을 늘어놓기 시작했다.

"이봐요. 나는 레베다하고 카드놀이를 하고 있었는데 기차가 도착했어요. 한창 열을 올리고 있었을 때였지요. 그래서 잘 살펴볼 겨를이 없었어요. 말뜻을 알아듣지 못하는 사람을 난 욕할 생각은 없소.

어쨌든 이곳은 무척 불결한 곳이지요. 그래 신사 양반이 이런 곳에서 무슨 일을 하시리라고는 미처 생각할 수 없었어요. 그렇지만 이만큼 이라도 일찍 왔으니 불평일랑은 말아주십시오. 그때 바로 피르커스 호퍼가—내 조수 말씀이오—와서 키가 작은 금발 신사가 마차를 타고자 한다고 말하는 거예요. 그런데 그가 곧바로 물어보았나요, 아니면 묻지 않던가요?"

등불이 끌채 끝에 고정되어 있었다. 둔탁한 목소리로 내리는 명령에 따라 말은 마차를 끌기 시작했다. 그때 합승 마차 지붕 위에 출렁이는 물이 틈바구니를 통해 서서히 마차 안으로 방울져 떨어졌다.

길은 가파른 듯했다. 수레바퀴 안으로 오물이 튕겨 들어가는 것이 분명했다. 웅덩이에 괸 물이 돌아가는 바큇살 뒤쪽으로 소리를 내며 튕겨 올랐다. 마부는 느슨하게 고삐를 잡고 비에 흠뻑 젖은 말을 몰고 있었다—이 모든 것을 라반에 대한 질책으로 볼 수는 없을까? 수레의 끌채에 매달려서 떨고 있는 등불 때문에 많은 웅덩이들이 예기치 않게 환히 보였는데 바퀴 아래에서 물결을 이루면서 갈라졌다. 그것은 라반이 아름다운 노처녀인 베티를 찾아가는 길이기 때문에 일어나는 일이었다. 이에 대한 이야기를 하려고 들면, 누가 라반의 공로를 인정하여줄까? 물론 어느 누구도 드러내놓고 말하지 않는 비판을 감수하는 것이 이득이 될는지도 모른다. 물론 그는 기꺼이 그짓을 했다. 베티는 그의 약혼녀였으며, 그는 그녀를 사랑했다. 그녀가 그 사실에 대해 그에게 감사한다면, 그것은 정말이지 구역질 나는 일일 것이다. 아무튼 그는 그녀를 좋아한다.

라반은 자신도 모르게 기대앉은 벽에다 대고 머리를 부딪치고 나서 잠시 천장을 올려다보았다. 갑자기 그의 오른손이 의지했던 허벅지로부터 미끄러져 내려갔다. 하지만 양쪽 팔꿈치는 배와 다리를 잇는 모서리에 놓여 있었다.

어느새 합승 마차는 가옥과 가옥 사이를 누비며 달리고 있었다. 방안에 켜져 있는 불빛이 이따금씩 마차 안을 비추곤 했다. 층계 하나가—그 첫 계단을 보기 위해서 라반은 몸을 일으켜야만 했다—교회당을 향해 세워져 있었는데 공원 문 앞에는 커다란 불꽃으로 등불이 타오르고 있었다. 그러나 성자의 입상 하나는 오직 상점의 불빛만으로 희끄무레하게 보였다. 이제 라반은 다 타버린 촛불을 바라보았다. 초가 녹아서 생긴 촛농이 요동도 하지 않고 의자 밑에 흘러 매달려 있었다.

마차가 여관 앞에 멈춰 섰다. 억세게 쏟아지는 빗소리와—창문이 열린 탓인지—손님들의 목소리도 들려왔다. 라반은 마차에서 얼른 내리는 것과 주인이 올 때까지 기다리는 것 중에서 어느 쪽이 더 나을까 하고 따져보았다. 이 작은 도시의 풍습이 어떤지를 그는 알지 못했지만 분명 베티가 이미 자신의 신랑감에 대해 말했을 것이다. 그녀가 화려한 옷차림을 하고 나타날 것이냐, 아니면 허술한 모습으로 나타날 것이냐에 따라서 그녀가 이곳에서 차지하고 있는 명망이 어떻다는 것을 대충 알 수 있을 것이며, 따라서 라반 자신의 명성이 높아질 수도 있고 낮아질 수도 있을 것이다. 그녀의 명망이 어느 정도인지, 그리고 자기에 대하여 어떤 이야기를 퍼뜨렸는지, 그로서는 알 길이 없었기 때문에 더욱 불안하고 언짢았다. 아, 아름다운 도시와 아름다운 고향길! 그곳에선 비가 오면 전차를 타고 축축한 돌바닥을 지나 집으로 가면 되는데, 이곳에서는 삐걱거리며 진창을 뚫고 여관으로 가야 하다니.

'고향 도시는 이곳에서 멀리 떨어져 있다. 내가 지금 향수병으로 죽어갈 정도라 할지라도 오늘 나를 고향집에 데려다줄 사람은 아무도 없을 것이다. 설마 향수병으로 죽기야 하려고. 고향집에서는 오늘 저녁을 위해 예정된 식사가 제공되겠지. 접시 뒤 오른쪽에는 신문이 놓이고, 왼쪽에는 전등이 놓일 테지. 여기서는 상당히 기름진 음식이

제공되겠지. 내 위장이 약하다는 것을 모를 테니까. 설사 안다고 하더라도—낯선 신문과 내가 이미 듣고 알고 있는 많은 사람들이 참석할 것이고 그들 모두를 위해 등불이 타오르겠지. 등불은 얼마나 밝을까? 카드놀이 하기에는 족하겠지만 신문을 읽기에는 어떨까?

여관집 주인은 오지 않았다. 손님들이 그에게는 소중하지 않단 말인가? 그는 아마 불친절한 사람인 모양이다. 아니면 내가 베티의 신랑이라는 것을 알고 있을까? 그것이 나에게 오지 못할 이유라도 되는 것일까? 마부가 정거장에서 나를 오랫동안 기다리게 한 것도 그 때문일는지도 모른다. 음탕한 사람들 때문에 베티가 얼마나 많은 시달림을 받았으며, 그들의 성화를 어떻게 물리쳤는가를 자주 들려주었었지. 모르긴 몰라도 여기에서도 그런 짓이……' [탈락]

[두 번째 원고]

에두아르트 라반이 복도를 지나 열린 문을 나섰을 때 비가 내리는 것을 볼 수 있었다. 많이 오는 비는 아니었다. 그의 바로 앞 높지도 깊지도 않은 보도에는 비가 내리는데도 많은 행인들이 있었다. 때로 한 사람이 앞으로 나서서는 차도를 가로질러 갔다.

한 작은 소녀가 양손을 앞으로 뻗은 채 회색 털 강아지 한 마리를 잡고 있었다. 신사 두 사람이 어떤 문제에 대해서 서로 이야기를 주고받고 있었다. 그들은 이따금씩 얼굴을 마주 바라보다가 천천히 다시 돌리곤 했다. 그것은 바람에 열린 문을 연상케 했다. 그중 한 사람이 양 손바닥을 위로 치켜들고 무게라도 달아보기 위해서 짐이라도 들고 있는 양 일정하게 올렸다 내렸다 했다. 그때 날씬한 숙녀의 모습이 눈에 들어왔다. 얼굴이 별빛처럼 파르르 떨렸다. 그녀가 쓴 납작한 모자에는 무엇인지 알 수 없는 물건들이 가장자리까지 높다랗게 달려 있었다. 그녀는 지나가는 행인들에게 낯선 사람처럼 보였다. 그것은 물론 그녀의 본의가 아니었다. 마치 어떤 법칙에 의해서 그런 것 같았다. 젊은이 하나가 가슴 위에 왼손을 마비된 것처럼 수평으로 얹고, 가느다란 지팡이에 의지하여 얼른 일어났다. 거래처를 갖고 있는 사람들이 많았다. 그는 빨리 걸어갔지만 다른 사람들보다도 더 많은 광경을 볼 수 있었다. 그들은 때로는 인도 위를, 또 때로는 차도 위를 걸어갔다. 그들은 윗도리가 몸에 잘 어울리지 않았다. 그러나 그들에게는 매무새가 문제되지 않았다. 그들은 지나가는 행인들과 서로 밀기도 하고 밀리기도 하였다. 세 사람의 신사가—두 사람은 구부린 팔에 가벼워 보이는 외투를 걸치고 있었다—담벼락에서 인도로 걸어 나와 차도와 맞은편 인도에서 일어나는 일들을 바라보고 있었다.

지나가는 행인들 틈바구니로 차도의 석판이 일정한 간격으로 이어

472

져 있는 것이 보였다. 때로는 천박하게 보이고 때로는 편리하게 생각되었다. 그 위를 마차들이 바퀴 위에서 흔들리며 목을 쭉 내민 말에 의하여 재빨리 끌려갔다. 쿠션이 놓인 마차의 좌석에 기대 앉은 채 사람들이 거리를 오가는 행인들과 상점, 발코니와 하늘을 말없이 바라보고 있었다. 마차 하나가 다른 마차를 앞질러 가려 하면 그 말들이 서로 몸을 밀착시켜 마구가 흔들렸다. 그 말들이 채를 잡아당기자 마차가 갑자기 흔들리면서 굴러갔다. 그때 마침내 앞선 마차 주변에 아치형이 이루어졌고, 말들은 서로 다시 떨어졌으나 길쭉한 머리만은 여전히 서로 맞대고 있었다.

어떤 늙은 신사가 얼른 현관문 앞으로 나와 마른 모자이크형 돌바닥 위에 서서 몸을 돌려 이 좁은 골목길로 휘몰아쳐 어지럽게 내리고 있는 비를 바라보고 있었다.

라반은 검은 천으로 꿰맨 손가방을 내려놓고 동시에 오른쪽 무릎을 약간 굽혔다. 어느새 빗물은 차도의 가장자리에서 깊게 파인 하수구로 팽팽하게 이랑을 지어 흘러내리고 있었다. 그 늙은 신사는 라반 곁에서 손에는 아무것도 들지 않고 서 있었다. 라반은 나무로 된 문짝에 몸을 기대고 있었다. 늙은 신사는 가끔 목을 크게 돌려 라반을 바라보았다. 그의 이러한 행동은 자연스러운 욕구—할 일이 별로 없으니 주위에 있는 모든 광경이라도 정확하게 관찰하겠다는 욕구에서 비롯된 것이었다. 그는 이처럼 아무 목적도 없이 여기저기 쳐다보느라고 많은 구경거리를 놓칠 수밖에 없었다. 그리하여 라반의 입술이 창백하고, 전에는 눈에 잘 띄던 그의 벽 무늬 넥타이가 퇴색해 있는 것을 알아차리지 못했다. 그가 만일 그런 모습을 보았더라면 분명히 마음속으로 비명을 질렀을 것이다. 그러나 그것도 옳지 못한 일이었을 것이다. 라반은 근래에 몇 가지 일로 해서 특히나 피로해 보였을 테지만 보통 때도 창백한 편이었기 때문이다.

"원 무슨 놈의 날씨가 이렇담." 하고 늙은 신사는 나직한 목소리로 말하고 나서, 의식적이긴 하지만 약간 노인 티를 내면서 머리를 흔들었다.

"글쎄올시다. 이런 궂은 날씨에 여행을 해야만 하다니."라고 라반이 말했다. 그러고는 재빨리 똑바로 섰다.

"좀처럼 개일 것 같지가 않군요." 노인은 마지막으로 모든 것을 재검하려는 듯이 몸을 굽혀 골목 아래위를 훑어보고 나서 하늘을 쳐다보며 말했다. "며칠, 아니 몇 주일 동안 계속해서 꾸물거릴 것 같군요. 일기예보에 의하면 유월과 칠월 초에도 개일 전망이 없다는 거예요. 이건 누구에게나 유쾌한 소식이 못 되지요. 예컨대 나는 건강에 매우 요긴한 산책을 포기하는 수밖에 없거든요."

그는 하품을 했다. 그는 대화 자체에도 별로 흥미를 느끼지 못하고 맥이 풀리는 것 같았다. 그것은 라반에게 매우 인상적이었다. 그쪽에서 먼저 말을 건네오지 않았던가. 그래서 라반은 은연중 자랑스럽게 말을 건네려고 했다.

"옳으신 말씀입니다. 도시에서는 건강에 이롭지 못한 일을 얼른 포기할 수 있지요. 포기하지 않는 데서 오는 언짢은 결과는 자기 탓일 테니까요. 그때 가서 후회하게 되겠지요. 하긴 그럼으로써 다음에는 어떻게 처신해야 할지 분명하게 알게 될 테지만요. 그것이 개인의 경우라 하더라도……" [2쪽 탈락]

"다른 뜻에서 하는 이야기는 아니에요. 정말입니다." 하고 라반은 급히 말했다. 그는 조금 더 자랑하고 싶었으므로 되도록 자기 자신의 방심 상태를 용납해주려고 했다. 그는 말을 이었다.

"모든 것이 최근에 저녁마다 읽은, 이미 앞에서 언급한 책에 나온 이야기입니다. 저는 거의 혼자서 살아왔지요. 가정 사정 때문이었어요. 아무튼 나는 좋은 책이라면 저녁 식사 다음으로 좋아합니다. 오

474

래전부터 그랬습니다. 요사이 어떤 선전 책자에 실린 어느 작가의 말을 인용한 글을 읽은 적이 있어요. '좋은 책은 가장 훌륭한 친구다.' 정말 그렇습니다. 좋은 책은 가장 훌륭한 친구지요."

"젊었을 때는 그렇기도 하지요." 하고 노신사가 말했다. 이것은 별다른 뜻에서 한 이야기가 아니었다. 그는 다만 비가 다시 내리기 시작하여 좀처럼 그칠 것 같지 않다고 말하고 싶었을 뿐이다. 그러나 라반에게는 그 말이 상대편 노신사가 육십 세인 자기 자신을 아직도 싱싱하고 젊다고 생각하는 반면, 삼십 세인 라반은 아무것도 아니라고 간주하는 것처럼 들렸다. 그리고 자기가 삼십 대에는 라반보다 더 현명했었다고 내세우려는 듯이 보였다.

라반은 얼마 전부터 자기의 능력이나 견해에 대하여 다른 사람들이 내리는 평가에는 전혀 흥미가 없었으며, 그들의 견해에 동조하던 시기는 지났다고 생각했다. 그러므로 다른 사람들이 자기 일에 반대하든 찬성하든 간에 그것은 마치 허공을 향해 떠드는 것이라고 생각했다. 그래서 그는 이렇게 말했다.

"제가 말씀드리고 싶은 이야기를 다 들어주지 않았기 때문에 이렇게 여러 가지 이야기를 하고 있는 겁니다."

"어서 말씀하세요."라고 그 신사가 말했다.

"아니 별로 중요한 이야기는 아니에요." 하고 라반이 말을 이었다.

"책이란 모든 점에서 유용하지요. 사람들이 예기치 않은 데에서 특히나 정말 이롭지요. 가령 모험을 하려면, 모험과는 전혀 동떨어진 책들이 가장 유익한 거예요. 모험을 하려 들면, 따라서 흥분한(그런 흥분에 이르게 할 수 있는 책의 영향은 형식적인 것에 불과하지만) 독자들은 그 책을 통하여 그의 모험과 관련이 있는 생각을 하도록 자극을 받게 될 테지요. 이 경우에 책의 내용이 무엇이건 간에 그건 상관이 없으므로, 독자는 그런 생각을 버리지 않고 책을 읽어나갈 수 있겠지요. 옛날에 유대인들이 홍해를 건너듯이 말입니다.”

이제 라반에게는 그 노인의 인품이 불쾌한 인상을 주었다. 그는 노인과 한결 가까워진 것 같은 생각이 들었지만, 그것은 대수롭지 않은 일일 뿐이었다…… [2쪽 탈락]

“신문도 역시 그래요—하지만 제가 말씀드리고 싶은 것은 제가 시골로 가고 있다는 겁니다. 이 주일간 휴가를 얻었거든요. 오랜만에 얻은 거예요. 아무튼 필요한 일이에요. 앞에서도 말씀드린 대로 제가 요사이 읽은 책은 여행에 대하여 당신이 상상할 수 있는 것 이상으로 많은 것을 가르쳐주었어요.”

“듣고 있습니다.” 하고 노신사가 대답했다.

라반은 말없이 똑바로 서서 약간 높이 달린 윗도리 주머니 속에 두 손을 집어넣었다. 잠시 후에야 비로소 그 노신사는 말했다.

“이 여행이 당신에게는 특히나 소중한 모양이군요.”

“그런데 말입니다.”

라반은 말하면서 다시 대문에 몸을 기대었다. 이제야 현관이 만원이라는 것이 눈에 들어왔다. 계단 앞에 서 있는 사람들도 보였다. 라반이 살고 있는 여자 집에 함께 세를 들어 살고 있는 한 관리가 계단을 내려오면서 서 있는 사람들에게 자리를 비켜달라고 부탁했다. 그는 머리 너머로 손으로 비를 가리키고 있는 라반에게 “행복한 여행이 되세요.”라고 말을 건네고 다음 일요일에 꼭 라반을 찾아오겠다는 약속을 상기시켰다. 그러자 사람들이 저마다 라반 쪽으로 몸을 돌렸다.

[2쪽 탈락] 그는 만족해하고 있고 오래전부터 고대해왔던 마음에 드는 부서에 있다. 그는 끈기 있고 명랑한 성품이라 환담하는 데 다른 사람을 관여시킬 필요성을 느끼지 않았다. 오히려 모든 사람들이 그를 필요로 했다. 언제나 그는 건강했다.

476

"아, 말하지 마세요."

"언쟁하고 싶은 생각이 없어요."

"언쟁하려는 것은 아니지만, 잘못을 인정할 생각은 없어요. 무엇 때문에 고집을 부리는 겁니까. 당신이 지금 아직도 그렇게 뚜렷하게 기억하고 있지만, 그와 이야기를 나누게 되면 분명 당신은 모든 것을 잊어버리게 될 거예요. 당신 말씀을 좀 더 분명하게 반박하지 않았다고 해서 나를 비난할 테지요. 그가 단지 책에 대해서만 이야기한다면 말이오. 그는 아름다운 모든 것에 금방 감격해버리지요……."

마을 선생

　나도 그런 사람의 하나이지만, 자그마한 보통 두더지만 보아도 꺼림칙하게 생각하는 사람들은 몇 년 전에 가까운 작은 마을에서 관찰된 그 거대한 두더지를 보았더라면 아마 그 혐오감으로 죽을 지경이었을 것이다. 그 마을은 일시적이긴 하지만 그 두더지로 제법 명성을 얻게 되었다. 물론 그 마을은 이미 오래전에 잊혀져버렸고, 그 모든 일이 제대로 규명되지 않은 채 남겨지게 돼버렸다는 것은 명예스럽지 못한 일이다. 사람들은 그 일을 규명하려고 전혀 노력해보지도 않았으며, 그 일에 당연히 관심을 보였어야 할 지역 사람들이 실지로는 훨씬 더 사소한 일들에 관심을 갖는, 납득하기 어려운 태만함 때문에 더 자세한 연구는 해보지도 못하고 그 모든 일이 사라져버린 것이다. 그 마을이 철도로부터 멀리 떨어져 있다는 사실만으로 그것에 대한 어떤 변명이 될 수는 없을 것이다. 수많은 사람들이 호기심 때문에 멀리서들 왔는데, 거기에는 외지 손님들도 있었다. 호기심 이상의 관심을 보일 것이라고 여겨지던 사람들만은 오지 않았다. 그렇다. 개별적으로 아주 단순한 사람들, 즉 평범한 하루 일로 인해 거의 숨 쉴 여유도 없는 그런 사람들은 고상하게 그런 일에 신경 쓸 수가 없었을 것이다. 그 사건에 관한 소문은 가장 가까운 주변까지도 미치지 못한 것 같다. 끝날 줄 모르는 소문이라 할지라도 이번 경우는 아주 더디었다는 것이 인정되어야 할 것이다. 사람들을 놀라게 하지 않았던들 아마 널리 퍼지지도 않았을지 모른다. 그러나 그것 역시 분명 그 일에 매달리지 않은 이유가 될 수는 없을 것이다. 그와 정반대이다. 이 문제 역시 앞으로 진단되어야 할 것이다. 그 대신 그 사건에 관한 유일한 문건이 나이 많은 마을 선생에게 남겨졌다. 그는 직업상으로는 훌륭한 선생이었으나, 능력과 소양이 부족해서 널리 이용할 만한 철저한 기록을 제공할 수 없었으며, 나아가 그 어떤 해명도 제공할 수가 없었다. 그 작은 문건은 인쇄되어 당시 마을을 방문한 사람들에게 많이 팔렸었다. 그 문건은 몇 가지 칭찬할 만한 가치를 지니고는 있으나, 그 선생은 분별력이 뛰어나서 어느 누구에게서도 도움을 받지 못한 그의 개인적인 수고들이란 게 근본적으로는 아무런 가치가 없다는 것을 잘 알고 있었다. 그럼에도 그가 수고를 늦추지 않고, 그 일의 성격상 세월이 흐르면서 더욱 절망적으로 나타났음에도 불구하고 그 일을 자기 인생의 과제로 삼았다고 한다면, 그것은 한편으로 이 사건이 행사할 수 있었던 효과가 얼마나 컸었나를 말해주고 있는 것이며, 다른 한편으로는 나이 들고 둔한시되던 마을 선생에게서 인내심과 신념에 대한 충실감이 얼마나 존재할 수 있는가를 보여주고 있는 것이다. 그러나 그가 권위 있는 인사들의 거부적인 태도 때문에 심한 고통을 받고 있음을 자신의 문건에 뒤이어 만든 작은 보충 문건이 잘 나타내주고 있다. 물론 그 추가된 문건은 뒤에야 비로소, 무슨 일이 여기에서 일어났었는지 더 이상 어느 누구도 거의 기억해낼 수 없었던 바로 그런 시기에 나온 것이다. 이 보충 문건에서 그는—아마도 숙달을 통해서가 아니고 성실성으로 납득할 만하지만—그가 만난, 적어도 당연히 기대할 수 있으리라 생각했던 사람들에게서 얻게 된 그들의 몰이해성에 대해 비탄해하고 있다. 이런 사람들에 대해서 그는 적절하게 언급하고 있다.

"옛날 마을 선생님들처럼 이야기한 것은 내가 아닌 그들이다." 그는 오로지 그 일로 내달려 갔었던 어느 학자의 진술을 특별히 인용하고 있다. 그 학자의 이름은 거론되지 않았으나 여러 가지 부수적인 상황으로 보아 그가 누구였는지는 추측할 수가 있었다. 마을 선생은 자신이 수 주일 전에 미리 고지했던 학자에게서 어렵사리 허락을 얻어낸 뒤에, 인사할 때에 벌써 그 학자가 자기 자신의 일과 연관해서 어쩔 수 없는 편견에 사로잡혀 있다는 사실을 알았다. 얼마나 멍한 상태에서 그 학자가 마을 선생이 자신의 문건에 도움이 되도록 행한 보충적인 긴 보고를 듣고 있었는지는 그가 얼마간 생각을 가다듬은 후에 행한 언급 속에 잘 나타나 있다.

"하지만 당신 지역의 땅은 특히나 검고 비옥하군요. 그러니 그것은 두더지들에게도 특별히 풍부한 영양을 주게 되어 그것들이 희한할 정도로 크게 되겠지요."

"그렇다고 그렇게 큰 것은 아니잖습니까?"라고 마을 선생은 외치고는 자신이 들떠 있음을 약간 과장하면서 벽에다 이 미터가량의 치수를 재어 보였다. "아, 크고말고요." 모든 게 정말 아주 우습다는 듯이 학자는 대답했다. 이러한 확답을 가지고 마을 선생은 집으로 돌아갔다. 그가 말하기를, 눈이 내리는 밤거리에서 자기 부인과 여섯 아이들이 기다릴 것이고 그리고 그들에게 자기 희망이 결국 실패로 돌아갔음을 고백해야 된다고 했다.

내가 마을 선생에 대하여 그 학자가 취한 태도에 관한 기사를 읽었을 때 나는 아직 그 마을 선생의 문건을 알지 못했다. 그러나 나는 곧바로 그 사건에 관하여 알아낼 수 있는 모든 것을 모아 정리하리라고 마음을 먹었다. 내가 그 학자의 면전에 대고 주먹질을 할 수야 없는 노릇이기에 적어도 나의 문건은 그 마을 선생의 입장을 옹호해야만 했거나, 아니면 더 좋게 표현하자면 성실하고 영향력 없는 한 남자의 선한 의도를 옹호하자는 것이었다. 고백하건대 후에 나는 이런 결정을 내렸던 것을 후회했다. 왜냐하면 그의 일 처리가 나를 특이한 상황으로 몰고 가리라는 것을 곧바로 느꼈던 때문이었다. 한편으로 그 학자의 마음을 돌리거나 혹은 마을 선생 쪽으로 유리하게 여론을 돌리기에 나의 영향력은 역시 전혀 역부족이었다. 그러나 다른 한편으로 마을 선생은 나에게 있어서는 자신의 고결함을 옹호하는 것보다 그 커다란 두더지가 나타났다는 사실을 증명하려는 자신의 주요 의도가 별로 중요치 않다는 사실을 알아차렸을 것이다. 자신의 고결함은 자명한 것이고 어떤 옹호도 필요치 않은 듯했다. 그러므로 알아두어야 할 것은 선생과 연관을 맺으려 했던 나는 그에게서 어떤 이해도 구하지 못했고, 실지로 도움을 받기는커녕 나에게는 새로운 조력자가 필요하리라는 것이었다. 그러나 그런 조력자가 나타난다는 것은 정말이지 있을 수 없는 일이었다. 이외에도 나에게는 내 결심으로 인해 큰일이 부과되었다. 내가 증명하기 위해서는, 결코 증명할 능력이 없었던 그 마을 선생을 증인으로 끌어들여서는 안 되었다. 그의 문건이 주는 지식이 나를 혼란스럽게 만들지도 모르기 때문에 나는 내 본래의 작업을 마치기 전까지는 그 문건을 읽는 것은 피했다. 그렇다. 나는 선생과 결코 연관을 맺지 않았다. 물론 그는 중간에 있는 사람을 통해서 나의 연구에 대하여 알고 있었다. 그렇지만 내가 그의 생각대로 일을 하고 있는지, 그에 반해서 일을 하고 있는지는 알지 못했다. 그렇다. 그는 후에 그것을 부인했지만 아마도 후자일 거라고 추측한 듯했다. 왜냐하면 나는 그가 나에게 여러 가지 방해 공작을 해왔었다는 증거를 갖고 있기 때문이다. 그 일을 그는 아주 용이하게 수행할 수 있었을 것이다. 왜냐하면 나는 정말이지 그가 이미 실행했던 모든 연구들을 다시 한 번 시도해야만 했고, 그러므로 그는 언제나 나를 앞지를 수가 있었기 때문이었다. 그것은 내 방식에서 보면 당연히 비난받아 마땅할 유일한 것이었다. 어쨌거나 피할 수 없는 그런 비난은 그러나 신중을 기함으로써, 그래서 내가 내린 결론들을 자제함으로써 아주 무기력해졌다. 그러나 그렇지 않았더라면 나의 문건은 마을 선생의 모든 영향권에서 벗어날 수 있었을 것이다. 아마 이런 점에서 나는 정말 너무나 커다란 고통을 실제로 보여준 셈이며, 마치 지금까지 어느 누구도 그런 경우를 연구한 적이 없는 것 같기도 하고, 마치 내가 목격자들과 청취자들을 심문한 첫 번째 사람인 것 같기도 하고, 진술들을 서로 매듭지어놓은 첫 번째 사람인 것 같기도 하고, 결론을 내린 첫 번째 사람인 것 같기도 한데, 사실 그랬다. 내가 후에 그 선생의 문건을 읽었을 때—그것은 '어느 누구도 그렇게 큰 것을 본 적이 없는 두더지'라는 상세한 제목을 지니고 있었다—발견한 것은, 비록 우리가 우리 두 사람 모두에게 주요 사항인 그 두더지의 실존을 증명해 보였다고 믿고 있다 하더라도 본질적인 점에서는 서로 일치하고 있지 않다는 것이었다. 언제나 저 개별적인 의견 차이들은 내가 원래 기대했던 선생과의 우의 두터운 관계 조성을 방해해 왔다. 그쪽에서는 거의 확고한 적대 행위로 발전되어갔다. 비록 그는 나에게 언제나 얌전하고 겸손했지만, 그러나 더욱 뚜렷하게 그의 실질적인 분위기를 알 수 있었다. 즉, 그는 내가 그와 그리고 그 일에 대해 철저하게 해를 끼쳤다고 생각하고 있고, 내가 그를 이용했거나 혹은 이용할 수 있으리라는 나의 믿음이란 것이 기껏해야 천진난만하다 못해 불손하거나 혹은 술책이라고 믿고 있다. 특히 그는 이따금씩 지금까지 그의 모든 적들은 적대감을 결코 보인 적이 없거나, 혹은 비밀리에, 혹은 적어도 단지 구두로 내비쳐왔음을 암시했는데, 반면에 나는 내가 쓴 모든 것들을 곧바로 인쇄하도록 하는 것이 필요하다고 생각할 것이라고 했다. 그 이외에 표면적이기는 하지만, 그 일에 실지로 관여했던 몇몇의 적대자들은 그들 스스로 의견을 개진하기 전에 여기서는 결정적인 의견이 되는, 마을 선생의 의견을 경청했을 것이다. 그러나 나는 체계적이지 못하게 모은 그리고 부분적으로는 잘못 오해된 진술들로부터 결론을 끄집어내었을 것이라는 것이고, 그것이 비록 중요 사항에서는 옳을지 모르지만, 그러나 믿을 수 없을 정도로 효과를 줄 것인데, 그것도 군중들과 역시 교양 있는 사람에게도 영향을 미칠 것이다. 믿을 만한 가치가 없다는 가장 약한 징조만 보여도 그것은 여기에서 일어날 수 있는 최악의 경우일지도 모른다.

비록 은폐된 채로 제시된 것이기는 하지만 이런 그의 비난에 대해 나는 쉽사리 응답할 수 있을 것이다—예를 들어 그의 문건은 바로 아마 믿을 수 없는 것의 정점을 드러내고 있을 것이다. 그러나 보다 쉽지 않은 것은 그가 품고 있는 그 일 이외의 의심과 싸우는 것이다. 바로 이 점이 내가 전체적으로 그에 대하여 매우 자제했던 이유였다. 즉, 그는 두더지의 최초의 공식적인 대변자이고자 한 그의 명예를 내가 빼앗으려고 했었다고 암암리에 믿고 있었다. 물론 그 개인에게는 어떤 명예도 존재하지 않고, 보다 작은 영역으로 제한되어 있기는 하지만 단지 가소로움만이 존재한다. 물론 나는 그런 가소로움을 결코 얻고자 하지 않는다. 그러나 그 이외에도 나는 나의 문건의 서문에서 마을 선생은 영원히 그 두더지의 발견자로 적용되어야 한다고 분명하게 설명한 바 있다—그러나 그는 결코 발견자는 아니다—그리고 마을 선생의 운명에 참여하게 됨으로써 그 문건을 작성하고픈 충동을 느꼈었다고 설명한 바 있다. "이 문건의 목적은 바로 그 공로를 전파하기 위해서 마을 선생의 문건을 거들어주는 것이다. 이 일이 일단락되면, 일시적이며 형식상으로 이러한 일에 말려든 나의 이름은 당연히 그 일로부터 삭제되어야 할 것이다."라고 내가 너무나 격정적으로 종결을 짓고는 있으나 그것은 당시 내 흥분 상태를 잘 반영하고 있다. 그러므로 나는 그 일에 보다 깊숙이 관여하기를 꺼렸다. 그것은 마치 내가 어쨌거나 그 선생의 황당무계한 비난을 미리 예감한 것 같은 꼴이었던 것이다. 그럼에도 불구하고 그는 바로 이 부분에서 나에 대해 단호한 태도를 취했다. 그가 자신의 문건에서, 나에 대한 비난에서 보다 여러 가지로 더 명민함을 보였던 점이 나타났듯이, 그가 말했거나 혹은 오히려 암시했던 것에 그럴 만한 정당한 이유의 흔적이 포함되어 있었다는 사실은 부인하지 않는다. 그가 주장하는 것은, 말하자면 나의 서문이 앞뒤가 맞지 않는다는 것이다. 그의 문건을 널리 알리는 것이 나에게 정말 중요한 일이라 한다면, 어째서 나는 오로지 그와 그리고 그의 문건에만 관여하지 않았던 걸까. 어째서 나는 그 문건의 우수성을, 즉 그 문건의 완벽함을 보여주지 않았던가. 어째서 나는 그 발견의 의미를 찬양하고 파악하는 일에만 제한을 두지 않았던가. 어째서 나는 오히려 문건을 완전히 무시한 채 발견하는 데만 몰입했었을까. 그 일은 이미 어느 정도 이루어지지 않았던가? 이런 점에서 무엇인가 아직까지 해야 할 일이 남아 있는 것은 아니었을까? 그러나 내가 정말 다시 한 번 발견해야 한다고 생각했더라면, 어째서 나는 그때 서문에서 발견하는 일을 엄숙하게 포기한 것일까? 그것은 위선적인 겸손일 수도 있었지만, 그러나 어느 정도 언짢은 일이었다. 나는 발견의 의미를 무가치한 것으로 여겼으며, 그것에 주의를 한 이유는 단지 그것을 무가치화할 목적에서였을 뿐이다. 나는 그것을 연구한 후에 그것을 옆으로 치워버렸다. 아마 이 일에 관한 문제들이 약간 잠잠해졌던 모양이었다. 나는 이제 다시 문제를 일으켰는데, 그것은 동시에 마을 선생의 입장을 예전의 상태보다 더 어렵게 만들었다. 명예로움을 방어하는 일이란 것이 그 마을 선생에게는 도대체 어떤 의미가 있는 것일까! 그 일, 오직 그 일만이 그에게는 중요했다. 그러나 나는 그 일에 배신적인 행동을 했다. 왜냐하면 나는 그 일을 이해하지 못했고, 올바로 평가하지도 못했으며, 그 일에 대한 어떤 분별력도 없었기 때문이다. 그 일은 나의 오성을 훨씬 능가하는 것이었다. 그는 내 앞에 앉아, 늙고, 주름진 얼굴로 나를 빤히 쳐다보았다. 그러므로 오직 그 얼굴만이 정녕 그의 생각이었던 것이다. 물론 그에게 오직 그 일만이 중요하다는 것은 옳지 않다. 그 이외에도 그는 매우 공명심이 컸고 돈벌이도 역시 원했다. 그것은 그의 수많은 가족들을 고려해볼 때 충분히 이해할 만한 일이었다. 그럼에도 불구하고 그는 거짓말을 보태지 않고, 스스로를 완전히 고매한 사람으로 자칭해도 된다고 믿을 정도여서, 그에게는 그 일에 대한 나의 관심이란 게 대수롭지 않은 것같이 보였다. 그 남자가 비난받는 여러 가지 이유는 사실상 그가 양손으로 자신의 두더지를 어느 정도 꽉 쥐고 있을 때, 누군가 손가락으로라도 그것에 가까이 가려는 사람이 있으면 누구든지 배신자라고 불렀다는 데 연유한다. 그런데 내가 이것을 그런 식으로 심사숙고해볼 때면 정말이지 내 마음은 조금도 흡족하지 않았다. 그렇지 않은 것이, 그의 행동은 욕망만으로, 적어도 욕망 하나만으로는 설명될 수 없고, 오히려 그의 커다란 힘든 노력과 그 노력의 완전한 수포를 불러오게 한 격분으로 설명될 수 있을 것이다. 그러나 그 격분 역시 그 모든 것을 설명해줄 수는 없었다. 아마도 그 일에 대한 나의 관심은 실지로 아주 적었는지 모른다. 마을 선생에게 낯선 것들에 대한 무관심은 이미 통상적인 것이었다. 대개 그는 낯선 것들 아래 있는 것을 싫어했지만, 개별적으로는 그렇지 않았다. 그러나 여기에서 그 일을 특별히 몸소 떠맡은 사람이 마침내 발견되었다. 그런데 그 사람 자신은 그 일을 파악하지 못했다. 언젠가 한번 이 방향으로 몰입해본 적이 있음을 나는 전혀 부인하고 싶지 않다. 나는 동물학자는 아니다. 내가 그 두더지를 발견했더라면 마음속 깊이 이 사건에 열중했을 것이다. 그러나 나는 그것을 발견하지 못했지 않은가. 그렇게 큰 두더지란 정말 진기한 것이다. 그러나 그것에 대한 전 세계의 지속적인 관심을 요구해서는 안 된다. 특히 그 두더지의 실존이 완벽하게 확인되어 있지 않고 그리고 그것을 어쨌거나 끌어내 보

일 수 없다면 말이다. 내가 역시 고백할 수 있는 것은, 내가 설령 발견
자였더라 하더라도 그 선생을 위해 기꺼이 그리고 자발적으로 일했
던 것처럼 아마 그렇게 두더지를 위해 결코 진력하지는 않았을 것이
라는 것이다.

　나의 문건이 성공을 거둘 수 있었더라면, 아마도 나와 선생 사이의
의견상의 충돌은 해소되었을 것이다. 그러나 공교롭게도 이러한 성
공은 이루어지지 않았다. 아마도 그 문건은 좋게 씌어지지 않은 모양
이었고, 설득력이 충분치 못했던 것 같다. 나는 상인이다. 그런 문건
을 작성하기에는 이것이 선생의 경우에서보다 나에게 주어진 영역
을 더욱더 넘어서는 모양이다. 비록 내가 거기에 필요한 모든 지식에
있어서 선생을 훨씬 능가하였음에도 말이다. 실패의 원인은 또 달리
해석될 수 있는데, 그 문건이 나타난 시점이 아마도 적절치 못했던
것 같다. 간파할 수 없었던 두더지의 발견이 한편으로는 그것을 잊어
버릴 정도로 그리고 내 문건으로 인해 어느 정도 뜻밖일 정도로 그렇
게 오래 경과되지도 않았고, 다른 한편으로는 원래 있었던 대수롭지
않던 관심이 완전히 소진해버릴 정도로 시간이 충분히 흐른 것도 아
니었다. 내 문건 전반에 걸쳐 오랫동안 깊이 생각했던 사람들은 일종
의 절망감에 싸여 서로 이야기했는데, 이러한 절망감은 이미 수년 전
부터 이렇듯 황량한 일을 위해 또다시 무용한 노력을 시작해야 하는
가라는 논쟁을 지배해왔다. 그리고 많은 사람들은 그 이외에도 나의
문건을 선생의 문건과 혼동했다. 어느 한 주도적인 농업 잡지에 다음
과 같은 소견이 실려 있었는데, 다행히 결론 부분에 자그마하게 인
쇄되어 있었다. "거대한 두더지에 관한 문건이 우리에게 또다시 송
부되었다. 수년 전에 한 번 우리는 그것을 몹시 비웃은 적이 있었음
을 기억하고 있다. 그 이래 그것은 더 영리해진 적도 없고, 우리 또한
더 어리석어진 적도 없다. 두 번씩이나 싱겁게 웃을 수는 없는 노릇

아닌가. 그와 반대로 우리는 마을 선생 같은 사람이 거대한 두더지를 쫓아다니는 것 이외에 더 유용한 일거리를 찾을 수 있을는지 교사 연합 단체에 문의해보겠다."라고. 용납할 수 없는 혼동이 아닌가! 사람들은 첫 번째 문건도 두 번째 문건도 읽지 않았다. 그 결과 갑작스레 열리게 된 '거대한 두더지'와 '마을 선생'이란 두 개의 가여운 말은 스스로를 널리 알려진 관심의 대표자로서 무대 위에 올려놓음으로써 그 신사들을 만족시켰다. 그와 반대로 분명 여러 가지가 성공리에 시도될 수 있었을지 모른다. 그러나 선생과는 이해관계가 달라 나는 그것을 할 수 없었다. 나는 오히려 가능한 한 그에게 그 잡지를 비밀로 해두려고 했었다. 그러나 그는 그것을 곧바로 발견했고, 나는 그것을 그가 한 편지에 언급한 내용에서 알게 되었는데, 그 편지에서 그는 크리스마스 축제 날에 나를 방문하겠노라고 했다. 그는 거기에 이렇게 쓰고 있었다. "세상은 좋지 않다. 사람들은 세상을 날림으로 만들고 있다." 그것으로 그가 밝히고자 한 것은 내가 그런 좋지 않은 세계에 속한다는 것이고, 그런데도 나는 내 마음속에 자리 잡고 있는 악의에 만족하지 않고, 세상마저 날림으로 만들고 있다는 것이다. 말하자면, 나는 일반적인 악의를 꾀어내어 그 악의가 승리하도록 돕는 일을 하고 있다는 것이다. 자, 나는 이미 필요한 결심을 내렸고, 그를 조용히 기다릴 수 있었고, 바라볼 수 있었다. 그가 어떤 모습으로 도착하고, 어떻게 전보다 더 버릇없이 인사하는가를, 그가 말없이 내 건너편에 마주 앉는가를. 그는 원래 솜을 댄 자신의 상의 주머니로부터 조심스럽게 그 잡지를 끄집어내어 그것을 펼친 채로 내 앞으로 밀었다. "난 그것을 알고 있습니다."라고 내가 말했다. 그러고는 잡지를 읽지 않은 채 되돌려 밀었다. "당신은 알고 있단 말이지요." 한숨을 내쉬며 그가 말했다. 그는 낯선 대답을 반복하는 교사들의 오래된 습성을 지니고 있었다. "난 정말이지 그것을 받아들이기 힘들 겁니다." 그는 계속해 말하고는 흥분해서 손가락으로 그 잡지를 톡톡 때리면서, 마치 내가 반대나 하는 양 동시에 나를 매섭게 노려보았다. 그는 내가 말하고자 하는 바를 아마 어느 정도 예감했을지 모른다. 그 외에도 역시 나는 그가 이따금씩 내가 의도하는 바를 올바르게 느낀다는 사실을, 그러나 그 감정에 빠지지 않고 다른 쪽으로 돌릴 수 있다는 사실을, 자신의 언어와 마찬가지로 그 이외의 기호로서도 진술하지 못한다는 사실을 믿어왔다. 나는 당시 내가 그에게 했던 말 하나하나를 충실하게 재현할 수 있다. 왜냐하면 나는 설득한 후에 곧바로 그것을 메모해두었기 때문이다.

"당신이 원하는 대로 하십시오. 우리가 갈 길은 오늘부터 서로 다릅니다."라고 나는 말을 이었다. "그것은 당신에게 돌연하지도 거북하지도 않으리라고 믿어요. 여기 잡지에 실린 주해가 내가 결심하게 된 원인은 아닙니다. 그 주해는 오로지 결심을 궁극적으로 견고히 했을 뿐입니다. 본래의 원인은 내가 등장함으로써 당신에게 도움이 될 수 있으리라고 처음부터 믿었던 데 있습니다. 반면에 나는 이제 내가 당신에게 여러 면에서 해를 끼쳐왔다는 것을 알아야만 되겠군요. 왜 그것이 그렇게 변화되었는지 나는 모릅니다. 성공과 실패의 이유들은 언제나 다양하며, 나에 반대하는 해석들을 모두 찾아내도록 해보십시오. 당신 자신을 생각해보세요. 전체를 파악하고 있다면, 당신이 역시 최상의 의도를 가졌다 하더라도 실패했을 것입니다. 농담으로 그러는 것은 아닙니다. 나와의 관계가 유감스럽게도 당신의 실패에 해당한다고 말한다면, 그것은 나 자신에 역행하는 것입니다. 내가 이제 그 일로부터 손을 뗀다면 그것은 비겁 때문도 아니요, 배반하는 것도 아닙니다. 더욱이 자기 극복 없이는 일어나지 않을 겁니다. 얼마나 내가 당신의 신상에 주의를 하고 있는지는 이미 나의 문건에 나타나 있어요. 당신은 나에게 분명히 스승이 되어버렸습니다. 나아가 나는 두더지가 사랑스러워졌어요. 그럼에도 나는 옆으로 피합니다. 당신은 발견자이고, 내가 그것을 야기시키려고 했듯이, 나는 항상 당신이 명성을 얻을 수 있는 것을 방해하고, 반면에 실패를 끌어당겨 당신에게 옮기고 있습니다. 적어도 이것이 당신의 의견이지요. 그것으로 족합니다. 내가 감수할 수 있는 유일한 속죄는 당신에게 용서를 비는 것입니다. 그리고 당신이 바란다면, 내가 여기에서 당신에게 한 고백을 역시 공개적으로, 예를 들어 이 잡지에 다시 반복해서 실을 수 있습니다."

이것이 바로 당시에 내가 한 말이었다. 그 말들이란 게 아주 성실한 것은 아니었으나, 성실한 점을 쉽사리 찾아볼 수 있었다. 나의 해명은 대략 내가 기대했던 것만큼 그렇게 그에게 효과가 있었다. 대부분 나이 많은 사람들은 젊은 사람들에 비해 무언가 믿을 수 없는 것을, 그들 존재 속에 무언가 허위의 것을 갖고 있다. 사람들은 조용히 그들 곁에서 살아가며, 안정된 관계를 믿고 있으며, 유력한 의견을 알고 있고, 지속적으로 평화의 확증을 얻으며, 모든 것을 자명하고도 갑작스러운 것으로 생각한다. 무엇인가 결정적인 일이 일어나고 그리고 아주 오래전부터 마련된 안정이 작용되어야 한다고 생각되면, 이 나이 든 사람들은 낯선 사람들처럼 일어나, 보다 깊고 강력한 의견을 내세우며, 이제야 비로소 본격적으로 그들의 깃발을 펼치게 되는데, 놀랍게도 그 깃발 위에서 새로운 격언을 읽게 된다. 특히나 이러한 놀라움이 생기는 이유는 이제 나이 든 사람들이 말하는 바가 실지로 훨씬 정당하고, 의미가 깊으며—마치 분명한 일이 상승 작용을 일으키듯이—더욱 분명하기 때문이다. 그러나 거기에 나타나는 탁월할 정도로 거짓된 점은 그들이 지금 이야기하고 있는 것을 근본적으로 항상 이야기해왔다는 사실이며 그리고 더욱이 그것은 대개 결코 예측할 수가 없었다는 사실이다. 나는 이 마을 선생을 깊이 파고들어야 했었으므로 그는 이제 나를 보고도 전혀 놀라워하지 않았다. "여보시오, 도대체 당신은 어떻게 이 일에 관여할 생각을 하게 된 겁니까?—처음 그것을 들었을 때 곧장 나는 내 집사람과 그 점에 대해 이야기하였소."라고 말하고는 내 손 위에 자기 손을 얹고는 상냥하게 쓰다듬었다. 그는 책상을 밀치고 양팔을 활짝 벌리고는, 마치 거기 아래에 아주 작디작게 서 있는 부인과 이야기나 하는 듯이 땅을 내려다보았다.

"그렇게 수많은 세월 동안 우리 둘이서만 싸워왔는데 그러나 이제 이 도시에 우리를 위해 고귀하신 후견인이 나타난 것 같소. 성함이 조운트조*라는 도시 상인이오. 이제 정말 기뻐해야 할 일이오, 그렇지 않소? 도시의 상인이라면 상당히 대단한 것이오. 만약 초라한 농부가 우리를 생각해서 그런 말을 한다고 생각해보오. 그건 우리에게 아무런 도움도 될 수 없을 거요. 왜냐하면 농부 같은 사람들이 하는 일이란게 언제나 무례하기 짝이 없거든. 이제 그가 '그 늙은 마을 선생이 옳아요.'라고 말하든 혹은 무엇인가 적절치 못한 것을 내뱉든 간에, 그둘 다 효과 면에서는 서로 같지요. 그런데 그 한 사람 대신에 수만 명의 농부들이 일어선다고 한다면 아마 그 효과는 더욱 나쁠 거요. 그렇지만 도시 상인인 경우에는 좀 다르지. 그런 사람은 많은 관계를 맺고 있지요. 그가 별도로 하는 말도 널리 퍼지지요. 새로운 후견인들은 그 일을 인정하고 있어요. 예를 들어 어떤 이는 이렇게 말하지요. '마을 선생들로부터도 역시 배울 수 있다. 그럼에도 다음 날이 되면 벌써 많은 사람들은 그것을 서로 수군대며, 그들의 진술에 따라 판단하는 것을 결코 받아들이지 않을 것이다. 이제 그 일에 필요한 자금이 마련되고, 한 사람은 돈을 모으고, 그리고 다른 사람들은 그의 손에 돈을 지불하

---

* 독일어의 조운트조Soundso는 '이러저러한' 뜻으로, 여기서는 모씨某氏라는 뜻이다. (옮긴이)

고, 사람들은 마을 선생을 마을에서 끌어내야 한다는 생각을 하고 있다. 사람들은 와서, 그의 외모에는 별로 관심이 없고, 그를 가운데로 맞이한다. 그러고는 부인과 어린아이들이 그에게 매달리기 때문에, 그들도 역시 함께 맞아들인다. 당신은 앞서 도시 출신 사람들을 관찰해본 적이 있는가? 그들은 쉴 새 없이 주절댄다. 그들이 함께 늘어서 있으면, 오른쪽에서 왼쪽으로 그다음엔 다시 되돌아서 그러고는 이리저리 주절댄다. 그러므로 그들은 주절대면서 우리를 마차 위로 들어 올리며, 모두에게 고개 숙여 인사할 시간도 거의 없다. 마부석 위에 앉은 신사가 코안경을 정위치에 쓰고는 채찍을 휘두르자 우리는 떠나간다. 모든 사람들이 작별하기 위해서 마을 쪽으로 눈길을 보낸다. 마치 우리가 아직 그곳에 있는 것처럼 그리고 그들 한가운데에 앉아 있지 않은 것처럼. 도시에서 특히 참을성 없는 사람들을 태우고 두서너 개의 마차들이 우리 쪽을 향하여 오고 있었다. 우리가 가까이 갔을 때 그들은 자리에서 일어나 우리를 보기 위해 몸을 폈다. 돈을 거두어들였던 사람은 모든 것을 정리하면서 조용히 할 것을 타일렀다. 우리가 도시로 마차를 몰아갔을 때는 벌써 많은 마차가 대열을 이루고 있었다. 인사는 이미 끝났다고 생각했으나 이제 음식점에서 비로소 인사가 시작되었다. 도시에서는 한 번의 호출로 즉시 많은 사람들이 모여든다. 한 사람이 무엇에 신경을 쓰면 곧 다른 사람도 역시 신경을 쓴다. 그들은 서로 목청을 돋우어 다른 사람들의 의견을 낚아채서는 제것으로 만든다. 이 모든 사람들이 마차로 갈 수는 없고, 그들은 음식점 앞에서 기다린다. 다른 사람들은 타고 갈 수 있을지 모르지만, 그들은 자의식 때문에 타지 않는다. 이들도 역시 기다린다. 돈을 거두어들인 사람이 어떻게 모든 것에 대한 안목을 가지고 있는지 알 수가 없다.'"

　나는 그의 말을 조용히 경청했다. 그렇다. 나는 그가 말하고 있는 동안 점점 더 조용해졌다. 나는 탁자 위에 내가 소유할 수 있는 한의 모든 문건의 예문들을 쌓아놓았다. 최근에 나는 회문回文을 통해서 모든 사람들에게 발송했던 문건들을 반환해줄 것을 요구했으며 역시 대부분의 문건들을 받아냈는데, 단지 극소수의 문건들만이 없었다. 여러 방향에서 나는 매우 정중한 글들을 받았었는데, 그런 글을 받은 적이 있는지 전혀 기억할 수도 없고, 그런 글이 왔다 하더라도 유감스럽게도 잃어버린 것이 틀림없다. 내가 근본적으로는 전혀 다른 것을 원치 않았다는 것도 역시 옳은 말이다. 단지 한 사람만이 그 문건을 소장품으로 간직해둘 것을 청했었다. 그리고 회문이라는 점에서 앞으로 이십 년간 어느 누구에게도 보여주지 않기로 약속했다. 이 회문을 마을 선생은 아직까지 본 적이 없다. 그 회문의 말들이란 게 그에게 보여주기에 용이한 것들이어서 나는 기뻤다. 그 외에도 내가 회문을 거리낌없이 보여줄 수 있었던 이유는 내가 앞서 그것을 작성할 때 매우 조심스럽게 착수했었고 마을 선생과 그 일에 대한 관심을 결코 고려하지 않은 적이 없기 때문이다. 그 글의 주된 내용은 이렇다. "내가 그 문건을 되돌려 달라고 청하는 이유는 그 문건 속에 개진되고 있는 의견을 바꾸었다거나 혹은 개별적인 부분에서 그것이 잘못되었거나 혹은 역시 증명하기 어려운 것으로 여기기 때문은 아닙니다. 나의 요청은 단지 개인적인, 물론 매우 어쩔 수 없는 이유들을 갖고 있습니다. 그 일에 대한 나의 입장을 말한다면 나의 요청은 눈곱만큼의 귀납적 추론도 허락지 않습니다. 특히 이 점에 유의하시길 바라며, 좋으시다면 역시 널리 유포해주셨으면 합니다."

일시적으로 나는 이 회문을 양손으로 덮은 채로 있다가 이렇게 말했다. "그렇게 진척되지 않았기 때문에 당신은 나를 질책하려 하지요? 어째서 그럴 생각이었나요? 견해가 어긋난다고 해서 화를 내지는 맙시다. 그리고 결론적으로 비록 당신이 하나의 발견을 하였지만, 그러나 그 발견이란 게 다른 모든 것을 능가하는 것은 아니라는 것,

그리고 따라서 당신에게 일어난 부당함 역시 다른 모든 것을 능가하는 부당함이 아니라는 사실을 통찰하도록 해보십시오. 나는 학술 단체의 규약은 잘 모르지만, 당신이 당신의 가엾은 부인께 편지로 썼던 것처럼, 대체로 모든 사람에게 해당하는 환대가 당신에게는 가장 친절한 호의로서 마련되었다고는 생각하지 않습니다. 내 자신이 그 문건의 효과를 어느 정도 기대했다면, 내 생각에는 아마 어느 교수가 우리의 일에 대해 관심을 보였을지 모르며, 그는 어느 대학생이건 간에 그 일을 탐색해보도록 위임했을 것이고, 이 대학생은 당신에게 가 거기에서 당신과 나의 연구를 다시 한 번 자기 나름대로 재검해볼 것이고, 그리고 그 결과가 언급할 만한 가치가 있다고 생각되면 결국 그는—여기에서 확신할 수 있는 것은 모든 대학생들이 의심에 가득 차 있다는 것입니다—자기 자신의 문건을 편집해서 당신이 썼던 것에 대해 학문적으로 기초를 세웠을지 모릅니다. 설령 이러한 바람이 이루어졌을 경우라 할지라도 아직 충분한 것은 아니었을 것입니다. 그런 특별한 경우를 옹호했을지 모르는 대학생의 문건은 모르긴 몰라도 가소롭게 만들어졌을 것이니까요. 당신은 여기 이 농업 잡지의 예에서 그것이 얼마나 경솔하게 일어날 수 있는가를 알았을 것입니다. 결과적으로 학술지란 게 훨씬 더 신중치 못하다는 것입니다. 교수들이 자기 자신에 대해, 학문에 대해, 후세에 대해 많은 책임감을 지니고 있다는 것은 자명한 일입니다. 그들이 모든 새로운 발견에 대해 똑같이 몰두할 수는 없는 것입니다. 우리와 같은 사람들은 그들과는 반대로 그 점에서는 이점이 있습니다. 그러나 나는 그것과는 상관없이 이제 눈을 돌려 대학생의 문건이 확고한 지위를 차지했을 거라고 인정하고 싶습니다. 그렇게 되면 어떤 일이 벌어질 수 있을 것인가? 당신의 이름이 여러 번 명예롭게 거명될 것이고, 그것은 모르긴 몰라도 당신 지위에도 역시 이득이 될 것이며, 사람들은 이렇게 말할 것입니다. '우리들의 마을 선생은 열린 눈을 가지고 있다'고. 그리고 여기 잡지들이 생각과 양심을 가지고 있다면, 당신에게 정식으로 사과할 것이 틀림없을 것이고, 그땐 당신에게 학술 보조금을 얻어줄 만큼 호감을 보이는 교수도 있을지 모를 것이고, 당신을 도시로 데려가 당신에게 도시 초등학교에 자리를 마련해주고 도시가 제공하는 학술 보조 자료들을 당신의 계속적인 교육을 위해 사용할 수 있는 기회를 주려는 시도도 가능할지 모릅니다. 그러나 솔직히 말하건대, 사람들이 그것을 단지 시도만 했을 뿐이라는 것입니다. 사람들이 당신을 이리로 불러서 당신도 역시 이리로 왔을 것이고, 그것도 수백의 사람들과 마찬가지로 화려한 환대도 없이 평범한 청원자로서 왔을 것입니다. 사람들은 당신과 이야기를 했을 것이고, 당신의 존경스러운 노력을 인정했을 것이고, 그러나 동시에 당신이 나이가 많다는 것, 이런 나이로 학술 연구를 시작한다는 것은 전망이 없을 거라는 것, 그리고 특히 당신의 발견은 계획적이라기보다는 훨씬 더 우연적이었으리라는 것, 그리고 이 개별적인 경우 이외의 또 다른 작업을 결코 꾀하고 있지 않다는 사실을 알게 되었을 것입니다. 그러므로 이런 이유로 당신을 아마 시골에 남겨두었는지 모릅니다. 당신의 발견은 물론 계속 진척되었을지도 모릅니다. 왜냐하면 그 발견이란 게 한번 인정받고는 언젠가 잊어버릴 수 있는 그런 사소한 발견이 아니기 때문이지요. 그러나 당신은 그것에 대해 더 이상 많은 것을 알게 되지 못할 것이고, 그리고 당신이 알게 된 것이라도 거의 이해하지는 못할 것입니다. 모든 발견은 학문 전체로 이끌리게 되며, 그것으로 분명히 발견이기를 중지합니다. 발견은 전체로 떠오르다가 사라지며, 그 발견을 후에 인식하려면 학문적으로 습득한 시각을 가져야만 하지요. 그 발견은 우리가 그것의 현존에 대해 전혀 들어본 적이 없는 주된 명제와 연결됩니다. 그리고 학문적인 논쟁에서 발견이란 이러한 주

494

된 명제에서 저 구름에까지 미칩니다. 우리는 어떻게 그것을 파악하려는 걸까? 우리가 학술적인 토론에 귀를 기울일 경우, 예를 들어 우리는 발견이 문제시된다고 믿다가도 완전히 다른 것을 문제시하게 됩니다. 그리고 다음번에는 발견이 아닌 다른 것이 문제시된다고 믿는데, 그러나 이제는 바로 발견이 문제가 됩니다.

당신은 그것을 이해하겠습니까? 당신은 마을에 남아, 받은 돈으로 가족을 약간 낫게 부양하고 옷을 입혀도 될 것입니다. 그러나 당신의 발견은 당신에게서 벗어나 있을지 모르며, 그렇게 되면 당신은 그것에 대해 어떤 권능으로서도 방어할 수 없을 것입니다. 왜냐하면 도시에서야 비로소 발견이 그 효력을 보기 때문입니다. 그렇게 되면 사람들은 당신에 대해 감사하지 않을 수 없을 것입니다. 사람들은 그 발견이 이루어진 장소 어디엔가에 작은 박물관을 세우게 할 것이고, 그것은 마을의 구경거리가 될 것입니다. 당신은 열쇠 보관자가 될 것이고, 그리고 외적인 영예 표시가 결여되지 않도록 학술 연구소의 봉사자들이 늘 달고 다니듯이, 가슴에 달고 다닐 수 있는 작은 메달을 수여받을지도 모릅니다. 그 모든 것이 가능할지도 모릅니다. 그것이 당신이 바랐던 것 아닙니까?" 대답을 하는 대신에 그는 아주 정당하게 반박했다. "그렇다면 당신은 나를 위해서 그것을 추구하려 노력하였소?"

"나는 당시엔 아마 지금 당신에게 분명하게 응답할 수 있을 정도로 그렇게 깊은 생각에서 행동한 것은 아니었습니다. 나는 당신을 돕고 싶었어요. 하지만 실패했지요. 그것은 내가 행했던 가장 큰 실패작이었습니다. 그러므로 나는 이제 그 일에서 뒤로 물러나 나의 힘이 미치는 한에서 일어나지 않았던 일로 치고 싶습니다."라고 내가 말했다.

"그렇다면 좋소." 마을 선생은 말하고는 자기 파이프를 꺼내어 자신이 모든 주머니 속에 풀어놓은 채로 지니고 다니는 담배로 그것을 채우기 시작했다. "당신은 자발적으로 그 보람도 없는 일을 용인했고 이제는 역시 자발적으로 물러서고 있군요. 모든 것이 정말 옳아요!" "전 완고하지 않습니다. 당신은 나의 제안에서 비난하는 어떤 것을 발견하셨나요?" 내가 물었다.

"아닙니다. 전혀 그렇지 않습니다." 마을 선생은 그렇게 말하고는 벌써 담배 연기를 뿜어댔다. 나는 담배 냄새를 참지 못해서 몸을 일으켜 방 안을 빙빙 돌았다. 예전의 협의에서 이미 마을 선생이 나에게 침묵을 지켰고, 그가 한 번 오는 날이면 나의 방에서 떠나려 하지 않는다는 사실에 나는 익숙해 있었다. 그 점이 나를 종종 매우 불쾌하게 만들었다. 그럴 때면 늘 그가 아직도 나에게서 무언가를 원하고 있다고 생각해 그에게 돈을 주었는데, 그는 그 돈을 또한 규칙적으로 받아 챙겼다. 그러나 그는 마음이 내켜서야 비로소 자리를 떴다. 그럴 때면 언제나 그는 파이프 담배를 피워 연기를 풍기며, 단정하고 공손하게 책상 곁으로 밀어놓은 안락의자 주위를 맴돌고는, 구석에 있던 마디 달린 지팡이를 집어 들고는 급히 나에게 악수를 청하고는 떠나갔다. 그러나 오늘도 그가 말없이 앉아 있는 것이 나에게는 정말 부담스러웠다. 내가 그랬던 것처럼, 사람들이 누군가에게 최후의 작별을 고할 경우, 이것이 다른 사람에 의해 아주 적절하게 보인다면, 사람들은 아직 공동으로 마쳐야 할 몇 가지 일을 빨리 끝내고 다른 사람에게 의도적으로 자신의 말 없는 태도를 보인다. 사람들이 나의 책상 곁에 앉아 있는 이 작고 완고한 노인의 모습을 뒤에서 바라보게 된다면, 그를 방에서 서둘러 내보내려는 것이 전혀 틀린 생각이 아니라는 것을 믿을 것이다.

나이 든 독신주의자, 블룸펠트

　나이 든 독신주의자인 블룸펠트는 어느 날 저녁 그가 사는 집으로 올라갔다. 그것은 힘든 일이었다. 왜냐하면 그는 칠 층에 살고 있었기 때문이었다.

　올라가는 동안에 그는 근래에 자주 그랬듯이 다음과 같은 것들을 생각했다. 완전히 고독한 이 생활이 정말 힘겹다는 것, 그가 이제 이 칠 층짜리 건물을 정말 아무도 모르게 올라가야만 한다는 것, 위층의 그의 빈방에 도착해서는 아무도 모르게 침실 가운을 입고, 파이프에 불을 붙이고, 몇 년 전부터 구독하고 있는 프랑스 신문을 조금 읽고, 거기다가 자기가 만든 버찌 브랜디를 맛보고, 결국 반 시간 후에는 자러 가리라는 것, 그러나 그 전에 이부자리의 위치를 완전히 바꾸지 않으면 안 되는데, 어떠한 충고도 통하지 않는 하녀가 언제나 그녀 자신의 기분에 따라 이부자리를 내던져놓기 때문이라는 것 등을.

　어떠한 동반자이건, 이러한 행위를 바라볼 수 있는 그 어떤 구경꾼이건 간에 블룸펠트에게는 매우 환영받았을 것이다. 그는 이미 작은 개 한 마리를 사야 하지 않을까 하고 생각해보았다. 그런 동물은 재미있고, 무엇보다도 감사할 줄 알며 충성스럽다. 블룸펠트의 한 동료가 그런 개를 한 마리 가지고 있는데, 그 개는 자기 주인 이외에는 아무도 따르지 않는다. 그리고 그 개는 자기 주인을 잠시라도 보지 못하면, 곧장 크게 짖으면서 주인을 맞이한다. 그것으로써 자신의 주인인 이 특별한 은인을 다시 찾게 되었다는 데 대한 자신의 기쁨을 표시하는 것 같다.

그러나 개도 역시 단점은 가지고 있다. 개는 아무리 깨끗이 기른다 해도 방을 더럽힌다. 그것은 결코 피할 수 없는 일이다. 개를 방 안으로 들여놓기 전에 매번 뜨거운 물로 목욕을 시킬 수는 없으며, 그것 역시 개의 건강이 견디어내지 못할 것이다. 그러나 방이 더러워지는 것은 다시금 블룸펠트가 견디지 못한다. 방이 깨끗해야 한다는 것은 그에게는 절대적으로 필요한 것이다.

일주일에 몇 번씩 그는 불행하게도 이 점에서 그다지 꼼꼼하지 않은 하녀와 다투곤 한다. 그녀는 귀가 어둡기 때문에, 그는 청결 문제로 항의하기 위해서 보통 그녀의 팔을 당겨 그녀를 방 안의 어떤 장소로 데리고 간다. 그는 이렇게 엄격하게 함으로써 방 안의 정돈 상태가 자신의 욕구에 대충이나마 일치하도록 했다.

그러나 그는 물론 개를 들여옴으로써 바로 여태까지 그렇게 세심하게 막아낼 수 있었던 더러움을 그의 방 안으로 끌어들이게 될 것이다. 개의 지속적인 동반자인 벼룩도 모습을 드러낼 것이다. 그러나 벼룩이 한번 생겼다 하면, 블룸펠트가 그의 쾌적한 방을 개에게 내어주고 다른 방을 구해야 될 그 순간도 그다지 멀지 않을 것이다. 그러나 불결함은 개가 가지고 있는 단점 중의 하나일 뿐이다. 개 역시 병이 들고, 또 개의 병은 사실 아무도 모른다. 그러면 이 동물은 한 모퉁이에 쭈그리고 앉아 있거나, 절룩거리며 돌아다니고, 낑낑거리고, 잔기침을 하고, 통증을 억지로 삼키기도 한다. 사람들은 담요로 그를 감싸주고, 그에게 휘파람을 불어주고, 그에게 우유를 밀어주고, 간단히 말해서 그것이 일시적인 통증이기를 바라면서 그를 보살펴준다. 그것은 그럴 수도 있기는 하지만, 또한 심각하고 불쾌한 전염병일 수도 있다.

그리고 개가 건강하게 산다 하더라도 언젠가 나중에는 늙을 것이고, 사람들은 그 충성스러운 개를 적당한 시기에 처분하는 결정을 내릴 수가 없을 것이다. 그러면 눈물이 흐르는 개의 눈에서 자기 자신의 나이를 보게 되는 시기가 온다. 그러면 사람들은 눈이 거의 보이지 않는, 폐가 약한, 지방질 때문에 거의 움직일 수 없는 그 동물 때문에 괴로워해야 한다. 그렇게 해서 그 개가 이전에 주었던 기쁨에 대한 비싼 대가를 치러야 한다.

그리하여 블룸펠트는 지금은 기꺼이 개를 한 마리 가졌으면 해도, 후에 늙은 개로 인해서 부담스러워지는 것보다는 차라리 앞으로 삼십 년 동안 혼자서 층계를 올라가기를 원한다. 그 늙은 개는 그 자신보다도 더 크게 헐떡거리면서, 몸을 질질 끌며 그의 곁에서 한 계단 한 계단씩 올라갈 것이다.

그래서 블룸펠트는 계속 혼자 살 것이다. 그는 말 잘 듣는 살아 있는 존재를 곁에 두고 싶어 하는 노처녀의 이상한 욕망 같은 것은 가지고 있지 않다. 그것은 그녀를 보호해주고, 그녀는 그것을 귀여워해주고, 또 계속해서 보살펴주기를 원하는데, 그러한 목적을 위해서는 고양이 한 마리나 카나리아 한 마리, 또는 금붕어로도 족할 것이다. 그리고 그것이 아니라면, 그녀는 창 앞의 꽃으로도 만족할 것이다.

그와는 반대로 블룸펠트는 단지 한 동반자를 갖고 싶은 것이다. 그가 그다지 신경을 많이 쓰지 않아도 되는 동물, 가끔 발로 밟아도 지장이 없고, 비상시에는 골목길에서도 밤을 지낼 수 있고, 그러나 블룸펠트가 원하기만 하면, 곧장 짖으면서 뛰어오르는, 손을 핥으면서 달려오는 그런 동물을. 블룸펠트는 그러한 유의 것을 원하고는 있지만, 그가 잘 알고 있듯이 굉장히 큰 불편을 감수하지 않고서는 그것을 가질 수 없기 때문에 단념하고 있다. 그러면서도 그는 자신의 철저한 천성에 걸맞게 때때로, 예를 들면 오늘 저녁 같은 때에 또다시 똑같은 생각으로 되돌아간다.

그가 위층 자신의 방문 앞에서 열쇠를 호주머니에서 꺼낼 때, 방에서 무슨 소리가 들리는 듯했다. 달그락거리는 어떤 독특한 소리인데, 매우 생기 있고 매우 규칙적인 것이었다. 블룸펠트는 곧바로 개를 생각했기 때문에 그것은 개가 발을 교대로 바꾸어가면서 바닥을 걸어갈 때 내는 그런 소리를 연상시켰다. 그러나 발은 달그락거리지는 않는다. 그것은 발소리가 아니다. 그는 서둘러 문을 열고 전깃불을 켠다. 그 순간 그는 마음의 준비가 되어 있지 않다. 그것은 분명히 마술이었다. 파란 줄이 쳐진 두 개의 작고 흰 셀룰로이드 공이 널마루에서 오르락내리락 튀고 있었다. 하나가 바닥을 치면 다른 하나는 공중으로 솟고, 그것들은 지칠 줄을 모르고 그 놀이를 계속하고 있었다. 블룸펠트는 언젠가 김나지움에서 유명한 전기 실험을 할 때 작은 공들이 이와 비슷하게 튀어 오르는 것을 본 적이 있었다. 그러나 이것들은 비교적 큰 공이고, 빈방에서 튀어 오르고 있으며, 어떠한 전기 실험도 설치되어 있지 않다. 블룸펠트는 허리를 굽혀 그것들을 자세히 살펴본다. 그것은 의심할 여지도 없이 보통 공이다. 그것들은 아마 내부에 더 작은 몇 개의 공을 가지고 있을 것이다. 그리고 그것이 달그락거리는 소리를 낼 것이다. 블룸펠트는 그것들이 어떤 줄에 매달려 있는 것이 아닌가를 확인하기 위해서 공중을 헤집어본다. 아니다. 그것들은 완전히 독자적으로 움직이고 있다. 블룸펠트가 작은 어린애가 아닌 것이 유감스럽다. 두 개의 그런 공은 어린아이에게는 즐거운 놀라움이 될 텐데. 반면에 그에게는 지금 이 모든 것이 더욱 불쾌한 인상을 주고 있다. 주의를 끌지 못하는 한 독신자가 다만 남모르게 살고 있다는 것이 물론 완전히 무가치한 일은 아닐 것이다. 그런데 지금 누군가가, 누구인지는 아무래도 좋지만, 이 비밀을 들추어내어 그에게 이 두 개의 이상한 공을 들여보낸 것이다. 그는 공 하나를 잡으려 하지만 그것들은 그의 앞에서 뒤로 물러나, 방 안에서 그가 뒤쫓아 오도록 유인한다. 공의 뒤를 쫓아서 뛰어가다니 정말 너무나 바보 같군, 하고 그는 생각한다. 그는 멈추어 서서 눈으로 그것들을 쫓아간다. 이제 뒤쫓는 일이 포기된 듯하기 때문에 그것들 스스로도 제자리에 머물러 있다. 그래도 나는 저것들을 잡아보아야겠어, 하고 그는 다시 생각하고, 그것들 쪽으로 재빨리 가본다. 그것들은 금방 달아난다. 그러나 블룸펠트는 다리를 벌리고 그것들을 방 한구석으로 몰고 간다. 그리고 그곳에 서 있는 가방 앞에서 공 하나를 잡는데 성공한다. 그것은 차갑고 작은 공인데 그의 손 안에서 돌고 있으며, 빠져나가려고 안간힘을 쓰는 듯하다. 그리고 다른 공 하나는 자신의 동료가 고생하는 것을 보자 아까보다 더 높이 튀어 오르고, 또 튀어 오르는 거리를 블룸펠트의 손이 닿는 곳까지 넓혔다. 그것은 손을 치는데, 점점 빨리 튀어 오르면서 친다. 그것은 공격 지점을 바꾼다. 그러고 나서 그것은 다른 공을 움켜쥐고 있는 손에는 아무 짓도 할 수 없으므로 더더욱 높이 튀어 올라서 아마 블룸펠트의 얼굴에 닿으려는 듯했다. 블룸펠트는 이 공도 잡을 수 있을 것이고, 그 두 개를 어딘가에 가두어놓을 수도 있을 것이다. 그러나 순간적으로 두 개의 공을 그렇게 처리한다는 것은 품위를 손상시키는 일로 여겨졌다. 두 개의 그런 공을 가지고 있는 것도 재미있는 일이고, 그것들 역시 머지않아 충분히 피로해져서 장롱 밑으로 굴러 들어가 조용해질 것이다. 그러나 이렇게 생각하면서도 블룸펠트는 화가 나서 공을 바닥으로 내동댕이친다. 이렇게 해도 그 약하고 거의 투명한 셀룰로이드 껍질이 부서지지 않는다는 것은 기적이다. 그 두 개의 공은 아무 변화도 없이 그 원래의 낮고 서로 잘 조화된 튀어 오르기를 다시 시작하는 것이다.

블룸펠트는 조용히 옷을 벗고, 옷을 옷장에 정리한다. 그는 언제나 하녀가 모든 것을 잘 정리해두었는지 자세하게 조사하곤 한다. 그는 한두 번 어깨 너머로 공들을 바라본다. 그것들은 추격당하지 않고 이제는 오히려 그를 추격하는 것처럼 보인다. 그것들은 뒤에서 그를 밀었고, 이제는 그의 바로 뒤에서 튀어 오르고 있다. 블룸펠트는 침실 가운을 입고 반대편의 벽 쪽으로 가서, 그곳의 선반 안에 걸려 있는 파이프들 중의 하나를 가져오려 한다. 그는 몸을 돌리기 전에 한 발을 아무렇게나 뒤쪽을 향해서 뻗는다. 그러나 공들은 그것을 피할 줄 알고 있어서 거기에 맞지 않는다. 그가 이제 파이프가 있는 곳으로 가자, 공들은 곧 그의 뒤를 따른다. 그는 실내화를 끌며, 불규칙하게 걸음을 떼어놓는다. 그러나 매 걸음마다 거의 멈추지 않고 공들이 그를 치고 떨어지는 일이 뒤따른다. 그것들은 그의 발걸음을 멈추게 한다. 블룸펠트는 공들이 어떻게 그런 일을 할 수 있는지 보려고 갑작스럽게 몸을 돌린다. 그러나 그가 몸을 돌리자마자 공들은 반원을 그리면서 벌써 그의 뒤로 돌아가 있다. 그리고 그가 몸을 돌릴 때마다 그것은 반복된다. 고분고분한 수행원처럼 그것들은 블룸펠트 앞에 나타나 머물러 있는 것을 애써 피하려는 것처럼 보인다. 지금까지 그것들은 단지 그에게 자신들을 소개하기 위해서 감히 그런 짓을 했던 것으로 보인다. 그러나 지금 그들은 이미 자신들의 임무를 시작했다.

　지금까지 블룸펠트는 그의 힘이 미치지 못하는 예외적인 경우에는 언제나 그 상황을 극복하기 위해서 아무것도 알아채지 못한 것처럼 행동하는 그런 임시방편을 택했다. 그것은 종종 도움이 되었고 대부분 적어도 그 상황을 개선했다. 그래서 그는 지금도 그러한 태도를 취하고 있다. 그는 파이프 진열대 앞에 서서 입술을 쑥 내밀고 파이프 한 개를 고른다. 준비되어 있는 담배쌈지를 꺼내 특별히 꼼꼼하게 그 파이프를 채우면서, 자기 뒤에서는 공들이 튀어 오르도록 무관심하게 내버려 둔다. 그는 다만 탁자로 가기를 망설인다. 똑같은 박자로 튀어 오르는 소리와 자기 자신의 발걸음 소리를 듣는 것은 그를 매우 고통스럽게 한다. 그래서 그는 서서 파이프를 불필요하게 오랫동안 채우고 있으며, 자기와 탁자가 떨어져 있는 거리를 가늠해본다. 그러나 드디어 그는 약점을 극복하고 공들의 소리가 들리지 않을 만큼 쿵쿵 발소리를 내며 탁자까지 나아간다. 그가 앉자, 공들은 물론 다시 그의 의자 뒤에서 전처럼 소리를 내고 튀고 있다.

탁자 위 벽에는 손에 잡힐 정도로 가까운 곳에 선반이 설치되어 있고, 그 위에는 버찌 브랜디가 들어 있는 병이 작은 잔들에 둘러싸여 있다. 그 옆에는 프랑스 신문 더미가 놓여 있다. (바로 오늘 새 신문이 왔고 블룸펠트는 그것을 끌어 내린다. 그는 브랜디를 완전히 잊고 있으며, 그 스스로도 오늘은 단지 마음을 달래기 위해 가졌던 습관적인 소일거리로부터 방해받고 싶지 않다는 느낌이 든다. 물론 그가 반드시 읽어야 할 필요성은 없다. 그는 신문을 편다. 한 장 한 장 세심하게 대하는 자신의 보통 때의 버릇과는 달리 마음에 드는 곳을 펼쳐서 커다란 그림을 하나 발견한다. 그는 억지로 그것을 좀 더 자세히 바라본다. 그것은 러시아 황제와 프랑스 대통령의 만남을 보여주고 있다. 그 만남은 어느 배에서 이루어지고 있다. 그 배 주위에는 멀리까지 많은 다른 배들이 보였고, 연통에서 나오는 연기는 맑은 하늘로 흩어지고 있다. 황제와 대통령, 두 사람은 물론 성큼성큼 상대방을 향해서 서둘러 갔고, 서로 손을 마주잡는다. 대통령 뒤와 마찬가지로 황제 뒤에도 각각 두 명의 신사가 서 있다. 황제와 대통령의 기뻐하는 얼굴 맞은편의 수행원들 얼굴이 매우 진지해 보인다. 각각의 수행원 그룹의 시선은 그들 통치자에게 집중되어 있다. 이 일은 배의 가장 높은 갑판에서 진행되고 있는데, 저 멀리 아래에는 그림 가장자리에서 잘려나간 선원들이 거수경례를 하며 길게 늘어서 있다. 블룸펠트는 그 그림을 점점 관심 있게 관찰한다. 그리하여 그것을 약간 멀리 붙잡고는 가늘게 뜬 눈으로 바라본다. 그는 언제나 그런 멋진 장면을 즐기는 취미가 있다. 그 중요 인물들이 그렇게 솔직하고, 진심으로 그리고 경박하게 손을 잡는 것을 그는 매우 진솔하다고 느낀다. 그리고 수행원들이—덧붙이건대 물론 매우 귀한 신사들로서 그들의 이름이 밑에 적혀 있었다—그들의 태도 속에 역사적인 순간의 진지함을 간직하고 있는 것 또한 마찬가지로 합당한 일이다.)

그리고 그가 필요로 하는 모든 것들을 밑으로 내리는 대신에, 블룸펠트는 조용히 앉아 있다. 그리고 아직도 여전히 불을 붙이지 않은 파이프 대롱 안을 들여다본다. 그는 노리고 있다가 완전히 예기치 못하게 긴장을 풀고 그리고 단숨에 의자와 함께 몸을 휙 돌린다. 그러나 공들 역시 똑같이 깨어 있거나 아니면 아무 생각 없이 그들이 터득한 법칙을 따르고 있는 것이다. 블룸펠트가 몸을 돌리는 동시에 그들 역시 장소를 변경하고 그의 등 뒤로 숨어버린다. 이제 블룸펠트는 꺼진 파이프를 손에 든 채 탁자에 등을 돌리고 앉아 있다.

공들은 이제 탁자 밑에서 튀고 있으며, 그곳에는 양탄자가 깔려 있으므로, 소리가 거의 들리지 않는다. 그것은 하나의 큰 이점이다. 아주 약하고 둔탁한 소리가 있을 뿐이다. 청각을 이용해서 그것을 붙잡으려면, 열심히 귀 기울여야만 한다. 블룸펠트는 물론 매우 주의를 기울이고 그 소리를 정확하게 듣는다. 그러나 그것은 지금뿐이다. 잠시 후에는 아마 그것들의 소리를 전혀 들을 수 없을 것이다. 공들이 양탄자 위에서는 남의 시선을 거의 끌 수 없다는 것이 블룸펠트에게는 그것들의 하나의 커다란 약점으로 보인다. 그것들 밑으로 단지 하나나 또는 더 좋게는 두 개의 양탄자를 밀어 넣어야 한다. 그러면 그것들은 거의 힘을 쓰지 못한다. 물론 단지 어떤 정해진 시간이긴 하지만, 그 외에 그것들의 존재는 이미 하나의 분명한 힘을 의미한다.

이제 블룸펠트에게는 개 한 마리가 아주 쓸모가 있을 것이다. 그렇게 괄괄하고 사나운 짐승은 그 공들을 금방 끝장낼 수 있을 것이다. 그는 상상해본다. 개가 발로 그것들을 붙잡으려고 애쓰는 장면을, 그것들을 그들의 자리에서 몰아내는 장면을, 그리고 그것들을 사방팔

방으로 방을 가로질러 몰아대고 결국에는 그것들을 이빨 사이에 물게 되는 장면을. 블룸펠트가 빠른 시간 안에 개 한 마리를 사는 것은 아주 손쉬운 일이다.

　그러나 당분간은 공들이 단지 블룸펠트만을 두려워해야 한다. 그리고 그는 이제 그것들을 망가뜨릴 마음이 없다. 아마 단지 그에게 결단력이 부족한지 모른다. 그는 저녁이면 지쳐서 일터에서 돌아온다. 그러면 그가 휴식을 필요로 하는 곳에 이 놀라운 일이 준비되어 있다. 그는 이제야 비로소 자신이 얼마나 피로한지를 실제로 느낀다. 그는 물론 공들을 망가뜨릴 것이 분명하다. 그것도 가장 빠른 시간 안에. 그러나 지금 당장은 아니다. 아마 내일이 되면. 만약 이 모든 일을 편견 없이 바라본다면, 공들은 충분히 겸손하게 행동할 것이다. 예를 들어서, 그것들은 가끔 튀어나와서 모습을 보이고는 다시 자신들의 자리로 되돌아갈 수 있을 것이다. 또는 그것들은 더 높이 튀어올라서 탁자를 두드려서, 양탄자로 인해 이완된 소리를 보상할 수도 있을 것이다. 그러나 그것들은 그런 짓을 하지 않는다. 그것들은 블룸펠트를 불필요하게 자극할 마음이 없다. 그것들은 틀림없이 자신의 일을 꼭 필요한 것으로 제한하고 있는 것이다.

　어쨌든 블룸펠트에게 탁자 옆에 머무는 일이 싫어지도록 하기 위해서는 물론 이러한 것으로도 족하다. 그는 이제 겨우 몇 분간 그곳에 앉아 있지만, 벌써 잠자러 갈 것을 생각하고 있다. 그 이유 중의 하나는 그가 이곳에서는 담배를 피울 수가 없다는 것인데, 왜냐하면 성냥을 침실의 탁자 위에 놓아두었기 때문이다. 그러니까 그는 이 성냥을 가져왔어야만 했다. 그러나 그가 침실용 탁자 옆에 가기만 하면, 아마 거기 머물러 몸을 눕히는 편이 더 낳을 것이다. 그는 이때 또 다른 속셈이 있었는데, 즉 공들이 맹목적으로 언제나 그에 뒤에만 머무르려 하기 때문에 침대 위로 튀어 오를 것이고, 그런 다음 그가 누우면, 의도적으로든 그렇지 않든 간에 그것들을 눌러 터뜨리게 되리라고 믿었다. 터진 공의 파편들도 역시 튀어 오를 수 있다는 항변에 대해 그는 거부한다. 범상하지 않은 것도 한계를 갖는 법이다. 공은 보통 그 전체가 튀어 오른다. 지속적이지는 않더라도. 그러나 그와 반대로 공의 파편 조각은 결코 튀는 법이 없다. 그러니까 여기서도 튀지 않을 것이다.

이런 생각으로 마음이 거의 제멋대로 들떠서 그는 "튀어 올라라!" 하고 소리치고 자신의 뒤에 공들을 달고 다시 침대로 쿵쿵거리며 걸어간다. 그의 소망은 그가 의도적으로 아주 침대 가까이에 서자 이루어지는 듯했다. 공 하나가 곧장 침대 위로 튀어 오르는 것이었다. 그러나 예기치 못한 일이 일어났는데, 다른 공이 침대 밑으로 들어간 것이다. 공이 침대 밑에서도 튀어 오를 수 있다는 가능성에 대해 블룸펠트는 전혀 생각하지 못했다. 그것이 부당하다는 것을 느끼면서도 그는 바로 그 공에 대해 분개했다. 왜냐하면 침대 아래에서 튀어 오름으로 해서 그 공은 침대 위의 공보다도 자신의 과제를 더 잘 실현하고 있기 때문이다. 이제 모든 문제는 그 공들이 어느 장소를 정하는가에 달려 있다. 그 공들은 장시간 격리되어서는 작업을 할 수 없다는 것을 블룸펠트가 모르기 때문이다. 그리고 실제로 다음 순간 아래에 있던 공도 역시 침대 위로 튀어 오른 것이다. 블룸펠트는 이제 그들을 잡게 되었다고 생각하자 기쁨에 들떴다. 잠옷을 재빨리 벗어 던지고는 침대로 몸을 던졌다. 그러나 바로 그 순간 앞서의 그 공이 다시금 침대 아래에서 튀고 있지 않은가. 그는 매우 실망해서 맥없이 쓰러졌다. 그 공은 아마 침대 위를 단지 둘러본 모양이었는데 마음에 들지 않은 것 같다. 그리고 이제 다른 공도 그를 따르지 않고 그 공을 따라 물론 아래쪽에 머물러 있었다. 아래가 더 좋기 때문이었다. '이제 온 밤을 이 고수鼓手들과 지새야 되겠군' 하고 블룸펠트

506

는 생각하면서 입술을 꼭 깨물고는 머리를 떨어뜨렸다.

　그는 슬프다. 공들이 밤에 그에게 어떤 해를 입힐 수 있을지도 전혀 모르는 채. 그의 잠은 아주 깊어서 작은 잡음은 쉽게 견디어낼 것이다. 안전을 기하기 위해서 그는 이미 터득한 경험에 따라 그 공들 밑으로 두 개의 양탄자를 밀어 넣는다. 그것은 흡사 그가 부드러운 잠자리를 마련해주고 싶은 작은 개 한 마리를 가지고나 있는 듯한 장면이다.

　그리고 공들도 피로하고 졸렸는지 튀어 오르는 것이 점차 전보다 낮아지고 느려진다. 블룸펠트는 침대 앞에 무릎을 꿇고 침실용 램프로 아래를 비추면서 그 공들이 양탄자 위에 영원히 놓여 있게 되리라는 생각을 해본다. 그것들은 그렇게 약하게 떨어지고, 그렇게 느리게 조금 멀리 굴러간다. 그러더니 다시 의무적으로 솟아오른다. 그러나 블룸펠트가 일찍 침대 밑을 살펴본다면, 거기에서 두 개의 무해한 어린이용 공을 발견할 수 있을 것이다. 그러나 그것들은 튀어 오르기를 아침까지 지속할 수 없을 것 같다. 왜냐하면 블룸펠트가 침대에 눕자, 벌써 공의 소리가 전혀 들리지 않기 때문이다. 그는 무슨 소리를 들으려고 안간힘을 쓰고 몸을 침대 밖으로 숙여서 귀를 기울인다―소리가 없다. 양탄자가 그렇게까지 강하게 작용하지는 못할 것이다. 유일한 설명은 공들이 더 이상 튀지 않는다는 것뿐이다. 그것들이 부드러운 양탄자 때문에 충분히 부딪치지 못해서 일시적으로 튀어 오르기를 포기했거나 아니면 더욱 그럴듯해 보이는 것은 그것들은 이제 다시는 튀어 오르지 않을 것 같다는 것이다. 블룸펠트는 그것이 어떻게 된 것인지 일어나 볼 수도 있지만, 마침내 고요가 찾아왔다는 만족스러움 때문에 오히려 누워 있고 싶다. 그는 그 조용해진 공들을 시선으로라도 건드리고 싶지 않다. 그는 담배를 피우는 것조차 기꺼이 단념하고, 옆으로 돌아누워서 곧 잠이 든다.

그러나 방해받지 않는 상태가 지속되지는 않는다. 언제나처럼 그의 잠은 이번에도 역시 꿈 없는 잠이다. 그러나 매우 불안하다. 밤중에 그는 누군가가 문을 두드리는 게 아닌가 하는 착각 때문에 깜짝 놀라 수없이 깨어난다. 그는 아무도 문을 두드리지 않는다는 것을 분명하게 알고 있다. 누가 밤에 문을 두드리겠는가. 그것도 고독한 독신자의 하나인 그의 문을. 그러나 그는 분명하게 알고 있으면서도 계속해서 또다시 놀라 일어나서 잠깐 동안 긴장된 채로 문 쪽을 바라본다. 입을 벌리고, 눈을 크게 뜬 채, 그리고 그의 머리 다발은 젖은 이마 위에서 흔들리고 있다. 그는 자신이 얼마나 자주 깨어났는지 세어보려고 한다. 그러나 엄청나게 많이 일어난 그 숫자에 정신을 잃고, 그는 다시금 잠 속으로 떨어진다. 그는 그 두드리는 소리가 어디서 나는지 안다고 믿는다. 그것은 문에서 나는 소리가 아니라 어딘가 완전히 다른 곳에서 난다. 그러나 그는 잠 속에 빠져서 자신의 추측이 어디에서 기인하는지 기억할 수가 없다.

그는 단지 크고 강하게 두드리는 소리가 나기 전에, 수많은 아주 작고 불쾌한 두드리는 소리가 모인다는 사실만을 알고 있다. 그는 그 크게 두드리는 소리를 피할 수만 있다면, 작게 두드리는 소리가 일으키는 모든 불쾌감을 견디어낼 수 있을 것이다. 그러나 어떤 이유에서인지 그것은 너무 늦은 일이다. 그는 지금 손을 댈 수가 없다. 그것을 놓쳐버린 것이다. 그는 말조차 닿지 못한다. 단지 말없이 하품을 하느라고 입을 열 뿐이다. 그리고 그것에 화가 치밀어 얼굴을 베개 속으로 처박는다. 그렇게 밤이 지나간다.

아침에 하녀가 문을 두드리는 소리에 그는 깨어난다. 그는 구원의 탄식 소리와 함께 소리가 잘 들리지 않는다고 언제나 불평을 했던 그녀의 조용한 노크 소리에 인사를 보내고, "들어오세요." 하고 벌써 외치려 한다. 그때 그는 또 하나의 활기차고, 약하기는 해도 정말 공격적인 노크 소리를 듣는다. 그것은 침대 밑에서 나는 공 소리이다. 그것들이 깨어난 걸까? 그것들이 그와는 달리 밤사이에 새로운 힘을 모았다는 건가? "곧 갑니다." 하고 블룸펠트는 하녀에게 대답을 하고 침대에서 튀어 일어난다. 그러나 공들이 언제나 등 뒤에 있도록 조심하고, 등을 언제나 그것들에게로 향한 채 바닥에 내려서서 고개를 돌려 그들을 바라본다. 그러고는―거의 저주를 퍼붓고 싶어진다. 마치 밤중에 귀찮은 이불을 밀어내는 아이들처럼 공들도 아마 밤새도록 지속된 작은 움직임으로 침대 밑에서 양탄자를 앞으로 멀리 밀어내서, 또다시 자기 밑에 맨바닥을 갖게 되었고 소음을 만들어낼 수 있게 되었을 것이다. "양탄자 위로 돌아가!" 하고 블룸펠트는 화난 얼굴로 말한다. 그리고 공들이 양탄자 때문에 다시 조용해지자 비로소 그는 하녀를 안으로 불러들인다. 뚱뚱하고 둔하고 언제나 뻣뻣이 똑바로 걸어가는 이 여자가 아침밥을 상 위에 차리고 몇 가지 일을 도와주는 동안에 블룸펠트는 공들을 밑에 묶어두기 위해서 침실 가운을 입은 채로 움직이지도 않고 그의 침대 옆에 서 있다. 그는 하녀가 무엇인가를 눈치채는지 확인하기 위해서 눈으로 그녀를 쫓고 있다. 귀가 어두운 그녀로서는 무엇인가를 눈치챘다는 것은 거의 있을 수 없는 일이다. 그래서 블룸펠트는 하녀가 여기저기에 멈춰 서서 어떤 가구에 몸을 기대고는 눈썹을 치켜 든 채 귀를 기울이는 것을 본다고 생각될 때마다, 그것을 불면으로 인해서 생긴 그의 신경과민 탓으로 돌린다. 그는 하녀로 하여금 그녀의 일을 조금 빨리 서두르도록 할 수 있다면 다행스러울 것이다. 그러나 그녀는 보통 때보다도 느려터졌다. 그녀는 블룸펠트의 옷과 장화를 번잡스레 들고서 그것을 복도로 끌고 갔고, 오랫동안 밖에 머물러 있었다. 그녀가 밖에서 옷들을 손질하느라고 두드리는 소리가 단조롭고 산발적으로 들려온다. 그러는 동안 블룸펠트는 내내 침대 위에서 견뎌내야만 한다. 그가 공들을 자신의 뒤로 끌고 다니기를 원하지 않는다면 움직여서는 안 된다. 그는 될 수 있으면 뜨겁게 마시고 싶은 커피를 식게 내버려 두어야 하고, 커튼이 쳐진 창문을 뚫어지게 쳐다보는 것 이외에는 아무것도 할 수가 없다. 커튼 뒤로는 날이 뿌옇게 밝아오고 있다. 마침내 하녀가 일을 끝내고 좋은 아침이 되기를 바란다고 인사말을 하고 가려 한다. 그러나 그녀는 떠나기 전에 문 옆에 잠깐 멈추어 서더니 입술을 조금 움직이며 블룸펠트를 지긋이 바라본다. 블룸펠트는 정말 문을 열어젖히고 그녀 뒤에다 소리치고 싶다. 어떻게 저렇게 멍청하고 늙고 둔한 여자가 있느냐고 말이다. 그러나 그가 그녀에게 사실 무엇 때문에 반론을 제기하려 하는지 생각해보니 그녀가 의심할 여지도 없이 아무것도 눈치채지 못했으면서도 마치 자신이 무엇인가를 눈치챈 듯한 인상을 주려고 했다는 것이 어리석게 생각된 것이다. 그의 생각이 얼마나 어지러운가! 그리고 그것은 단지 밤에 잠을 제대로 자지 못한 탓이다. 잠을 설친 것에 대해서 그는 하나의 사소한 해명을 찾아냈는데, 그가 어제 저녁 자신의 습관에서 벗어나 담배도 피우지 않고 브랜디도 마시지 않았기 때문이라는 것이다.

그는 이제부터 자신의 몸이 좋은 상태를 유지하도록 더욱 주의를 기울일 것이다. 그래서 그는 침실용 탁자 위에 걸려 있는 그의 가정상비약 상자에서 솜을 꺼내 두 개의 작은 공을 만들어 귀 안을 틀어막는 일부터 시작한다. 그러고 나서 그는 일어서서 시험적으로 걸음을 떼어놓는다. 공들이 따라오기는 하지만, 그것들의 소리는 거의 들리지 않는다. 솜을 좀 더 귀 안으로 밀어 넣음으로써 그것들의 소리를 완전히 차단해버린다. 블룸펠트는 몇 걸음 더 걸어간다. 그것은 별 불편 없이 이루어진다. 블룸펠트나 공들이나 모두가 다 각각이다. 그들은 비록 서로 연결되어 있기는 하지만 서로 방해하지 않는다. 다만 블룸펠트가 급히 몸을 돌리고 공 하나의 반동이 충분히 빠르지 못했을 때 블룸펠트의 무릎이 그것과 부딪쳤을 뿐이다. 그것이 유일한 돌발 사건이며 그 외에 블룸펠트는 편안하게 커피를 마신다. 그는 마치 밤에 잠을 못 자서가 아니라, 먼 여행을 한 것처럼 배가 고프다. 그는 기분을 굉장히 상쾌하게 해주는 차가운 물로 몸을 씻고 옷을 입는다. 여태까지 그는 커튼을 걷어 올리지 않고 조심하느라고 그냥 어스름한 어둠 속에 있었다. 공에 대해서는 신기할 것이 없었던 것이다. 그러나 이제 나갈 준비가 되자, 그는 공들이 그를 따라 골목길에까지 나오려 감행할 경우를—그는 그것을 믿지는 않지만—대비해서 공들에 대한 조치를 취해야만 한다. 그는 그 점에 대해 묘안을 가지고 있다. 그는 큰 옷장을 열고 등을 그쪽으로 향하여 선다. 공들은 그 의도된 바를 느끼기라도 하듯이 옷장 안으로 들어가지 않으려 조심을 한다. 그것들은 블룸펠트와 옷장 사이에 있는 작은 자리를 모조리 이용하고 어쩔 수가 없을 때는 일순간 옷장 속으로 튀어들었다가는 곧장 어둠을 피해 다시 도망쳐 나온다. 그것들을 옷장의 문턱을 넘어 더 깊숙이까지는 결코 들여놓을 수가 없다. 그것들은 차라리 자신들의 의무를 어기고, 거의 블룸펠트 옆자리를 지키고 있다. 그러나 그것들의 작은 꾀도 도움이 될 수 없다. 왜냐하면 블룸펠트가 직접 옷장 속으로 뒷걸음을 쳐 올라갔고 그것들도 이제는 어쨌든 따라가야만 하기 때문이다. 그러나 그것으로써 공들에 대한 결정이 내려졌다. 왜냐하면 옷장 바닥에는 구두, 상자들, 작은 가방 같은 잡다한 물건들이 놓여 있었는데, 그것들은 모두 정리가 잘 되어 있기는 하지만—블룸펠트는 지금 그것을 유감스럽게 생각한다—공들에게는 물론 몹시 방해가 되기 때문이다. 그리고 그 사이에 옷장 문을 끌어당겨 거의 닫고 있었던 블룸펠트가 한 걸음 크게 뛰어—그는 몇 년 전 이래로 그런 일을 해본 적이 없었다—옷장을 나와 문을 눌러 닫고 열쇠를 돌리자, 공들은 안에 갇히게 되었다. '이제 성공이군' 하고 생각하며 블룸펠트는 얼굴에서 땀을 닦는다. 공들이 옷장 안에서 어찌나 시끄러운 소리를 내는지! 그것은 공들이 절망하고 있는 것 같은 인상을 준다. 그와 반대로 블룸펠트는 매우 만족스럽다. 그는 방을 나왔고, 썰렁한 복도조차도 그에게 유쾌한 기분을 준다. 그가 귓속의 솜을 꺼내자, 깨어나고 있는 건물의 수많은 소음이 그를 매료시킨다. 사람들은 거의 보이지 않는다. 아직 이른 아침이다.

아래쪽 현관, 하녀의 지하 방으로 들어가는 낮은 문 앞에는 그녀의 열 살짜리 아들이 서 있다. 자기 어머니를 꼭 닮은 아이. 그 아이의 얼굴에도 어머니의 추한 모습이 그대로 있었다. 그 아이는 휘어진 다리로 손을 바지 주머니에 찌른 채 거기에 서서 푸푸거리고 있었는데, 갑상선종을 가지고 있어서 힘들게 숨을 쉬기 때문이었다. 블룸펠트는 보통 때 그 소년을 길에서 만나면 가능한 한 이 연극을 생략하기 위해서 좀 더 빠른 걸음으로 걸어가는 반면에, 오늘은 그의 곁에 서 있으려 한다. 소년이 그 여자에 의해서 세상에 나왔고 자신의 출처의 모든 특징을 가지고 있다고 하더라도, 그는 당분간은 한 아이로 있을 테고, 그 못생긴 머릿속에는 물론 아이의 생각이 들어 있을 텐데, 사람들이 그에게 현명하게 말을 걸고 무엇인가를 물어본다면, 그 아이는 십중팔구 밝은 목소리로, 순진하게 그리고 공손하게 대답할 것이다. 그리고 사람들은 약간 자제하고 나서 그 아이의 뺨을 어루만져줄 수도 있을 것이다. 블룸펠트는 그렇게 생각했지만, 그냥 지나친다. 자신이 방 안에서 생각했던 것보다는 골목길의 날씨가 한결 온화하다는 것을 느낀다. 아침 안개가 갈라지고 거센 바람이 스치고 지나가는 하늘엔 파란 자리가 생겨난다. 블룸펠트는 보통 때보다 훨씬 일찍 자기 방을 나올 수 있었던 것에 대해서 공들에게 감사한다. 그는 신문도 읽지 않은 채 탁자 위에 두고 잊고 왔지만, 어쨌든 그 때문에 시간을 많이 벌게 되어 이제 천천히 갈 수 있는 것이다. 그가 공들을 자신에게서 떼어놓은 이후로, 그것들이 그에게 거의 걱정거리가 되지 않는다는 것은 이상스러운 일이다. 그것들이 그의 뒤에 가까이 있는 동안은, 그것들은 그에게 달려 있는 어떤 것으로, 그라는 사람을 판단할 때 어떻든 함께 관련되는 것으로 생각될 것이다. 그러나 지금 그것들은 다만 집의 옷장 안에 있는 장난감에 불과하다. 그리고 이때 공들의 피해를 제거할 수 있는 방법은 그가 그것들을 그 원래의 용도로 이끄는 것뿐이라는 생각이 그에게 떠오른다. 거기 현관에는 아직 소년이 서 있다. 블룸펠트는 그에게 공들을 선물할 것이다. 대충 몰래가 아니라, 명확하게 선물하는 것이다. 그것은 분명히 그것들을 없애라는 명령과 같은 것을 의미한다. 그리고 그것들이 부서지지 않은 채 남아 있게 된다 하더라도, 그것들은 옷장 안에 있을 때보다 소년의 손 안에 있을 때에는 그다지 대수로운 것이 아니다. 집 전체가 소년이 공들을 가지고 노는 것을 볼 것이다. 다른 아이들도 한패가 될 것이다. 여기에서 문제가 되는 것은 놀이공이지 블룸펠트의 생의 동반자가 아니라는 일반적인 견해는 충격적이지도 그리고 반감을 주는 것도 아니다. 블룸펠트는 뛰어서 집으로 되돌아간다. 소년은 막 지하 계단을 내려가 밑에서 문을 열려고 한다. 그러니까 블룸펠트는 그 소년을 불러야 한다. 그리고 소년과 연관되는 모든 것처럼 우스꽝스러운 이름을 말해야 한다. "알프레드, 알프레드." 하고 그가 부른다. 소년은 오랫동안 망설인다. "자, 이리 와봐!" 하고 블룸펠트는 부른다. "내가 너에게 무엇을 줄게." 건물 관리인의 작은 두 딸이 맞은편 문에서 나와서 호기심을 가지고 블룸펠트의 오른쪽과 왼쪽에 선다. 그들은 소년보다 훨씬 빠르게 알아듣고, 그가 왜 금방 오지 않는지 이해하지 못한다. 그들은 그에게 손짓하고 그러면서 블룸펠트에게서 눈을 떼지 않는다. 그렇지만 어떤 선물이 알프레드를 기다리고 있는지 알아낼 수 없다. 호기심이 그들을 안달나게 해서 그들은 발을 번갈아가며 팔짝팔짝 뛴다. 블룸펠트는 그들뿐만 아니라 소년도 비웃는다. 그 아이는 드디어 모든 것을 제대로 해석한 것처럼 보인다. 그는 어설프게 느릿느릿 계단을 올라온다. 그는 걸어오면서 아래 지하문 안에 나타난 그의 어머니를 결코 모른 척하지 못한다. 블룸펠트는 매우 크게 소리친다. 하녀도 그를 이해하게 하고 필요하다면 그의 명령의 이행을 감독하게 하기 위해서다. "나는 저 위 내 방에 예쁜 공을 두 개 가지고 있단다. 너 그것을 가지고 싶니?" 하고 블룸펠트는 말한다. 소년은 단지 입을 삐죽거리고는 어떻게 해야 할지 몰라 한다. 그는 몸을 돌려서 물어보는 듯이 어머니를 내려다본다. 그러나 소녀들은 곧 블룸펠트 주위를 돌며 공을 달라고 조른다. "너희들도 그것을 가지고 놀아도 된단다." 하고 블룸펠트는 그들에게 말하지만 소년의 대답을 기다린다. 그는 곧 공을 소녀들에게 선물할 수도 있을 것이다. 그러나 그들은 너무 경박스러워 보인다. 그는 지금 소년에게 더 많은 신뢰감을 갖고 있다. 그 아이는 그 사이에 아무 말도 주고받지 않았지만 그의 어머니에게서 조언을 구했고 블룸펠트의 새로운 질문에 고개를 끄덕여 동의를 한다.

"그럼, 조심해라!" 하고 블룸펠트는 말한다. 그는 그의 선물에 대해서 아무런 감사를 받지 못하리라는 것을 기꺼이 묵인한다. "내 방 열쇠는 너의 어머니가 가지고 있어. 너는 어머니에게서 그것을 빌려야 해. 여기 너에게 나의 옷장 열쇠를 주마. 그리고 그 옷장 안에 공이 들어 있단다. 옷장과 방을 다시 주의해서 닫아라. 그렇지만 공들은 네 마음대로 해도 좋아. 다시 되돌려줄 필요는 없어. 내 말을 알아들었니?" 그러나 불행하게도 소년은 이해하지 못했다. 블룸펠트는 이 끝없이 우둔한 존재에게 모든 것을 자꾸만 반복하고, 열쇠와 방과 옷장을 자꾸만 헷갈려서 말했다. 그래서 그 결과 소년은 그를 은인이 아니라 유혹자처럼 노려본다. 소녀들은 물론 곧 모든 것을 알아듣고,

블룸펠트에게 달려들면서 열쇠를 향해 손을 뻗는다. "기다리란 말이야." 하고 블룸펠트는 말하며, 이미 모든 것에 대해서 화가 난다. 시간도 지나가고 있다. 그는 이제 더 이상 오래 지체할 수 없다. 하녀라도 자기가 그의 말을 이해했고 소년을 위해서 모든 것을 제대로 처리하겠다고 말해준다면. 그러나 그녀는 그러는 대신에 여전히 저 아래 문가에 서 있다. 귀가 어두워 창피한 것처럼 꾸며대며 미소를 짓고는. 아마 블룸펠트가 위에서 아들에게 갑자기 마음을 빼앗겨서 그에게 구구단을 물어보고 있는 것쯤으로 생각한다. 그러나 물론 블룸펠트 역시 지하 계단을 내려가서, 하녀에게 제발 하나님의 자비로 그녀의 아들이 그를 공들로부터 해방시킬 수 있게 해달라는 부탁을 그녀의 귀에다 대고 소리칠 수는 없다. 그가 자신의 옷장 열쇠를 하루 종일 이 가족에게 맡기려 한다면, 그는 이미 충분하리만큼 참아온 것이다. 그가 직접 소년을 위로 데리고 가서 그곳에서 그에게 공들을 넘겨주는 대신, 그에게 열쇠를 건네주는 것은 자신의 수고를 아끼기 위해서가 아니다. 그는 물론 위에서부터 공들을 쫓아버릴 수는 없다. 그러면 그것들은 예견되는 바대로, 그가 그것들을 뒤에 오는 시종처럼 뒤로 끌어당기게 됨으로써 그것들을 소년으로부터 곧 다시 받게 되는 것이다. 블룸펠트는 새롭게 설명을 시도했지만, 그것이 소년의 텅 빈 시선 밑에서 금방 다시 깨어지고 나자, "너는 아직도 나를 이해 못 하니?" 하고 몹시 슬프게 묻는다. 그런 텅 빈 시선은 사람을 무방비 상태로 만든다. 그 시선은 사람으로 하여금 단지 이 공허를 이성으로 메우기 위해서 하고 싶은 말보다 더 많은 말을 하도록 유인한다.

"우리가 그에게 공을 가져다줄게요."라고 소녀들이 외친다. 그들은 영리하다. 그들은 공을 여하튼 오직 소년의 중재를 통해서만 얻을 수 있다는 것, 그러나 이러한 중재도 자기들 스스로가 실행해야 한다는 것을 알아차렸다.

건물 관리인의 방에서 시계가 울리고 있고, 그것은 블룸펠트에게 서두르라고 경고한다. "그럼 열쇠를 받아라!" 하고 블룸펠트는 말한다. 그러나 열쇠는 그가 그것을 준다기보다는 그의 손에서 잡아채어졌다. 그가 소년에게 열쇠를 주었다면 비교할 수 없을 만큼 훨씬 더 안심할 수 있었을 것이다. "방 열쇠는 밑의 부인에게서 얻어 오너라!" 블룸펠트는 다시 말한다. "그리고 너희들이 공을 가지고 돌아와서는, 양쪽 열쇠를 부인에게 돌려드려야 한다." "네, 네." 하고 소녀들은 소리치고, 계단 밑으로 뛰어 내려간다. 그들은 모든 것을 안다. 모든 것을 철저하게. 블룸펠트는 소년의 우둔함에 전염되기라도 한 듯이 어떻게 그렇게 빨리 소녀들이 자신의 설명을 모두 끌어낼 수 있었는지, 이제는 스스로가 이해되지 않는다.

이제 그들은 벌써 하녀의 치마를 잡아당기고 있었다. 그러나 블룸펠트는 그들이 의무를 수행하는 모습을 더 이상 오랫동안 바라볼 수가 없다. 그것이 무슨 유혹적인 일이기라도 하듯이. 그것은 너무 시간이 늦어서일 뿐만 아니라 만약 공들이 바깥으로 나온다면 맞부딪치고 싶지 않아서이기도 하다. 그는 소녀들이 위층 자기 방문을 열 때에는 이미 길 몇 개를 지나 멀리 떨어져 있기를 바란다. 그는 물론 그가 공에 대해서 아직도 무엇을 기대할 수 있을지 전혀 모른다. 그렇게 그는 이 아침에 두 번째로 바깥으로 나간다. 그는 하녀가 소녀들에게 정말 대항하고 있고, 소년이 휘어진 다리를 움직여서 어머니를 도우러 가는 모습을 보았다. 블룸펠트는 어째서 하녀와 같은 그러한 사람들이 이 세상에서 성공하고 번성하는지 이해가 가지 않는다.

블룸펠트가 일하고 있는 내복 제조 공장으로 가는 동안, 점차 일에 대한 생각이 다른 모든 것을 정복해버린다. 그것은 그의 걸음걸이를 빠르게 한다. 그리고 소년 때문에 지체했음에도 불구하고 그는 제일 먼저 사무실에 도착한다.

이 사무실은 유리로 칸을 막은 공간으로, 블룸펠트를 위한 책상한 개와 견습생들을 위한 서서 일하는 높은 책상이 두 개 있다. 이 서서 일하는 책상은 마치 초등학교 아이들을 위한 것처럼 작고 좁았지만, 사무실 안이 매우 비좁아서 견습생들은 앉을 수가 없다. 왜냐하면 그렇게 되면 블룸펠트의 의자를 놓을 자리가 없어지기 때문이다. 그래서 그들은 하루 종일 그들의 책상을 눌러대면서 서 있다. 그들이 매우 불편한 것은 분명한 일이다. 그리고 그 때문에 블룸펠트 역시 그들을 보기가 괴로운 것이다. 가끔 그들은 열심히 책상에 매달려 있다. 그러나 일을 하기 위해서가 아니라, 서로 귓속말을 하거나 또는 꾸벅꾸벅 졸기 위해서이다. 블룸펠트는 그들에게 매우 화가 나 있다. 그들은 그에게 부과된 엄청난 양의 일을 하는 데 있어서 그를 충분히 도와주고 있지 않다. 그의 일은 공장이 어떤 특정한 고급 제품의 생산을 위해서 맡긴 가내 수공업자들과의 전체 물건 거래를 주선하는 일이다. 이 일의 규모를 판단하기 위해서는 전체 상황을 좀 더 자세히 들여다보아야 한다. 그러나 블룸펠트의 직속상관이 몇 년 전에 죽고 난 이후로 아무도 더 이상 이러한 통찰력을 가지고 있지 못하며, 그 때문에 블룸펠트 역시 그의 일에 대해서 판단할 수 있는 자격을 아무에게도 양도할 수가 없다. 예를 들어, 공장장인 오토마 씨는 블룸펠트의 일을 공공연하게 과소평가한다. 그는 물론 블룸펠트가 지난 이십 년 동안 공장에 기여한 업적을 인정한다. 그러나 그것을 인정하는 것은, 그가 그렇게 해야 되기도 하겠지만, 그외에도 블룸펠트를 충실하고 믿을 만한 사람으로 생각하고 있기 때문이다—그럼에도 그는 그의 일을 과소평가하고 있다. 말하자면 그는 그 일을 블룸펠트가 하는 것보다 한결 간단하게 처리할 수 있기 때문에 모든 면에서 더욱 유리하게 처리할 수 있을 것으로 믿고 있다. 그래서 사람들은 오토마가 블룸펠트의 부서에 거의 모습을 나타내지 않는 이유는 블룸펠트의 작업 방식을 보면 일어나는 분노를 삭이기 위해서 라고 말하고 있으며, 그것은 아마도 믿을 수 없는 일은 아닐 것이다. 그렇게 진가를 인정받지 못하는 것은 블룸펠트로서도 분명 슬픈 일 이다. 그러나 아무런 대책이 없다. 왜냐하면 그는 오토마에게 약 한 달간 블룸펠트의 부서에 계속해서 머물러, 여기에서 해결되는 다양 한 종류의 일을 익히고, 오토마 자신이 더 낫다고 생각하는 방법을 적용해서 그것의 분명한 결과가 될 이 부서의 파산을 통해 블룸펠트 가 옳다는 것을 확인하라고 강요할 수는 없기 때문이다. 그래서 블룸 펠트는 자신의 일을 예전과 다름없이 단호하게 맡아서 하고 있으며, 오토마가 오래간만에 나타나게 되면 약간 놀라서, 부하 직원의 의무 감으로 이런저런 시설을 설명하는 무기력함을 보인다. 거기에 대해 오토마는 그저 말없이 고개를 끄덕이면서 눈을 아래로 향하고 가린 다. 블룸펠트가 언젠가 자리에서 물러나야 한다면, 그것의 즉각적인 결과는 아무도 해결할 수 없는 커다란 혼동일 텐데, 왜냐하면 오토마 는 공장에서 블룸펠트를 대신하여 그의 자리를 양도받아 수개월에 걸쳐 닥칠 경영의 가장 힘든 정지 상태를 모면해줄 수 있는 사람을 알지 못하기 때문이다. 그래서 오토마는 이러한 생각을 할 때보다는 차라리 그의 가치를 인정하지 않을 때가 덜 고통스럽다. 사장이 누군 가를 과소평가한다면, 직원들은 물론 될 수만 있으면 그를 능가하려 고 애쓴다. 그렇기 때문에 모든 사람들이 블룸펠트의 일을 과소평가 하고, 아무도 자신의 교육을 위해서 얼마 동안 블룸펠트의 부서에서 후임자로 일하려고 하지 않는다. 여태까지 단지 한 명의 도움으로 부 서의 모든 일을 완전히 혼자서 해야 했던 블룸펠트가 견습생 한 명을 보조해줄 것을 요구했을 때가 가장 힘든 투쟁의 주일이었다. 거의 매 일 블룸펠트는 오토마의 사무실에 나타나서 그에게 왜 이 부서에 견 습생이 필요한지를 조용히 그리고 자세히 설명했다. 견습생을 필요로 하는 이유는 블룸펠트가 자신의 수고를 아끼려 하기 때문이 아니라는 것을 설명했으며, 자신은 수고를 아끼려 하지도 않으며 엄청난 부분의 일을 할 것이고 그것을 중지하지 않도록 마음에 새겨두겠노라고 했다. 그러나 오토마는 단지 시간이 지남에 따라 사업이 어떻게 진척되었는가만을 생각하는 것 같다. 모든 부서들은 그에 따라 적당히 확장되었는데 단지 블룸펠트의 부서만이 언제나 방치되어 있다. 그러나 바로 그곳의 일이 얼마나 비대해졌는지! 블룸펠트가 들어왔을 때, 그때를 오토마 씨는 분명히 더 이상 기억하지 못할 텐데, 그곳에는 약 열 명의 재봉사들이 일하고 있었는데, 오늘날에는 그 숫자가 오십부터 육십까지 왔다 갔다 한다. 그런 일은 힘을 요구한다. 블룸펠트는 자신이 일을 위해 완전히 힘을 쏟을 수 있음을 보증할 수도 있다. 그러나 그는 이제부터는 자신이 일을 완전히 압도하게 될지에 대해서 더 이상 보증할 수가 없다. 사실 오토마 씨는 한 번도 블룸펠트의 청원을 직접적으로 거절하지는 않았다. 그는 한 나이 든 직원에 대해서 그렇게 할 수는 없었다. 그러나 그가 전혀 귀를 기울여 듣지 않고, 부탁하고 있는 블룸펠트를 무시하고 다른 사람들과 이야기하면서 반승낙을 했다가는 며칠 후에는 다시 모든 일을 잊어버리는 식은—이런 식은 정말 모욕적이었다. 사실 블룸펠트에게 있어서—블룸펠트는 몽상가가 아니다—명예와 자신의 가치에 대한 인정이 그렇게 아름다운 것은 아니다—블룸펠트는 그것들 없이도 지낼 수 있다. 그는 이 모든 것에도 불구하고 어떻게든 되어가는 동안에는 그의 자리에서 참고 견딜 것이다. 어쨌든 그는 정당하다. 그리고 정의는 그것이 가끔 오래 걸리기는 해도 결국은 인정을 받게 되는 것이다. 그래서 블룸펠트는 정말 두 명씩이나 되는 견습생을 드디어 얻게 되었지만, 물론 그 견습생들이란 어떤고 하니, 오토마가 견습생을 거절하는 것보다 오히려 이러한 견습생들을 허락함으로써 이 부서에 대한 자신의 경멸을 나타낼 수 있으리라고 사람들은 믿었을지 모른다. 나아가 오토마가 그렇게 오랫동안 블룸펠트를 못살게 굴었던 이유는 그가 그런 견습생 두 명을 찾으려 했지만, 그렇게 오랫동안 발견할 수 없었기 때문이라는—이해될 수 있는 일이지만—것이 가능하다. 그리고 이제는 블룸펠트도 불평할 수 없었다. 대답은 물론 뻔한 것이었다. 그는 두 명의 견습생을 얻었던 것이다. 그가 단지 한 명만을 원했는데도 말이다. 모든 것이 오토마에 의해서 그렇게 교묘하게 이끌어졌다. 물론 블룸펠트는 불평을 하지만 단지 긴급 상황이 정말그를 그렇게 몰아대기 때문이지, 그가 지금도 여전히 대책을 바라고 있기 때문은 아니었다. 그는 강력하게 불평하는 것이 아니라 적당한 기회가 생겼을 때, 그 기회에 말하는 것뿐이었다. 그럼에도 불구하고 악의를 품은 동료들 사이에는 금방 이런 소문이 퍼졌다. 누군가가 오토마에게 이제 특별한 도움을 받은 블룸펠트가 여전히 불평을 할 수 있는지를 물었다. 거기에 대해 오토마는, 그것은 옳은 일이라고 대답했다는 것이다. 블룸펠트는 여전히 불평을 하지만 그러나 옳다. 오토마는 마침내 그것을 알게 되었으며, 그래서 그는 점차로 블룸펠트에게 각 재봉사에 한 명의 견습생, 그러니까 모두 대략 육십 명을 배속시킬 작정이다. 그러나 이것도 충분하지 않다면 그는 더 많이 내보낼 것이고, 이미 수년 전부터 블룸펠트의 부서에서 추천하고 있는 정신병원이 완성되기 전에는 그 일을 그만두지 않을 것이다. 물론 이 발언에는 오토마의 어투가 잘 모방돼 있지만, 그러나 그 자신은 블룸펠트에 대해서 그와 비슷하게라도 자신의 의견을 표명하는 일을 멀리하고 있었다—거기에 대해 블룸펠트는 의심하지 않았다. 이 모든 것은 일 층의 여러 사무실에 있는 게으름뱅이들의 조작이었다. 블룸펠트는 그것을 무시했다. 그가 견습생들의 존재에 대해서도 그렇게 아무렇지도 않게 무시할 수만 있었다면. 그러나 그들은 거기에 서서 더 이상 움직이려 들지 않았다. 창백하고 허약한 아이들. 서류에 의하면 그들은 이미 학교를 끝낸 나이가 되었겠지만, 실제로는 그것을 전혀 믿을 수가 없었다. 그렇다. 사람들은 그들을 선생에게 맡기려 하지도 않았을 것이다. 그럴 정도로 그들은 아직 어머니 손에 속해 있는 것이 분명했다. 그들은 아직 똑똑하게 움직이지 못했다. 오랫동안 서 있는 일은 특히 처음에는 그들을 몹시 지치게 했다. 그들을 감시하지 않고 놓아두면, 그들은 허약함 때문에 금방 꾸벅꾸벅 졸았고, 한구석에 비스듬히 몸을 구부리고 서 있었다. 블룸펠트는 그들에게, 그들이 언제나 그렇게 편안함을 찾는다면 평생 동안 불구자로 지내게 되리라는 것을 이해시키려고 애썼다. 견습생들에게 조금 움직이도록 허락을 해보았다. 한 사람이 그저 두 발자국을 떼어놓으면 되었는데, 그는 너무 성급하게 뛰쳐나가서 무릎을 책상에 부딪쳐 상처를 입었다. 그 방은 여자 재봉사들로 가득 찼다. 책상은 물건들로 가득했다. 그러나 블룸펠트는 모든 것을 내버려 두고, 울고 있는 견습생을 사무실로 데리고 가서 그에게 작은 붕대를 감아주어야만 했다. 그러나 견습생들의 이러한 노력도 단지 외면적일 뿐이었다. 마치 진짜 아이들이 종종 뛰어나게 그런 면을 보이는 것과 같았다. 그러나 그보다 더욱 자주 혹은 오히려 거의 언제나 그들은 단지 상관의 주의력을 혼돈시키고 속이려고만 했다. 제일 큰일이 들어왔을 때 블룸펠트는 땀에 흠뻑 젖은 채 그들 곁으로 뛰어간 적이 있었는데, 그들이 고리짝 사이에 숨어서 돈을 바꾸고 있다는 것을 알았다. 그는 두 주먹으로 그들의 머리를 내려치고 싶었다. 그런 태도에는 그것이 유일하게 가능한 벌칙일 것이었다. 그러나 그들은 아이들이었다. 블룸펠트는 아이들을 때려눕힐 수는 없었다. 그리고 그런 식으로 그는 그들 때문에 계속해서 고통을 받고 있었다. 원래 그는 견습생들이 직접적인 조력을 통해서 자신을 뒷받침해주리라고 생각했었다. 물건 분배 시에는 많은 노력과 주의를 기울여야 하므로 그런 조력이 요구되었다. 그는 견습생들이 그의 명령에 따라 여기저기 뛰어다니고 모든 것을 분배할 동안, 자신은 대개 책상 뒤 한가운데 서서 언제나 모든 것에 대해 통찰을 유지하고 기입하는 일을 하게 되리라 생각했었다. 그는 자신의 감시가 매우 날카로운 것이기는 하지만, 그런 혼잡스러운 상황에는 충분하지 않았기 때문에 견습생의 주의력을 통해서 보완되리라고 생각했으며, 이 견습생들은 점차 경험을 쌓아서 모든 일에서 일일이 자신의 명령에 따르기만 하는 것이 아니라 결국은 스스로가 상품 수용과 신용도에 관한 한 재봉사들을 구별할 줄 알게 되리라고 생각했었다. 이 견습생들을 가늠해볼 때, 그것은 완전히 가망 없는 일이었다. 블룸펠트는 곧 그들이 재봉사들과 이야기하게 해서는 결코 안 된다는 것을 알게 되었다. 그들은 많은 재봉사들에게는 처음부터 가지도 않았다. 왜냐하면 견습생들은 재봉사들에 대해서 혐오감이나 두려움을 가지고 있었기 때문이었다. 반면에 자신들이 좋아하는 다른 이들에게는 자주 문까지 뛰어갔다. 이들에게 견습생들은 자신들이 원하는 것만을 가져와서 재봉사들이 당연히 접대를 받아야 했을 때에도 그것을 비밀스럽게 이들의 손에 쥐어주었다. 견습생들은 빈 선반 위에 이렇게 마음에 드는 여러 가지 천 조각, 쓸모 없는 찌꺼기, 그러나 아직도 유용한 사소한 물건들도 함께 모았고, 벌써 블룸펠트의 등 뒤 멀리서부터 이들을 향해 기쁨에 넘쳐 그것들을 흔들어댔고, 그 대신 그들은 사탕을 얻어 입에 넣었다. 블룸펠트는 물론 이러한 행패를 곧 끝장나게 했고, 재봉사들이 오면, 그들을 칸막이 안으로 몰아넣었다. 그러나 그들은 오랫동안 그것을 굉장히 부당한 것으로 여기고, 반항하고, 펜을 마음대로 부수고, 가끔은 물론 고개를 들 엄두는 내지 못하면서, 유리창을 크게 두드렸다. 그것은 그들이 그들 생각으로는 블룸펠트에 의해 당해야만 하는 부당한 대우에 대해서 재봉사들의 주의를 끌기 위해서였다.

  그들 자신이 행한 잘못, 그것을 그들은 깨닫지 못한다. 그래서 그
들은, 예를 들어 거의 언제나 사무실에 너무 늦게 온다. 그들의 상관
인 블룸펠트는 아주 이른 젊은 시절부터 적어도 사무실이 시작되기
삼십 분 전에 나타나는 것을 당연하다고 여겨왔다―야심이 아니라,
과장된 책임 의식이 아니라, 다만 예의범절이 그로 하여금 그렇게 하
게 만들었던 것이다. 블룸펠트는 대부분 한 시간 이상 그의 견습생들
을 기다려야만 했다. 그는 보통 아침 식사로 젬멜*을 씹으면서 넓은
방의 책상 뒤에 서서 재봉사들의 작은 책자에 써 있는 결산을 완결짓
는다. 곧 그는 일에 빠져들어서 다른 것은 아무것도 생각지 않는다.
그때 갑자기 그는 손에 잡고 있는 펜이 잠시 동안 떨릴 정도로 놀란
다. 한 견습생이 마치 넘어질 것처럼 뛰어 들어와서 한 손으로 어딘
가를 꽉 잡고 다른 한 손으로는 가쁘게 숨 쉬는 가슴을 누른다. 그러
나 이 모든 것은 거의 그가 지각에 대해 사과를 하려는 것 이외에는
아무것도 아니다. 그 사과라는 것은 우스꽝스러워서, 블룸펠트는 일
부러 못 듣는 체한다. 왜냐하면 그렇게 하지 않으면 그는 그 소년을
마땅히 때리게 될 것이기 때문이다. 그래서 그는 소년을 잠시 동안만
쳐다보고, 손을 뻗쳐서 칸막이 방을 가리키고는 다시 그의 일로 돌아
간다. 이제 견습생이 상관의 호의를 알아차리고 자신의 자리로 서둘
러 갈 것을 기대할 수 있을 것이다. 그러나 그렇지 않다. 그는 서두르
지 않는다. 그는 사뿐사뿐 걸어간다. 그는 발돋움을 하고 한 발짝씩
앞으로 걸어간다. 그는 상관을 비웃으려고 하는가? 그것도 아니다.
그것은 다만 두려움과 자기 만족감이 뒤섞인 것뿐이다. 거기에 대해
서는 어찌할 도리가 없다. 그렇지 않고는 어떻게 설명할 수 있겠는
가. 블룸펠트 자신이 평소와는 달리 늦게 사무실에 온 오늘도 장시간

* 고운 밀가루로 만든 작고 둥근 빵.(옮긴이)

기다린 지금에서야—그는 작은 책자들을 조사해볼 마음이 나지 않는다—어리석은 하인이 그 앞에서 빗자루를 가지고 하늘 높이 피워 올리고 있는 먼지 구름 사이로, 길거리에서 두 견습생이 편안한 마음으로 다가오는 것을 본다면 어떻겠느냐 말이다. 그들은 엉켜서 서로를 꽉 잡고서, 서로 중요한 것을 이야기하는 것처럼 보인다. 그러나 그것은 분명히 사무와는 아무런 관계가 없는 금지된 이야기일 것이다. 그들은 유리문에 가까이 오면 올수록, 걸음을 더욱 느리게 한다. 드디어 한 사람이 손잡이를 잡고 있지만, 그것을 누르지 않는다. 여전히 그들은 서로 이야기하고 듣고 하며 웃는다. "우리의 신사분들을 위해서 문을 열어드리게나." 하고 블룸펠트는 손을 높이 쳐들고 하인에게 소리친다. 그러나 견습생들이 들어오자 블룸펠트는 더 이상 다투지 않고, 그들의 인사에도 응하지 않고 그의 책상으로 간다. 그는 계산하기 시작한다. 그러나 가끔 견습생들이 무엇을 하는지 보기 위해서 눈을 든다. 한 사람은 몹시 피로한 듯이 보이며, 눈을 비벼 댄다. 그는 외투를 못에 걸 때 그 기회를 이용해서 잠시 벽에 몸을 기대고 있다. 길거리에서는 기운이 팔팔하지만 일 가까이에서는 피로해진다. 다른 견습생은 그와 반대로 일하고 싶은 마음이 있기는 하지만 다만 몇 가지일 뿐이다. 오래전부터 비질하는 일이 그의 소원이다. 그러나 그것은 그에게 부과된 일이 아니다. 비질은 다만 하인에게 해당되는 일이다. 블룸펠트 자신은 견습생이 비질하는 것에 반대하지 않을 것이다. 견습생이 비질을 한들 하인보다 못할 수는 없을 것이다. 그러나 견습생이 비질하기를 원한다면, 그는 물론 하인이 비질을 시작하는 것보다도 더 일찍 와야 하고, 또 그가 사무실 일을 할 의무가 있을 때는 그것에 시간을 소비해서는 안 된다. 그러나 그 작은 소년이 모든 분별 있는 생각에 미치지 못한다면, 그렇다면 적어도 하인이—사장은 눈이 반쯤 먼 이 노인을 분명히 블룸펠트의 부서 이외에는 어느 곳에서도 견뎌내지 못할 것이고, 그 노인은 단지 신과 사장의 은혜로 살고 있는 터였다—그렇다면 적어도 이러한 하인이 양보를 해서 잠깐 동안 소년에게 빗자루를 넘겨줄 수도 있을 것이다. 그 소년은 물론 서툴러서 곧 비질에 대한 흥미를 잃어버릴 것이고, 다시 하인에게 비질을 하도록 하기 위해서 빗자루를 들고 그에게 뛰어갈 것이다. 그러나 하인은 바로 자신이 비질에 대해서 특별히 책임을 지고 있다고 느끼는 것처럼 보인다. 소년이 그에게 가까이 가자마자 그가 떨리는 손으로 빗자루를 잘 잡으려고 애쓰는 모습이 보인다. 그는 차라리 조용히 서서 빗자루를 가지고 있다는 것에 모두의 주의력을 돌릴 수 있기 위해서 비질을 멈춘다. 견습생은 말로 부탁하지 않는다. 왜냐하면 그는 계산하고 있는 듯이 보이는 블룸펠트를 두려워하기 때문이다. 또한 일반적인 말은 소용이 없다. 왜냐하면 하인은 단지 아주 강력한 외침으로만 통할 수 있기 때문이다. 그래서 견습생은 우선 하인의 소매를 잡아당긴다. 하인은 물론 그것이 무엇 때문인지를 모른다. 그는 견습생을 언짢게 쳐다보고, 머리를 흔들며 빗자루를 가슴 가까이까지 끌어당긴다. 이제 견습생은 두 손을 벌리고 애원을 한다. 그는 물론 애원을 통해서 무언가를 얻을 수 있으리라는 희망을 가지고 있지는 않다. 애원하는 일이 그를 즐겁게 만들 뿐이다. 그래서 그는 애원한다. 다른 견습생은 가볍게 웃으면서 그 일의 진행에 동참한다. 그리고 이해할 수 없기는 하지만 분명히 블룸펠트가 그의 소리를 듣지 않으리라고 믿는다. 애원은 하인에게 최소한의 어떤 인상도 주지 않는다. 그는 몸을 돌려서 이제는 빗자루를 안전하게 다시 사용할 수 있으리라고 믿는다. 그러나 견습생은 발끝으로 팔짝 뛰고는 두 손을 애걸하듯이 비벼대면서 그를 뒤쫓아 가 이쪽에서 애원을 한다. 하인의 이런 방향 전환과 견습생의 뜀박질은 여러 번 반복된다. 결국 하인은 사방에서 갇힌 듯한 느낌을 갖게 되며, 자신이 견습생보다 훨씬 빨리 지친다는 것을 깨닫는다. 그것은 아무 악의 없이 장난처럼 생각한 일이었지만 처음부터 곧바로 깨달았어야 했다. 그 결과 그는 다른 사람의 도움을 구한다. 그는 손가락으로 견습생들을 위협하면서 블룸펠트를 가리킨다. 견습생이 그만두지 않으면 그는 블룸펠트에게 불평을 호소할 것이다. 견습생은 자신이 빗자루를 정말 얻고 싶다면 몹시 서둘러야만 한다는 것을 알아차리고, 버릇없이 빗자루를 향해서 손을 뻗친다. 다른 견습생의 무의식적인 외침 소리만이 다가오는 결정을 암시한다. 하인은 뒤로 한 걸음 물러나면서 빗자루를 끌어당김으로써, 이번에는 겨우 그것을 보호한다. 그러나 견습생은 더 이상 양보하지 않는다. 그는 입을 벌리고 눈을 번뜩이면서 앞으로 덤벼든다. 하인은 도망치려 한다. 그의 늙은 다리는 뛰는 대신 비틀거린다. 견습생은 빗자루를 잡아챈다. 그리고 그가 그것을 잡지 못한다 하더라도, 빗자루가 떨어져서 하인이 그것을 놓쳐버리게 하는 데 성공한다. 물론 견습생들도 잃은 것은 마찬가지인 것으로 보인다. 왜냐하면 빗자루가 떨어지면서 다음 순간 견습생들과 하인, 세 사람 모두 뻣뻣하게 굳어졌기 때문인데, 이제 블룸펠트에게 모든 것이 알려졌을 것이 분명하기 때문이다. 실제로 블룸펠트는 그의 창구에서 쳐다보고 있다. 마치 그가 이제야 비로소 알아챈 듯이, 그는 엄하게 그리고 조사하는 듯이 한 사람 한 사람을 똑똑히 쳐다본다. 바닥에 있는 빗자루 역시 그로부터 벗어나지 못한다. 침묵이 너무 오래 지속되는지 잘못을 저지른 견습생이 비질에 대한 욕망을 억제할 수 없는지, 어쨌든 그는 몸을 숙여서 빗자루가 아니라 어떤 동물을 잡으려고 손을 뻗치는 것처럼 매우 조심스럽게 빗자루를 집어서 그것으로 바닥을 쓴다. 그러나 블룸펠트가 벌떡 일어나서 칸막이 방으로 나오자 그는 깜짝 놀라서 그것을 곧바로 내동댕이친다. "두 사람은 일하러 가게. 그리고 더 이상 쫑알대지 말게나." 하고 블룸펠트는 소리

526

치며 손을 뻗어서 두 견습생들에게 그들의 책상으로 가는 길을 가리킨다. 그들은 곧장 따른다. 그러나 머리를 숙이며 부끄러워하는 것이 아니라, 오히려 몸을 꼿꼿하게 돌리고 블룸펠트 곁을 지나가며 그의 눈을 뚫어져라 쳐다본다. 그들은 그렇게 함으로써 블룸펠트가 자신들을 때리는 것을 제지하려는 듯 보였다. 그렇지만 그들은 블룸펠트가 결코 때리지 않는다는 사실을 경험을 통해서 충분히 배울 수도 있었을 것이다. 그러나 그들은 지나치게 불안해하고 있으며, 언제나 그리고 전혀 분별없이 그들의 실제적인 또는 표면상의 권리를 지키려고 애쓴다.

다리

나는 딱딱하고 차가웠다. 나는 하나의 다리였다. 나는 어떤 절벽 위에 놓여 있었다. 이편에는 발끝을, 저편에는 두 손을 붙여놓고 있었고, 잘게 부수어진 점토 속에서 나는 죽을 지경이었다. 내 상의 옷자락이 옆구리에서 나부끼고 있었다. 절벽 아래 깊은 곳에는 숭어들이 살고 있는 시내가 얼음으로 덮인 채, 큰 소리를 내고 있었다. 관광객은 통행하기 힘든 이 꼭대기에서는 절대로 길을 잃지 않았다. 지도에는 다리가 아직 표시되어 있지 않았지만—그렇게 나는 놓여 있었고 기다렸다. 나는 기다려야만 했다. 한번 설치되어 있는 다리는 부서지지 않고는 다리임을 그만둘 수 없다.

언젠가 저녁때쯤이었다—그것이 첫 번째였는지, 수천 번째였는지 나는 모른다—나의 생각은 언제나 혼돈 속에서 맴돌고 있다. 여름의 저녁나절, 시냇물은 더욱 어두운 소리를 내고 있었다. 그때 나는 어떤 남자의 발걸음 소리를 들었던 것이다! 내게로, 내게로 다가오는—몸을 뻗쳐라, 다리야. 몸을 잘 갖추어라, 난간 없는 다리야. 너에게 맡겨진 그를 꼭 잡아라. 그의 걸음걸이의 불안정감은 어느새 균형을 잡는다. 그러나 그가 비틀거리면, 그땐 네가 있음을 알려라. 그리고 산신령처럼 그를 땅으로 내던져버려라.

그가 왔다. 그는 지팡이의 뾰족한 철제로 된 끝부분으로 나를 두드렸다. 그러더니 그것으로 나의 상의 자락을 들추어보고 지팡이 끝을 내 위에 잘 정돈해놓았다. 나의 부스스한 머리를 지팡이 끝부분으로 만져보았고, 분명히 거친 눈으로 주위를 둘러보면서 지팡이 끝을 오랫동안 내 머리카락 안에 놓아두었다. 그러나 그런 다음—바로 그때 나는 그를 쫓아서 산과 골짜기를 꿈꾸었다—그는 두 발로 내 몸뚱이 한가운데로 뛰어올랐다. 나는 전혀 알지 못한 채 우악스러운 통증으로 몸을 떨었다. 그것은 누구였을까? 한 아이였을까? 꿈이었던가? 길을 내는 사람이었던가? 자살자였나? 유혹자였나? 파괴자였나? 그래서 나는 그를 보려고 몸을 돌렸다—다리가 몸을 돌리다니! 나는 아직 한 번도 몸을 돌린 적이 없었다. 그때 나는 무너져 내렸다. 나는 무너져 내렸고, 기어코 산산조각이 났다. 돌돌 구르는 시냇물 속에서 언제나 그렇게도 평화스럽게 나를 바라보던 자갈돌들이 날카롭게 나를 찔렀다.

사냥꾼 그라쿠스

　두 소년이 방파제 위에 앉아 주사위 놀이를 하고 있었다. 한 남자가 동상의 층계 위에서 군도를 휘두르고 있는 영웅의 그늘 속에 앉아 신문을 읽고 있었다. 우물가의 한 소녀가 동이에 물을 채우고 있었다. 과일 장수는 자기 물건들 곁에 드러누워 호수를 바라보고 있었다. 어느 선술집 안쪽에 텅 빈 문과 봉창을 통하여 두 남자가 술을 마시고 있는 모습이 보였다. 주인은 앞쪽 탁자에 앉아 졸고 있었다. 거룻배 한 척이 소리 없이, 마치 물 위로 들려서 오듯, 흔들리며 작은 항구로 들어왔다. 푸른 작업복을 입은 한 남자가 상륙하여 밧줄을 고리에 걸어 당겼다. 은 단추가 달린 검정 저고리 차림의 다른 두 남자들이 사공 뒤에서 들것을 들고 들어오는데, 그 위에는 꽃무늬에 술이 달린 큰 비단보에 덮여 분명히 한 사람이 누워 있었다.

　부두에서는 아무도 도착한 사람들에게 신경을 쓰지 않았다. 거기서 여태 밧줄을 다루고 있는 사공을 기다리느라 들것을 내려놓을 때까지도 아무도 다가오지 않았으며, 말 한마디 묻는 자도 없었고, 누구도 그들을 거들떠보지 않았다.

　지금 갑판에서 모습을 보이고 있는, 머리를 푼 채 어린아이를 가슴에 안고 있는 여자 때문에 앞쪽에서 들것을 든 남자가 약간 멈칫거렸다. 그러고는 사공이 다가와 물가 가까운 왼편에 똑바로 솟아 있는 푸르스름한 삼층집을 가리키자, 들것을 든 사람들이 짐을 들어올려, 낮지만 날렵한 기둥들로 된 대문을 지나 그것을 옮겼다. 한 작은 소년이 창문을 열다가 사람들이 집 안으로 사라지는 것을 보고는 얼른 다시 창문을 닫았다. 이제 대문도 역시 닫혔다. 그 대문은 검정 떡갈나무를 세심하게 붙여 만든 것이었다. 지금껏 종탑 주위를 날던 비둘기 떼가 집 앞에 내려앉았다. 집 안에 그들 먹이가 보관되어 있기라도 한 듯이 비둘기들은 대문 앞에 모여들었다. 한 마리가 이 층까지 날아올라 유리창을 쪼았다. 보살핌을 잘 받아온 생기 있는 밝은 빛깔의 동물들이었다. 거룻배에서 아까 그 여자가 곡식알들을 뿌리자 그것들은 수북이 모여들어 그 여자한테로 날아갔다.

실크 모자에 상장喪章을 단 한 남자가 항구로 이어지는 가파르고 좁은 작은 골목길을 내려오고 있었다. 그는 주위를 세심하게 살폈는데, 모든 게 그를 슬프게 만들었고, 한구석에 쌓인 쓰레기를 보자 얼굴을 찡그렸다. 동상 층계 위에 과일 껍질들이 널려 있었는데, 그는 지나가면서 지팡이로 그것들을 밀쳐 내렸다. 방문을 두드리면서 동시에 검은 장갑을 낀 오른손으로 실크 모자를 벗어 들었다. 곧 문이 열리고 오십 명가량의 어린 소년들이 긴 마루에 도열하여 절을 했다.

사공이 계단을 내려와 그 신사를 반겨 맞이하여 위층으로 인도하였고, 그와 함께 이 층의 날렵하게 지어진 아름다운 발코니로 둘러싸인 뜰을 돈 두 사람은 집 뒤켠에 있는 서늘한 큰 방으로 들어섰는데, 그 사이 소년들은 경의를 표하며 뒤로 물러섰다. 그 집 맞은편에는 더 이상 집은 없고 풀 한 포기 없는 회흑색 암벽만 보였다. 들것을 날라온 사람들이 그 들것의 머리맡에 긴 양초를 몇 개 세워 불을 붙이는 일에 몰두하고 있었다. 그러나 그것으로 빛이 제대로 생길 리 없었고, 단지 앞서 드리워진 그림자만을 쫓아버렸을 뿐, 그 빛은 벽 위로 가물가물거릴 뿐이었다.

들것의 덮개는 뒤로 젖혀져 있었다. 거기엔 머리카락과 수염이 마구 뒤엉키고 살갗이 검게 그을린 사냥꾼 비슷한 남자가 누워 있었다.

그는 미동도 없이, 보기에 숨진 듯 두 눈을 감고 있었다. 주변 분위기만이 그가 죽은 사람일 것이라는 암시를 줄 뿐이었다.

신사가 들것 쪽으로 가더니 거기 누워 있는 이의 이마에 손을 올려놓고 무릎을 꿇고 기도를 하였다. 사공이 들것을 들고 온 사람들에게 방에서 나가라는 신호를 보내자, 그들이 나가 바깥에 모여 있던 소년들을 몰아내고 문을 닫았다. 신사는 그러나 이러한 정적도 충분치 않았던 듯 사공을 건너다보자, 사공이 알아차리고 곁문으로 해서 옆방으로 나갔다. 곧 들것 위의 남자가 눈을 뜨더니 고통스러운 미소를 지으며 얼굴을 신사에게로 돌리면서 말했다.

"당신은 누구시지요?"—신사는 그다지 놀라는 기색이 없이 꿇어앉았던 자세에서 몸을 일으키더니 대답했다. "리바의 시장이오."

들것 위의 남자가 고개를 끄덕이고, 힘없이 뻗친 팔로 안락의자를 가리켰는데, 시장이 그가 권하는 대로 따르자 이렇게 말했다.

"알고 있습니다, 시장님. 하지만 첫 순간에는 노상 모든 걸 잊어버려요. 모든 게 빙빙 돌다가는 좀 나아지거든요. 모든 걸 알고 있으면서도 묻게 되지요. 시장님도 아마 내가 사냥꾼이라는 것을 알고 계실 겁니다."

"알고말고요" 하고 시장이 말했다.

"당신이 온다는 예고를 간밤에 받았습니다. 우리는 한참 자고 있었지요. 그때가 자정쯤이었는데 아내가 '살바토레'—그게 내 이름이오—하고 부르더니 '창가에 있는 비둘기를 좀 보세요!' 하더군요. 그건 분명 비둘기였는데 수탉만큼이나 컸습니다. 그게 내 귓가로 날아와 '내일, 죽은 사냥꾼 그라쿠스가 올 테니, 그를 시의 이름으로 맞으시오.'라고 했습니다."

사냥꾼이 고개를 끄덕이고 혀끝으로 입술을 핥았다.

"그렇습니다. 비둘기들이 나보다 앞서 날아갔지요. 그런데 시장님, 내가 리바에 머물러야 한다고 생각하십니까?"

"그건 아직 말할 수 없어요." 시장이 대답했다.

"당신은 죽었소?"

"예." 사냥꾼이 말했다. "보시다시피. 여러 해 전에. 정말 아주 여러 해 전일 겁니다. 나는 슈바르츠발트에서—그건 독일에 있는데요—알프스 영양 한 마리를 쫓다가 어느 바위에서 떨어졌습니다. 그때부터 저는 죽어 있습니다."

"그렇지만 그러면서 살아 있기도 한 거로군요."

"어느 정도는." 사냥꾼이 말했다. "어느 정도는 살아 있기도 하지요. 내가 타고 있는 죽음의 나룻배가 길을 잘못 들었어요. 키를 잘못 튼 거지요. 사공의 부주의로 아름다운 고향을 영영 떠난 거지요. 그게 무엇이었는지는 나도 모르겠고, 내가 아는 거라곤 오직 내가 지상에 머물고 있다는 것, 그리고 내 나룻배가 그때부터 줄곧 이승의 물 위를 떠다니고 있다는 겁니다. 그렇게 해서 오직 스스로 몸담은 산에서만 살려고 했던 내가 죽은 다음부터는 지상의 온갖 나라들을 두루 돌아다니고 있답니다."

"그렇다면 저승에서의 몫은 없다는 말이겠군요?" 하고 시장이 이마에 주름살을 지으며 물었다.

"나는" 하고 사냥꾼이 말했다. "항시 위로 올라가는 큰 계단 위에 있어요. 이 무한히 넓은 야외 계단 위에서 떠돌고 있는 겁니다. 금방 위에서 금방 아래서, 또 금방 오른쪽에서 금방 왼쪽에서 항시 움직이고 있어요. 사냥꾼이 나비가 된 거지요. 웃지 마세요."

"웃지 않아요." 시장이 항의했다.

"매우 현명하시군요." 사냥꾼이 말했다. "나는 늘 움직이고 있습니다. 그런데 내가 한껏 오르면 어느새 저 높은 곳에 있는 문이 나에게 빛을 발하고, 나는 어느 이승의 물 가운데 황량하게 가 박힌 내 낡은 나룻배에서 눈을 뜬답니다. 그 옛날 내 죽음의 근본적인 실수가 선실 안 사방에서 나를 둘러싸고 이를 드러낸 채 웃고 있습니다. 사공의 아낙인 율리아가 문을 두드리고, 우리가 방금 그 해안을 지나가고 있는 나라의 아침 음료수를 내 들것으로 가져옵니다. 나는 목재로 된 간이침대에 누워―나 자신을 살피는 건 즐겁지 않아요―더러운 수의를 걸치고 있고, 잿빛이고 검은 머리카락과 수염은 봉두난발로 한데 뒤엉켜 있으며, 내 다리는 꽃무늬가 있는, 길다란 술이 달린 커다란 여성용 비단 숄로 덮여 있는 겁니다. 머리맡에는 교회당 양초가 켜져 내게 빛을 발하고 있지요. 맞은편 벽에는 작은 그림이 하나 붙어 있는데, 아프리카 원주민임이 분명하고, 그는 무늬가 요란하게 그려진 방패에 한껏 몸을 숨긴 채 창으로 나를 겨누고 있어요. 배를 타보면 멍청한 그림들을 많이 보게 되는 법이지만 그것은 그중에서도 가장 멍청한 그림이지요. 그 밖에 목재로 된 내 조롱은 완전히 텅 비어 있습니다. 측벽에 있는 채광창을 통하여 남국의 따뜻한 공기가 들어오고 물결이 낡은 거룻배의 뱃전에 철썩이는 소리도 들리지요.

나는 내 집 슈바르츠발트에서 알프스 영양을 쫓다가 추락했던 그때부터 여기에 누워 있습니다. 만사가 순서대로 되었어요. 나는 쫓았고, 추락했고, 골짜기에서 피를 흘렸고, 죽었으니, 이 거룻배는 나를 마땅히 저승으로 날라야 했던 겁니다. 아직도 생각납니다. 여기 목제 간이침대 위에서 처음으로 몸을 쭉 뻗었을 때 얼마나 즐거웠었는지. 산들도, 당시 어슴푸레하던 여기 이 네 개의 벽이 들은 것 같은 그런 나의 노래를 들어본 적은 없을 겁니다.

나는 즐겁게 살았었고 또한 즐거운 마음으로 죽었습니다. 내가 이 갑판에 발을 들여놓기 전에 늘 자랑스럽게 차고 다니던 사냥총, 배낭, 상자 따위 넝마들을 훌훌 내던져버리고, 처녀가 혼례복을 입듯이 나는 살그머니 수의 속으로 행복하게 들어갔습니다. 여기에 나는 누위 기다렸습니다. 그런데 그다음 불행한 일이 일어난 겁니다."

"고약한 운명이군요." 시장이 막으려는 듯 손을 들며 말하였다.

"그런데 당신은 그 점에 대해 책임이 전혀 없나요?"

"없어요." 사냥꾼이 말했다. "나는 사냥꾼이었습니다. 그게 혹 죄가 되겠어요? 나는 사냥꾼으로 단지 자리가 주워져 있었습니다. 그때만 해도 늑대들이 돌아다니던 슈바르츠발트예요. 나는 숨어 기다렸고, 쏘았고, 맞추었고, 가죽을 벗겼습니다. 그게 죄인가요? 나의 일은 축복받은 일이었습니다. 사람들은 '슈바르츠발트의 가장 위대한 사냥꾼'으로 나를 불렀어요. 그게 죈가요?"

"그걸 결정하러 내가 불려 온 것은 아닙니다." 시장이 말했다.

"그렇긴 하지만 내가 보기에 그 점이 죄는 아닌 것 같소. 그러면 대체 누구의 책임이지요?"

"사공의 책임입니다." 사냥꾼이 말했다.

"내가 여기에 쓰고 있는 것을 아무도 읽지 못할 겁니다. 나를 도우러 아무도 오지 않을 겁니다. 설사 나를 도우라는 과제가 주어졌다 하더라도, 모든 집의 문들은 언제까지나 잠겨 있을 것이며, 모든 창문들 역시 잠겨 있을 것이며, 모두가 침대에 누워 머리 위까지 이불을 덮고 있을 것이며, 지상은 깜깜한 숙소일 것입니다. 그건 좋은 뜻이지요. 아무도 나에 관해서 모르며, 설사 안다 하더라도 나의 소재를 모를 것이며, 설사 나의 소재를 안다 하더라도, 거기서 나를 붙잡을 길을 모를 터이고, 어떻게 나를 도울지 모를 것이니 말입니다. 나를 돕겠다는 생각은 병이니 침상에서 치료받아야 합니다.

그것을 나는 알고 있고, 그래서 도움을 청하려고 소리치지 않습니다. 비록 어떤 순간에는—지금처럼 자제력을 잃을 경우에는—매우 강렬하게 그런 생각을 합니다만. 그러나 주위를 둘러보고 내가 어디에 있는가를 그리고—이건 내가 주장해도 될 것 같군요—어디에 수백 년

이래로 살고 있는가를 생생하게 그려보면 그런 생각들을 몰아내기에 족한 것 같습니다."

"대단하군요." 시장이 말했다.

"대단하세요. 그런데 우리 리바에 머무를 생각은 없습니까?"

"그럴 생각은 없습니다." 사냥꾼은 미소지으며 말하고는 비웃음을 만회해보려고 손을 시장의 무릎에 올려놓았다.

"나는 여기에 있습니다. 그 이상은 모릅니다. 그 이상은 할 수가 없어요. 내 거룻배는 키가 없습니다. 죽음의 가장 깊은 지역에서 불어오는 바람에 실려가고 있답니다."

만리장성의 축조

만리장성은 그 최북단에서 마무리지어졌다. 남동쪽과 남서쪽에서 지어지기 시작해서 여기서 합쳐진 것이다. 이러한 부분 축조 체제는 두 개의 큰 작업 부대인 동쪽 부대와 서쪽 부대의 내부에서도 소규모로 지켜졌다. 그것은 대개 스무 명의 인부들로 한 그룹이 구성되고, 그 그룹이 약 오백 미터 정도 길이의 성벽의 일부를 쌓아 올리면, 인접 그룹은 같은 길이의 성벽을 맞쌓아 오는 식으로 이루어졌다. 그러나 합쳐진 다음에는 대략 이 합쳐진 천 미터 끝에서 다시 공사를 진척시키는 것이 아니라, 오히려 작업대들을 또다시 다른 지방으로 장성 축조를 위하여 보냈다. 물론 이런 방식으로 하다보니 커다란 틈이 여러 군데 생겨났다. 그것들은 점차 서서히 메워졌는데, 어떤 것들은 심지어 장성 축조가 이미 완성된 것으로 공표된 다음에야 메워지기도 했다. 아니 도무지 막아지지 않은 틈마저 있다고 한다. 물론 이것은 이 축조를 둘러싸고 생긴 수많은 전설에 속할 수 있는 하나의 주장일 뿐이며 개개인으로서야 자기 눈이나 척도로는 그 축조물의 광대함 때문에 조사해볼 수 없는 것이다.

그런데 애초부터 일관성 있게 쌓는 것이, 혹은 적어도 두 주요 부분 안에서만이라도 일관성 있게 쌓는 것이, 어떤 의미로든 보다 유리하지 않았겠느냐고 믿을지도 모른다. 누구나 알고 있듯이 장성은 북방 민족을 막기 위한 것이다. 그러나 일관성 있게 쌓지 않은 장성이 어찌 방어가 되겠는가. 정말이지, 그런 성벽이라면 방어가 되지 못할 뿐더러 축조 자체가 끊임없는 위험에 처해 있게 된다. 황량한 곳에 외따로 서 있는 이런 성벽의 일부란 언제든 쉽사리 유목 민족들에 의해 파괴될 수 있는 것이다. 특히 당시의 유목 민족들은 장성 축조로 불안해하고 있었고 메뚜기처럼 영문도 모르게 재빨리 그 거주 지역을 바꾸었으니 아마 건설자들인 우리들보다도 축조의 진척을 보다 잘 조망하고 있었을 것이다.

그럼에도 불구하고 축조는 아마 실제 이루어진 것과 달리는 수행될 수 없었을 것이다. 그것을 이해하기 위해서는 다음을 생각해보아야만 한다. 장성은 수 세기 동안 방어가 되어야 하니 극히 세심한 축조, 알려진 온갖 시대와 민족들의 건축술의 이용, 쌓는 사람들 개개인의 지속적인 책임감 등이 작업의 절대 필요한 전제 조건이었다. 하찮은 축조 작업에서는 좋은 품삯을 받으려고 나서는 남녀, 아이들 할 것 없이 백성들 가운데서 무지한 날품팔이꾼들을 이용했다. 그러나 네 명의 날품팔이꾼들의 지휘를 위해서는 이미 건축 분야에서 교육을 받은 분별 있는 사람이 필요했다. 즉, 그는 여기에서 중요한 것이 무엇인지를 가슴속 깊이까지 함께 느낄 수 있는 남자여야 했다. 그리고 업적이 크면 클수록 요구도 컸다. 그리고 그런 사람들은 실제로 마음대로 쓸 수 있었다. 비록 이 축조에 필요한 만큼 많은 숫자는 못 된다 하더라도 굉장히 많은 숫자였다.

사람들은 이 일을 경솔하게 시작하지는 않았다. 축조 시작 오십여 년 전 성벽으로 둘러싸이게 될 저 중국 전국에서는 건축술, 특히 미장술이 가장 주요한 학문으로 천명되고 여타의 학문은 그것과 관계되는 한에서만 인정되었다. 나는 아직까지도 매우 잘 기억하고 있다. 우리가 다리를 가까스로 가눌 수 있을 정도의 어린아이였을 때 선생님의 작은 정원에 서서 자갈로 일종의 벽을 쌓아야 했다. 선생님은 윗저고리의 소매를 걷어 올리고 벽을 향해 달려가서는 모든 것을 뒤

엎어버렸고, 쌓아놓은 것이 약하다는 이유로 우리를 질책했는데, 그 질책은 너무나 심해서 우리가 엉엉 울면서 사방으로 부모에게로 흩어져 갈 정도였다. 그것은 아주 사소한 일이었지만 시대정신을 잘 반영해주고 있다.

나는 스무 살에 가장 낮은 단계 학교의 최종 시험을 마치고, 곧바로 벽 쌓는 일을 시작할 수 있는 행운을 얻었다. 나는 행운이라고 말했다. 왜냐하면 많은 사람들이 예전에 그들이 받을 수 있었던 교육의 최고 단계에까지 도달했었지만 수년 동안이나 그들의 지식으로 무엇을 시작해야 할지 몰랐고, 머릿속에는 굉장한 건축 설계도를 가지고 있으면서도 쓸데없이 이곳저곳을 돌아다니며 허랑방탕하게 지냈기 때문이다. 그러나 드디어 토목 현장 감독으로서—그것이 비록 최하위 직급이라 하더라도—공사를 하러 온 사람들은 모두 실제로 그럴 만한 가치가 있었다. 이미 축조에 대해서 많이 생각했고, 또 끊임없이 생각하는 미장이들이 있었다. 그들은 자신들이 땅바닥에 놓은 첫 돌과 더불어 스스로를 축조와 한 몸으로 느끼는 미장이들이었다. 그러나 그러한 미장이들을 움직이는 것은 물론 가장 철저하게 일하려는 욕구와 더불어 건물이 드디어 완성된 모습으로 일어서는 것을 보고 싶다는 조급한 마음이었다. 날품팔이꾼은 이러한 조급한 마음을 알 리 없었으며, 단지 보수만이 그들을 움직이게 할 뿐이었다. 상급 감독관, 아니 중간 감독만 해도 공사가 여러 방면으로 진척되어 가는 것을 정확히 알아야 하며, 그럼으로써 정신적으로 힘을 가다듬을 수 있다. 그러나 겉으로 보아 사소한 그들의 책무를 정신적으로 훨씬 넘어서 있는 하급직 사람들은 달리 배려되어야 했다. 그런 이름은, 예컨대 고향으로부터 수백 마일 떨어진 산골에서 몇 달, 심지어 몇 년 동안 벽돌을 하나하나 쌓아나가게 할 수 없었다. 부지런한, 그러나 긴 인생에서도 목적에 이르지 못하는 그런 작업의 희망 없음이 그들을 절망시키고 무엇보다 작업에 대하여 쓸모없게 만들 테니까. 그래서 이 부분 축조 체제가 채택되었던 것이다. 오백 미터라면 대략 오 년 안이면 완성될 수 있었고 그때쯤이면 물론 감독들도 보통 탈진하였고, 자신, 건축, 세계에 대한 모든 신뢰를 상실했다. 그래서 그들은 아직 일천 미터의 만남을 축하하는 감격에 잠겨 있는 동안에 멀리 멀리 보내어졌고, 여행 중에 여기저기 완성된 장성 부분들이 솟아 있는 것을 보고, 그들에게 훈장을 주는 보다 높은 지휘자들이 있는 진영 곁을 지나갔고, 여러 지방의 오지에서 쏟아져 나온 새로운 작업대의 환호성을 들었으며, 성벽의 발판으로 정해진 숲들이 쓰러져 있는 것을 보았고, 산들이 망치질로 깨어져 벽돌장이 되어가는 모습을 보았으며, 성소들에서는 신앙심 깊은 이들의 노랫소리가 축조의 완성을 기원하는 것을 들었다.

이런 모든 것들이 그들의 조급한 마음을 달래주었다. 한동안 지내게 되는 고향의 조용한 생활은 그들에게 힘을 주었고, 모든 축조하는 사람들의 믿음에 찬 겸손, 소박하고 말없는 시민이 언젠가는 이루어질 장성의 완성에 거는 신뢰, 그 모든 것이 그들의 영혼의 현을 팽팽하게 죄어주었다. 영원히 희망하는 아이들처럼 그들은 고향에 작별을 고했고, 또다시 민족의 숙원 사업을 수행하겠다는 마음을 억제하기 힘들었다. 그들은 필요 이상으로 일찍 고향을 떠났고 태반의 마을 사람들이 먼 거리까지 그들을 배웅했다. 거리마다 사람들과 삼각형의 작은 기들과 깃발들로 가득 찼고, 여태껏 그들의 나라가 이렇듯 크고 부유하고 아름다우며 사랑스러운 모습으로 보인 적이 없었다. 동향인이라면 누구나 그를 위하여 자기가 방벽을 쌓아주는 형제요, 물심양면을 다 바쳐 평생 그것에 감사하는 형제였다. 단합! 단합! 가슴에 가슴을 맞대고, 잇닿은 가슴과 가슴, 민족의 윤무, 피, 이젠 더이상 육신의 보잘것없는 순환에 갇혀 있지 말고 달콤하게 구르고 다

540

시 돌아오며 무한한 중국을 두루 섭렵하라.

그러므로 이로써 부분 건축의 방식은 이해된다. 그러나 분명히 또 다른 이유들이 있을 것이다. 내가 이 문제에 그렇게 오래 지체하고 있는 것은 이상할 것이 없다. 이것은 전체 장성 축조의 핵심적인 물음이다. 그것이 처음에는 그렇게 중요한 것으로 보이지 않겠지만, 내가 그 당시의 사상과 체험들을 전달하고 이해시키고자 한다면, 바로 이 문제에 대해서 깊이 파헤쳐야 한다.

우선 사람들은 그 당시 업적이 완전히 이루어졌고, 그 업적은 바벨탑 축조에도 뒤떨어지지 않는 것이며, 특히 신의 호의라는 면에서 적어도 인간적인 평가로는 바로 바벨탑의 반대적인 것을 표현해주고 있는 업적이라고 말할 것이 분명하다. 공사가 시작될 무렵에 한 학자가 이것을 아주 상세하게 비교해놓은 책을 썼기 때문에 나는 그것에 대해 언급하고 있는 것이다. 그는 그 책에서 다음과 같은 것을 증명하려 애썼다. 그는 바벨탑의 축조가 널리 알려진 이유들 때문에 목표에 도달하지 못한 것은 결코 아니라는 점, 아니면 적어도 알려진 이유들 가운데 그 시초의 이유들이 있지 않다는 점을 증명하고자 했다. 그의 증명은 기록물과 보고서들로만 이루어진 것이 아니다. 그는 현지 탐사까지도 하고 거기서 탑이 기반의 약함으로 무너졌으며 무너질 수밖에 없었음을 발견하였다. 아무튼 이 점에서 우리 시대는 저 오랜 예전 세대보다 훨씬 우월했다. 교육을 받은 동시대인이라 한다면 거의 누구나 전문 미장이였고 기초 쌓기 문제에서는 틀림이 없었다. 그러나 그 학자는 그 점을 목표로 삼는 것이 아니라, 장성이 인류 역사상 처음으로 새로운 바벨탑을 위한 확실한 기초를 마련하리라고 주장하고 있었다. 그러니까 우선은 장성을 쌓아놓고 그 다음은 탑을 쌓는다는 것이었다. 그 책은 당시 누구의 손에나 다 있었으나 나는 오늘날까지도 그가 어째서 이러한 탑을 생각하고 있었는지 정확하게 이해하지 못했음을 시인한다. 원 하나는커녕 다만 일종의 사분의 일 원이나 혹은 반원을 이루었던 장벽이 탑의 기초가 될 수 있을까? 그것은 다만 정신적인 관점에서만 생각될 수 있었다. 그렇다면 그래도 실제로 엄연히 있는 무엇, 수십만의 노력과 삶의 결과인 장성은 무엇 때문에 필요한가? 그리고 무엇 때문에 그 공사에서는 많은 도면들, 아무려나 안개에 싸인 탑의 도면들이 그려졌으며, 힘찬 새 공사에서는 인력을 어떻게 집중시켜야 하는가가 하나하나 상세하게 제안되어 있단 말인가.

당시에는—이 책은 다만 하나의 예일 뿐—많은 두뇌의 혼란이 있었으니 아마도 바로 그 많은 사람들이 하나의 목적에 정신을 쏟았던 때문일 것이다. 인간 존재란 근본이 경박스럽고 날아다니는 먼지의 천성을 가지고 있어서 어떠한 속박도 견디어내지 못한다. 그가 스스로 묶는다면, 그는 곧 묶은 것을 미친 듯이 흔들어대기 시작할 것이고, 벽, 사슬 그리고 자기 자신까지도 온 사방으로 찢어버리고 말 것이다.

또한 작업 수행에 관한, 심지어는 장성 축조에 상반되는 이러한 고려들을 부분 축조를 확정할 때 내내 고려했다는 것도 가능하다. 우리는—내 자신 여기서 많은 사람의 이름으로 이야기하고 있는 것 같으나—실은 최상급 지휘부의 지시들을 받아 적으면서 비로소 서로 알게 되었다. 그리고 지휘부가 없었더라면 우리가 학교에서 얻은 지식도 우리의 인간 이성도 커다란 전체 안에서 우리가 맡은 작은 직책에마저 미치지 못하리라 느껴졌다. 지휘부의 방 안에서는—그것이 어디에 있으며 누가 거기에 앉아 있는지는 내가 물어본 그 누구도 몰랐다. 이전에도 지금도—그 방 안에서는 아마도 인간의 모든 사고와 소망들이 맴돌았을 것이며, 또한 인간의 모든 목표와 성취가 그 대립원을 그렸을 것이다. 그러나 유리창을 통해 신적인 세계의 반사광이 도면을 그리고 있는 지휘부의 손등에 내려졌다.

  그리고 그 때문에 지휘부가 진정으로 하고자 했더라도 일관성 있는 장성 축조를 막는 저 난점들이 극복될 수 없으리라는 것은 청렴한 관찰자라면 도무지 이해가 가지 않는 일이다. 남은 것은 그러니까 지휘부가 일부러 부분 축조를 꾀했다는 추론뿐이다. 남은 것은 지휘부가 무엇인가 합당치 않은 것을 원했었다는 결론인 것이다. 기묘한 결론이다!―확실히, 그래도 그것은 다른 측면에서도 그 자체를 위한 많은 정당화를 가지고 있다. 오늘날이라면 아마도 위험 없이 이 이야기를 할 수 있을 것이다. 당시에는, 너의 모든 힘을 기울여 지휘부의 지시 사항들을 이해하려 애써라, 그러나 다만 일정 한계까지만, 그리고 그 다음에는 골똘히 생각하기를 그쳐라 하는 것이 많은 사람들의, 심지어 가장 훌륭한 사람들의 남모르는 원칙이었다. 매우 현명한 원칙이다. 아무려나 그것은 후일 자주 반복되는 비교를 통해서 여전히 하나의 계속적인 생각을 발견하게 되었던 매우 합리적인 원리였다. 그 계속적인 생각이 너에게 해를 입히리라는 것은 물론 전혀 확실치 않은 일이다. 여기서는 해를 입히느냐 혹은 그렇지 않으냐에 대한 이야기는 결코 할 수가 없다. 그것은 네가 그냥 겪을 것이다. 강이 봄에 그러하듯 강물은 불어 거세어져, 그 긴 양쪽 강둑에 펼쳐진 땅에 보다 힘차게 자양분을 주고, 자신의 본질을 멀리 바다로 지니고 가 바다에 더 필적하게 되고 보다 환영받게 되는 것이다. 거기까지만 지휘부의 지시 사항들을 생각해보라. 그걸 넘어서면 그러나 강물은 그 둑을 넘고 윤곽과 모습을 잃어버리며, 하류로의 진행을 늦추게 되고, 천명에 어긋나게 내륙 안에다 조그만 바다를 이루고, 농토를 손상시키고, 그러면서도 이 확산을 영구히는 지탱하지 못하며 다시 그 강둑 안으로 합쳐 들어가, 심지어는 실로 다음에 오는 뜨거운 계절에 비참하게 말라버리고 말잖은가―거기까지는 지휘부의 지시 사항들을 생각하지 말라.

그런데 이 비교는 장성 축조 동안에는 비상하게 적중했을지도 모르지만 나의 지금의 보고에 대해서는 적어도 다만 한정적으로만 유효하다. 나의 연구는 역사적인 연구의 한 가지일 뿐이다. 이미 오래전에 흘러가버린 천둥 구름에서는 번개가 치지 않는 법이다. 그러니 나는 사람들이 그 당시에 만족스러워했던 것으로 전해지고 있는 부분 축조에 대해서 하나의 설명을 구하고자 해도 될 것이다. 나의 사고 능력이 나에게 지어놓은 한계는 물론 매우 좁고, 그러나 여기서 헤매어야 할 영역은 무한하다.

이 거대한 장성이 누구를 막아준다는 말인가? 북방 오랑캐들이다. 나는 중국의 남동부 출신이다. 거기서는 북방 오랑캐가 우리를 위협할 리 없다. 우리가 옛날 책자들에서 그들에 관하여 읽노라면 그들이 그 본성에 따라 자행하는 잔혹함들이 평화로운 정자에 있는 우리들을 탄식케 한다. 예술가들이 있는 그대로 그린 그림들에서 우리는 그 저주받은 얼굴들을 본다. 찢어진 아가리, 날카로운 이빨들이 삐죽삐죽 솟은 턱, 아가리로 짓찧고 으스르트리게 될 약탈물을 벌써 사납게 흘겨보는 듯한 찡그린 눈들을. 어린아이들이 말을 듣지 않을 때면 우리는 이 그림들을 들이대고, 그러면 애들은 금방 울음을 터트리며 날 듯 품 안으로 뛰어든다. 그러나 우리는 그 이상 북방인들에 관하여 아는 게 없다. 그들을 본 적이 없거니와 우리는 우리 마을에만 머물러 있으니 앞으로도 결코 보지 못할 것이다. 그들이 야생마를 타고 똑바로 우리를 향하여 질주해온다 하더라도 이 나라는 너무 넓어서 그들을 우리에게 오게 하지 않는다. 달리고 달리다가 그들은 허공으로 휩쓸려들 것이다.

그렇다면 사정이 그러한데 왜 우리는 고향을, 강물과 다리들을, 어머니와 아버지를, 눈물 흘리는 아내를, 가르쳐야 할 아이들을 버리고 먼 도시의 학교로 갔으며 우리들의 생각은 왜 아직도 계속 북쪽의 장성 곁에 머물러 있는가? 왜? 지휘부에 물어보라. 지휘부는 우리를 잘 알고 있다. 엄청난 걱정거리들을 샅샅이 조사하고 있는 그들은 우리에 관하여 알고 있으며 우리들의 소소한 생업을 익히 알고 있고 우리들이 모두 낮은 오두막집에 모여 앉아 있는 것을 보며 저녁에 가장이 그 식구들과 둘러앉아 드리는 기도가 그 마음에 들기도 하고 안 들기도 한다. 그리고 지휘부에 대하여 그러한 생각을 감히 품어도 된다면 꼭 말할 것은, 내 생각으로는 지휘부가 이미 예전에 존속했으나 모이지는 않았다는 것이다. 대략 청조淸朝의 고관들은 아침에 꾼 아름다운 꿈에 자극받아, 급히 회의를 소집하여 급히 결정한다. 그리고 그 결정된 것을 실행하기 위하여 저녁이면 벌써 북을 울려 백성들을 잠자리에서 깨우게 한다. 그것은 어제 그 양반들에게 호의를 보였던 어떤 신을 기리기 위한 등화 장식을 준비시키려는 것 때문이기도 하고, 또는 아직 그 등화들이 꺼지기도 전인 새벽에 어두운 구석에서 그들을 마구 때리기 위해서이기도 하다. 아니 지휘부는 오래전부터 있었고, 장성 축조 결정 이래로 똑같이 존속하였을 것이다. 그것을 야기했다고 믿었던 죄 없는 북방 오랑캐들. 자기가 그것을 지시했다고 믿은 존경할 만한 순진한 황제. 우리가 장성 축조에 관하여 다르게 알고 있는데도 우리는 침묵하고 있다.

벌써 장성 축조 당시에 그리고 그 후 오늘날까지 거의 전적으로 여러 민족의 역사 비교에 골몰하다 보니—이런 수단으로써만 어느 정도 핵심에 접근할 수 있는 특정한 물음들이 있다—우리 중국인들이 몇몇 국민적, 국가적 기구들은 비할 바 없이 투명하게, 또 다른 몇몇 기구들은 비할 바 없이 불투명하게 소유하고 있음을 발견하였다. 그 이유들, 특히 후자의 현상의 이유를 추적해보는 일이 늘 나의 마음을 매료시켰으며, 또 여전히 매료시키고 있다. 장성 축조 또한 본질적으로는 이 물음들에 연관된다.

그런데 우리들의 가장 불투명한 기구의 하나가 황제의 정치 제도
이다. 북경에서야 물론, 더군다나 궁정 사회 안에서야, 그 점에 대하
여 약간의 투명함이 있다. 그것이 비록 현실적이라기보다는 외관상
이라 하여도. 고등교육기관의 국가법 선생들, 역사 선생들만 되면 이
런 문제에 대하여 자세한 가르침을 받았으며 이 지식을 학생들에게
전수할 수 있다고 거짓말을 하고 있다. 하급 학교로 내려가면 갈수록
자신의 지식에 대한 의심이 줄어들고 있다는 것은 이해할 만하다. 그
리고 얼치기 교육이 수 세기에 걸쳐 주입된 몇 안 되는 명제들을 중
심으로 산처럼 높이 넘실거렸다. 그 명제들은 영원한 진실을 잃은 것
은 결코 아니었지만, 이렇게 연무와 안개 속에 묻혀 영원히 인정받지
못하고 있는 것이다.

그러나 나의 의견으로는 황제의 정치 제도야말로 백성에게 물어야
마땅할 것 같다. 황제의 정치 제도의 마지막 버팀목은 백성에 있으니
말이다. 여기서 다시 나의 고향 이야기만을 할 수 있겠다. 들의 신들과
일 년 내내 변화무쌍하고 아름답게 이루어지는 그들에 대한 경배를
제외하면 우리들의 생각은 오로지 황제를 향하고 있다. 그러나 지금
의 황제를 향하고 있는 것은 아니다. 아니 그보다는 우리가 현재의 황
제를 알았거나 또는 그에 대해 확실한 것을 알았더라면, 우리의 생각
은 그에게로 향했을 것이다. 우리는 물론 언제나 그런 종류의 무엇인
가를 알기 위해서 애쓴다. 그것은 우리를 채워주는 유일한 호기심이
다─그런 유의 무엇인가를 알려고 노력했으나, 아주 이상하게 들리
겠지만, 어떤 이야기를 듣는 것이 거의 불가능했다. 여러 곳을, 가까운
마을들이나, 먼 마을들이 아니라, 많은 나라들을 두루 돌아다닌 순례
자들에게서도 못 들었고, 우리의 작은 강뿐만 아니라 신성한 대하大河
들을 항해하는 사공들에게서도 못 들었다. 듣기는 많이 듣는데도 그

많은 것에서 아무것도 끌어낼 것이 없었다.

　워낙 우리의 땅은 넓다. 동화도 그 크기에는 미치지 못하고, 하늘
도 그걸 다 덮기가 어려우니―북경은 다만 하나의 점일 뿐이고 그리
고 황성은 한층 더 작은 점일 뿐이다. 황제 그 자체는 아무튼 다시금
세계의 모든 층을 뚫고 우뚝 솟아 있다. 그러나 살아 있는 황제, 우리
와 같은 한 인간은 우리들과 비슷하게, 넉넉하게 마르기는 했으되 아
마도 좁고 짧을 뿐일 하나의 휴식용 침상에 누워 있다. 우리처럼 그
도 이따금씩 사지를 뻗고, 몹시 피곤하면 예쁘장한 입으로 하품을 한
다. 그러나 우리가 그 이야기를 어떻게 듣는다는 말인가―수천 마일
남쪽에서―우리는 거의 티베트 고지에 접경해 있는데, 그 밖에도 무
엇이든 새 소식이 설령 우리에게까지 온다 하더라도 늦어도 너무 늦
게 올 테고, 이미 오래전에 낡아버렸으리라. 황제 주위에는 번쩍이
는 그러나 정체가 불투명한 궁정의 무리들이―시종과 친구의 옷을
입은 악의와 적의가 쇄도하고 있다. 독화살로 황제를 쏘아 그의 저울
판에서 떨어뜨리려고 항시 노리고 있는 황정皇政의 반대편 평형추가
그들이다. 황제의 권위는 불멸이다. 그러나 황제 하나하나는 쓰러지
고 추락하고, 전체 왕조 자체가 드디어 침몰하여 오로지 그르렁거림
으로써 잠깐씩 숨을 돌린다. 이러한 투쟁과 병고들의 이야기를 백성
들은 결코 듣지 못한다. 너무 늦게 온 사람들처럼, 도시가 서먹서먹
한 사람들처럼, 그들은 빽빽하게 사람들이 들어찬 옆 골목 끝에서 조
용히 싸 온 음식을 먹어가며 서 있다. 멀리 저 앞쪽 광장 한가운데서
그들의 주인의 처형이 이루어지는 동안에.

　이 관계를 잘 표현한 설화가 하나 있다. '황제가―이런 이야기가
있다―한낱 개인에 불과한 '그대'에게, 그것도 황제의 태양 앞에서
는 아주 먼 곳으로 피신한 왜소하고 초라한 신하, 바로 그러한 '당신'
에게 임종의 침상에서 칙명을 보냈다. 그 칙사를 황제는 침대 옆에

꿇어앉히고 그의 귀에 칙명을 속삭이듯 말했다. 그 칙명이 황제에게는 매우 중요했으므로, 그는 칙사에게 그 말을 자신의 귀에 되풀이하도록 시켰다. 황제는 머리를 끄덕여 그 말이 맞다고 했다. 그러고는 그의 임종을 지켜보는 모든 사람들 앞에서—장애가 되는 벽들은 모두 허물어지고, 멀리까지 높이 뻗어 있는 옥외 계단 위에는 제국의 위인들이 빙 둘러서 있다—이러한 모든 사람들 앞에서 그는 칙사를 떠나보냈다. 칙사는 곧 길을 떠났다. 그는 지칠 줄 모르는 강인한 남자였다. 그는 양팔을 앞으로 번갈아 내뻗으며 군중 사이를 뚫고 지나갔다. 제지를 받으면 태양 표지가 있는 가슴을 내보인다. 그는 역시 다른 누구보다도 수월하게 앞으로 나아간다. 그러나 사람들의 무리는 너무나 방대했고, 그들의 거주지는 끝이 없었다. 거칠 것 없는 들판이 열린다면 그는 날 듯이 달려갈 것이고, 머지않아 '당신'은 그의 주먹이 당신의 문을 두드리는 굉장한 소리를 들었을 것이다. 그러나 그렇게 하는 대신 그는 속절없이 애만 쓰고 있으니. 그는 여전히 심심 궁궐의 방들을 헤쳐나가고 있다. 그러나 결코 그 방들을 벗어나지 못할 것이고, 그가 설령 궁궐을 벗어나는 데 성공한다 하더라도 아무런 득도 없을 것이다. 계단을 내려가기 위해서 그는 스스로와 싸워야 할 것이고, 설령 그것이 성공한다 하더라도 아무런 득이 없을 것이다. 궁궐의 정원은 통과할 수 있을지 모른다. 그러나 그 정원을 지나면 두 번째로 에워싸는 궁궐, 또다시 계단과 정원, 또다시 궁궐, 그렇게 수천 날이 계속될 것이다. 그래서 마침내 그가 가장 외곽의 문에서 밀치듯 뛰어나오게 되면—그러나 그런 일은 결코, 결코 일어나지는 않을 것이다—비로소 세계의 중심, 침전물들로 높이 쌓인 왕도王都가 그의 눈앞에 펼쳐질 것이다. 어느 누구도 이곳을 뚫고 나가지는 못한다. 비록 죽은 자의 칙명을 지닌 자라 할지라도—그러나 밤이 오면, '당신'은 창가에 앉아 그 칙명이 오기를 꿈꾸고 있다.' 꼭 그렇게,

그렇게 희망 없고 또 그렇게 희망에 차서, 우리 백성은 황제를 바라본다. 어느 황제가 통치하고 있는지는 모른다. 또한 왕조의 이름마저 확실치 않다. 학교에서 그 비슷한 많은 것을 순서대로 배웠지만 이점에서는 너나없이 워낙 불확실하다 보니 최우수 학생마저 불확실성에 휩쓸리게 된다. 이미 오래전에 죽은 황제들이 우리 마을에서는 왕좌에 앉혀지고, 노래 속에나 살아 있는 이가 방금 포고를 발하여, 그것을 사제가 제단 앞에서 읽어준다. 고대 역사의 싸움이 여기서는 이제야 비로소 벌어지는 것이다. 그래서 이웃 사람이 이글거리는 얼굴로 그 소식을 가지고 당신 집으로 뛰어든다. 비단 금침에 묻혀 호식이 지나친, 황제의 여인들은 교활한 내시들로 인해서 고귀한 법도로부터 멀어졌고, 야심에 가득 차고, 탐욕에 들뜨고, 음탕함으로 널리 알려진 그네들은 아직도 새로이 거듭거듭 비행을 자행하고 있다. 시간이 지나면 지날수록, 모든 빛깔들은 끔찍스럽게 빛을 발한다. 수천 년 전의 어느 황후가 남편의 피를 천천히 들이켰다는 이야기를 언젠가는 큰 비명을 지르며 우리 마을은 듣게 될 것이다.

그러니까 백성들은 과거의 지배자들을 이런 식으로 만나게 되고, 현재의 지배자들을 죽은 사람으로 섞기도 한다. 한 번, 일대一代에 한 번, 지방을 순회하는 황제의 관리가 우연히 마을에 오면, 와서 조세 명부를 검사하고, 학교 수업을 참관하고, 사제에게 우리들의 행적을 물은 다음, 모든 것을, 가마에 오르기 전에 긴 훈계조로 모여든 지역 사람들에게 요약을 하면, 모두가 얼굴에는 웃음을 띠었으며, 어떤 이는 다른 사람들을 힐금힐금 훔쳐보며 관리의 살피는 시선을 피하려고 아이들에게로 몸을 숙인다. 관리가 어떤 죽은 사람 이야기를 하든 산 사람 이야기를 하든 간에 사람들은 생각한다. 이 황제는 벌써 오래전에 죽었고, 왕조는 해체되었으며, 관리 양반은 우리를 놀리고 있다. 그러나 우리가 진지하게 복종할 사람은 오직 현재의 주인뿐일 것이다. 다른 모든 것은 죄를 범하는 일일 테니까. 그리고 서둘러 떠나는 관리의 가마 뒤에서 벌써, 누구든 그 어떤 깨져버린 유골 항아리에서 멋대로 일으켜진 자가 발을 구르면서 마을의 주인으로 떠오른다.

비슷하게 우리 지역 사람들은 보통 국가적 격변이나 동시대 전쟁에 의해서 그다지 타격을 받지 않는다. 나는 젊은 시절의 사건 하나를 기억하고 있다. 어떤 이웃, 그러나 그래도 꽤 멀리 떨어진 고장에서 폭동이 일어났다. 그 이유는 이제는 생각이 나지 않기도 하거니와 여기서는 또한 중요치도 않다. 폭동을 일으킬 이유들이 그곳에서는 아침마다 생기는데, 흥분한 백성인 것이다. 그런데 한 번은 봉기자들의 유인물 한 장을 그 고장을 거쳐온 거지가 아버지 집에 가져왔다. 마침 노는 날이어서 손님들이 우리 집 방들을 채웠고, 그 한가운데 사제가 앉아 그 유인물을 연구하였다. 갑자기 모두가 웃기 시작했고, 그 유인물은 밀치락달치락하는 바람에 찢어져버렸고, 아무려나 벌써 넉넉하게 받을 것을 받았던 거지는 걷어차여 방 밖으로 쫓겨났고, 모든 사람들은 즐거운 날을 맞으러 뿔뿔이 흩어져갔다. 왜 그랬을까? 이웃 지방의 사투리는 우리의 것과는 전혀 다르고, 그것 역시 문서어의 어떤 형태로 표현되었는데, 그것은 우리들에게는 고색창연한 감을 준다. 그런데 사제가 그런 글을 읽었으니 두 쪽도 미처 읽기 전에 사람들은 이미 결단을 내리고 있었던 것이다. 옛날부터 들어온, 옛날에 체념한 케케묵은 소리들이라고, 그리고—기억하다 보니 내게는 그렇게 보인다—비록 그 거지의 행색에서 그 비참한 생활상이 반박의 여지없이 드러나고 있었기는 하나, 사람들은 웃으면서 고개를 가로젓고 아무 말도 더 들으려 하지 않았다. 그렇게도 우리네 사람들은 현재를 지워버릴 준비가 되어 있다.

그러한 여러 가지 현상으로 미루어 보아 근본적으로 우리는 결코 황제를 가지고 있지 않다는 결론을 내리더라도 진실에서 그리 멀지는 않으리라 생각된다. 거듭거듭 굳이 말하노니 아마 남쪽에 있는 우리들처럼 황제에 충성하는 백성도 없을 것이다. 그러나 그 충성은 황제에게 도움이 되지 않는다는 것이다. 동구 밖 작은 기둥 위에는 상서로운 용이 있어 충성을 표하며 개벽 이래 정확하게 북경 방향으로 불을 뿜고 있기는 하다—그러나 북경 자체는 마을 사람들에게 피안의 삶 이상으로 낯설기만 하다. 집들이 빽빽이 어깨를 마주 대고 서 있고 들판을 뒤덮고 우리 언덕에서 내려다보는 시야보다 더 멀리 뻗어 있으며, 그 집들 사이로 사람들이 밤이나 낮이나 서로 밀치락거리며 서 있는 그런 고을이 정말 있단 말인가? 그런 도시를 상상해보는 것보다는 북경과 황제가 하나라고 믿는 것이 우리들에게는 더 쉽다. 그들은 시간이 흐름에 따라 조용히 태양 아래서 그 모습을 바꾸어가는 구름 같은 것이라고.

그런데 그러한 생각들의 결과는 어느 정도 자유로운, 제어되지 않은 생활이다. 그러나 결코 방탕하지 않다. 나는 여행 중에 내 고향에서와 같은 그러한 품행 방정함을 결코 한 번도 만나본 적이 없었다—그러나 그것은 결코 현존하는 법 아래 서 있는 삶이 아니고, 다만 고대로부터 우리에게 전해져 내려오는 지시와 경고만을 따르는 삶인 것이다. 나는 내 자신이 일반화에 빠지지 않도록 경계한다. 그래서 우리 지방의 만 개나 되는 모든 마을에서 혹은 심지어 중국의 오백 개나 되는 지방 모두에서 사정이 그러하다고 주장하지는 않겠다. 그러나 아마도 이 대상에 대해서 내가 읽었던 많은 글들을 바탕으로 하여, 그리고 내 자신의 관찰을 토대로—특히 장성 축조는 당시 인적 자료에 따르면, 민감한 사람에게는 거의 온갖 지방의 사람들을 두루 경험할 수 있는 기회가 되었다—그 모든 것을 바탕으로 나는 어쩌면 말해도 좋을 것이다. 황제에 관한 지배적인 견해는 언제나 그리고 어디서나 나의 고향에서의 견해와 어느 정도의 공통적인 확실한 특성을 보이고 있다는 것을.

　그런데 나는 그 견해를 어디까지나 미덕으로 인정하려는 것이 아니라 그 반대이다. 그것이 주로 지상에서 가장 오래된 제국에서 지금에 이르기까지 황제 제도가 제국의 최극단 변경에서까지 직접적으로 부단한 영향력을 행사할 정도의 투명함을 지니도록 훈련시킬 능력이 없었거나 딴 일로 인하여 이를 소홀히 했던 정부에 의해 초래되었기는 하다. 그렇기는 하나 거기에는 또한 백성들의 상상력이나 신뢰도의 허점도 들어 있다. 백성은 황제를 북경의 멸망으로부터 끌어내어 온갖 생동감과 현존성을 총동원하여 신하들의 가슴으로 이끄는 데 성공하지 못한 것이다. 그러면서도 신하의 가슴은 언젠가 한번 그런 접촉을 느껴보고, 그런 접촉으로 인하여 죽기를 바랄 것이다.

　그러니까 이런 견해가 미덕일 수는 없을 것이다. 그러나 그래서 더더욱 눈에 띄는 것은 바로 이러한 약점이야말로 우리 민족을 통합시키는 가장 중요한 수단 중 하나인 것처럼 보인다는 것이다. 감히 그렇게까지 표현해도 된다면 바로 우리가 살고 있는 이 땅도 그러하다. 여기서 흠 하나를 가지고 그 근거를 소상히 밝히는 것은 우리의 양심이 아니라, 훨씬 고약하게도 우리의 다리를 뒤흔들 뿐이라는 것을 의미한다. 그래서 나는 이 문제에 대한 연구를 당분간 계속하지 않을 작정이다.

마당 문 두드리는 소리

어느 무더운 여름날이었다. 나는 누이와 집으로 돌아오는 길에 어떤 마당 문 곁을 지나가고 있었다. 나는 누이가 장난삼아 문을 두드렸는지 혹은 부주의해서였는지 아니면 결코 두드린 것이 아니라 다만 주먹으로 위협을 보냈을 뿐인지 알지 못한다. 왼편으로 굽어진 시골길을 따라 백 보쯤 걸어가니 마을이 시작되었다. 우리는 그것을 모르고 있었다. 그러나 첫 번째 집을 지나자, 곧 사람들이 앞으로 나와서 우리에게 손을 흔들었다. 정답게 또는 무엇인가를 경고하는 듯이, 그들은 매우 놀란 것 같았으며, 놀라움 때문에 몸을 구부리고 있었다. 그들은 우리가 지나온 마당을 가리켰고, 우리가 그 문을 두드렸던 것을 상기시켰다. 그 마당 주인은 우리를 고발할 것이고, 곧 심사가 시작될 것이다. 나는 매우 침착했다. 나의 누이도 마음을 진정시키고 있었다. 어쩌면 누이는 전혀 두드리지 않았을지도 모른다. 그리고 설사 누이가 그랬다 하더라도, 이 세상 어디에서도 그 때문에 어떤 증거를 댈 수는 없을 것이다. 나는 주위에 있는 사람들에게도 그것을 이해시키려고 노력했다. 그들은 내 말에 귀를 기울였으나 판결을 유보했다. 후에 그들이 말하기를 나의 누이뿐만 아니라 오빠인 나까지도 고소당할 것이라고 했다. 나는 미소를 띠며 고개를 끄덕거렸다. 우리 모두는 마당으로 되돌아가 사람들이 먼 곳에서 피어오르는 연기구름을 관찰하며 어떻게 불꽃을 기다리는가를 바라다보았다. 그리고 정말 우리는 곧 기수들이 활짝 열린 마당 문 안으로 말을 타고 달려오는 것을 보았다. 먼지가 일어서 모든 것을 덮었고, 다만 긴 창의 뾰족한 끝만이 뻔쩍거렸다. 그리고 그 부대가 마당으로 사라지자, 곧장 그들은 말을 돌려서 우리에게 달려오는 길이었다. 나는 급히 누이를 앞으로 밀어젖혔다. 나는 모든 것을 혼자서 해결할 것이다. 누이는 나를 혼자 놓아두는 것을 원치 않았다. 나는, 누이가 좀 더 좋은 옷을 입고 주인 앞에 나설 수 있도록, 적어도 옷을 갈아입어야 한다고 말했다. 결국 누이는 내 말에 따라 집을 향해서 먼 길을 떠났다. 이미 기수들은 내 곁에 와 있었다. 그들은 여전히 말 위에서 나의 누이에 대해 물었다. '누이는 지금 이곳에 없어요. 그러나 나중에 올 겁니다.'라는 불안스러운 대답이 튀어나왔다. 대답은 아무래도 좋은 것으로 받아들여졌다. 그들은 나를 발견했다는 사실이 중요한 듯이 보였다. 그들은 두 명의 남자였는데, 활기찬 젊은이인 한 기수와 아스만이라고 불리는 그의 얌전한 조수였다. 나는 농부의 방 안으로 들어가라는 요구를 받았다. 천천히, 머리를 흔들고, 바지 멜빵을 치키며, 나는 그 남자들이 날카롭게 지켜보는 가운데 걷기 시작했다. 도시인인 나는—명예를 잃지 않고서—이 농부들로부터 해방되려면 한마디 말로 족하리라고 믿고 있었다. 그러나 내가 그 방 문지방을 넘어섰을 때, 미리 말에서 뛰어내려 나를 기다리고 있던 기수 한 사람이 나에게 말했다.

"이 남자 안됐구먼."

그의 말이 나의 현재 상황을 의미하는 것이 아니라 앞으로 나에게 일어날 일을 의미한다는 것은 의심할 여지가 없었다. 그 방은 농부의 방이라기보다는 차라리 감옥과 비슷했다. 커다란 석관, 어둡고 매우 황량한 벽, 그 어딘가에 반지 모양의 철제물 하나가 벽에 달려 있고, 방 한가운데는 나무 침상 같기도 하고 수술대 같기도 한 무엇이 놓여 있었다.

내가 감옥 속의 공기와는 다른 공기를 여전히 맛볼 수 있을까? 그것이 큰 문제이다. 아니면 오히려 내가 아직 석방될 전망이 있는 것인지, 그것이 큰 문제일지 모른다.

이웃

　나의 사업은 완전히 나의 어깨에 걸려 있다. 대기실에는 두 명의
여사무원이 타자기와 영업 장부를 가지고 있다. 나의 방에는 책상,
계산대, 상담용 탁자, 안락의자 그리고 전화기가 있으며, 그것이 사
무 집기의 전부이다. 그래서 보기에도 매우 간단하고, 사용하기에도
매우 편리하다. 나는 아주 젊고, 사업은 내 앞으로 굴러오고 있다. 나
는 불평하지 않는다. 불평하지 않는다.

　새해부터 한 젊은 남자가 비어 있던 작은 옆방에 새로이 세를 들었
다. 나는 어리석게도 아주 오랫동안 그 방을 세주기를 꺼렸다. 그것
은 대기실이 딸린 방 하나와 그 이외에 부엌이 하나 있었다. 방과 대
기실은 어쩌면 나에게 필요할 수도 있었지만—나의 두 여사무원은
이미 가끔 과로한다고 느끼고 있었으니까—부엌이 나에게 무슨 소
용이 있겠는가? 이 좁은 생각이 내가 그 방을 내어주게 된 원인이었
다. 이제 그곳에는 젊은 남자가 앉아 있다. 그의 이름은 하라스이다.
그가 거기서 무엇을 하는지 사실 나는 모른다. 그러나 문에는 '하라
스, 사무실'이라고 쓰어 있다. 내가 조사한 바로는, 사람들이 나에게
알려주기를 그 사무실이 나의 상점과 비슷하다는 것이다. 사람들은
곧바로 신용 대출을 경계하라고 할 수는 없었을 것이다. 왜냐하면 그
것은 성공하고자 애쓰는 한 젊은 남자에 관한 일이고, 그의 일은 어
쩌면 장래성이 있을 수도 있기 때문이다. 그래서 물론 신용에 대해
서 직선적으로 충고할 수도 없었을 것이다. 왜냐하면 현재로서 짐작

556

건대 아무 재산도 없기 때문이다. 이것은 아무것도 모를 때 사람들이
주는 일반적인 정보이다.

가끔 나는 층계에서 하라스를 만난다. 그는 언제나 특별나게 바빴
던 모양이었다. 그는 내 곁을 말 그대로 휙 스쳐 지나갔다. 나는 아직
도 그를 자세히 본 적이 없다. 그는 이미 손에 열쇠 꾸러미를 준비해
서 들고 있었다. 그는 즉시 문을 열었다. 쥐꼬리처럼 그는 안으로 미
끄러져 들어갔고, 나는 다시 '하라스, 사무실'이라는 팻말 앞에 서 있
다. 나는 이미 그 팻말이 세워졌을 때부터 자주 그것을 읽었다.

형편없이 얇은 벽은 정말 많은 일을 하는 남자일 경우는 드러내주
지만, 불성실한 사람일 경우에는 숨겨준다. 나의 전화기는 옆방 이
웃과 나를 갈라놓고 있는 벽에 설치되어 있다. 물론 나는 이것을 단
순히 우스꽝스러운 사실로 지적할 뿐이다. 그것이 설령 반대편 벽에
걸려 있다 하더라도, 옆방에서는 역시 모든 것을 듣게 될 것이다. 나
는 전화를 걸 때, 고객의 이름을 부르는 습관을 없애버렸다. 그러나
이야기의 특징상 어쩔 수 없는 어법을 사용할 때 이름을 밝히는 것은
그다지 영리한 편이 아니다. 가끔 나는 수화기를 귀에 대고, 가시에
찔리듯 불안감에 흠칫 놀라며, 전화기 주위를 발끝으로 춤추며 맴돈
다. 비밀들이 희생되는 것을 보호할 수가 없다.

당연히 그로 인해서 나의 사업적인 결정은 불확실해지고, 나의 목
소리는 떨리게 된다. 내가 전화를 거는 동안에 하라스는 무엇을 할
까? 굉장히 과장해본다면―그러나 우리는 명확성을 얻기 위해서는
가끔 그렇게 해보아야만 한다―나는 이렇게 말할 수 있겠다. 하라스
는 전화기가 필요하지 않다. 그는 나의 것을 사용하니까. 그는 긴 안
락의자를 끌어다 벽에 붙여놓고 엿듣는다. 그와 반대로 나는 전화벨
이 울리면 전화로 뛰어가서 고객들의 희망 사항들을 받고, 힘든 결정
을 내리고, 많은 설득을 해야만 한다―무엇보다도 이 모든 일이 일어

나는 동안에 하라스에게 방벽을 통해서 보고를 해주는 셈이다.

　아마 그는 이야기가 끝나기를 기다리지도 않고, 그에게 이 일에 대해서 충분히 주지시켜준 통화 장소를 향하여 일어설지도 모르는 일이다. 그는 자신의 습관대로 도시를 가로질러 휙 지나갈 것이고, 내가 수화기를 놓기도 전에 벌써 나에 대하여 반대 행동을 취하기 시작할 것이다.

튀기

나는 반은 고양이 새끼이고, 반은 새끼 양인 별난 짐승 한 마리를 가지고 있다. 그것은 아버지의 소유였다가 상속받은 것이다. 그러나 그것은 내가 데리고 있는 동안에야 비로소 이런 모습이 되기 시작했다. 전에는 고양이 새끼보다 새끼 양에 훨씬 가까웠다. 그러나 지금은 거의 양쪽 면을 똑같이 지니고 있다. 고양이로부터는 머리와 발톱을, 양으로부터는 크기와 모양을, 그리고 양쪽 다에게서는 깜빡거리는 사나운 눈과 부드럽고 빽빽하게 나 있는 털과 폴짝폴짝 뛰면서도 살금살금 기기도 하는 몸놀림을 물려받았다. 창턱 위에 비치는 햇빛 속에서 몸을 동그랗게 오그리고 가르랑거리고, 풀밭에서는 얼마나 잘 뛰어다니는지 통 잡을 수가 없다. 고양이 앞에서는 달아나고, 양 앞에서는 공격하려 들질 않는다. 달 밝은 밤이면 처마는 제일 좋아하는 길이다. 야옹 소리도 못 내고 쥐는 싫어한다. 닭장 옆에서 몇 시간이고 매복할 수는 있지만 아직 잡아 죽일 기회를 이용한 적은 없다.

나는 그것에게 달콤한 우유를 먹이는데, 우유가 제일 잘 받기 때문이다. 그것은 맹수 같은 이빨로 우유를 길게 꿀꺽꿀꺽 들이마신다. 물론 그것은 어린아이들에게 하나의 커다란 구경거리이다. 일요일 오전은 방문 시간이다. 나는 그 작은 짐승을 무릎 위에 올려놓고, 모든 이웃집 아이들은 내 주위에 빙 둘러선다.

그러면 인간으로서는 대답할 수 없는 정말 멋진 질문들이 나온다. 왜 그런 짐승밖에 없는지, 왜 하필이면 내가 그것을 가지고 있는지,

그것이 있기 이전에도 그와 같은 동물이 있었는지, 그리고 그것이 죽으면 어떻게 될 것인지, 그것이 외로워하는지, 그것은 왜 새끼들이 없는지, 그것의 이름은 무엇인지 등등.

나는 대답하려 애쓰지 않는다. 나는 별달리 생각하지 않고도 내가 가지고 있는 것을 보여줌으로써 만족한다. 가끔 아이들은 고양이를 가져오기도 하고, 언젠가는 양을 두 마리 가져오기까지 했다. 그러나 그들의 기대와는 달리 서로 알아보는 장면은 연출되지 않는다. 동물들은 동물의 눈으로 조용히 서로를 바라보았고, 분명히 서로의 존재를 신의 섭리로 받아들이고 있었다.

내 무릎 위에서 그 동물은 두려움도, 추격하고 싶은 욕망도 보이지 않는다. 그것은 나에게 몸을 비벼댈 때 최고로 기분이 좋다. 그것은 자신을 키워준 가족의 편을 든다. 그것은 이상한 충성심이 아니라, 이 지구상에 수많은 친족을 가지고는 있지만, 피를 나눈 단 하나의 혈족도 가지고 있지 못한 동물의 정확한 본능일 것이다. 그렇기 때문에 그것에게는 우리에게서 찾은 피난처가 신성한 것이다.

이따금씩 그것이 코로 킁킁거리며 내 주위의 냄새를 맡고, 다리 사이로 비비적거리고, 조금도 내게서 떨어지지 않을 때면 나는 웃을 수밖에 없다. 그것은 양이면서 고양이라는 것으로도 충분치 않아 개이고 싶어 한다—한 번은 내가, 누구에게나 그런 일이 있을 수 있듯이, 사무 및 그것과 연관된 모든 것에 빠져 헤어날 길을 찾지 못하고 만사를 될 대로 되라고 내버려 두고 싶기만 한 그런 기분으로 집에 와서 그 동물을 무릎에 올려놓은 채 흔들의자에 누워 있었는데, 그때 우연히 내려다보았더니 그의 수북한 수염 털에서 눈물이 뚝뚝 떨어지고 있었다—그게 나의 눈물이었을까, 그의 눈물이었을까?—양의 영혼을 지닌 이 고양이는 인간의 공명심마저도 가졌던 것일까? 나는 아버지로부터 그리 많은 것을 물려받지는 않았다. 그러나 이 유산은 자랑할 만한 것이다.

　이것은 두 가지 불안감, 즉 고양이의 불안과 양의 불안을 내면에 지니고 있다. 퍽이나 종류가 다른데도 말이다. 그래서 그에게는 자기 살갗이 너무도 비좁다—이따금씩 그것은 내 곁 안락의자로 뛰어올라 앞발을 내 어깨에 대고 버티며 그 주둥이를 내 귀에다 갖다 대곤 한다. 그건 마치 나에게 무언가 말하기라도 하는 것 같고, 또 실제로 그런 다음에는 몸을 앞으로 숙이고 내 얼굴을 들여다본다. 자기가 한 말이 나에게 준 인상을 살피기 위하여. 그의 마음에 들도록 나는 무언가 알아들었다는 듯이 고개를 끄덕인다—그러면 그것은 땅바닥으로 뛰어 내려가 춤추듯 깡충깡충 뛰어 돌아다닌다.

　어쩌면 이 동물에게는 푸줏간 주인의 칼이 구원일지 모른다. 하지만 그 구원을 유품으로 받은 그것에게 줄 수는 없다. 그러므로 그것은 숨이 저절로 다할 때까지 기다려야 한다. 제아무리 이따금씩 분별 있는 인간의 눈으로 나를 바라보는 듯하더라도 말이다.

일상의 혼란

일상적인 사건 하나: 그것을 견디어내는 일이 일상적인 혼란을 초래하다. A는 H 출신 B와 중요한 사업 하나를 매듭지어야 한다. 그는 사전 협의를 위해 H로 간다. 왕복하는 데 각각 십 분이 채 걸리지 않았고 집에 와서는 이렇게 대단히 빠른 것을 으스댄다. 다음 날 그는 다시 H로 간다. 이번에는 최종적인 사업 체결을 위해서이다. 이 일이 몇 시간은 걸리리라고 예상하여 A는 새벽같이 떠난다. 그러나 모든 부수적인 정황들이, 적어도 A의 생각으로는, 전날과 조금도 다름없는데도 이번에는 H로 가는 데 열 시간이 걸린다. 그가 파김치가 되어 저녁에 그곳에 도착하자 사람들이 그에게 말하기를 B는 A가 오지 않는 데 화가 나서 반 시간 전에 A를 만나러 그 마을로 갔으니 실은 그들이 도중에서 만났어야 하리라는 것이다. 사람들은 A에게 기다리라고 충고했다. 그러나 A는 사업 걱정으로 즉시 떠나 서둘러 집으로 간다. 이번에는 그는 시간에 대해서는 그다지 신경을 쓰지 않고서도 곧바로 한순간에 그 길을 돌아온다. 집에 와서 그가 들은 이야기는 B는 A가 떠나자 곧바로 왔는데, B가 대문에서 A를 만나 사업을 상기시켰으나 A는 시간이 없노라고, 지금 서둘러 가야 된다고 했다는 것이다.

그러한 A의 이해할 수 없는 태도에도 불구하고 B는 그래도 여기서 A를 기다리려고 머물러 있다는 것이다. A가 그새 되돌아오지 않았느냐고 벌써 여러 차례 묻기는 했으나 아직 위층 A의 방에 있다는 것이

기뻐 A는 계단을 달려 올라간다. 그는 위층에 거의 다 올라가는 참에 발이 걸려 비틀거리다 그만 뒤꿈치 근육에 열상을 입고 고통으로 까무러칠 지경이 되어 비명조차 못 지르고 어둠 속에서 다만 끙끙대고 있는데, B가—아주 멀리에서인지 바로 곁에서인지는 분명치 않으나—화가 나서 계단을 쿵쿵 디디며 내려가 아주 사라지는 소리가 그에게 들린다.

산초 판자에 관한 진실

그렇다고 하여도 그것을 자랑한 적이 없는 산초 판자는 세월이 지나가면서, 저녁이나 밤 시간에 많은 기사 소설과 도둑 소설들을 곁에 두고 읽음으로써, 그가 후에 돈키호테라는 이름을 붙여주었던 악마로 하여금 절제 없이 가장 미친 짓들을 행하게 함으로써 그 악마를 자신으로부터 떼어놓는 데 성공하였다. 그러나 그 미친 짓들은 미리 정해진 대상이 없었으므로—물론 산초 판자가 그런 대상이 되었어야 했겠지만—아무에게도 해를 끼치지는 않았다. 자유인인 산초 판자는 무관심하게, 아마 어쩌면 얼마만큼은 책임감에서 원정을 나서는 돈키호테를 따라나섰으며 그가 생을 마칠 때까지 거기서 유익하고도 큰 즐거움을 맛보았다.

세이렌의 침묵

　미흡한, 아니 유치하기까지 한 수단들도 구원에 도움이 될 수 있다는 것에 대한 증명.

　세이렌으로부터 자신을 지키기 위하여 오디세우스는 귀에 밀랍을 틀어막고 자신을 돛대에 단단히 묶게 했다. 물론 예전부터 여행객이라면 누구나 그와 비슷한 것을 행할 수 있었을 것이다. 이미 멀리서부터 세이렌에게 유혹당했던 사람들을 제외하고는. 그러나 이런 것이 아무런 도움이 될 수 없었다는 것은 온 세상이 다 아는 일이다. 세이렌의 노래는 무엇이든 다 뚫고 들어가니 유혹당한 자들의 격정은 사슬이나 돛대보다 더한 것이라도 깨뜨렸을 것이다. 그러나 오디세우스는 그런 이야기를 들었을 텐데도 그 점을 생각하지 않았다. 그는 한 줌의 밀랍과 한 다발의 사슬을 완벽하게 믿었고, 작은 도구에 대한 순진한 기쁨에 차서 세이렌을 마주 향하여 나아갔던 것이다.

　그런데 세이렌은 노래보다 더욱 무서운 무기를 가지고 있었다. 그것은 침묵이다. 그런 일이 사실 없었기는 하나, 누군가가 혹 그녀들의 노래로부터 구조되었으리라는 것은 생각해볼 수 있는 일이지만, 그녀들의 침묵으로부터는 분명 그렇지 못하다. 자신의 힘으로 그녀들을 이겼다는 느낌, 거기에서 오는, 모든 것을 쓸어낼 수 있다는 자부심에는 이 지상의 그 무엇도 맞설 수 없을 것이다.

　그리고 실제로 오디세우스가 왔을 때 그 강력한 가희들은 노래를 부르지 않았다. 그들이 이 적에게는 오직 침묵만이 해를 가할 수 있을 것이라고 믿었기 때문인지, 밀랍과 사슬 이외에는 아무것도 생각하지 않는 오디세우스의 기쁨에 넘치는 얼굴이 그녀들로 하여금 모든 노래를 잊게 했던 것인지는 알 수 없다.

그러나 오디세우스는, 표현을 해보자면, 그들의 침묵을 듣지 않고, 그들이 노래를 부르고는 있지만 그가 단지 그 소리로부터 보호받고 있는 거라고 믿었다. 얼핏 그는 우선 그들의 고개 돌림, 깊은 호흡, 눈물이 가득 찬 눈, 반쯤 열린 입을 보았는데, 그것이 들리지 않게 자기 주위를 감돌며 사라지는 아리아의 일부라고 믿었다. 그러나 곧 그 모든 것은 그의 먼 곳을 향한 시선에서 미끄러져 사라져버렸다. 세이렌들은 그야말로 그의 단호함 앞에서 사라져버렸고, 그가 바로 그들 가까이에 갔을 때는 그녀들에 대해서 더 이상 아무것도 아는 바가 없었다.

그러나 그녀들은—그 어느 때보다도 더 아름답게—몸을 펴고 돌았으며, 그 섬뜩한 머리카락을 온통 바람결에 나부끼게 했고 바위 위에서 발톱을 한껏 드러내놓고 힘을 주고 있었다. 그들은 더 이상 유혹하려 하지 않았다. 다만 오디세우스의 커다란 두 눈이 뿜는 빛을 될 수 있는 한 오랫동안 놓치지 않으려고 했다.

세이렌들이 의식을 지니고 있었더라면, 그녀들은 그때 파멸되었을지 모른다. 그러나 그녀들은 그렇게 언제까지나 머물러 있었고, 단지 오디세우스만이 그녀들로부터 벗어나게 되었다.

그 이외에도 여기에 대해 한 가지 참고 사항이 전해 내려온다. 워낙 꾀가 많은 오디세우스는 운명의 여신조차 그의 가장 깊은 마음을 꿰뚫을 수 없을 만큼 여우 같은 이였다고 한다. 어쩌면 그는, 인간의 오성으로는 알 도리가 없으나, 세이렌들이 침묵했다는 것을 정말로 알아차렸을 지도 모른다. 그래서 그는 그녀들과 신들에게 위와 같은 외견상의 과정을 어느 정도 방패로서 들이댔을지도 모른다.

프로메테우스

프로메테우스에 관해서 네 가지 전설이 전해진다. 첫 번째 전설에 따르면 그는 신의 비밀을 인간에게 누설하였기 때문에 코카서스 산에 쇠사슬로 단단히 묶였고 신이 독수리를 보내어 자꾸자꾸 자라는 그의 간을 쪼아먹게 하였다고 한다.

두 번째 전설에 의하면, 프로메테우스는 쪼아대는 부리가 주는 고통으로 자신을 점점 바위 속 깊이 밀어 넣어, 마침내는 바위와 하나가 되었다고 한다.

세 번째 전설에 의하면, 수천 년이 지나는 사이에 그의 배반은 잊혔고, 신도 잊었고, 독수리도, 그 자신도 잊었다고 한다.

네 번째 전설에 의하면, 한도 끝도 없이 되어버린 것에 사람들이 지쳤다고 한다. 신이 지치고, 독수리가 지치고, 상처도 지쳐 아물었다고 한다.

남은 것은 수수께끼 같은 바위산이었다―전설은 그 수수께끼를 설명하려고 한다. 전설이란 진실의 바탕에서 비롯되는 것이므로 다시금 수수께끼 가운데서 끝나야 한다.

도시의 문장

바빌론의 탑을 축조할 초기에는 모든 것이 웬만큼 질서가 있었다. 아니 그 질서가 너무 방대했을지 모른다. 마치 자유로운 작업 가능성의 여러 세기들을 눈앞에 두고 있다는 듯이 이정표, 통역관, 근로자 숙소와 교통 연계로에 대해 너무 많이 고려를 했다. 그 당시 지배적인 의견은, 심지어 아무리 천천히 지어도 전혀 지나칠 리 없다는 데까지 이르렀다. 이 의견을 과장할 필요는 전혀 없다. 정말 기초 놓기도 무서워서 뒤로 물러설 정도였던 것이다. 그래서 사람들은 다음과 같이 논거를 대었다. 하늘까지 이르는 탑을 쌓으려는 생각이 전 기획의 핵심이었다. 이 생각 이외의 다른 모든 것들은 부수적인 것이다. 한번 그 크기에 사로잡힌 생각은 사라질 수가 없는 법이다. 인간이 존재하는 한, 탑을 끝까지 쌓겠다는 그 강한 염원 또한 존재할 것이다. 그러나 이런 관점에서 미래 때문에 걱정할 필요는 없다. 반대로 인류의 지식이 증진되고 건축술이 진보했으며 또한 계속 진보해나갈 것이다. 우리가 지금 일 년이 걸리는 작업이 백 년 후에는 어쩌면 반년이면, 게다가 보다 훌륭하고 보다 견고하게 이루어질 것이다. 그런데 무엇 때문에 오늘 벌써 기력의 한계까지 지치도록 일하겠는가? 그것은 탑을 한 세대의 시간 안에 세우기를 바랄 수 있을 때에만 의미를 갖게 될 것이다. 그러나 그것은 그 어떤 식으로도 기대할 수 없었다. 그보다는 다음 세대가 그들의 완벽해진 지식으로 전 세대가 해놓은 작업을 형편없다고 여기고 쌓아놓은 것을 새로이 시작하기 위하여 헐어버리게 될 것이라는 생각이 들 것이다. 그러한 생각들이 힘을 위축시켰다. 그래서 사람들은 탑을 쌓기보다는 오히려 노동자 도시의 건설에 더욱 마음을 썼다. 어느 동향인들이나 가장 좋은 숙소를 차지하려고 했고, 그로 인해서 분쟁이 일어났고, 피를 뿌리는 싸움으로까지 치달았고, 이러한 싸움들은 결코 그치질 않았다. 지휘자들에게는 그러한 싸움이, 필요한 결집이 안 되기 때문에도 탑은 천천히 아니면 차라리 총평화조약 후에나 지어져야 한다는 데 대한 새로운 논거였다. 그렇지만 싸움만으로 시간을 보냈던 것은 아니고, 쉬는 동안에는 도시를 아름답게 꾸몄다. 그럼으로써 사람들은 또다시 새로운 시샘과 새로운 싸움을 야기시켰다. 그렇게 첫 세대의 시간은 지나갔다. 그러나 그 뒤를 잇는 세대들도 전혀 다를 바가 없었다. 단지 교묘한 기술만이 계속해서 늘어갔고, 그것과 더불어 싸움에 대한 병적인 투쟁욕 또한 늘어갔다. 두 번째 아니면 세 번째 세대는 이미 하늘에 닿는 탑을 건설하는 것이 무의미하다는 것을 인식하게 되었다. 그럼에도 불구하고 사람들은 도시를 떠나기에는 이제 너무나 서로 밀착되어 있었다.

전설과 노래에서 보면 이 도시에서 생겨난 것은 모두 어느 예언된 날을 동경하는 마음으로 가득 차 있다. 그날 도시는 다섯 번 짧게 계속되는 한 거인의 주먹질에 의해 부수어진다는 것이다. 그래서 또한 이 도시는 문장紋章 안에 주먹을 가지고 있다.

포세이돈

포세이돈이 작업 탁자에 앉아서 셈을 하고 있었다. 모든 하천을 관할하는 당국이 그에게 계속해서 수많은 일거리를 주었다. 그가 원하는 대로 조수를 둘 수도 있었을 것이다. 물론 그 역시 매우 많은 조수들이 있었지만, 그는 자신의 직무를 매우 신중하게 받아들이고 있었기 때문에, 만사를 다시 한 번 꼼꼼하게 계산했다. 그래서 조수들은 거의 도움이 되지 못했다. 그 일이 그를 기쁘게 했다고는 말할 수 없다. 그는 단지 그 일이 자신에게 부과되었기 때문에 그것을 이행할 뿐이었다. 물론 그는 이미 가끔, 그의 표현을 빌린다면, 좀 더 즐거운 일을 신청하긴 했지만, 사람들이 그에게 여러 가지 제의를 하면 언제나 지금까지의 일만큼 그에게 적합한 일은 정말 없다는 것이 드러난다. 그를 위해서 무언가 다른 일을 발견한다는 것은 매우 어려웠다. 가령 그에게 특정한 어느 바다 하나를 지정해줄 수는 없었다. 이곳에서는 셈을 하는 일이 단지 아주 귀찮은 일이라는 것을 제외하고, 위대한 포세이돈은 물론 언제나 군림하는 자리만을 얻을 수는 있었다. 그리고 사람들이 그에게 물 바깥에 있는 일자리를 제공하면, 그는 벌써 그 생각만으로도 속이 메스꺼웠다. 그의 신적인 호흡은 불규칙해졌고, 그의 단단한 흉곽은 흔들거렸다. 게다가 사람들은 사실 그의 불만을 심각하게 받아들이지 않았다. 만약 강자가 고통을 준다면, 아무리 가망이 없는 경우라 할지라도 겉으로는 그에게 복종하려고 노력하는 척해야만 한다. 아무도 포세이돈이 정말 그의 공직을 떠나리라고는 생각하지 않는다. 태초부터 그는 바다의 신으로 정해져 있었고, 그리고 그것은 유지되어야 한다.

그는 사람들이 그에 대해서 가지고 있는 생각을 알게 되면, 큰 물결들을 삼지창으로 휘몰아가면서 대체로 화를 냈다—그리고 이것은 주로 자신의 일에 대한 불만을 초래했다. 그럼에도 불구하고 그는 여기 대양의 심연에 앉아 쉬지 않고 셈을 하고 있는 것이다. 가끔 주피터에게 가는 여행만이 단조로움을 깨뜨리는 유일한 중단이었다. 그러나 그것은 대개 그가 진노해서 돌아오게 되는 여행이었다. 그런 이유로 그는 바다를 전혀 보지 못했다. 다만 올림포스산으로 바삐 올라갈 때 슬쩍 지나칠 뿐, 정말 한 번도 바다를 두루 항해해보지 못했다. 그는 이렇게 말하곤 했다. 자신은 세계가 몰락할 때까지 기다리고 있다고. 그때서야 아마 자신에게 조용한 순간이 생길 것이고, 종말이 오기 바로 직전에 마지막 셈을 죽 훑어보고 나서 재빨리 한번 작은 일주 여행을 할 수 있을 것이라고.

공동체

우리는 다섯 친구들이다. 우리는 언젠가 어떤 집에서 차례로 나오게 되었는데, 우선 하나가 나와 대문 옆에 섰고, 그다음에는 두 번째가 와서, 아니 나왔다기보다는 오히려 수은 방울이 미끄러지듯 가뿐하게 대문을 미끄러져 첫째로부터 멀지 않은 곳에 섰고, 그다음은 셋째, 그다음은 넷째, 그다음은 다섯째가 나왔다. 결국 우리는 모두 한 줄로 서 있었다. 사람들이 우리를 주목하게 되어 우리를 가리키며 이렇게 말했다.

"이 다섯 사람이 방금 이 집에서 나왔습니다."

그때부터 우리는 같이 살고 있다. 만약 여섯째가 자꾸 끼어들지만 않았다면 평화스러운 생활이었을 것이다. 그는 우리들에게 아무 짓도 하지 않는다. 그러나 우리들은 그가 귀찮다. 그러니 그것으로 충분히 무슨 짓인가를 한 셈이다. 아무도 그를 원하지 않는 곳에, 그는 왜 끼어들려고 하는 걸까? 우리들은 그를 모르며 우리들 안으로 받아들이고 싶지도 않다. 우리 다섯 사람도 전에는 서로 잘 몰랐으며, 굳이 말한다면 지금도 서로 잘 모른다. 그러나 우리 다섯 사람에게는 가능하고 참아질 수 있는 것이 저 여섯 번째에게는 가능하지 않으며 참아지지도 않는다. 그 외에도 우리는 다섯이며 여섯이고 싶지 않다. 그리고 이렇게 지속되는 공동생활이 무슨 의미가 있겠는가. 우리들 다섯 명에게도 이것은 아무런 의미가 없다. 그러나 우리는 이미 함께 살고 있으며, 그렇게 계속될 것이다. 그러나 하나의 새로운 합류를 우리들은 원하지 않는다. 물론 우리들의 경험을 토대로 한 것이다. 그러나 어떻게 그 모든 것을 여섯 번째에게 가르친단 말인가. 긴 설명은 이미 그를 우리 그룹에 받아들인다는 것을 의미하는 것이나 다름없을 터이니 우리는 차라리 아무런 설명도 하지 않고 그를 받아들이지도 않는다. 그가 제아무리 입술을 비쭉 내민다 할지라도 우리들은 그를 팔꿈치로 밀쳐내버린다. 그러나 우리가 그를 아무리 밀쳐내도 그는 다시 온다.

밤에

　밤에 흠뻑 잠겨. 이따금 골똘히 생각하기 위해 고개를 떨구듯, 그렇게 밤에 흠뻑 빠져 있다. 주위 사람들은 모두 잠들어 있다. 그들이 집 안에서, 탄탄한 침대 속에서, 탄탄한 지붕 밑에서, 매트리스 위로 몸을 쭉 뻗치거나 오그린 채, 시트 속에서, 이불을 덮고 잠자고 있다는 것은 하나의 보잘것없는 위선, 하나의 순진한 자기기만이다. 사실 그들은 옛날 그 어느 때인가처럼 그리고 나중에 그런 것처럼 황야에서 함께 있었다. 벌판의 야영지에서, 헤아릴 수 없이 많은 사람들, 한 떼의 무리, 한 종족이 차가운 땅 위 차가운 하늘 아래서, 이전에 서 있던 곳에 내던져져 있다. 이마는 팔에 박고, 얼굴은 땅바닥을 향한 채 조용히 숨 쉬며. 그런데 너는 깨어 있다. 너는 파수꾼 중 하나다. 너는 네 곁 땔나무 더미에서 꺼낸 타는 장작을 흔들어 바로 옆 사람을 찾는다. 너는 왜 깨어 있는가? 한 사람은 깨어 있어야 한다고 한다. 한 사람은 거기에 있어야만 한다.

거절

우리의 작은 도시는 국경선에 인접해 있지 않다. 전혀 그렇지가 않다. 국경선까지는 굉장히 멀어서, 이 작은 도시 출신의 어느 누구도 아직까지 그곳에 가본 적이 없다. 황량한 고지대를 가로질러가야만 한다. 그러나 광활하고 비옥한 땅 역시 지나가야 한다. 사람들은 그 여정의 일부를 생각만 해도 피로해진다. 그래서 한 부분 이상은 전혀 생각해볼 수가 없다. 가는 길에는 큰 도시들도 있다. 우리 도시보다 훨씬 큰 도시들이다. 그 근처에는 우리 도시와 같은 작은 도시 열 개가 나란히 위치해 있고, 고지대로부터 역시 열 개의 그러한 도시들이 억지로 다닥다닥 붙어 있기는 해도, 아직까지 그러한 거대하고 조밀한 도시를 형성하고 있지는 않다. 그곳으로 가는 도중에 길을 잃어버리지 않는다면, 분명히 도시에서 길을 잃게 될 것이다. 그리고 그 도시들을 피해 간다는 것은 그 거대한 크기 때문에 불가능하다.

그러나 수도는 국경선보다 훨씬 더 멀다. 그러한 거리를 비교할 수 있다면—그것은 마치 삼백 살 먹은 사람이 이백 살 먹은 사람보다 더 늙었다고 말하는 것과 같은 식이다—우리의 작은 도시로부터 수도까지는 국경선까지의 거리보다 더더욱 멀다. 우리가 가끔 국경에서 벌어지는 전쟁에 관한 소식을 전해 듣는 동안에도, 수도에서는 거의 아무것도 전해 듣지 못한다. 우리 시민들이 그렇다는 말이다. 왜냐하면 정부 관리들은 물론 수도와 매우 좋은 관계를 맺고 있기 때문이고, 적어도 두세 달이면 거기로부터 소식을 들을 수 있다고 주장하고 있으니까 말이다.

그러니 참으로 이상한 일이다. 어떻게 우리가 이 작은 도시에서 수도로부터 정해진 모든 것을 조용히 따르고 있는지, 나는 그것에 대해 언제나 새로이 놀라게 된다. 수 세기 전부터 우리들에게는 시민들 자신으로부터 시작된 정치적 변동이란 일어나지 않았다. 수도에서는 높은 군주들이 서로 교대하거나 왕조조차도 사라져버리거나 중단되었고, 또다시 새로운 왕조가 시작되었다. 지난 세기 동안에는 수도 자체도 파괴되었고, 그곳으로부터 먼 곳에 새로운 수도가 세워졌다. 나중에는 이것도 파괴되었고, 옛날 수도가 다시 복원되었다. 그것은 우리의 작은 도시에는 아무런 영향을 끼치지 않았다. 우리의 관료들은 그 지위에 따라 언제나 정해져 있었는데, 가장 높은 공무원은 수도에서 왔고, 중류 계급의 공무원들은 적어도 외부에서 왔으며, 가장 낮은 계급의 공무원들은 우리들 사이에서 나왔다. 언제나 그러했고, 또 그것으로 우리들은 충분했다. 가장 높은 공무원은 세무서장인데, 그는 대령급 신분을 가지고 있으며 또한 그렇게 불리고 있다. 오늘날 그는 노인이 되었다. 그러나 나는 그를 이미 수년 전부터 알고 있다. 왜냐하면 그는 나의 어린 시절부터 대령이었기 때문이다. 그는 처음에는 매우 빨리 출세를 했다. 그러나 그 다음에는 출셋길이 막힌 것처럼 보였다. 그러나 그의 지위는 우리의 작은 도시에서는 충분했다. 우리 도시에서는 그보다 높은 지위를 수용할 수 없을 것이다. 내가 그를 상상해보려고 노력하면, 광장에 있는 그의 집 베란다에서 입에 파이프를 물고 뒤로 길게 누워 있는 그의 모습이 보인다. 그의 머리 위 지붕에는 제국의 국기가 나부끼고 있다. 가끔 소규모의 군사 훈련도 벌어질 만큼 넓은 베란다 옆쪽에는 빨래를 말리기 위해 널어놓았다. 예쁜 비단옷을 입은 그의 손자들이 주위를 맴돌며 놀고 있다. 이 아이들은 저 밑 광장으로 나가서는 안 된다. 다른 아이들은 그들에게 어울리지 않는다. 그러나 광장은 그들에게 유혹적이어서 그들은 최소한 난간의 창살 사이로 머리를 내민다. 그리고 다른 아이들이 밑에서 서로 싸우면, 그들은 위에서 함께 싸운다.

이러한 대령이 이 도시를 지배하고 있다. 나는 그가 어느 누구에게도 아직까지 증빙 서류를 제시한 적이 없다고 생각한다. 그 서류야말로 그에게 그럴 자격을 준 것인데, 그는 또한 그런 서류를 하나도 가지고 있지 않을지도 모른다. 그러나 그것이 전부이겠는가? 그것이 그로 하여금 당국의 모든 분야를 지배할 수 있는 권력을 주었는가? 그의 직무는 물론 도시를 위해서 매우 중요하다. 그러나 시민을 위해서 가장 중요한 것은 아니다. 우리 도시에서는 사람들이 거의 이렇게 말하고 있는 것 같은 인상을 받았다. "이제 당신은 우리들에게서 우리가 가졌던 모든 것을 받아 갔다. 거기에 덧붙여 제발 우리들 자신까지도 가지고 가라." 실제로 그는 통치권 자체를 독점하지 않았고, 또한 독재자도 아니었기 때문이다. 옛날부터 세무서장은 일등 공무원으로 정해져 내려왔고, 대령 역시 우리와 다름없이 그 전통을 따르고 있다.

그러나 그가 지위의 지나친 차이 없이 우리들 사이에서 살고 있음에도 불구하고, 그는 일반 시민들과는 무언가 전혀 다르다. 만약 한 대표가 부탁을 가지고 그의 앞에 가면 그는 거기에 마치 세계의 벽처럼 서 있다. 그의 뒤에는 아무것도 없다. 사람들은 그곳에서 두서넛의 목소리들이 속삭이는 소리를 더욱 불안한 마음으로 듣는다. 그러나 그것은 아마 착각일 것이다. 그는 의당 모든 것의 완결을 의미한다. 적어도 우리들에게는 말이다. 사람들은 그와 같은 접견시에나 그를 보았을 것이다. 언젠가 한 번 내가 아이였을 때 나는 거기에 함께 있었던 적이 있다. 한 시민 대표가 정부의 지원을 요청할 때였는데, 가장 가난한 도시 구역이 완전히 불타버렸기 때문이었다. 편자공이었던 나의 아버지는 공동체 내에서 저명인사였다. 그래서 대표의 한 일원이었는데, 나를 데리고 가셨다. 그것은 전혀 이상한 일이 아니었다. 그런 구경거리에는 모두가 몰려드는 법이니까. 사람들은 군중들 속에서 원래의 대표를 알아보지도 못한다. 그런 접견은 대부분 베란다에서 행해졌으므로, 광장으로부터 사다리를 타고 위로 기어 올라와서 난간을 넘어가 사건에 참여하는 사람들도 있다. 그 당시 베란다의 사분의 일은 그를 위해 확보되어 있도록 설치되었고, 나머지 부분은 사람들이 채우고 있었다. 몇 명의 군인들이 이 모든 사람들을 감시했다. 그들은 또한 반원을 그리며 그를 에워싸고 서 있었다. 원래는 이 모든 사람들을 감시하기 위해 한 사람의 군인이면 족했을 것이다. 그 정도로 그들에 대한 우리들의 공포는 컸다. 이 군인들이 어디서 왔는지 자세히 알 수는 없다. 어쨌든 먼 곳으로부터 왔다. 그들은 모두가 매우 닮았다. 그들은 결코 제복이 필요 없을 것 같다. 그들은 작고 강하지는 않지만 민첩한 사람들이다. 그들에게서 가장 눈에 띄는 것은 특히 그들의 입을 가득 채우고 있는 억센 치아와 불안하게 경련을 일으키는 작고 가는 눈들의 번쩍임이다. 이것 때문에 그들은 아이들의 경악의 대상이며, 또한 호기심의 대상이기도 하다. 왜냐하면 아이들은 소스라쳐 도망치면서도 계속해서 이런 치아와 눈들 때문에 놀라고 싶어 하기 때문이다. 어린 시절에 있었던 이러한 놀라움은 아마 어른이 되어서도 사라지지 않을 것이다. 그 영향은 적어도 나중까지 남게 된다. 물론 그것은 다르게 나타나기도 한다. 군인들은 우리들 중 하나에게 전혀 이해할 수 없는 사투리로 말을 한다. 그들은 우리들에게 결코 익숙해질 수가 없다. 그로 인해서 그들에게는 어떤 폐쇄감, 가까이 갈 수 없는 거리감이 생겼다. 그 외에도 그것은 그들의 성격과도 일치한다. 그들은 그렇게 조용하고, 진지하고, 완고하다. 그들은 원래는 전혀 나쁜 짓을 하지 않는다. 그럼에도 그들

578

은 나쁜 의미로는 거의 참을 수 없는 사람들이다. 예를 들어, 한 군인이 어떤 상점에 들어가서 작은 물건을 하나 산다. 그는 계산대에 기대어 서서 이야기 소리에 귀를 기울인다. 그는 아마 그것을 이해하지 못하겠지만 이해하는 체한다. 자신은 한마디도 말하지 않고, 단지 말하는 사람을 뚫어져라 쳐다보고, 다음에는 다시 듣는 사람을 바라본다. 그리고 손을 그의 허리띠에 있는 긴 칼의 손잡이에 올려놓는다. 그것은 끔찍스럽다. 사람들은 이야기할 마음을 잃어버린다. 상점이 텅 빈다. 그리고 상점이 완전히 텅 비게 되면, 비로소 그 군인 역시 가버린다. 그러므로 군인이 나타나는 곳에서는 우리 활기찬 종족 또한 조용해진다. 그때도 역시 그러했다. 모든 성대한 행사 때와 마찬가지로 대령은 똑바로 서서 앞으로 뻗은 양팔로 긴 장대를 잡고 있었다. 그것은 오래된 풍습으로 대략 그는 그렇게 법을 지지하고, 법은 그렇게 그를 지지한다는 것을 뜻한다. 자, 누구나 저 위 베란다에서 기다리고 있는 것이 무엇인지를 알고 있다. 그러면서도 사람들은 언제나 새롭게 놀라곤 한다. 그때도 연설을 하기로 정해진 사람이 시작하기를 원하지 않았다. 그는 대령과 마주 보고 서 있었다. 그러자 그에게서 용기가 사라져버렸고, 그는 여러 가지 핑계를 대면서 서둘러 사람들 틈으로 돌아가버렸다. 그 이외에는 말할 준비가 되어 있는 적당한 사람을 찾을 수 없었다―물론 그 부적합한 사람으로부터 시작해서 몇 명의 사람들이 나서기는 했다―큰 혼란이 일었다. 사람들은 여러 시민들에게 그리고 유명한 연설가에게 사신을 보냈다. 그러는 동안 내내 대령은 움직이지 않고 거기 서 있었다. 다만 숨 쉴 때 가슴이 유난히 내려앉았다. 그것은 그가 힘들게 숨을 쉬어서가 아니었을 것이다. 그는, 예를 들어 마치 개구리가 숨 쉬는 것처럼 겉으로 분명히 드러나게 숨을 쉬었다. 개구리는 언제나 그렇게 숨을 쉬겠지만, 여기서 그것은 특별한 것이었다. 나는 어른들 사이를 빠져나가서, 두 군인 사이의 틈을 통해서 그를 오랫동안 바라보았다. 한 군인이 나를 무릎으로 걷어찰 때까지 그랬다. 그러는 사이 원래 연설하기로 정해졌던 사람이 마음을 가라앉혔고, 두 시민의 부축을 받으며 인사말을 했다. 큰 불행을 묘사하는 이러한 심각한 연설 중에 그가 끝까지 미소를 띠고 있었다는 것은 감동적이었다. 그것은 가장 겸손한 미소였는데, 대령의 얼굴에 가벼운 미소의 반사를 불러일으키려고 헛되이 애쓰고 있었다. 드디어 그는 부탁할 내용을 이야기했다. 내 생각으로는, 그는 다만 일 년 동안의 세금 면제를 부탁했을 뿐이었다. 또한 아마 황제의 숲에서 값싼 건축 목재를 얻을 수 있도록 덧붙여 부탁했을 것이다. 그러고 나서 그는 대령과 군인들과 뒤편의 몇몇 공직자들 이외의 다른 모든 사람들과 마찬가지로, 허리를 깊이 숙여 절을 하고, 허리를 숙인 채로 있었다. 그들이 베란다 가장자리에 달려 있는 사다리 위에서 이 결정적인 순간에 자신을 보이지 않게 하기 위해서 사다리의 디딤판을 두서너 개 내려오고, 또 단지 호기심에서 이따금씩 바로 베란다 바닥 위를 훔쳐보는 모습은 어린아이에게 우스꽝스럽게 보였다. 그런 모습이 얼마 동안 계속되었다. 그러고 나서 공무원인 한 작은 사나이가 대령 앞으로 나서서는 발꿈치를 들고 그에게로 몸을 높이려고 애를 썼다. 그는 여전히 깊이 숨을 쉬면서 움직이지 않은 채로 있는 대령으로부터 무엇인가 귓속말을 들었다. 그는 손바닥을 쳤고 모두가 몸을 일으키자 이렇게 공표했다.

"부탁은 거절되었다. 어서 물러들 가라."

부인할 수 없는 안도의 느낌이 사람들을 스쳐 지나갔다. 모두가 바깥으로 밀려 나가고 있었다. 형식적으로 다시금 우리 모두와 마찬가지의 인간이 된 대령에 대해서는 아무도 특별히 신경을 쓰지 않았다. 나는 그가 실제로 기진맥진해서 장대를 놓아버리고—그것은 쓰러졌다—한 공무원이 끌어온 안락의자에 주저앉아서 서둘러 파이프 담배를 입에 밀어 넣는 모습을 바라보았다.

　이런 모든 사건은 종종 일어나는 일은 아니었으나 언제나 대부분 이런 식이었다. 가끔 사소한 부탁이 실현되는 일이 있기는 해도, 그 것은 대령이 막강한 개인으로서 독자적인 책임을 지고 행한다는 식 이었다. 그래서 그것은—물론 표출된 것은 아니지만 분위기상으로 볼 때—확실히 정부에는 비밀로 부쳐져야 된다는 것이다. 그런데 우 리가 판단하는 바로는, 우리 작은 도시에서는 대령의 눈이 정부의 눈 이기도 하다. 그럼에도 불구하고 이 경우에는 전혀 파악될 수 없는 어떤 차이가 생긴다.

　그러나 중대한 경우 시민들은 언제나 분명하게 거절당했다. 그리 고 사람들이 이러한 거절 없이는 어쨌거나 일을 제대로 꾸려나갈 수 없다는 것은 정말 기이한 일이다. 그리고 그런 경우에 이렇게 가서 거절 소식을 가지고 오는 일은 결코 형식상의 일이 아니다. 사람들은 언제나 새롭게 신선하고 진지한 모습으로 갔다가 다시 그곳에서 온 다. 물론 힘차고 행복한 모습으로 오는 것은 아니지만, 그렇다고 지 치고 피로한 것도 전혀 아니다. 나는 누구에게도 이런 일들에 관해서 물어볼 필요가 없다. 나는 모든 사람들처럼 내 마음속으로 느낄 뿐이 다. 그러나 이런 일들의 관계를 추적 조사하고자 하는 어떤 호기심조 차도 가져서는 안 된다.

　나의 관찰이 미치는 한에서 만족하지 못하는 어떤 특정한 연령층 이 물론 있다. 그것은 대략 열일곱에서 스물 사이의 젊은 사람들이 다. 그러니까 가장 무의미한 생각, 더구나 처음의 혁명적인 그 생각 이 미치는 영향력을 결코 예감조차 못하는 젊은이들이다. 그래서 바 로 그들 사이에 불만감이 슬그머니 스며들고 있는 것이다.

법에 대한 의문

　우리들의 법은 일반적으로 알려져 있지 않다. 그것은 우리들을 지배하고 있는 소수 귀족계급의 비밀이다. 우리는 이 오래된 법이 그대로 지켜지고 있다고 확신하고 있지만, 우리가 알지도 못하는 법에 의해서 지배되고 있다는 것은 매우 고통스러운 일이 분명하다. 만약 민족 전체가 아니라 한 개인만이 법 해석에 참여할 수 있는 것이라면, 나는 여기에서 여러 가지 해석 가능성과 그것이 가져오는 불이익에 대해서는 생각하지 않겠다. 그 불이익은 어쩌면 그다지 크지 않을지도 모른다. 법은 정말 오래된 것이고, 수 세기 동안 법의 해석이 행해져왔다. 이러한 해석까지도 이미 법이 되었다. 법을 해석하는 데에 가능한 자유가 여전히 존재하고 있기는 하지만, 매우 한정되어 있다. 그 이외에도 귀족이 법을 해석하는 데에 자신의 개인적인 관심이 우리에게 불리하게 영향을 미치도록 할 이유는 분명히 없다. 왜냐하면 법이란 처음부터 귀족을 위해서 정해졌기 때문이다. 귀족은 법 밖에 서 있고, 바로 그렇기 때문에 법이 전적으로 귀족의 손에 쥐어진 것처럼 보이는 것이다. 물론 법 안에는 지혜가 들어 있다―누가 옛날 법의 지혜를 의심하겠는가?―그러나 십중팔구 그것에 가까이 갈 수 없다는 것이 우리에게는 고통스럽다.

　게다가 이런 가상적인 법은 원래 그저 추측되어질 수 있을 뿐이다. 이런 법이 있다는 것과 귀족에게 비밀로서 맡겨져 있다는 것은 하나의 전통이다. 그러나 그것은 오래된 전통이고 그 연륜으로 보아 믿을 만한 전통이라는 것 그 이상은 아니며, 또 그렇지 않을 수도 있다. 왜냐하면 이 법의 성격이 그것이 존재한다는 것을 비밀로 지켜줄 것을 역시 요구하고 있기 때문이다. 그러나 만약 우리 민족이 고대로부터 귀족들의 행동을 주의 깊게 추적해오고 그것에 관한 우리 조상들의 기록을 가지고 있어서 그것을 계속해서 양심적으로 써나감으로써, 이런저런 역사적인 규정을 성립시킨 수많은 사실들의 확실한 방향을 인식하고 있다고 믿는다면, 그리고 우리가 우리들의 현재와 미래를 위해서 이렇게 극도로 면밀하게 가려지고 정리된 결론을 어느 정도 적응시켜보려고 노력한다면―이 모든 것은 불확실하며, 아마 단지 이성의 유희에 지나지 않을 것이다. 왜냐하면 우리가 여기서 알아내려고 애쓰고 있는 이 법은 전혀 존재하지 않을지도 모르기 때문이다. 실제로 이러한 의견을 가지고 있고 그것을 증명하려고 애쓰는 작은 정당이 있는데, 그들에 의하면 만약 법이 있다면 그것은 단지 귀족이 행하는 것이 법이다라는 것을 의미할 뿐이라고 한다. 이 정당은 귀족들의 횡포만을 보고, 이 민족의 전통을 비난한다. 그들의 의견에 의하면 이 전통은 다만 극히 적은 우연한 유용성을 가져올 뿐이고 반대로 대부분은 손실을 가져온다. 왜냐하면 그것은 앞으로 다가올 일들을 대면하고 있는 민족에게 하나의 잘못된, 경솔함으로 이끄는 거짓된 확신감을 주기 때문이다. 이러한 손실은 부인할 수 없다. 그러나 어디까지나 우리 민족의 대다수는 그 원인이 다음과 같은 곳에 있다고 본다. 즉, 전통이 아직 충분하지 않고, 그러므로 앞으로 더 많이 연구되어져야 하며, 그 재료 역시 많아 보이지만 아직 너무 적어서 그것이 충분해지려면 수 세기가 지나야 한다는 데 그 원인이 있다는 것이다. 언젠가는 전통과 그것의 연구가 끝나서 어느 정도 마음이 놓이고 모든 것이 분명해져서, 법은 단지 민족에게 속하고, 귀족은 사라져버리는 그런 때가 오리라는 믿음만이 현재를 우울하게 만드는 이러한 전망을 밝게 해준다. 귀족에 대한 미움 때문에 그렇게 말해지는 것은 절대로 아니다. 결코 그렇지가 않으며, 어느 누구도 그렇지가 않다. 우리들은 오히려 우리 자신을 미워한다. 왜냐하면 우리에게는 아직도 법의 진가가 평가되어질 수 없기 때문이다. 그러므로 저들은 사실 어떤 의미로는 미혹스러운 정당인 것이다. 그들은 원래의 법을 믿지 않는다. 그러면서도 그들은 귀족과 그의 존속의 권리를 완전히 인정하고 있기 때문에, 그렇게 소수로 남아 있는 것이다.

  사람들은 그것을 단지 일종의 반론으로 표현할 수 있을 것이다. 법에 대한 믿음 이외에 귀족마저 비난하려는 어떤 정당이 있다면, 그것은 곧 전 민족의 지지를 얻을 것이다. 그러나 그런 정당은 생겨날 수 없다. 왜냐하면 감히 귀족을 비난하려는 사람은 아무도 없기 때문이다. 우리는 이렇듯 아슬아슬한 상태에 놓여 있는 것이다. 어느 저술가가 언젠가 그것을 이렇게 간추려놓은 적이 있다. 우리에게 부여된 가시적이며 의심할 여지가 없는 유일한 법은 귀족이다. 그런데 우리가 우리의 유일한 법을 잃어버리길 원할 수가 있을까?

징병

징병은 국경에서 전쟁이 전혀 멈추지 않기 때문에 가끔 필요한데, 다음과 같은 방법으로 행해진다.

어느 정해진 날 어느 정해진 도시 구역에서 모든 거주자들은 남자, 여자, 어린아이 할 것 없이 모두 집 안에 머물러 있어야 한다는 지시가 내려진다. 대개 정오쯤이 되어서야 비로소 징병을 지휘할 젊은 귀족이 그 도시 구역의 입구에 나타난다. 거기에는 한 군부대인 보병과 기병들이 이미 여명 무렵부터 기다리고 있다. 그는 젊은 남자로서, 마르고 그리 크지 않으며 약해 보인다. 그는 단정치 못하게 옷을 입고 있으며, 눈은 피로해 보인다. 마치 환자에게 오한이 밀려오듯이, 그에게는 불안감이 계속해서 넘쳐흐르고 있다. 그는 아무도 쳐다보지 않고 그의 전 장비인 채찍 하나로 신호를 보낸다. 몇몇 군인들이 그를 따르고, 그는 첫 번째 집 안으로 들어간다. 이 도시 구역의 모든 거주자들을 개인적으로 알고 있는 한 군인이 그 집 동거인의 명단을 소리 높여 읽는다. 보통은 모두 다 있고 마치 그들이 군인인 것처럼 벌써 방 안에 일렬로 서서, 눈으로 그 귀족에게 매달린다. 그러나 가끔 누군가가—언제나 남자들이었는데—빠지는 일이 생기기도 한다. 그러면 아무도 핑계나 거짓말을 늘어놓을 엄두를 내지 못한다. 사람들은 침묵을 지킨다. 눈을 아래로 떨구고, 이 집안에서 범한 명령의 압력을 결코 견뎌내지 못한다. 그러나 그 귀족이 말없이 있음으로 해서 모두가 제자리에 꼼짝하지 않고 서 있다. 그 귀족은 신호를 보낸다. 그것은 결코 고개를 끄덕이는 정도의 것이 아니다. 그것은 단지 눈에서 읽을 수 있는 것이고, 두 명의 군인들이 그 빠진 자를 찾기 시작한다. 그것은 힘든 일이 아니다. 그는 결코 집 밖에 있는 법이 없다. 그는 한 번도 정말 군 복무로부터 도망치려는 의도를 가진 적은 없다. 하지만 그를 저지시키는 것은 복무에 대한 공포가 아니다. 그것은 자신을 보여야 하는 데 대한 부끄러움 때문인 것이다. 명령은 확실히 너무 벅찬 것이다. 두려움을 불러일으킬 만큼 벅찬 것이다. 그는 자기 혼자의 힘으로 올 수가 없다. 그러나 그것 때문에 도망가지는 않는다. 그는 단지 숨었을 뿐이다. 그리고 그 귀족이 집 안에 있는 소리를 들으면, 그는 아마 은닉처로부터 기어 나올 것이다. 방문을 향하여 기어 나오다가, 나타난 군인들에게 곧장 붙잡힐 것이다. 그는 귀족 앞으로 끌려간다. 귀족은 양손으로 채찍을 쥐고—그는 너무 허약해서, 한 손으로 아무것도 할 수가 없을 정도이다—그 남자를 때린다. 그것은 절대로 큰 아픔을 가져오지 않는다. 그리고 나서 귀족은 반은 지쳐서, 반은 불쾌감 때문에 채찍을 떨어뜨린다. 매를 맞은 사람은 그것을 주워야만 하고, 귀족에게 가져다주어야 한다. 그리고 나서야 비로소 그 남자는 나머지 사람들의 줄에 끼어 설 수가 있다. 덧붙여 말하면, 그 남자가 징병 검사를 받지 않게 되리라는 것은 거의 확실하다. 그런데 또 이런 일도 생긴다. 명단에 기록된 것보다 더 많은 사람이 있을 경우가 더욱 빈번하다. 예를 들면, 거기 낯선 처녀가 있어서 그 귀족을 쳐다본다. 그녀는 외부에서 온 것이다. 아마도 지방에서 온 모양이다. 징병이 그녀를 이곳으로 유인한 것이다. 그러한 이상한 차출의—집안에서의 차출은 아주 다른 의미를 지니니까—유혹을 뿌리치지 못하는 여자들이 많다. 그런데 이것은 특이하다. 한 여자가 이러한 유혹에 굴복한다면, 그것은 전혀 욕할 거리가 아니다. 반대로 많은 사람들의 의견에 의하면, 그것은 여자들이 경험해야 하는 그 무엇이라는 것이다. 그것은 여자들이 그들의 종족에게 갚아야 하는 빚이다. 이것은 언제나 이처럼 똑같이 진행된다. 처녀나 혹은 여인은 어디선가 아주 멀리서, 친척이나 친구로부터 징병이 있다는 이야기를 듣는다. 그녀는 가족에게 여행할 수 있게 허락해 달라고 요청한다. 가족은 허락한다. 그것을 거절할 수는 없다. 그녀는 자신이 소유하고 있는 옷 중에서 가장 좋은 옷을 입고, 보통 때보다 한결 즐겁다. 그리고 조용하고 친절하며, 다른 보통 때와 마찬가지로 냉담하다. 그리고 모든 침착함과 친절함 뒤에는 그녀가 고향으로 돌아가서는 더 이상 다른 것을 생각하지 않을, 완전한 이방인과 같은 무엇인가가 있었다. 징병이 거행되는 가족에게서 그녀는 보통 손님과는 전혀 다른 대접을 받게 된다. 모든 사람들은 그녀에게 아양을 떨며 달려붙는다. 그녀는 그 집의 모든 공간을 통과해 가야 하고, 모든 창문 밖으로 몸을 숙여야 한다. 그리고 그녀가 누군가에게 손을 얹으면, 그것은 신부의 축복보다 더한 것이다. 그 가족이 징병의 준비를 끝내면, 그녀는 가장 좋은 자리를 차지한다. 그것은 문 가까이 있는 자리인데, 거기서 그녀는 귀족의 눈에 가장 잘 띄고, 또 그를 잘 보게 된다. 그러나 그녀는 귀족이 들어올 때까지만 그렇게 공손하게 대접받는다. 그 후부터 그녀의 모습은 빛을 잃는다. 귀족은 다른 사람들을 보듯이 그녀를 볼 뿐이다. 그리고 그가 누군가에게 눈길을 돌릴 때에도 이 사람은 누가 자신을 바라보고 있다는 것을 느끼지 못한다. 그녀는 이런 것을 기대하지 않았다. 아니 오히려 그녀는 분명히 그것을 기대했을 것이다. 왜냐하면 그럴 수밖에 없을 테니까. 그러나 상대방 쪽의 기대는 그녀가 좇던 그런 기대가 아니었다. 그것은 단지 지금은 당연히 끝이 날 어떤 것이었을 뿐이다. 그녀는 우리 여자들이 아마 한 번도 느껴보지 못했을 정도의 수치심을 느낄 것이다. 그제야 비로소 그녀는 자신이 타인의 징병에 끼어들어 경쟁했다는 것을 깨닫는다. 그리고 군인이 명단을 읽고 그녀의 이름은 나오지 않는다. 잠시 침묵이 흐르면 그녀는 몸을 굽힌 채 떨면서 문밖으로 도망치게 되는데, 거기다가 등 위로 군인의 주먹을 한 대 얻어맞는다.

　남는 사람이 남자일 경우라면, 그는 이 집안에 속하지 않으면서도 함께 차출당하기를 원하는 것이다. 물론 이것 역시 전혀 희망이 없다. 그렇게 남게 된 자가 차출당했던 적은 한 번도 없었고, 앞으로도 결코 일어나지 않을 것이다.

시험

나는 하인이다. 그러나 나에게는 일이 없다. 나는 두려워 앞에 나서지 않는다. 그렇다. 나는 다른 사람들과 다투어 어깨를 겨루지 않는다. 그러나 그것은 내가 일할 수 없는 한 가지 이유일 뿐이다. 그것은 내가 할 수 없는 것과 아무런 연관이 없을 수도 있다. 어쨌든 중요한 것은 내가 근무에 불려가지 않는다는 것이다. 다른 하인들은 불려가기 때문에 나처럼 일을 얻으려고 더 이상 애쓰지 않았다. 그들은 아마 불려가기를 바라지 않았을 것이다. 나는 가끔 그것을 몹시 바랐는데도 말이다.

그래서 나는 하인 방 나무 침상에 누워 천장의 대들보를 올려다보고 잠들었다가 깨어났다가 또다시 잠이 든다. 가끔 나는 시큼한 맥주를 팔고 있는 술집으로 건너간다. 나는 때로 불쾌해져서 그것을 쏟아버리지만, 그러고 나서는 다시 그것을 마신다. 나는 닫힌 작은 창문 뒤에 앉아 있기를 좋아한다. 왜냐하면 거기에서는 어느 누구에게도 발견되지 않고, 우리 집 창문들을 건너다볼 수 있기 때문이다. 그곳에서는 건너편 이곳에 있는 것들이 그리 많이 보이지 않을 것이다. 내 생각으로는 복도의 창문들이 고작이고, 그 이외에 주인의 방으로 통하는 저쪽 현관의 창문들은 보이지 않을 것이다. 그렇지만 내가 잘못 생각할 수도 있다. 언젠가 누군가가 그렇게 주장한 적이 있었다. 그에게 물어보지도 않았는데. 그리고 이 집의 정면에 대한 일반적인 인상이 이를 증명하고 있다. 창문이 열리는 경우는 아주 드문 일이다. 그런 일이 생긴다면, 그것은 하인이 하는 짓이고, 그는 아마 잠시 동안 밑을 내려다보기 위해서 창문턱에 기대어 있을 것이다. 그러니까 그것은 그가 들키지 않을 수 있는 복도인 것이다. 덧붙여 말한다면, 나는 이 하인들을 알지 못한다. 지속적으로 위에서 일하고 있는 하인들은 내 방이 아닌 다른 곳에서 잠을 잔다.

언젠가 내가 술집에 들어서니 내가 관망하는 자리에 이미 한 손님이 앉아 있었다. 나는 자세히 쳐다볼 엄두가 나지 않아서 곧 문 쪽으로 몸을 돌려 나가려고 했다. 그러나 그 손님이 나를 불렀다. 그도 역시 하인으로 보였다. 나는 언젠가 어디선가 그를 본 적이 있었지만 여태까지 그와 함께 이야기한 적은 없었다.

"왜 도망치려 하는 거야? 이리 와서 앉게. 그리고 뭐 좀 마시지! 내가 한잔 사겠네!"

그래서 나는 앉았다. 그는 나에게 몇 가지 질문을 했다. 그러나 나는 그것에 대답할 수가 없었다. 정말 나는 그 질문조차 이해하지 못했다. 그래서 나는 이렇게 말했다.

"아마 너는 지금 후회하고 있겠지, 나를 초대한 것을 말야. 그렇다면 나는 가겠네." 그리고 나는 일어서려고 했다. 그러나 그는 탁자 너머로 손을 뻗쳐서 나를 주저앉혔다.

"그냥 있게나."라고 그는 말했다.

"그것은 단지 하나의 시험일 뿐일세. 질문에 대답하지 않는 사람이 시험에 합격한 것이라네."

독수리

독수리가 한 마리 있었는데, 그것이 나의 두 발을 쪼았다. 장화와 양말은 이미 해지고, 이제 어느덧 발까지 쪼아댔다. 자꾸 달려들었다가는 불안하게 몇 번씩 내 주위를 날고는 다시 작업을 계속했다. 어떤 신사가 지나가다 잠시 보더니 왜 독수리에게 당하고 있느냐고 물었다.

"정말 어쩔 도리가 없어요."라고 나는 말했다. "그것이 와서는 쪼아대기 시작했어요. 저는 물론 쫓아버리려고 했고 심지어 저놈의 목을 조르려고 해봤는데, 저런 동물은 워낙 힘이 세고 제 얼굴에마저도 뛰어들려고 했어요. 그래서 차라리 발을 내준 거랍니다. 이제 발이 거의 짓찢어졌습니다."

"당신이 그렇게 고통을 당하다니" 하고 신사가 말했다. "한 방이면 그 독수리는 끝장일 텐데."

"그럴까요?" 하고 내가 물었다. "그렇다면 당신이 그렇게 좀 해주시겠어요?"

"기꺼이 하지요"라고 신사가 말했다. "내가 집에 가서 총을 가져오기만 하면 되겠습니다. 반 시간쯤 기다릴 수 있겠어요?"

"그건 잘 모르겠습니다만," 하고 말하고, 나는 한동안 고통으로 멍청히 서 있었다. 그러고는 이렇게 말했다. "제발 그렇게 해주세요."

"좋아요. 서두르도록 하겠습니다."라고 신사가 말했다.

독수리는 우리가 이야기하는 동안 조용히 귀를 기울여 듣고는 나와 신사에게 번갈아 눈길을 보내고 있었다. 이제 나는 독수리가 모든 것을 알아들었음을 알았고, 그것은 날아올라, 몸을 한껏 뒤로 젖히더니 창을 던지는 사람처럼 그 부리를 곧장 나의 입을 통해서 내 몸 깊숙이 찔러 넣었다. 나는 뒤로 넘어지면서 해방감을 맛보았다. 모든 심연을 채우고 모든 강둑을 넘쳐흐르는 나의 핏속에서 그 독수리가 헤어날 길 없이 빠져 죽어갈 때.

조타수

"내가 조타수가 아니던가?" 하고 나는 소리쳤다.

"네가?" 하고 키가 훌쩍 큰 시커먼 남자가 묻고는 마치 어떤 꿈을 쫓아버리려는 듯이 손으로 눈 위를 가볍게 비볐다. 나는 어두운 밤에 키를 잡고 서 있었다. 흐릿하게 비치는 등불이 내 머리 위에 걸려 있었다. 그러자 이 남자가 와서 나를 옆으로 밀어내려고 했다. 그러나 내가 물러나려 하지 않자, 그는 내 가슴에 발을 올려놓고 나를 천천히 짓밟았다. 그러는 동안에 나는 점점 키의 손잡이에 매달렸고, 내가 넘어질 때 그것은 완전히 돌려졌다. 그러나 그때 그 남자가 그것을 잡아 제대로 돌려놓았고, 나를 내던졌다. 물론 나는 재빨리 생각을 했고, 선원들의 방으로 통하는 채광창으로 달려가서 소리쳤다.

"여보게, 친구들, 빨리 좀 와주게! 어떤 낯선 자가 나를 키에서 쫓아버렸어!"

그들은 천천히 왔다. 배의 층계를 올라왔다. 건장한 사람들이었지만 흔들거리는 피로한 모습이었다.

"내가 조타수지?"라고 나는 물었다. 그들은 고개를 끄덕였다. 그러나 그들은 낯선 자를 보고 있었고, 반원으로 그를 빙 둘러 섰다. 그러나 그가 명령하듯 "나를 방해하지 마."라고 말하자, 그들은 한곳으로 모이더니 나에게 고개를 끄덕이고, 다시 배의 층계 밑으로 사라졌다. 무슨 사람들이 저 모양이람! 그들도 생각이라는 걸 할까? 아니면 무의미하게 발을 질질 끌며 땅 위를 걸을 뿐일까?

팽이

한 철학자가 언제나 아이들이 놀고 있는 곳을 뒤쫓아 다니고 있었다. 그러다가 그는 팽이 한 개를 가지고 있는 사내아이를 보았다. 그래서 그는 숨어서 기다렸다. 팽이가 돌기 시작하자마자 철학자는 그것을 잡으려고 쫓아갔다. 아이들이 소리를 지르며 장난감에서 그를 떼어놓으려고 애쓰는 것에도 그는 개의치 않았다. 팽이가 돌고 있는 한 그는 그것을 잡을 수 있었고 행복했다. 그러나 그것도 잠시뿐, 그는 그것을 땅바닥에 내던지고 가버렸다. 그는 보편적인 것에 대한 인식을 위해서는 모든 사소한 것, 예를 들면 돌고 있는 팽이 한 개 따위에 대한 인식으로 충분하다고 믿고 있었다. 그래서 그는 큰 문제들에 몰두하지 않았다. 그것은 그에게는 비경제적으로 보였다. 만약 가장 작은 사소한 것이 인식된다면, 모든 것이 인식될 것이다. 그래서 그는 돌고 있는 팽이에만 몰두했던 것이다. 그러고는 팽이를 돌리기 위한 준비가 끝나면 그는 이것이 성공하겠지 하는 희망을 가졌다. 그리고 팽이가 돌면, 그것을 쫓아 숨차게 뛰어가면서 희망은 분명한 것이 되었다. 그러나 그가 그 멍청한 나뭇조각을 손에 쥐게 되면 속이 매슥거렸다. 그리고 그가 여태까지 듣지 못했던 아이들의 외침 소리가 갑자기 귓속으로 파고들며 그를 계속 쫓아왔다. 그는 서투른 채찍 아래 있는 팽이처럼 어쩔 줄 몰라 했다.

작은 우화

"아아," 하고 쥐가 말했다. "세상이 날마다 좁아지는구나. 처음만 해도 세상이 하도 넓어서 겁이 났었는데. 자꾸 달리다 보니 마침내 좌우로 멀리 벽이 보여 행복했었지. 그러나 이 긴 벽들이 어찌나 빨리 마주 달려오는지 어느새 나는 마지막 방에 와 있고, 저기 저 모퉁이엔 내가 달려 들어갈 덫이 놓여 있어."—"넌 오직 달리는 방향만 바꾸면 되는 거야." 하며 고양이가 쥐를 잡아먹었다.

귀향

　나는 돌아왔다. 나는 들을 지나와서 주위를 둘러본다. 아버지의 오래된 정원이 있다. 한가운데 난 작은 웅덩이. 쓸모없는 낡은 기구가 서로 뒤섞여 다락방 계단으로 난 길을 가로막고 있다. 고양이가 난간 위에 도사리고 있다. 언젠가 놀면서 막대기에 감았었던 천 조각이 찢겨 바람결에 날아오른다. 나는 도착했다. 누가 나를 맞아줄 것인가? 누가 부엌문 뒤에서 기다리고 있는가? 굴뚝에서는 연기가 솟아오르고, 저녁 식사를 위해 커피를 끓이고 있는 것이다. 너에게 낯익은 느낌이 드는가? 집에 돌아온 느낌이 드는가? 나는 모르겠다. 나는 확실치 않다. 이것은 나의 아버지의 집이다. 그러나 그것은 따로따로 한 조각씩 차갑게 서 있다. 마치 모든 것이 각각 자신의 용무에만 몰두해 있는 것처럼. 나는 그 용무들 중 어떤 부분은 잊어버렸고, 또 어떤 부분은 전혀 알지 못했다. 내가 그것들에게 무슨 필요가 있을까? 나는 그것들에게 무엇인가. 내가 옛날 농장주인 아버지의 아들이라 한들 말이다. 나는 감히 부엌문을 두드리지 못한다. 단지 멀찌감치서 엿듣고 있을 뿐이다. 엿듣고 있는 나 때문에 놀라는 일이 없도록, 나는 멀리 서서 엿듣고 있을 뿐이다. 멀리서 엿듣고 있기에 나는 아무것도 알아들을 수가 없다. 단지 가벼운 시계 종소리만을 듣는다. 아니, 아마 나는 그것을, 어린 시절로부터 이편으로 건너온 기억 속에서 듣고 있다고 믿는지도 모른다. 그 이외에 부엌에서 일어나고 있는 일은 그곳에 앉아 있는 사람들이 나로부터 보호하고 있는 그들만의 비밀이다. 문 앞에서 오랫동안 망설이면 망설일수록 점점 더 낯설어지는 법이다. 지금 누군가가 문을 열고 나에게 무엇인가를 묻기라도 한다면 어떠할 것인가. 그렇다면 나 역시도 자신의 비밀을 간직하려는 사람과 같지 않을까.

돌연한 출발

　나는 말을 마구간에서 끌어내 오도록 명했다. 하인은 나의 말을 이해하지 못했다. 나는 몸소 마구간으로 들어가 안장을 얹고 올라탔다. 멀리서 트럼펫 소리가 들려 나는 하인에게 무슨 일이냐고 물었다. 그는 아무것도 몰랐고 아무것도 듣지 못했다. 대문에서 그가 나를 멈추어 세우고는 물었다.

　"주인 나리, 말을 타고 어디로 가시나요?"

　"모른다." 하고 나는 말했다. "다만 여기를 떠나는 거야. 다만 여기를 떠나는 거야. 끊임없이 여기에서 떠나는 거야. 그래야 나의 목적지에 도달할 수 있다네."

　"그러시다면 나리께서는 목적지를 아신단 말씀인가요?" 그가 물었다.

　"그렇다네." 내가 대답했다. "내가 이미 말했잖는가. '여기에서 떠나는 것,' 그것이 나의 목적지일세."

　"나리께서는 예비 양식이라곤 하나도 갖고 있지 않으신데요." 그가 말했다.

　"나는 그따위 것은 필요 없다네." 내가 말했다. "여행이 워낙 긴 터라 도중에 무얼 얻지 못한다면, 나는 필경 굶어 죽고 말 것이네. 예비 양식도 날 구할 수는 없을 걸세. 실로 다행스러운 것은 이 여행이야말로 정말 엄청난 여행이라는 걸세."

598

변호사

나에게 변호사가 있는지 없는지 매우 불확실했다. 나는 그것에 관하여 아무것도 자세한 것을 알 수 없었다. 모든 얼굴들은 거부하는 듯 보였다. 나를 마중 나오는 대부분의 사람들, 그리고 내가 통로에서 재차 만나게 되는 사람들은 늙고 뚱뚱한 여자들처럼 보였다. 그들은 몸 전체를 덮고 있는, 암청색과 흰색의 줄무늬가 쳐진 큰 앞치마를 하고 있었는데, 배를 쓰다듬으면서 이리저리로 느릿느릿 몸을 돌리고 있었다. 나는 도대체 우리가 법원 건물에 와 있는지조차 알아낼 수가 없었다. 많은 사람들은 그렇다고 말했고, 또 다른 많은 사람들은 아니라고 했다. 모든 갖가지 것들을 떠나서, 나에게 가장 법정을 생각나게 해주었던 것은 먼 곳으로부터 끊임없이 들려오는, 웅웅 울려 퍼지는 소리였다. 그것이 어느 방향에서 오는 것인지는 말할 수 없다. 그것은 모든 공간을 가득 채워서, 사람들은 그것이 모든 방향에서 오거나 혹은 우연히 서 있는 바로 그 장소가 이 소리의 원래의 장소라고 생각할 수 있었다. 후자 편이 맞는 것처럼 보였는데, 그러나 분명히 그것은 착각에 불과했다. 왜냐하면 그 소리는 먼 곳으로부터 오고 있었기 때문이다. 좁은 통로들, 단순한 아치 모양의 천장, 검소하게 치장된 높은 문들이 있고, 완만한 갈림길들로 이어지고 있는 통로들, 그것들은 깊은 침묵을 위해서 만들어진 것처럼 보였다. 그것은 박물관이나 도서관에서 볼 수 있는 복도였다. 그렇지만 그것이 법정이 아니었다면, 왜 나는 이곳에서 변호사를 찾고 있었던가? 왜냐하면 나는 모든 곳에서 변호사를 찾고 있었기 때문이다. 그는 도처에서 필요한 존재다. 그렇다. 사람들은 변호사를 법정에서보다는 다른 곳에서 더욱 필요로 하고 있다. 왜냐하면 법정은 그 판결을 법에 따라 내리기 때문이다. 우리는 그것을 받아들여야만 한다. 만약 사람들이 여기에서 일이 부당하게 또는 가볍게 처리되고 있다고 생각한다면 물론 어떤 생활도 가능하지 못할 것이다. 우리는 법정에 대해서 법정이 법의 존엄성에 대해 자유로운 여유를 줄 것이라는 신뢰감을 가지고 있어야 한다. 왜냐하면 그것이 법정의 유일한 의무이니까 말이다. 그러나 법 자체 안에 있는 모든 것이 고소, 변론 그리고 판결이므로, 한 인간의 독자적인 개입은 여기서는 위반 행위일 것이다. 그러나 판결의 상황은 다르다. 이것은 여기저기의 검증, 즉 친척들과 낯선 사람들, 친구들과 적들, 가족과 공개된 사회, 도시와 시골, 간단히 말해서 모든 곳에서 이루어진 검증에 근거하고 있다. 여기서는 변호사를 갖는 일이 시급히 필요하다. 많은 숫자의 변호사들이, 가장 훌륭한 변호사들이 서로 꼭 붙어 있는 하나의 살아 있는 벽 같은 변호사가 필요하다. 왜냐하면 변호사들은 그들의 성격상 움직이기 힘들기 때문이다. 그렇지만 고소인들은, 이 영악스러운 여우들은, 이 날렵한 족제비들은, 이 보이지 않는 작은 쥐새끼들은 가장 작은 구멍이라도 뚫고 미끄러져 나와, 변호사들의 가랑이 사이로 재빨리 도망쳐버린다. 그러니까 조심해야 한다! 그런 이유에서 내가 여기에 와 있는 것이다. 나는 변호사들을 모으고 있다. 그러나 나는 아직 한 사람도 발견하지 못했다. 단지 이 늙은 여자들만이 왔다 갔다 할 뿐이다. 만약 계속해서 내가 찾는 작업을 하는 중이 아니라면, 그것은 나를 잠들게 했을 것이다. 나는 올바른 장소에 와 있지 않다. 불행히도 나는 내가 올바른 장소에 와 있지 않다는 인상을 지울 수가 없다. 나는 많은 종류의 사람들, 여러 지역 출신의, 모든 지위의, 모든 직업의,

여러 연령층의 사람들이 다 모이는 곳에 가 있어야 했다. 나는 그 많은 사람들 중에서 나에 대한 통찰력을 가진 유용한 자들, 친절한 자들을 주의 깊게 골라낼 수 있는 가능성을 가졌어야 했다. 그런 일을 하기에는 아마 일 년에 한 번 서는 커다란 장터가 가장 적합할 것이다. 그런 곳 대신에 이 늙은 여자들만을 볼 수 있는 이 통로에서, 언제나 똑같은 통로들, 게다가 몇 안 되는 통로들인데, 그 완만함에도 불구하고 나는 붙잡아 세울 수가 없다. 나로부터 미끄러져 달아나고, 마치 비구름처럼 떠다니고 있으며, 알 수 없는 일들로 몹시 붐빈다. 나는 어째서 덮어놓고 그렇게 바삐 이 집으로 들어와, 대문 위에 써 있는 간판을 읽지도 않고서, 곧바로 이 통로들 위에 와 있는 걸까. 내가 언제 집 앞에 있었는지, 언제 층계를 올라왔었는지조차 전혀 기억할 수 없을 만큼 길을 잘못 들어 나는 내 자신을 이곳에 가두고 있다. 그러나 되돌아가서는 안 된다. 이러한 시간의 소비, 이 잘못 든 길을 시인한다는 것은 참을 수 없는 일일 것이다. 어떻게 그렇게 할 수 있겠는가? 불안스레 웅웅 울려오는 소리를 들으면서 이 짧고 바쁜 삶 속에서 한 계단을 내려가다니, 그게 될 말이기나 한가? 그것은 불가능하다. 너에게 주어진 시간은 너무 짧아서, 네가 만약 일 초를 잃어버린다면, 너는 벌써 너의 삶 전체를 잃어버리는 것이다. 왜냐하면 삶은 네가 잃어버린 시간만큼 더 긴 것이 아니라, 언제나 바로 그 정도의 길이밖에는 되지 않기 때문이다. 그러므로 네가 만일 어떤 길을 시작했다면, 어떤 일이 있더라도 계속해서 그 길을 가라. 너는 이길 수밖에 없다. 너는 결코 위험에 처하지 않을 것이다. 아마 너는 끝에 가서는 넘어질지도 모른다. 그러나 네가 이미 첫걸음을 떼어 놓자마자 뒤돌아서 층계를 내려갔다면, 너는 처음에 곧장 넘어졌을 것이다. 아마가 아니라 분명히 말이다. 그러니까 네가 만일 이 통로에서 아무것도 발견할 수 없다면 문을 열어라. 그 문 뒤에서도 아무것도 발견하지 못하면 또 다른 층이 있다. 네가 위에서도 아무것도 발견하지 못한다면 그것 또한 곤란한 것은 아니다. 새로운 계단으로 뛰어올라라. 네가 올라가는 것을 멈추지 않는 한, 계단 또한 멈춰 있지 않을 것이다. 그것들은 올라가고 있는 너의 발밑에서 계속해서 앞쪽으로 자라날 것이다.

어느 개의 연구

　내 생활이 달라지기는 했지만 그래도 근본에 있어서 달라진 것은 아니지 않는가! 지금 나는, 내가 아직 개라는 족속의 일원으로서 살고 있고 그들이 관심을 보이는 것이라면 무엇이든 관여했었던 그 시절을 되새겨본다. 그리고 좀 더 자세히 관찰해보면, 이 세상에는 예전부터 어딘가 이상한 것, 다시 말해서 일종의 균열 같은 것이 있다는 것을 발견하게 되고, 가장 신성한 종족 모임에서조차 어떤 가벼운 불쾌감이 나를 엄습했다는 것을 알게 된다. 그것도 친한 동료들과 함께 있을 때에도, 그래 이따금씩은 아니었지만, 그래 이따금씩이라기보다는 그런 경우가 자주 있었다고 하는 편이 나을 것이다. 나에게 사랑스런 동료 하나가 나타난 것만으로도, 어쨌거나 새롭게 보이는 단순한 모습만으로라도 나는 당황했고, 놀라워했고, 어찌할 바 몰라했으며, 나아가 절망적이기까지 했다.

　나는 어떻게 하든 흥분을 가라앉히려고 애썼다. 내가 이런 사실을 털어놓았던 친구들은 나를 도와주었다. 그리하여 한동안은 다시 평안할 수가 있었다. 그렇다고 해서 물론 불의의 그 놀라운 사실이 완전히 사라져버린 것은 아니지만, 나는 비교적 무관심하게 그것을 내 생활에 받아들였다. 아마 그것이 나를 슬프고도 피곤하게 만들었는지도 모른다. 그 외에도 나는 냉정하고 겸손하며 조심스럽고 계산적인 개였으나, 전체적으로 볼 때 정상적인 개로서 존속할 수 있었다. 만일 이러한 휴식의 한때가 주어지지 않았더라면, 현재 내가 누리고 있는 나이에 이르지 못했을 것이다. 나아가 젊은 시절의 놀라움을 조용히 돌이켜보고, 노년의 놀라움을 조용히 견디어나갈 수 있는 마음의 평정에 도달할 수도 없었을 것이다. 그리고 굳이 말하자면 나의 불행한, 좀 더 분명히 말하자면 그렇게 불행하다고까지는 말할 수 없는 그런 처지에서 결론을 끌어내어 그것에 따라 살아갈 수도 없었을 것이다. 남들과 관계를 끊고서 가망은 보이지 않지만 내게는 꼭 필요한 작은 연구에 오직 몰두한 채, 나는 살아가고 있다. 그러나 나는 먼발치에서 여전히 내 족속에 대해 조망하는 것을 잊어버린 적이 없었다. 여러 가지 보고들이 나에게 전해지고, 나도 역시 여기저기에서 나에 관한 소식을 듣게 된다. 저마다 나에게 경의를 표하고 있고 나의 생활 방식을 이해하고 있는 것 같지는 않지만, 나에게 악의를 품고 있지는 않다. 나는 먼발치에서 이리저리 뛰어다니는 젊은 개들을 보게 되는데, 나에게 그들의 어린 시절이 겨우 어렴풋이 기억되는 그 젊은 세대들까지도 나에게 아낌없이 경의에 찬 인사를 보내고 있다.

내가 이상한 면을 가지고 있다는 것은 잘 알려져 있으나, 정말이지 결코 타락한 것은 아니라는 사실만은 잊지 말아야 한다. 잘 생각해보면—나에게는 생각할 만한 여유가 있고, 생각할 만한 기분이 들며, 또 생각할 능력도 있다—개란 희한한 족속이다. 우리 개들 이외에도 주위 세상에는 여러 가지 생물들이 살고 있다. 하찮고 비천한 생물이 있는가 하면, 말도 못 하며 극히 한정된 소리만을 내는 생물들도 있다. 우리 개들 중에는 이러한 생물들을 연구하는 자들이 많다. 생물들에게 이름을 붙이고 그들을 도와 육성하고, 그 품위를 높이려고 한다. 나는 이러한 생물들이 어쨌거나 나를 방해하려 하지 않는 한, 아랑곳하지 않는다. 나는 그들을 잘못 혼동하지만, 관대히 보아 넘긴다. 그러나 내가 묵과할 수 없는, 마음에 걸리는 일이 한 가지 있다. 그것은 우리네 개들에 비하여 그들에게는 서로 협조하는 정신이 없다는 것이다. 그리고 그들은 서로가 만나도 언짢은 태도로 입을 다물고, 일종의 적의까지 품고 지나쳐버리기 일쑤이며, 가장 공통된 이해관계만이 그들을 어느 정도 연결시켜줄 수 있는데, 이러한 이해관계에서조차 그들 사이에는 가끔 증오와 시비가 일어난다. 그러나 우리 개들은 그렇지 않다. 우리는 오랜 세월이 흐르는 동안에 수많은 심한 차이 때문에 서로 구분되었으나, 모두들 한 덩어리가 되어 살아가고 있다 해도 과언이 아니다. 모두가 한 덩어리로 말이다! 우리는 서로 밀쳐대며, 그 어느 것도 마음대로 밀쳐대는 우리를 저지할 수는 없다. 우리의 법과 제도들, 우리가 아직도 기억하고 있는 몇 가지, 또는 내가 모조리 잊어버린 수많은 것들은 우리가 누릴 수 있는 가장 위대한 행복, 즉 따뜻한 공동생활에 대한 동경에서 비롯되는 것이다. 그러나 이와는 전혀 반대되는 일도 있기는 하다. 내가 보기에는 그 어떤 생물도 우리들 개처럼 널리 분산되어 살지는 않는다. 그 어떤 생물도 그 계급, 종류, 직무에 있어서 그처럼 현저한 차이를 가지지는 않는다. 하나로 모여 살려는 그런 우리가—어쨌거나 극단적인 순간에도 언제나 잘되어왔지만—실은 서로 떨어져서, 때로는 이웃 개도 모르는 독특한 일들을 하며 살아간다. 그것도 개의 족속에는 속해 있지 않은, 아니 오히려 그들과는 반대되는 규정을 고수하면서. 그런데 어떤 어려운 일이 있는데 그것들은 건드리지 않는 게 오히려 좋겠다. 나는 이와 같은 입장을 잘 이해하고 있다. 내 처지보다도 더 잘 이해하고 있는 것이다. 그런데 내가 완전히 빠져 있는 일들이 있다. 어째서 나는 다른 개들과 같은 태도를 취하지 않는 것일까? 나는 나의 종족들과 조화를 유지하면서 살아간다. 간혹 조화를 깨뜨리는 일이 있어도, 그저 어떤 계산을 하다가 생기는 사소한 잘못 정도로 간과해버린다. 나의 마음은 늘 우리를 서로 뭉치게 하는 것으로 향해 있다. 그러나 우리 종족의 테두리로부터 우리를 잡아 끌어내리려는 것(그것은 언제나 거역할 수 없는 것으로 닥쳐오긴 하지만)에 대해서는 등을 돌린다.

나는 젊은 시절에 일어났던 사건을 회상해본다. 그 무렵 나는, 그 나이에는 누구나 경험하듯이, 행복에 가득 찬, 설명하기 어려운 흥분에 차 있었다. 나는 아직 젊은 개였는데, 모든 게 다 마음에 들었고, 모든 일이 나와 관련되어 있었다. 내 주위에는 커다란 녀석들이 앞장서서 가고, 그들의 리더는 바로 나였다. 또 나는 그들을 대변해주어야 한다고 생각했다. 불쌍하게 땅바닥에 누워 있어야만 했던 녀석들도 있었는데, 그들을 위하여 뛰어다니지는 못했지만 적어도 그들에게 몸을 흔들어 보였었다. 이제 그것은 어린아이들의 공상의 세계로서 시간과 함께 사라질 것이다. 그러나 당시에 그 공상들은 큰 힘을 가지고 있어서 나는 그 손아귀에서 헤어 나오지 못했다. 그리고 또 실제로 그와 같은 무한한 기대에 어울리는 듯한 사건도 일어났던 것이다. 사건 그 자체는 결코 이상한 것이 아니었다. 그 후에도 그런 종류의 더욱 기묘한 사건들을 종종 본 적이 있었는데, 당시로서 나는 그런 일을 생전 처음 맛보는 듯한 지울 수 없는 강한 인상을 받았다. 그리고 그 인상은 그 후에 연이어 일어난 여러 가지 사건들을 판단하는 기준이 되었다. 다름 아니라 내가 한 작은 개의 집단을 만났다는 것이다. 아니 이쪽에서 만났다기보다는 저쪽에서 나를 향하여 왔다는 편이 옳을 것이다. 나는 당시 어떤 큰 사건에 대한 예감을 갖고—나는 물론 항시 예감을 갖고 있었으므로 쉽사리 환멸을 느끼기는 했지만—오랫동안 어둠 속을 달리고 있었다. 나는 앞뒤를 헤아리지 않고 그저 맹목적으로 막연한 욕구에 끌려 달려가다가, 불현듯 여기가 바로 그곳이구나 하는 생각이 들어 멈추어 서서 위를 올려다보았다. 날씨는 맑게 개었으나 다소 습기가 차 있었고 모든 것이 뒤범벅이 되어 머리가 어지러울 정도로 냄새가 가득 차 있었다. 내가 혼란스러운 목소리로 아침 인사를 했더니—마치 주술에라도 걸린 것처럼—어두운 먼 곳에선가 처음 듣는 요란한 소리를 지르면서 일곱 마리의 개가 나타났다. 비록 그들이 어떻게 그런 소음을 내는지 나로서는 알 길이 없었지만 그들이 개라는 것과 그들 자신이 그런 소음을 가져왔다는 사실을 분명하게 알 수 없었더라면 나는 아마 바로 줄행랑을 놓았을 것이다. 그렇지만 나는 멈춰 선 것이다. 당시 나는 개라는 족속에게만 주어졌던 창조적인 음악성에 대하여 미처 아는 것이 없었다. 내 관찰력은 발달이 늦어 그때까지도 그 음악성을 알아보지 못했었는데, 그것은 당연한 것이었다. 그러나 음악은 젖먹이 시절부터 두말할 나위도 없이 생활의 필수적인 요건으로서 나를 사로잡고 있었으며, 또한 음악을 음악 이외의 내 생활에서 억지로 떼어버릴 수도 없었다. 그것은 어린아이에게도 이해가 되도록 은연중에 제시되었다. 저 일곱 마리의 위대한 음악가들은 나에게는 더욱 놀랍고도 압도적인 것이었다. 그들은 이야기를 하는 것도 아니었고, 노래를 부르는 것도 아니었다. 저마다 일제히 혈기 왕성한 표정을 하고 입을 거의 여는 일이 없이, 텅 빈 공간으로부터 마법적인 힘으로 음악이 솟아나게 하는 것이었다. 모든 것이 다 음악이었다. 발을 올리고 내리거나 고개를 갸웃거리거나, 달리고 멈춰 서고 한 마리가 다른 개의 등 위에 앞발을 얹고 그리고 똑바로 선 앞의 개가 다른 모든 개의 무게를 지탱하고 있거나, 혹은 땅 가까이 몸을 끄는 복잡한 형상을 하고도 한 번도 실수하지 않도록 함으로써, 서로 간에 규칙적인 결합 형태를 취하기도 하고 서로를 받아들이는 자세를 취하기도 한다. 맨 끝의 한 마리는 아직 좀 불안정한 상태여서 재빨리 다른 개들과 연결되지 못하는 경우가 있었고, 멜로디가 울리는 소리에 가끔 비틀거리기도 했지만, 불안정하다는 것은 어디까지나 다른 개들의 대단한 안정감에 비해서 그렇다는 것이지, 비록 불안정한 감이 훨씬 크고 보다 헐렁하더라도 다른 위대한 명인 개들이 조금도 흔들리지 않고 박자를 유지해 주었으므로 무너지는 일이란 결코 없었을 것이다.

그러나 그들은 모습을 거의 보이지 않았고 정말 그들 모두는 모습을 보인 적이 거의 없었다. 그들이 나타났을 때 나는 마음속으로 인사를 보냈다. 그들이 일으킨 소란스러운 소리에 몹시 놀라기는 하였으나 그들 역시 나나 너나 조금도 다름없는 개들인 것이다. 나는 길에서 개를 만나면 습관적으로 쳐다본다. 그리고 가까이 가서 인사라도 나누고 싶은 생각이 든다. 그 개들 역시 아주 가까이 있었다. 나보다 훨씬 나이가 들어 보이고, 나처럼 길고 풍성한 털을 가지고 있지는 않았지만 그 크기나 용모는 비슷한 데가 있었다. 그래서 나는 매우 친밀감을 느끼게 되었다. 나는 그러한 혹은 그와 유사한 유의 많은 개들을 알고 있었다. 그런데 이런 생각에 잠겨 있노라면 음악이 차츰 우세해져서, 이런저런 실질적인 작은 개들로부터 나를 완전히 떼어버린다. 그리하여 마치 고통에 던져진 듯 울부짖으면서 온 힘을 다하여 저항해보지만, 완전히 내 마음과는 반대로 나로 하여금 음악 이외의 그 어떤 것에도 마음을 두는 것을 허용하지 않는다. 그 음악은 높고 낮은 모든 방향으로부터 다가와 청중을 그 한가운데로 끌어들여, 매료시키고, 숨 막히게 한다. 여전히 음악과 가까이는 있지만 그것이 실지로는 먼 거리감이 있다는 사실을 부인하는 청중과는 관계없이 아직도 어렴풋이 나팔 소리가 울리고 있는 것이다. 그러고는 다시금 음악에서 해방된다. 음악을 계속 듣기에는 너무 피로해졌고, 너무나 쇠진해졌고, 너무나 약해졌기 때문이다. 음악에서 해방되자, 그 일곱 마리의 작은 개들이 행진을 하고 뛰어오르는 것이 보였다. 그들은 결코 상대방을 매혹시키는 것처럼 보이지는 않았지만, 이쪽에서 말을 걸어 여기서 무엇을 하고 있는지 물어보고 싶은 생각이 들었다. 더군다나 나는 어린애나 마찬가지이므로, 마음 내키는 대로 누구에게나 질문을 던지는 것은 좋은 일이라고 생각했다. 그런데 내가 질문을 할까 말까 하는 사이에 다시 그들의 음악이 들려와 나의 의식을 빼앗아가고 나의 주위를 빙빙 도는 것이었다. 그리하여 나는 마치 이 음악의 동료나 되는 것처럼 보였지만, 실은 음악의 희생자에 지나지 않았다. 그렇게 자비를 청했음에도 나를 이리저리 내동댕이치더니, 드디어 아무렇게나 쌓아올린 목재 속으로 몰아넣음으로써 나를 그들 본래의 폭력으로부터 구해주었다. 근처 주위에는 목재가 쌓여 있었는데 나는 지금까지 그런 줄을 모르고 있었다. 이 목재들은 나를 꼭 안아주었고 나로 하여금 머리를 숙이게 하였다. 저기 밖에서는 여전히 음악이 울리고 있었지만, 나는 잠깐 숨을 돌릴 여유를 갖게 되었다. 일곱 마리 개들의 예술이—이것은 나에게 불가사의한 것이며, 나의 능력이 미치지 못하는 영역의 것이기 때문에 나와는 도저히 인연을 맺을 수 없다—예술 이상으로 나를 놀라게 한 것은 자신이 만들어낸 것에 완전히 스스로를 내맡기는 그들의 용기였으며, 파멸되지 않고 그것을 조용히 견디어 나가는 그들의 역량이었다. 내가 숨겨진 구멍으로부터 좀 더 자세히 관찰한 바에 의하면, 그들은 그렇게 안정된 것이 아니라 언제나 극도의 긴장감에 사로잡혀 있다는 것을 나는 분명하게 인식했다. 겉으로 보기에는 그렇게 안정되게 움직이는 듯한 발은, 한 발 한 발 내디딜 적마다 끊임없이 경련을 일으켜 비틀거리고, 절망에 빠진 때와 같은 두려운 시선으로 하나하나를 노려본다. 그러면 언제나 긴장됐던 혓바닥은 곧바로 주둥이로부터 다시 축 늘어지는 것이다. 그들을 그렇게 초조하게 만드는 것은 성공 여부에 대한 불안 때문은 아니었다. 그만한 용기를 가지고 그런 일을 실현하여 보인 자가 불안해할 리가 없다. 그렇다면 무엇에 대한 불안일까? 누가 그들로 하여금 그런 짓을 하도록 강요한 것일까? 그들은 열심히 도움을 청하고 있는 듯이 보였으므로 더 이상 잠자코 있을 수가 없었다. 그래서 나는 큰 소리로 소음이 나는 쪽을 향해 질문을 던졌다. 그러나 이상하게도 그들은 전혀 아무런 대답을 하지 않았다. 나 같은 것은 안중에도 없다는 듯한 태도였다. 동료 개의 부름에 대하여 아무런 대답을 하지 않는 것은 우리의 미풍양속에 거슬리는 행위이다. 사정이야 어떻든 위대한 개건 비참한 개건 간에 이러한 행위는 용납될 수 없다. 그렇다면 그들은 개가 아니란 말인가? 그럴 리가 없다. 귀를 기울여 잘 들어보니 조용히 서로 부름으로써 서로를 격려하고 서로 어려움을 가르쳐주며, 실패에 대해 경고해주는 것이었다. 특히 대부분의 부름을 받고 있는 말썽꾸러기인 맨 끝의 작은 개는 가끔 나를 힐끔힐끔 쳐다보며 나에게 무슨 응답을 하였으면 하는 기색이 보였으나 그것은 허용될 수 있는 것이 아니어서 잠자코 참고 있었다. 어째서 응답이 허용되어 있지 않을까? 우리의 법률이 무조건 요구하고 있는 그것이 어째서 이 경우에는 안 되는가? 그때 내 마음속에 분노가 일었고 나는 거의 음악을 잃어버렸다. 여기에 있는 이 개들은 법을 어기고 있는 것이다. 비록 위대한 마법사라 하더라도 법은 지켜야만 하는 것이다. 이것은 어린 나도 잘 알고 있다. 그리하여 나는 그때부터 더 많을 것을 인지하였다. 만약 그들이 자기 죄를 알면서도 입을 다물고 있다면, 거기엔 그럴 만한 이유가 있을 것이다. 그들이 연출하는 모습을 관찰해보는 게 좋을 것이다. 나는 음악에 현혹되어 지금까지 미처 모르고 있었지만, 그들은 모든 수치심을 벗어버렸다. 비참하기 짝이 없는 것들이 오히려 가장 우스꽝스러운 천한 행위를 하고 있는 것이다. 그들은 뒷다리로 똑바로 서서 간다. 어유 저 꼬락서니라니! 그들은 벌거숭이가 되어 그 알몸을 자랑하고 있는 것이다. 그것이 자랑거리인 것이다. 어쩌다 무의식중에 앞발을 내디딜 경우에는 마치 잘못이나 범한 듯이 당황해하면서 얼른 앞발을 다시 들어 올렸다. 그것은 마치 자신이 깊은 죄악에 빠져 있었던 것을 사죄라도 하는 듯이 보였다. 아! 세상이 거꾸로 뒤집혔단 말인가? 나는 어디에 있었나? 도대체 무엇이 어떻게 된 것이냐? 이렇게 되면 내 자신의 존재가 문제시되므로 한시도 참을 수가 없다. 나는 나를 둘러싸고 있는 목재들에서 빠져 나와 단숨에 개들에게로 뛰어가려고 했다. 나와 같은 빈약한 제자가 교사의 임무를 맡아야 하다니. 그들이 할 일이 무엇인가를 주지시키고 더 이상 죄를 범하지 않도록 해야 한다.

"그렇게 늙은 개가 그토록 늙은 개가!" 하고 나는 중얼거렸다. 그러나 몸이 자유로워져서 개들로부터 두세 걸음 떨어진 거리에 이르렀을 때, 다시 소란스러운 소리가 들려와서 나에게 어떤 영향을 주기 시작했다. 언제나 균형을 유지하면서 아주 먼 곳으로부터 맑고 강하고 규칙적인, 조금도 변조됨이 없이 가까이 들려오는 소리, 그 소리야말로 소음 속에 떠도는 진정한 선율일 테지만, 그 소리가 힘을—두려운 일이지만, 내가 견디지 못할 정도가 아닌—충분히 발휘하여 나를 주춤하게 만들지 않았던들 나는 흥분하여 이미 낯익은 그 소음에 대항했을 것이다. 무슨 놈의 음악이 이렇게 개들을 혼란시킨담. 나는 발이 더 이상 앞으로 움직이지 않았다. 그들이 다시 버티고 서서 범죄를 거듭한다 해도 나는 이미 그들을 타이르려고 하는 의욕을 잃어버렸던 것이다. 나는 아직 강아지에 불과하였다. 어떻게 그런 어려운 일을 나에게 요구할 수 있었던가? 나는 작은 몸을 웅크리고 끙끙 울었다. 만일 그 개들이 나의 의견을 물었다면, 나는 그들이 옳다고 인정했을 것이다. 그러나 오래지 않아 그들은 모습을 나타냈던 어둠 속으로 모든 소음과 빛과 함께 사라져버렸다.

앞에서 말한 바와 같이 여기에는 처음부터 끝까지 새삼스레 문제삼을 이상한 점이 전혀 없다. 오래 살다 보면, 어린 안목으로 볼 때 이보다 더 기묘한 인상을 주는 일을 얼마든지 볼 수 있을 것이다. 그리고 비단 이 경우뿐만 아니라 극히 적절히 표현한다면, 우리는 언어의 착오를 일으키는 경우가 있을 수 있다. 그렇다면 이 사건은 일곱 마리 음악가가 조용한 아침을 이용하여 음악을 연주하려고 모였는데, 거기에 귀찮은 강아지 한 마리가 길을 잃고 잘못 끼어들어 음악가들은 놀라운 음악, 아니 숭고한 음악으로 그 강아지를 내쫓으려 했으나 되지 않았던 일이라고 할 수 있다. 강아지는 질문으로 그들을 방해했다. 낯선 자의 출연만으로도 곧 방해를 받게 마련인 음악가들이 귀찮은 질문 공세를 상대하여 대답을 함으로써 그 괴로움을 배가시킬 의무가 있는 것일까? '누구에게나 대답해야 한다'는 것을 법률이 명하고 있다 하더라도 보잘것없는 길 잃은 강아지가 과연 그 조항에 해당하는 '누구에게나' 속에 들 수 있을까? 아마도 음악가들은 상대방을 전혀 이해하지 못했을 것이다. 강아지가 멍멍 짖어대며 질문을 했지만 무슨 뜻인지 전혀 알 수가 없었기 때문이다. 그렇지 않으면, 음악가들은 강아지 말을 충분히 이해하고 대답할 테지만 음악에 익숙하지 않은 강아지는 그 대답과 음악을 분간할 수 없었을지도 모른다. 그리고 뒷다리에 관한 일인데, 아마도 그들은 정말 이례적으로 뒷다리로만 걷는다. 그건 죄악이다. 정말이다! 그러나 친구들 가운데 오직 일곱의 친구들만이 신뢰감 속에 자리를 함께하고 있을 뿐이었다. 그러니까 자신들 고유한 네 개의 벽 안에 자리 잡고 있어서, 말하자면 다른 이들과는 전혀 교섭이 없었던 것이다. 왜냐하면 친구들은 결코 공중 사회는 아니기 때문이며, 어떤 공중 사회도 존재하지 않는 곳에서는 호기심 어린, 거리의 작은 개 한 마리가 역시 공중 사회를 만들어내지 못하기 때문이다. 그러나 이런 경우에 전혀 아무 일도 일어나지 않은 것처럼 할 수는 없지 않을까? 완전히 그렇지 않다고는 할 수는 없지만 거의 그에 가깝다고 할 수는 있다. 좌우간 부모 된 자는 어린아이들을 너무 뛰어다니게 해서는 안 된다. 그리고 어린아이들에게 말을 많이 하지 말 것과 노인을 존경할 것을 가르칠 필요가 있다.

이 정도로 그 경우는 일단락 지은 것이 된다. 그러나 이것은 물론 어른들 사이에서 일단락 지은 것이지 아직 어린애가 이해했다고는 할 수 없다. 나는 주변을 뛰어다니면서 이 이야기를 들려주고, 묻고, 호소하여, 진상을 알아내려고 하였다. 누구든지 사건이 일어났던 장소로 데리고 가서, 나와 저 일곱 마리 개는 여기에 있었으며, 그들은 여기에서 이렇게 춤을 추고 음악을 연주했다고 설명해주고 싶었다. 만일 누가 함께 가서 귀찮게 여기거나 비웃지 않고 상대해주었다면, 아마 나는 분명히 모든 수치심을 참고, 모든 일을 분명히 설명하기 위해 감히 뒷다리로 서는 것조차도 꺼리지 않았을 것이다. 그건 그렇다 치더라도, 어린애가 하는 일은 일단 의심을 받지만 나중에는 모든 것이 인정되는 법이다. 그러나 나는 이와 같은 어린 시절의 성질을 버리지 못하고 늙은 개가 되어버린 것이다. 그 시절에 그 사건을—물론 지금에 와서는 그렇게까지 평가하고 있지 않지만—나는 언성을 높여가며 지껄여대고, 사건이 지닌 요소를 분석하며, 내가 속하는 사회는 염두에 두지도 않고 가까이 있는 것을 기준으로 해서 사건 규모를 측정하는 노력을 계속했었다. 나는 번거로운 일들에 대한 연구를 계속해왔으며, 지금도 역시 계속하고 있다. 조용하고 평범하며 행복한 생활이 나중에는 단 한 번만이라도 반드시 올 것이라고 생각해서, 끊임없이 탐구를 계속하고 해결하려고 힘을 기울였다.

그러나 그것은 연주로부터 시작된다. 나는 그것에 대해 비탄해하지 않는다. 여기서 나를 움직이고 있는 것은 타고난 본성이다. 이 본성은 그 연주가 없었더라도 다른 기회에 반드시 싹텄을 것이다. 다만 이 본성이 그처럼 일찍이 싹터, 가끔 내 마음에 쓴맛을 안겨주었을 뿐이었다. 나는 유년 시절의 대부분을 이 본성 때문에 망쳐버렸다. 몇 해를 두고 언제나 맛볼 수 있는 행복에 가득 찬 청춘은 나에겐 불과 몇 달밖엔 되지 않았다. 그러나 그것도 좋다. 세상엔 유년 시절보다도 훨씬 소중한 것이 얼마든지 있다. 그리고 고달픈 생활에 단련되어 노경에 이른 나에게는, 정말 어린애로서는 도저히 감당할 수 없는 어린애 이상으로 어린애다운 행복이 찾아올 것이다. 그리고 나는 그 행복에 견디어낼 힘이 있다고 생각한다.

나는 그 당시에 제일 간단한 문제부터 연구하기 시작하였다. 연구 재료가 부족한 일은 없었다. 오히려 재료가 너무 많아서 주체하지 못할 정도였다. 내가 시작했던 연구는 '개들은 무엇으로 살아가는가'라는 것이었다. 그것은 물론 간단한 문제가 아니다. 옛날부터 우리를 괴롭혀온 문제이다. 그것은 우리들이 고찰한 대부분을 차지하고 있는 대상이다. 이 방면의 관찰과 탐구와 변화는 상당히 많다. 그것은 하나의 학문으로 발전하고 있을 정도이다. 이 학문의 광범위한 영역은 개개 학자의 지식뿐만 아니라 모든 학자의 지식을 총동원해도 모자랄 정도이다. 이 학문의 깊이는 모든 개의 족속까지도—그것 이외의 아무것도 헤아릴 수 없지만—겨우 그 일부만을 헤아리는 데 지나지 않는다. 그리고 이 학문은 옛날부터 우리 것이 되어왔지만 몇 번이나 탈바꿈을 하지 않으면 안 되었다. 지금은 내 연구의 어려운 면과 내 연구를 완성할 수 없는 전제 조건에 대해서 언급하고 싶지 않다. 그 모든 것에 대해 나에게 항의하지는 말기 바란다. 나같이 평균 수준에 이른 개는 그런 모든 것을 알고 있다. 나로서는 학문에 본격적으로 몰두한다는 것은 생각조차 할 수 없는 일이다. 다만 학문에 대하여 경의를 갖고 있을 뿐이다. 나에게는 학문 내용을 충실하게 할 만한 지식도, 열의도, 여가도 그리고 특히 이 수년 동안은 식량도 없다. 나는 물론 식량을 먹고는 있다. 그러나 이 식량을 농업용으로 관찰, 사용하고픈 마음은 전혀 없다. 이 점에서는 모든 학문의 정수라고 할 수 있는 조그마한 규칙, 즉 어머니가 젖 뗀 어린 강아지를 세상에 내보낼 때에 하는 말, "무엇이든지 될 수 있는 대로 적셔야 한다."

는 말 하나로 충분한 것이다. 이 말에 거의 모든 것이 포함되어 있지 않을까? 우리의 조상이 시작한 연구에 무엇을 첨가해야 결정적으로 본질적인 것이 될까? 세세한 것들이 있지만 그 모두가 얼마나 불확실한지 모른다. 이와 반대로 이 규칙은 우리가 개로 존재하는 한 존속할 것이다. 그것은 우리의 제일 소중한 영양에 관한 규칙이다. 우리는 분명히 다른 보급원도 갖고 있다. 그러나 비상시나 또는 그다지 흉년이 들지 않은 해에는 이 중요한 영양분을 거두어 생활할 수가 있다. 이 중요한 영양분은 지상 위에 있다. 땅은 우리의 오줌을 필요로 하고, 오줌에서 영향을 취한다. 땅은 우리가 이와 같은 대가를 지불함으로써 우리에게 식량을 제공해준다. 그리고 또 한 가지 잊어서 안 되는 것은, 일정한 주문이나 노래 등을 이용하면 식량의 수확을 추진시킬 수도 있다는 것이다. 그러나 내 생각으로는, 이것으로 다 된다고는 볼 수 없다. 이런 견지에서 본다면 더는 할 말이 없는 것이다. 나는 또 개의 족속들과 의견을 같이하며, 극단적인 이론을 배척하고 싶다. 솔직히 말해서 기교나 독단은 내가 취할 태도가 아니며, 나는 동족들과 의견을 같이하면 그것으로 충분히 행복하다. 지금과 같은 경우가 그 한 예이다. 그러나 나 자신의 시도는 방향이 다르다. 학문이 규정하는 바에 따라 토지에 수분을 주어 경작을 하면 토지는 영양분을 만들어낸다는 것은 검증을 통해 알 수 있다. 학문에 의해 전부 또는 부분적으로 세워진 법칙대로, 일정한 성질과 일정한 분량과 일정한 종류의 것이 일정한 장소와 시간에 산출되는 것이다. 그것은 나도 인정한다. 그래서 나의 질문은 이러하다.

"토지는 영양을 어디서 얻는 것일까?"

"그것은 애매한 질문이다." 모두들 이렇게 말하며 이 질문을 회피해버린다. 또 설사 대답을 한다 하더라도 이런 정도이다.

"먹을 것이 모자랄 경우에는 우리들 것을 나누어 줄 것이다."

이 대답에 주목해주기 바란다. 우리가 얻은 식량을 남에게 나누어 주는 것은 개의 장점으로 보이지 않는다. 그것은 나도 잘 알고 있다. 살기는 어렵고, 땅은 거칠고, 학문은 인식하고 있는 바가 풍부하나 실질적인 결과는 보잘것없다. 식량을 가진 자는 그것을 움켜쥐고 놓지 않는다. 그것은 사사로운 욕심에서가 아니라 개의 법도에 해당한다. 동족들이 만장일치로 결의한 것이다. 그것을 가진 자는 언제나 소수이므로, 사리사욕을 극복하려는 데서 나온 것이다. 그러므로 "먹을 것이 모자라면 우리들의 것을 나누어주겠다." 하는 대답은 일종의 판에 박은 말이거나 농담이 아니면 남을 놀리는 것이다. 나는 그것을 잊지 않고 있다. 그러나 내가 의문을 품고 세상을 돌아다니던 그 무렵에 모두들 나를 올바로 인식하고 비웃지 않은 사실은 나로서는 한층 더 큰 의의가 있었던 것이다. 물론 모두들, 여전히 먹을 것을 남에게 주지는 않았다. 그런데 먹을 것을 쉽사리 얻을 수 있는 곳은 아무 데도 없지 않은가? 그리고 우연히 먹을 것이 생겼을 때에는, 미칠 것 같은 굶주림 때문에 다른 일을 완전히 잊어버리기 일쑤였다. 그러나 먹을 것에 대해서는 모두가 진지하게 생각하고 있기 때문에 그것을 날쌔게 빼앗는 솜씨를 발휘하여 성공한 경우는 더러 있기도 하였다. 모두들 나에게만 이렇게 특별한 태도를 취하고 내 행위를 곧장 눈감아주고 나를 우대하는 것은 무슨 이유일까? 내가 여위고 약한 개로, 잘 먹지 못하고 그리고 먹는 것 따위에 별로 관심이 없는 까닭일까? 하지만 영양부족에 걸린 개는 부근에 얼마든지 있다. 그리고 모두들 입에 문 극히 작은 먹이까지도 빼앗아버리는 것이다. 이것은 탐욕에서가 아니라 대체로 원칙이 명하는 바에 따른 행위이다. 그러므로 문제가 다르다. 모두들 나를 우대하고 있다. 내가 그 사실을 하나하나 들어서 입증할 수 있다는 것은 아니다. 다른 일종의 느낌에서 말하는 것이다. 그렇다면 모두들 나의 질문을 환영하고 현명한 질문이라고 생각하는 것일까? 그렇지는 않다. 좋아하기는커녕 어리석기 짝이 없는 질문이라고 생각하고 있는 것이다. 그러나 모든 자들이 나에게 주목하게 된 것은 바로 그 질문 때문이라는 것도 사실이다. 모두들 내 질문을 듣고 있느니 차라리 당치 않은 일이라도 하고 싶은 모양이다. 즉, 실제로 행동에 옮기지는 않았으나 내 입속에 먹을 것을 가득히 넣어주고 싶다는 눈치이다. 그런데 참을 수 없는 일이라면 나를 내쫓을 수도 있고 내 질문에 관심을 두지 않을 수도 있었다는 것이다. 그러나 모두가 그럴 생각은 없었다. 나의 질문은 듣기 싫었지만 그렇다고 나를 내쫓을 생각은 없었다. 나는 그들의 웃음거리가 되기도 했다. 어리석고 불쌍한 짐승으로 취급되었던 것이다. 그리하여 이리저리 밀려다니기도 하였다. 그러나 그것은 솔직히 말하면 내 명성이 최고조에 달한 시기였다. 그런 시기는 두 번 다시 돌아오지 않았다. 나는 어디든지 자유롭게 출입할 수 있었다. 아무도 나의 이러한 행동을 막은 적이 없었다. 모두들 나에게 친절하게 대하는 체하면서 내 비위를 맞춰주는 것이었다. 그들이 그렇게 나온 것은, 내 질문과 내 성격과 연구에 대한 나의 열의 때문이었다. 그렇게 해서 모두들 나를 가라앉힐 생각이었을까? 폭력을 가함이 없이 마치 애정을 기울이듯이, 잘못된 길로부터―그러나 폭력을 사용하여도 무방할 만큼 그릇되었다고 말할 수 없는―나를 멀리하려는 생각에서였을까? 그들이 나에 대한 일종의 존경과 공포심에서 폭력 행위를 삼간 것도 사실이다. 그때는 그것을 막연히 알고 있었지만, 지금은 분명히 알게 되었다. 당사자들보다 훨씬 더 분명히. 모두들 나를 유인하여 내가 가는 길에서 벗어나게 하려고 하는 것은 사실이다. 그러나 그것은 성공을 거두지 못하였다. 오히려 정반대의 결과를 초래하고 말았다. 내 주의력은 더욱 예민해졌을 뿐만 아니라, 다른 놈을 유인하려는 것도 나였으며, 그 유인이 성공적이었다는 것을 나는 분명히 알게 되었다. 나는 우선 개의 족속의 힘을 빌려 자신의 질문을 이해하기 시작하였다. 가령 내가, '땅은 이 영양분을 어디서 얻게 되느냐?' 하고 물었을 때 땅이 내 관심사인 것처럼 보이지만, 과연 그럴까. 땅에 대한 배려가 내 관심사인가? 그렇지 않다. 얼마 지나서 알게 된 일이지만 그런 것은 나와 인연이 먼 것이다. 나의 관심사는 어디까지나 개이며, 그 이외의 아무것도 아니다. 개 이외에 대체 무엇이 존재한단 말인가? 이 광막한 세상은 개 이외에는 아무것도 아니다. 도대체 개 이외에 무엇이 존재한단 말인가? 모든 지식, 모든 질문과 모든 대답들은 다 개들 안에 포함되어 있다. 다만 우리가 이 지식을 활용하고 백일하에 드러낼 수만 있다면, 그리고 또 개들이 고백하고 스스로 인정하는 것보다 실제로 엄청나게 많은 지식을 갖고 있지만 않았더라면, 하고 나는 생각한다. 가장 좋은 식량이 있는 곳이 언제나 존재하긴 하지만 아무리 말하기 좋아하는 개라도 그 장소에 대해서는 입이 무겁다. 모두들 동료 개들의 주위를 살살 건다. 먹고 싶어서 군침을 흘린다. 제 꼬리로 자신의 몸뚱어리를 때린다. 물어보기도 하고, 간청하기도 하고, 짖기도 하고, 물어뜯기도 하여 손에 넣는다. 따로 이렇게까지 힘들이지 않아도 역시 얻을 수 있는 것을 얻게 마련이다. 즉, 정답게 물어보는 것, 친밀하게 만져보고, 정중하게 냄새를 맡아보는 것, 꼭 껴안아보는 것 등이 그것이다. 나와 네가 짖는 소리는 하나가 되어, 모든 목표는 황홀이요, 망각이요, 발견이다. 그렇지만 오직 하나, 우리가 무엇보다도 원하는 지식 교환이 거절당하고 있는 것이다. 이 소원, 즉 입을 다물거나 혹은 소리를 높여 외치는 이 소원에 대한 대답은 설사 최대한으로 유혹의 손길을 뻗쳐보더라도, 겨우 말 한마디 없는 몸짓이나 흘기는 눈, 또는 늘어진 눈꺼풀의 멍한 눈뿐이다. 이것은 강아지인 내가 음악을 하는 개에게 질문을 하자 침묵으로 답변한 그때와 흡사한 태도이다.

모두들 이렇게 말할 수도 있을 것이다. "너는 네 동료들에 대하여 트집을 잡고 있다. 중요한 이 문제에 대하여 그들이 침묵을 지킨다고 트집을 잡고 있다. 너는 주장한다. '그들은 겉으로 말하고 있는 이상의 지식을 갖고 있으며, 생활에 통용되는 것 이상의 지식을 갖고 있다. 그들이 갖고 있는 비밀에 대해서 침묵을 지키는 것은 생활을 해치는 일이다. 그것이 너의 생활을 견디기 어려운 것으로 만들어버린다면, 너는 생활 태도를 바꾸든지 생활을 포기하든지 해야 한다'라고 말이다. 옳은 말이다. 그러나 너도 한 마리의 개요, 따라서 너도 역시 개의 지식을 갖고 있다. 그것을 물음의 형태로뿐만 아니라 대답으로서도 다 말하여라. 네가 발표할 때 감히 이의를 제의할 자가 있겠는가? 그때는 기다렸다는 듯이 갑자기 개들의 대합창이 시작될 것이다. 그리하여 너는 마음대로 진리를, 명쾌함을, 심정을 털어놓을 수도 있을 것이다. 네가 매도하고 있는 이 저질의 생활의 천장이 뻥 뚫려, 우리는 모두 손을 맞잡고 자유의 세계로 승천할 것이다. 혹시나 이 일이 잘되지 않아서 이전보다 더 처지가 악화되고, 전체의 진리가 절반도 타당하지 못하여 침묵을 지키는 편이 옳은 생활 태도라는 것이 입증되어 우리가 아직도 품고 있는 한 가닥 희망마저 사라져버린다고 하더라도, 네가 너에게 허용한 생활 방식대로 사는 것을 원치 않는 이상, 네 말도 역시 시험해볼 만한 가치가 있다. 그러므로 이제 묻겠는데, 너는 왜 남의 침묵을 비난하면서도 자신은 침묵을 지키고 있는가?" 나는 가벼운 마음으로 대답한다. 그것은 내가 개이기 때문이다. 내가 내 자신 속에 묻혀 있는 것은 본질적으로 다른 개와 전혀 다름이 없고, 나는 스스로 던지는 질문에 저항하며 불안에 몸을 떨고 있다. 분명히 말하지만, 어른이 된 내가 내 자신에게서 대답을 얻기 위해 개들에게 질문을 던지겠는가? 그토록 어리석은 기대를 갖고 있겠는가? 우리 생활의 토대가 어느 정도 깊은지 어렴풋이 짐작하고 그 토대를 건설하는 암담한 일에 종사하는 자를 목격하고 있는 내가,

내 질문에 의해 이 모든 것이 종말을 고하고 파괴되며, 버림을 받으리라는 기대를 여전히 갖고 있겠는가? 천만의 말씀이다. 지금은 이미 그런 기대를 조금도 갖고 있지 않다. 나는 그들을 알고 있다. 그들은 나와 피가 통하는 처지이다. 그들의 불쌍한, 언제까지나 젊고 멋지 않는 피가 통하고 있다. 그러나 우리에게 공통된 것은 피만이 아니다. 아니 지식만이 아니라, 지식에 이르는 실마리도 그렇다. 남의 존재를 무시해서는 지식을 얻을 수 없다. 그들의 도움이 없이 지식을 얻을 수는 없는 것이다. 무쇠 같은 뼈의 매우 귀중한 골수를 갖기 위해서는, 모든 개들이 한꺼번에 이빨로 물어뜯음으로써 이룰 수 있다. 이것은 물론 하나의 비유이며, 여기에는 과장이 들어 있다. 만일 개의 모든 이빨이 준비되면, 이미 물어뜯을 필요가 없다. 뼈는 저절로 열리고 골수는 가장 약한 작은 개라도 빨아먹을 수 있을 것이다. 내가 이러한 비유 안에 머물러 있다면, 나의 의도와 질문과 탐구는 무엇인가 엄청난 것을 목표로 삼고 있는 것이 된다. 나는 모든 개들을 강제로 모이게 하여 그들이 마련한 압력에 의해 그 뼈가 저절로 열리도록 하고 싶다. 그리하여 그들이 사랑하는 생활로 돌아가게 하고 그러고는 완전히 혼자서 그 골수를 빨고 싶다. 이것은 터무니없는 소리다. 마치 내가 개의 골수에서 양분을 구하고 있는 것 같은 인상을 준다. 그러나 이것은 비유에 불과하다. 지금 말한 골수는 식량이 아니다. 그 반대가 되는 독극물이다.

나는 내 질문에 의하여 나 자신을 몰아세우고 있을 따름이다. 나는 내 주위를 혼자서 차지하고, 여전히 나에게 대답을 계속하고 있는 저 침묵의 힘을 빌려 떨쳐 일어나고 싶다. 너는 너의 탐구로 말미암아 끊임없이 의식하게 되어 있는데, 지금 개들이 침묵을 지키고 앞으로도 여전히 그러하리라는 사실에 대하여 너는 언제까지 견뎌내겠는가? 이것이야말로 개개의 질문을 초월한, 정말 생명을 내건 나의 질문이다. 그것은 나를 향해서만 던져진 질문이므로 아무도 괴롭히지 않는다. 그런데 좀 얼빠진 이야기이지만, 나로서는 개개의 질문보다 이 질문이 대답하기가 훨씬 쉽다. 나는 이렇게 대답한다.

"내가 자연사할 때까지 반드시 견디어낼 것이다. 불안에 가득 찬 질문에 대해서는 노년기에 느끼는 마음의 평화가 더욱 좋은 대답이 될 수 있다. 나는 스스로 침묵을 지키고, 또 침묵에 싸이면서, 어쨌든 평화스러운 죽음을 맞이하려고 한다. 나는 확고한 태도로 그때를 기다리고 있다. 놀랍도록 강한 심장, 때가 되지 않고는 절대로 쇠약해지는 법이 없는 폐—이런 것은 어떤 악의에서 개에게 주어진 것이라는 생각도 든다. 우리는 모든 질문에 대하여, 아니 우리 자신의 질문에도 저항감을 느낀다. 침묵의 보루란 바로 우리를 가리키는 것이다."

근래에 와서 나는 나의 생활을 돌이켜보는 경우가 차츰 더 많아졌다. 나는 어쩐지 내가 저지른 것 같은, 따라서 내가 책임을 져야 하는 큰 실패를 찾아보려고 하지만 도무지 발견해낼 수가 없다. 그러나 나는 분명 그런 실패를 저질렀을 것이다. 만일 어느 하나도 실패하지 않고 긴 생애를 통하여 확실히 노력을 기울였는데도 나의 소망이 이루어지지 않았다면, 그것은 처음부터 이루어질 수 없는 성질의 것이었으며, 따라서 이미 절망 상태에 빠져 있었으리라는 것이 입증되기 때문이다. 내 생애에 저지른 일들을 돌이켜보는 것이 어떻겠는가? 우선 땅은 우리에게 제공하는 영양분을 어디서 얻느냐 하는 질문에 따르는 탐구를 놓고 살펴보려고 한다. 강아지였던 나는 물론 마음속으로 생의 욕구에 불타고 있었지만, 어떠한 향락도 포기하고 모든 즐거움을 멀리하였다. 그리하여 어떠한 유혹에 대해서도, 머리를 양다리 사이에 파묻고 일에만 열중하였다. 그것은 나의 학식을 생각해보거나 또 그 방법과 의도를 보더라도 결코 학자의 할 일은 아니었다. 그것은 성공을 거두지는 못하였지만, 결코 치명적인 실패였다고는 생각되지 않는다. 나는 일찍부터 어머니 곁을 떠나 혼자 사는 데 익숙해져서 자유롭게 살아가고 있었으며, 공부는 별로 하지 않았다. 어려서부터 부모를 떠나 혼자 산다는 것은 분명히 공부에 좋지 않은 영향을 미치는 것이다. 그러나 나는 많이 보고 많이 듣고 여러 가지 일거리를 갖고 있는 개들과 이야기를 나누기도 하여, 내가 생각하기에는 이해력이나 여러 가지 관찰을 정리하는 힘도 별로 뒤떨어지는 편이 아니었다. 이것이 어느 정도 지식의 내용이 되었다. 그와 같은 독립된 생활은 사물에 대하여 배우는 데는 마이너스가 될지 모르지만 자기 연구를 계속하는 데는 플러스가 되는 것이다. 내 경우에 독립된 생활은, 선배의 업적을 이용하고 동시대의 학자와 연락을 취하는 본래의 연구 방법을 취할 수 없었던 만큼 더욱 필요하였던 것이다. 내가 전적으로 의지할 수 있는 것은 나 자신뿐이었다. 나는 엄밀한 의미에서 첫걸음부터 시작하였다. 내가 드디어 찍은 구두점이 결정적인 것임에 틀림이 없다는 젊은이로서의 기쁨에 넘치는 자의식을—그러나 늙으면 극히 무거운 부담이 되는—갖고 나는 시작할 것이다. 그런데 나는 과연 그 당시부터 오늘에 이르기까지, 그렇게 고독한 연구를 계속해온 것일까? 그렇기도 하고 그렇지 않기도 하다. 주위에서 볼 수 있는 개들이 나와 같은 입장에서 본 적도 없고, 또 지금도 그러하리라는 것은 있을 수 없는 일이다. 그렇게까지 내가 궁지에 빠질 까닭은 없는 것이다. 나는 개라는 존재에서 털끝 하나도 벗어나 있지 못하다. 어떤 개이든 간에 나처럼 질문하고픈 충동을 느낄 것이다. 만일 다른 개가 질문하고 싶은 충동을 느끼지 않는다면, 나는 내 질문에 의해 상대방에게 작은 충격도 줄 수 없었을 것이다. 그러나 나는 자주 황홀감에 빠져—그것은 내가 과장해서 지어낸 황홀감이지만—충격을 준 모습을 바라볼 수 있었던 것이다. 만일 내게 질문하려는 충동이 없었다면 별로 큰 성과를 거둘 수 없었을 것이다.

그리고 내가 침묵을 지키고 싶다는 충동을 느낀 데 대해서는 특별한 증명을 필요로 하지 않는다. 그러므로 나는 본질적으로 다른 개들과 큰 차이가 없다. 따라서 의견을 달리하여 반발을 느끼고 있다고 하더라도 모두들 나를 인정해줄 것이며, 나 역시 다른 개들에게 그와 같은 태도를 취할 것이다. 다만 우리를 구성하고 있는 요소의 혼합 상태가 다른 것이다. 그것은 개 한 마리씩을 관찰하면 차이가 크지만, 종족 전체에서 보면 별 차이가 없다. 그렇다면 과거에서 현재에 이르기까지 언제나 존재하는 이 요소의 혼합 상태와 닮은 것으로 나타난 것이 지금까지 한 번이라도 있었던가. 내 혼합 상태를 불행이라고 부르고 싶은 것이라면, 그것도 무방하지만, 지금 말한 것이 훨씬 불행한 것이 아닐까? 이와 같은 사정은 보통 경험으로는 헤아릴 수 없을 것이다. 우리 개들은 정말로 터무니없는 일에 종사하고 있다. 신용할 만한 보고가 없다면 그러한 일이 있다고 믿을 수가 없을 것이다. 여기서 내가 가장 즐겨 생각하는 것은 공중견空中犬이라는 실례이다. 내가 처음으로 그에 관한 이야기를 들었을 때, 나는 큰 소리로 웃었고 그 이야기를 전혀 받아들이려 하지 않았다. 도대체 어떻게 된 일일까? 그것은 아주 작은 종류의 개라고 한다. 내 머리만 한 크기로, 자라서도 키가 크지 않는다고 한다. 이 개는 날 때부터 몸이 약해, 보기에 인위적이고 발육이 모자라고 지나칠 정도로 잔손질이 많이 간 모습이며, 제대로 도약할 능력도 없다. 사람들이 이야기하기로는, 이 개는 주로 공중 높이 떠돌아다닌다고 한다. 특별히 이렇다 할 일을 하는 것도 아니면서 공연스레 왔다 갔다 한다는 것이다. 그럴 리 없다. 그런 말을 곧이듣게 하려는 것은 어린 개의 자유분방한 마음을 건드려보려는 심사일 거라고 믿는다. 그러나 나는 그 후 바로 다른 방면에서 다른 공중견에 관하여 이야기를 듣게 되었다. 모두들 나를 놀리려고 단합한 것일까? 그 후에 나는 음악을 하는 개를 만났으며,

그때부터 나는 세상에 불가능한 일이란 있을 수 없다고 생각했다. 그리고 그 후로 난 어떤 선입견에 의해 이해력이 비좁아지는 일은 없게 되었다. 그리하여 나는 넌센스라고 생각되는 소문을 듣고서도 얼른 쫓아가서 힘닿는 데까지 그 정체를 알아보려고 하였다. 이와 같은 생활에서 가장 무의미하다고 말하는 일이 오히려 의미심장하다는 것 이상으로 더욱 진지하게 보이고, 내 연구에 특별히 유익한 것으로 생각되었다. 이것은 공중견의 경우에도 마찬가지다. 나는 그들에 대하여 여러 가지 지식을 얻게 되었다. 나는 오늘에 이르기까지 그 모습을 보지 못하였지만, 그 존재에 대해서는 진작부터 확신하고 있었다. 그리하여 그들은 내가 그리는 세계에서 중요한 위치를 차지하게 된 것이다. 여기서 나로 하여금 생각에 잠기게 하는 것은 그들의 기교가 아니다. 이들 개에게 공중을 떠돌아다닐 힘이 있다는 것은 놀라운 일이며, 아마도 이를 부정하는 자는 없을 것이다. 나도 다른 개의 족속과 마찬가지로 이와 같은 놀라움을 느끼고 있었다. 그러나 나의 감정상 더욱 놀라운 것은 이들이 실존한다는 것이 허튼소리라는 것이다. 즉, 그들 실존의 허튼소리가 묵인되고 있다는 것이다. 그들의 존재는 일반적으로 말해서 전혀 근거가 없다. 그들은 공중에 떠서 그 상태를 계속한다. 생활은 계속해서 자기 길을 가고, 우리는 그런 기교와 그런 기교를 가진 자를 곳곳에서 화제로 삼을 뿐이다. 그러나 마음이 곧은 개의 족속인 그 개들만이 왜 떠돌아다니는 것일까? 그들의 임무는 무엇일까? 그들의 입을 통하여 한마디의 설명도 들을 수 없는 것은 무슨 까닭일까? 그들은 왜 저 공중을 떠돌아다니며, 다리를 쓰지 않고 놀려두기 때문에 개 족속의 자존심을 상하게 하고, 영양을 제공해주는 땅과는 분리된 채 스스로 씨를 뿌리는 일은 없으면서도 거두어들이는 것은 잊지 않고, 나아가 모든 개 족속의 희생으로 좋은 영양분을 얻고 있다는데, 이는 무슨 이유에서일까? 나는 이 문제에 대한 나의 질문으로 어느 정도 동요를 일으켜왔다고 자부한다. 저마다 자기 주장이 옳다는 것을 입증하기 위해서 연구를 시작한다. 즉, 공동으로 연구하여 일종의 증명을 얻으려고 고심하기 시작한다. 첫걸음은 내딛었으나, 앞으로 이 첫걸음을 넘어서는 일은 없을 것이다. 그러나 그것은 어쨌거나 무엇이긴 하다. 물론 진리가 드러날 리는 없을 것이지만—결코 그 상태엔 이르는 법이 없을 것이다—그러나 허위에서 비롯된 심한 혼란과 같은 것은 명백히 드러나는 법이다. 즉, 우리들의 생활에서 무의미하다고 할 수 있는 현상 모두에는, 특히 가장 무의미하다고 할 수 있는 것에는 정당한 존재 이유가 있다는 것이 입증된다. 물론 나는 그것이 철저하게 입증된다고 말하지는 않는다—철저하게라는 말은 얼마나 엄청나게 들리는가. 그러나 저 견딜 수 없는 질문에서 나를 방어하려면 이것으로 충분하다. 나는 여기서 다시 공중견을 예로 들고자 한다. 그들은 모두 처음에는 매우 거만하다고 생각할지 모르지만 절대로 그렇지 않다. 오히려 동료를 열심히 찾고 있다. 그들의 입장이 되면 그것은 잘 알 수 있는 일이다. 즉, 그들은 떳떳이 터놓고 말하지는 않지만—이것은 침묵을 지킴으로써 의무를 게을리하는 것도 되겠지마는—자기들의 생활 태도에 대하여 양해를 구하려고 하거나, 적어도 그런 생활 태도를 다른 자들이 외면하게 하여 모두에게서 잊히게 만들려고 하는 것이다. 남들의 이야기에 의하면, 그들은 참을 수 없는 요설이라는 수단을 쓴다는 것이다. 그들은 신체를 쓰는 일은 깨끗이 단념하였으므로, 그 대신 언제나 할 수 있는 철학적인 사색의 결과에 대해서나 또는 그들이 높은 곳에서 행하는 관찰에 대하여 이야기를 해주어야 한다. 이와 같은 제멋대로의 생활을 하면 그럴 수밖에 없는 일이지만, 그들의 정신력이 뛰어난 것도 아니요, 그리고 그들의 철학은 관찰과 마찬가지로 서 푼어치의 가치도 없으며, 따라서 어떤 학문도 그것으로부터 거의 아무것도 응용할 수 없으며, 이와 같은 빈약한 보조 수단을 토대로 삼을 수는 없었다. 그럼에도 불구하고 공중견이 무엇을 구하고 있느냐고 묻는다면, 그 대답은 으레 그들은 학문에 상당한 공헌을 하고 있다는 것이다. 그리고 이 대답에 대하여 모두들 말한다. "옳아요. 그러나 그 공헌이란 게 보잘것없고, 오히려 거추장스러운 것이죠." 그러면 상대방은 어깨를 움츠려 보인다. 화제를 돌려버린다. 화를 버럭 낸다. 큰소리로 껄껄 웃는다. 잠시 후에 다시 물으면, 그들은 여전히 학문에 공헌하고 있다는 것이다. 최후로 거듭 묻는 바람에 어떻게 해야 좋을지 모르게 되어도, 역시 같은 대답이다. 그리고 아마도 너무 고집을 부리지 않고 적응하는 것이 좋을 것이고, 이미 존속하고 있는 공중견의 삶의 권리를 인정하지는 않더라도, 불가능한 것을 참아낸다는 것은 좋은 일일지 모른다. 그러나 이 이상의 요구를 한다면, 그것은 지나친 일이 될 것이다. 그러나 모두 그것을 요구하고 있다. 모두들 자주 나타나는 공중견에 대하여 인내심을 가질 것을 요구한다. 그들이 어디서 나타났는지는 분명히 알 수 없는 일이다. 그들은 번식에 의하여 숫자가 느는 것일까? 대체 그들은 번식력이 있는 걸까? 한 장의 아름다운 모피와 다름없는 그들 아닌가? 이 경우에 대체 무엇이 번식한단 말일까? 만일 일어날 것 같지도 않은 이런 일이 실제로 일어난다면 그 시기는 언제인가? 그러나 그들은 언제나 자기들끼리 공중에서 만족스러운 표정을 짓고 있다. 간혹 자기 몸을 땅 위로 끌어내려 뛰어다니는 일이 있다고 하더라도, 그것은 극히 짧은 동안의 일이다. 그들은 시치미를 떼고 몇 발짝 앞으로 나아간다. 그리고 언제나 다른 것과는 절대로 관계를 맺지 않고, 그들이 아무리 힘써도 결코 아래로 떨어질 수 없는 사색 같은 것에 언제나 골몰하고 있다. 적어도 그들은 그렇게 주장하고 있는 것이다. 그런데 만일 그들이 번식하지 않는다면, 스스로가 이 평탄한 땅 위의 생활을 단념하고 공중견이 되어,

지상의 쾌적한 생활을 버리고, 어느 정도 몸에 익힌 습성도 저버리고, 공중의 요 위에 누워 사는 그 쓸쓸한 생활을 택하는 경우도 있을 법하다고 생각되지 않는가? 그것은 생각할 수 없는 일이다. 번식한다고 생각되지는 않지만, 그렇다고 스스로 택하여 공중견이 되었다고도 생각할 수 없다. 그럼에도 불구하고, 날로 새로운 공중견이 늘어나고 있다는 것은 사실이 입증하고 있다. 그러므로 이렇게 결론 내리게 된다─여러 가지 어려운 사정이 있으므로 우리의 머리로는 잘 해결될 것 같지 않지만 어쨌든 일단 발생한 개의 종류는─그것이 어떠한 변종이라 할지라도─결코 저절로 소멸되는 일이 없다. 적어도 간단히 절멸되지는 않는다. 그것은 어떤 종류이건 교묘히 자기 방위를 하기 때문이다.

공중견과 같은 족속에게는─다른 자와는 관련도 없고 의미도 없는, 놀랍도록 기묘한 외모를 갖추며, 생활 능력을 갖고 있지 않은 족속에게는─적용되는 일이, 내가 속하는 족속에게도 적용되어서는 안 되는지? 하긴 나의 외모는 하등 이상한 데라곤 없다. 이 근처에서 얼마든지 찾아볼 수 있는 보통 개이다. 특별히 뛰어난 데도 없고 유난히 남의 멸시를 받을 만한 것도 없다. 뿐만 아니라 젊었을 때와 부분적으로는 성인의 나이에서도 몸에 유의하여 운동을 게을리하지 않았기 때문에, 자연히 나는 매우 훌륭한 개였다. 특히 정면에서 보면 칭찬할 만한 점도 있다─날씬한 다리하며, 아름다운 머리매무새, 그리고 회색과 흰색과 끝만 둘둘 말린 내 털을 모두들 굉장히 좋아한다. 이것은 결코 신기한 일이 아니다. 신기한 것은 내 존재뿐이다. 그러나 내 존재도─이것은 나로서는 절대로 잊어서는 안 되는 일이지만─일반적인 개의 존재 속에 충분한 근거를 갖고 있다. 공중견이라 해도 만약 혼자만 머무르지 않고, 커다란 개들 세계에 여기저기 다시금 모습을 나타내고, 나아가 무無에서 언제나 새로운 후계자를 데려온다면, 나도 역시 무용지물은 아니라는 자신감을 갖고 살 수 있을 것이다. 물론 나와 같은 종류의 동료들은 그 어떤 특별한 운명을 지니고 있는 것이 사실이다. 그들의 존재는 나에게 결코 도움을 주지 못할 것이다. 그렇지만 그것은 내가 그들의 존재를 알아보지 못하기 때문만은 아니다. 우리들은 침묵을 누르고 있는 개들이다. 그래서 이 침묵을 깨뜨려버리려는 것이다. 다른 놈들은 침묵에 안주하고 있는 듯이 보이지만, 그것은 평안하게 음악을 연주하는 것 같으면서도 실은 마음을 심히 흔들어놓는 저 음악을 연주하는 개의 경우와 마찬가지로, 다만 하나의 허세에 불과하다. 그렇지만 그 허세는 대단하다. 그 허세를 극복해보려고 시도하나, 그 허세는 이런 모든 간섭에 냉소를 보낸다. 그렇다면 나와 같은 유의 동료들은 어떤 방식으로 서로에게 도움이 되는 걸까? 어떻게 해서든 살아보려는 그들의 시도는 어떤 모양일까? 그것은 여러 가지로 생각해볼 수 있다. 젊었을 때에 나는 내게 던지는 질문을 낙으로 삼아 살려고 했었다. 질문을 많이 해주는 자들에게 나는 기댈 수 있었을지 모르며, 그럼으로 해서 같은 유의 동료를 갖게 되었을 것이다. 나는 한동안 나 자신을 억제하고 이러한 의도를 견지하였다. 나를 억제하고—라고 잘라 말할 수 있는 상대가 문제였던 것이다. 대체로 내가 말문이 막힐 수밖에 없는 질문을 던져 나를 자주 괴롭히는 상대는 나로서는 싫어할 수밖에 없다. 젊었을 때는 누구든지 질문하는 것을 좋아한다. 그런데 그 많은 질문 가운데서 나는 어떻게 하면 올바른 질문을 찾아낼 수 있을까? 어느 질문이나 비슷한 것이다. 하긴 질문의 의도가 문제되지만, 그것은 흔히 숨어 있게끔 마련이다. 그리하여 질문하는 장본인에게까지도 숨어 있는 경우가 적지 않다. 일반적으로 말해서 질문은 개들 족속의 특성의 하나이다. 모두들 혼란스레 질문을 곧잘 한다. 그렇게 해서 올바른 질문을 말살하여버릴 작정인 것처럼 보인다. 그것은 안 된다.

젊은 세대들 가운데 질문을 하는 이 중에는 나와 같은 동료가 없다. 그리고 지금 나도 그 일원인 늙은이─이 침묵하는 축들 중에도 역시 없다. 그런데 질문이 요구하는 것은 무엇이냐? 나는 질문에 말문이 막혀버렸다. 나와 같은 유의 동료는 분명히 나보다 현명한 것이다. 그들은 생활을 견디어내기 위해 나와는 전혀 다른 방법을 쓰고 있다. 그것은 내 입장에서 말하면, 아마도 그들의 위급함을 구제하여 침착하게 하며 진정시키는 작용을 하는 방법인데, 결국은 내 방법과 같이 무력한 것이다. 내가 널리 목격한 방법에 의하면 그와 같은 방법은 전혀 성과를 올리지 못하였던 것이다. 성과가 아니라 성과를 제외한 모든 것으로써, 나는 나와 같은 유의 동료를 인정하려는 게 아닌가 하는 의구심을 갖게 된다. 그런데 그렇다면 내 동류는 어디 있는 것인가? 이것은 분명히 슬픈 호소가 아닐 수 없다. 그렇다. 호소 이외에 아무것도 아니다. 그들은 어디에 있는 것인가? 어디든지 있기는 있다. 그러면서도 어디든지 없기도 하다. 어쩌면 그것은 나와 세 발짝쯤 떨어진 곳에 있는 이웃 개일 것이다. 우리는 서로 자주 불러들인다. 상대편이 나에게 오기도 한다. 그러나 나는 가지 않는다. 이것이 내 동류인가? 나는 모른다. 나는 조금도 그런 느낌을 그에게서 찾아볼 수 없지만, 내 동류일지도 모른다. 동시에 이보다 더 거짓말 같은 이야기도 없다. 그가 먼 데 있으면 나는 장난삼아 모든 상상력을 다 기울여 나로 하여금 향수에 젖게 하지만, 그가 눈앞에 나타난다면 모든 것이 우스워지고 만다. 그는 보통 크기도 못 될지 모를 나보다 얼마간 더 작은 늙은 개다. 갈색의 짧은 털, 더구나 고개를 숙이고 수레라도 끄는 듯한 걸음걸이, 거기다가 왼쪽 뒷다리는 병으로 약간 절룩거린다. 이처럼 가까이 사귄 친구도 나보다는 앞서 있다. 나는 이 친구라면 그럭저럭 참아가면서 상종할 수 있는 것을 무엇보다도 기쁘게 생각하였다. 나는 그가 내 앞에서 떠나면 그의 뒤를 쫓다시피 하면서 친절하게 몇 마디 건넨다. 그것은 우정에서가 아니다. 쫓아가 볼라치면, 다리를 절며 궁둥이 쪽을 낮추고 기어가는 듯한 그 모습이 흉측스럽게 보여 오히려 나 자신에 대하여 냉소를 퍼붓는 것 같은 기분이 들 때가 있다. 그와 이야기를 나누어도 동류다운 점은 전혀 찾아볼 수가 없다. 머리도 좋고 제법 교양도 있어 여러모로 배울 점이 많지만, 나는 머리가 좋고, 교양이 있는 것을 요구하지 않는다. 우리는 토지 문제에 대하여 의견을 나눈 바 있다. 이런 문제에 대해서는 나는 고독하게 살아왔기 때문에 사리를 곧잘 판별할 수 있게 되었지만, 일반 수준에 있는 개가 그다지 나쁘다고는 볼 수 없는 처지에 있으면서도 생활을 유지해나가고 큰 재난에서 몸을 지키자면 상당히 머리를 써야 한다는 것을 알고 나는 놀라지 않을 수 없다. 학문은 규칙을 세운다. 그러나 이 규칙은 단지 그 윤곽만 이해하고자 해도 결코 쉬운 일이 아니다. 더구나 이 규칙을 이해한 연후에야 비로소 이를 토지 문제에 이용할 수 있는 것이다. 이것은 쉬운 일이 아니다. 이때 나를 도와줄 수 있는 자는 거의 없다. 새로운 문제가 시간마다 일어난다. 새 토지는 한 조각마다 각기 특수한 문제를 갖고 있다. 자기는 얼마 동안 조용히 숨어 살 수 있으며 자기 생활은 흐르는 물과 같이 사라진다고 단언할 수 있는 자는 없는 것이다. 여러 가지 욕망이 날이 갈수록 현저히 줄어가는 나의 경우도 그렇다. 이렇듯 끝없는 모든 노력은 무슨 목적을 갖고 있는 걸까? 그것은 오직 내 몸을 더욱더 침묵 속에 묻어두기 위해서이며, 앞으로도 그리고 어느 누구에 의해서도 더 이상 거기에서 끄집어낼 수 없도록 하기 위해서일 뿐이다.

세월에 따른 개들의 일반적인 진보는 곧 학문의 발달을 의미하는 것으로서, 이것은 흔히 칭찬의 대상이 되어왔다. 학문은 분명히 발달한다. 그리고 그 발달의 속도는 날이 갈수록 빨라진다. 그런데 여기에 무슨 칭찬받을 만한 것이 있단 말인가? 누구나 해가 갈수록 늙어가고, 더욱 빨리 죽음에 가까이 다가가는 것은 당연한 일이다. 그러니까 나는 그 당연한 일을 훌륭하다고 칭찬하려는 것과 다름이 없다. 그것은 당연한 일이며 또 바람직한 과정이 아니므로 칭찬할 만한 것이라곤 아무것도 없다. 나는 거기에서 쇠퇴만을 볼 뿐이다. 그렇다고 옛 세대가 본질적으로 낫다는 뜻은 아니다. 다만 현재보다는 젊었었다고 말할 뿐이다. 이것은 엄청난 감정이다. 그들의 기억에는 오늘날 우리들의 기억처럼 여러 가지 마음의 부담이 되는 것은 없었던 것이다. 그들의 입을 열게 하는 것은 한결 쉬운 일이었다. 설사 그것이 여의치 않는 경우라 할지라도 그 가능성은 훨씬 많은 것이었다. 옛날에 있었던 극히 단순한 이야기를 들었을 때, 우리의 가슴을 뛰게 하는 것은 이 가능성이었다. 우리는 때때로 그것을 암시하는 듯한 말을 듣는다. 만일 우리가 몇 세기에 걸친 부담을 우리 몸에서 벗어버린다면 깡충 뛸 듯한 심정일 것이다. 아니 그렇지는 않다. 나는 우리 시대에 대하여 여러 가지 불평을 하고 있지만, 옛 세대가 새 세대보다 낫지는 않았다. 오히려 어느 의미에서는 훨씬 나쁘고 또 연약한 것이었다. 그 시대에도 기적이 활개를 치며 거리를 쏘다녀, 마음대로 파악할 수 있는 성질의 것은 아니었다. 그러나 개들은 현재만큼 개답지가 못했으며, 개들의 유대는 아직 여유가 있었다. 그때라면 언어가 여러 가지 조화를 부릴 수 있었을 것이다. 그런 말은 사실 당시에 얼마든지 찾아볼 수 있었다. 혀끝에 맴돌고 있었다. 지금도 그것이 있기는 하지만, 창자 속까지 손을 집어넣어 보아도 찾아낼 수 없을 것이다. 우리 세대는 아마도 이제는 절망적인 상태에 놓여 있겠지만 그때보다는 나은 것이다. 나는 우리 세대의 망설임을 이해할 수 있다. 그것은 수천 번이나 저녁마다 꿈을 꾸고도 잊어버린 상태이다. 다른 이유라면 모르지만, 이 수천 번째의 망각 때문에 우리에게 화를 내는 자가 있을까? 우리는 분명히 그렇게 밖에는 행동할 수 없었을 것이다.

나는 차라리 이렇게 말하고 싶다. 죄를 짓지 않으면 안 되었던 것은 우리들이 아니었다. 우리는 남의 손에 의하여 이미 어두운 그늘이 깃들어 있는 세계에서 침묵을 지키면서 죽음을 향하여 서두르는 것이 허용되어 있는 것이다. '우리에게 축복이 있을지어다'라고. 우리 조상들이 길을 잘못 들었을 때, 언제까지나 길을 잃고 헤맬 줄은 미처 생각하지 못했을 것이다. 그들은 글자 그대로 십자로를 눈앞에 보았을 뿐이다. 잠을 자려면 그거야 손쉬운 일이었다. 되돌아설 것을 주저한 것은 좀 더 개의 생활을 즐기고 싶은 미련에서였다. 그것은 아직 진짜 개의 생활과는 비슷하지도 않은 것이었지만, 그것으로 이미 그들의 마음을 빼앗기에 부족함이 없는 아름다운 생활인 것처럼 생각했던 것이다. 나중에야 생활이 참된 아름다움을 지니게 되었을 것이다. 그리하여 그들은 계속해서 방황했다. 역사의 흐름을 살펴보면 짐작할 수 있는 일이지만, 영혼은 생활보다 빨리 변화하는 것이다. 그러니까 그 영혼이 개의 생활을 즐기기 시작하였을 때에 그들은 이미 순수한 옛날 개의 넋을 갖고 있었음에 틀림이 없다. 그들은 모두 개로서의 기쁨에 넘치는 눈이 인정하려고 한 만큼, 혹은 그들 자신이 생각하고 있던 것만큼 늙지는 않았던 것이다. 그들은 미처 그것을 몰랐다. 이제 와서 젊은 시대를 이야기해보았자 무의미한 일이다. 그들은 정말 젊은 개였다. 그러나 그들의 오직 하나의 자부심은 늙은 개가 된다는 데 집중되어 있었다. 이와 같은 목표에 도달하는 일이라면 실패할 까닭이 없다. 그것은 그들을 뒤따르는 모든 세대들이 입증하고 마지막 세대인 우리가 가장 잘 알고 있는 바와 같다.

나는 물론 이러한 모든 일에 대하여 이웃에 살고 있는 개와 이야기하고 있는 것은 아니다. 그러나 이 대표적인 늙은 개와 마주앉거나, 또는 낡은 털가죽에서 나는 그런 냄새를 풍기기 시작하는 그의 털에 코를 박고 있으면, 나는 이런 일을 생각하지 않을 수 없다. 서로 이야기를 나눈다는 것은 무의미한 일이기도 할 것이다. 그것은 다른 개와도 마찬가지이다. 나는 처음부터 대화의 귀추를 알고 있다. 그는 두서너 번 반대를 하겠지만 결국은 동의할 것이다. 동의처럼 훌륭한 무기는 없다. 그러면 그 일은 묻힐 것이다. 그런데 무엇 때문에 일부러 그것을 무덤에서 파내겠는가? 그렇지만 내 이웃 개와의 사이에는 단순한 말 이상의 조화가 이루어지고 있는 것 같다. 물론 확실한 증거가 있는 것도 아니고, 단지 그는 오랫동안 내가 교제하고 있는 유일한 개로서 나로서도 그에게 기대하지 않을 수 없기 때문에 단순한 착각을 일으킨 것에 지나지 않을지도 모르지만, 그래도 나는 의견을 바꿀 수 없다.

'너는 너대로 내 동류가 아닌가? 모두 다 실패했다고 해서 부끄러워할 필요가 있나? 괜찮다네. 나도 똑같은 일을 당하고 있다네. 나는 혼자만 되면 자꾸 짖어댄다네. 이리 오게. 둘이 있는 게 아무래도 기분이 좋지 않겠나.'

나는 곧잘 이런 생각을 하면서 상대편의 얼굴을 쳐다본다. 그는 시선을 피하지 않는다. 그러나 나는 거기서 아무것도 찾아볼 수 없다. 그는 나를 멍하니 쳐다본다. 그리고 무엇 때문에 내가 침묵을 지키고 대화를 중단해버렸는지 이상하게 생각을 한다. 그러나 아마도 그의 이런 태도가 문제되겠지. 그리고 그가 나를 실망시키듯이 나는 그를 실망시킨다. 이것이 만일 나의 젊을 때의 일이라, 다른 많은 질문이 중요하게 생각되지 않고 또 내 스스로 만족하는 일도 없다면, 나는 목청을 돋우어 그에게 질문했을 것이다. 그리하여 그가 침묵을 지키고 있는 현재보다는 초라한 동의를 더욱 적게 얻었을 것이다. 그러나 저마다 그와 마찬가지로 침묵을 지키고 있는 것은 아니지 않는가. 도대체 무엇이 모두가 내 동류라는 것을 나로 하여금 믿지 못하도록 하는가. 나는 연구하는 동료를—보잘것없는 성과를 올리고 잊혀서,

시대의 어둠, 또는 현대의 혼잡으로 가로막혀, 어떤 방법으로도 더는 접근할 수 없는—곳곳에 지니고 있을 뿐만 아니라 오히려 예전부터 모든 면에 다 동료들을 가지고 있다. 그들은 모두가 자기 나름의 노력을 하고 있다. 비록 가망 없는 연구가 항상 그렇듯이, 나름의 성과가 없고 침묵을 지키기거나 혹은 교활하게 쓸데없는 말을 지껄이고 있기는 하지만 말이다. 그런데 무엇이 나로 하여금 그 사실을 믿지 못하게 하는 걸까. 그랬었더라면 나는 고립될 필요도 없었을 것이다. 다른 동료들에게서 안주할 수 있었을 것이다. 개구쟁이 아이처럼 어른들 대열에 끼어 바깥으로 나갈 필요도 없었을 것이다. 나처럼 바깥으로 나가고 싶어 하면서도, '밖으로 나가는 자는 아무도 없으며, 모든 혼잡스러움이란 어리석은 것이다.'라고 말하는 어른들의 오성이 나에게는 아무래도 납득이 가지 않는다. 이와 같은 생각은 이웃 개의 영향에서 오는 것이다. 그는 나를 망설이게 한다. 나를 우울하게 만든다. 그는 자기 혼자서 충분히 즐거운 것 같다. 적어도 자기 세계에 안주하고 있을 때는 큰소리를 지르고 노래를 부르는 것을 알 수 있다. 이게 나에게는 두통거리다. 이 마지막 교제를 포기하고, 아무리 단단하게 단련한다 하더라도 개의 교우에는 으레 따르게 마련인 그 막연한 몽상에 젖는 일도 그만두고, 남은 시간을 고스란히 내 연구에 바치는 것만이 아마도 바람직한 일이 아닌가 싶다. 나는 그가 다음에 찾아오면 엎드려 자는 체할 것이다. 그리고 오지 않게 될 때까지 그 짓을 되풀이할 것이다.

내 연구에는 또 무질서가 따르게 되었다. 나는 지쳐버린다. 활기에 차서 뛰어다니던 내가 풀이 죽어 비틀거린다. 나는 '땅은 어디에서 우리의 영양분을 얻는 것일까?'라는 문제를 연구하기 시작한 당시를 돌이켜본다. 당시에 나는 동족 가운데서 살고 있었다. 군중이 제일 많이 모인 곳에 파고들었다. 모든 것을 내가 하는 일의 증언으로 삼고 싶었다. 이 증언은 일 자체보다도 귀중하게 생각될 정도였다. 나는 여전히 어떤 감탄하는 소리를 기대하고 있었으므로, 물론 증언에 의해 많은 자극을 받았다. 현재 고독한 나로서는 그러한 것을 바라도 소용없는 일이다. 그러나 그 당시에는 나도 활기에 넘쳐 있었으므로 나는 일을 이루어놓고야 말았다. 그것은 독특한 일이라 당시의 원칙에 어긋나는 증언이었다면, 불쾌감을 느꼈을 것이다. 나는 언제나 끊임없이 전문화되어가는 학문 속에서, 일종의 기묘한 단순화 과정이 있는 것을 발견하였다. 학문은 땅이 우리의 주요 영양분을 만들어낸다는 것을 가르쳐주고 있다. 그리고 여러 가지 식물 중에서 품질이 제일 좋고 또 영양도 많은 것을 제시한다. 땅이 영양분을 만들어낸다는 것은 물론 옳은 말이며, 그것은 의심할 여지가 없다. 그럼에도 불구하고 이에 대하여 더욱 깊이 추구하고 있는 일이 없는 일반적 견해가 보여주는 것처럼 그렇게 간단한 것은 아니다. 시험 삼아 날마다 되풀이되는 가장 원시적인 일들에 대하여 생각해보자. 만일 우리가 게을러서 남의 빈축을 사지 않을 정도로 경작한 후에 웅크리고 잠이나 잔다 해도, 거기서 나는 수확에서 영양분을 찾아볼 수 있기는 할 것이다. 그러나 반드시 그렇다고만은 볼 수 없다. 학문에 별로 구애받지 않는 심정으로 사물을 관찰하는 자라면—그러나 학문 내용은 날로 커져가는 경향이 있어서, 학문에 매이지 않는 자는 극히 적은 수이나—지상의 주성분이 위에서 온다는 것쯤은 곧 알 것이다. 우리의 숙련과 갈망의 정도에 따라, 영양분이 땅에 닿기도 전에 새치기해버리는 때도 있는 것이다. 이런 말은 조금도 학문에 배치되지 않는다. 물론 땅이 영양분을 만들어낼 수도 있다. 아무튼 땅은 때로는 영양분을 자기 품속에서 만들어내기도 하고 때로는 위로부터 얻어들이기도 하지만, 본질적으로 차이가 있는 것은 아니다. 어떠한 경우에도 경작이 필요하다고 원칙을 세우고 있는 학문은, 위에서니 가운데서니 하는 것은 거의 개의치 않는다. "입에 가득히 집어넣으면 모든 문제는 우선 해결되는 것이다."라는 말을 인용해두고자 한다. 그런데 학문은 영양분을 만들어내는 두 가지 중요한 방법으로서, 진짜 경작과 주문呪文, 무용, 가요의 형태를 띤 보충적 내지는 미화적인 작업을 인정하고 있으므로, 지금 말한 것과 같은 일을 부분적으로는—노골적인 형태가 아니라, 연구의 대상으로 삼고 있는 것처럼 보인다. 이 두 가지 방법 중에서 나는 완전하지는 못하지만 명백한 분류를 찾아낼 수 있다. 경작은 내 생각으로는 두 가지 영양분을 얻기 위해 필요한 것이지만, 주문이나 무용, 음악 등은 좁은 의미의 경작에는 그다지 관계가 없고 주로 영양분을 위해서 불러들이는 데 필요하다. 풍속과 습관이 나의 이와 같은 해석에 힘이 되어주었다. 우리 종족은 풍속과 습관에 관해 의문시한 일도 없고, 또 학문으로부터 저항을 받는 일도 없이 학문에 올바른 위치를 주고 있는 것처럼 생각된다. 학문이 의도하는 바에 의하면, 영양분을 위로부터 취하는 힘을 땅에 주기 위해서는, 저 갖가지 의식이 한결같이 땅에 바쳐져야 하지만, 의식은 어디까지나 지상에서 행해진다. 그러므로 모든 것이 땅을 향해 속삭이고, 땅을 앞에 두고 춤추지 않으면 안 될 것이다. 내가 알기로는 학문도 바로 이것을 요구하고 있는 것이다. 그런데 여기에 미묘한 일이 있다. 우리 종족은 모든 의식에 의해 높은 곳으로 향하는 것이다. 그렇다고 해서 이것이 학문을 손상하는 행위는 아니다. 학문도 그것을 금하지 않고 농부에게 그런 자유를 부여한다. 학문은 그 가르침에서 언제나 땅을 염두에 둔다. 농부가 땅에 대한 학문의 가르침을 실천에 옮길 때 학문도 그것으로 만족한다. 그러나 나는, 실은 학문이 그 이상의 것을 요구한다고 생각한다. 나는 결코 다른 자에 비해서 학문에 조예가 깊지는 않지만, 종족이 하늘을 우러러 소리 높이 주문을 외고, 옛 민요를 슬픈 가락으로 공중에 띄우며, 땅을 저버

636

리고는 저 높은 곳에 몸을 약동시킬 것을 한결같이 바라고 있는 듯이 무용을 되풀이하는 광경을 목격할 때, 학자들이 어떻게 이것을 묵인할 수 있는지 납득이 가지 않는다. 나는 출발점으로서 영구히 이 모습을 지적하고자 한다. 학문의 가르침에 따라 땅에서 수확할 시기가 되면 나는 철저히 내 몸을 땅에다 얽어매었다. 나는 춤추려고 땅을 긁어대었다. 될 수 있으면 땅과 가까이하려고 머리를 땅에 쑤셔 박아 상처를 입을 정도였다. 나중에 코끝이 들어갈 만큼의 땅에 구멍을 파고, 땅만이 들을 수 있도록—그러니까 내 옆이나 위에 있는 것에는 들리지 않도록 코끝을 틀어막은 채로 노래를 했던 것이다.

연구의 성과는 보잘것없는 것이었다. 곡식이 손에 들어오지 않는 때도 있는가 하면, 벌써 나의 발견에 대해 환호를 올리고자 했다. 그러나 그러고 나서 다시 곡식이 나타나 보이기도 하였다. 우리 족속은 처음에는 나의 색다른 연기에 어느 정도 놀랐다가 이제 이 연기에서 일어나는 이득이 무엇이라는 것을 알아차리게 되어, 내 외침이나 도약을 너그럽게 봐줘야겠다는 심정이 되었다. 곡식이 전보다도 풍성하게 보이는 일이 자주 있었다. 그런가 하면 곡식은 또다시 꼬리를 감추고 만다. 나는 젊은 개로서는 보기 드문 열의를 가지고 여러 가지 실험을 조용히 검토해보았다. 나는 연구를 더 진행시킬 가망성이 있는 실마리를 분명히 잡았다고 생각한 일도 여러 번 있었지만, 다시 막연한 생각이 드는 것이었다. 학문에 대한 나의 준비가 불충분한 것도 연구의 진전을 가로막는 큰 원인이었다. 가령 곡식이 그림자를 감추어버리는 현상도 내 실험 결과로 일어난 것이 아니라 비학문적인 경작 때문이라는 것을 알게 되어, 내 추론은 모두가 전혀 근거 없는 것으로 되어버렸다. 만일 일정한 조건이 주어진다면, 다시 말해서 경작이라는 것을 완전히 덮어두고서 우선 높은 데를 우러러보고 행하는 의식을 가져 곡식의 하강을 촉진시키는 데 성공한 다음, 땅 위의 의식에만 의지해서 곡식이 자라지 않도록 하는 것에 성공한다면, 나로서는 완벽에 가까운 실험이 될 것이다. 나도 이런 종류의 실험해보았는데, 확고한 신념을 가진 것도, 또 완전한 조건을 설정한 것도 아니었다. 즉, 내가 보기에는 적어도 일정한 분량의 경작은 언제나 필요한 것으로 생각된다. 설사 이 사실을 믿지 않는 측의 견해가 옳다고 하더라도 땅을 적시는 행위는 충동적으로 일어나 어느 한계를 넘으면 도저히 피할 수 없는 것이므로, 경작이 필요 없다는 이단자의 주장은 입증되지 못하는 것이다. 나로서는 이와는 또 다른 궤도에서 다소 어긋난 실험이 잘 이루어졌으며, 또 그것은 어느 정도의 주목을 끌게 되었다. 나는 공중에서 영양분을 탈취한다는, 흔히 행해지고 있는 방법과 관련해서 영양분을 하강시키면서도, 그것을 탈취하지 않도록 하려고 작정했다. 이를 위해 나는 영양분이 나타나면 으레 가벼운 도약을 시도해보았지만, 이 도약은 거기까지 미치지 못하도록 미리 손을 써놓았었다. 그러면 대개의 경우, 영양분은 소리 없이 무관심한 표정으로 지면으로 떨어지는 것이었다. 나는 화가 나서 영양분에 덤벼든다. 그것은 굶주림에서 오는 분노이기도 하고 실망에서 오는 분노이기도 하다. 그러나 때로는 다른 일이 생겼다. 그것은 실로 놀라운 일이다. 곡식은 땅에 떨어지지 않고 공중에서 나를 따라오는 것이다. 즉, 영양분이 굶주린 자를 따라오는 것이다. 그것은 먼 거리도 아니고, 분량도 극히 적다. 그리고 나중에는 낙하하든지, 꺼져버리든지, 또는 내 실험을 빨리 중단하도록 입속으로 들어와 버린다. 그러나 이것은 흔히 있는 일이었다. 어쨌든 나는 당시 행복했었다. 나의 주위를 일종의 속삭임 같은 것이 지나가는 것이었다. 다른 자들은 저마다 불안에 사로잡혔고 이상하게 신경과민이었다. 내가 아는 자들이 전보다도 내 질문에 호의를 갖는다는 것을 알 수 있었다. 그들의 눈동자 속에 어떤 구제를 바라는 빛이—그것이 설사 나의 시선의 반영에 불과하더라도—보였다. 나는 그 이상 더 바랄 것이 없었다. 나는 만족하고 있었다. 그러나 나중에(처음부터 뻔한 이야기이지만) 나는—그리고 다른 자도 나와 같이 그것을 경험했는데—이 실험이 학문 세계에서는 벌써 옛날에 끝난 것이며 그것도 나의 경우와는 비교도 되지 않을 만큼 대규모로 행해졌는데, 이 실험에 필요한 자제가 어려웠기 때문에 전부터 행할 수 없게 되었고, 또 학문적으로 보아서도 무의미했기 때문에 다시는 되풀이하지 못하도록 하였다는 것을 알게 되었다. 다시 말해서 모두들 이미 알고 있는 사실인즉, 땅은 영양분을 위로부터 수직으로 하강시킬 뿐만 아니라 때로는 비스듬히, 또 때로는 나선형으로까지 하강시킨다는 것만을 단지 증명하고 있을 뿐이라는 것이다. 여기서 나는 멈춰 서게 되었다. 그러나 의욕을 잃은 것은 아니었다. 나는 아직 젊었기에 의욕을 잃기는커녕 이 실패로 말미암아 나는 나의 생애에서 가장 큰 일에 용기를 내게 되었다. 나는 나의 실험이 학문적으로 무가치하다고 믿지 않았다. 그러나 이것은 신념으로 처리될 성질의 것은 아니다. 필요한 것은 증명이다. 이런 견지에서 다소 본궤도에서 벗어난 이 실험을 연구의 중심으로 삼고 싶었다. 내가 영양분을 외면하고 한 걸음 물러섰을 때, 땅이 영양분을 옆으로 끌어당기는 것이 아니라, 내가 영양분을 끌어들여서 내 뒤로 따라오게 한다는 것을 입증하고 싶었다. 그러나 이 실험을 이런 형태로 진행한다는 것은 불가능한 일이었다. 먹을 것을 눈앞에 보면서 그것을 시간적으로 실험 대상으로 삼는 것은 감당할 수 없는 노릇이다. 나는 다른 방법을 써보려고 하였다. 참을 수 있는 데까지 아주 단식을 하고, 또 영양분이 눈에 띌 기회를 피하여, 모든 유혹에서 벗어나려고 했다. 그리하여 나는 밤낮으로 가만히 들어앉아 눈을 감은 채, 영양분을 아래에서 취하거나 공중에서 가로채려고 진력하지도 않고, 달리 아무런 방도도 취하지 않고, 겨우 땅이나 적시는 비합리적인 일을 하거나 주문과 노래를 조용히 읊조림으로써(춤은 몸이 쇠약해지므로 그만두려고 했다) 영양분이 스스로 위로부터 내려와 (땅 같은 것은 염두에도 두지 않고) 내 몸 안으로 들어오기 위해서 나의 이빨을 노크하리라는 기대는 갖지만, 어찌 그것을 감히 주장할 수 있 겠는가. 이런 일이 실현되면, 학문은 예외나 특수한 경우를 받아들이 는 탄력성을 지니게 됨으로써 반박당하는 일이 없었을 것이지만, 그 러나 다행히도 그 정도의 탄력성을 지니고 있지 않은 우리 족속은 이 에 대하여 어떤 태도를 취할 것인가? 이것은 역사에 남아 있는 예외 적인 일로—가령 몸이 약하다거나 기분이 우울하기 때문에 곡식을 심고 거두어들이는 것을 누가 거절한다면, 개들은 일치단결하여 주 문을 외고, 곡식을 지정한 길에서 비틀거리며 밖으로 끌고 나와, 바 로 병자의 입속으로 뛰어들게 하는 이런 예외와는 종류가 전혀 다른 것이다. 나는 매우 건강하여 힘이 세었다. 식욕도 왕성하여 다른 데 머리를 쓸 경황이 없을 정도였다. 내가 이런 말을 하면 믿어줄지 어 떨지는 남의 판단에 맡기지만, 나는 스스로 단식을 한 것이다. 나에 게는 영양분의 하강을 촉진시키는 능력도 있었고, 또 그럴 마음도 갖 고 있었지만, 이에 대한 개들의 협조는 필요치 않았을 뿐더러, 그런 협조 따위는 단호하게 받아들이지 않았다.

나는 음식에 대한 얘기도, 군침이 도는 소리도, 뼈를 깨무는 소리 도 들리지 않는 어느 깊은 숲속의 알맞은 장소를 찾아내어, 마지막으 로 배가 터지도록 먹고서 옆으로 드러누워 버렸다. 그리하여 가능하 다면, 눈을 꼭 감고 지내려고 하였다. 영양분이 나타나지 않는 한, 이 런 상태가 며칠 또는 몇 주일 계속되건, 그것은 나로서는 밤의 연속 이라고 생각했다. 그런데 나는 영양분을 하강시키기 위해 주문을 외 어야 했으며, 거기다 영양분이 나타났을 때 잠들지 않도록 긴장하지 않으면 안 되었으므로, 나로서는 매우 무거운 짐이었으며, 잠깐밖에 잠들 수 없었다. 잠들어 있을 때가 눈을 뜨고 있을 때보다 한결 오래 단식할 수 있을 것이라고 생각하였다면, 잠을 자는 것이 바람직한 일이기도 하다. 그래서 나는 세밀하게 시간을 나누어, 많이 자되, 그러나 언제나 아주 짧은 동안만을 자려고 마음먹었다. 나는 잘 때에는 반드시 연약한 나뭇가지에 머리를 기대어, 얼마 후에는 바로 그 가지가 꺾여 눈을 뜰 수 있게 해서, 이 결심을 실천에 옮겼다. 그렇게 누워 자다가 눈을 뜨기도 하고 꿈을 꾸거나 조용히 노래를 부르기도 하였다. 처음에는 아무 일도 일어나지 않았다. 내가 이 숲속에서 사물의 자연스러운 움직임에 대항하여 일어섰다고 해서 아무런 영양분도 아직 전해지지 않았던가 보다. 모든 것은 고요하기만 하였다. 이렇게 싸우고 있는 나를 어느 정도 걱정하게 만든 것은, 개들이 내가 없어진 것을 알아채고 얼마 후에 나를 찾아내고는 무슨 일을 꾸미지는 않을까 하는 불안이었다. 두 번째 걱정은, 땅을 적시는 작업을 좀 했을 뿐, 학문적으로 볼 때 불모지라고 생각되는 땅이 이른바 우연하게도 영양분을 만들어내어, 그 냄새에 유혹이나 당하지 않을까 하는 것이었다. 그러나 한동안은 그런 일이 없어 단식을 계속할 수 있었다. 이런 걱정을 제외하고는, 나는 지금까지 마음의 안정을 유지해왔었다. 사실은 학문을 폐기하는 것이 내 목표였지만, 그럼에도 불구하고 나는 만족감을 느끼고 있었으며, 또 학문에 종사하는 자의 격언에도 있는 저 평안에 가까운 기분을 간직하고 있었다. 나는 꾸벅꾸벅 졸면서 학문에 용서를 빌었다. 학문에는 용서를 받아들일 여지도 있었던 것이다. 내 귀에 위로하는 말이 들려왔다─'비록 너의 연구가 빛나는 성과를 거두었다 하더라도, 그때 개로서의 너의 생활은 그 본령을 발휘하게 되는 것이다. 학문은 너에게 호의적인 태도를 보낸다. 학문은 너의 성과의 해설에 귀를 기울일 것이다. 이 약속 자체가 일의 성취를 의미하고 있는 것이다. 지금까지 추방한 자의 의식을 마음속 깊이 간직한 채 종족이 둘러싼 벽 위를 야수처럼 뛰어다니던 너는 큰 영예를 얻어 환영을 받게 될 것이다. 모인 개들의 육체에서 풍기는 저 그리운 따스함이 너를 감싸고 흐를 것이며, 너의 종족은 너를 어깨 위에 목말 태울 것이다. 생전 처음 맛보는 굶주림의 기묘한 작용!' 나의 업적이 굉장한 것처럼 생각되어 감동하고, 내 자신에 대한 사랑스러움과 측은함으로 가슴이 메어, 나는 조용한 숲속에서 훌쩍거리며 울기 시작하였다. 그것은 간단히 이해되는 행위는 아니다. 노력에 상당하는 포상을 기대하는 처지가 되었다는데, 무엇 때문에 훌쩍거리면서 우는가? 까닭은 십중팔구 만족감일 것이다. 만족을 느낀다는 것은 여간해서 있을 수 없는 일인데도, 나는 그때마다 울었던 것이다. 이 기분은 물론 오래지 않아 어디론지 사라져버렸다. 굶주림이 심해짐에 따라 아름다운 여러 가지 영상은 점점 사라지고, 이어서 모든 환상과 감정이 사라졌다. 그러자 나는 내 장 속에서 들끓는 굶주림과 멍청하게 남게 되었다.

"이것이 굶주림이라는 것이다." 나는 몇 번이나 이렇게 나 자신에게 들려주었다. 굶주림과 나는 언제든지 별개의 것이라, 마치 귀찮게 구애하는 자를 뿌리치는 것처럼 굶주림을 뿌리칠 수가 있다. 이것은 물론 관념적으로 한 말이며, 실은 굶주림과 나는 하나로 되어 있는 극도로 고통스러운 존재이다.

"이것이 굶주림이라는 것이다." 이렇게 스스로 말할 때, 진정 지껄이고 있는 것은 굶주림이며, 놈은 나를 이렇게 비웃고 있는 것이다. 정말 기분 나쁜 시절이었다! 그 당시 일을 생각하면 몸에 전율이 온다. 그것은 당시에 실컷 맛본 고통 때문만은 아니다. 당시만 해도 나는 마음의 준비가 되어 있지 않았기 때문이며, 또 굶주림만이 나의 마지막 제일 강한 연구 방법이라고 지금도 생각하고 있으므로, 앞으로 무엇인가 성취하려면 다시 한 번 그 고통을 맛보아야 한다고 생각했기 때문이다. 이것이 중요한 이유이다. 길은 굶주림을 뚫고 지나간다. 최고의 경지에 도달하려면 최고의 행위로만 가능한 것이다. 그리고 최고의 행위란 우리의 경우에 자유 의지에 의해 단식하는 것이다. 그러므로 당시의 일을 곰곰이 생각할 때마다—당시의 일이라면 나는 평생이 걸려도 기꺼이 더듬어보려고 한다—나는 마땅히 앞으로 닥쳐올 시대의 일을 여러 가지로 생각해본다. 이런 시도로부터 벗어나는 데는 거의 한평생을 소비해야 할 것 같다. 저 단식 이후로 장년 시대가 그냥 지나가고 있지만, 나는 아직 거기에서 벗어나 있지 못하다. 만일 다음에 단식을 시작한다면 경험도 풍부해지고 이와 같은 시도의 피치 못할 이유도 잘 알고 있으므로 나는 전보다는 결단력을 보이겠지만, 그 후로 내 힘은 눈에 띄게 줄어들어 적어도 낯익은 저 두려움을 기다리고 있는 것만으로도 지쳐 나자빠질 것이다. 그리고 쇠퇴해가는 의욕도 내 편이 되어주지는 않을 것이다. 의욕이 없으므로 단식의 시도는 다시 가치가 줄어들고, 나는 할 수 없이 당시에 필요했던 정도 이상으로 오래 단식을 계속해야 할 것이다. 이런 전제, 또는 그 밖의 전제를 나는 분명히 포착할 수 있었다고 생각한다. 물론 그 후로 나는 오랫동안 예비 연습도 게을리 하지는 않았다. 굶주림 자체에 덤벼드는 경우도 여러 번 있었지만, 나는 아직 철저히 그 힘을 발휘할 수 있을 만큼 강하지는 못하였다. 젊은이의 거센 공격욕은 이미 그 당시 단식할 때 소멸되어버렸다. 여러 가지 생각이 나를 괴롭힌다. 조상이 협박하는 듯한 모습으로 나타난다. 나는 남 앞에서는 말할 용기는 없으나, 그들에게 모든 것의 책임이 있다고 생각한다. 그들은 개의 생활에 대하여 죄를 범한 것이다. 그러므로 나는 그들의 협박에 대하여 거리낌 없이 협박으로 대항할 수 있다. 그러나 나는 그들의 지식 앞에서는 고개를 숙인다. 그 지식은 무언가 알 수 없는 어떤 깊은 원천에서 오는 것이다. 그러므로 내가 그들에게 싸움을 걸고 싶은 충동을 느끼더라도, 그들이 지키고 있는 법칙을 짓밟는 일은 없을 것이다. 법칙의 차이를 일종의 특별한 능력으로 알아내어 나는 그들에게 뛰어 가려는 것이다. 나는 단식에 관한 유명한 대화를 인용하려고 한다. 이 대화에서 우리들의 현자 한 사람은 단식을 금지하고 싶다는 의도를 밝혔다. 이에 대하여 두 번째 현자는 다음과 같이 반문하여 상대방의 주장을 뒤집으려고 한다.

"앞으로 과연 단식하는 자가 있을까?"

첫 번째 현자는 이 말을 곧 납득하고 단식 금지령을 철회한다. 그런데 여기에 한 가지 질문이 있다.

"그러나 단식은 처음부터 금지되어 있지 않은가?" 대다수의 주석자들은 이 물음을 부정한다. 그들은 단식을 자유스러운 행동이라고 주장하고, 두 번째 현자의 견해에 동의하여, 그릇된 주석에서 좋지 않은 결과가 일어나더라도 개의치 않는다. 나는 단식을 시작하기 전에 이런 사정을 잘 알고 있었다. 그런데 굶주린 내가 몸을 움츠리게 되었을 뿐더러, 이제는 머리도 다소 이상해져서 뒷다리에 자꾸 구제를 청하고, 필요 이상으로 뒷다리를 핥기도 하며, 물기도 하고, 빨기도 하다가, 나중에는 엉덩이까지 왔을 때, 나는 일반적으로 널리 유포되고 있는 대화의 해석이 거짓으로 생각되었다. 그리하여 나는 그 해석을 저주하였다. 또한 이 해석 때문에 길을 잘못 든 나 자신을 저주하였다. 대화는 어린애라도 알 일이지만, 그것은 분명 오직 단식만을 금지한다는 것 이상을 내포하고 있다. 첫 번째 현자는 단식을 금지하려고 했다. 현자의 이러한 의도는 이미 실현되어 있다. 단식은 금지된 것이다. 두 번째 현자는 그에 동의할 뿐만 아니라 처음부터 단식을 불가능한 것이라고까지 생각하여, 첫째 금지령에다가 둘째 것인, 즉 개의 본성 자체에 대한 금지령을 얹어 놓는다. 첫 번째 현자는 이를 인정하고, 저 명쾌한 금지령을 철회한다. 그는 개들에게 모든 사정을 설명하고 나서 각자가 잘 알아서 자기에 대한 단식을 금지하도록 지시한 것이다. 그러므로 항간에 지켜지고 있는 금지령 대신에 세 개의 금지령이 하나로 묶여 있으며, 나는 이 금지령을 범한 격이 된다. 이렇게 되고 보니, 어쨌든 뒤늦게나마 금지령에 복종하여 단식을 중단할 수도 있었지만, 그 때문에 괴로움을 당하면서도 단식을 더 계속하고 싶은 유혹을 느껴, 알지 못하는 개의 뒤를 밟을 때처럼 욕망에 불타 유혹에 따르기로 하였다. 나는 단식을 중단할 수가 없었던 것이다. 아마도 몸이 극도로 약해져서 일어나 구원을 청할 기력조차 없었던가 보다. 나는 숲속의 마른 잎사귀 위를 대굴대굴 뒹굴었다. 이제는 잘 수도 없었다. 사방에서 시끄러운 소리가 들려왔다. 지금까지 잠들어 있던 세계가 내 단식으로 눈을 뜨는 듯이 생각되었다. 더 이상 아무것도 먹을 수 없다는 생각도 머리에 떠올랐다. 만일 내가 무엇을 먹는다면, 마침 해방되어 소란스러운 세계를 다시 침묵시켜버릴 터이니 말이다. 그것은 나로서는 할 수 없는 일이다. 그러나 가장 큰 소리는 내 배 속에서 들려왔다. 나는 배에 자주 귀를 대어본다. 나는 놀라운 눈초리를 하고 있었음이 틀림없다. 그런 소리가 배 속에서 들려오리라고는 거의 상상할 수도 없었기 때문이다. 잠시후에 그 소리가 약해지면, 위태로운 상태가 다시 내 본성에도 엄습해오는 것 같다. 내 본성은 헛되이 구출을 기다린다. 나는 음식 냄새를 느끼기 시작한 것이다. 벌써 오랫동안 입에 댄 일이 없는 선택된 음식이다. 어렸을 때에 즐겨 먹던 그때의 기쁨은 더 말할 필요도 없다. 그러고는 어머니 품의 향기를 맡았다. 나는 그 향기에 저항할 엄두를 내지 못했다. 아니 정확하게 말하자면 엄두를 내지 못한 것이 아니다. 저항하려고 마음먹고 나는 여기저기 뛰어다니려고 했다. 그러나 결국 두서너 발자국밖에 떼어놓지 못하였다. 그리고 냄새를 맡았다. 음식으로부터 내 몸을 지키기 위해 음식을 구하는 것에 불과하다. 나는 그런 식으로 냄새를 맡았다. 아무것도 찾아내지 못하였지만, 나는 실망하지 않았다. 곡식은 엄연히 있는 것이다. 다만 언제나 두서 너 발자국 앞에 있을 뿐이다. 내 다리는 진작부터 부들부들 떨렸다. 그와 동시에 나는 거기에는 아무것도 없다는 것을 알게 되었다. 이제는 떠날 수가 없는 이 장소에서, 최후의 일격을 얻어맞는 걸 두려워한 나머지, 보잘것없는 움직임을 해보려는 것에 불과하다는 것을 나는 알고 있었다. 마지막 희망은 꺼져버렸다. 그것은 마지막 유혹이기도 하였다. 나는 비참한 모습을 하고 여기에서 멸망해갔다. 나의 연구, 즉 어린애다운 행복에 찼던 이 시대의 어린애다운 시도들은 대체 무슨 의미가 있는 것일까? 지금 그리고 여기에서는 진지함이 있다. 여기에서 그 연구는 그 진가를 발휘할 수 있었을 것이다. 그런데 그 연구는 어디로 가버린 것일까? 여기에서는 어찌할 바 모르며 허공을 물어뜯고 있는 한 마리의 개에 불과한 것이다. 여전히 급하게 경련을 일으키면서 연방 땅을 적셔보지만 자신은 그것을 알지 못한다. 그러나 자신의 기억 속에 남아 있는 혼란스러운 주문들로부터 아무것도 더 이상 찾아낼 수가 없다. 갓난아이가 어머니 젖가슴에 안겨서 몸을 웅크리고 있을 때의 외마디 소리도 찾아볼 수 없다. 나는 형제들과 짧은 거리에 떨어져 살고 있는 것이 아니라, 모든 것으로부터 아주 멀리 떨어져 있는 듯하다. 나는 단식 때문에 죽을 것 같지는 않고, 오히려 버림받아서 죽을지 모른다는 생각이 든다. 내게 관심을 갖는 것은 하나도 없었다. 땅 밑에 있는 것이나 땅 위에 있는 것이나 높은 곳에 있는 것이나 할 것 없이 그 어느 하나도 내게 관심을 갖지 않는다. 이것은 분명한 사실이다. 나는 그들의 무관심 때문에 몰락해가는 것이다. 그들의 무관심은 이렇게 말하고 있다. "저놈은 죽는다"고. 아마도 그렇게 될지도 모른다. 그리고 내가 여기에 동의하지 않았던가? 나도 똑같은 말을 하지 않았던가? 내가 이렇게 버림받기를 원하지 않았던가? 그대 개들이여, 이것은 틀림없는 사실이다. 그러나 여기에서 그렇게 끝내기 위해서가 아니다. 이 허위로운 세계로부터 벗어나 진리에로 건너가기 위해서이다. 이 세계에는 허위의 주민인 나를 포함해서 그로부터 진실을 배울 수 있는 개는 하나도 없다. 아마도 진리는 그렇게 멀리 떨어져 있지는 않을 것이다. 나도 또한 스스로 생각하고 있었던 것처럼 버림받지는 않았다. 그렇다. 분명히 남에게 버림을 받지는 않았다. 다만 내가 거부한 나 자신으로부터 버림받았을 뿐이고 그리고 그 때문에 죽는 것이다. 그러나 신경질적인 개가 생각하는 것처럼 그렇게 간단히 죽는 것은 아니다. 나는 단지 기절했을 뿐이다. 깨어나 얼굴을 들어보니, 거기 낯선 개가 한 마리 서 있었다. 나는 이미 시장기를 느끼지 않았으며 힘이 충만해 있었다. 일어나서 시험해보려고 하지는 않았지만 사지에는 분명히 탄력이 넘쳐흐르고 있었다. 여느 때와 특별히 변한 것은 없었다. 아름다운 편이기는 하지만 그렇다고 특별나게 아름다운 것도 아닌 개가 눈앞에 서있었을 뿐 다른 이상은 없었다. 그러나 나는 그 개에게 심상치 않은 그 무엇이 있다고 생각하였다. 내 아래에는 피가 있었다. 처음 이 피를 보았을 때는 그것이 음식이려니 하고 생각했다. 그러나 그것이 내가 토해낸 피임을 곧 알게 되었다. 나는 몸을 약간 뒤로 젖히고 그 낯선 개 쪽으로 갔다. 여위고 날씬한 다리, 흰 반점이 있었다. 아름답고 날카로우며 탐구적인 눈동자를 갖고 있었다.

"무얼 하고 있지?" 하고 말을 이었다.

"저리 비켜주어야겠어."

"지금은 비킬 수가 없는데." 나는 해명 없이 그렇게 말했다. 그에게 모든 것을 다 설명할 의무는 없는 것이니까. 게다가 그 역시 급한 모양이었다.

"제발 비켜주게." 상대방은 마음이 가라앉지 않는 모양으로, 다리를 차례로 들어 올렸다.

"그냥 내버려 두게나." 하고 나는 말했다. "저쪽으로 가주게, 신경 쓰지 말고. 다른 개들도 나에게 신경 쓰지 않잖아."

"다 너를 위해서 그러는 거야." 하고 그가 말했다.

"좋을 대로 이유를 붙이게나." 하고 나는 말했다. "난 가고 싶어도 걸을 힘이 없어."

"염려할 것 없네." 그는 미소를 지으며 말했다. "걸을 수 있어. 몸이 쇠약한 것 같으니까, 지금 천천히 물러나달라는 거야. 우물쭈물하면 나중엔 뛰어가야 돼."

"그런 걱정일랑은 말게."

"네 걱정거리는 곧 내 걱정거리이기도 하지."

내가 너무 완강하게 버티니까 마음이 상한 모양이었다. 그는 우선 나를 그대로 놓아두고, 나중에 기회를 보아 친절을 베풀면서 옆으로 다가올 모양이었다. 여느 때 같으면 상대가 아름다운 개이므로 나도 어지간히 참았을 터이지만, 그때는 웬일인지 상대방에 대하여 털끝까지도 곤두서는 것을 느꼈다.

"저리 가!" 나는 달리 방어할 수 없어서 더욱더 크게 소리쳤다.

"마음대로 하게." 그는 천천히 뒤로 물러나면서 이렇게 뇌까렸다.

"이상한 자 다 보겠군. 내 말이 그렇게도 거슬리나?"

"네가 물러가는 게 좋아. 좀 내버려 둬." 나는 이렇게 말했지만, 상대방에게 내 말을 믿게 할 만큼 이미 나 스스로 자신을 가질 수 없게 되었다. 단식 때문에 날카로워진 내 오관이 그에게서 무엇인가 보고 또 들었던 어떤 것, 처음엔 초기 상태에 있던 것, 그것이 차차 커진다. 옆으로 다가온다. 나는 이미 알고 있었다. 비록 지금은 상상할 수 없지만 이 개는 분명히 날 쫓아낼 힘을 가지고 있을 것이다. 그것은 마치 일찍이 나 스스로가 일어서서 걸을 수 있게 되는 것을 나 자신

지금 모르고 있는 것과 같다. 나의 난폭한 대답에 부드럽게 머리를 흔들기만 하던 이 상대방을 나는 호기심에 가득 찬 눈초리로 쳐다보았다.

"넌 누구니?" 내가 물었다.

"난 사냥꾼이지." 그가 말했다.

"넌 왜 날 이대로 내버려 두지 않니?" 내가 물었다.

"네가 내게 방해가 되기 때문이야. 네가 여기 있으면 사냥이 안돼."

"사냥을 해봐. 사냥할 수 있을 거야." 내가 말했다.

"안 돼. 미안하지만, 좀 물러나주게." 그가 말했다.

"오늘은 사냥을 그만두지 않겠나?" 하고 나는 부탁하였다.

"안 돼. 난 사냥을 해야만 해." 그가 말했다.

"내가 물러나야 하겠군. 네가 사냥을 해야 할 테니까. 꼭 해야만 한다니. 넌 왜 꼭 해야 하는지 그 이유를 알고 있니?" 내가 말했다.

"그런 건 나도 몰라. 굳이 알 것도 없지. 그거야 자명하고도 당연한 일이지." 그가 말했다.

"그렇지 않아. 네가 나를 몰아내는 것을 미안한 일이라고 말하면서도 넌 그런 짓을 하고 있잖아."라고 내가 말했다.

"그건 그래." 그가 말했다.

"그건 그렇다고." 나는 화가 나서 상대방의 말을 되뇌었다. "그래서는 대답이 되지 않아. 사냥을 포기하는 것과 나를 쫓아내는 것을 포기하는 것 중에서 어느 것이 너에겐 쉬운 일이지?"

"사냥을 포기하는 일이지." 그는 주저하지 않고 말하였다.

"그럼 이야기가 모순되지 않니?" 내가 말했다.

"무엇이 모순이야? 예쁘장하고 몸집이 작은 네가 나한테 어떤 일을 하지 않으면 안 된다는 게 무얼 의미하는지 정말 모르고 있다는 거니? 뻔한 일을 모르고 있다는 거야?" 그가 말했다.

나는 이제 입을 다물어버렸다. 알 만큼 알아차렸기 때문이었다. 새 생명이, 몸서리쳐지는 생명이 내 온몸을 스쳐 지나간다. 나 말고는 아무도 알아차리지 못하리라 생각되는 일일이 설명할 수 없는 징후들에게서 이 개가 가슴속 깊은 곳으로부터 하나의 노래를 부르고 있다는 것을 알아차렸다.

"네가 노래를 부르는구나." 내가 말했다.

"그래." 그는 진지한 태도로 말을 이었다.

"이제 곧 부르려고 하지만 아직 부르고 있는 것은 아니야."

"넌 벌써 시작하고 있잖아." 내가 말했다.

"아니야. 아직은 아니야. 제발 내 노래를 들을 준비나 해." 그가 말했다.

"너는 부인하지만 나한텐 벌써 노랫소리가 들려." 나는 떨면서 이렇게 말했다. 그는 잠자코 있었다. 나는 그때 지금까지 어떤 개도 경험하지 못한 것을 분명히 알게 되었다. 적어도 전해오는 이야기 속에서는 그와 같은 것을 조금이라도 암시할 수 있는 그 어떤 흔적도 찾아볼 수 없다. 나는 한없는 불안과 수치심에 사로잡혀 눈앞의 피바다 속에 얼른 엎드렸다. 이 개는 자기는 전혀 알지 못하면서 노래를 부르고 있을 뿐만 아니라, 노래의 멜로디가 이 개에게서 떠나 독자적인 법칙을 좇아 공중으로 흘러가고, 마치 그와는 관계가 없는 것처럼 그를 떠나서 한결같이 나에게 들려오는 것이었다. 지금은 물론 나도 이것을 부인하고 그 무렵에 내 신경이 몹시 과민한 탓으로 돌리고 있다. 그러나 설사 그것이 착각이라고 하더라도, 그 착각은 일종의 위대성을 갖는다. 그것은 내가 저 단식 시대로부터 구출해서 이 세계에 가지고 온 것이라 하더라도 아무튼 유일한 실재이다. 그리고 이 실재는 적어도 완전히 자기를 잃어버린 상태에 있었다. 보통 때라면 나는 중태에 빠져 몸도 제대로 움직일 수 없었을 테지만 그 멜로디—그 개가 이미 자기 것으로 손에 넣었다고 생각되는 그 멜로디에는 도저히 거역할 수가 없었던 것이다. 멜로디는 점차 강해졌다. 그것은 한없이 강해져서, 이제는 내 귀가 멍들 지경이었다. 그런데 제일 언짢은 것은 그 소리가 오직 나만을 위해 있는 듯이 생각되는 점이었다. 그 목소리의 숭고함 앞에서는 수풀 전체가 침묵에 몸을 내맡기는 듯싶었다. 이 '나'는 여전히 여기서 버티고 서 있다. 자신의 오물과 피에 젖어 소리를 향해 어깨를 으쓱거리는 이 '나'는 도대체 무엇인가? 나는 비틀거리면서 일어섰다. 내 몸을 응시한다. 내가 이러한 몸일 수는 없겠지. 이런 생각을 하고 있는 동안에 멜로디에 쫓긴 나는 어느새 놀랄 만큼 굉장한 도약을 하면서 날아가듯이 뛰고 있었다. 친구들에게는 아무 이야기도 하지 않았다. 내가 돌아온 직후였다면 이것저것 다 이야기했을 것이다. 그러나 그때는 피곤하여, 나는 이야기할 단서조차 잡을 수 없을 것 같았다. 그런가 하면 어쩐지 이야기의 실마리를 잡을 것 같기도 해서 이를 억제할 수도 없었다. 그런데 막상 친구와 이야기해보면 단서 같은 것은 흔적도 없이 사라져버리는 것이었다. 어쨌든 육체적으로는 두세 시간 만에 회복되었지만, 정신적으로는 아직까지도 그 영향이 남아 있다.

그러나 나는 나의 연구를 개의 음악에까지 넓혀갔다. 학문은 이 방면에서도 역시 상당한 업적을 남기고 있다. 음악에 관한 학문은 만약 내 지식이 확실한 것이라면, 영양에 관한 학문보다 더욱 광범위한 것으로 보였다. 그리고 기초가 훨씬 튼튼하게 보였다. 그것은 음악의 영역이 영양의 영역보다 객관적인 태도를 가지고 탐구될 수 있다는 사실과, 전자는 단지 관찰과 체계화가 보다 큰 목적인데, 그에 반하여 후자는 실제로 유용한 결론이 목적인 데서 설명될 수 있다. 음악 이론에 대한 경외심은 영양학에 대한 경우보다 훨씬 크지만, 전자가 후자만큼 민중 속에 침투할 수 없는 것도 이와 관련이 있다. 나도 숲속에서 그 멜로디를 들을 때까지는 음악 이론이 다른 어떤 학문보다도 가까이하기가 어려웠다. 음악을 하는 개에 대한 체험이 이 학문을 나에게 암시해주기는 했지만, 그 무렵 나는 아직 젊었었다. 게다가 이 학문은 그 근처에 가는 것만 해도 어려운 일이라고 일반에게 생각되었으며, 또 실제로 초연해서 민중과 접촉을 피하고 있었다. 물론 그 개들의 음악은 우리들의 주의를 끌기는 했지만, 침묵에 싸인 개로서의 본질이 나에게는 음악보다도 더 중요한 의미가 있는 것처럼 생각되었다. 그들의 이상한 음악에 대해서 나는 그 유사성을 어디에서도 찾아볼 수가 없을 것이다. 나도 이것은 문제 삼지 않아도 무방했지만, 그때 이후부터는 그들의 본질을 도처에 있는 모든 개들 속에서 찾아볼 수 있었다. 그런데 개의 본질을 추구하기 위해서는 영양분의 연구가 가장 중요한 것이라고 생각하였는데, 그것은 잘못된 견해였던가 보다. 그 무렵만 하더라도 벌써 이 두 가지 학문의 한 부분이 나에게 의혹을 품게 하였다. 그것은 영양분을 불러 내리는 노래에 관한 학설이다. 그런데 이 경우에도 내게 적지 않은 장애가 되는 것은 내가 지금까지 음악학에 결코 진지하게 빠져본 적이 없었다는 점이다. 이런 점에서 학문에 의해서 언제나 특별하게 멸시받았던 엉터리 학자들 측에도 결코 낄 수가 없었다. 이것은 항상 나의 마음속에 자리하게 될 것이다. 만일 내가 학자들 앞에 나서게 된다면, 아무리 쉬운 학문상의 시험이라 할지라도 낙방할 것이다. 유감스럽지만 그것에 대한 증거는 얼마든지 있다. 이미 언급했었던 생활환경은 덮어두더라도, 물론 이것은 우선 나의 학문적인 무능력 때문인 것이다. 부족한 사고력과 빈약한 기억력, 그리고 무엇보다도 학문적인 목적을 늘 저버리는 데 그 원인이 있는 것이다. 나는 이 모든 것을 기꺼이 고백하고자 한다. 왜냐하면 내 학문적인 무능력의 보다 깊은 원인은 하나의 본능, 즉 결코 보잘것없는 것이라고는 할 수 없는 그 본능에 있는 것 같기 때문이다. 그리고 내가 호언할 수 있는 마음만 있었다면 또 이렇게도 말할 수 있을 것이다. 가장 단순하다고 할 수 있는 일상적인 생활환경 속에서는 어느 정도 명석함을 보였으며, 그리고 특히 학문은 아니더라도 학자들을 매우 잘 이해하고 있었다는 것이 후에 있었던 결과들에게서도 입증될 수 있는 일이지만, 그런 내가 타고나면서부터 학문의 첫 단계에 불과한 앞다리를 쳐드는 일도 하지 못했다는 것은 적어도 매우 기이한 현상일 터이므로, 이러한 본능이 바로 나의 학문적인 능력을 파괴한 장본인이라고 말이다. 그 본능은 오늘날의 학문과는 달리 습득되어지는 바로 그 학문을 얻기 위해서, 즉 모든 학문 중의 궁극적인 학문을 얻기 위해서, 자유를 다른 그 어떤 것보다도 높이 평가하는 것을 나에게 가르쳐준 것이다. 자유! 물론 오늘날 허용되어 있는 자유란 빈약하기 이를 데 없는 작물에 불과하다. 그렇지만 그게 어떤 자유이든 간에 일종의 소유물이라는 사실은 항상 존재할 것이다.

부부

　일반적으로 사업 상태가 매우 나빠서, 나는 가끔 사무실에서 시간이 남으면 직접 견본 가방을 들고 개인적으로 고객을 방문하고 있다. 그중에서도 나는 한번 K에게 가보려는 생각을 벌써 오래전부터 하고 있었다. 예전에는 그 사람과 지속적으로 사업 관계를 가졌는데, 그러나 무슨 이유인지는 모르겠으나 지난해에는 거의 끊어졌다. 그러한 중단에는 무슨 근본적인 이유가 있는 것은 전혀 아닐 것이다. 오늘날의 불안정한 관계에서는 종종 아무것도 아닌 일이, 어떤 분위가 결정을 내릴 때가 있다. 그러다가 또다시 아무것도 아닌 일이, 한마디 말이 전체를 해결해준다. 그러나 K에게 달려가는 것은 번거롭다. 그는 노인인데다가 근래에는 건강이 매우 좋지 않았다. 게다가 만약 그가 거래상의 일들을 자신의 손 안에 모아두고 있다면 그는 절대로 직접 영업소로 나오지는 않을 것이다. 그와 이야기하고 싶다면 그의 집으로 가야 한다. 그러나 그런 식의 영업상의 외출은 자꾸 미루고 싶어진다.

　그러나 어제 저녁 여섯 시 이후에 나는 길을 떠났다. 물론 이미 적당한 방문 시간은 지난 시각이었다. 그러나 이 일은 당연히 사교적인 일로서가 아니라 영업적인 일로서 판단되어야 한다. 나는 재수가 좋았다. K는 집에 있었다. 대기실에서 들은 바대로 그는 아내와 산책에서 돌아와 있었고, 지금은 몸이 좋지 않아 침대에 누워 있는 그의 아들 방에 있었다. 내가 그리로 함께 갔으면 했다. 처음에는 망설였지

만, 그 후 이 부담스러운 방문을 가능한 한 빨리 끝내고 싶다는 마음
이 더 컸다. 그래서 나는 견본 가방을 손에 든 채 코트와 모자 차림 그
대로 어떤 어두운 방을 지나서 흐리게 불을 밝히고 있는 어떤 방으로
따라 들어갔다. 그곳에는 몇몇 사람들이 모여 있었다. 아마 본능적
으로 나의 시선은 내가 너무도 잘 알고 있는 상점 대리업자에게 제일
먼저 멈추어졌다. 그는 어떤 면에서는 나의 경쟁자이기도 했다. 그래
서 그는 여전히 내 앞으로 살금살금 앞질러 갔다. 그는 마치 의사라
도 되는 듯이, 환자의 침대 바로 옆에서 편안히 있었다. 그는 부풀린
듯한 멋진 코트를 입고 앞을 열어놓은 채 당당하게 앉아 있었다. 그
의 건방진 태도란 비할 데가 없었다. 환자 역시 그와 비슷한 생각을
했던 모양이다. 그는 약간 열이 있어 붉어진 뺨을 한 채 누워서 그를
바라보고 있었다. 그런데 그 아들은 어린 나이가 아니었다. 그는 내
나이 또래의 남자였으며, 병으로 온 턱과 뺨에 수염이 마구 자라고
있었다. 늙은 K는 어깨가 벌어진 큰 사람이었는데, 놀랍게도 만성적
인 고통 때문에 완전히 말라 있었고, 등은 굽었으며, 위태로워 보였
다. 그는 아직도 지금 막 돌아온 모습 그대로, 모피 옷을 입은 채 서서
아들을 향해 무어라고 중얼거렸다. 그의 부인은 자그마하고 약해 보
였지만, 매우 활기가 넘쳤다. 그녀는 그에 관한 일이라고는 하지만—
다른 사람들은 쳐다보지도 않고—그에게서 모피 옷을 벗기는 일에
만 열중해 있었다. 그 일은 두 사람의 크기의 차이 때문에 약간 어려
움이 있었지만, 그래도 마침내 그녀는 그 일을 해냈다. 그런데 근본
적인 어려움은 아마 K가 매우 참을성이 없었고, 계속 손을 짚고 안절
부절못하면서 안락의자를 찾는 데 있었을 것이다. 모피 옷을 벗기자,
그의 부인은 의자를 재빨리 그에게 밀어주었다. 그녀 자신은 모피 옷
을 들고서—모피 옷 때문에 거의 보이지 않는 채로 그것을 들고 나가
버렸다.

이제 마침내 나에게 시간이 온 듯싶었다. 혹은 아니면 나의 시간은 오지도 않았고, 아마 여기서는 결코 오지 않을지도 모른다. 내가 무엇인가를 하려 했다면, 그 일은 곧바로 일어났을 것이다. 왜냐하면 나의 느낌으로는 사업상의 말을 꺼내기에는 이곳의 상황이 점점 나빠지기만 했기 때문이었다. 그러나 그 대리업자가 의도하는 바대로, 이곳에 한없이 눌러앉아 있는 것은 나의 방식이 아니었다. 게다가 나는 그에 대해서는 조금도 신경을 쓰고 싶지 않았다. 그래서 나는 재빨리 나의 일을 이야기하기 시작했다. K가 지금 막 자신의 아들과 좀 이야기하고 싶은 마음이 있다는 것을 알아챘음에도 말이다. 불행하게도 나는 조금만 흥분 상태에서 이야기하면 일어서는 버릇이 있었고, 이야기를 하는 동안에도 왔다 갔다 하는 버릇이 있었다—이런 버릇은 이야기를 시작하면 곧장 나타나는데, 이 병실에서는 평소 때보다 더욱 빨리 나타났다. 이것은 자기 자신의 사무실에서는 아주 훌륭한 장식용이 되겠지만, 타인의 집에서는 물론 약간 부담스러운 것이었다. 그러나 나는 자제할 수 없었다. 특히 습관이 되어 있는 담배가 없었기 때문이었다. 여하튼 누구든지 자신의 나쁜 습관을 가지고 있는 법이다. 나는 대리업자의 나쁜 습관과 비교해보면 그래도 나의 습관이 낫다고 생각한다. 그는 무릎에 올려두고 있는 자신의 모자를 무릎 위에서 천천히 밀었다 당겼다 하다가, 가끔은 갑작스럽게 의외로 모자를 쓰곤 한다. 그는 마치 실수를 했다는 듯이 그것을 곧 또다시 벗기는 하지만, 잠시 그것을 머리 위에 쓰고 있다. 그리고 그는 때때로 그것을 계속해서 반복한다. 예를 들어, 이런 경우에 사람들은 무어라고 말하겠는가. 이러한 행동에 대해 솔직히 말한다는 것은 허락되지 않는다. 그것은 나를 방해하지는 않는다. 나는 왔다 갔다 하며 나의 일에 완전히 바빠서 그를 무시한다. 그렇지만 이 모자를 가지고 하는 요술이 완전히 정신을 빠지게 할 수 있는 사람이 있을지도 모른다. 그러므로 나는 열심히 그러한 방해뿐만 아니라 사람까지도 전혀 눈여겨보지 않으려고 애쓴다. 나는 벌어지고 있는 일을 보기는 하지만, 내가 준비가 끝나지 않았거나 또는 내가 지금 막 반대 의견을 듣지 않는 한은 그것을 거의 알아보지 않는다. 예를 들어, 나는 K가 이해력이 매우 떨어진다는 것을 알아챘다. 두 손을 팔걸이에 대고서, 그는 불쾌한 낯으로 이쪽저쪽 몸을 돌렸고, 나를 쳐다보는 것이 아니라 무의미하게 허공을 바라보면서 무엇인가를 찾고 있었다. 그리고 그의 얼굴은 마치 나의 말소리, 거기 있는 나의 느낌조차 전혀 받아들이지 않는 것처럼, 그렇게 무관심하게 보였다. 나는 이 모든 것을, 나에게 거의 희망을 주지 않는 병적인 태도를 보고 있었지만, 그럼에도 계속해서 말을 했다. 마치 내가 아직도 나의 말, 나의 유리한 제공을 통해서—나는 아무도 원하지 않는 할인을 해주면서 스스로 깜짝 놀랐다—결국 모두에게 안정을 찾아줄 수 있는 희망을 가지고 있기라도 하듯이. 내가 슬쩍 보니 대리업자는 드디어 자신의 모자를 가만히 내버려 두고 팔짱을 끼고 있었다. 그것은 나에게는 하나의 분명한 보상이었다. 나의 상세한 이야기가 물론 부분적으로는 그를 염두에 두고 계산된 것이지만, 그의 계획에 예민한 일침을 주었던 것 같다. 그리고 나는 그로 인해서 생긴 쾌감 속에서 아마 더 오랫동안 계속 떠들어댔을지도 모른다. 만약 내가 여태까지 대수롭지 않은 인물로 여겼던 그 아들이 갑자기 침대에서 몸을 반쯤 일으키고 주먹으로 위협하면서 나를 침묵하도록 만들지 않았다면 말이다. 그는 분명히 무엇인가를 더 말하고 무엇인가를 보여주고 싶어 했지만 그럴 만한 힘도 없었다. 나는 처음에는 그 모든 것을 단지 고열로 인한 환각 상태 때문일 거라고 생각했다. 그러나 곧이어 무심코 늙은 K를 바라보고는 그것을 더 잘 이해할 수 있었다.

K는 단지 그 순간을 위해 쓸모가 있는, 무표정하게 부풀어 오른 눈

을 뜨고서 거기 앉아 있었다. 마치 누군가가 그의 목덜미를 쥐고 있거나 때리고 있는 것처럼 부들부들 떨면서 앞으로 몸을 기울인 채였고, 아랫입술과 잇몸이 다 드러난 아래턱까지도 주체할 수 없을 정도로 처져 있었다. 그의 얼굴은 완전히 관절이 풀려 있었다. 힘들기는 해도 아직은 숨을 쉬고 있는 모양이었다. 그러고 나서 그는 마치 몸이 풀린 듯이 몸을 뒤로 젖히며 안락의자로 떨어졌고, 눈을 감았다. 아주 힘든 표정이 그의 얼굴을 스치고 지나갔고, 그러고 나서는 끝이었다. 나는 재빨리 그에게로 달려가서 핏기 없이 매달려 있는 차가운 손을 잡았다. 그것은 나를 섬뜩하게 했다. 맥박은 뛰지 않았다. 이제 끝난 것이다. 물론 늙은이였으니까. 그 죽음이 우리에게 더 큰 부담이 되지 않기를 바랄 뿐이다. 이제 할 일이 많겠지! 무엇이 가장 급한 일일까? 나는 도울 수 있는 일을 찾았다. 그러나 아들은 이불을 머리 위로 끌어당겼다. 우리는 그의 끊임없이 흐느끼는 소리를 들었다. 대리업자는 개구리처럼 차갑게 자신의 안락의자에 찰싹 붙어 앉아 있었는데, K와 두 걸음 정도 떨어져 마주 보고 있었다. 그리고 시간이 가기만을 기다리는 것 이외에는 아무것도 하지 않을 결심인 것이 눈에 보였다. 그러므로 무엇인가를 해야 하는 사람은 나 이외에는 없었다. 지금 당장 가장 어려운 일은 부인에게 어떻게 해서든지 이 정황을 극복할 수 있는 방법, 그러니까 있을 수 없는 그 어떤 방법으로든 그 소식을 전해야 하는 일이었다. 그때 벌써 나는 옆방으로부터 황급한, 질질 끄는 발걸음 소리를 들었다.

그녀는 난로 위에 걸어놔서 따뜻해진 잠옷을 가져왔다. 그녀는 이제 그것을 남편에게 입힐 참이었다. 옷 갈아입을 시간이 없었으므로 그녀는 여전히 외출복 차림이었다. 그녀는 우리가 너무 조용하다고 생각하자, "그이가 잠이 들었군요." 하며 미소를 짓고는 고개를 흔들었다. 그러고는 순진한 자가 갖고 있는 그런 신뢰감을 가지고 내가 방금 불쾌감과 혐오감을 가지고 잡고 있던 바로 그 손을 잡고, 마치 부부간의 귀여운 놀이인 것처럼 그 손에 입을 맞추었다. 그러자—그 것을 지켜보고 있던 우리 세 사람의 심정은 어떠했겠는가?—K는 몸을 움직였다. 큰 소리로 하품을 하고, 잠옷을 입고, 화가 난 빈정대는 얼굴로 너무 긴 산책 때문이라고 비난하는 부인의 말을 참고 있었다. 그리고 그와는 반대로 이상하게도 약간 지루했기 때문이라며 자신이 잠들었던 일을 달리 해명했다. 그러더니 그는 다른 방으로 가느라 몸을 차게 하지 않게 하기 위해서 임시로 아들 침대에 누웠다. 부인은 서둘러 가져온 방석 중 두 개로 아들의 발 옆자리에 눕힌 그의 머리를 받쳐주었다. 나는 앞서 일어났던 일 이후에 뭐 별로 특별한 일을 더 이상 발견하지 못했다. 이제 그는 저녁 신문을 요구했고, 손님들에 대한 배려도 없이 그것으로 얼굴을 가렸다. 그러나 읽지는 않았고, 단지 신문을 이리저리 들여다볼 뿐이었다. 그러면서 그는 놀라울 정도로 날카로운 사업적인 안목으로 우리들이 제안한 물품들에 대해서 몇 가지 불쾌한 이야기를 했다. 그러는 동안에도 그는 계속해서 빈손으로 계속 던지는 동작을 하면서 입을 쩝쩝거림으로써 우리의 영업 태도가 그의 입맛에 맞지 않는다는 것을 암시했다. 대리업자는 자제할 수 없었던지 몇 가지 적절하지 못한 의견을 말했다. 그는 앞서 일어난 일에 대해 어떻든 보상이 이루어져야 한다는 무례한 생각을 하고 있었던 모양이었다. 그러나 물론 그런 그의 방식으로는 가장 좋지 않은 결과만이 나올 뿐이었다. 그래서 나는 이제 재빨리 작별을 고했다. 나는 대리업자에게 거의 감사해야 할 정도였다. 그가 없었더라면, 나는 그렇게 빨리 떠나야겠다는 결단력을 보일 수는 없었을 것이다.

대기실에서 나는 K의 부인을 만났다. 그녀의 불쌍한 모습을 보자, 나는 그녀가 나의 어머니를 어느 정도 연상시킨다고 말했다. 그러고도 그녀가 아무 말이 없었기 때문에 나는 덧붙여 이렇게 말했다.

"덧붙여 말하고 싶은 것은 바로 그녀가 기적을 행할 수 있었다는 거지요. 우리가 이미 부수어버린 것을 그녀가 다시 좋게 만들었어요. 나는 어머니를 어린 시절에 잃어버렸답니다." 나는 의도적으로 과장해서 천천히 그리고 분명하게 말했다. 왜냐하면 늙은 부인이 잘 듣지 못하리라고 추측하고 있었기 때문이었다. 그러나 그녀는 귀가 완전히 먹은 것 같았다. 왜냐하면 그녀는 말을 받지도 않고 물어왔기 때문이었다.

"제 남편은 어때 보이던가요?"

그런데 몇 마디 작별 인사에서 나는 그녀가 대리업자와 나를 혼동하고 있다는 것을 알아차렸다. 그렇지 않았던들 그녀가 더 친밀감을 보였으리라고 나는 믿고 싶었다.

그러고서 나는 계단을 내려갔다. 내려가는 것은 앞서 올라갔던 것보다 더 힘들었다. 그러나 올라가는 것도 결코 쉬운 적이 없었는데. 아아, 어찌 이런 성과 없는 사업이 있담. 앞으로 계속 부담이 되겠지.

포기하라!

　매우 이른 아침이었다. 거리는 깨끗하고 텅 비어 있었다. 나는 기차역으로 갔다. 탑시계와 내 시계를 비교해보았을 때, 나는 생각했던 것보다 이미 꽤 늦었다는 것을 알았다. 나는 몹시 서둘러야만 했다. 이 사실에 놀란 나머지 나는 길을 확실히 알 수가 없었다. 나는 이 도시를 아직 그리 잘 알고 있지 못했다. 다행히도 근처에 보안경찰이 있었다. 나는 그에게 달려가 숨 가쁘게 길을 물었다. 그는 미소를 지으며 말했다.

　"당신은 나에게서 길을 알려고 하는가요?"

　"네."라고 나는 말했다. "나 스스로는 길을 찾을 수가 없으니까요."

　"포기하라, 포기해!"라고 말하면서 그는 거만하게 몸을 돌렸다. 마치 혼자 웃고 싶어 하는 사람처럼.

비유에 대하여

많은 사람들은 현자의 말들이 언제나 일상생활에서는 적용될 수 없는 비유일 뿐이라고 하소연한다. 그런데 우리는 단지 일상생활만을 가지고 있을 뿐이다. 만약 현자가 '저쪽으로 가라.'라고 말한다면, 그는 우리가 저편 다른 쪽으로 건너가야 한다는 것을 뜻하는 것이 아니라―그 길의 결과가 가치 있는 것이라면 사람들은 어떻게 해서든지 그것을 실행할 수 있을 것이다―그 어떤 전설적인 저편을 뜻하고 있는 것이다. 그것은 우리가 알지 못하는 그 무엇이고, 그것조차도 더 이상 자세하게 표현할 수 없는, 그래서 우리에게 전혀 도움을 줄 수 없는 그 어떤 것이다. 이러한 모든 비유들은 원래 파악할 수 없는 것은 파악할 수 없다는 것을 말할 뿐이다. 그리고 우리는 그 사실을 알고 있다. 그러나 우리가 매일 죽도록 노력해야 하는 일은 다른 것들이다.

그러자 어떤 한 사람이 말했다.

"너희들은 왜 거부하는가? 만약 너희들이 비유를 따른다면 너희들 자신이 비유가 될 것이고, 그렇게 되면 너희들은 일상의 노고에서 벗어나게 될 것이다."

또 다른 한 사람이 말했다.

"그 말 역시 비유라는 것을 내기해도 좋소."

첫 번째 사람이 말했다.

"당신이 이겼소."

두 번째 사람이 말했다.

"하지만 유감스럽게도 비유 속에서뿐이오."

첫 번째 사람이 말했다.

"아니오, 현실 속에선 그렇소만 비유 속에서는 진 것이오."

굴

굴을 팠는데 잘된 것 같다. 밖에서 보면 단지 커다란 구멍 하나만 보일 뿐이다. 그러나 이 구멍은 사실 그 어디로도 통해 있지 않아 몇 걸음만 가면 단단한 자연석과 만나게 된다. 고의적으로 이런 속임수를 부려보았다고 자랑해 보이려는 것은 아니다. 그것은 오히려 허사로 돌아간 수많은 시도들 중의 한 잔재인데, 결국에 가서는 이런 구멍 하나를 무너트리지 않은 것이 나에게는 잘된 듯싶다. 물론 속임수라는 것은 매우 교묘해서 허다하게 스스로 자멸하여왔다는 것을 나는 어느 누구보다도 잘 알고 있는 터라 이런 구멍을 통해서 여기 무엇인가 탐구할 만한 것이 존재할 가능성이 있다는 데 주의를 기울이게 한다는 것도 역시 분명 대담한 것이다. 하지만 내가 겁쟁이니까 단지 어쩌면 겁이 나서 굴을 구상하였다고 믿는 사람이 있다면, 그것은 나를 잘못 알고 있는 것이다. 이 구멍으로부터 천 걸음쯤 떨어진 곳에 걷어낼 수 있는 이끼층으로 가려진, 굴로 통하는 진짜 통로가 있는데 그것은 세상에 있을 수 있는 안전한 모든 것만큼이나 그렇게 안전하다. 분명 누군가가 이끼를 밟거나 밀어붙인다면 내 굴이 드러날 것이고, 내킨다면—물론 그러기 위해서는 아주 흔치 않은 어떤 능력이 필요하다는 것을 잘 알아야 하지만—밀고 들어올 수도 있고 모든 것을 영영 짓부수어놓을 수도 있다.

그 점을 나는 잘 알고 있으며, 나의 인생은 그 절정기에 있는 지금에 와서도 완전히 평온한 시간을 거의 갖고 있지 못하며, 나는 언젠가 저기 저 어두운 이끼 낀 자리에서 죽어가야 할 것이며, 꿈에 잠겨 탐욕에 찬 코를 쿵쿵거리면서 끊임없이 돌아다니고 있는 것이다. 또한 언제든 큰 힘을 들이지 않고 새로운 출구를 만들기 위해서, 위쪽은 단단한 흙이 얇은 층을 이루고 밑은 푸석한 흙으로 된 이 출입구 구멍을 내가 스스로 무너뜨려 막아버렸을 것이라고 생각할 것이다. 그렇지만 그것은 불가능한 일이고 바로 그 신중함이 요하는 것은 내가 당장이라도 밖으로 뛰쳐나갈 수 있는 가능성을 갖는다는 것이고, 바로 그 신중함이 유감스럽지만 자주 생명을 건 모험을 요구한다는 것이다. 그 모든 것이 정말이지 힘겨운 계산을 필요로 하는 것이어서, 때로는 명석한 두뇌가 스스로에게 갖는 기쁨 자체라는 게 계속해서 계산해나가는 유일한 원인이 되기도 한다. 나는 즉시 도망칠 수 있는 가능성을 가져야만 한다. 내가 아무리 정신을 바짝 차리고 있다 하더라도 전혀 예기치 못한 쪽에서 공격받을 수도 있을 것이 아닌가? 내가 나의 처소 깊은 곳에서 평화롭게 살고 있는 사이에 천천히 그리고 소리도 없이 적이 그 어디에선가 나를 향하여 뚫고 들어오고 있는 것이다. 나는 그자가 나보다 예민한 감각을 지니고 있다고는 말하지 않겠다. 어쩌면 그 역시 내가 그를 모르듯이 나를 모르고 있을 것이다. 그렇지만 마구잡이식으로 흙을 파 뒤집는 격렬한 도둑들이 있는 법이다. 나의 굴은 엄청나게 길어서 그들도 어디선가는 나의 여러 길 중 그 어떤 하나와 맞닥뜨리게 되리라는 희망을 가지고 있다. 물론 나는 내 집 안에 머물러 있으며 모든 길과 방향을 샅샅이 알고 있다는 이점이 있다. 그 도둑놈은 나한테 사로잡힐 공산이 크다. 달콤하고 맛있는 먹이로 말이다. 그렇지만 나는 늙어가고 있으니 나보다 원기 왕성한 자들은 많고 적들도 무수히 많으니 내가 어떤 적 앞에서 도망치다가 다른 적의 올가미로 달려들어 가는 일도 생길 수 있을 것이다. 아, 무슨 일인들 안 생기겠는가! 어쨌거나 나는 밖으로 나가기 위하여 더 이상 작업하지 않아도 되는, 쉽게 도달할 수 있는, 완전히 열려 있는 출구가 그 어디인가에 있다는 확신이 꼭 있어야겠다. 가령 아무리 가볍게 쌓아놓은 것이라 하더라도 내가 그곳을 절망적으로 파고 있는 동안 갑자기—제발 부디 그런 일은 없기를 바라지만—추적자의 이빨을 나의 허벅지에서 느끼게 되지 않도록, 그리고 또한 나를 향하여 파 들어오는 것은 외부의 적들뿐만이 아니라는 것이다. 땅속에도 적들이 있다. 아직 그들을 직접 본 적은 없으나 그들에 관한 전설이 있는데, 나는 그것을 굳게 믿고 있다. 그들은 땅속의 존재들로 전설에도 그 모습은 전해지지 않는다. 그들의 희생물이 된 자 역시 그들의 모습을 거의 본 적이 없다. 그들의 원소인 흙 속에서 그들이 발톱을 긁는 소리가 들리면 그들이 오고 있는 것이고, 그 찰나에 이미 듣던 자는 없어져버린다. 그러니 자기 집에 있다기보다는 오히려 그들의 집에 있는 셈이다. 그들로부터는 저 출구도 나를 구할 수 없고, 아니 실은 그것은 그 어느 누구로부터도 전혀 나를 구하지 못할 것이고, 나를 파멸시킬 것이다. 그래도 그 출구는 하나의 희망이며 그것 없이는 살 수가 없다. 이 큰길 이외에도 바깥 세상과 나를 긴밀하게 연결해주는 협소하지만 꽤나 안전한 길들이 있는데, 그 길들은 숨쉬기 좋은 공기를 마련해준다. 그것들은 들쥐들이 놓은 길들이다. 그 길들을 나는 적절하게 내 굴에다 포함시킬 수 있었다. 그 길들은 또한 나에게 멀리까지 후각이 미칠 수 있게 해주었고, 그렇게 나를 지켜주었다. 또한 그 길들을 통해 내가 잡아먹는 온갖 작은 족속들이 옴으로써 나는 굴을 떠나지 않고서도 어느 정도, 그러나 보잘것없는 생활을 이어가기에는 충분한 작은 짐승 사냥을 할 수 있으니 그것은 정말 매우 가치가 있었다.

그러나 내 굴의 가장 멋진 점은 뭐니 뭐니 해도 그 정적이다. 물론 그 정적은 믿을 수 없다. 갑자기 한번에 깨어져버릴 수 있고 그렇게 되면 모든 것이 끝장인 것이다. 그러나 잠정적이긴 하지만 아직은 정적이 있고 고요하다. 몇 시간이고 나의 통로들을 살금살금 다녀도 내가 즉시 이빨들 사이에 넣어 조용하게 만드는 그 어떤 조그마한 동물들의 서걱거리는 소리와 어딘가 수리를 해야 됨을 나타내는 흙이 새는 소리 외에는 다른 아무 소리도 들리지 않는다. 그 외에는 조용하다. 숲의 공기가 들어오는데, 그것은 따스하면서도 서늘하다. 이따금씩 몸을 쭉 펴고 기분이 좋아져 통로 안에서 몸을 이리저리 굴리기도 한다. 다가오는 노후를 앞두고 이런 굴을 갖고 있다는 것, 가을이 시작될 때에 지붕 밑에 있다는 것은 근사한 일이다. 백 미터마다 나는 통로를 넓혀 조그마한 둥근 광장을 만들어놓았으니 거기서 편안하게 몸을 오그려 체온으로 몸을 녹이며 쉴 수 있는 것이다. 거기서 나는 평화스러운 단잠을, 채워진 욕망의, 그리고 자기 소유의 집이라는 달성된 목표의 단잠을 잔다. 나의 잠을 깨우는 것이 옛 시절의 습관인지 아니면 이 집 역시 지니고 있는 위험들이 상당히 크기 때문인지는 모르겠지만 나는 규칙적으로 문득문득 깊은 잠에서 깨어나 밤이나 낮이나 변함없이 이곳에 가득 깔린 정적을 엿듣고 또 엿듣다가는 안심하여 웃고 그러고 나면 전신에 맥이 풀려 더욱 깊은 잠에 빠진다. 기껏해야 낙엽 더미 속이나 혹은 동료들의 무리 속으로 기어들어 가거나, 세상 온갖 타락에 내던져진 채로 들길이나 숲속을 방황하는 저 가엾은 집 없는 떠돌이들! 나는 여기 사방이 안전한 광장에 누워 있고—내 굴에는 이런 곳이 오십 군데나 넘게 있다—꾸벅꾸벅 졸거나 정신없이 자는 사이에 시간이 가고, 그 시간마저도 마음 내키는 대로 택할 수 있다.

극도로 위험한 경우, 추적은 아니더라도 포위당할 경우를 깊이 고려하여 굴의 한가운데를 조금 비켜서 중앙 광장이 있다. 다른 모든 것이 신체 노동이라기보다는 오히려 긴장된 정신노동이었음에 비해

이 성곽의 광장은 내 몸을 있는 대로 다 써서 이룬 더할 나위 없이 힘든 노동의 결과였다. 몇 번인가 나는 몸이 너무도 지쳐 절망한 나머지 모든 것을 내동댕이치고 벌렁 드러누워 뒹굴면서 굴을 저주하고는 굴을 열린 채로 내버려 둔 채, 몸을 질질 끌고 밖으로 나가버렸다. 그럴 수 있었던 건 다시는 거기로 되돌아오지 않으려 했기 때문이었는데, 그러다가 몇 시간 혹은 며칠이 지나면 후회가 되어 되돌아왔고 그러면 굴이 성한 것이 기뻐 콧노래가 나올 지경이었고 정말 즐거워하며 새롭게 일을 시작했다. 계획대로 되어야 할 부분에 가서 하필 지반이 약하고 모래뿐이어서 천장이 멋지게 반원형을 이뤄 마무리 지은 커다란 광장을 만들자면 바로 그 부분 땅을 단단하게 다져야 했으므로, 성곽 광장의 작업은 불필요하게도(불요하다는 것은 헛된 작업에서 건축이 진정한 이득을 얻지 못했음을 말하려는 것이다) 가중되었다. 그런데 그런 작업을 위하여 내가 가진 것이라고는 이마뿐이었다. 그러므로 나는 수천수만 번을 몇 날이고 몇 밤이고 돌진하여 이마를 땅에다 짓찧었다. 이마가 깨져 피가 흐르면 행복했다. 그건 벽이 단단해지기 시작한다는 증거였던 것이다. 그럴 만도 할 것이라고 인정하듯이, 그렇게 나는 성곽 광장을 얻을 만도 했던 것이다.

이 성곽 광장에 나는 저장품을 모아둔다. 당장 시급하게 필요한 것 외에도 굴 안에서 포획한 모든 것, 그리고 옥외에서 사냥해온 모든 것을 나는 여기에 쌓아둔다. 광장은 반년 치 저장물로도 다 못 채울 만큼 크다. 그래서 나는 그것들을 죽 늘어놓고 그 사이를 왔다 갔다 하면서 그것들을 가지고 놀기도 하고, 그 수많은 양과 갖가지 냄새를 즐기며 언제나 무엇이 얼마만큼 어떻게 있는가를 자세히 파악할 수 있다. 그러니까 또한 언제든지 계절에 맞추어 배치를 새로이 해볼 수도 있고, 필요한 예산도, 사냥 계획도 짜볼 수 있다. 이렇듯 생계 걱정이 없다 보니 먹는 데 도무지 무심해져서 여기서 스쳐 돌아다니는 조그마한 것들을 건드리지 않을 때가 있는데, 그것은 아무튼 다른 이유에서 신중하지 못한 일일지도 모른다. 방어 준비에 자주 신경을 쓰다 보니 자연히 그러한 목적에 굴을 빈틈없이 이용할 것을 염두에 둔 나의 견해들은 변화 발전했다. 아무려나 작은 테두리 안에서, 그러다 보니 방어의 기초를 성곽 광장에다만 둔다는 것이 나에게는 더러 위험해 보인다. 굴이 다양한 만큼 나에게 주어진 가능성도 다양하지 않은가. 저장물들을 조금씩 나누어 조그만 광장 몇 군데에 비치해두는 것이 보다 신중한 일인 것같이 보인다. 그리하여 나는 대충 세 번째 광장을 예비 저장소로, 혹은 네 번째 광장을 주된 장소로 그리고 두 번째 광장을 부속 저장소 혹은 그와 비슷한 장소로 하기로 각각 정했다. 아니면 눈을 속일 목적으로 저장물을 쌓아서 길 몇 개를 아예 차단하든가, 아주 비약을 하여 각기 중앙 출구에서의 위치에 따라 극소수의 광장만을 택한다. 어쨌거나 그런 새로운 계획은 번번이 힘든 짐 운반 작업을 요하고, 새로운 계산을 해봐야 하고 그러고는 짐들을 이리저리로 옮기게 만든다. 물론 나는 그 일을 지나치게 서두르지 않고 조용히 할 수 있으며 입에 좋은 것들을 물고 나르다가 실컷 냄새를 맡으며 원하는 곳에서 그때그때 맛있는 것을 야금야금 먹는 것 또한 그다지 나쁠 리 없다. 더 나쁜 것은 더러 잠에서 화들짝 놀라 깰 때 지금의 배분이 대단히 잘못된 것으로 커다란 위험을 초래할 것 같아, 졸리고 피곤한 것 따위는 아랑곳하지 않고 즉시 서둘러 바로잡아야 한다는 생각이 드는 것이다. 그러면 나는 서두르고, 그러면 나는 날아다닌다. 그러면 헤아려볼 시간도 없다. 막 아주 치밀한 새로운 계획을 실행하고자 하는 나는 내 입에 와 닿는 것을 닥치는 대로 물어서 끌고, 나르고, 한숨을 쉬고, 신음을 하고, 비틀거리기도 한다. 오직 나에게 너무나도 위험스러워 보이는 현재의 상태를 변경할 수 있는 것이라면 아무래도 좋을 것이다. 그러다가 마침내 서서히 제정신이 들고 그러면 내가 무엇 때문에 그다지도 서둘렀나 싶고, 내 스스로 교란시켰던 내 집의 평화로운 공기를 들이마시고, 잠자리로 돌아가 금방 잠이 들고 나중에 깨보면 벌써 꿈속의 일같이 여겨지는 야간작업의 부정할 수 없는 증거로 이빨에 쥐 따위가 한 마리씩 매달려 있곤 한다. 그러다가는 다시 양식을 모두 한자리에 모아놓는 것이 최상책으로 보이는 때들이 있다. 작은 광장에 모아둔 양식이 내게 무슨 도움이 되겠는가. 거기에 도대체 얼마만큼이나 보관하겠으며 또한 무얼 갖다 놓더라도 그것은 길을 막을 것이니 언젠가는 방어 시에 달려갈 때 오히려 장애가 될지도 모른다. 그밖에도 어리석기는 하지만, 실은 모두 한데 모아놓은 양식을 바라보고 그럼으로써 자신이 소유한 바를 한눈에 알 수 있지 못하면 그 점 때문에 자부심이 괴로움을 겪는 것이다. 이렇게 많이 나누어 배치하다 보면 잃어버리는 것도 많지 않겠는가? 모든 것이 제대로 있는지 보려고 얽히고설킨 통로들을 줄곧 뛰어다닐 수는 없는 것이다. 양식을 나누어놓는다는 기본 생각은 옳은 것이다. 그러나 성곽 광장 같은 유의 광장이 여러 개 있어야 비로소 진정 그럴 수 있지 않겠는가! 물론이다. 그렇지만 누가 그걸 만들어내겠는가? 또한 내 굴의 전체 설계도에 그런 광장 몇 개를 이제 와서 추가시킬 수는 없다. 무엇이든 그 무엇인가를 다만 하나 소지하고 있을 때 늘 결함이 있게 마련이듯 그 점이 내 굴의 결함임은 시인한다. 그리고 또한 고백하건대 굴을 파는 동안 줄곧 어렴풋하게 그러나 만일 내가 제대로 보고자 하는 뜻만 있었더라면 충분히 선명하게 나의 의식 속에는 여러 개의 성곽 광장에의 요구가 생생하게 있었으나 나는 거기에 따르지 않았다. 그 엄청난 작업을 해내기에는 나 자신이 너무나 약하다고 느꼈던 것이다. 그렇다. 작업의 필연성을 떠올려보기에는 너무나도 약하다고 느꼈던 것이다. 어떻게 해서든 못지않게 어슴푸레한 느낌으로 자위를 삼았는데, 여느 경우라면 충분하지 못하리라는 어렴풋한 느낌이 가시지를 않았다. 어찌 되었든 간에 나는 성곽 광장 하나로 만족해야 하고, 작은 광장들로는 그것을 대치할 수 없으니 이러한 생각이 내 마음속에서 무르익으면 다시 모든 것을 작은 광장들에서 내다가 성곽 광장으로 다시 끌어다 놓는 것이다. 그래 놓고 나면 한동안은 모든 광장들과 통로들이 트여 있다는 것, 성곽 광장에 고기 더미가 쌓여 하나하나가 그 나름으로 나를 매혹하여 멀리 내가 정확하게 구분할 수 있는, 많은 것이 한데 섞인 냄새를 제일 바깥 통로들까지도 내보내는 것을 보는 것이 확실히 어느 정도는 위로가 된다. 그러면 나는 잠자리를 천천히 바깥 테두리에서 안쪽으로 옮겨가고 점점 깊이 냄새 속에 잠기다가 마침내는 참을 수 없게 되어 어느 날 밤 성곽 광장으로 뛰어들어 양식을 마구 헤집으며 아주 무감각해질 때까지 내가 좋아하는 최상의 것으로 배를 채우는 덧없이 평화로운 시기가 오곤 한다. 행복한 그러나 위험한 시간이다. 그것을 남김없이 이용할 줄 아는 자라면 스스로 위태롭게 하지 않고도 나를 쉽사리 없애버릴 수도 있으리라. 이 점에서도 제이의 혹은 제삼의 광장이 없다는 것이 손해이니, 나 자신을 유혹한 것도 이 한꺼번에 쌓아둔 커다란 더미인 것이다. 거기에 대하여 다양하게 방어할 방도를 찾는다. 작은 광장들에 나누어놓은 것도 그런 유의 대책의 하나이긴 하나 유감스럽게도 다른 비슷한 대책들처럼 약점으로 인하여 더욱더 갈망에 이른다. 그다음 한꺼번에 자각이 밀어닥치면 그 목적에 맞추어 방비 계획들을 마구 바꾸어버리는 갈망 말이다.

그런 시기가 지나고 나면 나는, 마음을 가다듬기 위하여 굴을 수리하는 데 필요한 개수 작업에 착수하고 난 다음, 이따금씩, 비록 점차 그 시간이 짧아지기는 했지만, 굴을 떠나곤 한다. 오래 굴을 떠나 있으면 그 벌이 내 스스로에게 너무 가혹하게 보이나, 이따금씩 바람을 쏘일 필요성을 나는 통찰하고 있다. 출구에 가까이 가면 늘 어느 정도는 엄숙해진다. 집 안에서 지내는 시기에는 나는 출구를 멀리

하고, 심지어는 출구로 이어지는 통로 그 끝부분에 가서는 발 딛기를 기피한다. 그쯤에서는 돌아다니는 것이 전혀 쉽지 않기도 하다. 거기에다 자그마하고 온전한 지그재그식 통로를 설치해놓았기 때문이다. 거기서 나의 공사가 시작되었다. 그때만 해도 나는 계획대로 공사를 끝마칠 수 있으리라는 희망을 가질 수가 없어 반쯤 장난삼아 이 작은 모퉁이를 시작해봤는데, 거기서 정신없이 사로잡혔던 첫 일의 기쁨이 미로 구조를 이루어냈고 그것이 당시에는 모든 건축들의 극치로 비쳤으나 오늘날에 와서 나는 전체 구조에 제대로 어울리지 못하는 너무 작은 집 짓기 놀이 정도로 판단하고 있고 그 편이 다분히 더 맞는 말일 것 같다. 이론적으로는 어쩌면 귀한 것이겠으나—여기에 내 집 출입구가 있노라고 나는 당시에 보이지 않는 적에게 비꼬아 말하면서 그들이 출입구의 미로에서 모조리 질식하는 모습을 보았었다—실제로는 벽이 얇아도 너무 얇은 손장난에 불과하여 진지한 공격이나 목숨을 걸고 절망적으로 덤비는 적에게는 거의 버텨낼 수 없을 집 짓기 놀이에 불과한 것이다. 그러니 이 부분을 개축할 것인가? 결단을 내내 미루고만 있으니 아마 지금도 그대로 있을 것이다. 그러자면 들여야 될 많은 작업을 도외시하더라도 그것은 생각할 수 있는 가장 위험한 작업이리라. 건축을 시작하는 당시만 해도 나는 거기서 비교적 안정되게 작업을 할 수 있었고 다른 여느 곳에 비해 위험부담 역시 별로 더 크지 않았으나 이제 공사를 벌인다면 굴 전체에 세상의 이목을 집중시키는 것이나 다름없으니, 이제는 불가능하다. 한편으로는 이 초심작에 대하여 확실히 예리한 비판 감각이 생겼다는 것이 기쁘기까지도 하다. 하기야 대공격이라도 가해진다면 그 어느 입구 설계도가 나를 구할 수 있겠는가. 출입구가 공격자를 속이고 그의 관심을 돌리고 또한 그를 괴롭힐 수는 있겠으나, 그것은 공격자역시도 급하면 다 하는 것이다. 그리고 정말 큰 공격이라면 나는 즉시 굴 전체의 모든 수단과 심신의 모든 힘을 기울여 맞설 방도를 찾아야 한다. 그것은 실로 자명하다. 그러니 이 입구 역시 그대로 두어도 괜찮을 것이다. 굴은 어차피 자연이 가해놓은 약점을 숱하게 지니고 있으니 내 손이 만들어놓은, 뒤늦게 비로소 그러나 정확하게 인지된 이 결함이 이따금씩 혹은 어쩌면 항상 나를 불안하게 만들지는 않았다는 말이 아니다. 늘 산책할 때 내가 굴의 이 부분을 멀리하는 이유가 있다면, 그것은 주로 그것을 보는 것이 나에게 유쾌하지 못하기 때문이고, 굴의 결함을—이 결함이 이미 나의 의식 속에서 너무도 심하게 소란을 부리는 바에야—늘 눈으로 보기까지 하고 싶지는 않기 때문이다. 저기 저 위 입구에 제거할 수 없는 실책이 도사리고 있다 하여도 피할 수 있는 한 나는 그것을 보지 않아도 좋을 것이다. 출구 방향으로 가기만 하면, 아직 통로와 광장들로 출입구와 떨어져 있는데도 나는 이미 커다란 위험의 분위기에 빠져버려 더러는 나의 가죽이 얇아져 곧 가죽도 없이 벌거벗은 맨살로 거기 서 있게 되는데 그 순간 나의 적의 반기는 듯한 포효를 맞닥뜨릴 것만 같다. 확실히 그러한 느낌은 출구, 즉 집의 보호의 그침, 그 자체가 이미 야기하는 것이지만, 그래도 나를 특별히 괴롭히는 것은 역시 이 굴 입구이다. 더러 나는 생각을 바꾸어 굴 입구를 재빨리 어마어마한 힘으로 하룻밤 사이에 아무도 모르게 고쳐 지어놓고는 이제는 침해당하지 않으리라는 꿈을 꾼다. 그런 꿈을 꾸게 되는 잠이 나에겐 가장 단잠이어서 깨어보면 기쁨과 구제의 눈물이 그때까지도 나의 수염에서 반짝이고 있다.

외출을 하면 이 미로의 고통을 그러니까 육체적으로도 극복하는 셈인데, 더러 내 자신이 만들어낸 구조물 가운데서 내 스스로가 잠깐씩 길을 잃게 될 때면, 다시 말해 이 작품이 이미 오래전부터 판단을 굳히고 있는 나에게 아직도 그 존재의 정당성을 증명하려 애쓰고

있는 듯이 보일 때면, 그것이 내게는 노여우면서도 감동적이기까지
하다. 그러나 그러고 나서는 자주 내처 그대로 두는 이끼 덮개 아래
에서—그렇게 오래 나는 집 안에 틀어박혀 꼼짝을 않는다—나는 나
머지 숲 지면과 한 몸이 되어 이제는 몸을 한 번만 꿈틀하면 단번에
다른 곳에 가 있다. 이 작은 움직임조차도 나는 오래 엄두를 내지 못
한다. 오늘 내가 그걸 버려두고 떠나도 분명 다시 돌아오게 될 터인
데 그러면 다시는 입구의 미로를 극복해내지 못할 것이기 때문이다.
다시는 입구의 미로를 극복하지 못하지나 않을까. 오늘 거길 떠났
다가 꼭 다시 되돌아오겠는가. 어떻게? 너의 집은 보호되어 있고 그
자체가 차단되어 있다. 너는 평화롭게, 따스하게, 잘 먹으며 살고 있
다. 주인으로, 많은 통로와 광장의 둘도 없는 주인으로, 그러니 아마
도 이 모든 것을 다 희생하고 싶지야 않겠지만 어느 정도는 내주려는
가? 다시 딴다는 보장이야 있다지만 많은 돈을 건, 너무나 많은 돈을
건 도박을 시작하려는가? 그럴 만한 합당한 근거라도 있는가? 아니
다. 그런 유의 일에는 합당한 근거란 있을 수 없다. 그러나 그런 다음
에도 나는 조심스럽게 벼락닫이 문을 올려 열고 밖으로 나와서 그 문
을 조심스럽게 내려 닫고는 내달린다. 한껏 빨리 그 음험한 장소를
떠난다.

그러나 내가 진정으로 아주 밖에 나와 있는 건 아니다. 비록 통로
에 대한 생각으로 더 이상 마음이 짓눌리지 않고 탁 트인 숲에서 사
냥하며 굴에서는, 성곽 광장에서조차도(그것이 비록 열 배나 더 컸지
만) 거의 들어설 자리가 없었던 새로운 힘을 몸 안에 느끼고 있다 하
더라도 말이다. 또한 밖에서는 먹는 게 한결 나았다. 사냥이 비록 어
렵고 성과는 더 드물었지만 결과는 어느 점으로 보나 더 높게 평가될
수 있으니, 그 모든 것을 나는 부인하지 않으며 그것을 지각하고 향
유할 줄도 안다. 적어도 다른 것들만큼은, 아니 훨씬 더 잘. 그럴 것 없

이 나는 떠돌이들처럼 경박스럽거나 절망해서가 아니라 지극히 조직적으로 평온하게 사냥을 한다. 또한 나는 매인 데 없는 삶을 누리도록 결정되어 거기에 내맡겨진 존재가 아니라 나의 시간이 재어져 있으며, 끝없이 사냥해야 하는 것이 아니라, 이를테면 내가 원하거나 이곳의 삶에 지쳤을 때 누군가 나를 부를 것이고, 그의 초대를 내가 거역할 수 없으리라는 점을 알고 있다. 그러니 나는 이곳에서의 이 시간을 남김없이 다 맛보고 근심 없이 보낼 수 있다. 아니 보다 정확히 말하자면, 그럴 수도 있는데 나는 그럴 수가 없다. 굴이 나를 너무나 바쁘게 한다. 재빨리 입구를 떠나지만 곧 나는 되돌아온다. 좋은 매복처를 찾아 집의 입구를 엿본다—이번에는 밖에서—몇 날이고 몇 밤이고. 어리석다 해도 좋다. 그것은 나에게 이루 말할 수 없는 기쁨을 주고 나를 안심시키는 것이다. 그럴 때면 나는 나의 집 앞에 서 있는 것이 아니라 내 자신 앞에 서 있는 것만 같다. 잠을 자는 동안에도 깊이 잠자면서 동시에 내 자신을 날카롭게 지켜볼 수 있는 행운을 가져봤으면 싶다. 나는 어느 정도는 뛰어난 점이 있는데, 잠의 무력함과 믿기 좋아하는 속성에 사로잡혀서만이 아니라 동시에 정말로 말짱한 정신에 평정된 판단력으로도 밤 귀신들을 만날 수 있다는 것이다. 그리고 이상하게도 내가 자주 믿었던 것처럼, 또 나의 집으로 내려가면 필경 다시 믿게 될 것처럼, 나의 상태가 나쁘지는 않다고 여기게 된다. 이 점에서, 아마 다른 점에서도 그렇겠으나 특히 이 점에서 이렇듯 바람 쐬는 일은 불가결하다. 확실히, 그렇게도 조심스럽게 외진 곳에 입구를 택했는데도—거기서 이루어지는 왕래는, 한 주일의 관찰을 요약해보건대 아주 잦았다. 허나 어쩌면 살 수 있는 곳이라면 어디나 그만큼은 왕래가 있을 것이고 심지어 왕래가 좀 잦은 곳에 노출되는 편이, 왕래가 잦다 보면 그냥 내처 지나다니게 되니, 아주 한적하게 천천히 수색하는 최상의 첫 침입자에게 내맡겨지는 것보다는 아마 한결 나을 것이다. 이곳에는 적들이 많고 적의 조력자들은 더욱 많으나 그들은 서로 싸우기도 하고 그러한 데에 정신이 팔려 굴 앞을 지나쳐 달려가 버린다. 내가 굴 입구를 엿보던 시간 내내 그 누구도 바로 굴을 찾는 이는 보이지 않는 것으로 보아, 그건 그에게도 나에게도 다행스러운 일이다. 굴에 대한 걱정으로 아무런 생각도 없이 그의 목 줄기를 노리고 몸을 던졌을지 모르기 때문이다. 물론 내가 그 근처에도 감히 머물러 있지 못하여 멀리 있는 그들의 낌새만 알아차려도 도망쳐야 하는 족속도 온다. 그들의 굴에 대한 태도에 대하여 사실 내가 확실하게 발언할 처지가 못 되나 곧 되돌아와서 보면 그들 중 그 누구도 보이지 않으며 입구를 손상시키지 않은 것으로 보아 안심하기에 족한 것 같다. 세상의 나에 대한 적의가 어쩌면 그쳤거나 진정되었다고, 혹은 굴의 위력이 지금까지의 말살의 투쟁으로부터 나를 건져 올려주었다고 내가 내 스스로에게 거의 말할 뻔했던 행복한 시기들이 있었다. 굴은 어쩌면 내가 일찍이 생각했던 것, 혹은 굴 내부에서 감히 생각하던 것 이상으로 나를 지켜주고 있는 것 같다. 때로는 다시 굴로 돌아가지 않고 여기 입구 근처에 살림을 차려 입구를 관찰하면서 내 일생을 보내며, 굴이 내가 그 안에 있다면 얼마나 나를 확고하게 지켜줄 수 있을 것인가를 줄곧 눈앞에 보고, 그 가운데서 나의 행복을 찾으려는 유치한 생각에 사로잡히는 지경에까지 이르렀다. 그런데 유치한 꿈에서 얼른 놀라 깨어나게 하는 것이 있다. 내가 여기서 관찰하고 있는 안전이라는 것이 도대체 무슨 안전인가? 굴속에서 처해 있는 위험을 내가 여기 바깥에서 하고 있는 체험에 따라 판단해도 되는 건가? 내가 굴 안에 있지 않으면 나의 적들이 냄새를 제대로 맡을 것 아닌가? 굴 안에 있어도 나의 냄새가 확실히 약간은 나겠지만 그들이 완전히 맡지는 못할 것이다. 그런데 냄새부터 남김없이 다 맡을 수 있어야 그게 통상적인 위험의 전제가

676

되는 법 아닌가? 그러니 나를 안심시키고, 나아가 그릇된 안심을 통해서 나를 극도의 위험에 빠트리게 하는 데는 내가 여기 밖에서 하는 시도의 절반이나 십분의 일이면 족하다. 그렇지 않다. 내가 믿었듯이 내가 나의 잠을 관찰하고 있다기보다는 오히려 파괴자가 지키는 동안 잠을 자고 있는 것이 나인 것이다. 어쩌면 파괴자는, 무심히 입구에서 어슬렁거리며 다만 나와 다름없이 문이 아직 성하다는 것을 늘 확인할 뿐 공격을 기다리고 있는 집주인이 안에 있지 않다는 것을 알기에 혹은 어쩌면 심지어 집주인이 곁의 덤불 속에 순진하게 매복하고 있다는 것까지 알고 있기에 지나쳐갈 뿐인 자들 가운데 있을 것이다. 그래서 나는 나의 관찰 장소를 떠나니 바깥 생활이 지겨워졌고 여기서는 더 배울 것이 없는 것 같다. 지금도 앞으로도 말이다. 여기 있는 것과 작별하고 굴 안으로 다시 내려가 다시는 돌아오지 말고 세상만사 되어가는 대로 두며 쓸데없는 관찰로 잡아두고 싶지 않다. 그런데 입구 너머에서 일어나는 모든 것을 그렇게 오래 바라보고 있다 보니 그만 버릇이 없어져, 그 자체가 바로 이목을 끌, 내려가는 절차를 집행하면서, 내 등 뒤, 그 다음에는 다시 닫힌 벼락닫이 문 뒤 온 사방에서 무슨 일이 일어날지를 모른다는 것이 내게는 고통스럽다. 우선 폭풍이 부는 밤이면 노획품들을 잽싸게 집어 던져 넣어본다. 성공한 것 같지만 정말 성공했는지는 직접 내려가 본 다음에야 나타날 것이다. 나타나도 더 이상 나에게 나타나지 않을 것이며, 나에게까지 나타난다 해도 너무 늦게일 것이다. 고로 나는 그걸 그만두고 내려가지 않는다. 나는 땅을 판다. 물론 진짜 입구로부터는 충분히 떨어져 시험 굴을 하나 파본다. 내 몸길이보다 길지 않고 그 역시 이끼로 덮여 있다. 나는 구덩이에 기어들어 가 등 뒤로 그것을 덮고 조심스럽게 기다리며 길고 짧은 시간들을 여러 가지 하루 동안의 시간으로 나누어 헤아린다. 그러고 나서는 이끼를 털어버리고 나와 나의 관찰을 기록한다. 나는 좋고 나쁜 온갖 체험을 하지만 내려가는 것의 보편적인 법칙이나 틀림없는 방법을 찾지 못한다. 그럼으로써 나는 아직 진짜 입구로 내려가지 못한 채 곧 그렇게 해야 한다는 절망감에 사로잡힌다. 자칫하면 아주 먼 곳으로 가 옛날의 암담한 생활을 다시 하리라는 결심을 할 것 같다. 안전이라고는 없고 오로지 어딜 가나 차이 없이 위험으로 가득 찬 생활, 그러나 단 하나의 위험을, 나의 안전한 굴과 여타의 생활의 비교가 끊임없이 가르치듯이, 그렇게 정확하게 보면서 두려워하지 않아도 되는 생활을, 분명 그러한 결심은 무의미한 자유 속에서 너무 오래 살다 보니 생기게 된 어처구니없는 바보짓이리라. 아직 굴은 나의 것이고 한 걸음만 떼면 나는 안전한 것을, 그러면 나는 온갖 의심을 떨치고 백주에 곧장 문을 향하여 내달린다. 이번에야말로 틀림없이 들어 올리기 위하여, 그러나 나는 그러지 못하고 그걸 지나쳐 달려서는 일부러 가시덤불에 처박힌다. 나를 벌하기 위하여, 내가 모르는 죄과에 대하여 벌하기 위하여. 그리고 나면 아무튼 나는 최종적으로 말하지 않을 수 없다. 그래도 내가 옳다고, 내가 가진 가장 값진 것을 온 사방, 땅바닥, 나무 위, 공중의 모든 자들에게 적어도 잠시라도 활짝 송두리째 내맡기지 않고는 내려가는 것이 정말이지 불가능하다고, 그리고 위험은 상상한것이 아니라 매우 현실적인 것이다. 나를 따라오도록 내가 부추긴 적들이란 결코 진정한 의미의 적은 아닐 것이다. 다분히 그 어떤 그 누구여도 좋을, 세상 물정 모르는 조그마한 자, 호기심에서 나를 따라오다가 저도 모르게 나와 적대하는 세상의 안내자가 되고 마는 그 어떤 밉살스러운 조그만 생물일 수 있을 것이다. 역시 그럴 리야 없을 것이다. 아마 존재한다면 그것 역시 다른 것 못지않게 고약할 것이다. 여러 가지 점에서 그것은 가장 고약한 것일 텐데—어쩌면 그것은 나와 같은 유의 그 어떤 동물로서 건축물에 대해 일가견과 평가 능력이 있는 자로, 숲의 은둔자이자 평화 애호가일 것이다. 그러나 집을 짓지는 않고 집에서 살고자 하는 난폭한 건달일 것이다. 만약 그런 자가 지금 나타나기라도 한다면, 그자가 그의 더러운 욕망으로 입구를 발견하기라도 한다면, 이끼를 들어 올리는 작업을 시작하기라도 한다면, 그자가 그것을 이루기라도 한다면, 나 대신 밀고 들어가기라도 한다면, 벌써 나한테 그의 엉덩짝이 잠시 보이고 말만큼 썩 들어가 있기라도 한다면, 이 모든 일이 벌어져버려 드디어 내가 그자의 뒤를 온갖 주저를 떨치고 미친 듯이 쫓아가, 그자에게 덤벼들어 물어뜯고 짓찧어 갈기갈기 뜯어 발겨 남김없이 빨아 마시고 찌꺼기는 사냥물에다 냅다 처박아버릴 사태가 벌어지기라도 한다면, 그러나 무엇보다도, 이것이 주요 문제일 텐데, 드디어 내가 다시 나의 굴속에 들어가 이번에는 나아가 기꺼이 미로에 찬탄을 보내려 하기라도 한다면, 우선은 머리 위로 이끼를 끌어당겨 쉬려고 하기라도 한다면, 생각건대 나의 남아 있는 삶 모두를 그렇게 쉬고 싶은 것이다. 그러나 아무도 오지 않으면 내가 믿는 것이라곤 나뿐이다. 언제나 일의 어려움에만 몰두하다 보니 나는 두려움이 많아져 외면적으로도 입구를 기피하지 않게 되어 그 주위를 빙둘러 돌아다니는 것이 가장 즐기는 취미가 되어 어느덧 내가 적이라도 되어 성공적으로 침입할 적절한 기회를 엿보기라도 하는 듯한 형국이다. 만약 내가 믿을 수 있어 관찰 임무를 맡길 수 있는 그 누군가가 있다면 나는 안심하고 내려갈 수 있을 것이다. 내가 내려갈 때, 상황을 오랫동안 주위에서 자세히 지켜보고, 위험한 조짐이 보일 때는 이끼 덮개를 두드리라고, 그러나 그 밖에는 아무것도 하지 말아달라고 내가 믿는 그와 합의할 텐데. 그럼으로써 내 머리 위에서 모든 문제가 깨끗이 처리되리라. 아무것도 남아 있는 것이 없게, 기껏해야 오직 나의 신임자만이 남게 될 것이다─그런데 그가 어떤 반대급부를 요구하지 않더라도 최소한 굴을 구경하고자 하지 않겠는가?

이것이, 누군가를 멋대로 내 굴에 들여놓는다는 이것이 이미 나에게는 더없이 거북하리라. 내가 굴을 자신을 위하여 팠지 방문자를 위하여 판 것이 아니기에, 아마 그를 들어오지 못하게 할 것이다. 그가 나에게 굴로 들어가는 것을 가능케 해주는 대가로도 나는 그를 들여보낼 수 없을 것이다. 왜냐하면 그러자면 내가 그를 혼자 들여보내든가 우리가 같이 내려가야 하는데, 그를 혼자 들여보낸다는 것은 상상조차 할 수 없는 일이고, 같이 내려간다면 그가 나에게 가져다주어야 할 바로 그 이점, 내 뒤에서 망을 봐준다는 이점은 사라지고 말 것이다. 그리고 신뢰는 어떤가? 마주 보고 있어야 믿을 수 있는 사람을 보지 않고도, 이끼 덮개가 우리를 갈라놓는데도 믿을 수 있을까? 어떤 사람과 같이 있으면서 동시에 감시하거나 적어도 감시할 수 있을 때 누구를 신뢰하기란 그런대로 제법 쉬우며, 어쩌면 누군가를 멀리서 신뢰하는 것까지도 가능할 것이나, 굴 안에서 그러니까 하나의 다른 세상으로부터 바깥에 있는 그 누군가를 완전히 신뢰한다는 것, 그것은 내 생각으로는 불가능하다. 그러나 그런 의심까지도 도대체 필요하지도 않다. 내가 내려가는 도중에나 내려간 후에 인생의 무수한 우연들이 내가 신뢰한 그 사람의 의무의 이행을 가로막을 수 있다는 사실과 그가 눈곱만큼이라도 제지를 받는 날에는 그것이 나에게 그 얼마나 예상할 수 없는 결과를 가져올 것인가를 생각해보는 것만으로도 족하다. 모든 것을 종합해보면 나는 혼자이며 믿을 수 있는 것이 아무것도 없다고 해서 전혀 한탄할 일이 아니다. 그런 이가 없다고 분명 이점을 잃는 것이 아니라 다분히 손실을 면하고 있는 것이다. 믿을 수 있는 것이라곤 나와 굴뿐이다. 그 점을 내가 일찍이 생각하여 지금 나를 이토록 골치 아프게 하는 경우를 대비한 조처를 취해두었어야 했을 것을, 굴을 파기 시작했을 때만 해도 적어도 부분적으로는 가능했을 텐데, 첫 번째 통로는 적절한 간격을 두어 입구가 두 개가 되도록 했어야 하는데, 그리하여 내가 온갖 불가피한 번잡을 마다하고 한 입구를 지나 내려가서는 재빨리 두 번째 입구까지 첫 통로를 달려, 목적에 맞게 설비되어 있어야 할 그곳의 이끼 덮개를 약간 쳐들고 거기서부터 며칠간 상황을 살펴볼 수 있게끔. 그렇게 혼자 있으면 만사가 잘될지 모른다. 입구가 둘이라 위험이 배가되는 것도 사실이긴 하겠으나 그런 의심은 여기서는 접어두어야 하겠다. 정찰 장소로 난 입구는 아주 좁아도 될 것이니. 그럼으로써 나는 기술적인 고려에 몰두하여 또다시 하나의 완벽한 건축을 꿈꾸기 시작하고 그것이 나를 다소 안심시키거니, 두 눈을 감고 무아경에 빠져 있노라면 남의 눈에 띄지 않게 살짝 드나들 수 있는 건축의 가능성이 분명히 보이기도 하고 덜 분명하게 보이기도 한다.

여기에 이렇게 누워 그런 생각을 하고 있노라면 나는 이 가능성을 매우 높게 평가하게 된다. 그렇지만 다만 기술적인 성과로서이지 현실적인 장점으로서가 아니다. 그럴 것이 이 방해받지 않는 살짝 드나듦, 이게 도대체 뭐란 말인가? 그것은 불안한 의식, 불확실한 자기 평가, 깨끗지 못한 욕망, 즉 그럼에도 엄연히 여기 있어 마음을 열기만 한다면 평화를 불어넣어 줄 수 있는 굴을 대면하여 더욱더 나빠지는 나쁜 품성의 표시이다. 그러자면 필요한 기술적 설비가 몹시 요망되는 터이다. 그러나 어쩌면 그렇게까지 심하지는 않을지도 모른다. 굴을 될 수 있는 대로 안전하게 기어들어 가고자 하는 구덩이로 본다면, 그건 순간의 신경 과민한 불안에 사로잡혀 굴을 심하게 과소평가하는 것이 아닌가? 분명히 굴은 이런 안전한 구덩이이기도 하고 아니라면 마땅히 그래야 할 것인데, 내가 바로 위험에 빠져 있다고 상상을 하게 되면 나는 이를 꽉 깨물고 있는 결의를 다 짜내어 굴이 다름 아니라 바로 나의 생명을 구하도록 결정되어 있는 구멍이며, 이 명백하게 주어진 소임을 최대로 완전하게 다해주기를 바라며 다른 소임은 뭐든지 면제해줄 용의가 있다. 그런데 굴이 실제로는—어려움이 크다 보면 현실에는 눈길이 가지 않게 마련이나 위협을 받는 시간에는 오히려 이런 현실을 보는 시선을 가져야 한다—안전을 제공하기는 하나 철두철미, 충분하게는 아닌 것이 정황인데 그 속에 있다고 근심이 일찍이 다 털어지기야 하겠는가? 그것은 또 다른, 보다 자부심에 차고 보다 내용이 풍부한, 자주 내면으로 한껏 도사려진 근심이지만 그 근심을 소모시키는 효과는 아마도 바깥 생활에서 생기는 근심들의 효과와 같을 것이다. 만일 내가 오로지 생명의 안전을 위하여 건축을 행했더라면, 내가 기만당한 것은 아닐 테지만 엄청난 작업과 실제의 안전 사이의 비례는, 적어도 내가 느낄 수 있고 거기서 이득을 볼 수 있는 한에서는, 나에게 유리한 것이 아니다. 그 점을 시인하기란 몹시 고통스러우나 그렇게 해야만 한다. 바로 저기 저 입구, 건축자이자 주인인 나와 맞서 스스로를 폐쇄하며 그야말로 경련을 일으키고 있는 저 입구와 직면하여. 그리고 굴은 구멍의 구멍만은 아니다. 높이 쌓인 저장 고기에 둘러싸여, 여기서부터 시작되는 각기 전체 장소에 특별히 꺼졌거나 솟은, 뻗어 있거나 굽은, 넓어지거나 좁아지며 모두 한결같이 고요하고 텅 비어, 각기 그 나름대로 나를 많은 광장들로, 그 역시도 고요하고 텅 빈 광장들로 인도하는 열 개의 통로를 향해 얼굴을 돌린 채 성곽 광장에 서 있노라면—안전에 대한 생각은 까마득해지고, 그럴 때 내가 정확하게 알고 있는 사실은 여기가 긁히고 깨물리면서, 다지고 부딪쳐 완강한 바닥으로부터 얻어낸 나의 성곽, 그 어떤 방식으로도 다른 그 누구의 것일 수 없고, 여기서 내가 결국에는 나의 적으로부터의 치명적인 상해마저도 침착하게 받아들일 수 있을 정도로 나의 것인 나의 성곽이라는 점이다. 왜냐하면 나의 피가 여기 이 바닥에 새어 들어가 사라지지 않을 것이기 때문이다. 그리고 이 통로들, 나를 위하여 아주 정확하게 계산되어진,

몸을 편안하게 쭉 뻗기에, 어린애처럼 뒹구는 것에, 꿈에 잠겨 누워 있기에 알맞은, 축복받은 영면을 위해 있는 이 통로에서 반은 평화롭게 잠자며, 반은 즐거운 마음으로 잠을 깨며 보내곤 하는 이것 말고 아름다운 시간들의 의미가 또 달리 무엇이 있겠는가? 그리고 작은 광장들, 그 하나하나를 내가 훤히 알고 있고 모두가 아주 똑같은데도 두 눈을 감고도 벽의 융기만으로 똑똑하게 구분할 수 있는 곳들, 그것들이 평화롭고 따뜻하게 나를 감싸고 있다. 그 어느 둥지가 새를 감싸는 것보다도 더.

그리고 사방이, 온 사방이 고요하고 텅 비어 있다.

그러나 사정이 그러하다면 왜 나는 망설이고 있는 것일까? 왜 다시는 나의 굴을 못 보게 될 가능성 이상으로 침입자를 두려워하는 걸까? 그런데 아마도 나의 굴을 못 본다는 것은 천만다행으로 있을 수 없는 일이니, 깊은 생각을 통하여 비로소 굴이 나에게 어떤 의미를 지니는가를 분명히 할 필요도 전혀 없으리라. 나와 굴은, 아무리 불안하더라도 고요하게 고요하게 나는 여기에 정주할 수 있고, 극기를 하여 온갖 의혹을 무릅쓰고 입구를 열려고 해볼 필요가 없을 정도로 나와 굴은 하나가 되어 있으니, 가만히 기다리고 있는 것으로 족하리라. 아무것도 우리를 영원히 갈라놓지는 못할 테고 어떻게든 나는 기필코 내려가고 말 테니까. 물론 그렇지만, 그때까지 얼마만 한 시간이 흐를 것이며, 그동안에 얼마만큼 많은 일이 일어날 것인가? 여기 위에서나 저기 아래에서. 그러니까 이 시간의 크기를 줄여 필요한 일을 즉시 하느냐 마느냐는 오로지 내 자신에게 달려 있는 것이다.

그리하여 이제, 피로해 어느덧 생각 따위는 할 수 없게 되어, 고개를 떨군 채 불안한 두 다리를, 절반쯤 잠자며, 걷는다기보다는 더듬으면서 입구로 다가가 천천히 이끼를 들어 올린다. 천천히 내려간다. 방심해서 입구를 필요 이상으로 오래 덮지 않은 채 둔다. 그리고 나서 빠뜨린 것이 생각이 나서 그것을 챙기러 다시 올라간다. 그러나 무엇 하러 올라가겠는가? 이끼 덮개만 덮으면 되는 것을. 좋다, 그래서 나는 다시 내려가 이제 드디어 이끼 덮개를 덮는다. 다만 이러한 상태로, 오로지 이러한 상태로만 나는 이 일을 해낼 수 있는 것이다. 그렇게 하고 나서는 이끼 아래 들여다 놓은 포획물 더미 위에 피와 육즙으로 흥건히 젖어 누워 있는다. 열망하던 잠을 자기 시작할 수도 있을 것이다. 아무도 나를 방해하지 않고, 아무도 나를 쫓아오지 않는다. 이끼 위는, 적어도 지금까지는 조용해 보인다. 그리고 비록 조용하지 않을지라도, 이제는 더 이상 내가 관찰을 감당해낼 수 없으리라고 생각한다. 나는 장소를 바꾼 것이다. 위의 세계를 떠나 나는 나의 굴 안으로 왔으며, 굴의 영향력을 금방 느낀다. 이곳은 새로운 힘을 주는 새로운 세계이니, 위에서의 피로감이 여기서는 그렇게 여겨지지 않는다. 나는 여행에서 돌아온 것이다. 힘이 들어 까무러칠 듯 피곤하지만 옛집을 다시 본다는 것, 나를 기다리고 있는 정돈 작업, 얼른 모든 방들을 겉핥기로라도 살펴볼 필요성, 그러나 무엇보다도 한껏 서둘러 성곽 광장으로 달려갈 필요성, 그 모든 것이 나의 피로를 소란과 열성으로 변화시키니, 내가 발을 굴에 들여놓는 순간 깊고 긴 잠이라도 자고 난 것 같다. 첫 작업은 몹시 힘이 들어 있는 힘을 다해야 했다. 포획물들을 비좁고 벽이 얇은 미로의 통로들을 통해 가져와야 했던 것이다. 사력을 다하여 앞으로 밀어붙이면 되기는 한다. 그러나 아주 천천히, 그리하여 그것을 촉진시키기 위해 나는 고깃덩어리 일부를 찢어 남겨둔 채, 그것을 타 넘고 헤쳐가며 밀고 나간다. 이제 내 앞에는 한 토막만 있고 그것을 앞으로 가져가기는 한결 쉽다. 그러나 그런 식으로, 나는 나 혼자 지나다니기도 늘 쉽지 않은 여기 비좁은 통로들 안에 가득 들어찬 고기 한가운데 있게 되어 양식 속에서 질식해 죽기 십상일 지경까지 되고, 이따금씩 어느덧 다만 먹고 마심으로써 양식의 쇄도로부터 나를 지킬 수 있다. 그러나 운반하는 일이 순조롭게 이루어져서, 그렇게 길지 않은 시간 내에 나는 그일을 끝낸다. 미로는 극복되었고, 나는 한숨을 내쉬며 제대로 된 통로에 서서, 포획물들을 연결 통로를 통해서 그런 경우를 대비해 특별히 마련한 중앙 통로로 몰아간다. 그 중앙 통로는 심한 경사로를 거쳐 성곽 광장으로 이어진다. 이제 그것은 일도 아니다. 이제는 모조리 거의 저절로 굴러 흘러 내려가는 것이다. 드디어 나의 성곽 광장이다! 드디어 나는 쉬어도 좋을 것이다. 모든 것이 변함없다. 큰 사고가 일어난 것 같지는 않다. 첫눈에 알아볼 수 있는 작은 피해들이야 곧 복구될 것이다. 먼저 나는 통로들을 오랫동안 거닐어본다. 그런데 그것은 힘든 일이 아니라 친구들과의 환담과 같은 것이다. 내가 옛날에 했었던 것처럼, 아니면—나는 아직 그렇게까지 늙지는 않았으나 많은 것에 대한 기억이 흐려진다—내가 그랬던 것처럼, 혹은 그러곤 한다고 들은 것처럼. 두 번째 통로부터는 일부러 천천히 간다. 성곽 광장을 보고 난 다음에는 나는 무한정 시간이 있다—굴 안에서는 늘 끝없이 시간이 있다—내가 거기서 행하는 모든 것이 훌륭하고 중요하며 나를 어느 정도 만족시키기 때문이다. 두 번째 통로에서 시작하여 한중간에서 검열을 중단하고는 세 번째 통로로 넘어가는데 거기서부터는 발길 닿는 대로 성곽 광장으로 돌아와 버린다. 아무튼 이제 두 번째 통로를 새로이 시작해야 하고 이런 식으로 작업을 가지고 유희를 벌임으로써 작업량을 늘리고 혼자서 웃고 기뻐하고 많은 작업으로 뒤죽박죽이 되지만 일을 그만두지는 않는다. 너희 통로며 광장들이여, 그리고 무엇보다 성곽 광장, 너의 문제들이여, 너희들 때문에 바로 나는 이 세상에 태어난 것이며, 너희를 위해서는 목숨조차 대수로이 여겼다. 내 오랫동안 그 때문에 떨며 너희들에게 돌아가는 것을 망설이는 어리석은 짓을 한 이후로는, 내가 너희 곁에 있는 지금 위험이란 게 뭐 대수이겠는가. 너희들이 내 것이고, 내가 너희들의 것으로 우리가 결합되어 있는데 우리에게 무슨 일이 일어나겠는가. 위에 있는 족속들이 몰려와 이끼를 뚫고 들어올 채비를 하고 있을지도 모르지만 말이다. 침묵과 적막으로 굴 역시 나를 환영해주고 내가 하는 말을 뒷받침해주고 있다. 그런데도 이제 점차 태만함이 엄습해와 나는 내가 좋아하는 장소인 어떤 한 광장에서 약간 몸을 오그린다. 다 돌아보자면 아직 멀었고 앞으로도 계속 끝까지 살펴볼 예정이다. 나는 여기에서 잠자려는 것이 아니고, 마치 잠이라도 자려는 듯하게 꾸며놓으려는 유혹에 따른 것뿐이다. 여기서 아직도 예전처럼 자는 것이 잘될 것인지 어떤지 확인해보려는 것이다. 그건 된다. 그러나 그 순간에서 빠져나올 수가 없다. 나는 여기에서 깊은 잠 속에 빠져든다.

나는 퍽 오래 잤나 보다. 저절로 풀려나는 잠에서 비로소 나는 깨어났는데, 잠이 이미 몹시 얕은 상태에 있었나 보다. 그 자체로서는 거의 들리지 않을 사각사각하는 소리가 나를 깨웠으니 말이다. 나는 즉시 알아차렸다. 내가 너무 감시를 소홀히 하고 너무나 그대로 방치해둔 작은 동물이 내가 없는 사이에 어딘가에 새 길을 뚫어, 그 길이 이제 오래된 길 하나와 만나 막혔던 공기가 통함으로써 생기는 소리였다. 무슨 놈의 족속이 쉬지도 않고 일을 한담. 그 족속의 부지런함이란 얼마나 성가신가! 통로의 벽들에다 정확하게 귀를 기울여보고 시험 삼아 파보아 이 방해가 어디서 이루어지고 있는가부터 확인해야 할 것이고 그런 다음에야 소음을 제거할 수 있을 것이다. 그건 그렇고 이 새로운 구덩이는 그것이 어떻게든 굴의 상태에 맞기만 한다면 새로운 통로로서 나도 역시 환영할 것이다. 그러나 작은 것들에 대해서 이제부터는 지금까지보다 더 세심한 주의를 해야 하겠다. 그 어느 것도 그냥 내버려 두어서는 안 되겠다.

그런 수색은 많이 해보았으므로 오래 걸리지는 않을 것이니, 곧 그것부터 시작할 수 있다. 다른 일들이 놓여 있기는 하지만 이 일이 가장 시급한 것이다. 통로들은 고요해야만 한다. 이 소리는 상당히 무례한 것이니, 내가 왔을 때 그 소리가 이미 났을 텐데도 그것을 전혀 듣지 못했던 것이다. 나는 다시 완전히 집에 자리를 잡고서야 그것을 듣게 되었음이 틀림없나 보다. 그런 건 어느 정도 집주인의 귀에만 들릴 터이니까. 그리고 그것은 그런 소리가 여느 때 그렇듯이 죽 이어지지 않는다. 오랫동안 그치는데, 그것은 분명 기류가 막혀 모인 데서 비롯된 것이다. 수색을 시작하나, 파보아야 할 곳을 찾는 일이 안 된다. 몇몇 군데 구덩이를 파보기는 하나 그냥 되는 대로이다. 물론 그렇게는 아무런 성과가 없으며 구덩이를 파는 큰 작업과 다시 덮어 고르게 하는 한결 더 큰 작업은 아무런 성과가 없다. 나는 소리 나는 장소에 가까이조차 가지 못하는데, 희미한 소리는 변함없이 규칙적인 간격을 두고 계속 울린다. 어떤 때는 사각사각하는 소리 같기도 하고 어떤 때는 휘파람 소리 같기도 하다. 그런데 나는 그것을 잠정적으로 그냥 내버려 둘 수도 있으리라. 몹시 방해가 되기는 하지만 내가 인정한 잡음의 출처에 거의 있을 수 없는 바에야 그것이 더 커질 리 만무하고 반대로—지금껏 내가 그렇게 오래 기다려본 적은 없지만—그런 소음들은 시간이 흐름에 따라 그 작은 굴착자가 일을 계속해나감으로써 저절로 사라지는 일이 일어날 수도 있는 것이고, 또한 그런 점을 도외시하더라도 자주 체계적인 수색이 오래전에 무력해졌는데도 우연으로 쉽사리 방해의 단서가 잡히기도 하는 것이다. 그렇게 자위를 해가며 차라리 계속 통로들을 배회하며 내가 아직 다시 보지 못한 많은 광장을 찾아보며 간간이 조금씩 성곽 광장을 빙 돌아보는 게 나으리라. 그러나 그렇게 되질 않는다. 나는 계속 찾아야 한다. 보다 유익하게 사용될 수 있을 많은 시간, 많은 시간이 작은 족속 때문에 소요된다. 그런 기회들에 있어서 통상 나를 이끄는 것은 기술적인 문제로, 예컨대 나의 귀는 매우 섬세해서 소리를 아주 정확하게 그릴 수 있을 정도로 구분해내는 재주가 있는데, 그 소리에 따라 나는 어떤 계기를 상정하고 그러면 실제가 거기에 상응하는가를 검사해보고 싶어 조바심이 난다. 설사 벽에서 떨어진 모래알이 어디로 굴러갈 것인가를 아는 것만이 문제된다 하더라도 그것조차도 나는 확실하게 느낄 수가 없는데, 여기에는 확인이 따를 수 없는 만큼 충분한 근거도 있는 셈이다. 그러니 그런 소리 하나라도 이러한 관점에서 전혀 중요치 않은 사건은 아니다. 그러나 중요하든 중요치 않든 아무리 찾아보아도 아무것도 찾아내지 못하고 있다. 하필 내가 좋아하는 광장에서 이런 일이 꼭 일어나야 한다니, 그곳을 떠나 제법 멀리 가며 다음 광장에 이르는 길 거의 한중간에서 나는 생각한다. 이모든 게 실은 농담일 뿐이라고, 마치 이를테면 바로 내가 가장 좋아하는 광장 하나만 나에게 이러한 방해를 마련한 것이 아니라 방해는 다른 쪽에도 있다고 증명이라도 하려는 듯이, 그러고는 웃으며 귀를 기울이기 시작하나 곧 웃기를 그친다. 똑같은 사각사각 소리가 여기에서도 정말 들리기 때문이다. 저것은 아무것도 아니다라고 나는 종종 생각한다. 나 말고는 아무도 듣지 않을 것이다. 물론 나는 소리를 연습으로 날카로워진 귀로 점점 더 똑똑하게 듣는다. 내가 비교를 통하여 확신할 수 있는 대로 그것은 사실 어디서나 똑같이 바로 같은 그 소리인데도 말이다. 벽에 귀를 바짝 대지 않고 그냥 통로 가운데서 엿들어보면, 내가 알아차린 바로는 더 커지지도 않는다. 그 소리를 듣자면 도무지 바짝 긴장을 해야만, 실로 여기저기에서 엎드려 몰두하여야 어떤 소리 하나의 숨결을 그나마 듣는다기보다는 짐작으로 알아차릴 수 있다. 그러나 이 모든 장소에서 소리가 꼭 같다는 점이 가장 나의 신경에 거슬린다. 그것은 나의 애초의 가정과 일치하지 않기 때문이다. 내가 이 소리의 근원을 제대로 알아맞혔더라면, 그 것은 바로 발견되어졌어야 할 어느 특정 장소에서 가장 크게 울려 나오고 그다음에는 점점 작아져야 할 텐데. 그러나 나의 설명이 적중하지 않았다면, 그럼 그것은 무엇이었을까? 소리 중심이 둘이 있어 내가 지금까지 다만 그 중심들에서 멀리 떨어져 귀를 기울였고 그리하여 내가 하나의 중심에 다가가면 그것의 소리를 듣기는 하나 또 다른 중심의 소리가 줄어듦으로써 전체 결과는 듣기에 늘 대체로 같게 마련이었을 가능성도 있기는 했다. 어느덧 나는 자세히 귀를 기울여보면, 비록 아주 희미하게나마 이 새로운 가정에 부합하는 음의 차이를 알아듣는다고 거의 믿었다. 아무튼 나는 탐색 지역을 지금껏 해온 것보다 훨씬 넓혀야 할 것 같다. 그래서 나는 통로를 아래쪽으로, 성곽 광장까지 내려가 거기서 귀를 기울이기 시작한다—기이하게도 여기서도 같은 소리이다. 그렇다면 파렴치하게도 내가 여기에 없는 시간을 남김없이 이용한 어떤 하잘것없는 짐승들의 굴 파기로 인하여 나는 소리이다. 아무튼 그들이 일부러 내 쪽으로 올 리는 없고, 다만 자기 자신들의 작업에 골몰해 있을 터이니 그들의 길에 장애물이 나타나지 않는 한은 한번 취한 방향을 고수할 것이다. 그 모든 것을 나는 알고 있다. 그럼에도 불구하고 그들이 감히 성곽 광장에 접근한다는 것이 내게는 불가해하고 나를 흥분시키며 작업에 필수적인 이성을 혼란시킨다. 그런 점에서 나는 구분하지 않겠다. 성곽 광장이 위치한 곳이 아무려나 현저히 깊은 곳이었는지 아닌지, 파고 있는 자들에게 겁을 주어 움츠러들게 하는 것이 성곽 광장의 커다란 면적과 그에 상응하는 센 공기 유동이었는지, 아니면 그것이 성곽 광장이라는 그 사실 자체가 그 어떤 소식통에 의해 그들의 둔한 감각에까지 침투해 갔었는지를. 아무튼 파 들어간 흔적은 지금껏 성곽 광장 벽에서는 보지를 못했다. 동물들이 강렬하게 발산되는 냄새에 이끌려 무리 지어

오기는 했지만 그들은 저 위 어디엔가에서 통로를 안으로 파 들어왔고, 그런 다음 마음을 졸이기는 했어도 강하게 이끌려 통로들을 따라 달려 내려왔다. 그러니 이제 그들 또한 통로들 안에서 뚫고 있으리라 생각된다. 최소한 내가 청년기, 그리고 이른 장년기의 가장 중요한 계획들이라도 실행했더라면, 아니 그보다는 그것들을 실행할 힘이 있었더라면 얼마나 좋았을 것인가. 뜻이야 없지 않았으니까. 내가 좋아했던 이들 계획 중의 하나는 성곽 광장을 그것을 둘러싸고 있는 지면과 분리시키는 것이었다. 즉, 그 벽들을 대략 내 키에 상당하는 두께로만 남겨두고 그 너머에는 성곽 광장을 빙 둘러 유감스럽게도 지면에서 떼어낼 수 없는 작은 기초만 남겨두고 벽 넓이 정도로 빈 공간을 마련하겠다는 것이었다. 이 빈 공간을 나는 언제나, 나에게 주어질 수 있는 가장 멋진 체류지로 그려보곤 했는데 그건 아마 그다지 부당한 일은 아니었을 것이다. 이 빈 공간의 흰 벽에 둥그렇게 매달려 있기, 위로 올라가기, 미끄러져 내려오기, 공중제비하여 다시 발로 바닥을 딛고 서기, 이 모든 유희는 말할 나위 없이 성곽 광장의 몸체 안에서 행해지는 것이지만 엄밀하게 바로 그 진짜 공간 안에서는 아니다. 성곽 광장을 피할 수 있다는 것, 그것으로부터 눈을 떼어 쉴 수 있다는 것, 그것을 보는 기쁨을 나중 시간으로 미룰 수 있다는 것, 그러면서도 그것을 아주 떠나 지내지 않아도 되고 그야말로 그것을 발톱 사이에 단단히 움켜쥐고 있는 것 따위는 그것에 접근하는 보통의 개방된 출입구만 있다면 불가능한 그 무엇이다. 그리고 그 무엇보다도 그것을 감시할 수 있다는 것, 굴을 보지 못하는 대신 성곽 광장에 있을 것인가 빈 공간에 머무를 것인가를 택하지 않을 수 없다면, 늘 그곳을 오락가락하며 성곽 광장을 지키기 위하여 평생 언제라도 분명 그 빈 공간을 택하리라는 식으로 상쇄되리라는 것이다. 그러면 벽에서 들리는 소리도 없을 것이다. 광장에 이르기까지 무례하게 파

690

고 들어오는 경우도 없으리라. 그러면 그곳에 평화가 보장될 것이고 그리고 나는 평화의 파수꾼이 될 것이다. 조그마한 족속의 굴 파기 따위를 꺼림칙하게 귀 기울이는 것이 아니라 황홀하게 지금은 내가 아주 잃어버린 그 무엇, 성곽 광장에 서려 있는 적막한 소리를 들으리라.

그러나 이런 모든 아름다운 것은 지금은 존립하지 않으며 나는 내일을 해야 한다. 일이 이제는 성곽 광장과 직접 연관되어 있다는 사실에 나는 기뻐하지 않을 수 없다. 그 이유는 그것이 나에게 날개를 달아준 듯했으니까 말이다. 나는 물론 점점 더 드러나는 대로, 처음에는 대수로워 보이지 않았던 이 일에 모든 힘을 쏟고 있다. 나는 지금 성곽 광장의 벽들을 엿듣고 있는데, 내가 귀 기울이는 곳은, 높은 곳 혹은 깊은 곳, 벽 혹은 바닥, 입구 혹은 내부, 사방이, 온 사방이 같은 소리이다. 끊어졌다가 이어지곤 하는 소리를 이렇게 오래 귀 기울이고 있는 데는 얼마나 많은 시간이, 얼마나 큰 긴장이 필요한지. 자기기만을 위하여 굳이 조그만 위로를 찾자면, 여기 성곽 광장에서는 귀를 땅바닥에서 떼면 통로들에서와는 달리 광장의 크기 때문에 전혀 아무 소리도 들리지 않는 점을 찾아볼 수 있다. 그러나 그건 그렇다 치고, 도대체 무슨 일이 일어난 것일까? 이런 현상 앞에서는 나의 첫 번째 해석이 전혀 통하지 않는다. 그렇지만 나에게 제시되는 다른 해석들 역시 나는 거부해야 한다. 내가 듣고 있는 것이 바로 작업을 하고 있는 작은 미물 자체라고 생각해볼 수도 있을 것이다. 그것은 그러나 모든 경험에 위배되니, 늘 존재했는데도 내가 한 번도 들어본 적이 없는 것을 갑자기 듣기 시작할 리는 없잖은가. 굴속에서 여러 해가 지나면서 방해에 대하여 더욱 예민해졌을지도 모르겠으나 청각은 결코 더 예민해지지 않았다. 들리지 않는다는 것은 바로 작은 동물의 본질이다. 전에는 언제 내가 그런 것을 참기라도 했었단 말인가? 굶어 죽을 위험을 무릅쓰고 그런 것을 모조리 없애버렸더라면 좋았을 것을. 그러나 어쩌면 여기에서 문제가 되는 것은 아직 내가 모르는 어떤 동물일 것이다. 이런 생각도 슬슬 들기 시작한다. 그럴 수도 있을 것이다. 내가 이미 오래 충분히 조심스럽게 여기 아래쪽에서의 삶을 관찰하고 있긴 하나, 세상이란 다채롭고 고약한 놀람들이 결코 없지 않은 법이다. 그러나 그건 한 마리가 아닐 수도 있으리라. 갑자기 나의 지역 속으로 추락할지도 모를 큰 무리임에 틀림없을 것이다. 소리가 들리는 것으로 보아 조그마한 것들보다는 위에 있는 것 같으나 그들의 작업하는 소리 그 자체가 도무지 보잘것없으니 그저 조금 나은 데 불과한 작은 동물들의 큰 무리일 것이다. 그러므로 그것은 모르는 동물들, 나를 방해하기는 하지만 그 행렬이 머잖아 끝날 그냥 지나쳐갈 뿐인 뜨내기 무리일 수도 있으리라. 그렇다면 사실 나는 기다려도 될 터이니 결국 불필요한 작업은 하지 않아도 될 것이다. 그런데 그게 낯선 동물이라면 왜 나는 그들을 여태까지 볼 수 없었을까? 그런데 그들의 하나를 포착하려고 이미 많은 굴 파기를 했으나 하나도 찾지 못했다. 그것은 어쩌면 아주 형편없이 작은 동물로 내가 알고 있는 것들보다 훨씬 더 작은데, 다만 그들이 내는 소리가 더 큰 것이리라는 생각도 든다. 그래서 나는 파헤쳐놓은 흙을 조사한다. 흙덩이가 자디잘게 부서지도록 높이 던져 올린다. 그러나 소리를 내는 자들은 그 아래 없다. 서서히 나는 통찰하게 된다. 그렇게 아무 데나 파서는 아무것도 이룰 수 없음으로, 나는 이 굴의 벽들을 마구 파 헤집어놓을 뿐이다. 여기저기를 황급히 긁어 흐트러뜨린다. 구멍을 메울 시간이 없다. 많은 곳에 벌써 길과 시야를 가로막는 흙무더기들이 쌓여 있다. 물론 그 모든 것은 다만 나의 신경에 거슬리는 부수적인 것에 불과하다. 지금 나는 거닐 수도 둘러볼 수도 쉴 수도 없으니 말이다. 이따금 나는 작업을 하다가 어느새 어떤 구멍에서 잠깐 동안 잠이 들기도 하는데, 앞발 하나는 위쪽 흙 속에 발톱을 세운 채로 두고 있다. 절반쯤 잠이 깨었을 때 흙 한 덩이를 긁어내리고자 해서다. 이제 나는 방식을 바꾸려 한다. 소리 나는 방향으로 정식의 구덩이를 만드는 일에, 모든 이론을 떠나, 소리의 진짜 원인을 찾기 전에는 파기를 그치지 않을 것이다. 그다음에는 구덩이들을 힘이 닿는 대로 없앨 것이고, 그렇지 못하더라도 적어도 확신은 가지게 될 것이다. 그 확신은 나에게 안심 아니면 절망을 가져올 것이다. 어떻게 되든지 이것 아니면 저것일 테니 의심할 여지가 없고 정당할 것이다. 이 결심이 나는 유쾌했다. 내가 지금까지 행했던 모든 것에 지나치게 서두른 감이 있다는 생각이 들었다. 귀환의 흥분에 싸여, 아직 윗세계의 근심들을 벗어나지 못하고 굴의 평화에도 완전히 수용되지 못하여, 내가 그렇게 오래 굴 없이 지내야 했다는 사실에 의하여 지나치게 민감해져서 시인할 만한 것이기는 하나 이상한 현상 하나를 보고는 분별을 죄다 잃어버렸던 것이다. 그럼 무엇이란 말인가? 긴 사이를 두고서야 들리는 가벼운 사각사각 소리. 아무것도 아니다. 그렇게 말하고 싶지는 않지만 익숙해질 수도 있는, 아니 익숙해질 수야 없겠지만 잠정적으로 곧장 무언가 대책을 벌이지 않은 채 한동안 관찰해볼 수 있는 것, 즉 몇 시간씩 이따금 귀를 기울이고 결과를 참을성 있게 기록해둘 수도 있는 것이지. 나처럼 귀를 벽에서 떼지 않고 벽을 따라가며 그 소리가 들리게 될 때면, 거의 매번 진짜 무얼 찾기 위해서라기보다 내면의 불안에 상응하는 그 무엇인가를 행하기 위하여 땅을 파헤치지는 않을 수도 있는 것이다. 그게 이제는 달라지리라. 나는 희망한다. 그리고 또다시 희망하지 않으니—내 자신에 대하여 분노하며, 두 눈을 감고 시인하는데—불안이 나의 내부에서 아직도 몇 시간 전부터 똑같이 떨고 있다. 이성이 제지하지 않는다면 나는 필경 그냥 아무 데서나 거기서 무슨 소리가 들리는지 아닌지 상관 않고, 둔감하게, 반항적으로, 오로지 파기 위해서 되는 대로 파기 시작하였을 것이기 때문이다. 어느새 맹목적으로 파거나, 아니면 다만 흙을 먹기 때문에 파고 있는 저 작은 동물과 별로 다르지 않게. 이 새로운 계획은 내 마음을 끌기도 하고 끌지 않기도 한다. 그것에 이의를 제기할 것은 없다. 적어도 나는 이의가 없다. 그 계획은 내가 알기로는 틀림없이 목표에 이를 것이다. 그럼에도 불구하고 근본에서는 그러리라고 믿지 않는다. 그 결과의 있음직한 충격도 결코 두려워하지 않을 만큼 별만 믿지 않는다. 결코 충격적인 결과를 생각하지 않는다. 그렇다. 나는 소리가 처음 등장했을 때부터 그러한 수미일관된 굴 파기를 생각했는데, 다만 확신이 서지 않아서 지금껏 그걸 시작하지 않았던 것처럼 보인다. 그럼에도 불구하고 물론 나는, 다른 수가 없으니까, 굴 파기를 시작할 것이다. 그러나 즉시 시작하지는 않을 것이다. 작업을 약간 미룰 예정이다. 의당 분별력이 다시 온전하게 돌아오면 할 테니까, 이 일에 처박히지는 않을 것이다. 어쨌든 먼저 내가 파헤치는 작업으로 굴에다 끼쳐놓은 피해부터 손보아야겠다. 그것은 많은 시간이 들지는 않지만 꼭 필요한 것이다. 새로 파는 굴이 정말 틀림없이 목표에 도달한다면 그것은 필경 길어질 것이고, 아무런 목표에도 도달하지 못한다면 그것은 끝이 없을 것이니 아무튼 이 작업은 굴로부터 꽤 오래 떨어져 있어야 함을 뜻하되, 저 윗세계에 있으면서 굴을 떠나 있는 것만큼 나쁘지는 않을 것이다. 나는 원하면 일을 중단하고 집에 다니러 올 수도 있고, 그렇지 않더라도 성곽 광장의 공기가 나에게로 불어와 작업 중에 나를 감싸줄 것이다. 그러면서도 그것은 굴로부터 멀어짐과 불확실한 운명에 몸을 내맡기는 것을 뜻하는 것이니, 나는 내 뒤에 잘 정돈된 굴을 남겨둘 생각이다. 굴의 평화를 쟁취하기 위하여 싸웠던 내가 스스로 그 평화를 교란해놓고 즉시 회복시키지 못했다는 소리가 되어서는 안 된다. 그래서 나는 흙을 구멍들 속으로 다시 흐트려 넣기 시작하는데, 그것은 내가 정확하게 알고 있는 작업, 내가 헤아릴 수도 없이 여러 번 거의 일한다는 의식도 없이 행한 작업이다. 특히 마지막 압착과 고르기라면—이것은 분명히 그저 내 자랑이 아니라 그대로 진실이다—타의 추종을 불허하게 해낼 수 있는 작업이다. 이번에는 그렇지만 그게 어려워진다. 나는 너무도 산만하고, 한창 작업을 하다 말고 자꾸만 귀를 갖다 대고 귀 기울이며 내 발아래서 채 퍼 올려지지도 않은 흙이 다시 통로로 흘러내려도 무심히 내버려 둔다. 한결 강력한 집중을 요하는 마지막 미화 작업은 거의 해내지 못한다. 보기 흉하게 불거져 나온 곳, 장애가 되는 틈바구니가 그대로 있다. 또한 전체로 보아 그렇게 누더기처럼 꿰맨 벽에서는 옛날의 둥근 곡선이 자태를 나타낼 리 없음은 말할 필요도 없고, 나는 이것이 다만 잠정적인 작업이라는 것으로 애써 자위를 한다. 내가 돌아오고 평화가 다시 마련되면 모든 것을 최종적으로 개수할 것이다. 그때면 모든 것이 눈 깜짝할 사이에 이루어질 것이다. 그렇다. 모든 것이 눈 깜짝할 사이에 이루어지는 건 동화 속에서이고 이러한 위로 또한 동화에 속한다. 더 낫기는 지금 즉시 완벽한 작업을 하는 것일 테다. 작업을 자꾸만 중단하고 통로를 느긋하게 돌아다니며 새로 소리 나는 곳을 확정하는 것보다는 훨씬 유리할 것이다. 그렇게 돌아다니는 일이야 정말이지 식은 죽 먹기다. 아무 데나 멈추어 서서 귀를 기울이는 것밖에는 달리 할 일이라곤 없으니까 말이다. 그리고 그 밖에도 쓸모없는 발견들을 한다. 더러는 그 소리가 그친 듯이 보이는데, 그것이 실은 길게 멈춘 상태에 있는 것이고, 더러는 그런 사각사각 소리를 넘겨듣기도 하는데, 귓속에서 자신의 피가 지나치게 박동할 때면 그 두 가지 멈춤이 하나로 합쳐져 잠깐 동안 그 사각사각 소리가 영원히 끝났다고 생각된다. 그럴 때면 더 이상 귀 기울이지 않는다. 펄쩍 뛰어오른다. 인생이 송두리째 변화된다. 굴의 정적이 흘러나오는 근원이 열리기라도 하는 것 같다. 발견을 즉시 검증하기를 삼가고 의심을 품기에 앞서 그걸 믿고 털어놓을 수 있는 그 누군가를 찾아 성곽 광장까지 내달린다. 자신의 존재의 모든 것과 더불어 새로운 인생에 눈을 떴으므로, 벌써 오랫동안 아무것도 먹지 않았음을 기억하고, 흙 속에 절반은 파묻힌 양식에서 아무거나 좀 끌어내어, 믿을 수 없는 발견이 이루어졌던 장소로 되돌아오는 동안에도 꿀떡꿀떡 삼키고 있다. 처음에는 먹는 동안에 그저 곁들이로 언뜻 사방을 다시 한 번 확인하려고 귀를 기울인다. 그런데 언뜻 귀 기울이는 일이라는 게 창피하게도 실수했음을 가리키는 것이 되고 만다. 확고부동하게도 저기 먼 곳에서 사각사각 소리가 나고 있는 것이다. 그래서 먹던 음식을 뱉어버린다. 그걸 땅바닥에 꽉꽉 밟아 넣고만 싶다. 작업으로 되돌아가나 어느 작업으로 돌아갈지도 전혀 모른 채이다. 필요해 보이는 곳, 어디나 그리고 그런 곳이라면 충분히 있으니, 기계적으로 무엇인가를 하기 시작한다. 마치 감독관이 오기라도 한 듯이 그리고 그에게 희극을 보여주어야 한다는 듯이, 그런데 잠시 그런 식으로 작업을 했는데 곧바로 새로운 발견을 하게 되는 일도 있나 보다. 소리가 더 커진 것 같다. 물론 훨씬 강렬하게 된 것은 아니지만, 여기에서는 언제나 섬세한 차이만이 문제가 되는데, 분명 약간 더 커졌음이 귀에 뚜렷하게 인식되어진다. 그리고 이 소리가 더 커진다는 것은 가까이 오고 있음을 내비치는 것이며, 커짐을 듣는 것보다 훨씬 분명하게 그야말로 그것이 다가오는 발걸음이 보이는 것이다. 벽으로부터 펄쩍 뛰어 물러나, 이 발견의 결과로 벌어질 수 있는 모든 일을 조망해보려고 애쓴다. 굴을 본래 공격에 대한 방어용으로 설비한 적이 없는 듯한 느낌을 갖는다. 그러한 의도야 있었지만 공격의 위험이란 온갖 인생 경험에 위배돼 보였고 그래서 방어 시설들은 자신과는 거리가 먼 것으로 보였던 것이다―아니면 전혀 무관하지는 않더라도(어찌 그럴 수가 있으랴!), 서열에서 평화로운 삶을 위한 설비들보다는 까마득하게 하위에 있었던 것이다. 그래서 굴 안에서는 평화로운 삶을 위한 시설들에 우선을 두었던 것이다. 많은 것이 기본 계획을 저해하지 않으면서도 그 방향에서 설비될 수 있었을 터인데, 그것은 납득이 되지 않을 정도로 소홀히 된 것이다. 이 몇 해 동안 나는 많은 행운을 누렸고 행운은 나의 버릇을 나쁘게 만들었으며 불안하기는 했으나 행운 속의 불안은 아무것에도 이르지 못하는 법이다.

지금 우선할 수 있는 일이란 아마 방어를 목표로 그리고 방어에서 상상할 수 있는 온갖 가능성에 비추어 굴을 살펴보고, 방어 계획 및 거기에 속하는 건축 도면을 만들어내어 즉시 젊은이처럼 원기 왕성하게 작업을 시작하는 것이다. 그것은 필요 불가결한 작업일 것이며, 지나치는 김에 말하자면 물론 너무도 때늦은 감은 있으나 필요 불가결한 작업일 것이다. 곧바로는 아니지만 충분히 위험이 닥칠 수 있다는 당연한 두려움 속에서 무방비 상태로 온 힘을 다하여 그 위험의 진원지를 찾아내는 데 몰두하는 목적밖에는 없는 그 어떤 거창한 탐사 굴착의 굴 파기는 결코 아닐 것이다. 나는 갑자기 나의 이전의 계획을 도무지 이해할 수가 없다. 전에는 사려 깊었던 계획에서 눈곱만큼도 사려라고는 찾아볼 수가 없어, 다시 작업을 내버려 두고 귀 기울여 듣는 것도 그만둔다. 지금은 소리가 더 커지는 것을 발견하고 싶지 않다. 발견이라면 충분히 했잖은가. 모든 것을 방치한다. 나의 내면의 저항을 진정시키기만 하면 만족할 수 있을 텐데. 다시 발길이 닿는 대로 통로를 지난다. 점점 더 먼 통로들 안으로 들어간다. 돌아온 후 아직 보지 못한, 나의 파헤치는 발길이 아직 전혀 닿지 않은 통로들로, 내가 가면 그 정적이 깨어나 나의 위로 내려앉는다. 나는 굽히지 않는다. 내내 서두른다. 내가 무엇을 찾고 있는지도 전혀 모른다. 다분히 다만 시간을 미루는 것이리라. 나는 길을 훨씬 벗어나 미로까지 오고 만다. 이끼 덮개에 귀를 대고 귀 기울이는 것이 나의 마음을 끈다. 그토록 멀리 있는 사물들이, 이 순간으로서는 그토록 멀리 있는 사물들이 나의 관심을 사고 있는 것이다. 위까지 밀고 나가서 귀를 기울인다. 깊은 정적, 여기는 얼마나 좋은가. 저 밖에서는 아무도 나의 굴은 안중에 없고, 각기 나와는 아무 상관 없는 그 자신의 일들이 있다. 내가 그것에 도달하기 위하여 무슨 일을 해보든 간에. 여기 이 이끼 덮개가 있는 곳은 이제는 아마도 몇 시간씩 귀를 기울여봐야 아무 소리도 들을 수 없는 굴의 유일한 장소일 것이다—그것은 이 굴속의 관계들을 완전히 뒤바꿔놓은 것으로, 지금까지 위험스러웠던 장소가 평화의 장소가 되고, 성곽 광장은 반면 세상 소음과 그것이 지닌 여러 가지 위험물의 소음에 휘말려버린 것이다. 더욱 나쁜 것은, 여기서도 사실은 평화가 없다는 것이다. 여기서는 아무것도 달라진 것이 없으나, 조용하든 시끄럽든 상관없이 이끼 위로는 전과 마찬가지로 위험이 도사리고 있으며 내가 그것에 대해 둔감해졌을 뿐이다. 벽에서 나는 사각사각 소리에 내가 너무도 시달리고 있는 것이다. 내가 그것에 시달리고 있다고? 소리는 커지고 가까워져 오는데, 나는 미로를 살금살금 돌아다니며 여기 높은 곳, 이끼 아래 태평하게 진을 치고 있다. 내가 여기 위쪽에서만 약간의 평화를 찾는다는 건, 벌써 사각사각 소리를 내는 자에게 집을 온통 내맡겨버리는 거나 다름없는 꼴이잖는가. 사각사각 소리를 내는 자에게라고? 그 소리의 원인에 대하여 내가 새로운 확정된 견해라도 가지고 있단 말인가? 그 소리는 작은 것이 파는 가는 홈들에서 나는 소리일 텐데도? 그것이 나의 확정된 견해가 아닌가? 아직은 내가 거기에서 벗어나지 못한 것 같다. 그리고 그것이 직접 홈에서 나는 소리가 아니더라도 어떻게든 간접적으로 거기서 나는 소리일 것이다. 그리고 만일 그것이

698

그 홈들과 무관하다면 전혀 아무것도 미리부터 가정할 수가 없는 것이니 아마 원인을 발견하거나 그 자체가 드러날 때까지 기다려야 할 것이다. 가정들을 가지고 유희를 하는 것은 물론 지금도 할 수 있다. 예를 들면, 이런 말도 할 수 있을 것이다. 어딘가 먼 곳에서 느닷없이 물이 새어들어 왔고 나에게 휘파람 소리나 사각사각 소리로 들리는 것이 실은 졸졸 물 흐르는 소리일지도 모른다고 말이다. 그러나 내가 이러한 점에서는 전혀 경험이 없다는 사실을 제쳐놓더라도—내가 처음 발견한 지하수는 즉시 물길을 돌렸으니 이 모래 바닥에는 다시 흘러오지 않는 상태이다—그 점을 제쳐놓고라도 그것은 사각사각 소리이지 졸졸 흐르는 소리로 바꾸어 해석할 수 없는 것이다. 그러나 그만두라는 온갖 경고가 무슨 소용이 있겠는가? 상상력은 멈추지 않고 나는 정말로 이렇게 곧이곧대로 믿는 데 집착하고 있으니—그것 자체를 부인하는 것은 실없는 일이다—그 사각사각 소리는 한 마리의 동물, 즉 많은 작은 동물들이 아니라 단 한 마리의 큰 동물에서 난다는 것이다. 그 생각에 맞서는 조짐은 많이 있다. 무엇보다도 그 소리가 사방 어디서나 들리며 언제나 같은 크기일 뿐만 아니라 그 밖에도 밤낮으로 들린다는 것, 확실히 처음에는 어느 편이냐 하면 작은 동물들로 가정하는 쪽으로 마음이 기울 수밖에 없었으나, 이리저리 파보는 동안 그것들을 찾았어야 할 텐데 아무것도 찾지 못했으니 이제는 큰 동물이 존재한다는 가정만이 남아 있는 셈이다. 특히 작은 동물이 있으리라는 가정에 모순되는 사실은 큰 동물의 존재를 가정하게 하는 데 불과하고, 아주 불가능하지는 않은 그 큰 동물을 온갖 상상을 넘어서는 위험한 것으로 만들 뿐이다. 이 때문에 나는 그 가정에 저항했었다. 나는 이 자기기만을 그만둔다. 이미 오랫동안 나는 한 가지 생각을 가지고 유희를 하고 있으니, 즉 그 동물이 맹렬하게 작업을 하는데 산보하는 사람이 노천 통로를 지나가듯 빠르게 땅을 파서 그가 팔 때면 땅이 진동하고 그가 지나간 한참 후에도 여전하여 이 후속 진동과 작업의 소리 자체가 먼 거리를 두고 한데 섞여 영향을 미치니, 그 때문에 그 소리가 변함없는 것이고, 오히려 내가 그 뜻을 꿰뚫어 볼 수 없는 어떤 계획이 이미 제시되어 있다는 것이다. 나는 다만 나에 관하여 알고 있다고는 전혀 주장하고 싶지 않은 그 동물이 나를 포위하고, 내가 그것을 관찰하고 있는 이래로, 몇 개의 포위 원을 나의 굴 주변에 그어놓았을 것이라고 가정할 뿐이다— 그 소리의 종류, 사각사각 소리냐 휘파람 소리냐는 나에게 생각할 거리를 많이 준다. 내가 내 방식대로 땅을 긁거나 파헤쳐보면 전혀 다른 소리로 들린다. 이 사각사각하는 소리로 보아, 그 동물의 주된 연장이 발톱은 아니고, 혹 발톱으로 보조는 하겠으나, 아무튼 그 엄청난 힘은 고사하고라도 그 어떤 날카로움마저 지녔을 주둥이이거나 커다란 코일 것이라고밖에 설명할 수 없다. 필경 그것은 강한 일격으로 커다란 코를 땅속으로 박아 커다란 덩어리를 떼어내는데, 이 시간 동안에는 내가 아무 소리도 듣지 못한다. 그것이 바로 중단된 시간이다. 그러고 나서는 다시 새로운 일격을 가하기 위하여 공기를 들이마신다. 그 동물의 힘 때문만이 아니라 또한 그의 서두름, 그의 작업의 열성 때문이기도 한, 땅을 뒤흔드는 소음임에 틀림없는 이 공기의 들이마심과 이 소음이 내게는 낮은 사각사각 소리로 들리는 것이다. 아무려나 도무지 모르겠는 것은 그의 그침 없이 일을 할 수 있는 능력이다. 어쩌면 짧은 휴지도 아주 잠깐 동안의 숨 돌릴 기회를 포함하겠으나 휴식다운 긴 휴식은 내가 보기에는 아직 없었던 것 같고, 밤낮으로 파고 있는 것이다. 늘 같은 힘과 같은 원기로, 서둘러 시행해야 하는 그의 계획, 실현할 모든 능력을 지니고 있는 계획을 늘 염두에 둔 채. 그런 적수를 나는 전혀 예기치 못했었다. 그러나 그의 색다른 점들은 제쳐놓고라도 지금 내가 실로 항상 두려워했어야 했을 그 무엇, 거기에 맞서 늘 대비를 했어야 마땅했을 그 무엇인가가 일어나고 있는 것이 사실이다. 누군가가 다가오고 있는 것이다! 어찌하여 그토록 오랜 시간 모든 일이 고요하고 행복하게 진행될 수 있었던가? 누군가가 적들의 길을 인도하여 나의 소유지 둘레를 크게 에워싸게 했는가? 지금 와서 이렇게 놀라게 될 바에는 나는 왜 그토록 오래 보호받았더란 말이냐? 그것들을 생각하고 또 생각하면서 세월을 보내고 결국 이 하나의 위험을 대면하게 된 온갖 작은 위험들은 무엇이었는가? 내가 이 굴의 소유주이니 올지 모를 모든 자들보다 우세하기를 바랐던가? 바로 이 크고 민감한 작품의 소유주이기에 비교적 진지한 모든 공격에 대하여 무방비하다 함이 오히려 납득이 잘 간다. 굴을 소유하고 있다는 행복감이 나를 버릇 나쁘게 만들었고, 굴의 민감함이 나를 민감하게 만들었으며, 굴의 상처가 나 자신의 상처인 것처럼 나는 아프다. 바로 이 점을 나는 예상했어야 했다. 내 자신의 방어만이 아니라—그런데 그것조차도 나는 얼마나 가볍게 성과 없이 행하였던가—굴의 방어도 생각했어야 했다. 무엇보다도 굴의 하나하나의 부분들이, 그리고 될 수 있는 대로 많은 하나하나의 부분들이 누군가의 공격을 받으면, 그것이 가장 짧은 시간 내에 이루어져야 하는데, 흙이 무너져 내림으로써 덜 위협을 받을 부분들과 분리되게끔, 그것도 그러한 흙덩어리로 공격자가 그 뒤에 진짜 굴이 있다고는 전혀 눈치채지 못할 정도로 효과 있게 분리되게끔 배려를 했어야 할 것을. 더 나아가 이 흙이 무너져 내림으로써 굴을 감추는 것뿐만 아니라 공격자를 파묻는 데도 적합해야 할 것이다. 그런 유의 작업에 대해 그 어떤 작은 일도 착수한 적이 없다. 아무것도, 전혀 아무것도 이 방향에서는 이루어지지 않았으니, 나는 어린아이처럼 경박하였던 것이다. 나는 성년기를 어린아이 같은 유희로 보냈고, 현실적인 위험들을 현실적으로 생각하기를 소홀히 했던 것이다. 그리고 여러 가지

경고 역시 있지 않았던가.

　아무려나 지금의 상태에 이르게 된 그 무엇은 아니었더라도 건축 시작 무렵에는 비슷한 일이 일어났었으니 말이다. 그 주요 차이점은 바로 그때는 건축을 시작한 때였다는 것이다. 그 당시 나는 그야말로 보잘것없는 견습공으로 첫 번째 통로 작업을 하고 있었는데, 미로는 겨우 큰 윤곽만 잡혀 있었고, 조그마한 광장 하나를 벌써 파놓기는 했으나 그것은 크기에서나 벽 다루기에서나 아주 실패작이었으니, 간단히 말해서 통틀어 그저 실험으로, 언젠가 참을성이 다하면 별 미련 없이 문득 손을 놓아버릴 수도 있는 것으로 간주될 수 있었던 만큼 모든 것이 시작 단계였다. 그 무렵이었다. 한번은 작업 중간 휴식 중에—나는 나의 인생에서 늘 작업 중간에 너무 많이 쉬었다—파낸 흙더미들 사이에 누워 있다가 문득 멀리서 어떤 소리를 들은 일이 있었다. 나는 젊었기 때문에 그 일로 인하여 겁이 났다기보다는 호기심이 일었다. 작업을 내버려 두고 귀를 기울여 듣기에 전심했는데, 그래도 그때만 해도 그냥 귀를 기울여 듣기만 했지, 사지를 뻗고 누워 귀 기울이지 않아도 되었으면 하고 저 위 이끼 아래로 달려가지는 않았다. 최소한 나는 귀는 기울였다. 나의 것과 비슷한 어떤 굴이 문제라는 것을 나는 썩 잘 판별할 수 있었는데, 약간 더 약하게 울리는 것 같기는 한데, 그중 얼마만큼 떨어진 거리 탓으로 돌려야 할지는 알 수가 없었다. 나는 바짝 긴장해 있었으나 그 밖에는 냉정하고 침착했다. 어쩌면 내가 어떤 낯선 굴에 들어와 있다고 그렇게 생각했다. 그 주인이 지금 내 가까이 파고 들어오고 있다고 말이다. 이러한 가정이 옳았다는 것이 드러났더라면, 나는 결코 정복욕에 차 있거나 호전적이지 않았으니까 내가 떠났을 것이다. 어디 다른 곳에 건축을 하려고, 어디 다른 곳에 집을 지으려고, 그러나 물론 그때만 해도 나는 젊었고 아직 굴도 없었던 터라, 나는 그때만 해도 냉정하고 침착할 수가 있었다. 이어지는 사건의 진행 또한 나에게 본질적인 흥분을 가져오지는 않았고, 다만 풀이하기가 쉽지 않았었다. 그곳에서 팠던 자가 그 역시 내가 파는 소리를 들었기에 정말로 내 쪽으로 오려고 애쓰고 있었다면, 그때 실제로 그런 일이 일어났듯이, 그가 방향을 바꾸었을 때, 그가 그렇게 했던 이유가 내가 작업 도중에 쉼으로써 그의 방향의 근거를 없애버렸기 때문인지 아니면 그보다는 그 자신이 의도를 변경했음인지 단언할 수가 없었다. 그러나 어쩌면 내가 도무지 자신을 기만했던 것이며 그가 똑바로 나를 향한 적은 한 번도 없었다. 아무튼 그 소리는 또 한동안, 마치 그가 다가오기라도 하는 듯이 강해졌는데, 젊은이였던 나는 그 당시 아마도 그 굴착자가 느닷없이 땅에서 솟아 나오는 것을 본다 해도 불만스러운 게 없었을 것 같다. 그러나 그런 비슷한 일은 일어나지 않았고 어느 특정한 점에서부터는 굴 파기가 약해져, 마치 그 굴착자가 점차 자기가 처음 취했던 방향을 바꾸기라도 하는 듯이 점점 더 약해지다가 갑자기 뚝 그쳐버렸다. 마치 그가 이제 정반대 방향으로 가기로 결심이라도 하여 나를 떠나 곧장 먼 곳으로 가기라도 한 듯이 말이다. 오래 그의 자취를 찾아 정적 속에 귀를 기울이고 있다가 나는 다시 일을 시작했었다. 그런데 이 경고는 충분히 명확했었는데도 곧 나는 그것을 잊어버렸고 그것은 나의 건축 설계도에 거의 영향을 미치지 못했다.

그 당시와 오늘 사이에는 나의 청장년기가 가로놓여 있다. 그런데 그 사이에 전혀 아무것도 가로놓이지 않기라도 한 것 같지 않은가? 아직도 여전히 작업 중간중간에 오래 쉬고 벽에다 귀를 기울이며, 굴착자는 새로 뜻을 바꾸어 선회하여 그의 여행에서 돌아오고 있다. 그는 그 사이에 그를 영접하기 위한 준비를 할 충분한 시간을 나에게 주었다고 생각하는 것이다. 그러나 내 쪽에서는 모든 것이 그 당시보다 덜 준비가 되어 있어서, 이 커다란 굴은 무방비 상태로 덩그렇게

서 있으며 나는 이제는 꼬마 견습공이 아니라 노장의 건축사이며, 아직 남아 있는 힘도 결단의 시기가 오면 쓰지 못하게 될 것이다. 그러나 내가 비록 늙었다 할지라도 지금보다 한결 더 늙었으면 좋겠다는 생각이 든다. 이끼 아래에 있는 내 휴식처에서 더 이상 일어날 수 없을 정도로 그렇게 늙었으면 하고 말이다. 그 이유는 사실 나는 이곳 상태를 견딜 수 없어 몸을 일으켜, 마치 내가 평온 대신에 새로운 근심으로 가득 차 있다는 듯이, 다시 저 아래 집안으로 질주해가기 때문이다. 앞서 물건들은 어떤 상태였던가? 사각사각 소리는 약해졌을까? 아니, 그것은 더 강해졌다. 나는 아무 데나 열 군데에서 귀를 기울이는데 착각을 똑똑히 알아차린다. 그 사각사각 소리는 똑같고, 아무것도 달라진 것이라곤 없다. 저 너머에는 아무런 변화가 일어나지 않고, 거기 사는 이들은 조용히 시간을 초월해 있는데, 이곳에서 귀 기울이는 자에게는 순간순간이 요란하게 진동하고 있다. 나는 다시 성곽 광장으로 가는 긴 길을 되돌아간다. 사방의 모든 것이 나에게는 격앙되어 있는 듯이 보이고, 나를 보고 있는 듯이 보이고, 그러다가는 또 금방 나를 방해하지 않기 위하여 얼른 눈을 돌리는 것 같고, 그렇지만 나의 안색에서 자신들을 구제하려는 결심을 읽어내려고 다시금 바짝 긴장하는 것 같다. 나는 고개를 가로젓는다. 아직 그런 결심을 하지 못했노라고 말이다. 또한 거기서 그 어떤 계획을 실행하기 위해서 성곽 광장으로 가지도 않는다. 내가 탐사 굴을 파려고 했던 자리를 지나간다. 다시 한 번 그곳을 살펴본다. 그건 좋은 자리였던 것 같다. 그 굴은 대부분의 작은 공기 통로들이 있는 방향으로 이어질 수도 있었으며, 그것들이 나의 작업을 훨씬 쉽게 해줄 수도 있었을 것이니, 어쩌면 아주 멀리 파지 않아도 되었을 텐데, 소리의 전원으로 파 들어가지 않았어도 되었을 텐데. 그러나 그 어떤 숙고도 나를 고무하여 이 파기 작업을 하도록 할 만큼 강하지는 않았다. 이 굴이 나에게 확신을 가져다줄 것인가? 나는 확신을 원하지 않을 만큼 되어버렸다. 성곽 광장에서 나는 가죽을 벗긴 빨간 근사한 살코기 한 점을 골라내어 그걸 가지고 흙무더기 속으로 기어들어 간다. 여기에 아직 진정한 정적이란 게 있다면, 그 속에 어쨌거나 정적이 있을 테니까 말이다. 나는 고기를 핥으며, 야금야금 먹으면서 번갈아 한 번은 멀리서 그의 길을 가고 있는 낯선 동물을 생각하고, 그 다음에는 다시 내가 아직 그럴 수 있을 동안 나의 양식을 한껏 즐겨야 한다는 생각을 한다. 후자는 아마 내가 가지고 있는, 유일하게 실행할 수 있는 계획인 것 같다. 그건 그렇고 나는 그 동물의 계획을 알아맞혀 보려고 애쓰고 있다. 그것은 떠도는 중인가, 아니면 그 자신의 굴을 만들고 있는 걸까? 그가 떠도는 중이라고 한다면 혹시 그와의 의사소통이 가능할지도 모른다. 그가 정말 나한테까지 뚫고 들어오면, 나는 그에게 양식을 조금 나눠주고 그러면 그는 계속 갈 것이다. 나의 흙더미 속에서 나는 물론 모든 것을 꿈꿀 수 있고 의사소통 또한 꿈꿀 수 있다. 내가 뻔히 알고 있으면서도 그렇다. 그런 무엇은 존재할 수 없으며 만일 우리가 서로를 보게 되면, 아니 가까이서 서로의 기미를 느끼기만 해도 그 순간에 금방 까무러치듯 정신을 잃고 누가 먼저고 누가 나중이랄 것 없이 아무리 이미 배가 잔뜩 불러 있더라도 새로운 종류의 허기에 사로잡혀 상대를 향하여 발톱과 이빨을 열 것이다. 그리고 늘 그렇듯이 여기서도 그건 아주 정당한 것이다. 그도 그럴 것이 아무리 떠도는 중이라 할지라도 누군가 굴을 보면 자신의 여행 및 미래의 계획을 어찌 바꾸려 하지 않겠는가? 그리고 혹시 그 동물이 그 자신의 굴을 파고 있다면 의사소통이란 도무지 꿈꿀 수도 없을 것이다. 그게 설령 아주 이상스러운 동물이어서 그의 굴이 이웃을 용납한다 하더라도, 나의 굴이 그러지를 못한다. 적어도 소리가 들리는 이웃은 견딜 수가 없다. 지금은 그 동물이 물론 아주 멀리 떨어져 있는 듯이 보이고, 만약 그것이 조금만 더 물러서 있어주기라도 한다면 저 소리도 사라질 것이고, 그러고 나면 어쩌면 모든 것이 옛 시절처럼 좋아질 수도 있을 것이다. 그러면 그것은 고약했지만 유익한 경험일 것이고, 나에게 이것저것을 개수할 자극을 주었을 것이다. 내가 안정을 되찾고 위험이 곧바로 닥쳐오지 않는다면 나는 위신이 설 온갖 작업을 할 능력을 아직은 꽤 갖추고 있다. 혹 그 동물이 그 작업 능력으로 보아 있음직한 엄청난 가능성들을 보고 나의 굴과 마주치는 방향으로 그의 굴을 확장하는 것을 포기하고 그 대신 다른 방면에서 상쇄를 찾아준다면, 그 또한 물론 협상을 통하여 이루어질 수는 없고 다만 그 동물 자신의 분별에 의하여 아니면 내 쪽에서 행사하는 어떤 강제에 의하여 이루어질 수 있다. 그 두 가지 점에서 그 동물이 나에 관하여 알고 있느냐 그리고 무엇을 알고 있느냐 하는 것이 결정적인 게 될 것이다. 그 점에 대하여 곰곰이 생각하면 할수록, 내게는 그 동물이 도무지 내 소리를 들었다는 것이 점점 더 있음직하지 않게 보인다. 상상이 가지는 않지만 그것이 달리 나에 대하여 그 어떤 소식을 들었다는 것도 가능하다. 그러나 아마도 나의 소리를 직접 듣지는 않았을 것이다. 내가 그에 관하여 아무것도 몰랐던 한, 그 역시 나의 소리를 전혀 들었을 리 없다. 그럴 것이 나는 조용히 행동했기 때문이다. 굴과의 만남 이상으로 고요한 것은 다시없을 것이다. 내가 시험 굴착을 했을 때, 그가 혹시나 내 소리를 들을 수 있었을지도 모른다. 비록 내가 파는 방식이 극히 작은 소음을 낸다 하더라도 말이다. 그러나 그가 내 소리를 들었더라면 나 역시도 그에 대해 무엇인가를 알아차릴 수 있었을 것이다. 그도 최소한 이따금씩은 작업을 중지하고 귀를 기울여야 했을 것이다—그러나 모든 것은 언제까지나 변화되지 않은 채였다.

한국어판 '카프카' 결정본을 얻기 위하여
—단편전집에 부쳐

    우리는 종종 예술 작품이나 문학 작품 혹은 여러 매체 광고 등에서조차 프란츠 카프카의 성을 따서 만든 형용사 형태의 'kafkaesk'니 'kafkasch'니 하는 묘한 개념과 만나게 된다. 이를 굳이 번역하자면, '카프카스러운' 또는 '카프카다운'과 같은 말이 되겠는데, 그렇다면 '카프카스럽다'는 이 표현은 어떠한 의미를 내포하고 있는 것일까. 에드거 앨런 포나 코난 도일과 같은 작가들이 암호문이나 숫자놀이를 가지고 소설의 사건 진행을 미궁으로 몰아가듯이, 카프카 역시 암호적이고 수수께끼와 같은 언어 유희를 즐겼던 작가였다. 그는 작품명이나 작중 인물에 자신의 이름의 자음과 모음의 결합 형태를 이용하거나 체코어로 '까마귀kavka'라는 뜻을 지닌 자신의 이름이 주는 묘한 뉘앙스를 살려 고뇌하는 예술가의 실존적 삶이나 현대 인간의 불안 심리 및 소외 상태를 암시하고 있다. 특히 「선고」, 「변신」, 「사냥꾼 그라쿠스」, 「가장의 근심」, 『실종자』, 『소송』, 『성』 등과 같은 여러 작품 속에서 그런 의도가 뚜렷하게 나타난다. 그러나 'kafkaesk'나 'kafkasch'란 단어는 그의 이름과 연관된 이러한 의미에서만 만들어진 것은 아니다. 그것은 오히려 카프카 문학의 비의적인 난해성과 패러독스한 표현 형식을 가장 단적으로 표현하고 있으며, 나아가서 부조리하고 다의적인 현대 문학의 변별적 특성을 강조하는 말로 전이되어 사용되고 있다. 카프카 문학 연구의 선구자 역할을 한 빌헬름 엠리히 교수는 이 개념의 뜻을 이렇게 정의한다.

기형적인 단어인 'kafkaesk'는 인간의 사고, 행동과 꿈을 꾸는 일 뿐만 아니라 현대의 관료 정치, 비인간적인 제도, 기구, 인간 노예화 시설들이 지니고 있는 모든 악몽적인 것, 미궁적이면서 유령과 같은 것 그리고 부조리함을 나타낸다.

그의 작품에서 보여지는 미로와 같은 사건의 진행, 다양한 병렬적인 표현 형식들, 다의적인 의미의 그물망, 이른바 끝없이 미끄러지듯 유보되는 패러독스한 사고의 유동, 독자의 기대 지평을 전도시키고 파괴하는 특성은 물론 수많은 해석의 가능성을 불러일으켰다. 실증주의적인 방법, 신학적인 해석, 형식주의적 방법, 실존주의적 방법, 심리 분석적 방법, 맑스주의적 방법, 비교 문학적 방법, 수용 미학적 방법, 후기구조주의적 방법 등, 역사적 추이에 따라 연구 방법론이나 연구 주제 역시 끝없이 변화 적용되어왔다. 문예비평가 한스 마이어의 「카프카, 정녕 끝이 없는 것일까?」라는 논문은 이를 잘 대변해주고 있다. 그리고 그들 연구의 구체적인 대상인 카프카의 텍스트들이 문헌학적, 텍스트 비판적인 면에서 매우 복잡하고 해결하기 힘든 문제들을 안고 있음을 생각할 때, 이러한 연구는 앞으로도 계속될 것으로 보인다.

『카프카와의 대화』를 쓴 구스타프 야노욱에 따르면, 1924년 카프카가 폐결핵으로 빈 근교의 키어링 요양원에서 세상을 떠난 후에도 카프카의 가족들은 그의 작품들을 발간하는 일에 전혀 무관심했다. 뿐만 아니라 그의 친구들 역시, 카프카의 유고를 관리하고 평가하는 일은 그의 생전에 작품을 발표하는 데 여러 가지 조력을 아끼지 않았던 친구 막스 브로트가 해야 할 일이라고 생각하고 있었다. 물론 막스 브로트는 어느 친구나 친지보다도 카프카의 모든 작품들(문학 작품, 일기, 편지, 카프카가 그린 소묘 등등)에 지속적이고도 집중적인 관심을 보였다. 카프카 역시 1920년과 1922/23년 막스 브로트에게 자신의 유고에 관한 두 개의 유언장을 남겼다. 마지막 유언장에서 카프카는 브로트에게 에른스트 로볼트 출판사에서 처음으로 책의 형태로 발간된『관찰』(1913)의 일부 작품과 이미 책의 형태로 발간된 몇몇의 작품들을 제외하고 자신의 모든 유고를 불태워줄 것을 부탁한다.

사랑하는 막스, 이번에는 더 이상 일어설 수 없을 것 같네. 폐렴인가 보네…… 이번 기회에 내가 썼던 것들에 대한 나의 마지막 의지를 밝히고자 하네. 내가 썼던 모든 작품들 중 책으로 된 것들인『선고』,『변신』,『유형지에서』,『시골 의사』와 단편집『어느 단식 광대』를 포함해서『관찰』중의 몇 개의 스케치만을 남겼으면 하네. ……그 이외에 나에 의하여 씌어진 것(그것이 잡지에 인쇄된 것이건, 원고로 씌어진 것이건, 편지로 씌어진 것이든)이라면 예외 없이…… 모두 다…… 불살라주게. 그리고 이 부탁을 가능하다면 빨리 시행해 주었으면 하네. ──프란츠

그러나 브로트는 처음부터 카프카의 요청을 이행하지 않을 것을 결심하고 있었다. 그는 카프카의 천재다운 능력과 작품의 탁월함을 누구보다도 깊이 인정하고 있었고 경외감마저 가지고 있었기 때문이다. 카프카는 생전에도 자신의 작품 발표에 대해 대체로 거부적인 의사를 가지고 있었지만, 브로트는 이에 개의치 않고 카프카의 작품을 출판하는 것을 자신의 의무이며 책임으로 생각했다. 브로트는 카프카 사후 즉시 그의 작품들의 발간을 추진하기 위해 유고들을 모으기 시작한다. 이로써 당시만 해도 소수의 지식층에게만 알려져 있던 카프카의 작품은 완전히 사라져버릴 위기에서 벗어나게 된다.

그러나 카프카의 미발표 유고들은 아직 여기저기에 흩어져 있는 상태였다. 브로트 수중에는 카프카가 1920년 그에게 넘겨주었던 장편 소설 『소송』의 원고가 있었다. 브로트는 「시인 카프카」라는 에세이를 써서 다음해 11월 문예 잡지 『노이에 룬트샤우』에 발표하는데, 바로 이 글을 쓰기 위해 카프카로부터 『소송』의 원고를 넘겨받았었다. 이외에도 카프카는 「어느 투쟁의 기록」의 두 개의 서로 다른 원고와 미완성 작품 「시골의 결혼 준비」에 딸린 세 편의 글을 쓰는 즉시 역시 브로트에게 보낸다. 또한 브로트는 1923년 장편 소설 『성』의 원고 전체를 받게 된다. 이외에도 브로트는 여러 다른 친구들과 마찬가지로 카프카로부터 받은 많은 편지와 그가 직접 손으로 그린 소묘들을 지니고 있었는데, 그것들은 주로 함께 공부하던 학창 시절에 받은 것들이었다.

　카프카의 초기 작품들을 체코어로 번역하는 일을 계기로 카프카의 연인이 된 프라하의 여기자 밀레나에게도 카프카에게서 받은 많은 편지들과 그가 1909년부터 1920년까지 꾸준히 썼던 일기의 원고와 미완성 장편 『실종자』의 원고가 남아 있었다. 또한 카프카와 두 번씩이나 약혼과 파혼을 거듭했던 펠리체 바우어에게는 방대한 양의 카프카의 편지가 남아 있었으나, 그것 역시 아직 브로트 손에 들어오지 않은 상태였다.

　프라하에 있던 카프카의 방 책상 서랍에서는 자신의 불안한 내면의 고백과 아버지와의 심한 심리적 갈등이 드러난 「아버지에게 보내는 편지」와 「변신」 및 단상들과 산문들이 실려 있는 노트, 또한 1921년도와 1922년도의 일기, 말년에 쓴 몇 편의 이야기들과 스케치가 담긴 여러 글뭉치들이 발견되었다. 세 명의 누이동생과 양친도 카프카의 편지를 개별적으로 지니고 있었다. 또한 말년의 카프카가 진정으로 사랑했던 도라 디아만트에게도 작품들이 상당수 발견되었다.

이 모든 것들이 바로 오늘날 카프카 전집으로 발간되어 나와 있는 작품들과 유고들이다. 그러나 여기에 부언해야 할 것은, 베를린의 도라 디아만트에게 남겨져 있었던 작품의 일부가 안타깝게도 1933년 게슈타포에게 압수된 후 사라져버렸다는 사실이다. 그 상실된 원고들은 초기에 씌어진 작품들과 말년에 씌어진 작품들이라 추측된다. 그리고 당시 출판되지 않은 채 간직되었던 유고들은 타자기로 친 약간의 작품 이외에는 대부분이 친필 원고였고 카프카가 인쇄를 요청했던 작품인 「유형지에서」, 「시골 의사」, 「싸구려 관람석에서」, 「형제 살해」, 「이웃 마을」, 「열한 명의 아들」, 「광산의 방문객」, 「가장의 근심」, 「어떤 꿈」의 친필 원고들은 하나도 발견되지 않았다.

카프카의 원고들은 이렇듯 여러 사람들에게 나누어져 있었고, 부분적으로는 원고의 소유권도 불확실한 상태였다. 그러므로 브로트는 처음엔 이 원고들을 수집하는 일과 그 소유권 문제에 개입하기를 몹시 망설였다. 그러나 그는 작품들의 의미와 뛰어난 문학적 가치를 가능한 한 빨리 세상에 알려야 한다는 사명감으로 이 원고들을 한데 모아 보존하고 출판할 것을 다시 추진하게 된다. 그러나 도라 디아만트가 지니고 있던 원고들을 얻어내는 데는 여러 해가 걸렸다. 디아만트는 카프카와 살면서 그가 자신의 글에 대해 얼마나 세심하고도 양심적인 애착과 비판적 자세를 지니고 있었는가를 잘 보아왔으므로 브로트의 계획에 쉽게 응할 수 없었던 것이다. 오히려 그녀는 카프카의 유언에 따라 원고를 불태울 정도였다.

카프카 생전에 인쇄되었던 책들은 1924년만 해도 바로 그 전에 절판되었던 『관찰』을 포함해서 모두 구입이 가능했다. 그러나 당시 인쇄된 작품들은 카프카의 뛰어난 문학성을 독자들에게 알리지 못했던 것 같다. 카프카 작품의 난해함이 독자들의 접근을 허락지 않은 까닭이었을 것이다. 피카소의 그림에 대해 카프카가 스스로 평한 바

있듯이, 그의 작품 역시 당시 독자들의 의식 속에 아직 밀려오지 않은 그 어떤 현실 상태를 훨씬 앞서 보여주고 있었기 때문이었을 것이다. 브로트는 그의 작품의 난해성과 당시 출판상의 경제적 사정을 고려하여 인쇄되지 않은 유고들과 아직 세상에 알려지지 않은 장편 소설들을 서둘러 발간한다. 당시 장편 소설에 대한 독자들의 인기도를 감안하여, 작가의 산재되어 있는 순수 작품들을 하나로 묶어 전집으로 발표함으로써 독자들에게 작가 카프카를 널리 알리려는 의도였다. 그러나 카프카의 문학 세계, 사상적 배경, 현실적인 삶과 타인들과의 개인적인 관계를 보여주는 기록물이자 현재에는 문학 텍스트로서 높은 평가를 받고 있는 일기, 편지, 메모들은 필요한 경우에만 아주 적은 부분이 발췌 소개되었을 뿐이다. 이것은 카프카의 전기적 연구의 진척을 더디게 한 원인이기도 했다. 다만 많지 않은 분량임에도 그 독특한 표현 형식과 세계관을 엿볼 수 있는 잠언들은 당시에도 일반 독자들에게 널리 알려졌다. 이러한 상황으로 미루어 볼 때, 당시 카프카 작품에 대한 일반 독자들의 관심은 전 작품에 골고루 분포되어 있지 않고, 몇몇 작품이나 잠언들에 편중되어 있었던 것으로 보인다.

카프카 작품의 난해성과 편중된 독서 결과는 이미 인쇄된 자료들을 선별하고 보존하는 일을 그다지 중시하지 않게 만드는 결과를 낳았던 것 같다. 왜냐하면 쿠르트 볼프 출판사와 잡지사들이 발간했던 카프카 책들의 인쇄용 원고들과 『어느 단식 광대』 인쇄본의 여러 부분들이 모두 상실된 까닭이다. 『어느 단식 광대』에 속해 있는 이야기 「첫번째 시련」의 경우에는, 그 인쇄본이 1971년 어느 친필 원고 거래상에 나타나기도 했다. 그러나 다행히도 쿠르트 볼프와 그의 출판사에 보내졌던 상당량의 카프카의 편지들과 작품들이 보존될 수 있었던 것은 볼프의 덕택이었다. 출판사가 해체될 당시 볼프는 출판사의 문서 보관실의 일부를 사유로 수용하여 그것을 보존했기 때문이다. 그의 노력이 없었다면, 상당수의 카프카의 원고들과 인쇄본들은 사라져버렸을 것이다.

1939년 독일 나치의 프라하 침공 직전, 브로트는 팔레스타인으로 망명했다. 그때 그의 손가방 속에는 카프카의 유고들이 담겨 있었다. 카프카 작품들은 그의 손에서 또 한 번 위기를 넘겼다. 그리고 카프카가 가족들에게 보냈던 편지들과 「변신」과 「아버지에게 보내는 편지」는 막내누이동생인 오틀라가 간직하고 있었는데, 혈통상 반쪽만 유대인이었던 오틀라의 아이들 덕택에 나치의 추적을 피할 수 있었다.

제2차 세계 대전 후 브로트는 카프카의 유고들을 우선 텔아비브에 있는 쇼켄 도서관의 문서 보관실에 보관했다. 1962년 브로트는 그 유고들을 카프카의 가족에게 다시 넘겨주었고 카프카 가족들은 옥스포드의 보들레이언 도서관에 관리를 위탁했다. 그러나 브로트는 카프카가 자신에게 주었던 원고들은 그대로 자신이 소유하고 있었다. 그는 1969년 세상을 떠나기 직전 그것들을 바탕으로 『어느 투쟁의 기록』의 두 개의 원본을 참조하여 최초의 텍스트 비판본을 만들 수 있었다. 거기에는 유고에서 뽑은 많은 단편들이 함께 수록되어 있었다. 한편 그는 이미 1930년대에 당시 친필 원고 수집가였던 슈테판 츠바이크에게 『실종자』의 원고 두 쪽을 선물하기도 했다(그것은 지금 빈의 국립 도서관에 보관되어 있다). 또한 그는 1931년 '만리장성의 축조'라는 제목으로 유고집을 편집했을 때 자신을 도와주었던 한스 요하임 쉐프스에게 「마을 선생」의 원고 대부분을 선물했는데, 이 원고는 지금 네카 강변에 있는 마르바흐의 독일 문학 문서 보관실에 몇 편의 카프카 편지와 함께 보관되어 있다. 그외에 밀레나와 펠리체에게 보낸 편지들은 뉴욕에 있는 쇼켄 북 출판사의 소유로 되어 있다.

카프카 생전시의 작품 인쇄 상황을 살펴보면, 다섯 단계로 나누어 생각할 수 있다.

첫 단계(1908~1912)에는 막스 브로트와 그의 친구들인 프란츠 블라이, 빌리 하아스 등에 의해 카프카의 짤막한 산문들이 부분적으로 발간되었다. 그러나 당시 카프카는 이 산문들을 '갑자기 끊어져버리는 시작들로만 구성되어 있는 졸작'으로 평가해 출판을 반대했었다.

두번째 단계(1912~1914)는 자신의 작품을 인쇄하자는 출판인 로볼트의 제안에 카프카가 서슴없이 동의를 표했던 시기이다. 이 시기는 카프카가 지속적으로 그리고 열정적으로 글쓰기에 매달릴 수 있었던 행복한 시기였다. 그는 1912년 일기에 에른스트 로볼트가 원고 청탁한 『관찰』을 정리하면서 당시 상황을 이렇게 적고 있다.

로볼트 씨가 상당히 진지하게 나에게 책 한 권을 원했다…… 아무것도 이루어놓은 것이 없구나, 없어. 이 작은 책자 하나를 정리하는 데 이렇듯 시간이 걸리다니…… 책을 발간한다는 사실 때문에 예전의 작품들을 읽으면서 느끼는 고통스럽고도 우스꽝스러운 자의식…… 내가 진리 안으로 나의 손끝을 밀어 넣을 수 없게 된다면, 이 책을 편집한 후에는 잡지와 비평으로부터 더욱더 몸을 도사리게 될 것이다.

그러나 이 긍정적인 글쓰기의 단계는 유감스럽게도 제1차 세계 대전의 발발로 중단되고 만다. 갑자기 출판사의 활동이 중지되거나 작업 중이던 간행물이 폐간되는 사태가 빈번했기 때문이다. 이 시기에 간신히 나타난 작품들이 바로 『관찰』(1913), 『화부』(1913) 그리고 『선고』(1913)의 첫 인쇄판이었다.

세번째 단계(1915~1919/20)는 카프카가 출판사의 계속적인 발간에 동의했으며, 「화부」로 폰타네 상을 수상한 시기이기도 하다. 그는 뒤늦게 나온 『시골 의사』라는 모음집으로 형식상 처음으로 출판사와 계약을 체결하게 된다. 그러나 전쟁으로 인하여 출판사 사정이 어려워지자 그의 출판은 계획대로 진행되지 못했고, 그는 폐결핵에 걸려 고통받게 된다. 그러나 결과적으로는 『변신』이 잡지(1915)와 개별 인쇄(1915, 1918) 등 두 가지 상이한 판으로 나오게 되고, 1916년과 1917/18년에 걸쳐 『화부』의 제이, 제삼 판이 그때마다 약간의 수정을 거쳐 나오게 되며, 1916년과 1920년에 걸쳐 『선고』의 개별 인쇄본들이, 그리고 1919년에는 『시골 의사』가 신문에 여러 번 언급되면서 책으로 인쇄되었고, 역시 같은 해에 『유형지에서』가 개별 책자로 발간된다. 책의 출판이 거듭되면서 가장 성공을 거둔 작품들은, 잡지 『최후 심판의 날』에 실렸던 「화부」, 「변신」 그리고 「선고」였다.

네번째 단계(1919~1923)는 카프카의 건강이 극도로 악화되어, 그는 단지 몇 개의 잡지에 글을 실었을 뿐, 출판사에 원고를 넘기지도 않았고 작품 인쇄를 거부하기도 했었다고 1922년 볼프가 확인해주고 있는 시기이다. 이 시기에 인쇄된 가장 중요한 작품은 「어느 단식 광대」(1922)와 「첫번째 시련」(1922)이었다.

다섯번째 단계(1923/24)는 역시 작품 발간에서는 큰 성과가 없었지만, 네번째 단계와는 뚜렷하게 구별된다. 비록 건강은 허락되지 않았으나, 카프카는 베를린에서 도라 디아만트와 시작한 새로운 삶의 의욕 속에서 슈미데 출판사와 출판 계약을 맺는다. 그리하여 그의 사후에 이 출판사에서 작품 모음집인 『어느 단식 광대』(1924)가 나올 수 있었다. 그 모음집에는 「첫번째 시련」, 「어느 단식 광대」, 「작은 여인」, 「요제피네, 여가수 또는 서씨족」이 포함되어 있었다. 뒤의 두 작품은 1924년 카프카 생전시 이미 프라하의 일간지에 그 일부가 발표되기도 했다.

『어느 단식 광대』의 뒤를 이어 브로트는 카프카의 유고 중 제일 먼저 『소송』(1925)을 역시 슈미데 출판사에서 발간한다. 그 후 슈미데 출판사가 경제적 어려움에 처하게 되자, 브로트는 쿠르트 볼프 출판사에 의뢰하여 『성』(1926)과 『아메리카』(1927, 원래 작품명은 '실종자'이다)를 출간한다. 1930년 볼프가 파산하자, 브로트는 다른 작가들과 더불어 구스타프 키펜하이머 출판사를 찾는다. 경제적, 정치적 위험을 무릅쓰고 카프카의 전집과 거기에 모여든 작가들의 작품들을 발간하려 했던 이 키펜하이머 출판사의 계획마저도 나치의 방해로 무산된다. 그 후 브로트는 마침내 베를린의 쇼켄 출판사와 관계를 맺게 된다. 그때까지만 해도 독일 제국 내에서는 유대인들의 저작물의 출판이 가능했었는데, 물론 유대인 출판사에서 그리고 유대인 독자들만을 위한 것이었다. 그러나 당시의 정치적, 경제적 상황에서 출판 사업은 처음부터 하나의 모험이었다. 이런 상황에서 예술 보호가인 사업가 잘만 쇼켄과의 만남은 브로트에게 있어서 카프카 전집을 낼 수 있는 최상의 기회였다. 우선 1931년 '만리장성의 축조'라는 제목으로 단편 모음집이 출간된다. 그리고 전집은 원래 여섯 권으로 기획되었으나, 1935년 쇼켄 출판사에서 네 권만이 나올 수 있었다. 즉, 카프카 생전에 나왔던 단편집과 세 개의 소설이 보완된 신판으로 출간되었다. 그러나 쇼켄 출판사 역시 주변의 여러 방해 공작들을 극복해낼 수 없었다. 브로트는 다행히도 망명 문학에 호의를 보였던 프라하의 머시 출판사에서 이 전집 계획을 계속 추진할 수 있었는데, 노벨레, 단상들, 잠언들로 구성된 방대한 양의 제5권 『어느 투쟁의 기록』(1937)과 일기와 편지를 발췌한 제6권 『일기와 편지』(1937)를 출간하였다.

그 후 미국에서 망명 생활을 하던 브로트는 잘만 쇼켄을 다시 만난다. 1945년 쇼켄이 뉴욕에서 쇼켄 북 출판사를 건립하자, 이제 카프카 작품들은 다시 발간되기 시작했다. 여기서 다섯 권으로 된 두번째 전집 판이 나오게 되는데, 이번에는 앞서 발간했던 첫번째 전집 판을 약간 확대하고 일기와 편지도 종전처럼 발췌하지 않고 전부를 발간했다(1946). 이렇게 해서 1950년에야 비로소 카프카의 작품이 프랑스와 영미권에 널리 퍼지게 되었고, 쇼켄 북 출판사로부터 출판권을 따낸 S. 피셔 출판사가 카프카의 프랑크푸르트 전집 판을 발간하기 시작했다. 독일 국내에서 두번째 카프카 전집이 마련된 셈이었다.

1950년대 초, 이 프랑크푸르트 판을 토대로 카프카 연구 활동이 전세계로 전개되면서 카프카의 텍스트들이 지니고 있는 편집상의 문제와 텍스트 비판에 대한 연구 작업도 활발해진다. F. 바이스너(1952, 1958), H. 위테르스프로트(1957, 1966), F. 마르티니(1958), M. 패슬리(1966), W. 얀(1965), L. 디이츠(1963) 등이 이 텍스트 비판에 참여했다. 이들에 의해 일련의 새로운 개별적인 텍스트 비판본들이 등장하기 시작하는데, 그것은 주로 종래의 브로트에 의해 편집된 텍스트 형태를 재검하면서 넓은 의미로는 전반적인 카프카 원본 텍스트를 새롭게 학술적으로 비판한다는 중요한 의미를 띠었다. 카프카의 유년 시절의 전기를 실증주의적 방법으로 쓴 K. 바겐바흐는 1961년 괄목할 만한 텍스트 비판을 가한 특별 개정판 『단편선집』을 내놓았는데, 그것은 카프카 생전시에 발간된 문학 작품들 중에서 선정하여 그 원본만을 참조해 발간한 것이었다. 그러나 그는 불행히도 당시에는 별로 알려지지 않았던 잡지 『최후 심판의 날』에 발표되었던 카프카의 다른 원본 인쇄판은 참조하지 못했다. 또한 영국 옥스퍼드 대학의 텍스트 문헌학자인 패슬리는 세 개의 단편을 수록한 『단편선』을 냈는데, 「화부」는 텍스트 비판상 문제시되는, 개별적으로 발간된 세번째 인쇄판을 근거로 하고 있으며, 「유형지에서」는 유일한 원본 인쇄판을 충실하게 재현했고, 브로트의 독서 방식을 처음으로 개선한 유고 단편 「굴」을 출간했다.

이외에도 카프카의 단편들은 여러 변종의 판본들을 참조하여 개별적으로 인쇄되기도 했는데, 1969년 디이츠는 「어느 투쟁의 기록」의 두 개의 판을 한 권의 책에 동시에 수록하여 서로 비교케 하고 있다. 디이츠의 독서 방식은 무엇보다도 전체적으로 공관적共觀的인 재현을 꾀하는 데 중점을 두었으며, 특히 브로트가 잘못 바꾸어 쓴 것으로 이해되는 부분은 제외시켰다. 디이츠 판은 후에 다시 여러 연구가들에 의해 그 편집상의 문제와 새로운 작품 분석에 대한 논증이 보충됨으로써 단일 텍스트로 된 비판본으로서의 의미를 지니고 있지만, 아직까지 완벽한 텍스트 비판본은 나오지 않고 있다.

1970년 P. 라아베는 현재까지 카프카 단편들의 이해와 분석을 위해 가장 믿을 만한 텍스트로 사용되어오는 카프카의 『단편전집』을 출간했는데, 단편 소설들에 관한 한 지금까지 발간된 것들 중 편집과 텍스트 비판에 있어 가장 뛰어나다는 평을 받고 있다. 라아베는 전기적 · 텍스트 비판적 연구서들(카프카 자신에 의해 발간된 작품들과 유고에 나오는 서사적 단편들을 총망라하였다)을 바탕으로 텍스트 형태를 정정하고, 주해를 통해서 작품들의 발생사, 인쇄 과정사 그리고 자신이 선택한 텍스트 형태의 근거를 밝히고 있다. 그러나 라아베 판도 쿠르트 볼프와 그의 출판사에 보낸 카프카의 편지와 막내누이동생 오틀라에게 보낸 편지에 언급되어 있는 내용이 참조되지 않았다는 점이 작은 결점으로 지적되고 있다.

끝으로 우리가 주목해야 할 사실은, 이렇듯 수많은 원본 인쇄판, 개정판, 증보판, 비교 텍스트 비판본들이 지니고 있는 여러 가지 텍스트상의 결함에도 불구하고, 이들을 바탕으로 한 카프카의 연구서와 논문들은 가히 조망할 수 없을 정도로 홍수를 이루어왔으며 아직도 계속 진행중이라는 사실이다. 이런 가운데 1974년 뜻있는 카프카 연구가들(J. 보른, G. 노이만, M. 패슬리, J. 실레마이트)이 부퍼탈 종합

대학에 '동구 독일어 문학 연구소'를 설립하고, 자신들이 편집 연구진이 되어 카프카가 보험회사 시절 기록했던 직업상의 문건들을 포함한 열두 권으로 된 '카프카의 학술 비판서'를 1982년부터 F. 피셔 출판사를 통해 발간 중이다. 그 첫번째 결실로서 『성』이 출간되었고 이러한 텍스트 비판본 이외에도 그에 따른 부속 자료표들이 별권으로 함께 출간되고 있어서 전집의 권수는 갈수록 늘어날 전망이다. 최근까지 나온 작품들은 『성』 이외에 『실종자』, 『일기』 그리고 『유고집 I, II』이며, 다른 작품들의 비판본의 출간은 워낙 정밀하고 방대한 검토 작업인지라 많은 시간이 요구될 것으로 생각된다. 그러나 이 학술 비판본이 완성되면 아마도 지금까지의 텍스트 비판에 따른 논쟁이 어느 정도 해소될 수 있으며, 이 학술 비판본을 토대로 카프카 문학에 대한 새로운 연구가 활발하게 전개되리라 믿는다.

카프카가 도스토예프스키, 제임스 조이스와 더불어 현대 문학의 아버지라고 일컬어지고 있고, 괴테나 셰익스피어 이래 현재에 이르기까지 세계의 문예학자, 문학연구가, 비평가들이 가장 많이 다루고 있는 작가라는 사실을 감안해볼 때, 우리 나라에서 아직까지 그의 전집은 물론이고 단편전집 하나 제대로 출판되지 않았다는 것은 우리나라 독문학계뿐만 아니라 문화계 전반에 걸쳐 부끄러운 일이 아닐 수 없다. 그러므로 이번에 솔출판사에서 '카프카 전집'의 출판을 기획하고 결행한 일은 매우 뜻있는 일이다.

처음에는 순수 작품들만을 묶은 '카프카 전집'을 구상했었다. 그러나 난해하기 그지없는 카프카 작품들을 독자들이나 연구가들이 좀더 정확하게 이해하고 분석할 수 있기 위해서, 그의 세계관, 예술관, 인생관, 언어관이 잘 반영되어 나타나 있는 일기, 편지, 잠언 및 유고집까지 포함시키기로 결정했다. 이로써 '카프카 전집'은 카프카 전집으로서의 완벽한 면모를 갖추게 될 것이다.

앞서 언급한 대로 부퍼탈 대학 연구소를 중심으로 카프카 작품의 학술 비판본이 작업 중에 있기는 하지만, 작업의 성격상 많은 시간을 요하므로 아직은 몇몇 제한된 작품들만이 나와 있는 실정이다. 그러므로 우리의 '카프카 전집'의 번역을 위해서 이 학술 비판본을 참고할 수 있는 행운도 역시 제한되어 있다. 그 결과 제1권인 '단편전집'은 라아베의 『단편전집』을 참조하여 편집·번역했음을 밝혀둔다. 라아베 판은 지금까지 나온 단편전집 중 가장 권위 있는 텍스트 비판본으로 카프카 연구가들의 원본 텍스트로서 좋은 길잡이가 되어왔다. 한 가지 부언할 것은, 이 『단편전집』 중 「어느 투쟁의 기록」은 여러 개의 스케치로 이루어진 작품으로, 카프카는 이 작품의 두 가지 원판본을 남기고 있다. 라아베의 『단편전집』에는 그 중 한 가지 원문만을 싣고 있지만, 막스 브로트가 편집한 또 다른 원문은 카프카의 초기 작품의 중요한 경향뿐 아니라, 전 작품에 적용될 수 있는 그의 언어관과 패러독스한 표현 형식을 잘 보여주고 있다. 그러므로 여기에서는 문제가 되는 「어느 투쟁의 기록」 중 '기도자와의 대화를 시작하다'를 번역하는 데 있어 두 개의 원문을 동시에 사용했다. 더구나 라아베가 선택한 원문은 다른 별개의 작품인 「기도자와의 대화」에 그대로 반복되어 나타나기 때문에, 우리는 두 개의 원문을 모두 흡수한 셈이다.

이 책은 모두 3부로 구성되어 있는데, 제1부에는 카프카가 생존 시에 책으로 출판했던 것만을 모았고, 제2부에는 카프카가 잡지에는 발표했으나 책으로 인쇄되기를 원치 않았던 네 편의 작품들을, 그리고 제3부에는 유고들로부터 뽑은 단편들을 묶었다. 여기 실린 단편들은 비록 번역 원문의 원판으로서의 진위와 번역상의 문제점들을 안고 있기는 하나 1950년대 이후 개별적으로 거의 번역되었던 것들이다. 다만 여기에 실린 「마을 선생」, 「큰 소음」, 「시험」, 「조타수」, 「팽이」, 「변호사」와 「어느 투쟁의 기록」 중 일부는 우리 나라에 처음으로 번역·소개되는 작품들이다. 이로써 이 책에는 카프카의 모든 단편들이 빠짐없이 수록되게 되었다.

　나름으로 성의와 정열을 쏟았으나 과문한 탓으로 오역이 없지 않을 것이다. 독자 여러분들의 가차없는 질책과 충고를 바라는 바이다. 끝으로 카프카 전집의 간행 계획을 선뜻 추진 결정하시고, 이 '단편 전집'의 발간에 빛을 보게 해주신 솔출판사의 임우기 선생님, 언제나 꼼꼼하고 세심하게 교정을 보아준 이유경님과 편집자 여러분들의 노고에 깊은 감사를 드린다. 또한 학교 일과 일상 생활의 번거로움 속에서도 늘 컴퓨터 일과 번역 작업을 도와준 아내와 원본과 번역본을 일일이 대조하느라 수고한 대학원생 전경옥 양에게도 이 자리를 빌려 감사의 뜻을 전한다.

1997년 4월, 노고산 연구실에서
이주동

개정판 발간의 의의

카프카 전집 제1권 단편 전집 『변신』 초판이 나온 지도 벌써 6년이 지났다. 그동안 독자들의 뜨거운 사랑과 호응 속에 여섯번째 인쇄판이 거듭 나왔다. 카프카가 세계 모든 이들의 작가로서 여전히 우리들 가슴속에 살아 숨쉬고 있음이 증명되고 있는 것이다. 또한 그 사이 부퍼탈 대학의 '동구 독일어 문학 연구소'에서 추진되어왔던 카프카의 '학술 비판본'도 S. 피셔 출판사에서 전15권(단 각 권마다 딸린 자료 및 참고 사항들이 담긴 별책 부록들은 제외됨)으로 발간되었다.

그런데 이 비판본 중에는 카프카가 생전에 발간한 『생존시에 인쇄된 작품Drucke zu Lebzeiten』이 있는데, 이것은 역자가 카프카 전집 제1권 단편 전집 『변신』에 번역했던 파울 라아베가 편집한 『카프카 단편 전집』과는 약간의 차이가 있다. 학술 비판본에는 라아베 판에 실려 있는 '유고집에 수록된 단편' 34편이 제외되어 있는 반면에, 라아베 판에는 학술 비판본에 실려 있는 잡지나 신문에 발표된 것 중 일부인 여섯 편의 글들이 빠져 있다. 비판본과 라아베 판 사이에 이러한 차이가 나게 된 데에는 두 가지 이유가 있다. 첫번째 이유는, 비판본이 카프카 생존시 책 형태로나 혹은 신문, 잡지에 개별적으로 발표된 작품들만을 따로 모아 편집한 것이라면, 라아베 판은 비판본에 수록된 서평이나 여행 기록을 제외하고 순수 작품만을 편집한 것이기 때문이다. 그 두번째 이유는, 비판본이 카프카 유고집을 따로 떼어 두 권으로 편집한 반면, 라아베는 막스 브로트에 의해서 편집 발간되었던 유고들 중에서 완결된 형태의 단편들과 미완이긴 하나 카프카 작품의 전형적인 형태를 띠고 있는 단편들만을 모아 하나의 독립된 단편 전집을 만들었기 때문이다.

그러므로 이러한 두 판 사이의 차이점을 보완하기 위해서 비판본의 『생존시에 인쇄된 작품』에 실린 모든 작품을 포함하면서 동시에 파울 라아베 판에 실린 34편의 유고 단편들을 살리는 방향으로 카프카 전집 제1권 단편 전집 『변신』의 개정판을 내기로 했다. 그러니까 비판본에 첨가되어 있는, 생전에 인쇄된 서평 세 편(「여성의 애독서」, 「어느 청춘 소설」, 「영면하게 된 잡지」) 과 기행문 두 편(「브레스치아의 비행기」, 「리하르트와 자무엘」) 그리고 전람회 소개 평론인 「마틀라르하차로부터」 등, 모두 여섯 편이 종래의 카프카 전집 제1권 『변신』의 두번째 부분인 '잡지와 신문에만 발표된 작품들'에 첨가되는 것이다. 「여성의 애독서」는 카프카의 친구였던 프란츠 블라이의 책 『분첩』(1902)에 대한 서평이고, 「어느 청춘 소설」은 작가 슈테른 하임의 『서간 소설, 젊은 오스발트의 이야기』(1910)에 대한 서평이며, 「영면하게 된 잡지」는 프란츠 블라이에 의해서 발간된 문예지인 『히페리온』의 폐간을 아쉬워하며 쓴 글이다. 이 잡지에 카프카의 작품 「관찰」과 「기도자와의 대화」와 「술 취한 자와의 대화」가 처음으로 발표되었다. 이번에 첨가된 여섯 편 중 특히 흥미로운 작품들은 기행문 「브레스치아의 비행기」와 「리하르트와 자무엘」이다. 첫번째 작품은 이탈리아의 브레스치아에서 있었던 비행 대회에 들렀던 카프카가 그때의 체험을 르뽀따쥬 형식으로 기록한 것으로 비행기에 대한 독일어권 최초의 기록문학이다. 두번째 작품은 카프카와 막스 브로트의 공동 작품으로 카프카, 막스, 그리고 그의 동생 오토가 함께 기차를 타고 스위스와 북 이탈리아를 거쳐서 파리까지 여행했던 일을 일지 형식으로 기록하고 있는 미완성의 기행 소설이다. 여기서 카프카와 막스는 각기 자신이 보고 느낀 것을 교대로 써내려가고 있다. 그리고 마지막 작품인 「마틀라르하차로부터」는 카프카가 병 치료차 1920년 헝가리 요양지인 마틀라르하차에 체류했을 때 그곳에서 알게 된 화가 안톤 홀루프의 미술 전람회를 신문에 소개한 글이다. 카프카가 동·서양의 그림에 뛰어난 안목을 가지고 있었다는 것은 이미 잘 알려져 있는 사실이다. 특히 이 여섯 편 중 「여성의 애독서」, 「브레스치아의 비행기」 그리고 「마틀라르하차로부터」는 우리나라에 처음 소개되는 글이다.

앞서 기술한 이 모든 점을 감안해볼 때 이번에 나오는 개정판 카프카 전집 제1권 단편 전집 『변신』은 새로 나온 학술 비판본인 『생존시에 인쇄된 작품』을 모두 포괄할 뿐만 아니라, 나아가 라아베와 막스 브로트 판까지도 아우르게 되는 셈이다. 그리고 7쇄인 개정판에서는 앞서 미처 살피지 못했던 탈자나 몇몇 낱말의 번역상의 착오 또한 수정 보완되었다.

2003년 9월, 노고산 연구실에서
이주동

수록 작품 색인(가나다순)

가장의 근심 Die Sorge des Hausvaters 241

갑작스러운 산책 Der plötzliche Spaziergang 23

거부 Die Abweisung 37

거절 Die Abweisung 575

결심 Entschlüsse 25

골목길로 난 창 Das Gassenfenster 40

공동체 Gemeinschaft 572

광산의 방문객 Ein Besuch im Bergwerk 234

국도의 아이들 Kinder auf der Landstraße 15

굴 Der Bau 664

귀향 Heimkehr 596

기도자와의 대화 Gespräch mit dem Beter 329

나무들 Die Bäume 42

나이 든 독신주의자, 블룸펠트 Blumfeld, ein älterer Junggeselle 497

낡은 쪽지 Ein altes Blatt 222

남자 기수들을 위한 숙고 Zum Nachdenken für Herrenreiter 38

다리 Die Brücke 528

도시의 문장 Das Stadtwappen 568

독수리 Der Geier 591

독신자의 불행 Das Unglück des Junggesellen 27

돌연한 출발 Der Aufbruch 598

마당 문 두드리는 소리 Der Schlag ans Hoftor 553

마을 선생 Der Dorfschullehrer 478

마틀라르하차로부터 Aus Matlárháza 380

막스 브로트와 프란츠 카프카의 『리하르트와 자무엘』의 제1장 Erstes Kapitel des Buches "Richard und Samuel" on Max Brod und Franz Kafka 359

만리장성의 축조 Beim Bau der Chinesischen Mauer 537

멍하니 밖을 내다보다 Zerstreutes Hinausschaun 31

밤에 Nachts 574

법 앞에서 Vor dem Gesetz 225

법에 대한 의문 Zur Frage der Gesetze 582

변신 Die Verwandlung 109

변호사 Fürsprecher 599

부부 Das Ehepaar 654

불행 Unglücklichsein 43

브레스치아의 비행기 Die Aeroplane in Brescia 343

비유에 대하여 Von den Gleichnissen 662

사기꾼의 탈을 벗기다 Entlarvung eines Bauernfängers 20

사냥꾼 그라쿠스 Der Jäger Gracchus 530

산으로의 소풍 Der Ausflung ins Gebirge 26

산초 판자에 관한 진실 Die Wahrheit über Sancho Pansa 564

상인 Der Kaufmann 28

선고 Das Urteil 51

세이렌의 침묵 Das Schweigen der Sirenen 565

술 취한 자와의 대화 Gespräch mit dem Betrunkenen 338

스쳐 지나가는 사람들 Die Vorüberlaufenden 33

승객 Der Fahrgast 34

시골 의사 Ein Landarzt 211

시골의 결혼 준비 Hochzeitsvorbereitungen auf dem Lande 447

시험 Die Prüfung 589

신임 변호사 Der neue Advokat 209

싸구려 관람석에서 Auf der Galerie 220

양동이를 탄 사나이 Der Kübelreiter 381

어느 개의 연구 Forschungen eines Hundes 603

어느 단식 광대 Ein Hungerkünstler 286

어느 청춘 소설 Ein Roman der Jugend 353

어느 투쟁의 기록 Beschreibung eines Kampfes 387

어떤 꿈 Ein Traum 253

여성의 애독서 Ein Damenbrevier 327

열한 명의 아들 Elf Söhne 243

영면하게 된 어느 잡지 Eine entschlafene Zeitschrift 356

옷 Kleider 36

요제피네, 여가수 또는 쥐의 종족 Josefine, die Sängerin oder das Volk der Mäuse 300

유형지에서 In der Strafkolonei 171

이웃 Der Nachbar 556

이웃 마을 Das nächste Dorf 238

인디언이 되고 싶은 마음 Wunsch, Indianer zu werden 41

일상의 혼란 Eine alltägliche Verwirrung 562

작은 여인 Eine Kleine Frau 275

작은 우화 Kleine Fabel 595

재칼과 아랍인 Schakale und Araber 228

조타수 Der Steuermann 593

집으로 가는 길 Der Nachhauseweg 32

징병 Die Truppenaushebung 585

첫 번째 시련 Erstes Leid 271

큰 소음 Großer Lärm 379

튀기 Eine Kreuzung 559

팽이 Der Kreisel 594

포기하라! Gibs auf! 661

포세이돈 Poseidon 570

프로메테우스 Prometheus 567

학술원에 드리는 보고 Ein Bericht für eine Akademie 256

형제 살해 Ein Brudermord 250

화부 Der Heizer 69

황제의 칙명 Eine kaiserliche Botschaft 239

■ 옮긴이 **이주동** 서강대 독문과와 동 대학원을 졸업하고, 독일 뷔르츠부르크 대학에서 문학박사를 받았다. 서강대 교수와 서강대 인문과학연구소장과 한국 카프카학회 회장을 역임했으며, 현재는 서강대학교 명예교수이다.

「카프카 작품에 나타난 도가적 세계관」을 비롯, 현대 소설 및 문예학 일반에 관한 다수의 논문이 있으며, 저서로 *Taoistische Weltanschauung im Werke Franz Kafkas*, 『현대 비유설화의 구조와 기능—브레히트와 카프카』, 『세기전환기 서구문학과 모더니티』(공저), 『카프카 평전—실존과 구원의 글쓰기』 등과 옮긴 책으로는 『이것은 파이프가 아니다』, 『모더니즘과 포스트모더니즘의 변증법』(공역) 외 다수가 있다.

카프카 전집 1
변신 단편전집

1판 1쇄 발행	1997년 4월 15일
개정 1판 1쇄 발행	2003년 10월 10일
개정 2판 1쇄 발행	2017년 5월 25일
개정 2판 5쇄 발행	2024년 11월 25일

지은이	프란츠 카프카
옮긴이	이주동
펴낸이	임양묵
펴낸곳	솔출판사

주소	서울시 마포구 와우산로29가길 80(서교동)
전화	02-332-1526
팩스	02-332-1529
블로그	https://blog.naver.com/sol_book
이메일	solbook@solbook.co.kr
출판등록	1990년 9월 15일 제10-420호

ISBN	979-11-6020-014-0	(04850)
	979-11-6020-006-5	(세트)

• 잘못된 책은 구입한 곳에서 바꿔드립니다.
• 책값은 뒤표지에 표시되어 있습니다.